Isaac Bashevis Singer

Verloren in Amerika

Vom Schtetl in die Neue Welt

Aus dem Amerikanischen von Ellen Otten

Carl Hanser Verlag

Titel der Originalausgaben

A Little Boy in Search of God
1976 Doubleday & Company, New York

A Young Man in Search of Love
1978 Doubleday & Company, New York

Lost in America
1981 Doubleday & Company, New York

1. Auflage 2019

ISBN 978-3-446-26366-6

Umschlag: Peter-Andreas Hassiepen, München
Druck und Bindung: Friedrich Pustet, Regensburg
Printed in Germany

FSC
www.fsc.org
MIX
Papier aus verantwortungsvollen Quellen
FSC® C014889

Ein kleiner Junge
auf der Suche nach Gott

Mystik auf meine Weise

Mystik ist kein Geistesweg, der von der Religion zu trennen ist. Beide sind Teile der menschlichen Seele – in dem Gefühl, daß die Welt kein Zufall oder keine blinde Macht ist, und daß der menschliche Geist und Körper eng verbunden sind mit dem Universum und seinem Schöpfer. Der Heide, der einen Gott aus Stein schuf, war sich dessen bewußt, daß der Stein selbst ihn weder hören noch ihm helfen konnte. Er haute ihn selbst aus dem Stein, aber dieser Stein war ein Teil der Felsen, der Berge, der Flüsse – der ganzen Natur. Wenn er zu diesem Stein sprach, so sprach der Götzenanbeter zur Schöpfung und ihren Kräften. So primitiv er gewesen sein mag, er fühlte doch irgendwo in seinem Innern, daß, wenn man das Wesen dieses Steines, seinen Ursprung und sein Geheimnis erfahren könnte, man alles wissen würde. Für ihn war das Idol das Symbol des Geheimnisses der Welt. Diejenigen, die Tiere oder Menschen verehrten, hatten ähnliche Gefühle.

Wenn es einen Unterschied zwischen Religion und Mystik gibt, so liegt er in der Tatsache, daß die Religion fast ausschließlich auf Offenbarung beruht. Alle Religionen haben verkündet, daß Gott sich einem Propheten offenbart und Seine Wünsche durch ihn verkündet habe. Die Religion ist niemals der Besitz eines einzelnen Individuums geblieben. Sie wandte sich an eine Gruppe. Sie neigte oft dazu, sich auszubreiten und ganze Stämme und Nationen einzuschließen. Die religiösen Führer haben sich die Ehrerbietung für ihren Glauben oft durch das Schwert erzwungen. Aus diesem Grunde wurde aus Religion mit der Zeit Routine, und es entstand eine enge Verbindung mit den gesellschaftlichen Systemen. Mystik aber ist individualistisch. Die echte Mystik war immer auf eine Person bezogen oder auf eine kleine Gruppe. Sie war und ist immer esoterisch. Der Mystiker verließ sich nie ganz auf die Offenbarungen, die anderen zuteil geworden waren, sondern suchte Gott auf seine Weise. Der Mystiker nahm oft die Religion seiner Umgebung an, versuchte aber, sie auszudehnen, indem er sie mit den höheren Mächten verband; er versuchte, selbst ein Prophet zu werden.

Meine persönliche Definition der Religion ist Mystik, die in eine Lehre verwandelt worden ist, eine Massenerfahrung, und die daher verwässert und oft weltlich geworden ist. Je erfolgreicher eine Religion ist, je stärker ihr Einfluß, desto weiter entfernt sie sich von ihrem mystischen Ursprung. Dogma und Magie treten an die Stelle geistiger Erfahrung. Da die Basis jeder Religion Mystik ist, die später von anderen Elementen überlagert wird, ist jede Religion voller Widersprüche, und diese Widersprüche wachsen im gleichen Verhältnis mit der Popularität der Religion und der Zahl ihrer Anhänger. Da der Mystiker von Natur aus ein Individualist ist und oftmals ein Mensch, der sich nur für sich selbst verantwortlich fühlt, kann er mehr oder weniger vollkommen und ehrlich sein. In dem Augenblick, in dem der Mystiker Anhänger und Schüler bekommt, beginnt er, das Schicksal der Religion zu teilen. Meinungsverschiedenheiten tauchen auf mit offenen und unterdrückten Konflikten, und die Hindernisse und Versuchungen der Weltlichkeit drängen sich auf.

Im wesentlichen ist jeder Mystiker ein Zweifler. Er ist von Natur aus ein Suchender. Mystik und Skepsis widersprechen sich nicht. Der Mystiker tappt im Dunkeln. Er wartet auf die Offenbarung, aber entweder kommt sie überhaupt nicht oder sie kommt selten. Oft wird er bei dieser Suche mutlos. Aber Mystik ist nicht einfach Skepsis oder Agnostizismus. Früher oder später neigt der Mystiker dazu, sich selbst davon zu überzeugen, oder sich der Illusion hinzugeben, daß er etwas entdeckt habe. Mystiker sind von Natur aus Enthusiasten. Das Feuer des Glaubens, das in ihnen brennt, kann nicht für lange mit dem Eis des Skeptizismus Seite an Seite bestehen. Wenn der Mystiker glaubt, er habe eine Wahrheit entdeckt, baut er sie in den Rahmen seiner Religion ein. Jüdische Mystiker verknüpften ihre Entdeckungen mit Stellen aus der Bibel, der Gemara, dem Midrasch, selbst mit jüdischen Gebräuchen. Christliche Mystiker gründeten ihre Entdekkungen auf dem Neuen Testament. Aber da der Charakter des Mystikers bei Juden, Christen und Moslems der gleiche ist, besteht zwischen allen Mystikern eine Verwandtschaft. Es besteht eine größere Ähnlichkeit zwischen Swedenborg und Chaim Vital oder Rabbi Nachman Brazlawer, als, sagen wir, zwischen dem Wilnaer Gaon und dem Papst seiner Zeit.

Es existiert nicht nur eine Ähnlichkeit zwischen den Untersuchungen der Mystiker, sondern auch zwischen ihren Ergebnissen. Der Mystiker erkennt, daß Gott in Wort und Sprache schweigt, aber daß Er in Taten spricht. Jeder Mystiker glaubt an die Göttliche Vorsehung. Die Taten Gottes und die Art und Weise, auf die Er das Geschick der Menschen und der Welt leitet, stellen Seine Rede dar. Für diese Sprache gibt es kein Wörterbuch, noch kann es eines geben. Ein solches Wörterbuch müßte möglicherweise die Größe des Universums haben. Gott spricht gleichzeitig in dem Gehirn eines Menschen, im Zentrum der Erde, in den Bergen des Mondes und in den fernsten Sternen. Das menschliche Ohr ist auf diese Sprache nicht abgestimmt, aber wenn ein Mensch mit all seinen Sinnen und seiner ganzen Seele auf Gottes Rede lauscht, so mag es ihm gelingen, einzelne Seiner Worte zu verstehen. Der Wissenschaftler versucht die Sprache und Grammatik Gottes auf dem Umweg über die Logik und Erfahrung zu verstehen. Der Mystiker versucht Gottes Stimme in sich selbst, in seinem Blut und Mark, zu vernehmen und indem er die Wege der Vorsehung betrachtet. Der Mystiker findet, daß er, wenn er mit aller Hingabe zu Gott betet, oft eine Antwort erhält. Er begreift, daß die Gnade einer Ekstase nur nach vielen Zweifeln und einem tiefen Verlangen nach Vereinigung mit den höheren Mächten verliehen wird. Hoffnung wächst aus Verzweiflung. Der Mystiker erfährt oftmals, daß Gutes tun an Menschen und selbst an Tieren Erfolg bringt. Jeder echte Mystiker glaubt an die Unsterblichkeit der Seele. Der Mystiker kann die Auffassung nicht annehmen, daß die Seele wie eine Kerze auslöscht und auf immer verschwindet. Er glaubt im allgemeinen auch nicht an den Tod. Wie jeder andere wächst der Mystiker in der Vorstellung auf, daß es gute und schlechte Taten gibt, böse und sündige Handlungen, aber es ist schwieriger für ihn als für andere, die Vorstellung anzunehmen, daß der Wunsch Gutes und Böses zu tun aus derselben Quelle kommt. Der

Mystiker muß eine gewisse Form des Dualismus annehmen. Er muß die Gegenwart guter und böser Kräfte anerkennen. Er muß glauben, daß es einen Gott und einen Gegengott gibt. Es ist wahr, der Gegengott ist nicht ein vollkommen unabhängiges Wesen – Gott mußte ihn zu irgendeinem Zweck erschaffen. Alle Mystiker glauben an den Satan, oder wie immer man ihn nennen will.

Warum hat Gott Satan geschaffen? Warum sollte der Himmelskönig sich selbst einen Gegner erschaffen? Alle religiösen Denker und Mystiker haben zu allen Zeiten über diese Frage nachgedacht, und obwohl die Antworten unterschiedlich sind, sich mal als wirr und verwickelt, mal eng verwoben mit Volkskundlichem und Magie darstellen, so ist die Antwort im wesentlichen immer die gleiche: Gott hat dem Menschen den größten Schatz aus Seiner Schatzkammer geschenkt – den freien Willen, eine gewisse Autonomie. Der Mensch ist nicht gezwungen, in jedem Fall zu tun, was die Mächte von ihm verlangen. Er hat die Wahl. Er kann sich Gott oder Satan widersetzen und die Konsequenzen seines Widerstandes auf sich nehmen.

Ich will hier nicht die Geschichte der Mystik schreiben, nicht einmal die der jüdischen Mystik. Das ist bereits von Gelehrten getan worden und wird noch getan. Diese Betrachtung möchte versuchen, die Erfahrungen eines Menschen, der sich selbst, sowohl in seinem Leben wie in seinen literarischen Arbeiten, für einen Mystiker hält, zu erzählen. Ob dieser persönliche Fall eine eingehende Beschreibung verdient, ist vom Leser zu beurteilen. Ich halte mich selbst für die Autorität, diese besondere Geschichte mit all ihren Einmaligkeiten und, wenn man will, mit ihren Seltsamkeiten zu erzählen. Ich komme aus einem chassidischen Haus und habe schon frühzeitig mich mit der chassidischen und kabbalistischen Überlieferung beschäftigt und mich gleichzeitig für das Übersinnliche interessiert, und ich werde auf diese Themen eingehen soweit sie Bezug auf mich und meine Auffassung von der Mystik haben.

Erstes Kapitel

Diejenigen, die meine Bücher gelesen haben, besonders den autobiographischen Band »Mein Vater der Rabbi«, wissen, daß ich in einem Hause geboren und aufgewachsen bin, in dem Religion und Jüdischkeit buchstäblich die Luft waren, die wir atmeten. Ich stamme von Generationen von Rabbinern, Chassidim und Kabbalisten ab. Ich kann in aller Aufrichtigkeit sagen, daß in unserem Hause Jüdischkeit nicht eine verwässerte formale Religion bedeutete, sondern daß sie alles umfaßte, was den Glauben ausmachte – sein Aroma, seine »Vitamine« und den ganzen Mystizismus. Obwohl die Juden seit zweitausend Jahren im Exil lebten, von Land zu Land gejagt worden waren, hatte ihre Religion sich nicht in nichts aufgelöst. Die Juden hatten eine Auslese durchgemacht, wie sie in keinem anderen Glauben eine Parallele findet. Diejenigen Juden, deren religiöse Überzeugungen und Gefühle nicht stark genug waren, blieben auf der Strecke oder assimilierten sich den nichtjüdischen Völkern. Die Überlebenden, die ihre Religion ernst genommen hatten, gaben ihren Kindern eine streng religiöse Erziehung. Der Jude in der Diaspora klammerte sich an eine einzige Hoffnung – an das Kommen des Messias. Das Erscheinen des Messias wurde nicht als eine weltliche Befreiung betrachtet, als das Wiedererobern verlorenen Gebietes, sondern als eine geistige Erlösung, die die ganze Welt verändern, alles Böse ausrotten und das Himmelreich auf Erden bringen würde.

In unserem Hause wurde das Kommen des Messias ganz wörtlich genommen. Mein jüngerer Bruder Mosche und ich sprachen oft darüber. Zuerst würde man das Blasen des Widderhorns hören. Es würde vom Propheten Elia geblasen werden, und sein Ton würde rund um die Welt gehört werden und verkünden: »Die Welt ist erlöst worden! Die Rettung ist in die Welt gekommen!« Alle Übeltäter und Feinde Israels würden umkommen und nur die guten Nichtjuden würden übrigbleiben, deren Privileg es nun sein würde, den Juden zu dienen. Nach dem Talmud würde das Land Israel sich über alle Völker ausbreiten. Aus dem Himmel würde ein feuriger Tempel auf Jerusalem herunterschweben. Die »Kohen« oder Priesterklasse – wir waren Kohens – würden Opfer darbringen – möglicherweise Rauchopfer –, denn schon damals erschien mir das Schlachten von Ochsen, Schafen und Turteltauben der Erlösung nicht dienlich zu sein. Abraham, Isaak, Jakob und ihre Stämme; Moses, König David, alle Propheten, Weisen, Gaonim und Heiligen würden auferstehen zusammen mit allen anderen verstorbenen Juden. Mein Vater hatte ein Buch veröffentlicht, in dem sich ein Stammbaum unserer Familie befand, der unsere Abstammung bis zu Sabbatai Cohen, bis zu Rabbi Isserles, zu Raschi und dem König David zurückführte. Mein Bruder Mosche und ich würden den Palast betreten, in dem König David mit der Krone auf dem Kopf auf einem goldenen Thron saß, und wir würden ihn »Großpapa!« nennen ...

Wie armselig erschienen uns die Nichtjuden mit ihren Königen, Prinzen, Soldaten und Kriegen im Vergleich mit dem, was uns erwartete! Aber um all dies zu verwirklichen, mußten wir fromme Juden sein, die Tora studieren, gute Taten vollbringen, inbrünstig beten und unseren Eltern gehorchen ...

All das wäre gut und schön gewesen, hätte ich nicht schon von jung auf mir selbst die Frage gestellt: »Ist das wahr?«

Meine Eltern konnten mir als Beweise nur die Heilige Schrift vorweisen, in der es hieß, daß es so sein werde. Aber Bücher waren nur Papier und Tinte und von Menschen geschrieben. Ich wußte bereits, daß die Nichtjuden auch Bücher hatten, in denen geschrieben stand, die Juden seien ein sündiger Stamm, und am Tage des Jüngsten Gerichts würden sie zur ewigen Verdammnis verurteilt werden, weil sie Jesus nicht angenommen hatten. Ich hatte auch von ketzerischen Büchern gehört, die sowohl Moses wie Jesus nicht anerkannten. Mein Bruder Josua, der elf Jahre älter war als ich – zwei Mädchen zwischen uns waren an Scharlach gestorben –, sprach oft mit meiner Mutter darüber. Diese Bücher behaupteten, die Welt sei Millionen Jahre alt, Hunderte von Millionen. Die Menschen stammten nicht von Adam ab, sondern von Affen. Gott hatte nicht die Welt in sechs Tagen erschaffen; die Erde hatte sich von der Sonne losgerissen, brauchte Millionen Jahre, um sich abzukühlen, und entwickelte dann Lebewesen. In Steinen und Bernstein hatte man Spuren uralter Lebewesen gefunden. Knochen und Hörner von Tieren, die vierzig oder fünfzig Millionen Jahre zuvor gelebt hatten, waren gefunden worden. Moses hatte nicht das Rote Meer geteilt, Josua nicht die Sonne in Gibeon beschworen, und der Messias würde nie kommen. Mein Bruder sprach nicht von den Wundern Gottes, sondern von den Wundern der Natur. Wie mächtig und großartig war die Natur! Es gab Sterne, deren Licht unsere Augen erst nach Jahrmillionen erreichte. Alles, was lebte – Menschen, Hunde, Schweine, Wanzen, das Meer, die Flüsse, die Berge, der Mond – war Teil dieser Natur. Aber trotz all ihrer Größe war die Natur blind. Sie konnte nicht zwischen Gut und Böse unterscheiden. Während eines Erdbebens kamen die Heiligen mitsamt den Sündern um. Überschwemmungen setzten Synagogen und Kirchen unter Wasser, die Paläste der Reichen wie die Hütten der Armen. Die Frommen und die Ketzer, alle starben in den Epidemien. Diese Natur hatte keinen Anfang und würde nie enden. Sie folgte ihren eigenen Gesetzen. Sie war Sand, Fels, Elektrizität, Licht, Feuer und Wasser. Unsere Gehirne waren ebenfalls Teil dieser Natur. Unsere Köpfe konnten denken, aber nicht die Natur. Unsere Augen sahen und unsere Ohren hörten, aber die Natur war blind und taub. Sie war nicht klüger als der Stein in der Straße oder der Abfall in dem großen Abfallkübel in unserem Hof.

Ich erinnere mich an einen Sabbat im Sommer nach dem Essen. Vater und Mutter machten ihren Nachmittagsschlaf, wie es am Sabbat üblich war, mein jüngerer Bruder Mosche war zum Spielen in den Hof hinuntergegangen, und mein älterer Bruder Josua war irgendwohin verschwunden, wohl in »jene Straßen«, in denen es Büchereien gab mit ketzerischen Büchern, Museen und Theater, und wo sich die Studenten mit reichen, hübschen und gebildeten Mädchen herumtrieben. Wer weiß, welche Sünden mein Bruder dort beging? Vielleicht fuhr er trotz des Verbots, am Sabbat zu fahren, mit der Straßenbahn, faßte Geld an oder küßte ein Mädchen? Nach den frommen Büchern, die ich gelesen hatte, würde er dafür in der Hölle braten müssen oder als Tier wiedergeboren werden, vielleicht als Käfer oder möglicherweise auch als Flügel einer Windmühle. Josua schrieb damals schon Geschichten, die er Literatur nannte, und malte Porträts. Ich trat auf unseren Balkon hinaus – ein Junge mit blassem Gesicht, blauen Augen und roten Schläfenlocken – und versuchte, über die Welt nachzudenken. Ich überlegte hin und her und gleichzeitig beobachtete ich, was auf unserer Straße vor sich ging. Die Vorübergehenden waren ebenso verschieden in ihrem Glauben und ihrem Verhalten wie die Kinder in unserem Haus. Hier kam ein bärtiger Jude vorbei, mit Schläfenlocken, einem Pelzhut und seidigem Kaftan – wahrscheinlich einer der Chassidim, der vom Gottesdienst kam –, und ihm folgte ein Dandy in moderner Kleidung, mit gelben Schuhen, einem Strohhut, glatt rasiert und mit einer Zigarette im Mund. Er rauchte ungeniert am Sabbat und bewies damit seinen nicht vorhandenen Glauben an die Tora. Jetzt kam eine fromme junge Frau mit einer Haube auf dem rasierten Kopf, und gleich nach ihr kam ein Mädchen mit Rouge auf den Backen, blauen Augenschatten und einer kurzärmeligen Bluse, die ihre nackten Arme sehen ließ. Sie blieb bei den Straßenbummlern stehen, redete mit ihnen und wechselte sogar Küsse mit ihnen. Sie trug eine Handtasche, obwohl auch das am Sabbat verboten ist. Vor wenigen Jahren hatten solche jungen Leute versucht, eine Revolution anzuzetteln und den Zaren zu stürzen. Sie hatten Bomben geworfen und einen Ladenbesitzer in der Krochmalnastraße erschossen, weil er angeblich ein »Bourgeois« war. Einige der Rebellen waren gehängt worden; andere saßen im Gefängnis oder waren nach Sibirien verbannt worden. Diese Leute lachten über meinen Vater und seine Frömmigkeit. Sie prophezeiten, daß es nach der Revolution keine Synagogen und Lehrhäuser mehr geben werde und nannten die Chassidim Fanatiker. Andere junge Männer und Frauen in unserer Straße meinten, die Juden sollten nicht auf den Messias warten, sondern selbst das Land Israel aufbauen, welches sie Palästina nannten. Sie behaupteten, alle Völker hätten ihre Länder, und da die Juden ein Volk seien, bräuchten auch sie ihr eigenes Land. Der Messias auf seinem Esel werde nie kommen. Dr. Herzl, ihr Führer, war in meinem Geburtsjahr gestorben. In unserer Straße gab es auch Diebe, Gangster, Zuhälter, Huren und Hehler, die gestohlenes Gut kauften. Es war auch eine Tatsache, daß nicht alle Chassidim gar so ehrliche Leute waren. Man wußte von einigen, daß sie Betrüger waren. Alle paar Monate machten sie Bankrott und einigten sich dann mit den Fabrikanten auf die Hälfte oder ein Drittel.

»Was bedeutet all dies?« fragte ich mich. »Wo liegt die Wahrheit? Es muß sie doch geben.«

Auf den ersten Blick schien mein Bruder Josua recht zu haben. Die Natur legte keine Religion an den Tag. Sie sprach nicht und predigte nicht. Es machte der Natur offenbar auch nichts aus, daß in Janaschs Markt jeden Tag Hunderte oder Tausende von Hühnern geschlachtet wurden. Auch daß die Russen Pogrome an Juden veranstalteten und die Türken und Bulgaren sich gegenseitig umbrachten und Kinder auf die Spitzen ihrer Bajonette aufspießten, ließ die Natur offenbar kalt. Aber wie war die Natur zu dem geworden, was sie war? Woher hatte sie die Macht, über die fernsten Sterne zu wachen und über die Würmer in der Gosse? Nach welchen ewigen Gesetzen handelte sie? Was war Licht? Was war Elektrizität? Was ging tief im Innern der Erde vor? Wieso war die Sonne so heiß und so hell? Und was war das in meinem Kopf, das dauernd nachdenken mußte? Manchmal brachte die Mutter Hirn vom Markt nach Hause – Hirn war billiger als Rindfleisch. Mutter kochte das Hirn, und ich aß es. Konnte auch mein Hirn gekocht und gegessen werden? Ja, natürlich, aber so lange es nicht gekocht war, fuhr es fort zu denken und wollte die Wahrheit wissen.

Zweites Kapitel

Im Bücherschrank meines Vaters gab es eine Anzahl heiliger Bücher, in denen ich schon früh Antworten auf meine Fragen suchte. Eines davon war das »Buch des Bundes«, das damals schon etwa hundert Jahre alt war, wie ich mich zu erinnern glaube, und das viele wissenschaftliche Tatsachen enthielt. Es beschrieb die Theorien von Kopernikus und Newton, wie auch die Versuche Benjamin Franklins. In ihm gab es Berichte über wilde Völkerstämme, seltsame Tiere und Erklärungen dafür, wie und warum Züge sich bewegen und Ballons fliegen. In einer Abteilung, die sich mit Religion befaßte, waren mehrere Philosophen erwähnt. Ich erinnere mich, daß auch Kant bereits darin vorkam. Der Verfasser, Rabbi Elia ben Salomo aus Wilna, ein frommer Jude, bewies darin, wie unzureichend die Erklärungen der Philosophen über das Rätsel der Welt waren. Keine Untersuchungen oder Forschungen, schrieb er, könnten die Wahrheit enthüllen. Der Verfasser des »Buch des Bundes« sprach auch von der Natur, aber immer mit dem Hinweis darauf, daß die Natur etwas von Gott Geschaffenes sei, nicht etwas, das aus sich selber entstanden war. Ich wurde nie müde, dieses Buch zu lesen. Zu der Zeit hatten sich schon Dinge entwickelt, von denen der Verfasser dieses Buches nichts wissen konnte. In dem Wurstgeschäft in unserer Nähe gab es bereits ein Telefon. Ab und zu fuhr ein Auto durch unsere Straße. Mein Bruder sagte, daß Strahlen erfunden worden waren, mit denen man das Herz und die Lungen photographieren konnte, und daß es ein Instrument gab, mit dem man den Stoff, aus dem die Sterne gemacht sind, erkennen kann. In der jiddischen Zeitung, die in unserem Haus gelesen wurde, erschienen oft Artikel über Edison, den Erfinder des Grammophons. Für mich waren solche Berichte kostbare Funde. Wegen meines starken Interesses für die Wissenschaft hätte ich vielleicht Wissenschaftler werden sollen, aber die Tatsachen allein genügten mir nicht – ich wollte das Rätsel des Seins lösen. Ich suchte die Antwort auf Fragen, die mich damals quälten und es bis auf den heutigen Tag tun.

Die Straße war voller Menschen, und unser Balkon wimmelte von Lebewesen. Hier kam ein Schmetterling und dort eine große Fliege mit grüngoldenem Leib; hier landete ein Spatz, und plötzlich schoß eine Taube herunter. Ein Insekt setzte sich auf den Aufschlag meines Kaftans. In der Vorschule, im Cheder, wurde es von uns »Moses' Kälbchen« genannt. In Wirklichkeit war es ein Marienkäfer. Es war seltsam sich vorzustellen, daß alle diese Geschöpfe Väter, Mütter, Großväter und Großmütter hatten genau wie ich. Jeder oder jede von ihnen lebte die ihm oder ihr bestimmte Zeit und starb. Ich hatte irgendwo gelesen, Fliegen hätten Tausende von Augen. Ja, aber all diesen Augen zum Trotz fingen Buben diese Fliegen, rissen ihnen die Flügel aus und quälten sie auf eine Weise, wie sie nur der Mensch ersinnen kann, während der Allmächtige auf Seinem Thron der Herrlichkeit saß im Siebenten Himmel und die Engel Sein Lob sangen.

Von den kabbalistischen Büchern im Bücherschrank meines Vaters wurde ich mächtig angezogen. Es war verboten, in ihnen zu lesen. Mein Vater erinnerte mich ständig daran, daß man sie nicht lesen dürfe, ehe man nicht das Alter von dreißig Jahren erreicht habe. Er sagte, daß die Kabbala für Jüngere eine Gefahr darstelle. Man könne der Ketzerei verfallen und sogar, Gott behüte!, den Verstand verlieren. Wenn mein Vater nicht zu Hause war oder seinen Sabbat-Nachmittagsschlaf hielt, blätterte ich in diesen Büchern. Sie verzeichneten die Namen von Engeln und Seraphim. Der Name Gottes war in großen Buchstaben und vielen Variationen gedruckt. Da gab es Beschreibungen himmlischer Paläste, von Seelen, die auf der Wanderung waren, von geistigen Vereinigungen. Die Verfasser dieser Bücher mußten im Himmel gut Bescheid wissen. Sie kannten Buchstabenkombinationen, mit denen man Wein aus den Mauern zapfen konnte, Tauben erschaffen und sogar die Welt zerstören. Neben Gott selbst – es gab keine Worte oder hinreichende Ausdrücke, Ihn zu beschreiben – gab es einen, der dort oben hauptsächlich zu sagen hatte, Metatron, den höchsten Engel, der nur eine Stufe niedriger stand als Gott. Ein zweiter mächtiger und furchteinflößender Engel war Sandalfon. Alle Engel, Seraphim und Cherubim hatten nur ein Verlangen – Gott zu preisen, Ihn zu verehren, Ihn zu rühmen und Seinen Namen zu erhöhen. Ihre Flügel spannten sich über viele Welten aus. Sie sprachen Hebräisch. Ich hatte aus der Gemara gelernt, daß Gott alle Sprachen versteht, und daß jeder in seiner Sprache zu Ihm beten kann, aber die Engel verstanden nur Hebräisch. Aber das war nicht das gewöhnliche Hebräisch, das ich kannte. Aus ihren feurigen Mündern kamen heilige Namen, die Geheimnisse der Tora und Mysterien über Mysterien. Diese Himmel waren so ausgedehnt, daß für jeden einzelnen Heiligen dreihundertundzehn Welten zur Verfügung standen. Jede Seele, groß oder klein, fand einen Platz im Paradies, sobald sie den Läuterungsprozeß in der Hölle durchgemacht hatte – jede nach ihrem Herkommen und nach ihren Taten. Alle Himmel, alle oberen Welten, alle Himmelssphären, alle Engel und Seelen beschäftigten sich nur mit einer Sache – die Geheimnisse der Tora zu lernen, da Gott und Tora und jene, die an die Tora glaubten, die Juden, ein und dasselbe waren... Jedes Wort, jeder Buchstabe, jeder Schnörkel enthielt Hinweise auf die göttliche Weisheit, die niemals, so eifrig sie auch erforscht wurde, erlernt werden konnte, denn wie Gott war auch die Tora unendlich. Gott selbst studierte die Tora; das heißt, Er studierte Seine eigene Tiefe. Alle Himmel, die ganze Ewigkeit, waren eine einzige Jeschiwa. Gott fand sogar Zeit, mit den Seelen kleiner Kinder, die die Welt früh verlassen hatten, zu lernen. In meiner Phantasie stellte ich mir den Allmächtigen vor, wie Er, an einem himmlischen Tisch sitzend, von den kleinen Seelen mit Käppchen und Schläfenlocken umgeben war, die alle Sein Wort hören wollten, von Ihm, für den es nicht genug Lob gab, Ihn zu preisen, noch genug Wissen, sich Ihn vorzustellen und von dem noch das Beste, was über Ihn gesagt werden konnte, nichts war.

Beim Durchblättern der kabbalistischen Bücher entdeckte ich, daß ebenso wie im Himmel die Tora gelernt wurde, es dort auch feurige Liebe gab. Tatsächlich waren im Himmel Tora und Liebe nur zwei Seiten derselben Münze. Gott vereinte sich mit der Schechina, die Gottes Frau war, und das Volk Israel waren ihre Kinder. Wenn die Juden Gesetze übertraten und Gott ihnen böse war und sie bestrafen wollte, dann legte die Schechina Fürbitte für sie ein, wie jede jüdische

Mutter es tut, wenn der Vater böse ist. Die Verfasser der kabbalistischen Bücher warnten ständig davor, ihre Schriften zu wörtlich zu nehmen. Sie hatten immer Angst vor der Vermenschlichung. Trotzdem, was sie vortrugen, waren menschliche Ideen. Nicht nur Gott und die Schechina, sondern alle männlichen und weiblichen Heiligen im Himmel liebten einander und vereinigten sich.

Jakob vereinigte sich wieder mit Rahel, Lea, Bilha und Silpa. Die Patriarchen, König David, König Salomo, alle großen Männer der Heiligen Schrift und der Gemara haben Frauen und Nebenfrauen im Himmel. Ihre Vereinigungen werden zu Ehren Gottes vollzogen. Ich wußte schon durch das »Buch des Bundes« und vielleicht auch aus verstohlenen Blicken in die Bücher meines älteren Bruders, daß es männliche und weibliche Bäume gab. Wind und Bienen brachten den Samen vom einen zum anderen und befruchteten sie. Aber jetzt wurde mir klar, daß sogar im Himmel das männliche und weibliche Prinzip galt. Ich selbst begann mich nach den Geheimnissen der Mädchen in unserer Straße und in unserem Hof zu sehnen. Sie schienen zu essen, zu trinken und zu schlafen wie die Männer, aber sie sahen anders aus, sprachen anders, lächelten anders und kleideten sich anders. Ihre Lippen, Brüste, Hüften und Kehlen drückten etwas aus, das ich nicht verstand, das mich aber anzog. Die Mädchen lachten über Dinge, die mich nicht zum Lachen reizten. Sie erregten sich über Kleinigkeiten, die mich kalt ließen. Sie gebrauchten Worte, die mir dumm und kindisch vorkamen, dennoch gefielen mir ihre Stimmen. Nicht nur Gott, auch Dinge hier auf Erden besaßen eine Sprache, die nicht zu deuten war. Hände, Füße, Augen und Nasen – alle hatten ihre eigene Sprache. Sie sagten etwas, aber was? Ich hatte irgendwo gelesen, daß König Salomo die Sprache der Tiere und Vögel verstand. Ich hatte von Menschen gehört, die in Gesichtern und Händen lesen konnten, und ich sehnte mich danach, all dies zu wissen.

Drittes Kapitel

Einige der kabbalistischen Bücher beschäftigten sich hauptsächlich mit heiligen Dingen, aber andere, wie das »Buch Rasiel« und das »Buch der Frommen« gaben den Mächten des Bösen viel Raum – den Dämonen, Teufeln, Kobolden und Gespenstern – wie auch der Zauberei. Gott hatte Sein Königreich und Satan, oder Asmodi, das seinige. Der Teufel hatte auch Geheimnisse – dunkle Geheimnisse. Die Mächte des Guten nährten sich von der Tora und guten Taten. Sie suchten nur nach der Wahrheit, während die Mächte des Bösen sich von Lügen, Blasphemien, Haß, Neid, Wahnsinn und Grausamkeit ernährten. In unserer Straße gab es Synagogen, Bethäuser und chassidische Lehrhäuser, wo Juden beteten, die Tora studierten und Gott dienten, aber es gab in der Straße auch Wirtshäuser, Bordelle und eine Schenke, in der Diebe, Zuhälter und Huren verkehrten. Es gab in unserer Straße auch eine Frau, von der man sagte, daß, wenn sie ein Kind nur ansähe, sie ihm den bösen Blick gab. Ich kannte sie. In ihren schwarzen Augen brannte ein wildes Feuer. Man sagte, sie habe drei Männer gehabt, die gestorben seien, und zwei hatten sich von ihr scheiden lassen. Sie brachte es fertig, ein fremdes Kind zu schlagen, ihm die Mütze abzureißen oder es anzuspucken. Jedes dritte Wort von ihr war ein Fluch. Sie trug ihr eigenes Haar anstatt einer Perücke, aber es war kein richtiges Haar, sondern ein Wirrwarr aus Haarbüscheln, Weichselzopf und Dornen. Ihre schiefstehenden Augen und breiten Nüstern erinnerten an eine Bulldogge. Sie hatte dicke Lippen, ihre Zähne waren lang, schwarz und spitz wie Nägel. Meine Mutter sagte, aus ihren Augen spräche Satan. Angeblich vermittelte sie Hauspersonal, aber es hieß, daß sie Mädchen vom Lande zur Prostitution bringe und einige sogar im Mädchenhandel in eine weit entfernte Stadt jenseits des Meeres verkauft habe – nach Buenos Aires.

Da mein Bruder Josua den Pfad der Rechtschaffenheit verlassen hatte und sowohl Gott wie den Teufel leugnete, sprachen meine Eltern oft über diese beiden Mächte, um seine Argumente zu widerlegen. Wenn es Dämonen gab, dann mußte es auch einen Gott geben. Ich bekam unzählige Geschichten zu hören über Dibbuks, über Leichen, die des Nachts ihre Gräber verließen und umherwanderten, um Zauberer zu besuchen oder weitentfernte Jahrmärkte. Einige von ihnen vergaßen, daß sie tot waren und ließen sich auf geschäftliche Unternehmungen ein oder heirateten sogar. In Bilgoraj, dem Geburtsort meiner Mutter, gab es einen rituellen Schächter, Abramchen, an dessen Fenster der böse Geist schon seit Wochen geklopft hatte. Jeden Abend versammelten sich die Bewohner des ganzen Ortes in seinem Haus, um die unsichtbare Macht an die Scheibe klopfen zu hören. Man konnte sich mit ihr unterhalten. Man stellte Fragen, und die Antworten wurden geklopft – meist »ja« oder »nein«, aber gelegentlich auch ganze Sätze nach einem bestimmten Code. Der Natschalnik des Ortes, ein Russe, war offenbar ein aufgeklärter Mann, der nicht an böse Geister glaubte. Er schickte Soldaten und Polizei, das Haus zu durchsuchen – den Boden, den Keller, jede Ecke und jeden Winkel –, um die Ursache für die Geräusche zu finden, aber sie konnten nichts entdecken. Ja, und was war mit dem Mädchen aus Kraśnik, das von der Seele eines sündigen Mannes besessen war, der mit männlicher Stimme die Sünden und Schandtaten, die er im Laufe seines Lebens begangen hatte, erzählte? Das Mädchen war aus ganz einfachem Hause und kannte nicht einmal das Alphabet, dennoch zitierte der Dibbuk ganze Stücke aus der Gemara, dem Midrasch und anderen heiligen Büchern. Witzbold, der er war, verdrehte er oft die heiligen Worte in solcher Weise, daß sie obszön wurden, was aber nur von denen verstanden wurde, die die Originale kannten. Ich hatte über solche Dämonen in Geschichtenbüchern gelesen. Sie wurden sogar in der Gemara erwähnt, die sowohl von jüdischen wie nichtjüdischen Dämonen spricht.

Ich lebte in entsetzlicher Angst vor diesen unsichtbaren Wesen. Unsere Treppen waren nachts dunkel, und sie hinauf oder hinunter zu gehen wurde mir eine furchtbare Last. Ich zählte oft die Schaufäden an meinem rituellen Gewand, um zu sehen, daß keine fehlten. Ich murmelte Beschwörungen aus der Gemara und anderen heiligen Büchern vor mich hin. Mein Bruder Josua lachte mich aus. Er behauptete, daß es so etwas wie böse Geister nicht gäbe. Das seien Phantasien, Fanatismus. Ja, hatte sich denn die ganze Welt verschworen, die gleiche Lüge zu erfinden? Auf irgendeine Weise hatte eine deutsche Gedichtanthologie ihren Weg in unser Haus gefunden. Da Deutsch dem Jiddischen ähnlich ist, und mein Eifer zu lesen groß war, hatte ich gelernt Deutsch zu lesen, und ich hatte Goethes »Erlkönig« gelesen, Heines Gedicht über die »Loreley« und viele andere geheimnisvolle Gedichte. Die ganze Welt glaubte an Geister. Wenn man beweisen konnte, daß in einem Stückchen Schmutz aus der Gosse Millionen unsichtbarer Mikroben enthalten waren, wieso konnten dann nicht ganze Horden unsichtbarer Geister in der Luft herumfliegen? Selbst mein scharfsinniger Bruder hatte keine Antwort auf diese Frage parat.

In unserem Hause gab es auch ein Buch »Die Säule des Gottesdienstes«, das die Kabbala auf eine simplere Weise erklärte. Darin wurde behauptet, daß Gott schon immer existiert habe. Der Verfasser, Rabbi Baruch Kosower, »bewies« die Existenz Gottes mit den gleichen Argumenten, die ich Jahre später in Spinozas »Ethik« und in anderen philosophischen Werken gefunden habe. Das Wesen Gottes und Seine Existenz sind identisch. Wenn wir sagen, daß eins und eins zwei ist, oder daß die Summe aller Winkel in einem Dreieck gleich zwei rechten Winkeln ist, dann brauchen wir nicht ein hölzernes Dreieck oder zwei Münzen, um zu beweisen, daß wir recht haben. Eins und eins würde noch immer zwei sein, auch wenn es keine Gegenstände in der Welt gäbe.

Nachdem der Rabbi Baruch Kosower dem Leser versichert hatte, daß es einen Gott gibt, fuhr er fort, Ihn zu beschreiben ohne weitere Beweise. Bevor Gott die Welt geschaffen hatte, waren alle Seine Wesenszüge oder Eigenschaften in ihm vollkommen verschmolzen. Weisheit vermischte sich mit Gnade, Schönheit mit Stärke, Ewigkeit mit Verständnis und Liebe. Aber es schien, daß der schöpferische Drang auch eines von Gottes Attributen war. Wie konnte es einen König ohne Volk geben? Wie konnte man gnädig sein, wenn es niemanden gab, diese Gnade zu empfangen? Wie konnte Gott lieben, wenn es niemanden zu lieben gab? Ehe Gott die

Welt erschaffen hatte, waren alle Seine Züge nur latent vorhanden gewesen, nicht verwirklicht – möglich, aber nicht tatsächlich. Gott brauchte eine Welt, viele Welten, um das zu werden, was Er ist. Schöpferkraft war Gottes offenkundigstes Attribut.

Aber wie konnte Er die Welt erschaffen, wenn Er und Sein Glanz alles überfluteten? Die Antwort, die die Kabbala und insbesondere Rabbi Isaak Luria geben, ist folgende: um schöpferisch zu wirken und Raum zu schaffen für die Schöpfung, mußte Gott sich Selber verkleinern und reduzieren. Es lag in Seiner Macht – wenn Er es wünschte – sogar Sein Licht zu verdunkeln oder selbst auszulöschen. Inmitten der Unendlichkeit schuf Er eine Leere, in der die Schöpfung vor sich gehen konnte. Rabbi Baruch Kosower warnte den Leser ständig, ihn nicht wörtlich zu nehmen. Gott war nicht Materie, und die Leere, die Er schuf, war nicht eine Leere des Raums sondern des Geistes. Wenn ein Lehrer einen Neuling im Cheder unterrichtet, wird er nicht versuchen, ihm die Schwierigkeiten des Talmud beizubringen oder die der Kommentare. Der Lehrer muß, in gewissem Sinn, sein Denken vereinfachen, um es den Möglichkeiten eines jungen Schülers anzupassen. Nach der Kabbala war die Schöpfung ein Prozeß der göttlichen Selbstverdunkelung und Emanation. Zuerst schuf Gott die Welt der Emanation. Diese Welt war immer noch Gott nahe, von einer solchen geistigen Höhe, wie sie nur vorstellbar ist, aber schon diese Welt enthüllte die Züge Gottes oder der Sefirot: die Krone, die Weisheit, das Verständnis, die Gnade, die Macht, die Pracht, die Unendlichkeit, die Herrlichkeit, die Grundfeste und das Königreich. Diese geistig erhöhte Welt strahlte dann eine Welt aus, die niedriger war, die Welt der Schöpfung, die dieselben zehn Sefirot besaß. Später kam dann die Welt der Form und erst dann die Welt der Tat oder die Welt der Materie mit allen Sternen, Sternbildern, Kometen und Planeten; und, so scheint es, ganz zum Schluß wurde unsere Welt geschaffen. Wir waren tatsächlich alle Teile des Lichtes Gottes, aber durch den Prozeß der göttlichen Selbstverdunkelung und Einschränkung wurde das Licht Gottes immer dunkler, immer spezifischer und zugänglicher, bis es in Materie verwandelt war – in Erde, Felsen, Meer, Tiere und Menschen. Nach der Kabbala ist die Schöpfung eine Art allmählicher Enthüllung und Popularisierung der Gottheit. Die Kabbala ist pantheistisch. Mein späteres Interesse an Spinoza kommt von dem Versuch her, die Kabbala zu studieren.

Viertes Kapitel

Obwohl ich noch sehr jung war, als ich anfing, in der Kabbala zu lesen, wurde mir klar, daß die Einzelheiten darin nicht so wichtig sind wie die Idee, daß Gott alles und alles Gott ist; daß die Steine in der Straße, die Maus in ihrem Loch, die Fliege an der Wand und die Schuhe an meinen Füßen alle von der Gottheit geformt worden sind. Der Stein, so sagte ich mir, mag tot, stumm, kalt, gleichgültig dem Bösen und dem Guten gegenüber erscheinen, aber irgendwo tief in seinem Innern ist er lebendig, wissend, auf der Seite der Gerechtigkeit, eins mit Gott, von Dessen Substanz er geformt worden ist. Die Materie ist eine Maske vor dem Gesicht des Geistes. Hinter der Kleinheit verbirgt sich Größe, Dummheit ist nur verkrüppelte Weisheit, und das Böse ist pervertierte Gnade. Jahre später, als ich las, daß ein Stein aus Billionen von Molekülen, die dauernd in Bewegung sind, besteht, und daß diese Moleküle aus Atomen bestehen, die selbst wieder komplizierte Systeme darstellen, Wirbel von Energie, da sagte ich mir: »Das ist ja wie die Kabbala!« Schon als Junge hatte ich gehört, daß Atome nicht nur tote Kugeln von Materie seien. Gewisse Atome, wie zum Beispiel Radium, gaben Strahlen und Energie ab auf Hunderte von Jahren. Splitter von naturwissenschaftlichen Kenntnissen fanden ihren Weg in unseren frommen Haushalt durch Zeitungen und die jiddischen und hebräischen Bücher, die mein Bruder ins Haus brachte. Die Wissenschaft, wie die Kabbala, sprach von Licht, das mit dem menschlichen Auge wahrgenommen werden konnte und von unsichtbarem Licht. Ich hatte irgendwo über den Äther gelesen, der den unendlichen Raum erfüllt, und dessen Vibrationen unseren Augen erlaubt zu sehen, die Bäume wachsen läßt und den Geschöpfen ermöglicht zu leben und zu lieben. Später las ich, daß es gewisse Gelehrte gebe, die das Vorhandensein dieses allumfassenden Äthers leugneten. Auch in der Wissenschaft gab es Häretiker. Auch da wurde heute ein Idol angebetet, das man am nächsten Tag durch den Schmutz zog...

Ich lebte auf verschiedenen Ebenen. Ich war ein Chederschüler, doch gleichzeitig beschäftigte ich mich mit den ewigen Fragen. Ich fragte nach etwas aus der Gemara, und ich versuchte, die Rätsel des griechischen Philosophen Zeno zu lösen. Ich vertiefte mich in die Kabbala, und ich ging in den Hof hinunter, um mit den anderen Jungen Fangen und Verstecken zu spielen. In unserem Hause wohnte auch eine Frau namens Baschele. Sie hatte eine Tochter in meinem Alter, Schoscha. Schoscha und ich spielten mit zerbrochenen Löffeln, mit Messingknöpfen, mit Scherben und Spielzeug wie kleine Kinder. Ich war mir bewußt, von den anderen Jungen sehr verschieden zu sein und schämte mich dieser Tatsache tief. Ich las gleichzeitig Dostojewski in einer jiddischen Übersetzung und Detektivromane, die ich für eine Kopeke in der Twardastraße kaufte. Ich durchlitt tiefe Krisen und hatte Halluzinationen. Meine Träume waren erfüllt von Dämonen, Geistern, Teufeln und Leichen. Manchmal sah ich vor dem Einschlafen Gestalten. Sie tanzten um mein Bett und schwebten in der Luft. In meinen Phantasien oder Tagträumen brachte ich den Messias oder war selber der Messias. Durch das Aussprechen magischer Worte baute ich einen Palast auf einer Bergspitze im Lande Israel oder in der Wüste, und dort lebte ich mit Schoscha. Engel und Dämonen waren mir untertan. Ich flog zu den fernsten Sternen. Ich entdeckte einen Trank, dessen Genuß alle Weisheit der Welt vermittelte und einen unsterblich machte. Ich sprach zu Gott, und Er enthüllte mir Seine Geheimnisse.

Meine Stimmungen wechselten rasch. Eben war ich noch in einem Taumel der Begeisterung und bald danach in tiefster Verzweiflung. Die Ursache meiner Verdüsterung war oft die gleiche – unerträgliches Mitleiden mit den heute Leidenden und denen, die durch Generationen hindurch gelitten hatten. Ich hatte von den Grausamkeiten gehört, die von dem Hetman Chmielnizki und seinen Kosaken verübt worden waren. Ich hatte über die Inquisition gelesen. Ich wußte von den Judenpogromen in Rußland und Spanien. Ich lebte in einer Welt der Grausamkeit. Mich quälten nicht nur die Leiden der Menschen, sondern auch die der Tiere, Vögel und Insekten. Hungrige Wölfe zerrissen Lämmer. Löwen, Tiger und Leoparden mußten sich entweder von anderen Geschöpfen ernähren oder Hungers sterben. Die Edelleute gingen durch den Wald und schossen Wild, Hasen und Fasane zum Vergnügen. Ich grollte nicht nur den Menschen, sondern auch Gott. Er war es, der die wilden Tiere mit Klauen und Fangzähnen geschaffen hatte. Er war es, der den Menschen zu einem blutdürstigen Geschöpf gemacht hatte, das auf Schritt und Tritt Gewalt anwendete. Ich war nur ein Kind, aber ich hatte schon damals die gleiche Ansicht von der Welt wie heute – ein riesiges Schlachthaus, eine ungeheure Hölle. Mein Bruder hatte eine Broschüre über Darwin mitgebracht, die ein Kapitel über Malthus enthielt. Ich versicherte mich, daß mein Vater nichts merkte, und las das Buch in einem einzigen Tag. Malthus bewies auf die einleuchtendste Weise, daß viele Geschöpfe nur geboren werden, um zu sterben, denn sonst wäre die Welt so übervölkert, daß alle verhungern müßten oder einfach untergehen würden. Kriege, Epidemien und Hungersnöte erhielten das Leben auf dieser Erde. Darwin ging noch weiter und behauptete, daß der ständige Kampf um Nahrung und Vermehrung der Ursprung aller Arten sei. Die Kosaken, die die Juden erschlugen, die Russen, die Tataren, all die Stämme, die sich gegenseitig umbrachten, erfüllten tatsächlich die Pläne der Schöpfung. Töten oder getötet werden war die Regel des Lebens und Gottes. Malthus verneinte die Behauptung der Heiligen Schrift, daß Gott Blutvergießen verachte. In Wirklichkeit hatte Er die Welt so geschaffen, daß Blut vergossen werden mußte, daß Kinder verhungerten und die wilden Tiere einander auffraßen. Ich las all diese Wahrheiten, die ich nicht leugnen konnte, und hatte dabei das Gefühl, Gift zu schlucken. Ich schloß das schreckliche Buch und fing an, in der Bibel zu lesen. Schon lange war ich mir der erstaunlichen Widersprüche bewußt, die in diesem heiligen Buch enthalten sind. Der gleiche Moses, der sagt: »Du sollst nicht töten«, sagte auch »Du wirst alle Völker verzehren, die der Herr, dein Gott, dir geben wird«. Die Kriege, die Josua geführt hat, hatten eine unheimliche Ähnlichkeit mit den Greueltaten, die Chmielnizkis Kosaken begangen hatten. König David, der angebliche Verfasser der Psalmen, hat sich keineswegs so verhalten, wie man es von einem Psalmisten erwarten sollte. Lange hatte ich die Vision vor Augen, wie David mit einem Strick die Gefangenen maß und verkündete, wer leben durfte und wer sterben mußte. Da ein Mörder ein Übeltäter ist, wie kann dann König David ein Heiliger genannt werden? Und warum mußte der Messias von König David abstammen? Und wenn der Messias kommen sollte, wie könnte ich dann König David, einen Mörder, »Großpapa« nennen? In den Psalmen heißt es, daß gewalttätige und falsche Menschen Gott ein Greuel sind. Aber wie konnten sie Gott ein Greuel sein, wenn sie Seine Gebote ausführten?

Nein, in der Bibel fand ich die Antworten nicht. Indirekt bestätigte die Bibel sogar die Theorien von Malthus. Wenn die Juden stärker waren, so töteten sie die Philister, und wenn die Philister stärker waren, so töteten sie die Juden. Nach der Bibel erlagen die Juden ihren Feinden, weil sie gesündigt hatten, aber war jeder einzelne Soldat im Krieg ein Sünder? Und was war mit den Kindern, die oft Opfer dieser Kriege geworden waren? Es sah so aus, als ob Gott nicht die einzelnen Sünder direkt bestrafe, er bestrafte die ganze Gruppe. Aber der gleiche Gott hatte auch gesagt, daß weder Väter für die Sünden ihrer Kinder, noch Kinder für die Sünden ihrer Väter sterben dürften, jeder einzelne mußte für seine eigenen Sünden sterben.

Ich fand eine Spur von Trost in den kabbalistischen Büchern. Diese Bücher beschrieben die Erde als die niedrigste aller Welten. Die bösen Geister, die Ungläubigen, Satan, Lilith, Naama, Machlat und Schibta – alle übten sie Herrschaft aus in dieser Höhle des Bösen. Unsere Welt war die niedrigste aller Welten, weit entfernt von Gott und Seiner Gnade. Aber gerade weil wir so weit entfernt von Gott und Seiner Güte waren, hatte Er uns das größte Geschenk aus Seiner Schatzkammer gemacht – den freien Willen. Die Engel hatten keine Wahl, aber der Mensch konnte zwischen Gut und Böse wählen. Man könnte sagen, die Welt sei das schwächste Glied in Gottes Kette, und eine Kette ist nur so stark wie ihr schwächstes Glied. Wählt der Mensch die Tugend, so stärkt er damit alle Sphären. Engel und Seraphim warten darauf, daß ein Mensch eine gute Tat vollbringt, da dies Freude und Kraft für alle Welten bedeutet. Eine gute Tat hilft Gott und der Schechina, sich zu vereinigen. Eine Sünde andererseits verdüstert alle Welten.

Angenommen, es wäre so. Hat dann die Katze die Möglichkeit einer Wahl? Oder die Maus? Einmal habe ich den Schrei einer Maus gehört, als eine Katze sie erwischt hatte, und dieser Schrei verfolgt mich noch heute. Haben die Hühner, die in Janaschs Markt geschlachtet werden, eine Wahl? Müssen sie leiden aufgrund *unserer* Wahl? Ja, und die Kinder, die am Scharlach, an Diphtherie, an Keuchhusten und anderen Krankheiten gestorben sind, worin bestand ihre Schuld? Ich hatte gelesen und auch davon gehört, daß die Seelen der Verstorbenen in Tieren und Geflügel wiederauferstehen, und wenn der Schächter diese mit einem koscheren Messer und unter inbrünstigem Gebet tötet, ihre Seelen eine Reinigung erfahren. Aber was wurde aus den Rindern und Hennen, die in die Hände nichtjüdischer Metzger fielen? ...

»Ich bin im Begriff, ein Ketzer zu werden!« sagte ich zu mir, oder dachte es zumindest.

Mein Drang zu wissen, was die Ungläubigen oder die Wissenschaftler zu sagen hatten, wurde immer stärker. Wer weiß – vielleicht liegt die Wahrheit bei ihnen. Ein jüdischer Verleger in Warschau hatte begonnen, eine Reihe populärwissenschaftlicher Bücher herauszubringen, und ich bat meinen Bruder, sie mir zu verschaffen. Mein Bruder und ich teilten nun ein Geheimnis. Ich las ein populärwissenschaftliches Buch über Physik. Ich las über Astronomie. Für die Wissenschaftler war das Universum nicht kleiner als die Welt der Tat in der Kabbala. Im unendlichen Raum schwebten zahllose Körper, einige schon abgekühlt, andere mit einer Temperatur von Tausenden und Millionen von Graden, und wieder andere noch in gasförmigem oder nebligem Zustand. Alle diese Körper wurden von einem Gesetz beherrscht – der Schwerkraft. Das Buch vermittelte die kosmologischen Theorien von Kant und Laplace. Noch früher hatte das Universum aus einem einzigen ungeheuren Nebel bestanden. Dieser Nebel befand sich im Zustand des Gleichgewichts. Aber dann geschah etwas, das an einem bestimmten Ort in diesem Nebel Moleküle sich verdichten ließ und diese anfingen, die Moleküle der Umgebung anzuziehen. Ein Körper formte sich, der von einem Augenblick zum andern wuchs – eine kosmische Kugel. Mit der Zeit wurde diese Kugel so ungeheuer groß, daß sie barst, und Sonne, Sterne, Planeten und Kometen aus ihr entstanden. Die Sonne ihrerseits wurde so groß und unbeweglich, daß sich ein Teil losriß, der später unsere Erde und der Mond wurde... Ich besprach diese Theorie mit meinem Bruder. »Woher ist der ursprüngliche Nebel gekommen?« fragte ich ihn, und mein Bruder antwortete: »Woher ist Gott gekommen? Du mußt die Tatsache annehmen, daß etwas von jeher da war, und du kannst ebensogut annehmen, daß es Gott war wie die Natur. Und das gleiche gilt für das Gesetz der Schwerkraft und alle anderen Gesetze. Sie waren schon immer ein Teil der Natur, aber solange sich der kosmische Nebel in einem Zustand des Gleichgewichts befand, blieben diese Gesetze passiv – mehr oder weniger.«

Selbst ein Kind konnte die Ähnlichkeit zwischen der Kabbala und der Kosmologie von Kant und Laplace entdekken. Der einzige Unterschied bestand darin, daß die Unendlichkeit, wie die Kabbala sie beschreibt, Bewußtsein, Weisheit, Schönheit und Gnade besaß, während der Nebel Kants und Laplaces unbelebter Stoff ist. Auf die Frage, wie denn dieser unbelebte Stoff Bäume, Blüten, Vögel, Löwen, Maimonides, Kopernikus, Newton und den Baal Schem hervorgebracht haben könne, haben die Wissenschaftler eine Antwort: durch Entwicklung. Mein Vater gab dem einen anderen Namen – ein Tintenfaß, das sich über eine Papierrolle, drei Meilen lang, ergossen und ein Buch voller Weisheit geschrieben hat...

Inmitten all dieser Überlegungen brach der Erste Weltkrieg aus. Ein Attentäter hatte den österreichischen Erzherzog und seine Gemahlin ermordet, und Millionen von Soldaten und Zivilisten mußten für dieses Verbrechen mit ihrem Leben bezahlen. Die Gelehrten aller Länder nutzten die ewigen Gesetze, um die feindlichen Völker zu dezimieren. Im Radzyminer Lehrhaus, in dem mein Vater betete – wir waren inzwischen von der Krochmalna Nr. 10 in Nr. 12 umgezogen –, erzählte man sich, daß es jetzt Kanonen gäbe, die mit einem Schuß tausend Soldaten töten könnten. Das Flugzeug war erfunden worden, eine Art Ballon, der schwerer war als Luft. Bis zum Krieg hatten wir – mein Bruder und ich – mit der jiddischen Zeitung sehr vorsichtig zu sein. Mein Vater sagte, die Zeitungen seien voll von Gotteslästerungen und Ketzereien. Er sagte, den Tag anzufangen, indem man die Zeitung las, sei ebenso als ob man zum Frühstück Gift nähme. Aber als die Armeen sich in der Gegend der Städte und Dörfer bekriegten, aus denen wir stammten, und der Großonkel des Zaren, Nikolai Nikolajewitsch, die Juden aus diesen Orten vertrieb und selbst Juden als Geiseln nahm und sie nach Sibirien schickte, da warf sogar mein Vater einen Blick in die Zeitungen – nicht gleich am Morgen, aber später am Tag, nachdem er gebetet und gelernt hatte. Es gab neue Worte, die mein Vater noch nie gehört hatte. Die Juden, die seit zweitausend Jahren im Exil lebten und sich nie in die Kriege der Nichtjuden eingemischt hatten, hatten kaum Worte für Waffen und Munition. Auch für Strategie und Taktik gab es keine Worte in der jiddischen Sprache. Die jiddischen Journalisten mußten all diese Worte aus der deutschen Sprache adaptieren und manchmal auch aus der russischen oder polnischen. Vater las diese Berichte in der Zeitung. Der Feind – die Deutschen – wurde immer zurückgeschlagen, aber trotz schwerer Verluste stieß er ständig weiter vor. Die Zahlen der Toten und Verwundeten wurden angeführt. Manchmal fügte der Berichterstatter hinzu: »Auch wir hatten große Verluste.« Vater griff an seinen roten Bart, während seine blauen Augen aus dem Fenster zum Himmel hinauf blickten. Sie kämpften und vergossen Blut um ein armseliges Dorf oder einen schlammigen Fluß. Sie brannten die hölzernen Hütten und die dürftigen Habseligkeiten der Ärmsten nieder, die oft mit ihren Kindern in die kalte Nacht hinaus fliehen mußten. Ich hörte Vater murmeln: »Weh, weh über uns, großer Gott im Himmel!«

Ich hätte gern gesagt: »Papa, dies ist nicht Gottes Fehler, sondern der Fehler der Entwicklung. Wäre der Nebel in dem Zustand des Gleichgewichts geblieben, so würden wir alle in Frieden leben.«

Fünftes Kapitel

Wir hungerten zu Hause. Draußen war es bitter kalt, aber in unserem Ofen brannte kein Feuer. Mutter lag den ganzen Tag im Bett und las ihre Erbauungsbücher – »Die Pflicht der Herzen«, »Die Rute der Strafe«, »Das gute Herz« – und manchmal las sie auch in dem schon erwähnten »Buch des Bundes«. Ihr Gesicht war weiß und blutleer. Auch sie suchte die Antwort auf die ewigen Fragen, aber ihr Glaube blieb standhaft. Nicht der Schatten eines Verdachts fiel auf den Allmächtigen. Mutter stritt mit meinem älteren Bruder: »Es ist nicht die Schuld des Schöpfers. Er wollte Esau und Ismael die Tora geben, aber sie lehnten sie ab.« Mein Bruder fragte: »Warst du dabei?« Er leugnete die Vorstellung der freien Wahl. So etwas wie freien Willen gab es nicht. Wurde man in ein jüdisches Haus geboren, so glaubte man an die Jüdischkeit; wurde man in ein christliches Haus geboren, so glaubte man an Christus; wurde man als Türke geboren, so glaubte man an Mohammed. Er sagte zu unserer Mutter: »Wenn dich jemand als Kind aus dem Hause deines Vaters entführt hätte und du unter Christen aufgewachsen wärst, so würdest du dich bekreuzigen und statt der Erbauungsbücher, die du jetzt liest, würdest du die Geschichte der christlichen Märtyrer lesen.«

Mutter schnitt ein Gesicht beim Anhören dieser Gotteslästerung und sagte: »Der Allmächtige möge dir deine Worte vergeben.«

»Es gibt keinen Allmächtigen. Der Mensch ist genauso ein Tier wie jedes andere Tier. Der ganze Krieg dreht sich um Öl.« Das war das erstemal, daß ich je so etwas gehört hatte. Ausgerechnet Öl? Als wir noch in Nummer 10 lebten, hatten wir Öl für unsere Lampen benutzt. Seit wir in Nummer 12 lebten, hatten wir Gas. Es schien mir unglaubhaft, daß Deutschland, Rußland, England und Frankreich wegen einer so schmutzigen Sache wie Öl Krieg führen sollten, aber mein Bruder erklärte es sogleich.

Mutter ließ ihn ausreden, dann sagte sie: »Sie suchen nur nach einem Vorwand, um sich zu bekriegen. Heute ist es wegen Öl, morgen wird es wegen Seife oder Weinstein sein. Tatsache ist, daß sie Übeltäter sind, und Übeltäter müssen Böses tun. Alles, was sie brauchen, ist ein Vorwand.«

»Als die Juden noch ein Land besaßen, haben sie auch gekämpft. Die ganze Vorstellung vom ›auserwählten Volk‹ ist keinen Pfifferling wert. Wir sind die gleichen Tiere wie alle anderen. Auch wir haben unser Teil an Schwindlern, Fälschern und Scharlatanen.«

»Das kommt alles nur von dem bitteren Exil.«

Ich wußte nicht, wem ich beistimmen sollte – ich liebte sie beide sehr –, aber mein Bruder schien mir doch recht zu haben. In welchem Heim immer man aufwuchs, dessen Glaube nahm man an. Das Zuhause hypnotisierte die Menschen, wie es der Hypnotiseur Feldman in der Zeitung beschrieb. Was Feldman in einer Minute vollbrachte, machte das Zuhause langsam. Wenn man tagaus, tagein zu hören bekam, daß es einen Gott gibt, dann glaubt man an Gott. Erzieht man die Kinder in dem Glauben an die Evolution, dann glauben sie an die Evolution. Aber was war die Wahrheit? Ich, der Itschele aus der Krochmalnastraße Nummer 12, wollte mich durch niemanden hypnotisieren lassen. Ich mußte alles selbst überlegen und zu eigenen Schlußfolgerungen kommen. Es war mir inzwischen klar geworden, daß ich durch das Lesen populärwissenschaftlicher Bücher das Geheimnis der Welt nicht ergründen würde. Kant und Laplace waren auch nur Menschen, keine Engel. Wie konnten sie wissen, was vor Millionen und Myriaden von Jahren vorgegangen war? Da man nicht eine sieben Meilen tiefe Grube graben kann, um zu sehen, was unter der Erde vorgeht, wie konnten sie da wissen, wie das Universum geformt wurde? Es waren alles Vermutungen oder Annahmen. Sowohl die Kabbala wie die Astronomiebücher sprachen von Ursubstanzen, die es von jeher gegeben habe, aber ich konnte mir beim besten Willen nichts darunter vorstellen. Wenn Gott oder der Nebel schon immer vorhanden gewesen waren, dann konnte man eine Wagenladung voll Bleistifte nehmen, um die Anzahl von Jahren, die diese Ursubstanzen existiert hatten, aufzuschreiben, und es wäre noch immer nicht ausreichend. Es war einfach eine Tatsache, daß man diese Summe mit allen

Bleistiften der Welt und allem Papier der Welt nicht aufschreiben konnte. In dem Buch über Astronomie stand, daß der Raum unbegrenzt sei wie auch die Zahl der Himmelskörper. Aber wie konnte etwas eine Ausdehnung ohne Ende haben? Andererseits, wie konnte die Zeit einen Anfang haben? Was war vor dem Anfang gewesen? Und wie konnte der Raum eine Begrenzung erfahren? Ich sprach darüber mit meinem Bruder, und er sagte: »Deine Fragen gehören in das Gebiet der Philosophie, nicht in das der Wissenschaft, aber auch dort kann man die Wahrheit nicht finden.«

»Wo kann man sie finden?«

»Die echte Wahrheit hat nie jemand gekannt, sie ist heute noch unbekannt, und man wird sie nie kennen. Genau wie eine Fliege nicht einen Wagen, der mit Kohlen oder Eisen beladen ist, ziehen kann, so wenig kann unser Gehirn die Wahrheit der Welt ergründen.«

»Wenn das so ist, was soll man dann tun?«

»Essen, trinken, schlafen und, wenn möglich, bessere Verhältnisse schaffen.«

»Welche Art von Verhältnissen?«

»Solche, in denen die Völker aufhören, einander abzuschlachten, und in denen die Menschen Arbeit, Essen und eine anständige Unterkunft haben.«

»Wie soll das geschehen?«

»Oh, es gibt alle möglichen Theorien.«

Mein Bruder machte eine Handbewegung. Er selbst war in großen Schwierigkeiten. Er versteckte sich vor den russischen Militärbehörden. Er lebte mit einem falschen Paß, unter falschem Namen und Geburtsort. Er wohnte in einem ungeheizten Atelier eines Bildhauers und hungerte wie wir alle. Sein Leben war jeden Augenblick in Gefahr, denn Deserteure wurden erschossen. Meine Mutter weinte sich die Augen aus, wenn sie zu Gott betete, ihm kein Unglück zustoßen zu lassen. Obwohl ich an der Existenz Gottes zweifelte, betete auch ich zu Ihm – wann immer ich vergaß, daß ich eigentlich ein Ungläubiger war. Schließlich und endlich, man konnte nie so genau wissen.

Mein Bruder ging, aber ehe er ging, schaute er aus dem Fenster, um zu sehen, ob die Luft rein war – daß keine militärischen Patrouillen in der Nähe waren. Ich fing an im Zimmer hin und her zu laufen wie ein Tier im Käfig. Wie konnte man in einer solchen Welt leben? Wie konnte man atmen, wenn man dazu verurteilt war, nie, nie zu wissen, woher man kam, wer man war, wohin man ging? Ich sah aus dem Fenster und erblickte einen mit Säcken beladenen Lastwagen, den eine dürre Mähre zog. Ich verglich mich mit diesem Geschöpf, das diese Last zog, ohne zu wissen, was es war, wohin es ging und warum es sich so anstrengen mußte. Mein Bruder hatte mir soeben geraten, wie es im »Prediger« heißt, zu essen, zu trinken und zu schlafen, aber ich hatte nichts zu essen, und es war nicht einmal so leicht, ein Glas Wasser zu trinken, da die Rohre eingefroren waren. Und wie sehr ich mich auch des Nachts zudeckte, ich fror noch immer. Auch die Mäuse in unserer Wohnung hungerten offensichtlich, denn sie wurden in ihrer Verzweiflung immer frecher – sie sprangen sogar über unsere Betten. Ja, und wie sollte ich es anfangen, eine bessere Ordnung der Welt herzustellen? Sollte ich vielleicht einen Brief an Nikolaus II., an Wilhelm II., oder den König von England schreiben, daß es sich nicht lohne, wegen Öl Krieg zu führen? Hatte nicht Malthus gesagt, Kriege und Epidemien seien nützlich – ja, sogar lebensnotwendig für das Überleben der Menschen?

Mein Bruder hatte die Philosophen erwähnt, und obwohl er gesagt hatte, daß man nichts von ihnen lernen könne, mußten sie doch etwas wissen. Warum nannte man sie sonst Philosophen? Aber woher sollte ich so ein Buch bekommen? Ich hätte meinen Bruder fragen können, aber erstens kam er jetzt selten nach Hause, und zweitens vergaß er oft, worum ich ihn gebeten hatte, und es brauchte Wochen, bis er sich daran erinnerte. Ich aber mußte die Antworten jetzt sofort haben! Ich kramte in den Papieren meines Bruders herum und fand, was ich brauchte – ein Buch aus der Breslerschen Leihbibliothek mit der Adresse irgendwo in der Nowolipkistraße. Jetzt war ich bereit, das größte Abenteuer meines Lebens zu beginnen – ich beschloß nämlich, in diese Bibliothek zu gehen und zu versuchen, ein Buch über Philosophie zu bekommen. Ich hatte das Gefühl, daß mein Bruder das Buch schon gelesen hatte, und daß es wahrscheinlich höchste

Zeit für die Rückgabe war. Es waren schon einigemal Karten von der Bibliothek gekommen, die überfällige Bücher angemahnt hatten. Ich wollte also dieses Buch zurückgeben und an seiner Statt ein neues verlangen, ein philosophisches. Allerdings würde mein Bruder sehr böse werden, sollte er merken, was ich getan hatte, möglicherweise würde er mir sogar eine Ohrfeige versetzen, weil ich an einem solchen Ort nichts zu suchen hätte. Aber was war eine Ohrfeige verglichen mit der Freude, die mir ein Buch über Philosophie verschaffen würde? Ich brannte vor Verlangen, zu lesen, was die Philosophen über Gott zu sagen hatten, über die Welt, Zeit, Raum, und vor allem, warum Menschen und Tiere so leiden mußten. Dies war für mich die Frage aller Fragen.

Ich nahm das Buch und machte mich auf in die Nowolipkistraße. Es war eisig kalt. Die Deutschen standen so dicht vor Warschau, daß ich auf der Straße den Kanonendonner hören konnte. Ich stellte mir vor, daß von jedem Schuß tausend Soldaten starben. Es wehte ein eisiger Wind, der meine Nase in ein Stück Holz verwandelte. Ich hatte keine Handschuhe, und die Finger der Hand, in der ich das Buch hielt, waren ganz steif geworden. Ich hatte furchtbare Angst, daß sie mich in der Bibliothek anschreien oder gar verhöhnen würden. Wer weiß? Vielleicht war sogar mein Bruder gerade dort. Ich rannte gegen den Wind an und eine Stimme in mir rief: »Ich muß die Wahrheit wissen! Ein für allemal!«

Ich betrat die Bibliothek und konnte einen Augenblick lang nichts sehen. Meine Augen waren geblendet und mein Kopf schwindelte. »Laßt mich nur nicht ohnmächtig werden«, flehte ich die Mächte an, die die Welt lenken. Langsam ließ der Schwindel nach, und ich sah einen großen Raum, eigentlich eine Halle, die vom Boden bis zu der erstaunlich hohen Decke mit Büchern vollgestapelt war. Durch die Fenster schien die Sonne herein und warf ein helles winterliches Licht. Hinter einem breiten Tisch stand ein dicker Mann – mit unbedecktem Kopf, bartlos, mit langem Haar und einem Schnurrbart –, der Papierstückchen auf die eingerissenen Ränder eines Buches klebte. Lange blickte er nicht davon auf, dann bemerkte er mich, und seine großen schwarzen Augen drückten eine Art freundlicher Überraschung aus.

Er sagte: »Was gibt es, junger Mann?«

Ich genoß den Titel »Junger Mann«. Es war ein Zeichen, daß ich schon halb erwachsen war.

Ich antwortete: »Ich bringe ein Buch von meinem Bruder zurück.« Der Bibliothekar streckte eine Hand aus und nahm das Buch. Er starrte lange auf die Innenseite des Umschlags und runzelte die Stirn. Dann fragte er: »Israel Josua Singer ist dein Bruder?«

»Ja, mein älterer Bruder«, antwortete ich.

»Was ist denn los mit ihm? Dieses Buch hat er vor einem Jahr ausgeliehen. Man darf ein Buch nicht länger als einen Monat behalten. Da hat sich eine ganz schöne Summe Strafgeld angesammelt. Mehr als die Kaution.«

»Mein Bruder ist beim Militär«, sagte ich und war erstaunt über meine eigene Lüge. Ich hatte es entweder gesagt, um meines Bruders Versäumnis zu entschuldigen, oder weil ich versuchte, Sympathie für mich zu erwecken. Der Bibliothekar schüttelte den Kopf.

»Wo ist er – im Krieg?«

»Ja, im Krieg.«

»Hörst du etwas von ihm?«

»Kein Wort.«

Der Bibliothekar schnitt ein Gesicht.

»Was wollen sie – diese Wilden? Warum ziehen sie unschuldige Opfer in ihre mörderischen Kriege?« Er sprach halb zu mir, halb zu sich selbst. Er schwieg einen Augenblick, dann sagte er: »Dein Bruder ist ein begabter junger Mann. Er schreibt gut. Er malt auch gut. Eine Begabung. Ein Naturtalent. Ja, und du, du gehst offenbar schon ins Lehrhaus, was?«

»Ja, ich lerne, aber ich möchte auch wissen, was in der Welt vor sich geht«, sagte ich. Ich hatte das Gefühl, mein Mund spreche ganz von selbst.

»So. Was möchtest du denn wissen?«

»Oh – Physik, Geographie, Philosophie – alles.«

»Alles, so? Niemand weiß alles.«

»Ich möchte das Geheimnis des Lebens kennenlernen«, sagte ich. »Ich möchte ein Buch über Philosophie lesen.«

Der Bibliothekar zog die Augenbrauen hoch. »Was für ein Buch? In welcher Sprache?«

»Auf Jiddisch. Ich verstehe auch Hebräisch.«

»Du meinst die heilige Sprache?«

»Mein Bruder liest den ›Morgenstern‹, und ich lese ihn auch.«

»Und euer Vater erlaubt euch, eine derart ketzerische Zeitung zu lesen?«

»Er merkt es nicht.«

Der Bibliothekar dachte nach.

»Ich habe etwas über Philosophie auf Jiddisch, aber in deinem Alter solltest du nützlichere Dinge lesen, nicht gerade Philosophie. Es wird dir schwerfallen und du wirst nichts davon haben.«

»Ich möchte wissen, was die Philosophen darüber sagen, warum die Menschen leiden müssen und wie die Welt entstanden ist.«

»Das wissen die Philosophen selber nicht. Warte hier.«

Er ging, um unter den Büchern nachzusuchen und stieg sogar auf eine Leiter. Er brachte zwei Bücher herunter und zeigte sie mir. Eines war auf Jiddisch, das andere auf Hebräisch geschrieben.

Er sagte: »Hier habe ich etwas für dich, aber wenn dein Vater diese Bücher zu sehen bekommt, wird er sie in Stücke reißen.«

»Mein Vater wird sie nicht zu sehen bekommen. Ich werde sie gut verstecken.«

»Wenn du bei einer Bibliothek Bücher ausleihst, mußt du etwas Geld hinterlegen und für einen Monat im voraus bezahlen, aber du hast wahrscheinlich keinen Groschen. Also werde ich es riskieren, aber bring die Bücher zurück, wenn du fertig damit bist. Und behandele sie gut. Wenn du sie pünktlich zurückbringst, werde ich noch andere für dich heraussuchen. Wenn ein junger Mensch das Geheimnis des Lebens erforschen will, dann muß man ihm dabei helfen.«

Der Bibliothekar lächelte und schrieb etwas auf eine Karte. Er gab mir die Bücher, und ich hielt mich nur mühsam davon ab, ihm die Hand zu küssen. Eine Welle von Zuneigung zu diesem guten Menschen stieg in mir auf, zugleich mit der Begierde zu lesen, was in diesen Büchern geschrieben stand.

Sechstes Kapitel

Das jiddisch geschriebene Buch beendete ich noch am selben Tag. Ich war so darein vertieft, daß ich nicht mehr an meinen Hunger dachte. Über die meisten Philosophen standen nur ein paar Seiten in diesem Buch. Einige davon, Plato, Aristoteles und Demokrit, waren mir bereits vertraut, weil ich schon früher einige der in unserem Hause befindlichen Bücher durchgeblättert hatte, so den »Führer der Schwankenden« von Maimonides, Juda Halevis »Kusari«, »Glauben und Wissen« des Saadja ben Josef, Gaon zu Sura, und andere Bücher, darunter das »Buch des Bundes«. Ich verstand nur wenig von dem, was ich las, aber ich arbeitete mich hindurch, schon damit mich mein Vater nicht erwischen und diese ketzerischen Bücher zerreißen und mir noch dazu Ohrfeigen versetzen konnte. Es lag mir unendlich viel daran, so schnell wie möglich zu entdecken, warum Mensch und Tier leiden mußten. Die Philosophen boten verschiedene Ansichten an, wie die Erschaffung der Welt vor sich gegangen sein könnte, aber ich hielt mich an die Frage: »Woher wollen sie das wissen?« Da sie nicht im Himmel gewesen waren, und weder Gott, noch der erste Beweger, noch die Entelechie zu ihnen gesprochen hatte, wie konnte ich ihnen antworten? Ich begegnete solchen Worten wie Idee, Form, Kategorien, Substanz, Monaden, Idealismus, Materialismus, Empirismus und Solipsismus, aber die Fragen, wie die Dinge zeitlich unbegrenzt bestehen können, wie die Welt unendlich sein könne, und warum die Katzen Mäuse fingen, blieben unbeantwortet. Nur ein Philosoph, Schopenhauer, erwähnte die Leiden von Mensch und Tier, aber nach diesem Buch konnte auch er keine Erklärung dafür geben. Die Welt, so sagte er, bestand aus dem blinden Willen, aus Leidenschaften, die ohne Vernunft waren, und denen der Intellekt als Sklave diente... Danach wandte ich mich dem hebräischen Buch zu. Über Philosophie auf Hebräisch zu lesen war für mich noch schwerer als auf Jiddisch. Genau genommen las ich nicht jede Seite, sondern suchte nach Stellen, die meine Fragen klar beantworten würden, aber in diesen Büchern war weniger Klarheit als in denen über die Kabbala, insbesondere in dem Buch »Die Säule des Gottesdienstes«. Allmählich verwandelte sich die Freude, die ich über diese beiden Bücher empfunden hatte, in Verzweiflung und Wut. Wenn die Philosophen es nicht wußten und nicht wissen konnten – wie Locke, Hume und Kant selbst andeuteten –, wozu dann all die hochtrabenden Worte? Wozu all die Untersuchungen? Ich hatte den Verdacht, daß die Philosophen etwas vorheuchelten, ihre Unwissenheit hinter fremdartigen Ausdrücken verbargen. Außerdem schien es mir, als ob sie die Hauptfrage umgingen, das Wesen der Dinge. Die Frage aller Fragen war das Leiden der Kreatur, die Grausamkeit des Menschen Mensch und Tier gegenüber. Selbst wenn die Philosophie die Antwort auf alle anderen Fragen bereit hätte, mit Ausnahme dieser einen, so wäre sie doch wertlos.

Das waren meine Gefühle damals, und sie sind es noch heute. Aber beim Lesen der philosophischen Bücher schien es mir, daß die Frage des Leidens die Philosophen nicht besonders beschäftigte.

Mein Bruder hatte ein Fremdwörterbuch im Hause zurückgelassen, so daß ich die schwierigeren Wörter nachsehen konnte. Auf einer Seite eines dieser philosophischen Bücher wurde die Frage behandelt, ob der Satz »sieben und fünf ist zwölf« »a priori« oder »synthetisch a priori« sei. Ich schlug die Bedeutung von »a priori« nach, sowie die von »synthetisch« und »analytisch«, die auch dort angegeben waren, und gleichzeitig dachte ich: »Was hilft es der aufgefressenen Maus oder dem gegessenen Lamm, ob der Satz ›sieben und fünf ist zwölf‹ analytisch oder synthetisch ist?« Heute weiß ich, daß die ganze Kantsche Philosophie auf dieser Frage beruht, aber für mich ist das Leiden von Mensch und Tier noch immer das Problem aller Probleme. Das gleiche Gefühl habe ich heute, wenn ich versuche, die gewundenen Kommentare von Wittgenstein und seinen Schülern zu lesen, die sich und andere davon überzeugen wollen, daß alles, was uns fehlt, die klare Definition von Worten ist. Man gebe uns ein Wörterbuch mit kristallklaren Erklärungen – wenn so etwas möglich ist –, und die Schmerzen aller Märtyrer aller Zeiten und die der gequälten Geschöpfe wären für immer gerechtfertigt...

Im Laufe des Monats, während ich diese beiden Bücher behielt (bis heute weiß ich nicht, wer die Verfasser waren), las ich buchstäblich Tag und Nacht darin. Ich mußte dauernd das Wörterbuch zu Hilfe nehmen, aber je mehr ich in diesen Büchern las und sie eingehend untersuchte, desto klarer wurde mir, daß meine Fragen hier keine Antworten finden würden. Die Philosophen sagten tatsächlich alle das gleiche, das ich von meiner Mutter gehört hatte – die Wege Gottes (oder der Natur oder der Substanz oder des Absoluten) sind verborgen. Wir kennen sie nicht und wir können sie nicht kennen. Schon damals entdeckte ich die Ähnlichkeit zwischen der Kabbala und Baruch Spinoza. Beide hielten alles in der Welt Befindliche für einen Teil Gottes, aber während die Kabbala Gott Attribute zuschrieb wie Wille, Weisheit, Größe und Gnade, schrieb Spinoza Gott nur die Fähigkeit der Ausdehnung und des Denkens zu. Die Qual von Mensch und Tier berührte den Gott Spinozas nicht im geringsten. Er hatte keinerlei Gefühle im Hinblick auf Gerechtigkeit und Freiheit. Er war Selber nicht frei, sondern mußte nach ewigen Gesetzen handeln. Zwischen Baal Schem und einem Mörder gab es für Ihn keinen wirklichen Unterschied. Alles war vorherbestimmt, und nichts konnte den Gott Spinozas oder die Dinge, die Teil von Ihm waren, berühren. Vor Billionen von Jahren wußte Er schon, daß jemand den österreichischen Erzherzog ermorden und Nikolai Nikolajewitsch einen alten Rabbiner in einer kleinen polnischen Stadt aufhängen lassen würde, weil er angeblich ein deutscher Spion sei.

In dem Buch hieß es, daß Spinoza vorgeschlagen habe, Gott solle mit der Liebe der Vernunft – *amor Dei intellectualis* – geliebt werden, aber wie konnte man einen mächtigen und weisen Gott lieben, der nicht einen Funken von Mitleid gegenüber den Gefolterten und Geschlagenen zeigte? Diese Philosophie strahlte Kälte aus, dennoch hatte ich das Gefühl, sie enthalte mehr Wahrheit – bittere Wahrheit – als die Kabbala. Hätte Gott wirklich Gnade und Güte in reichem Maße, dann hätte Er nicht Hunger, Seuchen und Pogrome zulassen können. Der Gott Spinozas bestärkte nur die Behauptungen von Malthus.

Als die Deutschen in Warschau einzogen, wurde der

Hunger noch schlimmer. Eine Typhusepidemie brach aus. Mein jüngerer Bruder Mosche bekam Flecktyphus, und man brachte ihn in das städtische Hospital. Er war in Lebensgefahr, und meine Mutter weinte sich die Augen aus und betete zu Gott – oder wer immer verantwortlich war – für ihn. Spinoza hatte mich gelehrt, daß Gebete in keiner Weise helfen konnten, aber die Kabbala sagte, daß inbrünstige Gebete direkt vor den Thron der Herrlichkeit gelangen und das Schlimmste abwenden können. Wie konnte Spinoza so sicher wissen, daß Gott weder Willen noch Mitleid habe? Er, Spinoza, war doch auch nur aus Fleisch und Blut. Gottseidank wurde Mosche wieder gesund.

Zwischen 1915 und 1917 starben in der Krochmalna Hunderte von Menschen. Jetzt zog ein Trauerzug unter unseren Fenstern vorbei, und kurz danach brachte eine Ambulanz einen Kranken fort. Ich sah Frauen ihre Fäuste gegen den Himmel recken und hörte sie in ihrer Wut Gott einen Mörder und Schurken nennen. Ich sah im Radzyminer Lehrhaus und in anderen Lehrhäusern die Chassidim mit vor Unterernährung aufgeschwollenen Leibern. Zu Hause aßen wir erfrorene Kartoffeln, die einen widerlich süßen Geschmack hatten. Die Deutschen errangen immer mehr Siege; diejenigen, die vorausgesagt hatten, der Krieg werde nicht länger als sechs Wochen dauern, mußten bald ihren Irrtum einsehen. Millionen Menschen waren bereits umgekommen, aber Malthus' Gott hatte noch immer nicht genug.

Während dieser Zeit brach in Rußland die Revolution aus. Der Zar war gestürzt worden, und die Juden im Radzyminer Lehrhaus sagten sofort, dies sei ein Vorzeichen für das Kommen des Messias. Die Toten vermoderten, aber in den noch Lebenden gab es neue Hoffnung. Es war klar, diese Revolution war ein Akt der Vorsehung, aber der Hunger und die Krankheiten in Warschau wurden immer noch schlimmer. Mein Vater war von dieser Situation so niedergedrückt, daß er sich kaum noch um mich kümmerte und ich Gelegenheit hatte, alle Bücher zu lesen, deren ich habhaft werden konnte. Dabei vernachlässigte ich aber nicht meine Studien der Gemara und der Kommentare. Ich lernte, las und ließ meiner Phantasie freien Lauf. Da sowohl die Kabbalisten wie die Philosophen sich alles selbst ausdachten, warum sollte ich da nicht die Wahrheit mit meinem eigenen Verstand aufstöbern? Vielleicht war es mir bestimmt, die Wahrheit über die Schöpfung zu enthüllen? Aber all mein Nachdenken stieß immer wieder gegen das erbitternde Rätsel der Ewigkeit und Unendlichkeit und gegen das noch quälendere Geheimnis des Leidens und der Grausamkeit.

Siebentes Kapitel

Im Sommer des Jahres 1917 fuhr meine Mutter mit mir und meinem jüngeren Bruder Mosche nach Bilgoraj, wo ihr Vater vierzig Jahre lang Rabbiner gewesen war. Er war vor den Russen nach Lublin geflohen und dort an der Cholera gestorben. Meine Großmutter Hannah lebte auch nicht mehr. Mein Onkel Joseph, der Bruder meiner Mutter, war jetzt Rabbiner in Bilgoraj. Ich habe unsere Reise nach Bilgoraj in meinem Buch »Mein Vater der Rabbi« ausführlich beschrieben. Die Bibliothek in Bilgoraj war nur klein, aber damals hatte ich schon angefangen, Polnisch zu lesen und hatte auch Gelegenheit, die Geschichte der Philosophie und Spinozas »Ethik« auf Deutsch zu lesen. Ich las sogar Marx' »Kapital« auf Jiddisch. Der Materialismus – im besonderen der historische Materialismus – hat mich nie besonders angezogen. Selbst in den Augenblicken des größten Zweifels wußte ich, daß diese Welt sich nicht von selbst entwickelt hatte, sondern daß es einen Plan, ein Bewußtsein, eine metaphysische Kraft dahinter gegeben haben muß. Blinde Kräfte konnten nicht einmal eine Fliege erschaffen. Aber in Spinozas »Ethik« begegnete mir eine Art freudloser Größe. Da nach Spinoza die Substanz eine unendliche Anzahl von Attributen besitzt, ließ diese Auffassung noch etwas Spielraum für die Phantasie. Ich spielte sogar mit der Idee, einige von Spinozas Grundsätzen und Definitionen zu ändern und eine neue »Ethik« vorzustellen. Man konnte zum Beispiel leicht behaupten, daß Zeit auch eines von den Attributen Gottes sei, ebenso wie Entschlußkraft und Wachstum. Ich hatte irgendwo über die nichteuklidische Geometrie von Lobatschewski gelesen, und ich wollte einen nichtspinozistischen Pantheismus schaffen, oder wie immer man das nennen wollte. Ich war auch bereit, den Willen als göttliches Attribut anzusehen. Diese Art von überarbeitetem Spinozismus würde sich der Kabbala stark annähern.

In Bilgoraj gab es einen aufgeklärten Juden, den Uhrmacher Todros, der sich für Wissenschaft und Philosophie interessierte. Ich lehrte seine Tochter – ein schönes Mädchen

– Hebräisch, und ihr Vater und ich diskutierten oft über erhabene Themen. Er war auf einige wissenschaftliche Zeitschriften aus Warschau abonniert, und von ihm hörte ich über Einstein und die Tatsache, daß Atome Licht und Energie ausstrahlen. Über die Unteilbarkeit des Atoms hatte ich mir schon immer den Kopf zerbrochen. Wie klein ein Ding auch war, man konnte sich immer noch die Hälfte oder ein Viertel davon vorstellen und so noch lange weiter. Ich sagte zu Todros im Singsang der Gemara: »Da das Atom nicht das letzte Maß der Kleinheit ist, so kann es doch unendlich viele von ihm geben. Wenn die Größe keine Begrenzung hat, dann gilt das auch für die Kleinheit. Es ist durchaus möglich, daß jedes Atom eine Welt für sich ist, bevölkert von unendlich kleinen Menschen und Tieren. Es ist nicht undenkbar, daß auf einer dieser Welten ein Isaak und ein Todros sitzen und die gleiche Unterhaltung führen wie wir.«

Auf dem Tisch lag ein halbverbranntes Streichholz. Ich sagte: »Es ist auch vorstellbar, daß dieses Streichholz zahllose Welten enthält, in denen Menschen lernen, heiraten, sich vermehren – daß es dort Universitäten gibt und Philosophen, die Bücher schreiben.«

Ich wollte noch hinzufügen, daß man dort auch liebte, denn ich hatte mich in seine Tochter, meine Schülerin, verliebt. Todros lächelte und starrte auf das Streichholzende.

Ich fuhr fort: »Vielleicht ist unsere Welt Teil eines solchen kosmischen Streichholzes. Vielleicht gibt es Geschöpfe in dem unendlichen Universum, die unser Sonnensystem in die Tasche stecken könnten, und vielleicht tun sie dies auch ohne unser Wissen ...«

»Hm, hm, was könnte nicht alles sein ... Die Wissenschaft spricht nur von den Dingen, die wirklich existieren, nicht von den Möglichkeiten.«

»Ich habe gelesen, daß es Strahlen gibt, die in der Sekunde eine Million Mal vibrieren. Vielleicht gibt es auch Geschöpfe, die in einer Sekunde erleben, was wir in hundert Jahren erleben.«

»Ja, das kann sein. Aber inzwischen wird die Lage auf unserem Planeten immer schlimmer. In der Ukraine werden die jüdischen Kinder geschlachtet wie zu Chmielnizkis Zeiten. Ich habe gestern einen Haufen Zeitungen aus Warschau bekommen. Es ist kaum zu glauben, daß im zwanzigsten Jahrhundert solche Barbareien begangen werden.«

»Die gleichen Barbareien werden im dreißigsten Jahrhundert begangen werden, im fünfzigsten und im hundertsten.«

»Warum sagst du das? Glaubst du nicht an den Fortschritt?«

»Gott will Mord – Er muß ihn haben«, sagte ich. »Habt Ihr je von Malthus gehört?«

»Ja, ich habe von ihm gehört und ich habe ihn gelesen. Aber man kann die menschlichen Geburten beschränken. Französische Frauen haben nur zwei Kinder. Wenn die Menschen aufhören würden, sich wie die Kaninchen zu vermehren, brauchte es all diese Kriege und Epidemien nicht zu geben. In den zivilisierten Ländern ist die Cholera so gut wie ausgerottet. Der Typhus ist selten geworden. Selbst hier gibt es kaum mehr Blattern. Mit Wissen und Geduld kann man alles regeln.«

»Wenn man eine Krankheit ausrottet, werden sich andere zeigen. Gott ist böse«, sagte ich, erstaunt über meine eigenen Worte. »Ein guter Gott würde es nicht so einrichten, daß die Wölfe die Schafe zerreißen und die Katzen unschuldige Mäuse fangen.«

»Er ist weder gut noch böse«, sagte Todros. »Es gibt ihn nicht und das ist alles, was dazu zu sagen ist. Und die Natur kümmert sich nicht um ein Sittengesetz.«

»Woher kommt die Natur?«

»Woher kommt Gott? Die Natur ist da, und wir müssen uns mit ihr verständigen und ihre Gesetze zum Wohl der Menschheit anwenden.«

»Und was ist mit den Tieren?«

»Darüber können wir uns nicht den Kopf zerbrechen.«

Der Docht in der Petroleumlampe warf einen hellen Schein; der Ofen strömte Wärme aus. Meine Schülerin brachte zwei Glas Tee aus der Küche. Ihr Gesicht war blaß, aber ihre Augen kohlschwarz. Sie hörte unserer Unterhaltung zu und lächelte. Mädchen sprachen nie über solche Dinge. Sie redeten über Schuhe, Kleider, Verlobungen, Hochzeiten und Gelegenheitskäufe auf den Märkten...

Mein neuer Freund, Notte Schwerdscharf, hielt Reden und schlug vor, die Juden sollten nach Palästina gehen, aber die Mädchen nahmen ihn nicht ernst. Was lag schon daran, was Notte sagte? Jeden Montag und Donnerstag hatte er einen neuen verrückten Einfall. Es gab damals auch schon Kommunisten in Bilgoraj. Es gab sogar einen jungen Juden, der ein polnischer Patriot war und in die Pilsudski-Legion eingetreten war. Die frommen Juden hatten eine orthodoxe Partei gegründet.

Als meine Mutter mit mir und meinem Bruder Mosche nach Bilgoraj gefahren war, war mein Bruder Josua in Warschau geblieben. Er hatte nicht den leisesten Wunsch, sich in so einem gottverlassenen Nest wie Bilgoraj zu vergraben. Mein Vater war nach Radzymin gegangen, um dem dortigen chassidischen Rabbiner bei dem Schreiben seiner Bücher zu helfen. Der Radzyminer Rabbiner hatte eine schlechte Handschrift und seine Rechtschreibung im Hebräischen war abscheulich. Seine Kommentare waren albern, und die Gelehrten spotteten über ihn. Der Rabbi brauchte eine ›Amme‹, und mein Vater besaß diese Fähigkeit. Mein Bruder ging schließlich nach Kiew, das von den Deutschen besetzt war, und arbeitete dort für die jiddische Presse.

Dann kam die bolschewistische Revolution und mit ihr die Banden, die Pogrome veranstalteten. Viele Monate vergingen, ohne daß wir von meinem Bruder Nachricht hatten. Meine Schwester Hindele hatte mit ihrem Mann in Antwerpen gelebt, und als die Deutschen in Belgien einmarschierten, flohen die beiden nach England. Da er russischer Staatsbürger war, schickten ihn die Engländer nach Rußland zurück, damit er sich beim Militär melden konnte. Inzwischen war aber die Revolution ausgebrochen, und er saß in Rußland fest. Meine Schwester lebte mit dem Kind in London ohne irgendwelche Mittel. Die Post zwischen England und Polen funktionierte nicht. Für all diese Probleme kannte meine Mutter nur ein Mittel – das Gebet. Mit uns verglichen lebte Todros im Luxus, und es war friedlich bei ihm. Todros' Frau betrieb einen Laden für Süßigkeiten, der abends lange offenblieb. Ich trank den Tee, knabberte einen Keks dazu und erörterte mit Todros die höheren Dinge.

Ich argumentierte: »Wenn es keinen Gott gibt und wenn die Natur kein Sittengesetz kennt, warum sollte sich dann der Mensch nach einem moralischen Gesetz richten? Warum sollte er eigentlich keine Pogrome veranstalten?«

»Und wenn, wie du sagst, Gott böse ist, warum sollte dann der Mensch gut sein?« Todros begegnete meiner Frage nach jüdischer Art mit einer Gegenfrage.

»Um Gott zu trotzen«, antwortete ich. »Gerade weil Gott will, daß die Menschen einander töten und unschuldige Tiere schlachten, darum muß der Mensch dem Menschen und den Tieren helfen, um damit zu zeigen, daß er nicht damit einverstanden ist, wie Gott die Welt regiert.«

»Wenn es Gott geben sollte, glaubst du nicht, daß er seinen Willen durchsetzen würde? Glaubst du wirklich, der Mensch ist stärker als Gott?«

»Nein, das behaupte ich keineswegs. Aber der Mensch hat doch das Recht zu protestieren, wenn er das Tun Gottes für ungerecht hält.«

»Und wie soll dieser Protest helfen?«

»Er muß ja nicht helfen. Er soll ja nur zum Ausdruck bringen, daß man gegen dieses Verhalten Gottes ist. Wenn Gott tötet und der Mensch auch tötet, so heißt das, wir stimmen diesem Töten zu, und wir können Gott nicht mehr für das Böse in der Welt verantwortlich machen.«

Ich kann nicht dafür garantieren, daß dies meine Worte waren, aber so waren mehr oder weniger meine Ansichten. Todros zuckte die Achseln. Er war ein Humanist, ein Liberaler und ein Atheist, und er konnte sich keinen Grund vorstellen für die Abrechnung mit einem Gott, der sowieso nicht existierte. Seine Einstellung war pragmatisch. Wenn man selbst die anderen nicht tötete, würde man selbst nicht getötet werden. Übrigens war Todros ein Schüler meines Großvaters gewesen. Als Todros anfing ketzerische Bemerkungen zu äußern, hatte ihn mein Großvater des Hauses verwiesen. Meine Mutter hatte oft von Todros gesprochen, und ich hatte das Gefühl, daß sie als junges Mädchen vielleicht damit gerechnet hatte, seine Frau zu werden. Meine Mutter war sechzehneinhalb Jahre, als sie meinen Vater heiratete.

Ein anderes Mal unterhielten wir uns über böse Geister. Todros, ein aufgeklärter Mann, glaubte natürlich nicht an solche Dinge. Ich fragte ihn, ob er sich daran erinnere, wie ein Geist an das Fenster des Schächters Abramchen geklopft hatte. Die Frage kam Todros ungelegen, denn er fing an zu stottern und schüttelte den Kopf.

Nach einiger Zeit sagte er: »Ich erinnere mich nicht nur daran, ich war dabei. Wir, die Jungen aus dem Lehrhaus, gingen jeden Abend nach dem Gottesdienst dorthin.«

»Hat es wirklich geklopft?«

»Ja, wirklich.«

»Ein Dämon also, was?«

»Das habe ich nicht gesagt.«

»Wer hat denn dann geklopft – ein Mensch?«

»Ich weiß es wirklich nicht.«

»Ist es wahr, daß der Natschalnik Polizei und Soldaten dorthin geschickt hat, um festzustellen, ob irgend jemand einen Schabernack trieb?«

»Das habe ich nicht gesehen, aber mir scheint, es ist so gewesen. Die ganze Stadt sprach darüber. Nicht nur Soldaten, auch andere Leute nahmen an der Suche teil.«

»Und wer hat geklopft?«

»Ich weiß es wirklich nicht. Es muß irgendeinen Grund dafür gegeben haben. Etwas ist sicher – es war kein Geist, denn es gibt keine.«

Ich erzählte Todros von dem Traum meiner Mutter, drei Tage bevor die Nummern gezogen wurden, daß Baschele, die Frau von Mottel, in der Lotterie gewinnen werde, und Todros sagte: »Ja, ich erinnere mich, daß man im Hause deines Großvaters davon gesprochen hat. Das war nichts anderes als ein Zufall.«

Und Todros erklärte es mir auf folgende Weise: Millionen von Träumen, die keinen Sinn ergeben oder die Dinge vorhersagen, die dann nicht eintreffen, diese Millionen von Träumen, die werden nicht beachtet. Unter all diesen Träumen kam es manchmal vor, daß einer sich erfüllte, und das war derjenige, der beachtet wurde. Viele Wunder konnten auf diese Weise erklärt werden.

Einige Jahre waren vergangen. Polen war wieder ein

unabhängiger Staat geworden. Mein Bruder Josua war aus Rußland zurückgekehrt mit einer Frau und einem Kind. Ich strebte danach, wieder nach Warschau zu gehen. Ich schrieb damals bereits, aber weder mein Bruder noch ich waren mit dem Resultat zufrieden. Mein Vater hatte eine Rabbinerstelle in einer kleinen galizischen Stadt angenommen. Ich war ein paarmal nach Warschau gefahren in der Hoffnung, dort eine Beschäftigung zu finden, aber jedesmal kehrte ich nach einigen Wochen nach Bilgoraj zurück. Mein Bruder hatte bereits einige seiner besten Kurzgeschichten geschrieben, aber auch er hatte keine Arbeit und lebte mit seiner Familie bei den Schwiegereltern. Keiner von uns beiden taugte für irgendeine Arbeit, aber von der jiddischen Literatur zu leben war damals unmöglich. Das literarische Warschau wurde von Kommunisten beherrscht. Eine große Zahl der jungen Schriftsteller und Leser glaubten daran, daß der Kommunismus die jüdische Frage ein für allemal lösen werde. In einem kommunistischen System werde es nicht mehr Juden und Christen geben, sondern nur eine einzige vereinte Menschheit. Religion und Aberglaube würden eine Sache der Vergangenheit sein. Weder mein Bruder noch ich paßten in diese Art der Ideologie. Ich sprach zwar oft mit größtem Zorn von Gott, aber ich hatte nie aufgehört, an Seine Existenz zu glauben. Ich schrieb über Geister, Dämonen, Kabbalisten und Dibbuks. Viele jiddische Schriftsteller und Leser hatten sich von ihren jüdischen Wurzeln losgerissen und von den Säften, die sie genährt hatten. Sie sehnten sich danach, ein für allemal von dem Getto und seiner Kultur befreit zu sein – einige als Zionisten, andere als Radikale. Beide Gruppen predigten Weltlichkeit. Aber ich blieb geistig tief verwurzelt im Mittelalter, so sagte man mir jedenfalls. Ich suchte in meiner Arbeit Erinnerungen und Gefühle wachzuhalten, die die weltlichen Leser vergessen wollten und tatsächlich schon vergessen hatten. Andererseits war ich für die frommen Juden ein Ketzer und Gotteslästerer. Zu meinem Erstaunen mußte ich feststellen, daß ich weder zu meiner eigenen Umgebung noch zu irgendeinem anderen Volk gehörte. Anstatt in meiner Arbeit die Führer des dekadenten Europa zu bekämpfen und eine neue Welt aufbauen zu helfen, führte ich einen

Privatkrieg gegen den Allmächtigen. Von meinem Standpunkt aus war die zu dieser Zeit in Sowjetrußland, in Warschau, und wo immer die Radikalen an der Macht waren, hervorgebrachte Literatur nur auf Parteibeschlüsse ausgerichtet und nicht geeignet, künstlerische Wahrheit auszudrücken. Im Namen des sogenannten Fortschritts wurden Schriftsteller zu Lügnern und zerstörten das bißchen Talent, das Gott ihnen gegeben hatte.

Ich lebte von dem wenigen, das ich in Bilgoraj durch Privatstunden verdiente. In diesen Jahren lebte ich tatsächlich unter großen Entbehrungen, aber ich litt nicht darunter. Ich hörte auf, die neue Literatur zu lesen und las nach Möglichkeit alle populärwissenschaftlichen Bücher, die ich bekommen konnte, wie auch die Zeitschriften, die in verständlicher Sprache beschrieben, was in der Welt der Wissenschaft vor sich ging. Ich meine hier die sogenannten reinen Wissenschaften. Für Bücher über Psychologie interessierte ich mich nicht so sehr. Und weder Freud noch Adler oder Jung schienen Wahrheiten zu berühren, von denen man vorher nichts gewußt hatte. Ich fand Bergsons »Schöpferische Entwicklung« lebendig und elegant geschrieben, aber ohne sonst viel zu bieten. Die Astronomen hatten die Kosmologie von Kant und Laplace verworfen, aber so weit ich das beurteilen konnte, hatten sie keine bessere Theorie anzubieten. Jedesmal, wenn ich einen Artikel über den Ursprung des Universums las, fand ich, daß der Verfasser früher oder später bei der Vorstellung einer kosmischen Eruption landete, die vor Billionen von Jahren erfolgt sei und das Universum mit großer Geschwindigkeit sich von uns entfernen ließe. Mit jedem Artikel, den ich las, wurde das Universum größer, älter, und war mit Strahlen oder Teilchen geladen, die mit phantastischer Geschwindigkeit vibrierten. Materie und Energie waren ein und dasselbe geworden. Diejenigen, die das Atom studierten, entdeckten bald, daß die Protonen und Elektronen nicht genügten, um das Gleichgewicht des Atoms zu erhalten. Lange bevor die Neutronen entdeckt worden waren, hatte man Mutmaßungen geäußert, daß das Atom viel komplizierter sei, als vorher angenommen worden war. Auch in der Chemie und Biologie waren Entdeckungen gemacht worden, aber die Geheimnisse der Welt und meine eigene Verwirrung wurden dadurch nicht geringer. Ich selbst war eine Ansammlung unendlicher Wunder – mein Knochenbau, mein Fleisch, mein Gehirn, meine Nerven. Wenn ich ein Streichholz anzündete, so strahlte sein Licht mit einer Geschwindigkeit von über dreihunderttausend Kilometer in der Sekunde. Trat ich unversehens auf einen Wurm, so zerstörte ich ein göttliches Meisterwerk. Ich selbst war so ein Wurm, der jeden Augenblick zertreten werden konnte. Ich wünschte sehr, hoffen zu können, aber ich hatte nichts, worauf ich hoffen konnte. Ich wünschte, verzichten zu können, aber ich konnte auch das nicht. Ich las Tolstois Predigten über christliche Liebe und über den Adel des russischen Bauern, aber ich wußte, daß es Tolstoi nie gelungen war, diese christliche Liebe selbst zu erreichen, und daß der russische Muschik nicht so ehrlich und edel war, wie Tolstoi ihn schilderte. Sein Vorschlag, das Land unter den Bauern aufzuteilen, war nicht ausgeführt worden. Millionen Russen verhungerten; andere waren nach Sibirien geschickt worden, vermoderten in Gefängnissen oder waren von der GPU an die Wand gestellt worden. Ich las die literarischen Idole jener Zeit – Romain Rolland, G. K. Chesterton und Thomas Mann. Was ich suchte, konnte ich auch in ihren Werken nicht finden.

Achtes Kapitel

Im Jahr 1923 wurde mein Bruder Mitherausgeber der literarischen Zeitschrift »Literarische Blätter«, und mir brachte die Post die Nachricht, daß man mir die Stellung eines Korrektors dort anbiete. Ich hatte neun Monate in dem Ort – halb Schlamm, halb Dorf – zugebracht, in dem mein Vater Rabbiner war. Ich war dorthin gegangen, weil ich in Bilgoraj krank geworden war. In diesem Dorf hatte es keine weltlichen Bücher gegeben, und alles, was ich bei mir hatte, waren ein paar alte Algebra-Lehrbücher und Spinozas »Ethik«. Ich kam in dieses Dorf in so niedergeschlagener Stimmung, daß ich bereit war, meinen Eltern nachzugeben, sie eine Ehe für mich arrangieren zu lassen – meine Liebe zu Todros' Tochter brachte so viele Schwierigkeiten mit sich, daß ich alle Hoffnung aufgeben mußte – und zu werden, was sie vorschlugen: Kaufmann, Religionslehrer oder was immer das Schicksal mit mir vorhatte. Ich rasierte mich nicht mehr und ließ meine Schläfenlocken wachsen. Die Dorfbewohner waren teils ganz bäuerlich, teils gingen sie auch anderen Beschäftigungen nach. In Galizien gab es viele jüdische Landbesitzer. Außer meinen Eltern und meinem Bruder Mosche gab es niemanden, mit dem ich hätte sprechen können, und Mosche war außergewöhnlich fromm geworden während der Zeit, die ich von zu Hause fort gewesen war. Die Juden im Dorf waren alle Anhänger des chassidischen Rabbis von Belz, aber mein Bruder hatte den großen jüdischen Mystiker, den Rabbi Nachman Brazlawer für sich entdeckt, und er war ein »toter Chassid« geworden, das heißt, der Anhänger eines Rabbiners, der nicht mehr am Leben war. Ich hatte von Rabbi Nachman Brazlawer gehört, während wir noch in Warschau gelebt hatten. Ich hatte seine wunderbaren Geschichten gelesen, viele Jahre ehe ich seine anderen Werke zu sehen bekam. Mein Bruder Mosche besaß alle Werke von Rabbi Nachman, und da ich so viel Zeit hatte, fing ich an, sie zu lesen. Rabbi Nachman war einer jener gesegneten Denker und Dichter, von denen man – ganz gleich, wie oft man sie gelesen und wiedergelesen hat – immer wieder mit etwas

Neuem fortgeht. Wie ich schon erwähnt habe, hat Rabbi Nachman diese Geschichten nicht selbst geschrieben. Er hielt weise Reden und erzählte Geschichten, und sein Schüler, Nathan von Nemirów, schrieb sie auf. Man wird niemals wissen, wieviel in der Niederschrift verloren ging, aber was übriggeblieben ist, ist sowohl groß wie tief geblieben. Der berühmte Martin Buber hat Rabbi Nachman Brazlawer auf seine Weise entdeckt und seine Geschichten ins Deutsche übertragen. Solche Geister wie Rabbi Nachman Brazlawer können nie vergessen werden. In jeder Generation werden sie von neuem entdeckt.

Außer in seinen Geschichten und vielleicht noch seinen Gebeten kann Rabbi Nachman nicht übersetzt werden. Seine Weisheit ist eng mit Teilen der Tora und des Talmud verbunden. Er schrieb der Tora und der Gemara Dinge zu, von denen ihre Verfasser nicht einmal geträumt haben. Er verdrehte oft die Bedeutung ihrer Worte, aber was immer er zu sagen hatte, war groß, phantastisch und voll von tiefem psychologischen Verständnis. Ich kann mit gutem Gewissen behaupten, daß sein Geist gegen die Grausamkeiten des Lebens protestierte, obwohl Rabbi Nachman ein wirklicher Heiliger war. So weit es in seiner Macht stand, versuchte er den Allmächtigen zu rechtfertigen und zu zeigen, daß von Ihm nur Gutes und Gnade ausgingen, und daß wir selbst zu einem großen Teil an den Leiden schuld sind, die uns heimsuchen. Gleichzeitig schlug er sich ständig mit dem Dilemma des Guten, der leiden mußte, und dem Bösewicht, dem alles zum Besten ausschlug, herum. Wie alle wirklich großen Menschen war Rabbi Nachman voller Mitgefühl. Jeder seiner Anhänger kam mit einem Sack voller Sorgen, und er mußte jeden einzelnen trösten, während er selbst schwerkrank war und unerträgliche Schmerzen litt. Rabbi Nachman starb jung, ein Opfer der Schwindsucht.

In dem Wohnort meines Vaters hatte ich unendlich viel Zeit. Wieder und wieder las ich Spinozas »Ethik«. Aus den Werken des Rabbi Nachman erklang eine Art heiliger Hysterie, ein Jubel, der oft Hand in Hand mit einer tiefen Melancholie geht, während Spinozas »Ethik« angeblich kalte, reine Logik ist. Spinoza hatte eine negative Beziehung zu Emotionen, oder, wie er es nennt, Affekten. Aber es ist unverkennbar, daß sich unter dieser kalten Logik ein Mensch mit einem starken Gefühl für Gerechtigkeit und Wahrheit verbirgt. Genau wie Rabbi Nachman wurde auch Spinoza ein Opfer der Schwindsucht und starb jung. Beide, Rabbi Nachman und Spinoza hatten unter Verfolgung zu leiden. Andere Rabbiner und ihre Anhänger hatten jahrelang gegen Rabbi Nachman agitiert. Sie hatten sogar versucht, ihn zu exkommunizieren. Sein schlimmster Feind war ein Rabbiner, der unter dem Namen »Der Spoler Großvater« bekannt war. Rabbi Nachman hatte von ihm gesagt: »Sie haben einen Menschen erfunden und kämpfen gegen ihn.« Die holländischen Juden haben Spinoza tatsächlich exkommuniziert. Er war auch in ständiger Gefahr vor der Inquisition, die zu jener Zeit sehr stark war. Rabbi Nachman fand Trost in einem Gott, der voller Güte und Liebe war, obwohl wir Menschen Seine Güte nicht begreifen können. Spinoza fand Trost in einem Gott, dem es an Willen und Gefühl fehlte, der nur große Macht und ewige Gesetze besaß. Nach Spinoza sind Gefühl, Leiden und Gerechtigkeit menschliche Konzeptionen, vorübergehende Ausdrucksweisen.

Ich konnte weder bei Rabbi Nachmans noch bei Spinozas Gott Trost finden. Ich war zu der Überzeugung gekommen, daß der Mensch jedes Recht hat, gegen die Gewalttätigkeiten des Lebens zu protestieren. Der Mensch ist nicht verpflichtet, Gott für all die Plagen und Katastrophen zu danken, die ihn von der Wiege bis zur Bahre befallen. Die Tatsache, daß Gott unendlich viel mehr Wissen und Macht besitzt als wir, gibt Ihm nicht das Recht uns zu quälen, selbst wenn Seine Motive weise sind. Das Argument, das Gott Hiob gegenüber benutzt, daß Er weise und mächtig sei und Hiob nur ein unwissender Mensch, ist keine Antwort auf die Qual Hiobs. Selbst die Tatsache, daß Hiob gegen Ende seines Lebens mehr Esel und Kamele besaß und schönere Töchter, war keine Belohnung für die ausgestandenen Leiden. Ich sagte mir: Ich glaube an Gott, ich fürchte Ihn, aber dennoch kann ich Ihn nicht lieben – nicht mit ganzem Herzen und ganzer Seele wie die Tora verlangt, noch mit der *amor Dei intellectualis*, die Spinoza verlangt. Und leugnen, wie die Materialisten es tun, kann ich Ihn auch nicht. Alles, was ich tun kann, ist, Menschen und Tiere nach bestem Vermögen auf eine Weise zu behandeln, die ich für richtig halte. Man könnte sagen, daß ich mir eine eigene Basis für eine Ethik geschaffen habe – keine soziale Ethik, auch keine religiöse, sondern eine des Protests. Diese Ethik des Protests, sagte ich mir, war in allen Menschen, in allen Tieren und in allem, das lebte und litt, vorhanden. Selbst die Übeltäter protestieren, wenn es ihnen an den Kragen geht und andere Bösewichte ihnen antun, was sie anderen angetan haben. Wie man aus seinen Tagebüchern ersehen kann, protestierte Napoleon, der Millionen Menschen in den Tod geschickt hatte, heftig auf der Insel St. Helena, weil er nicht anständig zu essen bekam und ihm nicht der ihm gebührende Respekt gezollt wurde. Ein moralischer Mensch protestiert nicht nur, wenn ihm persönlich Unrecht geschieht, sondern auch, wenn er Zeuge wird und darüber nachdenkt, was anderen an Leid zugefügt wird. Wenn Gott Seine Geschöpfe quälen will oder gezwungen ist, sie zu quälen, so ist das Seine Sache. Der wahre »Protestierer« drückt seinen Protest dadurch aus, daß er nach besten Kräften vermeidet, Böses zu tun.

Mit dieser Weltanschauung und in dieser Stimmung ging ich nach Warschau, um dort meine Arbeit als Korrektor bei den »Literarischen Blättern« aufzunehmen.

Schon im Zug hatte ich Gelegenheit, die Tiefe menschlicher Entwürdigung zu beobachten, die Qualen der Juden. Eine Gruppe von Rowdys hatte den Wagen dritter Klasse bestiegen, der mit jüdischen Reisenden überfüllt war – arme Leute, die mit Säcken, Bündeln und Körben reisten. Die Rowdys wendeten sich sofort gegen diese Juden. Erst beschimpften sie sie mit den übelsten Ausdrücken. Jeder Jude, behaupteten sie, sei ein Bolschewik, ein Trotzkist, ein Sowjetspion, ein Mörder Christi, ein Ausbeuter. Im Licht der winzigen Birne, die von der Decke hing, konnte ich die »Ausbeuter« sehen – zerlumpte, gebrochene Gestalten, die meisten standen oder hockten auf ihren Bündeln. Die Rowdys hatten die jüdischen Reisenden von den Sitzen weggestoßen und räkelten sich auf den Bänken. Einer von ihnen prahlte damit, daß er im Krieg Offizier gewesen sei. Einige der jüngeren Juden versuchten, die Juden zu verteidigen und wiesen darauf hin, daß jüdische Soldaten im Krieg gewesen seien und schwere Verluste gehabt hätten, aber die Rowdys schrien sie nieder und überhäuften sie mit Beschimpfungen. Bald wurden aus den Worten Taten. Sie packten die Bärte der Juden und zogen daran. Sie rissen einer älteren Frau die Perücke vom Kopf. Sie trampelten auf den Sachen der Juden herum. Die Juden hätten die Rowdys leicht abwehren können, aber sie wußten, was daraus entstehen könnte. Im nächsten Wagen reisten Soldaten mit, und es hätte leicht zu Blutvergießen kommen können.

Nach einiger Zeit verlangten die Rowdys, die Juden sollten die Hymne, die zum Sabbatanfang gesungen wird, singen, »Komm, meine Geliebte«. Diese Art der Verletzung und Demütigung hatten viele polnische Strolche in der Zeit gelernt, als die Soldaten unter General Haller mit den Juden machten, was sie wollten, ihnen etwa die Bärte abrasierten und oft ein Stück Haut dazu. Ich stand verängstigt im Winkel neben der Toilette des Waggons und hielt mein Bündel fest, das fast ausschließlich aus Manuskripten und den wenigen Büchern, die ich besaß, bestand. In meinem Innern spottete ich meiner eigenen Illusionen. Ich war mir ganz klar darüber, daß das, was ich jetzt sah, das Wesen der menschlichen Geschichte darstellte. Heute quälten die Polen die Juden; gestern hatten die Russen und die Deutschen die Polen gequält. Jedes Geschichtsbuch war die Geschichte von Mord, Folterung und Ungerechtigkeit; jede Zeitung war in Blut und Schande getränkt. Die beiden pessimistischsten Philosophen, die ich gelesen hatte, Schopenhauer und von Hartmann, verurteilten beide den Selbstmord, aber in jenem Augenblick fühlte ich, daß es nur einen wirklichen Protest gegen die Schrecken des Lebens gäbe, und das wäre, dieses Geschenk Gottes an Ihn zurückzuschleudern. Es war durchaus denkbar, daß ich mich damals umgebracht hätte, wäre ich im Besitz von Gift oder einer Pistole gewesen.

Nach vielem Hin und Her fingen die Juden an zu singen, »Komm, meine Geliebte«. Es war halb Gesang, halb Klage. Bis zu diesem Abend hatte ich oft davon geträumt, die menschliche Spezies zu erlösen, aber jetzt wurde mir klar, daß die menschliche Spezies die Erlösung nicht verdiente. Es würde sogar ein Verbrechen sein, es zu versuchen. Der Mensch war ein Tier, das tötete, zerstörte und peinigte, nicht nur die anderen Spezies, sondern auch seine eigene. Der Schmerz des anderen war seine Freude, die Demütigung des anderen sein Ruhm. Die Tora spricht davon, daß Gott die Erschaffung des Menschen bedauerte. Adams Sohn erschlug seinen Bruder. Zehn Generationen später ließ Gott die Sintflut über die Welt kommen, weil die Welt böse geworden war. Kein anderes Buch spricht so offen und klar die Wahrheit über den Menschen und seine Natur aus wie das Alte Testament. Selbst die sogenannten guten Menschen sind noch böse. Die Märtyrer von gestern werden oft zu den Tyrannen von heute. Der Mensch als Spezies verdient all die Schläge, die er erhält. Es ist kein Zufall, daß die meisten Denkmäler Mördern gesetzt werden – seien es patriotische oder revolutionäre Mörder. In Rußland hat man sogar Bogdan Chmielnizki ein Denkmal errichtet. Die wirklich unschuldigen Märtyrer auf dieser Welt sind die Tiere, besonders die pflanzenfressenden.

Nach einiger Zeit wurden die Rowdys müde, lehnten ihre Köpfe gegen die Rückwand und fingen an zu schnarchen. Die kleinen Ladenbesitzer in diesem Wagen waren offensichtlich unschuldig, aber ich war davon unterrichtet, daß in Rußland jüdische Jugendliche auch unschuldige Menschen im Namen der Revolution gepeinigt und getötet hatten, oft sogar ihre eigenen jüdischen Brüder. Die jüdischen Kommunisten in Bilgoraj hatten vorausgesagt, daß, wenn die Revolution käme, sie meinen Onkel Joseph und meinen Onkel Itsche aufhängen würden, weil sie Rabbiner seien, Todros, den Uhrmacher, weil er ein Bourgeois sei, meinen Freund Notte Schwerdscharf, weil er ein Zionist sei, und mich, weil ich wagte, an Karl Marx zu zweifeln. Sie versprachen auch, die Bundisten, die Poale-Zion-Anhänger und selbstverständlich die frommen Juden, die Orthodoxen, auszurotten. Es hatte diesen kleinstädtischen Jugendlichen genügt, ein paar Broschüren zu lesen, um sie in mögliche Schlächter zu verwandeln. Einige von ihnen hatten sogar gesagt, sie würden ihre eigenen Eltern umbringen. Eine Anzahl dieser Jugendlichen kam später in Stalins Zwangslagern um.

Neuntes Kapitel

Die neue Polnische Republik war kaum vier Jahre alt, aber in dieser kurzen Zeit hatte sie schon einen Krieg mit den Bolschewiken durchgemacht, Parteistreitigkeiten, die zu der Ermordung eines Präsidenten führten, Angriffe auf Juden in einer Reihe von Städten, bittere Auseinandersetzungen mit den Ruthenen, die ein Teil des neuen Polen geworden waren, und eine steigende Inflation. Lenin war noch am Leben, aber er war bereits gelähmt, und der Genosse Stalin war gerade dabei, sich einen Namen zu machen. In Deutschland hatte ein ehemaliger Tapezierer mit Namen Hitler einen mißlungenen Putsch angezettelt. In Italien zwang Mussolini seine Gegner, Rizinusöl zu schlucken. Die Typhusepidemie und der Hunger hatten ungezählte Menschen ausgerottet, aber die Straßen von Warschau wimmelten von Fußgängern, und Wohnungen waren nicht zu bekommen. Alle Keller, alle Dachkammern waren mit Mietern und Untermietern vollgestopft. Aus allen Landstrichen kamen die Leute nach Warschau, aber Arbeit gab es dort keine. Selbst als die Polnische Sozialistische Partei verkündete, daß die Proletarier aller Nationen sich vereinen müßten, schlossen die Gewerkschaften jüdische Arbeiter aus. Es gab tatsächlich nicht genug Arbeit für die christlichen Arbeiter. Die Bundisten, die jüdischen Sozialisten, kritisierten ihre christlichen Genossen scharf wegen ihrer nationalistischen und kapitalistischen Abweichungen von der Lehre Karl Marx'. Die Warschauer Kommunisten, fast alles Juden, häuften Feuer und Schwefel auf alle Parteien und behaupteten, daß echte soziale Gerechtigkeit nur in Rußland herrsche. Die Zionisten argumentierten, daß es in den Ländern der Diaspora keine Hoffnung für die Juden mehr gäbe. Nur in Palästina könne der Jude frei leben und sich entwickeln. Aber England war damals die Mandatsmacht und wollte keine jüdische Einwanderung zulassen. Die Araber hatten bereits angefangen, den Juden mit Pogromen zu drohen.

Vom ersten Tag meines Aufenthalts in Warschau an hatte ich keine Unterkunft, denn mein Bruder lebte mit Frau und Kind in einem winzigen Zimmer bei seinen Schwiegereltern und in dürftigsten Verhältnissen. Melech Rawicz, einer der Redakteure der »Literarischen Blätter«, nahm mich umsonst in seiner Wohnung auf, die aus mehreren Dachstuben im fünften Stock bestand. So wie ich ein Skeptiker war, so war Rawicz ein Gläubiger. Er glaubte an die erlösende Macht der Literatur, an den Sozialismus, an den Humanismus und die Philosophie von Spinoza. Damals war ich noch nicht Vegetarier. Wie konnte auch jemand, der nichts zu essen hatte, Vegetarier sein? Aber Melech Rawicz war damals schon Vegetarier. Er war groß, untersetzt, elf Jahre älter als ich und gut aussehend. Ich konnte nur eine Sprache sprechen, Jiddisch, obwohl ich mehrere Sprachen lesen konnte. Aber Melech Rawicz sprach gut Polnisch und Deutsch. Er hatte jahrelang in Wien in einer Bank gearbeitet. Seine Frau hatte eine gute Stimme und wollte Sängerin werden. Neben meinem Bruder war Melech Rawicz mein erster Kontakt mit der literarischen Welt und mit der sogenannten großen Welt. Wir begannen sofort zu diskutieren. Rawicz glaubte mit absoluter Sicherheit daran, daß die Welt der Gerechtigkeit heute oder morgen kommen müsse. Alle Menschen würden Brüder werden und, früher oder später, auch Vegetarier. Es würde keine Juden, keine Christen, nur eine einzige geeinte Menschheit geben, deren Ziel Gleichheit und Fortschritt sein werde. Die Literatur, so glaubte Rawicz, würde helfen, das Herannahen dieser freudigen Zeit zu beschleunigen. Ich respektierte seine Begabung und seine Kenntnis der Welt, gleichzeitig wunderte ich mich aber über seine Naivität. Alle Vorzeichen deuteten auf die Tatsache hin, daß die menschliche Spezies nichts aus dem vorangegangenen Krieg gelernt hatte, der zwanzig Millionen Menschenleben, wenn nicht noch mehr, gekostet hatte. In allen Städten Europas tanzte man die neuesten Tänze – den Charleston, den Foxtrott oder wie immer sie hießen –: sie tanzten auf den Gräbern. Soziologen schlugen Theorien vor, die angeblich neu waren, aber das Böse von Generationen ausströmten. Dichter lallten ihre leeren Verse. Die »Literarischen Blätter«, für die ich als Korrektor arbeitete, waren radikal, sozialistisch, halb kommunistisch, voll von schlechten Aufsätzen, elenden Gedichten und falscher Kritik. Mein Bruder gab seine Herausgeberschaft bald auf. Diejenigen, die dort am meisten zu sagen hatten, waren Nachman Meisel, der jahrelang zwischen Sozialismus und Kommunismus geschwankt hatte, ehe er ein Vollblutkommunist wurde, und Perez Markisch, der Oden an Stalin schrieb, der ihn in späteren Jahren liquidieren ließ. Perez Markisch und Melech Rawicz gaben noch eine Anthologie heraus, »Chalastra« – Die Bande –, die dem Pöbel schmeichelte und für dessen niedrigste Instinkte sorgte. Diese Anthologie verleumdete Jüdischkeit und jüdische Geschichte; verunglimpfte die Klassiker der Weltliteratur, und als Beispiel für die neue Literatur brachten sie die hohlen Phrasen von Majakowski. Obwohl ich noch jung und weit davon entfernt war, ein reifer Schriftsteller zu sein, fiel ich nicht auf all diese Lügen und Schmeicheleien herein. Hinter all diesem Geschwätz verbarg sich die Lust an der Zerstörung, der Wille zu neuer Gewalt. Der Gott des Malthus war noch nicht gesättigt. Die Abgesandten Moskaus riefen zu einem Weltpogrom gegen alle Bourgeois und den Mittelstand auf sowie gegen alle Sozialisten, die wagten, auch nur um Haaresbreite von Lenin abzuweichen. Jugendliche aus der Provinz – die gestern noch Jeschiwaschüler gewesen waren und noch nie in ihrem Leben eine Spur von Arbeit geleistet hatten und auch gar nicht dazu imstande waren – sprachen jetzt im Namen der Arbeiter und Bauern und verurteilten alle zum Tode, die nicht auf ihrer Seite der Barrikade standen. Ich betrachtete mit Schrecken und Erstaunen die Wirkung einiger Broschüren, die es fertiggebracht hatten, die Söhne und Töchter einer Rasse, die seit zweitausend Jahren kein Schwert in die Hand genommen hatte, in potentielle Mörder zu verwandeln. Bei den Mädchen war es Mode geworden, Lederjacken zu tragen, wie sie von den weiblichen Mitgliedern der russischen Tscheka getragen wurden. Die Mütter und Väter dieser Mörder sollten ihre ersten Opfer werden ...

Spinoza hatte mich gegen die Emotionen, die Affekte, gewarnt, die den Verstand verdunkeln und in Wirklichkeit eine Art Wahnsinn darstellen. In den Moralbüchern, die ich während des neunmonatigen Aufenthalts in dem Städtchen meiner Eltern durchgeblättert hatte, wurden eben diese Gefühle böse Gedanken genannt, die Überredungsversuche

Satans. Rabbi Nachman Brazlawer, ein Mann, in dem die Gefühle kochten und dampften, bot alle möglichen Ratschläge an, wie man diese Gefühle überlisten und meistern könne. Der Mensch ist ein Bettler, wenn es sich um Vernunft handelt, aber ein Millionär, was Gefühle betrifft. In mir selbst brodelten Leidenschaften und Zweifel. Träume überfielen mich wie Heuschrecken. Meine Nächte waren erfüllt von Alpträumen. Ich hatte noch nie mit einer Frau geschlafen, aber in meiner Phantasie hatte ich schon alle denkbaren Ausschweifungen begangen. Ich wollte schreiben und lernen, aber neunzig Prozent meiner geistigen Energie verschwendete ich in der Sehnsucht nach dem Verbotenen, das, was für mich und andere schädlich sein würde. Wie alle Tyrannen aller Zeiten wollte ich meine Ideen den anderen aufzwingen. Ich flog zu den fernsten Milchstraßen mit einer Geschwindigkeit, die hundert- oder tausendmal so groß war wie die des Lichts. Ich entdeckte einen Trank, der mir göttliche Weisheit verlieh. Wie der legendäre Joseph de la Rina, über den ich als Kind gelesen hatte, lockte ich alle Schönheiten der Welt in mein Bett durch Magie. Der Sommer war vergangen und es fing an, kalt zu werden. Ich konnte nicht viel länger in Melech Rawicz' enger Wohnung bleiben und begann, nach einem Zimmer zu suchen. Ich litt unter Hunger, Kälte und Krankheit. Die finanzielle Lage der »Literarischen Blätter« war so schlecht, daß sie mir nicht einmal die paar Groschen zahlen konnten, die man mir versprochen hatte. In meiner Verzweiflung übersah ich viele Druckfehler und war auch noch in Gefahr, diese elende Stellung zu verlieren. Das Schicksal meines Bruders war auch nicht besser als meines. Mitten in meine grandiosen Tagträume rief eine Stimme in meinem Innern: »Mach doch Schluß! Du hast nichts, worauf du hoffen kannst. Mit einem Strick oder einer Rasierklinge kannst du dich von dem ganzen Elend befreien. Es gibt nur eine Erlösung, und die ist der Tod.«

In diesem Warschauer Winter hielten mich nur zwei Institutionen am Leben. Die eine war der Schriftsteller-Klub, wohin ich als Gast kommen durfte. Dort war es warm, man konnte die jiddischen und hebräischen Zeitungen aus der ganzen Welt lesen oder Schach spielen, und das Essen an der

Theke war preiswert. Gelegentlich gaben die Kellnerinnen auch Kredit. Alle paar Abende gab es einen Vortrag, und ich traf viele junge Schriftsteller dort – Anfänger wie ich und in den gleichen Schwierigkeiten. Alle hätten gern etwas in den »Literarischen Blättern« veröffentlicht, und sie nahmen vielleicht an, daß ich dort etwas Einfluß hätte. Sie überhäuften die etablierten Schriftsteller, deren Gedichte, Geschichten und Artikel ich Korrektur las, mit Schmähungen. Damals wurde mir klar, was ich schon lange vermutet hatte, daß schlechte Schriftsteller oft scharfsinnige Kritiker anderer Schriftsteller sind. Ihre Kritik war scharf und genau. Einige legten sogar den Finger genau auf die Irrtümer der großen Schriftsteller. Aber das hinderte sie nicht daran, selbst mit einer Schwerfälligkeit zu schreiben, die mich in Erstaunen setzte. Dasselbe galt auch für die Beurteilung der Charaktere anderer. Egoisten sprachen mit Verachtung von Egoisten, Narren machten sich über die Dummheit von Narren lustig, Rüpel bewiesen ihre eigene Feinheit, indem sie die Rüpelhaftigkeit anderer aufzeigten, ihre ausbeuterischen Züge, ihre Eitelkeit. Ein geheimnisvoller Abgrund klaffte zwischen der Bewertung anderer und der ihrer selbst. Es schien, als ob jeder Mensch imstande war, die Wahrheit zu sehen, wenn er nicht entschlossen war, sie zu übersehen. Eigenliebe ist offenbar die stärkste hypnotische Kraft, wie es im Pentateuch geschrieben steht: »....denn die Geschenke machen die Weisen blind und verkehren die Sachen der Gerechten.« Der Weise wird blind, und der Heilige wird sich mit dem Übeltäter verbinden, wenn es seinen Zwecken dient oder wenn er *denkt,* daß es seinen Zwecken dienen könnte.

Die zweite Institution, die mich am Leben erhielt, waren die Bibliotheken. Jahrelang hatte ich nach Büchern gehungert. In Warschau konnte ich alle Bücher bekommen, die ich wollte. Ich ging jetzt wieder in die Breslersche Bibliothek und verbrachte Stunden mit dem Stöbern in Büchern. Dort gab es einen Tisch, an dem man sitzen und lesen konnte. Ich las und blätterte in Büchern über Philosophie, Psychologie, Biologie, Astronomie und Physik. Ich ging in die Städtische Bibliothek in der Koszykowastraße und las dort wissenschaftliche Zeitschriften.

Ich konnte nicht alles verstehen, was ich las, aber das mußte ich auch nicht. Ich fand wenig Trost in der Wissenschaft. Die Sterne sind aus dem gleichen Stoff gemacht wie die Erde – aus Wasserstoff, Sauerstoff, Eisen, Kupfer und Schwefel. Sie strahlten große Mengen Energie aus, die im Raum verlorenging oder sich vielleicht wieder in Materie verwandelte. Von Zeit zu Zeit explodierte ein Stern und wurde eine Nova. Ungeheure Wolken von Staub schwebten im Raum, die in Billionen von Jahren Sterne werden würden. So weit die Astronomen feststellen konnten, gab es auf den anderen Planeten unseres Sonnensystems keine Lebewesen. Ob es möglicherweise Leben jenseits des Sonnensystems gab, war unmöglich festzustellen. Weder Einsteins noch irgendeine andere Theorie konnte der menschlichen Spezies irgendwelche Versprechungen machen. Es gab damals in Polen schon Radioapparate, und wenn man die Kopfhörer aufsetzte, so konnte man Witze aus einer Varietévorstellung, einen Bericht über die politische Lage, oder vielleicht sogar eine antisemitische Rede hören. Schriftsteller sagten Fernsehen voraus und Flugzeuge, die den Atlantischen Ozean überqueren würden, aber diese Voraussagen taten nichts dazu, meine Stimmung zu heben.

Einmal, als ich wieder in der Breslerschen Bibliothek stöberte, fiel mir die Übersetzung oder eine gekürzte Ausgabe des Buches »Phantasmagorien der Lebenden« von Edmund Gurney, Frederick W. H. Myers und Frank Podmore in die Hände. Ich vertiefte mich in dieses Buch mit einem Eifer, der mich selbst überraschte. Wenn nur ein Hundertstel der Fälle, die dort beschrieben waren, der Wahrheit entsprach, würden alle Werte neu bewertet werden müssen. Die Verfasser waren Männer, die nicht den leisesten Grund hatten, zu lügen oder zu fälschen. Fast alle Fälle waren gründlich erforscht worden. Ich hörte von der »Englischen Gesellschaft für Parapsychologie«. Selbst hier in Polen wurden solche Untersuchungen angestellt. Jeden Tag erfuhr ich Neues. Der französische Astronom Camille Flammarion hatte Hunderte von Fällen von Gedankenlesen, Hellsehen und Wahrträumen untersucht und hatte Bücher darüber verfaßt, die ins Polnische oder Deutsche übersetzt worden waren. Polen besaß den Professor Ochorowicz und ein weltberühmtes Medium, Kluski. Der italienische Gelehrte Cesare Lombroso, der sein Leben lang Materialist gewesen war, wurde im hohen Alter Spiritist und nahm an Séancen teil. Ich hatte Gelegenheit, die Werke, oder zumindest Fragmente davon, der folgenden Autoren zu lesen: Sir Oliver Lodge, Sir William Crookes, Sir Arthur Conan Doyle – der Schöpfer des Sherlock Holmes – ein Buch, das ich als Junge in einer jiddischen Übersetzung gelesen und das mich fasziniert hatte. In den Wissenschaften, die an den Universitäten gelehrt werden, ist der Mensch Staub und Asche. Er lebt seine paar Jahre und ist dann auf immer verloren. Aber die Parapsychologen behaupteten, direkt oder indirekt, daß der Körper eine Seele habe. Die zwanzig Millionen Menschen, die im Krieg umgekommen waren, gab es noch irgendwo. Ich las über Fälle, in denen Hunde, Katzen und Papageien nach ihrem Tod zu ihren Besitzern zurückgekehrt waren und Zeichen ihrer Liebe und Anhänglichkeit gegeben hatten.

Ich war geneigt zu glauben, was ich las, ohne weitere Garantien, aber ich erinnerte mich daran, was ich erst vor zwei Wochen selbst gesagt hatte – daß Eigenliebe und Eigennutz starke hypnotische Kräfte sind. Ich hatte eine Übersetzung des Werkes von William James »Der Wille zum Glauben« gelesen. Jegliche Art von Phantasie nährt sich von diesem Willen. Die Tatsache, daß die offizielle Wissenschaft mir keinen Trost gab, bedeutete nicht, daß sie log. So gern ich den Parapsychologen Glauben schenken wollte, so war ich mir doch darüber klar, daß ihre Behauptungen darauf beruhten, was diese oder jene Person ihnen erzählt hatte. Ich verschaffte mir auch Bücher von Autoren, die alle Erklärungen der Spiritisten und Parapsychologen bestritten. Selbst damals hatte man schon viele Schwindler unter den Medien entdeckt. Ich wagte nicht, mich von meinen eigenen Wünschen bestechen zu lassen! Ich mußte selbst Untersuchungen anstellen und mich versichern, daß ich mich nicht selbst betrog, um meine Augen vor der Wahrheit verschließen zu können.

Ich ließ mich so tief mit diesen Dingen ein, daß ich darüber alle meine Sorgen vergaß. Ich las Bücher über Parapsychologie bis tief in die Nacht, bis mir die Augen zufielen. Am Morgen erwachte ich mit erneuter Neugier. Ich hatte ein Zimmer gemietet, das unheizbar war und außerdem noch Wanzen hatte. Meine Kleider waren schäbig geworden, ich bekam nicht genug zu essen, aber ich ließ mich von diesen kleinen Mißhelligkeiten nicht kleinkriegen. Ich spielte nicht mehr Schach im Schriftsteller-Klub, noch debattierte ich über Literatur. Ich nahm Bücher in den Klub mit und las sie dort. Die Schriftsteller machten sich lustig über mich. Noch heute erinnern mich ältere Schriftsteller aus Warschau daran, wie ich damals im Klub saß und las.

Die Schriftsteller sahen sich die Titel der Bücher an und zuckten die Achseln. In den jiddischistischen Kreisen wußte man tatsächlich nicht, daß solch Lesestoff überhaupt existierte.

Der Winter verging – wie, das wußte ich nicht – und der Frühling kam. Mein Zimmer war nicht mehr so kalt. Zu dieser Zeit traf ich einen Mann und eine Frau, die mein Leben beeinflussen sollten.

Zehntes Kapitel

Schon ehe ich nach Warschau kam, hatte ich von Hillel und Aaron Zeitlin gehört. Zwei Giganten – Vater und Sohn – hatten sich innerhalb der jiddischen Literatur entwickelt, in der radikalen, atheistischen Atmosphäre einer jüdischen Kultur, die außerdem noch unwissend und provinziell war. Der Vater, Hillel Zeitlin, ein gelehrter Philosoph und Kabbalist, war schon früh zu dem Schluß gekommen, daß eine moderne Jüdischkeit – ob in nationalistischer oder sozialistischer Form –, der es an Religion mangelte, ein Paradox und eine Absurdität sei. Hillel Zeitlin lebte in einem Milieu, das weltliche Jüdischkeit vorschrieb. Bialik, der Hebraist, und Perez, der Jiddischist, beide behaupteten, daß die Juden ein Volk sein könnten, auch ohne Religion. Bialik verfocht die Theorie, daß dies nur innerhalb einer jüdischen Nation möglich sei, während Perez dafür war, daß die Juden in ihren Gastländern für eine nationale Autonomie kämpfen sollten. Aber Hillel Zeitlin brachte starke Argumente dafür vor, daß einer Jüdischkeit ohne Religion – eine Jüdischkeit, die nur auf Sprache oder Nation basiere – die Kraft fehle, die Juden zusammenzuhalten. Darüber hinaus würden solche Juden keine Juden, sondern Nichtjuden sein, die Hebräisch oder Jiddisch sprechen. Schon vor Zeitlin hatte Achad Ha-am ähnliche Ansichten geäußert, aber Achad Ha-am war selbst ein Agnostiker gewesen, ein Zweifler an den religiösen Wahrheiten, jemand, für den die Religion nur ein Mittel war, die Juden zusammenzuhalten. Es ist überflüssig darauf hinzuweisen, daß eine solche Religiosität niemanden ansprechen würde. Andrerseits war Hillel Zeitlin ein tief religiöser Mann, dessen religiöse Überzeugungen mit den Jahren wuchsen. Hillel Zeitlin war ein echter Mystiker, ein Mann, der die Eitelkeit der Eitelkeiten erkannte, aus der die Welt mitsamt ihren Widersprüchen und Illusionen besteht. In ihm brannte der religiöse Eifer der Juden von ehedem. Es ist eine Tatsache, daß die extremen Orthodoxen ihn nicht anerkannten. Für sie war er ein Ketzer. Hillel Zeitlin hatte Philosophie studiert und hatte auf Jiddisch ein Buch geschrieben, »Das Problem von Gut und Böse«. In diesem Buch fand ich mehr an Philosophie als in allen anderen Büchern dieser Art zusammen. Er gab sich nicht mit Wortklaubereien über Einzelheiten ab, sondern steuerte direkt auf das Wesen der Dinge zu. Selbst den eiskalten Philosophen wurde es heiß in der Glut seines Lichtes. Sein Sohn, Aaron Zeitlin, war ein großer religiöser Dichter, meiner Meinung nach einer der größten in der Weltliteratur. Wie sein Vater war auch er Mystiker und Kabbalist; er formulierte sogar ein eigenes Konzept der Kabbala. Ich hatte seine Gedichte schon in Bilgoraj gelesen und war von ihnen entzückt gewesen. In seiner Frühzeit war sein Stil ein wenig konfus und »modernistisch«, aber später wurde ihm bewußt, daß man sowohl tief wie klar sein könne. Obwohl Aaron Zeitlin eine moderne Erziehung erhalten hatte und sowohl Sprachen wie die Weltliteratur kannte, blieb er doch im wesentlichen ein Jeschiwaschüler, ein gelehrter Mann und ein Intellektueller im wahrsten Sinne des Wortes. Wir lernten uns im Schriftsteller-Klub kennen. Dort gab es ein fensterloses Zimmer, wo immer Licht brannte und eine Wand warm war. Sie war mit dem Herd eines Restaurants verbunden, der immer geheizt wurde. Im Winter saß ich oft an dieser Wand und las. Offenbar litt ich an zu niedrigem Blutdruck, da mir selbst im Sommer oft kalt war. Die Gemara hat ein Wort dafür: »Einem Esel ist es auch im Juli kalt.«

An einem Frühlingstag standen wir beide an dieser Wand, um uns zu wärmen, und so begann eine Bekanntschaft, die bald zu einer lebenslänglichen Freundschaft wurde. Zeitlin war sechs oder sieben Jahre älter als ich und war zu der Zeit schon ein bekannter, reifer Dichter und Essayist, und ich war ein unbekannter Anfänger. Es ist einleuchtend, warum ich seine Bekanntschaft suchte, aber bis zum heutigen Tage weiß ich nicht, was ihn an mir interessiert haben könnte. Wir waren sehr verschiedene Charaktere, und die Verschiedenheit nahm mit der Zeit noch zu. Ich sah seine Fehler ebenso klar wie er die meinen. Ich liebte Frauen; von Anfang an schrieb ich über Sex in solcher Weise, daß die jiddischen Kritiker und oft auch die Leser schockiert waren. Er war ein entschieden monogamer und romantischer Mensch. Die Bücher waren für mich nur ein Teil des Lebens, aber für Zeitlin war ein Buch das Leben selbst. So zurückhaltend sein eigenes Benehmen war, so viel Weisheit zeigte er im Umgang mit den menschlichen Leidenschaften. Ich führte einen Privatkampf gegen den Allmächtigen, aber Zeitlin verteidigte Ihn immer. Er hätte leicht ein Einsiedler oder Mönch sein können. Gelegentlich stritten wir uns, aber wir blieben Freunde.

Die jiddischen Schriftsteller, die seit Jahren fast ausnahmslos Anhänger der Linken waren, machten die Zeitlins, sowohl Vater wie Sohn, herunter. Als ich älter wurde und sie meine Arbeiten lasen, versetzten diese sie in Wut. Weder Aaron Zeitlin noch ich paßten in die jiddische Literatur mit ihrer Sentimentalität und ihren Klischees von sozialer Gerechtigkeit und jüdischem Nationalismus. Sowohl Zeitlin wie ich waren stark an der Parapsychologie interessiert. Wir beide – eigentlich wir drei, denn der ältere Zeitlin auch – hatten eingesehen, daß manche Schriftsteller, die von den jiddischen und hebräischen Kritikern als Hauptfiguren und Klassiker betrachtet wurden, oft nur unbegabte Provinzler waren. Und wir brauchten nicht lange, bis wir merkten, daß, was für die jiddische Literatur galt, auch auf die Weltliteratur zutraf. Jede echte Begabung war eine Oase in der Wüste der Geschmacklosigkeit. Wenn man jung ist, glaubt man den Sand wegschieben und die Wüste in ein Paradies verwandeln zu können, aber wenn man älter ist, wird einem klar, daß man Gott dankbar dafür sein muß, daß die Wüste einen nicht verschlungen hat, wie es mit vielen anderen geschehen war. Außerdem, da Gott die Wüste geschaffen hat, hat die Wüste jedes Recht zu existieren. Wo steht denn, daß grünes Gras wichtiger oder sogar schöner sei als brauner Sand?...

Damals saßen wir oft stundenlang zusammen und unterhielten uns, Jahre später auch noch. Wir glaubten beide an Gott, an Dämonen, böse Geister, an alle möglichen Arten von Phantomen und Gespenstern. In jenen Tagen war Aaron Zeitlin sehr beunruhigt durch das Verhalten der jiddischen Kritiker, die ihn in Stücke rissen, und er schimpfte oft mit Bitterkeit auf sie. Ich schämte mich jedoch für ihn, wenn ich bemerkte, daß Zeitlin sofort seine Ansicht über einen Kritiker änderte, wenn dieser ihn einmal lobte. Dies war, so weit ich weiß, Zeitlins einziger Fehler. Ich hatte viele andere, schlimmere Fehler, aber ich konnte diese Schwäche von Zeitlin nicht vertragen, obwohl er meine Schwächen mit keinem Wort erwähnte.

In jenem Frühling traf ich auch eine Frau, die auf ihre Weise ebenfalls eine Mystikerin war, und die sowohl mein Leben wie meine Arbeit beeinflußt hat. Damals hatte ich schon mit Frauen zu tun gehabt – aber immer in Eile und in einer Atmosphäre der Angst. Ich könnte sagen, daß ich hier und dort einen Vorgeschmack der Liebe bekommen hatte, der mich unweigerlich unerfüllt, verwirrt und manchmal auch beschämt zurückließ. Ältere Menschen sagten mir oft, daß sie mich um meine Jugend beneideten, aber ich wußte, da war nichts zu beneiden. Es verging kein Tag, an dem ich nicht an Selbstmord dachte. Die größte Qual für mich war der Mangel an Erfolg meiner Arbeit. Ich schrieb etwas, und es erschien mir gut, aber dann nahm ich es auseinander und zerriß es. Ich suchte nach einem Kriterium, nach dem man die Literatur beurteilen konnte, aber ich vermochte keines zu finden. Ich erwachte oft erfüllt von Zweifeln und ging in demselben Geisteszustand zu Bett. Oft dachte ich, jemand habe mich verhext. Ich wollte etwas Bestimmtes schreiben, aber es kam ganz etwas anderes heraus. Ich hatte einen Plan für eine Geschichte entworfen, aber der Plan verflüchtigte sich.

Der Frühling war gekommen und sanfte Brisen wehten durch die Straßen. Ich mußte ein anderes Zimmer suchen, da die Leute, bei denen ich ein Zimmer gemietet hatte, den Raum für sich brauchten. Ich suchte wochenlang, aber überall war die Miete zu hoch und die Zimmer schienen kalt, feucht und ungenügend beleuchtet zu sein. Meine Füße schmerzten bereits von dem endlosen Treppensteigen. Ich hätte alle meine Sorgen auf meinen Bruder abwälzen können, aber es liegt mir nicht zu jammern. Außerdem hatte mein Bruder seine eigenen Probleme.

An jenem Tag hatte ich mich einmal nicht auf die Suche nach einem Zimmer begeben. Ich war spät aufgestanden und in den Schriftsteller-Klub gegangen. Auf dem Wege kaufte ich einen Beugel und fing an, ihn auf der Straße zu essen. Die Sonne schien, aber mir war kalt und ich fröstelte. Ich setzte mich an die warme Wand und begann ein Buch über Hypnose, Okkultismus und Magnetismus zu lesen, oder wie immer der Verfasser die verborgenen Kräfte nannte. Er schrieb über einen Mann, dessen verstorbene Mutter viele Jahre über ihn gewacht hatte. Wann immer er in Gefahr war, hörte er ihre warnende Stimme. Sie gab ihm Ratschläge und brachte ihn sogar mit der Frau zusammen, die er dann heiratete. Der Mann erzählte selbst die Geschichte und gab auch Namen und Adressen von Zeugen, die alles bestätigten, was er gesagt hatte. Wenn diese Geschichte wahr ist, sagte ich mir, dann war es an mir, eine andere Art von Leben zu führen. Ich mußte mich der Aufgabe widmen, diese Wahrheiten zu verbreiten, die Menschheit davon zu überzeugen, daß es so etwas wie den Tod nicht gibt. Wenn das der Fall ist, dann war es unsinnig, Selbstmord zu begehen...

Jemand kam zu mir herüber und berührte mich an der Schulter – es war einer der jungen Dichter.

Er sagte: »Liest du noch immer diesen Unsinn?«

»Tu mir den Gefallen und lies nur diese eine Seite.«

Er nahm das Buch und warf einen Blick hinein.

»Altweibergeschichten, Halluzinationen, Schwindel! Opium für das Volk!«

Wir redeten eine Weile, und er sagte: »Suchst du immer noch ein Zimmer?«

»Ja, sehr sogar.«

»Ich weiß von einer Frau, die ein Zimmer abgeben möchte. Sie ist eine entfernte Verwandte von mir, die Enkelin von Rabbinern. Wenn das Zimmer noch nicht vermietet ist, würde es das Paradies für dich sein. Sie ist so jemand wie du, ein bißchen verrückt. Sie sitzt den ganzen Abend an einem Tisch, der sich in die Luft hebt, und versucht, in die Zukunft zu sehen. Ihr Vater war ein Rabbiner, der den Verstand verloren hat. Sie versucht zu schreiben und zu malen. Sie hat schon drei Ehemänner hinter sich gebracht.«

»Wie alt ist sie denn?«

»Sie könnte deine Mutter sein, aber sie hat gern jüngere Männer. Warte mal, ich glaube, ich habe ihre Adresse hier irgendwo.«

Er zog ein Notizbuch aus der Tasche, das mit Adressen

vollgeschrieben war und mit Gedichten in winziger Schrift. Er fand die Adresse und gab sie mir.

Ich fragte, ob die Frau Telefon habe, und er antwortete: »Sie hatte früher eines, aber es ist ihr abgeschaltet worden. Sie sollte auch schon aus der Wohnung gewiesen werden, aber der Hausbesitzer ist ein Chassid ihres Onkels.«

Die Frau wohnte irgendwo in der Gesiastraße in der Nähe des jüdischen Friedhofs. »Ich werde mich nicht mit ihr einlassen«, beschloß ich sofort. Ich hatte einen Horror vor liederlichen Frauen. Ich wollte eine Frau wie meine Mutter, die rein und keusch war und die Liebe erst durch mich kennenlernen sollte. Trotzdem machte ich mich gleich auf in die Gesiastraße. Je näher ich dem Haus kam, desto mehr Trauerzüge sah ich – einen Leichenwagen nach dem anderen, einige wurden von weinenden Frauen begleitet, andere waren ohne Trauernde. Hier war ich auf der Suche nach einem Zimmer, und diese Leute hatten bereits alles hinter sich, das Leben, die Hoffnung, das Leiden, und sie wurden in die Ewigkeit gebracht. Die Pferde waren in schwarzes Tuch gehüllt, mit Löchern für die Augen, und in diesen Löchern sah man nur Pupillen. Ich stellte mir vor, daß diese Pferde wußten, was sie zogen, und daß sie Rechenschaft ablegten über ihre eigenen Seelen. Wenn die Kabbalisten recht hatten und alles Gottseligkeit war, dann waren auch die Pferde ein Teil Gottes...

Ich betrat einen Hof, dessen Mauern abbröckelten und in dessen Mitte eine riesige Abfalltonne stand, sehr ähnlich dem Hof in der Krochmalna, in der meine Familie gewohnt hatte. Ein Lumpensammler mit einem Sack über der Schulter schrie: »Kaufe alte Kleider, kaufe alte Kleider, kaufe alte Kleider!« und hob seine Augen zu den obersten Fenstern auf. Die Sonne stand hoch inmitten des Himmels und schüttete Gold über die Pflastersteine, die Rinnsteine, die zerlumpten Kinder und den rötlichen Bart des Hausierers. Ein Frühlingswind brachte den Duft von Blüten und von Dünger, mit dem die Felder gedüngt worden waren. Ich glaubte auch den Gestank von Leichen zu entdecken. Ich stieg drei Treppen hinauf und machte halt vor einer Tür, die vielleicht vor dreißig Jahren rot gewesen, jetzt aber verblichen braun war.

Die Klinke hing schlaff herunter, die Nummer an der Tür war lose. Ich klopfte, aber niemand antwortete. »Ich wußte, daß ich hier nur meine Zeit verschwenden würde«, sagte ich zu mir. Ich war voller Neid auf die Toten, die mit einem Dauerquartier versehen wurden und mit allem, was eine Leiche noch brauchen würde... Ich klopfte wieder und wieder. Ich war zu erschöpft, um weiterhin Zimmer zu suchen. Plötzlich hörte ich eine Frauenstimme hinter mir. Ich drehte mich um und erblickte die Wohnungseigentümerin. Sie mochte in den späten Dreißigern sein, möglicherweise auch vierzig. Obwohl es ein Wochentag war, trug sie ein seidenes Cape und ein schwarzes Kleid, das nicht modisch kurz war, sondern lang bis fast zu den Knöcheln. Über ihrem roten Haar – auch unmodern lang und in einem Chignon aufgesteckt – saß ein schwarzseidener Hut, den man vielleicht vor vierzig Jahren getragen haben mochte. Ihr Gesicht war weiß, ihre Augen waren eine Mischung von grün und gelb. Ein Blick genügte, um zu sehen, daß sie eine Schönheit gewesen sein mußte. In einer Hand trug sie eine Handtasche, in der anderen einen Korb mit Lebensmitteln. Sie war offenbar einkaufen gewesen.

»Darf ich fragen, junger Mann, wen Sie suchen?«

Ich nahm ein Stück Papier aus der Tasche, auf das der junge Dichter ihren Namen und ihre Adresse gekritzelt hatte, und sagte: »Frau Gina Halbstark.«

»Ich bin Gina Halbstark.«

Die Frau – ich gebe hier nicht ihren richtigen Namen an – blieb stehen, und wir standen einander gegenüber. Sie schien sowohl mädchenhaft wie vorzeitig gealtert zu sein, wie jemand, der gerade von einer Krankheit aufgestanden war. Sie hatte eingesunkene Wangen, ein spitzes Kinn, eine schmale Nase, einen langen Hals und ihr rotes Haar schien ausgeblichen. Von ihren Ohrläppchen hingen Ohrringe. Trotz ihrer Phantasiekleidung war etwas von vornehmer Schäbigkeit um sie. Aus ihren Augen sprach sowohl Neugier wie eine Art von Vertraulichkeit, als ob sie durch irgendeinen geheimnisvollen Instinkt wisse, wer ich sei und warum ich gekommen war. Ich trat zur Seite, und sie schloß die Tür auf, führte mich in einen Korridor und von dort aus in einen großen Raum. Die

Wohnung strömte die gleiche Art von vornehmer Vernachlässigung aus wie ihre Bewohnerin. Sie bat mich Platz zu nehmen und öffnete die Tür zu einem winzigen Gelaß, einer Art Alkoven, offenbar ohne Fenster, denn es war dunkel dort. Sie ging und blieb lange Zeit dort drinnen, dann kam sie zurück in einem Hauskleid, das Haar gekämmt und das Gesicht gepudert – all dies, noch ehe ich ihr den Grund meines Besuches genannt hatte. Ich fragte sie, ob sie ein Zimmer zu vermieten habe, und sie sagte: »Ja, aber nur für eine Fledermaus, die kein Licht braucht.«

»Ich bin eine Fledermaus«, sagte ich.

»Sie sehen nicht so aus«, entgegnete sie, »aber man weiß nie, was ein Mensch wirklich ist.«

Wir fingen eine Unterhaltung an, und buchstäblich innerhalb weniger Minuten entwickelte sich zwischen uns eine Vertrautheit, die mich selbst verblüffte. Eben waren wir noch Fremde gewesen, und schon sprachen wir miteinander, als seien wir alte Freunde. Sie erzählte mir von ihrer Abstammung, ich erfuhr alles über ihre Großväter und Urgroßväter, über die Bücher, die sie geschrieben hatten, über ihre ehrenwerten Leben und ihre Frömmigkeit. Sie erzählte mir, wer ihr erster Mann gewesen war – ich hatte von seinem Vater gehört. Sie selbst war schon frühzeitig »korrupt« geworden und hatte sich mit weltlichen jüdischen und aufgeklärten hebräischen Büchern beschäftigt, mit Autoren wie Jizchak Joel Linetzki, Mendele Mocher Sforim, Abraham Mapu, Scholem Alejchem, Perez, wie auch mit jiddischen Übersetzungen von Tolstoi, Dostojewski, Lermontow, Knut Hamsun, Strindberg, und auch mit polnischen Schriftstellern wie Mickiewicz, Slowacki, Wyspianski und Przybyszewski war sie vertraut. Nicht nur hatte ich die gleichen Bücher gelesen, ich war auch vertraut mit ihrem Äußeren, der Anzahl von Seiten und wer die Verleger und Übersetzer waren.

Gina Halbstark hatte einige Arbeiten meines Bruders gelesen, und sie wußte sogar von mir. Ich fragte sie, wie das sein könne, und sie antwortete: »Warschau ist eine Kleinstadt.«

Ganz von selbst kam unsere Unterhaltung auf die verborgenen Kräfte, und als Gina hörte, daß ich daran interessiert sei, wurde ihr Gesicht lebhaft und jung. In dem sehr dunklen Zimmer, das sie vermieten wollte, hatte sie eine ganze Bibliothek mit Büchern und Zeitschriften, die sich mit diesen Dingen beschäftigten. Sie führte mich in das Zimmer und machte das Licht an. Ich sah einen Bücherschrank mit Büchern über Theosophie, Spiritismus, Hypnose und animalischem Magnetismus auf Polnisch, Deutsch und Französisch, dazu Stapel von Zeitschriften.

Ich fragte nach dem Mietpreis, und sie sagte: »Sie werden so viel bezahlen, wie Sie sich leisten können.«

Und sie lächelte mit rabbinischer Freundlichkeit und sagte, sie werde jetzt Frühstück für mich bereiten.

»Was habe ich getan, um dies zu verdienen?« fragte ich, und sie antwortete: »Sie gefallen mir.«

Ich folgte ihr, und im Korridor umarmte ich sie und wir küßten uns mit der Glut wiedervereinter Liebender. Sie küßte und biß mich. »Ich kenne dich aus einem früheren Leben ...«

Elftes Kapitel

Gott im Himmel – welcher Glücksfall war diese Begegnung für mich! Ich war bereit gewesen, Gott im Zorn sein Geschenk zurückzugeben, aber ganz offensichtlich war es mir bestimmt, weiterzuleben, zu leiden, mir selbst und anderen Unrecht zu tun.

Ich lag jetzt auf demselben Bett, in dem ich mit Gina gelegen hatte, und ich schlief, so wie Esau geschlafen haben mag, nachdem er seine Erstgeburt für ein Linsengericht verkauft hatte. In meinen Träumen war ich in Warschau, in Bilgoraj und in dem Städtchen, in dem mein Vater Rabbiner war. Gina und des Uhrmachers Todros Tochter verschmolzen zu einer Person und wurden gleichzeitig zu meiner Mutter und meiner Schwester Hindele. Im Schlaf rief ich aus: »Was geschieht mit mir? Ich verliere die zukünftige Welt.«

Eine Stimme in mir – mein Vater? mein Großvater? der Leiter einer Jeschiwa? – hielt eine Predigt und ermahnte mich: »Du hast deine Seele entweiht! Du hast dich mit Lilith, Naama, Machlat und Schibta verunreinigt!...«

Dieser Traum war eine Fortsetzung der Wirklichkeit. Gina redete im Bett mit mir sowohl wie eine Heilige als auch wie eine Hure. Sie schrie so laut, daß ich fürchtete, die Nachbarn könnten angelaufen kommen. Sie sang, weinte, zitierte Passagen aus dem Hohen Lied, nannte sich selbst Rahab, die Hure. Rahab hatte die beiden Spione gerettet, die Josua, der Sohn des Nun, ausgesandt hatte nach Jericho, und sie hatten in ihren Armen gelegen. Ich, Itschele, war einer von ihnen. In anderen Reinkarnationen war ich Abraham und sie Hagar, ich Reuben und sie Bilha, ich Boas und sie Ruth, ich David und sie Bathseba. Sie flüsterte mir Geheimnisse zu und leckte mein Ohr. Sie lehrte mich neue Stellungen, Variationen und ihre eigenen verrückten Vorlieben. Ich fragte sie nach ihren früheren Ehemännern und Liebhabern, und sie schrie: »Ich sehne mich nach ihnen allen. Ich möchte sie alle zugleich haben, so daß sie mich in Stücke reißen können und nichts von mir übrig bleibt, das man beerdigen kann! Sie sollen mich anspucken und mich in ihrem Speichel ertränken...«

Ich hatte Forel gelesen und vielleicht auch Krafft-Ebing, und ich wußte etwas über Sadismus, Masochismus, Fetischismus und noch eine Reihe anderer solcher Ismen, aber hier war all das, was Papier und Tinte gewesen war, in pulsierendes Leben verwandelt, in wilde Lust, in singende und klagende Verrücktheit. Gina erzeugte in mir Verlangen und gleichzeitig stieß sie mich ab. Wir hatten einen Frühlingstag in einem schlaflosen Alptraum verbracht, und jetzt fügte mein Traum noch seine eigenen Ungereimtheiten hinzu.

Ich öffnete meine Augen, und es war dunkel, nicht nur in diesem, sondern auch in dem anderen Zimmer. Anstatt ein Frühstück kochte Gina das Abendessen für mich. Der Duft von Fleisch, Kartoffeln, Zwiebeln und Knoblauch kam von der Küche herein. Sie sang und goß Wasser auf ein zischendes Gericht. Ich war durstig, hungrig und müde aufgewacht und trotzdem bereit zu neuen Späßen und Abenteuern. »Bin ich glücklich?« fragte ich mich, und eine Stimme in mir antwortete: »Nein.« »Warum nicht?« entgegnete ich, aber der andere schwieg. Ich spitzte meine Ohren und hörte mir selbst zu. Mein Ideal war immer ein anständiges jüdisches Mädchen gewesen, nicht eine Hure, die sich in jedem Dreck gewälzt hatte. Einerseits liebte ich diese Gina, andererseits haßte ich sie. Der Prediger aus meinem Traum griff diesen Gedanken auf und sagte: »Unter solchen Schandtaten leidet die ganze menschliche Spezies. Die Kanaaniter und die Amalektiter haben solche Greuel begangen. Ihretwegen sind ganze Städte zerstört worden. Kriege und Gewalttaten erwachsen aus Ehebruch. Diese Art Menschen haben sich den Feinden Israels ausgeliefert, und es waren deren Kinder, die Judenpogrome veranstalteten...«

Mein Kopf fiel auf das Kissen zurück, und ich lag verwirrt da. Ich hatte meinem Vater versprochen, mich in Warschau als Jude zu benehmen. Auf dem Weg hierher hatte ich meine Philosophie des Protests sogar mit der Jüdischkeit verknüpft. Der Jude verkörperte den Protest gegen die Ungerechtigkeiten der Natur und sogar gegen die des Schöpfers. Die Natur wollte den Tod, aber der Jude entschied sich für das Leben; die Natur wollte Zügellosigkeit, aber der Jude war für Zurückhaltung; die Natur wollte den Krieg, aber der Jude, insbesondere der Jude der Diaspora – der hochentwickelte Jude –, suchte den Frieden. Die Zehn Gebote waren an sich ein Protest gegen die Gesetze der Natur. Der Jude hatte es auf sich genommen, die Natur zu besiegen und sie in solcher Weise zu zügeln, daß sie sich den Zehn Geboten unterwarf. Da der Jude gegen die Natur war, verachtete sie ihn und rächte sich an ihm. Aber der Sieg war bei dem Juden. Und wenn er selbst gegen Gott zu kämpfen hätte, der Jude würde nicht aufgeben. Nach dem Talmud soll selbst die Stimme des Himmels nicht befolgt werden, wenn sie nicht auf der Seite der Gerechtigkeit ist. Wenn der Jude davon überzeugt war, daß etwas gerecht sei, dann wagte er sich sogar dem Allmächtigen entgegenzustellen.

Dies waren meine Gedanken in dem Zug gewesen, als die Rowdys die Juden zwangen zu singen, »Komm, meine Geliebte«. Die Gesichter der Juden hatten dabei eine Entschlossenheit gezeigt, die nicht von dieser Welt war. Aber diese Art von Stärke war nur dem Juden möglich, der die Tora befolgte, und nicht dem modernen Juden, der der Natur diente wie die Heiden es taten, sich ihr unterordnete und alle Hoffnung auf sie setzte ... Ich hörte Schritte. Gina stand im Türrahmen.

»Schläfst du?«

»Nein.«

»Du bist wie ein Kind an meiner Brust eingeschlafen. Hast du Hunger?«

»Nein. Ja.«

»Komm zum Essen. Komm, ich brauche dich. Du bist meine letzte Hoffnung. Ich war bereit zu sterben, dann kamst du plötzlich und –«

Sie knipste das Licht an, aber ich bat sie, es wieder auszumachen. Ich schämte mich vor ihr. Sie hatte ein schönes Gewand angezogen, und ich besaß nichts als die Sachen, in denen ich gekommen war. Im Laufe eines Tages war mir ein stachliger Bart gewachsen. Gina ging in die Küche zurück, während ich im Dunkeln nach Kleidern und Schuhen suchte.

Später, beim Essen, vertraute mir Gina an, daß sie mein Kommen geahnt und in Wirklichkeit schon auf mich gewartet hatte. Sie praktizierte das automatische Schreiben, und eines

Abends hatte ihre Hand meinen Namen vielleicht hundertmal geschrieben. Sie stellte oft dem Tisch mit hölzernen Nägeln Fragen und benutzte auch das Ouija-Brett, und beide hatten übereinstimmend ausgesagt, daß ihr letzter und großer Liebhaber rothaarig sein werde wie sie. Sie sagte auch, daß sie noch andere Dinge über mich wüßte, die sie mir aber noch nicht enthüllen könne. Sie legte ihren Kopf auf die Seite und betrachtete mich seitwärts mit weiblicher Kennerschaft und nicht ohne Spott, als ob sie mir einen Streich gespielt habe, den ich erst später erkennen würde. Ihrer sexuellen Erfahrung gegenüber schämte ich mich, und ich mußte an die vielen Männer denken, die sie vor mir gehabt hatte.

Sie schien meine Gedanken zu erraten, denn sie sagte: »Du hast sie alle ausgelöscht. Von jetzt an bist du mein ganzes Leben.« Wir tranken Tee, und Gina sprudelte nur so vor Geschichten. Während des Krieges hatte sie Typhus gehabt und war in ein Hospital gebracht worden, wo die Ärzte versucht hatten, sie zu vergiften. Sie wäre heute nicht mehr am Leben, wenn ihre verstorbene Großmutter ihr nicht im Traum erschienen wäre und ihr verboten hätte, die Medizin zu nehmen. Dieselbe Großmutter hatte sie schon mehrere Male vom Tode errettet. Einmal lag sie ganz allein im Haus, krank mit Influenza und ohne jede Nahrung – das war nach ihrer zweiten Scheidung –, als ihre Großmutter ihr ein Glas warme Milch brachte.

Gina stand auf und legte einen feierlichen Schwur ab, daß sie die Wahrheit spreche. Das Glas auf ihrem Nachttisch war leer gewesen. Plötzlich hatte es sich mit Milch gefüllt, und sie hatte die Stimme ihrer Großmutter gehört: »Trinke!« Sobald sie die Milch getrunken hatte, ließ das Fieber nach und sie erholte sich.

»Du kannst mir glauben oder nicht – es ist mir ganz gleich, was du glaubst. Du wirst mir deine Millionen ohnehin nicht geben, aber ich schwöre bei meinen toten Eltern – sie ruhen in Frieden! –, daß ich dir nichts vorlüge. Wenn ich lüge, so will ich nicht leben, um zu ...«

»Ich glaube dir, ich glaube dir, aber es könnte ja eine Halluzination gewesen sein von dem Fieber.«

»Ich wußte, daß du das sagen würdest. Es war keine

Halluzination. Meine Temperatur war nur 38 Grad. Und selbst wenn sie auf 40 Grad steigt, bin ich immer noch bei Bewußtsein. Ich hatte einmal eine Blinddarmoperation, und der Arzt konnte mich nicht mit dem Chloroform einschläfern, was auch immer er versuchte. Er gab mir die größtmögliche Dosis, und ich war immer noch bei Bewußtsein. Ich fühlte den Schmerz, als sie mich aufschnitten, und ich hörte jedes Wort, das er zu den Schwestern sagte. Übrigens, mitten in der Operation fing ich plötzlich an in die Luft zu fliegen. Ich blickte hinunter und sah meinen Körper, den Chirurgen, die Schwestern und alles andere. Das war das erste Mal, das ich in die Astralsphäre aufstieg, und du kannst dir mein Entsetzen vorstellen, als ich meinen eigenen Körper dort liegen sah. Ich war ganz sicher, tot zu sein. Ganz plötzlich fing etwas in mir an zu zittern, ich kehrte in meinen Körper zurück, und ich fühlte den Schmerz wieder. Der Arzt erzählte mir später, daß mein Herz kurz ausgesetzt habe und er mich schon verloren glaubte. Warum erzähle ich dir das alles? Ja, um dir zu beweisen, daß ich nicht so leicht das Bewußtsein verliere. Ich schlafe, und gleichzeitig höre ich jedes Geräusch und denke wache Gedanken. Ich hatte damals nicht einen Tropfen Milch im Haus. Ich hatte überhaupt nichts. Plötzlich steht ein Glas Milch vor mir. Als ich es trank, schmeckte es wie frisch von der Kuh. Jeder Schluck brachte mir eine Welle von Kraft. Ich hörte auch die Stimme meiner Großmutter so deutlich wie jetzt die deine. Was sagst du nun dazu?«

»Wenn die Toten leben und ganz schnell eine Kuh melken und durch die geschlossene Tür ein Glas Milch bringen können, dann ist unsere ganze Wissenschaft keinen Pfifferling wert. In dem Fall–«

»Ja, sie leben und sie können viele Dinge tun. Nicht alle Seelen bleiben hier unten – die meisten gehen über in andere Welten. Aber meine Großmutter stand mir sehr nahe und sie wollte sich nicht von mir trennen. Sie kannte meine verfluchte Natur und meine Verrücktheiten, und sie wußte, wie leicht ich mich in Gefahr begebe. Gäbe es sie nicht, so wäre ich heute nicht hier. Lache nicht, aber meine Großmutter hat mir sogar von dir gesprochen. Einmal verbrachte sie die halbe Nacht mit mir. Ich sagte: ›Großmama, ich will nicht mehr leben. Ich habe genug von all den Enttäuschungen, der Falschheit der Männer und allem anderen. Wenn es eine andere Welt gibt‹, sagte ich, ›eine schönere Welt ohne das Böse und das Grobe und all das Unglück und die Schwierigkeiten, dann würde ich lieber dort sein. Ich möchte bei dir sein, Großmama‹, sagte ich. Ich weine nicht leicht, aber dann begann ich zu heulen, und sie sagte: ›Genendele‹ – so nannte sie mich – ›es ist nicht unsere Welt, sondern Gottes Welt, und jeder, der dorthin geschickt worden ist, hat eine Aufgabe und auch eine gewisse Zeit, in der er diese Aufgabe erfüllen muß. Deine Zeit, diese Welt zu verlassen, ist noch nicht gekommen. Auf dich wartet noch etwas Gutes.‹ ›Was ist es denn?‹ fragte ich. ›Ein anderer Mann?‹ Und sie sagte: ›Er ist noch ein Kind, aber er ist auch schon ein Mann und er wird dein letzter Trost sein.‹ Sie fügte noch etwas hinzu, aber das will ich dir nicht sagen. Erst hast du wie ein Gläubiger gesprochen, dann wurdest du plötzlich ein Skeptiker und jetzt siehst du mich an, als sei ich verrückt.«

»Ich glaube an Gott, aber es gibt Dinge, die sehr schwer anzunehmen sind.«

»Ha! Wenn du bei mir bleibst, wirst du mit deinen eigenen Augen Dinge sehen, so daß dir erspart werden wird, sie zu glauben. Ich war entschlossen, dir nicht zu erzählen, was meine Großmutter über uns beide gesagt hat – sie hat mich sogar davor gewarnt, mit dir über sie zu sprechen, aber sie ist es schon gewöhnt, daß ich ihr nicht gehorche. Ich wünschte, ich wäre ihr gefolgt –«

»Was hat sie denn über uns gesagt?«

»Sie hat gesagt, daß wir gemeinsam an einem Buch arbeiten würden.«

»Welche Art von Buch?«

»Das weiß ich nicht. Sie hat mir keine Einzelheiten genannt. Aber du sollst wissen, daß sie mir noch nie etwas gesagt hat, das nicht eingetroffen wäre. Manchmal gleich, in anderen Fällen erst nach Jahren. Aber als sie das letzte Mal mit mir gesprochen hat, fing ich doch an, Zweifel zu haben. Ich hatte einen heiligen Schwur getan, nie wieder irgend etwas mit einem Mann zu tun zu haben und ganz bestimmt nicht mit einem, der jünger ist als ich. Ich hatte auch aufgegeben zu schreiben. Die Redakteure schickten alles zurück, was ich geschrieben hatte. Sie schickten auch oft Sachen zurück, die sie sich nicht einmal die Mühe genommen hatten zu lesen. Das ist, wie man so sagt, ein Kapitel für sich. Ich habe zahllose Feinde. Sie hassen mich, erstens weil Gott mir den Fluch der Begabung mitgegeben hat, und zweitens weil ich all ihre schmutzigen Tricks und Intrigen durchschaue und mich nicht so leicht für dumm verkaufen lasse. Es genügt mir, einen Menschen nur anzuschauen, und ich kenne alle seine Geheimnisse. Glaube mir, das ist keine leere Prahlerei. Es ist auch keine positive Eigenschaft. Es ist in Wirklichkeit eine Tragödie. Gott hat über das Gehirn den Schädel gestülpt, damit man nicht sehen soll, was darin vorgeht. Wie soll man leben, wenn man weiß, was ein anderer denkt? Und drittens hassen sie mich, weil ich aus einer guten Familie komme, während sie alle Abschaum und Rüpel sind. Warum erzähle ich dir das alles? Ja, sie hassen mich. Wenn sie könnten, würden sie mich gern in einem Löffel warmen Wassers ertränken, wie das Sprichwort sagt. Und da es keine Hoffnung mehr für mich gab, weder in der Liebe noch in der Literatur, konnte es keinen Sinn mehr haben, weiterzuleben. Aber da meine Großmutter gesagt hat, daß wir zusammen ein Buch schreiben sollen, werden wir ein Buch schreiben, ob du willst oder nicht.«

»Wie schreibt man denn zusammen ein Buch?«

»Was? Das weiß ich selber nicht. Du wirst eine Seite schreiben und ich werde eine Seite schreiben, und zwischen den Seiten werden wir uns küssen. Wie würde dir das gefallen?«

»Sehr gut!«

»Ach, du bist noch ein richtiges Kind. Du bist wie ein Füllen, voll wachsender Leidenschaft, das um seine eigene Mutter herumtänzelt. Aber du darfst keine schlechte Erinnerung an mich haben.«

»Wie kommst du nur auf so etwas?«

»Ach, ich habe nicht mehr lange zu leben. Iß den Nachtisch auf, du darfst nichts übriglassen.«

Zwölftes Kapitel

Ich merkte bald, daß Gina von dem Gedanken an den Tod besessen war. Wir lagen im Bett, und sie sprach davon, daß wir zusammen eine Grabstelle auf dem Friedhof in der Gesiastraße kaufen sollten. Ich mußte ihr versprechen, mich, wenn es so weit war, neben ihr beerdigen zu lassen. Sie verlangte, ich solle gleich nach ihrer Beerdigung mit einer anderen Frau schlafen und dabei an sie, Gina, denken. Ich mußte ihr feierlich versprechen, daß ich das Kaddisch für sie sprechen und eine Gedächtniskerze für sie anzünden würde. Ich war mir ganz klar darüber, daß diese Worte sie sexuell erregten. Ihr Körper wurde heiß, und sie wurde überschwenglich. Sie drängte sich an mich, küßte mich, streichelte mich und sagte: »Ich möchte in der Erde liegen und vermodern, während du, mein kleines Füllen, dich vergnügst! So will ich es, das ist mein Ziel. Ich werde besser ruhen, wenn ich weiß, daß du in den Armen von Frauen liegst, aber um etwas bitte ich dich: vergiß mich nicht. Was meine Großmutter für mich tut, das will ich für dich tun – dich führen und beschützen. Ich werde dich mit Frauen versorgen, die glühende Seelen und brennende Körper haben. Ich werde sie in dein Netz werfen, sich windende Fischchen, mit denen du tun sollst, wie es dir beliebt, aber unter einer Bedingung – daß du nicht heiratest. Warum soll man heiraten? Warum soll man sich binden? Eine Biene muß von Blume zu Blume fliegen und Nektar sammeln. Warum sollte sich eine Biene mit einer Blume begnügen? An mich kannst du dich binden, weil es mich nicht mehr lange geben wird. Ich will auch nicht, daß du mich heiratest. Unsere Seelen werden auf jeden Fall auf immer verbunden bleiben. Dein Vergnügen wird mein Vergnügen sein.«

Wir schlugen uns nur mühsam durch. Ich konnte mir nicht einmal eine Wäscherin leisten, und Gina wusch meine Wäsche. Sie trug die altmodischen Kleider, weil neue für sie unerschwinglich waren. Ihre Wohnung war seit Jahren nicht gestrichen worden, und die Möbel waren schadhaft, aber was machte uns das aus? Zu jener Zeit gab es in Warschau Läden, in denen man unwahrscheinliche Gelegenheitskäufe machen konnte. Auf der Alten und der Neuen Wolowastraße konnte man ein Paar Schuhe oder sogar einen Mantel – gebraucht – für ein paar Groschen kaufen. Es gab Märkte, auf denen man das schwarze Kommißbrot zum halben Preis kaufen konnte. Bäuerinnen brachten Käse, Pilze, Hafer und Zwiebeln vom Land, was alles so gut wie nichts kostete. Gina und ich gingen beide gern spazieren. Wir konnten meilenweit laufen, ohne zu ermüden. Die Straßenbahn zu nehmen war Luxus für uns. Wir fuhren mit der Straßenbahn ›Nummer 11‹, das heißt, wir gingen zu Fuß. Wir sprachen über alles, das uns in den Sinn kam. Gina fand immer den Weg zum Friedhof – entweder zum jüdischen in unserer Nähe oder zum katholischen in Powązek, aber am liebsten besuchte sie den russisch-orthodoxen Friedhof weit unten an der Lesznostraße hinter dem Karcelak-Platz. Nachdem Polen unabhängig geworden war, gab es nur noch wenige Russen in Warschau, außer den russischen Flüchtlingen, den verarmten »Gewesenen«, die fast alle Trinker waren und im »Zirkus« schliefen, einem Heim für christliche Obdachlose. Ehemalige Hauptleute, Generäle und Gutsbesitzer wälzten sich in der Gosse. Nichtjuden waren nicht daran gewöhnt, im Exil zu leben. Wenn ein Christ seine Heimat verloren hatte, so war er geistig und physisch gebrochen.

Der alte russische Friedhof war eingezäunt, hatte teure Grabsteine, alte und dichte Bäume, und stellte ein Symbol der früheren russischen Macht dar. Aus irgendeinem Grunde befestigten die Russen Photographien der Verstorbenen an den Grabsteinen. An den langen Sommertagen kam niemand hierher, außer den Vögeln. Gina konnte sich an den Grabsteinen nicht satt sehen, sie las die Daten und betrachtete die vergilbten Photographien. Im neunzehnten Jahrhundert starben die Menschen jung, und viele junge Männer und Frauen waren hier in der Blüte ihrer Jahre beerdigt worden. Die Frauen trugen fast alle Blusen mit Stehkragen und Spitzen und hatten hohe Frisuren. Aus ihren Gesichtern leuchtete Gesundheit und die Lebenslust einer herrschenden Rasse. Aber sie waren im Alter von vierzig oder dreißig Jahren, einige sogar in den Zwanzigern gefällt worden. Gina blieb vor jedem Grabstein stehen und las, überlegte, rechnete. Sonnenflecken fielen durch die Äste der Bäume auf ihr Gesicht. Nach einiger Zeit begann auch ich mich für die Verstorbenen zu interessieren. Woran waren sie gestorben? Hatte damals eine Epidemie in Warschau gewütet? Hatten sie Selbstmord begangen? Oder waren sie vor Sehnsucht nach Rußland gestorben? Die Photographien waren im Laufe der Jahre verblichen, aber die Augen hatten ihre Lebhaftigkeit behalten. Sie lächelten über ein Geheimnis, das nur sie kannten. Es war schwer vorstellbar, daß diese jungen Damen – die lange Passagen von Puschkin oder Lermontow auswendig konnten und deren Gesichter solche Lebenslust ausstrahlten – jetzt nur noch zerfallene Skelette und Staub waren. Ich verliebte mich für einen Augenblick in diese Frauen und dachte über das Vergnügen nach, das sie einem Mann bereitet haben könnten. Gina zeigte auf eine Photographie und sagte: »Ist sie nicht hübsch? Bildschön! Sie hat nur siebenundzwanzig Jahre gelebt! Die Frau eines Leutnants. Woran ist sie wohl gestorben? Wahrscheinlich hat er sie mit jeder Soldatenhure betrogen, und sie ist an Eifersucht zugrunde gegangen. Oder vielleicht hat er Nächte hindurch getrunken, und ihr Blut wurde von Leidenschaft vergiftet. Schau sie an, Milch und Blut. Man kann durch die Bluse hindurch ihre festen Brüste sehen. Bei ihr hätte man es gut gehabt. Und wo mag sie jetzt sein? Gibt es so etwas wie ein russisches Paradies? Was würden die Russen im Paradies tun?«

»Es gibt kein Paradies.«

»Ach, jetzt bist du wieder ein Ketzer, was? Noch gestern hast du gesagt, es gäbe keinen Tod. Leben ist überall, selbst in dem Stein auf der Straße.«

»Ja, schon, aber sie ist nicht im Paradies.«

»Wo denn, in Gehenna?«

»In dir, in mir, sie ist ein Teil aller Sterne und Planeten geworden.«

»Das sind Worte, mein Lieber, nichts als Worte. Leben ist Erinnerung. Wenn sie sich nicht daran erinnert, daß sie Andrei Popows Frau war, und daß Grischa Iwanow ihr ein Liebesgedicht in ihr Poesiealbum geschrieben hat, und daß sie auf einer Gesellschaft mit Boris Nikolajewitsch Saratow getanzt hat, dann ist sie tot. Die Tatsache, daß Blumen auf ihrem Grabhügel wachsen, macht sie noch nicht unsterblich.«

»Und was wäre so gut daran, wenn ihre Seele sich all des Bösen erinnerte, das der Leutnant ihr angetan hat?«

»Dreh mir nicht die Worte im Mund um. Wenn meine Großmutter lebt, dann leben alle anderen Großmütter, Großväter und Urgroßväter auch, bis zurück zu Adam und noch davor. Sie erinnern sich an alles, aber sie sind dort oben im Himmel so glücklich, daß sie alle Ungerechtigkeiten vergeben. Du hast selbst gesagt, daß sich die Seelen in der anderen Welt lieben und sich dort oben tummeln. Das sind deine Worte.«

»Das sagt die Kabbala.«

»Es ist wahr. Du wirst es alles mit eigenen Augen sehen. Ich werde aus der anderen Welt zu dir kommen und mich dir schenken. Ich werde auch mit anderen sein, mit all den Männern, die ich je geliebt habe. Deine Religion des Protests fängt an mir zu mißfallen. Ich kann die verrücktesten Vorstellungen annehmen, aber nicht die, daß Gott ein Übeltäter sein soll. Das ist Unsinn. Er schickt uns auf die Erde, um ein wenig zu leiden, aber dann belohnt Er uns millionenfach. Dort erwarten uns Freuden, die man sich nicht vorstellen kann. Als ich damals die Operation hatte und später, als ich am Typhus erkrankt war, habe ich dort oben einen Besuch gemacht, und ich habe einen Gesang vernommen, mit dem es keine Oper und keine Symphonie aufnehmen könnte. Engel sangen und jede Note war eine Antwort auf alle Fragen und erfüllte mich mit einer Freude, die Worte nicht wiedergeben können. Ich wäre zu gerne dort geblieben, aber drei Patriarchen erwogen meinen Fall und urteilten, daß ich wieder auf die Erde zurückgehen müsse. Ihre Gesichter leuchteten mit einem Licht, das es hier einfach nicht gibt. Ich begann vor ihnen zu weinen und sie trösteten und küßten mich.«

»Das war wohl im Schlaf, was?«

»Nein, im Wachen, im Wachen! So etwas wie Schlaf gibt es gar nicht. Wir schlafen nicht – wir tun nur so als ob wir schliefen. Man stirbt auch nicht, aber man tut so als ob man stürbe. Es ist alles Verstellung. Genau so wie ich leide und mein Schicksal verfluche, genau so weiß ich, daß es alles nichts und wieder nichts ist. Was ist Leiden? Wer leidet? Es ist alles nur ein Spiel.«

»Gott hat nicht das Recht, solche Spiele zu erfinden.«

»Schon gut, wenn du vor Ihm stehen wirst, wirst du Ihm das alles sagen. Komm, mein Füllen, ich habe Hunger. Ich habe ein paar Nudeln und eine Zwiebel im Haus, und es müßte auch noch etwas Kokosfett da sein. Ich werde die Zwiebel anrösten und wir werden essen.«

»Du meinst, wir werden so tun als ob wir äßen, gerade so wie die Engel bei Abraham.«

»Ja, wir werden so tun als ob, und später werden wir so tun als seien wir müde, und wir werden zu Bett gehen und so tun als ob wir schrecklich verliebt seien. Was hältst du von dieser Philosophie?«

»Es gibt bereits eine solche. Ihr Begründer ist ein Mann namens Vaihinger.«

»Wer ist dieser Vaihinger? Immer gibt es schon alles. Gib mir deinen Mund ...«

Dreizehntes Kapitel

Die Regierung gab offenbar auf mich acht, denn plötzlich erhielt ich eine Aufforderung, mich zur Musterung einzufinden. Ich wußte genau, was das bedeutete: zwei oder drei Jahre unter Bauern, Raufbolden und wilden Gestalten zu verbringen, ohne Zeit zum Lesen oder Schreiben, und jeden Tag zahllose Beleidigungen erdulden – all das, damit ich ein paar Jahre später mein Leben dem Vaterland opfern konnte. Aber hatte ein Jude ein Vaterland? Zehn oder elf Jahre vorher hatte mein Bruder Josua eine ebensolche Aufforderung, sein Leben dem russischen Vaterland zu opfern, erhalten. In der Zwischenzeit war Polen ein Teil von Deutschland geworden, und er wäre beinahe eingezogen worden, um dem deutschen Vaterland zu dienen. Ich will hier ganz offen sein und sagen, selbst wenn Polen eine jüdische Nation gewesen wäre, hätte ich auch nicht die geringste Lust verspürt, Soldat zu werden. Für mich ist die Kaserne eine viel größere Strafe als das Gefängnis. Laufen, springen, marschieren und schießen wäre für mich eine unerträgliche Qual, und noch schlimmer wäre es, immer unter Menschen sein zu müssen. So wie andere immer Gesellschaft brauchten, so brauchte ich Zurückgezogenheit. Meine ganze Vorstellung von der Welt verlangte Absonderung, das Recht und das Privileg, sich von anderen fernzuhalten, verlangte Zeit, um meine Untersuchungen fortzuführen und meinen schöpferischen Trieb zu fördern. Durch das Lesen der linken Zeitungen und durch das Anhören der Kommunisten und ihrer Mitläufer im Schriftsteller-Klub wußte ich, daß die Linke die private Sphäre vollkommen abschaffen und stattdessen einen dauernden öffentlichen Bereich einrichten wollte. Sie sprachen immerfort von den Massen, aber meine Natur verlangte die Freiheit, so lange und so oft ich wollte, allein zu sein. Tag für Tag in den Cheder zu gehen, war für mich eine Last gewesen, und auch die Jeschiwas konnte ich nicht ausstehen. Ich bezweifele es, daß ich lange auf einer Universität geblieben wäre. Manchmal beneidete ich den Bauern auf seinem kleinen Stück Land. Ich hätte ein Schneider oder Schuhmacher in seiner eigenen Werkstatt sein können, aber niemals hätte ich in einer Fabrik arbeiten können. Es ist bezeichnend für mich, daß ich trotz meines starken Verlangens nach Liebe und Sex im Grunde pathologisch schüchtern geblieben war.

Ich beschloß, falls man mich zwingen würde zu dienen, Selbstmord zu begehen. Inzwischen tat ich, was vor mir viele andere jüdische Rekruten während der russischen Besetzung getan hatten, ich hungerte, um mein Gewicht zu reduzieren und schwächlich zu werden. Ich mußte dauernd mit Gina streiten. Sie brachte mir Essen, selbst wenn ich zu fasten versuchte. Ich hatte angenommen, daß das Fasten mich sexuell schwächen würde, aber meine Libido – ein neues Wort, das die Freudianer in die Alltagssprache eingeführt hatten – wurde stärker statt schwächer. Zu der Zeit machte ich die Entdeckung, daß der Sexualtrieb auf das engste mit geistiger Stärke, nicht mit physischer verbunden ist. Liebe und Sex sind Funktionen der Seele. Die Nächte waren von wilden Phantasien erfüllt und von Inspirationen, die meine pessimistische Auffassung von der Welt negierten. Gina sagte mir, daß der Geschlechtsverkehr und im besonderen der Orgasmus Visionen bei ihr hervorriefen, und ich wurde nicht müde, sie über diese Visionen auszufragen.

Sie antwortete: »Ich sehe Gesichter, seltsame Mienen.«

So redselig sie in allen anderen Dingen war, so schweigsam wurde sie in diesen Dingen. Aber warum? Erschreckten diese Visionen sie? Fehlten ihr die Worte, sie zu beschreiben? Was mich betraf, so hatte das Fasten mich in einen Zustand versetzt, in dem es kaum eine Grenze zwischen Schlafen und Wachen gab. In dem Augenblick, in dem ich meine Augen schloß, fing ich an zu träumen. Ich sah Riesen, deren Köpfe bis an die Wolken reichten. Sie trugen Kleider, die nicht aus unserer Zeit und vielleicht nicht einmal von dieser Welt stammten. Sie zogen in einer Art kosmischer Trauerprozession dahin und brummten ein tief melancholisches Klagelied. Manchmal sah ich Schwärme von Zwergen, die sangen, tanzten und unirdischem Entzücken Ausdruck verliehen. Diese Visionen waren wirklich, großartig und ungeheuer genau. Gewiß, sie entschwanden meinem Gedächtnis sehr rasch, aber sie ließen mich verwirrt zurück und mit dem

Gefühl, daß der Schlaf alle Begrenzungen von Zeit, Raum und Kausalität aufhebt. Manchmal träumte ich von Gemetzeln, Massakern und Pogromen und erwachte zitternd, dennoch von neuer Lust erfüllt. Gina erwachte in genau der gleichen Sekunde, und wir fielen mit einem Verlangen übereinander her, das uns erstaunte. Welch ein bemerkenswerter Mechanismus das Gehirn ist! Wie außerordentlich arbeitet es in dem Moment, in dem man die Augen schließt! Ich beschloß oft, meine Träume niederzuschreiben, und wußte gleichzeitig, daß es unmöglich sein würde. Sobald ich meine Augen öffnete, platzten die Träume wie Seifenblasen, lösten sich sofort auf und verschwanden. Auch besaß ich kein ausreichendes Vokabular, um ein wahres Bild eines Traumes wiedergeben zu können.

Die meisten Philosophen sprechen mit Verachtung von den menschlichen Gefühlen, andere leugnen sie überhaupt. Unsere heiligen Bücher behaupteten, daß böse Gedanken von den bösen Geistern ausgingen. Die »Literarischen Blätter« brachten häufig Artikel über Freud, der damit begonnen hatte, Träume und Gefühle ernst zu nehmen, aber sein Vorgehen war rationalistisch. Er versuchte etwas zu analysieren, dessen man nicht habhaft werden konnte, das keine Substanz besaß. Er versuchte auf einem durchaus individualistischen Gebiet zu generalisieren, einem Gebiet, das einzigartige Vorkommnisse aufwies und unendlich vieldeutig war. Was die Kabbalisten Gott zuschrieben, galt auch für einen Traum – es gab keine Worte, ihn zu beschreiben. Das Beste, was man tun konnte, war, darüber zu schweigen.

Der Frühling war in den Sommer übergegangen, und in Warschau fingen die Hitzewellen an. Die Tage waren unendlich lang, die Dämmerung schien kein Ende zu nehmen, und der Himmel blieb bis zehn Uhr abends hell. Ich aß ein kärgliches Abendbrot. Gina spielte unterdessen mit ihrem Tisch und versuchte, automatisch zu schreiben. Ich stand am offenen Fenster und starrte auf die Gesiastraße hinunter. Den ganzen Tag über hatte es Beerdigungen gegeben. Nicht weit von hier ruhten die vor langem und die kürzlich Verstorbenen, unter ihnen Rabbi Dow Ber Meisels, mein Ururgroßvater und Rabbiner von Warschau. Sanfte Brisen stiegen mir in die Nase, und ich mußte daran denken, daß sie den Gestank von Vermoderung und Fäulnis, wie auch die Geheimnisse von Geburt und Tod brachten. Die Straße war dunkel und Sterne blinzelten über den Hausdächern. Ab und zu schien ich die weiße Schärpe, Milchstraße genannt, erkennen zu können. Alles war nah – der Tod, das Universum, das Rätsel der Träume, die Illusion von Liebe und Sex. Hunde bellten, Katzen miauten. Ginas Wohnung war voller Motten, Mükken und Käfern. Die Insekten flogen durch die offenen Fenster herein und machten ihren letzten Flug, ehe sie starben. Gina und ich versuchten beide, uns mit den Mächten, die die Welt regieren, zu vereinen und zu einer Art Abrechnung und Schlußfolgerung, was die Welt angeht, zu kommen, aber diese Mächte wollten davon nichts wissen. Wir waren dazu verurteilt, auf ewig im Chaos versunken zu bleiben.

Obwohl Gina sich nicht nach dem Schulchan Aruch verhielt, murmelte sie am Abend noch immer ihre Gebete. Ich bat Gott im Geist, mich vor der Kaserne zu bewahren, und gleichzeitig betete ich für die, die gezwungen waren, dort zu sein. Für jeden lauerten überall Gefahren und Probleme! Es verging kein Augenblick ohne irgendeine Art von Kummer. Die Menschen fügten einander Leid zu. Alle Gefängnisse waren voll mit Kriminellen. Ab und zu hörte ich Gewehrfeuer in der Nacht, Schreie und Schläge, Hilferufe. Die Kommunisten in Warschau wandten jedes Mittel an, um die Revolution anzufachen und Polen den Bolschewiken auszuhändigen. Hitler und seine Nazis schmiedeten Pläne, Oberschlesien zurückzuerobern und den »Korridor«, den der Vertrag von Versailles den Deutschen weggenommen hatte. Die polnischen Antisemiten agitierten gegen die Juden. Die jüdischen politischen Parteien waren untereinander zerstritten. Die Litauer hätten allzu gern Wilna wieder gehabt. Die Ruthenen und Weißrussen kämpften gegen die polnische Herrschaft. Hobbes hatte recht – jeder führte Krieg gegen jeden. Jeder Friede barg schon die nächsten Kriege. Die Führer selbst sprangen sich gegenseitig an die Gurgel. Ich konnte in dieser Welt nicht leben – konnte mich nicht so durch das Leben schlängeln wie alle Geschöpfe es tun mußten. Jeder Tag, den ich lebte – und so ist es bis heute geblieben – war ein Wunder. Die jüdische Geschichte im besonderen war immer eine ungeheure Mühsal des Sich-hindurch-Schmuggelns und Vorbeischleichens gewesen, durch Völker und Gesetze hindurch, die uns zum Tode verurteilten. Ehe ich schlafen ging, warf ich einen letzten Blick auf den Sternenhimmel. War es dort oben auch so? Gab es irgendwo im Universum eine Insel des Friedens?...

Ich ging zu Bett, aber Gina bewegte sich noch lange geschäftig umher. Sie wusch ab, stopfte und wusch ihre und meine Unterwäsche. Ich lag im Dunkeln mit gespitzten Ohren. Vielleicht würde Gott zu mir sprechen. Vielleicht würde mein Ururgroßvater auf dem Friedhof mir irgend etwas sagen. Vielleicht würde mir etwas einfallen, etwas wie eine zweite Newtonsche Formel, die das Geheimnis der Welt enträtseln würde. Diese Enthüllung war wahrscheinlich viel einfacher als man sich vorstellte. Vielleicht bestand sie nur aus einem Satz. Ich hatte sogar eine Vorstellung davon, in welcher Richtung die Formel sich bewegen würde – es gab keinen Tod. Das »Ich« war eine vollständige Illusion. Leiden waren Freuden. Heute, gestern und morgen waren ein und dasselbe. Ich, Rothschild, die Maus in ihrem Loch, die Wanze an der Wand und die Leiche im Grab waren in jedem Sinn identisch, genau wie Traum und Wirklichkeit, Mann und Frau, Gedanken und Steine, Gefühle und Atome, Liebe und Haß. Ja, aber es genügte nicht, dies zu sagen – es mußte bewiesen werden. Leibniz hatte es nicht gekonnt. Spinozas geometrische Methode war nicht überzeugend. Diese Formel mußte nicht in Worten und Zahlen geschrieben werden, sondern in einem anderen Medium, das ich erst erfinden mußte. Es war durchaus möglich, daß dies schon auf einem fernen Planeten geschehen war...

Ich war schon im Halbschlaf, als mir die Formel im Traum erschien: das, was wir Tod nannten, war Leben, und was wir Leben nannten, war Tod. Der Stein in der Straße lebte, und ich war eine Leiche. Der Stein hoffte nicht noch litt er; für ihn existierten Zeit, Raum und Kausalität nicht. Er mußte nicht essen; er brauchte keine Wohnung; er war Teil des mächtigen, ausgedehnten Lebens, das das Universum war. Was wir

Leben nannten, war eine Räude, ein Jucken, ein giftiger Pilz, der auf alten Planeten wuchs. Die Erde litt an einem Hautausschlag. Von Zeit zu Zeit kratzte sie sich und verursachte ein Erdbeben oder eine Überschwemmung, aber es bestand keine Gefahr, daß dieser Ausschlag sich verschlimmern oder auf andere Planeten übergehen werde. Die Prognose war günstig. Es war nur notwendig, daß die Erde sich für ein paar Minuten ein paar hundert Grad an ihrer Oberfläche erhitzen oder abkühlen sollte. Die Erde könnte dies ohne weiteres tun, aber der Ausschlag war so leicht, und die Erde so mit ihren Aktivitäten beschäftigt, daß sie es nicht tat, und eines Tages würde das Ekzem vielleicht von selbst verschwinden. Die Symptome dieses Ekzems waren der kosmischen Medizin vertraut – ein wenig Staub an der Oberfläche wurde krank und verwandelte sich in Bewußtsein, welches in Gottes Wörterbuch ein Synonym für Tod, Protest, Ziele, Leiden, Zweifel, das Stellen zahlloser Fragen und in endlose Widersprüche verwickelt werden, bedeutet...

Ich war eingeschlafen, und Gina weckte mich. Sie hatte sich gewaschen und fühlte sich feucht und kühl an. Wir umarmten uns, lagen lange ganz stumm, dann sagte Gina: »Mein kleines Füllen, ich habe heute eine Entscheidung getroffen, die mein ganzes Leben verändern kann und vielleicht auch deines.«

»Was für eine Entscheidung?« fragte ich, und sie sagte: »Ich möchte ein Kind mit dir haben...«

Ein junger Mann
auf der Suche nach Liebe

Erstes Kapitel

I

Ich hatte mich mehr oder weniger wieder in Warschau eingelebt, der Stadt meiner Träume und Hoffnungen. Ich war Korrektor bei einer literarischen Zeitschrift, was mir Gelegenheit gab, mit Schriftstellern und Intellektuellen Umgang zu pflegen. Ich hatte mir sogar eine Geliebte zugelegt, Gina, die vielleicht doppelt so alt war wie ich, aber eine Frau, die ich lieben und von der ich lernen konnte. In einem Augenblick der Ekstase hatte ich ihr sogar versprochen, daß wir beide ein Kind haben würden, aber die Mächte, die die Welt regieren, wollten Gina nicht als Mutter meines Kindes. Wir lebten zusammen, aber Gina wurde nicht schwanger. Ich merkte bald, daß sie noch älter war als ich gedacht hatte. Unter ihren Sachen gab es Fotos, die sie in Kleidern zeigten, wie sie noch vor meiner Geburt Mode gewesen waren. Sie hatte noch immer ihre Periode, wenn auch nicht regelmäßig. Ja, diese Frau hätte leicht meine Mutter sein können, aber nicht die Mutter meines Kindes.

Meine literarischen und anderen Schwierigkeiten waren so groß, daß ich mir wegen meiner romantischen Verstrickungen nicht auch noch Sorgen machen konnte. Ich hatte mich zur Musterung begeben und war als »B« eingestuft worden, was man unter den Russen als »grüne Karte« bezeichnete. Das bedeutete, daß ich mich nach einem Jahr wieder stellen mußte. Während der wenigen Stunden, die ich unter den Rekruten verbrachte, bekam ich schon einen Vorgeschmack von der Armee. Einige der Soldaten kommandierten uns herum, als gehörten wir bereits zu ihr. Die christlichen Rekruten fluchten auf die jüdischen und belegten sie mit allen möglichen Schimpfworten. Die jungen Juden versuchten, sich bei den Christen einzuschmeicheln, machten ihnen Komplimente, boten ihnen Schokolade und Zigaretten an und drängten ihnen sogar Geld auf. Mich vor vielen Menschen auszuziehen kostete mich Überwindung. Meine Haut war ungewöhnlich weiß und mein Haar feuerrot. Einer gab mir einen Klaps auf den Hintern, ein anderer schnippte mich an der Nase, ein dritter rief: »Trottel, Narr!«

Der Soldat, der vorübergehend mein Vorgesetzter war, maß mich von Kopf bis Fuß und von Fuß bis Kopf, machte abschätzige Handbewegungen und sagte: »Weh über die polnische Nation, wenn der da ihr Verteidiger sein wird.«

Schallendes Gelächter brach auf diese Bemerkung hin aus. Die Vorstellung, ich müsse zwei Jahre unter dieser Bande verbringen, trieb mich zur Verzweiflung. Mit Erstaunen mußte ich feststellen, daß die anderen jungen Leute sich irgendwie mit der Lage abfanden und ihr Bestes taten, sich anzupassen. Schnell nahmen sie den militärischen Ton an; sie machten sich sogar aus eigener Initiative über mich lustig. Ein großgewachsener Bursche mit athletischem Körperbau kam auf mich zu und sagte: »Du bist wohl ein Muttersöhnchen? Die Armee wird einen Mann aus dir machen. Hier, nimm eine Zigarette.«

Ich war so verwirrt, daß ich das falsche Ende der Zigarette in den Mund steckte, was Anlaß zu erneutem Gelächter und Applaus gab. Die Burschen hatten schon einen Spitznamen für mich gefunden: *Ofermo,* so nannte man einen unbeholfenen Soldaten. Ich verdrückte mich in eine Ecke, und im Geiste machte ich meinem Ärger Luft, nicht gegen die Leute, die mich beleidigt hatten, sondern gegen Gott. Wie konnte man diesen jungen Menschen ihr Verhalten verargen? Sie waren auf der Straße aufgewachsen, und die Natur hatte ihnen die Gabe verliehen, sich schwierigen Situationen anzupassen, anstatt daran zu zerbrechen. Aber der Schöpfer des Weltalls hätte etwas mehr Anstand haben sollen und junge Männer meines Schlages nicht solchen Erniedrigungen aussetzen dürfen. Ich hatte den festen Entschluß gefaßt, falls man mich nehmen würde, Selbstmord zu begehen, obwohl dies das Leben meiner Mutter, deren Schüchternheit, Stolz und Auflehnung gegen die Gesetze des Lebens ich geerbt hatte, auf ewig überschatten würde. Ich spielte auch mit dem Gedanken, erst sie umzubringen, ehe ich mein Leben beendete.

Die beiden Militärärzte, die mich untersuchten, konnten sich nicht einigen. Einer war der offen geäußerten Meinung, ich hätte absichtlich gehungert, was zu meinem geschwächten

Zustand geführt habe. Der andere machte eine Handbewegung, als wollte er sagen: »Laßt ihn noch ein bißchen frei laufen.« Nachdem ich mich wieder angezogen hatte, und die anderen Rekruten erfuhren, daß ich auf ein Jahr zurückgestellt worden war, schienen sie erstaunt zu sein. Nach ihrer Schätzung hätte ich ein »D« verdient, was Ausmusterung, sogar im Kriegsfalle, bedeutete. Einer der Klugschnacker, der sich schon mit den Soldaten angefreundet hatte und ihren Jargon sprach, war mit der Beurteilung freigekommen, die ich hätte bekommen sollen.

Als ich auf die Straße hinaustrat und mich in einem Spiegel, der im Schaufenster eines Möbelgeschäfts hing, erblickte, erschrak ich vor meiner eigenen Erscheinung. Ich sah ausgemergelt aus, als hätte ich die Schwindsucht, blaß, und wie jemand, der gerade dem Tode entronnen war. Ich fühlte mich leicht, hohl, und mir war, als liefen meine Füße ganz von selbst mit rasender Geschwindigkeit einen Berg hinunter. Jetzt, nachdem ich vorübergehend von der Furcht vor dem Militärdienst befreit war, erwachten meine Ängste, die meine literarischen Anstrengungen betrafen, von neuem. Ich hatte schon seit einigen Jahren geschrieben, aber früher oder später hatte ich all meine Manuskripte in den Papierkorb geworfen. Die von jiddischen Schriftstellern behandelten Themen und die Art ihres Schreibens schienen mir sentimental zu sein, primitiv und engstirnig. Zu oft handelte es sich um ein Mädchen, für das die Eltern bereits eine Heirat geplant hatten, während es selbst einen anderen liebte. Meistens stammte das Mädchen aus einer wohlhabenden Familie, und der junge Mann war der Sohn eines Schneiders oder Schuhmachers. Wäre es denkbar, auf Jiddisch die Art von Beziehung zu schildern, die mich mit Gina verband? Die jiddische Literatur kokettierte zwar mit dem Sozialismus und seit kurzem sogar mit dem Kommunismus, aber trotzdem war sie provinziell und rückständig geblieben. Außerdem wurde Jiddisch – die Sprache als solche – sowohl von Nichtjuden wie auch von vielen modernen Juden als abstoßend empfunden. Selbst jiddische Schriftsteller wie Mendele Mocher Sforim, Scholem Alejchem und Perez nannten das Jiddische einen Jargon. Die Zionisten hielten Jiddisch für die Sprache der

Diaspora, der Juden, die in der Zerstreuung lebten, von der sie sich zugleich mit dem Exilbewußtsein befreien sollten. Ich konnte genügend Hebräisch, um mich in dieser Sprache als Schriftsteller auszudrücken, aber zu jener Zeit sprachen nur wenige Hebräisch, denn dieser Sprache fehlten die Worte der täglichen Umgangssprache. Ben Jehuda war gerade im Begriff, das neue Hebräisch zu schaffen. Auf Hebräisch schreiben, hieß, dauernd in Wörterbüchern nachzuschlagen und zu versuchen, sich an Sätze aus der Bibel, der Mischna und der Gemara zu erinnern. Sowohl die jiddische Literatur, wie auch die hebräische, hatten es vermieden, sich mit den großen Abenteuern der jüdischen Geschichte zu befassen – den falschen Messias', den Vertreibungen, den Zwangsbekehrungen, der Emanzipation und den Assimilationen, die bewirkt hatten, daß Juden in England, Italien und Amerika Minister werden konnten; Professoren an bedeutenden Universitäten; Millionäre; Führer von Parteien und Herausgeber weltberühmter Zeitungen. Die jiddische Literatur ignorierte auch die jüdische Unterwelt, die Tausende und aber Tausende von Dieben, Zuhältern, Prostituierten und Mädchenhändlern in Buenos Aires, Rio de Janeiro und selbst in Warschau. Die jiddische Literatur erinnerte mich an den »Gerichtshof« meines Vaters, wo fast alles verboten war. Es ist richtig, daß Scholem Asch in diesem Sinn gewissermaßen eine kleine Revolution hervorgerufen hatte und Themen anschlug, die bis dahin tabu gewesen waren, aber er war und blieb ein Mann aus dem ›Schtetl‹, dafür habe ich ihn damals gehalten und tue es noch heute. Seine Geschichten verkörpern das Erstaunen des Provinzlers, der zum erstenmal die große Welt zu sehen bekommt, und der sie bei seiner Rückkehr in die Kleinstadt, aus der er gekommen ist, beschreibt.

Das große Problem bestand also darin, daß man, um überzeugend die Menschen in der Welt zu schildern, diese Welt kennen mußte. Ich aber kannte nur einen kleinen Ausschnitt des jüdischen Warschau, Bilgoraj, und zwei oder drei andere kleine Städte. Ich kannte nur jiddischsprechende Juden. Und selbst damals wußte ich schon, daß ein Schriftsteller nur über Menschen und Dinge schreiben kann, die er gut kennt.

Ich hatte versprochen, Gina und meinen Bruder Josua wissen zu lassen, wie die Musterung verlaufen war, aber weder er noch sie hatten Telefon. Statt dessen ging ich in den Schriftsteller-Klub und dort war alles wie immer. Einige Journalisten spielten Schach. Andere lasen Zeitungen, die aus ganz Polen oder aus dem Ausland kamen. Ich kannte jeden hier und von jedem die individuellen Besonderheiten. Einer von ihnen, ein alter Schriftsteller namens Saks, der aus Lodz stammte und einige Zeit in Zentralasien gelebt hatte, führte einen privaten Krieg gegen die Alliierten, da sie Deutschland Unrecht getan hätten. Er spie Feuer und Schwefel gegen den Vertrag von Versailles, weil man den Deutschen Oberschlesien weggenommen und den »Korridor« zwischen Ost- und Westdeutschland geschaffen hatte. In prophetischen Worten sagte er voraus, Deutschland werde eines Tages wieder aufrüsten und sich alles zurückholen. Zu dieser Zeit hatte Hitler schon seinen berühmten Putsch veranstaltet und vielleicht sogar schon »Mein Kampf« veröffentlicht, aber dieser Jude aus Lodz wußte nichts davon, oder vielleicht schob er es auch beiseite. Manchmal fragte ich ihn:

»Was hat Deutschland eigentlich je für Sie getan, daß Sie sich so für dieses Land einsetzen? Schließlich sind wir doch polnische Bürger, nicht deutsche.«

Dann sah er mich erstaunt an und antwortete:

»Man kann eine große Nation, eine Säule der Zivilisation, nicht einfach zerstückeln.«

Wenn ich mich nicht irre, starb dieser Journalist später in einem Konzentrationslager der Nazis.

Ich erinnerte mich an Spinozas Worte, die besagen, daß alles zur Leidenschaft werden könne. Ich hatte mich schon vor langer Zeit dazu entschlossen, über menschliche Leidenschaften zu schreiben, eher jedenfalls als über eine geruhsame Lebensweise.

Hier im Schriftsteller-Klub war fast jeder von einer Leidenschaft erfüllt und von ihr verblendet. Die jungen Schriftsteller wollten alle literarische Genies werden, und viele von ihnen waren überzeugt, daß sie es bereits waren, nur weigerten sich die anderen, ihr Genie anzuerkennen. Die Kommunisten warteten ungeduldig auf den Beginn der sozialen Revolution, damit sie Rache nehmen könnten an den Bourgeois, Zionisten, Sozialisten, Kleinbürgern, dem Lumpenproletariat, der Geistlichkeit und vor allem an den Redakteuren, die nichts von ihnen drucken wollten. Die wenigen weiblichen Mitglieder waren überzeugt davon, daß sie Opfer der männlichen Verachtung für das weibliche Geschlecht waren. Einer der Habitués im Schriftsteller-Klub war der Schauspieler Jacques Levi, der im Jahre 1911 mit einer Truppe ein Gastspiel in Prag gegeben hatte und dort ein enger Freund von Franz Kafka geworden war. Er sprach oft von Kafka, dessen Namen ich nie gehört hatte. Jacques Levi lief mit Rocktaschen herum, die mit vergilbten Briefen von Kafka vollgestopft waren.

Ich fragte ihn einmal: »Wer ist dieser Kafka?«

Und er sagte mit erhobenem Zeigefinger: »Eines Tages wird er weltberühmt sein.«

Ich hatte weder Lust, das Übel des Versailler Vertrages zu diskutieren, noch die Größe Kafkas, aber Levi und Saks brauchten jemanden, zu dem sie reden konnten. Zu jener Zeit kam öfters eine Schauspielerin in den Schriftsteller-Klub, eine Madame Czyžyk, in die Kafka angeblich verliebt gewesen sein soll. Sie war mit Jacques Levi in Prag aufgetreten. Es war sehr schwer, sich vorzustellen, daß irgend jemand sich in sie verliebt haben könnte, aber ich sagte mir, daß die Leidenschaften – wie Leibniz' Monaden – keine Fenster besitzen.

Gina kam nie in den Schriftsteller-Klub, denn ich hatte es ihr verboten. Ich war zu schüchtern, mich mit ihr vor den älteren Schriftstellern sehen zu lassen. Ich hatte das Gefühl, jeder könnte von meinem Gesicht ablesen, daß wir eine Liebschaft miteinander hatten. Ganz besonders schämte ich mich vor meinem älteren Bruder, mit seiner Lebenserfahrung und seiner Ironie. Zu dieser Zeit hatte meine Schüchternheit die Ausmaße einer Neurose angenommen.

II

Als ich an diesem Tag im Schriftsteller-Klub saß, legte ich mir wieder einmal Rechenschaft über mein Leben ab. Ich war knapp der Rekrutierung entgangen. Ich hatte es deutlich in den Augen des Arztes gesehen. Nach einem Jahr würde ich mich wieder stellen müssen, und ich glaubte, nicht mehr die Kraft zu haben, nochmals Wochen und Monate der Entbehrung, des freiwilligen Hungerns, auf mich zu nehmen.

Mein Bruder hatte vorgeschlagen, in das »Land Israel« zu gehen, das wäre die beste Lösung für mich. Vielleicht könnte ich eine Einwanderungserlaubnis vom Palästina-Amt in Warschau bekommen, das die wenigenZertifikate vergab, die die Britische Mandatsregierung für jüdische Einwanderer zuteilte. Aber was könnte ich in Palästina tun? Dort brauchte man kräftige Arbeiter, keinen jungen Mann, der versuchte, Geschichten zu schreiben, und dazu noch auf Jiddisch. Ich hatte mehrere junge Männer und Frauen getroffen, die nach dem »Land Israel« ausgewandert und zurückgekehrt waren, enttäuscht und malariakrank. Sie erzählten schreckliche Geschichten von den Entbehrungen, dem ungesunden Klima, der englischen Bürokratie und den jüdischen Beamten, von der Ausbeutung durch Unternehmer, die die Anwerbung betrieben, und der Gefährdung durch die Araber. In jener Zeit war Jiddisch in Palästina mit dem Bann belegt. Fanatiker des Hebraismus drangen in Versammlungen ein, in denen Jiddisch gesprochen wurde.

Meine eigenen Sorgen verwandelten sich in mir alsbald in die Beschäftigung mit der Weltsituation. Ich glaubte nicht mehr daran, daß Gott auf dem Berge Sinai die Tora erlassen hatte, zugleich mit all den Neuerungen und Einengungen, die die Kommentatoren und Exegeten späterer Generationen hinzugefügt haben. Ob Gott ein Wesen mit unendlichen Attributen war, oder der absolute, der blinde Wille oder wie immer die Philosophen Ihn nennen mochten, man konnte sich nicht auf Seine Gerechtigkeit oder Seine Gnade verlassen. Nie konnte ich die Millionen Menschen vergessen, die im Weltkrieg umgekommen waren, in der Bolschewistischen Revolution, in den Pogromen, den Hungersnöten und Seuchen. Millionen von Bauern waren in Rußland als Kulaken abgestempelt nach Sibirien verschickt worden. Ganze Dörfer waren ausgehungert worden. In China und in der Mandschurei wurde gekämpft. In einer Generation nach der anderen opferten die Menschen im Kampf ihr Leben, aber nie wurde irgend etwas erreicht. Wie konnte man in so einem allgemeinen Schlachthaus ein Schriftsteller werden? Wie konnte ich über Liebe schreiben, während sich Millionen von Menschen in den Fängen der Schlächter, Jäger und Vivisektionisten aller Art wanden? Ich vermeinte, den Klang alles Lebenden durch alle Zeiten hindurch zu vernehmen. Ich war auf ein Jahr zurückgestellt worden, aber zahllose andere junge Männer mußten anfangen zu lernen, wie man tötet und getötet wird, und mußten die Beleidigungen und Schläge der Oberen einstecken.

Ich wußte sehr wohl, daß Gina auf mich wartete, aber ich hatte so gar keine Lust, nach Hause zu gehen. Ich war ihr mehrere Monate die Miete schuldig. Ihre überschwengliche Art fing an, mir auf die Nerven zu gehen, ebenso ihre endlosen Beteuerungen, daß sie mit den Verstorbenen in dauernder Verbindung stehe, wie auch ihr Hunger nach Liebe, der unersättlich war. Wie viele Komplimente ich ihr auch machte, sie verlangte nach mehr. Sie litt an einem schrecklichen Minderwertigkeitskomplex (diesen Ausdruck hatte ich erst kurz zuvor zum erstenmal gehört). Sie verlangte ständig Schwüre ewiger Liebe von mir. Sie wiederholte immer wieder, daß sie bereit sei, ihr Leben für mich hinzugeben – oder mit mir zusammen in den Tod zu gehen –, ich aber wollte weder, daß sie für mich sterben solle, noch war ich dazu bereit, mit ihr einen Selbstmordpakt einzugehen. Während der Monate, in denen ich für die Musterung mein Gewicht reduzierte, hatte ich all ihren sexuellen Wünschen nachgegeben. Das war ein Mittel gewesen, an Gewicht und Kraft abzunehmen. Jetzt war ich so übersättigt mit Sex, daß ich mich nach einer Nacht sehnte, in der ich allein schlafen konnte. Müdigkeit überwältigte mich und ein Gefühl, mein Ende sei nahe.

Mit meinen letzten Groschen hatte ich mir an der Theke des Schriftsteller-Klubs etwas zu essen bestellt. Einige der angehenden jungen Schriftsteller setzten sich an meinen Tisch, jeder mit seinen eigenen Plänen, Beschwerden und Sorgen. Einer war von einem Kritiker, der eine Liste von jüngeren Prosaschriftstellern für eine literarische Zeitschrift zusammengestellt hatte, übergangen worden. Einem zweiten war von einem Redakteur versprochen worden, man werde sein Gedicht drucken. Aber Monate waren vergangen, und das Gedicht lag wahrscheinlich noch in seiner Schublade, oder vielleicht hatte er es auch verloren. Ein dritter mußte sich einer Operation unterziehen und bereitete sich vor, ins Krankenhaus zu gehen. Ein vierter erzählte einen Witz von dem Mann, der ins Bordell ging, dort versagte, und den die Madame beschimpfte, weil es Sabbat war und sie das Haus voller Kunden hatte.

Ich kaute an meiner Wurst, sann darüber nach, daß eine Kuh oder ein Ochse dafür das Leben hatte hergeben müssen, lächelte über den Witz, versuchte den Schriftsteller, dessen Prestige so gelitten hatte, zu trösten, und wünschte dem kranken Kollegen schnelle Besserung; gleichzeitig war ich mir bewußt, daß der Schriftsteller kein Talent hatte und der Kranke keine Aussicht auf Genesung. Wir alle klammerten uns an etwas, das von einem Messer, einem Tropfen Gift oder einem Strick in weniger als einer Minute vernichtet werden konnte. Auf uns allen lag der Fluch der Eigenliebe, die weder Schläge noch Enttäuschungen zu mindern vermag, und von der man erst mit dem letzten Atemzug befreit wird.

Auf dem Nachhauseweg blieb ich vor dem Schaufenster einer Buchhandlung stehen. Ich bereitete mich darauf vor, Bücher zu schreiben, dabei war die Welt mit Büchern überschwemmt. Dicke, staubige Bände füllten den Laden vom Boden bis zur Decke. Ich hatte gerade eine jiddische Zeitung gekauft, in der ein Schriftsteller eine Polemik gegen die polnischen Antisemiten führte, die die Juden beschuldigten, die Welt beherrschen zu wollen. Der Führer der Antisemiten, Adolf Nowaczyński, hatte zum hundertstenmal versucht, seinen Lesern zu beweisen, daß die Weisen von Zion, die Freimaurer, Stalin, Trotzki, Léon Blum, der Rabbi von Gora, Weizmann, Mussolini und Hitler alle Teilnehmer an einer großen Verschwörung seien, die neu gegründete Polnische Nation zu zerstückeln und wiederum zu teilen. Nowaczyński schloß auch Pilsudski in diese Kabale ein, ihn, der vor wenigen Jahren den Krieg gegen die Bolschewisten gewonnen hatte. Die jiddische Zeitung verlangte wenigstens etwas Logik. Ich hatte diesen Schriftsteller mehr als einmal gelesen.

Er hatte eine so unglaubliche Fähigkeit, die Emotionen seiner Leser zu erregen, daß selbst ich vorübergehend von ihm hypnotisiert wurde, von seinem Stil, seiner Leidenschaft und seinen paranoiden Verdächtigungen.

Als ich nach Hause kam, überfiel mich Gina mit Vorwürfen. Wo war ich den ganzen Tag gewesen? Warum hatte ich ihr nicht die gute Nachricht gebracht? Gewiß, sie hatte schon gewußt, daß ich zurückgestellt worden war, da ihre verstorbene Großmutter ihr erschienen war und es ihr mitgeteilt hatte, aber wo war ich all die Zeit gewesen? Mein Verhalten hatte Gina Kopfschmerzen verursacht, und sie hatte Aspirin oder irgendwelche andere Tabletten nehmen müssen. Sie hatte das Essen für mich vorbereitet, aber es war kalt geworden. Sie küßte mich und beschimpfte mich. Sie klagte mich der Untreue an und sagte voraus, daß ich sie ebenso behandeln würde, wie andere Männer vor mir es getan hatten. Sie war bereit, mir alles zu vergeben und eine sexuelle Orgie mit mir zu feiern, aber ich hatte mich kaum hingelegt, als ich in einen Schlaf fiel, aus dem mich weder Zärtlichkeiten noch Zänkereien erwecken konnten.

Zweites Kapitel

I

Eine Zeitlang schienen Jiddisch und jiddische Literatur Fortschritte zu machen. Zahlreiche fromme junge Leute in den kleinen Städten hatten ihre Gemara beiseite gelegt und begonnen, jiddische Zeitungen und Bücher zu lesen. Eine Anzahl neuer Verleger und Zeitschriften waren aufgetaucht. In jeder größeren Stadt erschien jetzt ein jiddisches Wochenblatt oder eine monatliche Zeitschrift. Das literarische Magazin, bei dem ich als Korrektor arbeitete, wurde von einem großen Verleger übernommen – dem Verlag Kletzkin. Der Besitzer, Boris Kletzkin, der ein reicher Mann und ein Mäzen der jiddischen Literatur war, hatte Räume in der Simon-Passage in der Nalewkistraße 52 gemietet, wo es ein Bücherlager gab, außerdem jiddische Schreibmaschinen, Telefone, Buchhalter, einen Kassierer, einen Direktor und andere Angestellte. Mein Gehalt wurde sogar erhöht, und ich konnte Gina jetzt etwas für die Miete bezahlen, nicht nur für mein Essen. Und als ob das nicht genug gewesen wäre, hatte auch mein Bruder Josua plötzlich unverhofftes Glück – er wurde der polnische Korrespondent der amerikanischen jiddischen Zeitung »The Jewish Daily Forward«. In der Zeit nach dem Ersten Weltkrieg war die jiddischistische Bewegung in Amerika aufgeblüht. Eine ganze Literatur hatte sich dort entwickelt. Der »Forward« war die größte jiddische Zeitung in Amerika und hatte ungefähr eine Viertelmillion Leser, was für eine jiddische Zeitung eine Riesenauflage bedeutete. Im jiddischen Theater brachte man jetzt eine Reihe besserer Stücke. Der Chefredakteur des »Forward«, Abe Cahan, der neben Jiddisch auch Englisch schrieb und als Kenner der amerikanischen Literatur galt, regierte das Blatt mit eiserner Hand. Der »Forward«, der eng mit dem »Arbeiterring« und vielen Gewerkschaften verbunden war, hatte sein eigenes zehnstöckiges Gebäude am East Broadway. Eines Tages las Abe Cahan zufällig eine Sammlung von Kurzgeschichten meines Bruders mit dem Titel »Perlen« und war von seiner Art zu schreiben begeistert. Er forderte meinen Bruder auf, seine literarischen Arbeiten im »Forward« zu veröffentlichen, und bald darauf ernannte er ihn zum Korrespondenten in Polen. Das Gehalt meines Bruders betrug etwa fünfzig Dollar in der Woche, aber damals waren fünfzig Dollar eine bedeutende Summe, wenn man sie in polnische Zloty umwechselte. Das ganze literarische und journalistische Warschau geriet über diesen Erfolg meines Bruders in Aufregung.

In den ersten Jahren nach der Revolution hatte der »Forward«, eine sozialistische Zeitung, dem Kommunismus gegenüber Sympathie bekundet. Aber Abe Cahan merkte bald, daß er sich geirrt hatte, und der »Forward« wurde scharf antikommunistisch, sogar das wichtigste antibolschewistische Blatt in Amerika. Die Mitarbeiter des »Forward«, von denen viele sehr gute Kenner der radikalen Bewegungen in Rußland waren, enthüllten die Stalinschen Morde lange bevor die demokratische Welt sie wahrnahm. Der »Forward« lag im Schriftsteller-Klub aus, und ich las ihn. In Amerika ging es wirtschaftlich gut, die »Prosperity« hatte Einzug gehalten – eines der englischen Wörter, das die amerikanisch-jiddische Sprache sich einverleibt hatte. Die Juden wurden reich durch den Handel mit Grundstücken, von den stetig steigenden Aktien und von anderen Geschäftsbeteiligungen. Der »Forward« druckte Geschichten und Romane der besten jiddischen Schriftsteller, wie auch Aufsätze von bedeutenden nichtjüdischen Sozialisten und Liberalen aus Europa. Im Schriftsteller-Klub lachte man über das etwas anglisierte Jiddisch, das im »Forward« geschrieben wurde, doch alle bemühten sich, für dieses reiche Blatt arbeiten zu dürfen, das großzügige Honorare zahlte.

Meinem Bruder war das zweite Kind geboren worden – Joseph oder Jossele, der jetzt der Übersetzer der meisten meiner Arbeiten ist. Mein Bruder hatte sich eine komfortable Wohnung in der Lesznostraße 36 genommen. Gestern war er noch ein armer Schlucker gewesen; heute galt er in der notleidenden literarischen Gemeinschaft als reicher Mann. Er wollte mir helfen, aber ich war entschlossen, von meinem eigenen Verdienst zu leben. Ich ging ihm sogar aus dem Wege, und der Grund dafür war meine Schüchternheit.

Bekannte Schriftsteller und junge Frauen, die Bewunderer der Literatur waren, versammelten sich bei ihm. Die meisten dieser jungen Frauen kamen aus wohlhabenden Familien, waren elegant gekleidet, rauchten Zigaretten, sprachen ein gutes Polnisch, lachten laut und küßten die Männer; und ich schämte mich vor ihnen in meiner ärmlichen Kleidung, mit meinem gebrochenen Polnisch und meiner Schüchternheit eines Jeschiwaschülers. Sie alle waren älter als ich, und sie redeten über mich, als sei ich eine Rarität. Sie zeigten mit ihren manikürten Fingern auf mich und fragten: »Wo hat er bloß dieses feuerrote Haar her? Sehen Sie, wie blau seine Augen sind?«

Es genügte, daß eine Frau mich nur flüchtig ansah, und schon wurde ich dunkelrot. Bei Gina war ich ein großer Liebhaber, aber hier wurde ich wieder ein Kind, ein Chederschüler. Diese Doppelrolle verwirrte mich und erweckte Überraschung bei anderen, denn man wußte, daß ich schrieb und daß ich eine Geliebte hatte. In irgendeinem Buch oder einer Zeitschrift war mir der Ausdruck »gespaltene Persönlichkeit« begegnet, und ich wandte diese Diagnose auf mich an. Das war genau das, was ich war – gespalten, zerrissen, vielleicht ein einziger Körper mit vielen Seelen, von denen jede in eine andere Richtung zerrte. Ich lebte wie ein Wüstling und hörte dennoch nicht auf, zu Gott zu beten und um Seine Gnade zu flehen; ich brach jedes einzelne Gebot des Schulchan Aruch, und gleichzeitig las ich kabbalistische Bücher und chassidische Schriften; ich hatte Schwächen bei den berühmten Philosophen und großen Schriftstellern entdeckt, und ich selber schrieb Sachen, die naiv, ungeschickt und dilettantisch wirkten. Mal war ich unglaublich potent, plötzlich wurde ich impotent. Eine Art Feind hatte sich in mir niedergelassen, oder ein Dibbuk, der mich auf jede Weise ärgerte und Katz und Maus mit mir spielte. Sobald ich über eine Phobie oder Neurose las, diagnostizierte ich sie bereits bei mir. Alle Leiden, die die Psychiater und Neurologen in ihren Arbeiten beschrieben, überfielen mich, eins nach dem andern, und oft alle gleichzeitig. Ich war schwindsüchtig, hatte Darmkrebs, einen Gehirntumor, ich wurde blind, taub, gelähmt und wahnsinnig. Ich litt unter Alpträumen und

Zwangshandlungen. Irgendein Irrer redete verrücktes Zeug in meinem Gehirn, und ich konnte ihn nicht zum Schweigen bringen. Gleichzeitig beherrschte ich mich so, daß nicht einmal Gina ahnte, was ich durchmachte. Ältere Schriftsteller im Schriftsteller-Klub beneideten mich oft um meine Jugend, und ich sagte dann: »Glauben Sie mir, es gibt nichts zu beneiden.«

Ich suchte in Büchern nach einer Lösung für meine Verwirrung und für alle anderen Rätsel. Ich schmökerte in Buchläden und Bibliotheken herum, aber fast alle Bücher enttäuschten mich, selbst die Werke der Meister. Die Philosophen stellten Behauptungen auf, deren Wahrheit sie nicht beweisen konnten. Und was noch schlimmer war, selbst wenn, was sie sagten, wahr war, so fand ich dort keine neuen Tatsachen und bestimmt keinen Trost. Die schöngeistigen Bücher, die Romane, alle stimmten darin überein, daß ein Mann nur eine Frau lieben konnte und umgekehrt. Aber ich wußte, daß sie logen. Da die Literatur nicht die Gesetze der Menschen verneinen durfte, hatten die Gesetze die Literatur in einer Falle gefangen und sie dort drinnen gelassen. Ich träumte oft davon, einen Roman zu schreiben, in dem der Held mehrere Frauen gleichzeitig liebt. Nachdem es den Orientalen erlaubt war, Vielweiberei zu treiben und Harems zu unterhalten – wenn sie es sich leisten konnten –, warum konnten die Europäer nicht das gleiche tun? Die Monogamie war ein von Gesetzgebern, nicht von der Natur erlassenes Gesetz. Aber ein Künstler mußte der Natur, der menschlichen Natur gegenüber, wahrhaftig sein, zumindest in seinen Beschreibungen von ihr, und sei sie noch so wild, ungerecht und wahnsinnig. Irgendwo saß in mir der Verdacht, daß, was in meinem Kopf vorging, auch in vielen anderen Köpfen vorging. Nicht nur die jiddische Literatur, auch viele andere schienen mir zu gehemmt zu sein. Schon damals hatte ich das Gefühl, jede Art von Zensur füge der Literatur großen Schaden zu. Als ich »Anna Karenina« las, dachte ich, wie gut es gewesen wäre, hätte Tolstoi Annas sexuelle Beziehungen zu ihrem Mann, und später zu ihrem Liebhaber, beschreiben können. Alle Einzelheiten über Annas Kleidung, ihre Besuche, ihre Freundschaften und ihre Reisen sagen wenig über ihre Situation aus. Wieviel besser wäre es gewesen, etwas von ihren erotischen Beziehungen mit den beiden Männern zu erfahren; über die Krisen und Hemmungen, die sich im Bett zeigen, wenn der Mensch nicht nur seine physischen Kleider ablegt, sondern auch die psychischen. Die Geschlechtsorgane bringen mehr von der menschlichen Seele zum Ausdruck als alle anderen Teile des Körpers, einschließlich der Augen. Über Liebe zu schreiben und Sex auszuklammern, ist ein sinnloses Unterfangen.

Beim Durchstöbern der Buchläden und Bibliotheken stieß ich auf eine Reihe von Büchern, die mich in die Richtung steuerten, die ich später einschlug. Ich fand die Arbeiten von Professor Kraushaar über den »Falschen Messias« Jakob Frank und seine Anhänger. Ich las alles, was ich finden konnte, über die Zeit des Sabbatai Zevi, dessen Spuren Jakob Frank gefolgt war. Ich entdeckte Bücher, die die Strafen beschrieben, denen Hexen in Europa und Amerika unterworfen worden waren, Bücher über die Kreuzzüge und ihre Massenhysterie, und Bücher, die Beschreibungen von Dibbuks, jüdischen wie nichtjüdischen, enthielten. In diesen Büchern fand ich all das, worüber ich mir Gedanken gemacht hatte – Hysterie, Sex, Fanatismus und Aberglauben. Tatsächlich waren alle diese Themen bei uns zu Hause bereits diskutiert und analysiert worden.

Mein Vater hatte eine sehr hohe Meinung von Rabbi Jonathan Eibenschütz und war böse auf dessen Feind, Reb Jakob Emden. Rabbi Jonathans Buch »Tafeln des Zeugnisses« lag stets auf dem Tisch meines Vaters in seinem Zimmer. Mein Vater sprach oft mit meiner Mutter – die eine in jüdischen Dingen bewanderte Frau war – über die Tatsache, daß Rabbi Jonathan ein gerechter und frommer Mann gewesen sei, und daß die Anklagen, die Reb Jakob Emden gegen ihn erhoben hatte, falsch waren. Er war beschuldigt worden, insgeheim ein Anhänger des Sabbatai Zevi gewesen zu sein, Amulette ausgegeben zu haben mit Anspielungen auf Sabbatai Zevi und Seuchen und anderes Mißgeschick über schwangere Frauen gebracht zu haben. Mein Vater erwähnte immer wieder die Schriften Reb Jakob Emdens: »Tora-Studien«, »Zeugenschaft des Hauses Jakob«, »Zertrümmerer der Tafeln des Bundes« und seine anderen Traktate. Die Streitigkeiten zwischen Rabbinern, die mehr als zweihundert Jahre zurücklagen, hatten in unserem Haus mehr Bedeutung als die täglichen Geschehnisse, von denen die Zeitungen berichteten. Mein Vater glaubte jedes Wort, das die Kabbalisten geschrieben hatten, und führte einen Privatkrieg gegen jene, die offen oder versteckt behaupteten, der »Sohar« sei nicht von Rabbi Simon ben Jochai, sondern von Reb Mosche de Leon verfaßt worden. Einer der schärfsten Gegner der Kabbala war der italienische Gelehrte Reb Arye de Medina gewesen, und sein Name war in unserem Haus mit dem Bann belegt.

Weil mein Bruder Josua unter die »Aufgeklärten« gegangen war und unser Vater fürchtete, die jüngeren Kinder könnten seinem Beispiel folgen, überhäufte er uns mit Geschichten von Seelenwanderungen, Dibbuks und Wundern, die von verschiedenen Wunderrabbinern und Heiligen vollbracht worden waren. In einem Winkel seines Inneren hegte mein Vater einen leisen Groll gegen meine Mutter, die sich für Logik und Wissenschaft interessierte und sogar ganz leicht von der »Aufklärung« angesteckt worden war. Ihr Vater, der Rabbi von Bilgoraj, mein Großvater Reb Jakob Mordechai, hielt viel von Jakob Emden und war ein bißchen antichassidisch gesinnt. Mein Vater machte manchmal seinem Ärger gegen seinen Schwiegervater in bösen Worten Luft. Von Kindheit an war ich eingetaucht in Chassidismus, Kabbala, Wunder und alle Arten okkulten Glaubens und okkulter Phantasien. Nach langem Schwanken und Umhertappen entdeckte ich wieder, was ich die ganze Zeit in mir herumgetragen hatte.

II

Irgendwo hatte ich den Ausdruck »Die Umwertung aller Werte« gehört oder gelesen, und es war mir klar, daß es dies war, was ich zu tun hatte – alle Werte neu festzusetzen. Ich konnte mich nicht auf meine eigene Autorität stützen. Ich hatte noch kein einziges Wort veröffentlicht, und im Schriftsteller-Klub kannte man mich nur als »Singers Bruder«. Trotzdem ließ ich mich auf Dispute mit Gott ein, mit den Propheten, den Religionen und Philosophien, wie auch mit den Schöpfern der Weltliteratur. War Shakespeare wirklich das Genie, für das man ihn hielt? Waren Maxim Gorki und Andrejew Säulen der Literatur? Waren Mendele Mocher Sforim, Perez, Scholem Alejchem und Bialik wirklich so bedeutend, wie die Jiddischisten und Hebraisten sie haben wollten? Hatte Hegel wirklich etwas Neues in der Philosophie gesagt? Hatte Darwin mit seiner Behauptung über den Ursprung der Arten wirklich recht gehabt? Gab es irgendeine reale Grundlage für die Behauptungen von Karl Marx, Lenin und Bucharin? War die Demokratie tatsächlich das beste System? Könnte ein Jüdischer Staat in Palästina wirklich das jüdische Problem lösen? Hatten die Worte »Gleichheit« und »Freiheit« wirklich eine Bedeutung, oder waren sie nicht nur Rhetorik? Lohnte es sich, in dieser Welt weiterzuleben und zu kämpfen? Oder hatten die recht, die auf den ganzen Dreck spuckten?

Ich war von allen Seiten von Gläubigen umgeben, die alle an irgend etwas glaubten: von den Orthodoxen und den Zionisten, den Chassidim und deren Gegnern, den Leitartiklern der jiddischen Presse und den Antisemiten der polnischen Presse, von denen, die den Völkerbund verteidigten und denen, die ihn angriffen. Die Brautpaare, denen man in den Zeitungen gratulierte, glaubten offenbar an die Institution der Ehe und an das Gebot, neue Generationen in die Welt zu setzen. Ich hatte oft zugehört, wenn Pädagogen die Probleme der Erziehung junger Menschen diskutierten. In seinen Briefen an mich ermahnte mein Vater mich immer wieder, ich solle wie ein Jude leben, und nicht – Gott behüte! – mein Erbe vergessen oder ihm Unehre machen. Mutter andererseits beschwor mich ständig, auf meine Gesundheit zu achten, mich nicht zu erkälten – Gott behüte! –, regelmäßig zu essen, früh schlafen zu gehen und mich nicht zu überarbeiten. Sie wünschte mir ein langes Leben und hoffte, ich würde eine gute Partie machen und ihr Enkelkinder schenken. Meine Schwägerin Genia, die Frau von Josua, beriet sich häufig mit ihrer Schwester Bella und mit Nachbarn darüber, was das beste für Jossele wäre – ihm die Brust oder die Flasche zu geben, diese oder jene Säuglingsnahrung zu verwenden. Aber etwas in mir fragte: Wozu? Warum? Warum schlachtet man Hühner, Kälber und Ziegen und zieht Kinder auf? Warum schuften und Nächte durch aufbleiben, nur damit ein Jossele, ein Isaak oder eine Gina auf der Welt sein kann?

So geschickt Tolstoi einzelne Typen darstellt, so naiv erschien er mir, wenn er versuchte, Ratschläge zur Lösung des Agrarproblems in Rußland zu geben oder Ratschläge zur schnelleren Verbreitung des Evangeliums. All das Geschwätz über ein besseres Morgen, eine rosigere Zukunft, eine geeinigte Menschheit oder Gleichheit beruht auf Wünschen, Selbsttäuschungen und manchmal auch nur auf Machthunger. Mir war ganz klar, daß nach dem Ersten Weltkrieg ein zweiter kommen mußte, ein dritter und ein zehnter. Die meisten Gesichter drückten Gefühllosigkeit aus, hochgradigen Egoismus, Gleichgültigkeit gegenüber allem, das außerhalb ihres Gesichtskreises lag und oft genug einfach Dummheit. Hier wurde gebetet, und dort wurde geschlachtet. Dieselben Priester, die am Sonntag vormittag Liebe predigten, jagten am Sonntag nachmittag Füchse, Hasen oder irgendein anderes hilfloses Geschöpf oder versuchten, in der Weichsel einen Fisch an den Angelhaken zu bekommen. Die polnischen Offiziere, die mit umgeschnallten Säbeln herumstolzierten, ihre Orden zur Schau stellten und salutierten, hatten nicht die geringste Chance, ihr Vaterland erfolgreich zu verteidigen, sollte es von Rußland oder Deutschland angegriffen werden. Und ebenso schwer fiel es zu glauben, daß Großbritannien sein Mandat über Palästina aufgeben würde oder die Araber den Juden erlauben würden, dort einen Staat zu gründen. Ich wußte damals schon, daß Atheismus und Materialismus ebenso substanzlos waren wie die Religionen. All meine Überlegungen führten zu dem gleichen Schluß – es gibt in der Schöpfung einen Plan, es gibt jemanden, den wir Gott nennen, aber Er hat sich niemandem gezeigt, und es gibt auch nicht den leisesten Hinweis darauf, daß Er Liebe, Frieden und Gerechtigkeit wünscht. Die Geschichte von Mensch und Tier, alle Tatsachen deuten auf das genaue Gegenteil hin – dies ist ein Gott der Stärke und Grausamkeit, dessen Prinzip ist: Macht schafft Recht.

Seltsamerweise führte mich dieser totale Skeptizismus oder Agnostizismus zu einer Art privater Mystik. Da Gott völlig unbekannt und schweigsam war, konnte man Ihn mit allen Zügen ausstatten, die man sich ausdenken mochte. Spinoza hatte Ihn mit zwei bekannten und einer Unzahl unbekannter Attribute versehen. Aber warum könnte man sich nicht viele andere Attribute ausdenken? Warum könnte nicht das Schöpferische eins davon sein? Warum könnten nicht Schönheit, Harmonie, Wachstum, Zweckmäßigkeit, Lustigkeit, Humor, Wille, Sex, Abwechslung, Freiheit und Launenhaftigkeit auch göttliche Attribute darstellen? Und wo stand geschrieben, daß Er der einzige Gott sei? Vielleicht gehörte Er zu einem ganzen Heer von Göttern. Vielleicht hatte Er in seinem kosmischen Harem gezeugt und Sich vermehrt und Billionen von Engeln hervorgebracht, von Seraphim, Aralim und Cherubim, wie auch neue Generationen von Göttern. Da nichts über Ihn bekannt ist und nichts über Ihn bekannt werden kann, warum nicht alle denkbaren Werte auf diesen göttlichen X häufen? Die Kabbalisten hatten das auf ihre Art getan, die Götzenanbeter auf eine andere und die Christen und Moslems auf noch eine andere. Ich selbst war bereit, Ihn mit allen möglichen Attributen zu krönen, nur nicht mit Wohlwollen und Mitgefühl. Mein Gerechtigkeitssinn erlaubte mir nicht, einem Gott, der seit Millionen von Jahren Zeuge von Massakern und Folterungen gewesen ist, und der buchstäblich eine ganze Welt auf dem Prinzip der Gewalt und des Mordes aufgebaut hat, Gnade zuzuschreiben. Im Geist stellte ich zwischen ihm und mir eine Hackordnung auf: ich war ein Stäubchen, zitternd vor Angst und von einem Rechtsgefühl erfüllt, das auf meinen eigenen dummen Trieben und Überzeugungen beruhte; Er war ein universeller Mörder, ein kosmischer Dschingis-Khan oder Napoleon – ewig, unendlich, allmächtig, so weise und machtvoll in Wissen und Technik, daß Er alles im Auge behalten konnte – jedes Elektron, jedes Atom, jede Mücke, Fliege und Mikrobe. Es war sogar möglich, Ihn – auf dem Weg über das Gebet – direkt mit einer Bitte anzurufen, aber es gab keinerlei Garantie für eine Antwort. Tatsächlich hatte ich Spinozas Gott mir zu eigen gemacht, aber ich hatte Ihn erweitert, Ihn vermenschlicht, Ihn auch im Tier wahrgenommen und Ihn in meiner Vorstellung so geformt, wie ich Ihn brauchte. So unglaublich es scheint, ich hatte Ihm wirklich meine Wünsche »telefoniert« und irgendwie gehofft, daß Er mir antworten *könnte,* sollte es Ihm einfallen, das zu tun. Zu jener Zeit war mein dringendster Wunsch, meine Geschichten gedruckt zu sehen und ein Zimmer für mich zu haben. Das Zusammenleben mit Gina war für mich mühsam geworden.

Warum? Weil Gina sich immer enger an mich angeschlossen hatte. Sie hatte ernsthaft von mir verlangt, sie zu heiraten. Sie war eifersüchtig geworden. Sie wollte ihr ganzes Leben auf mich ausrichten und hoffte sogar, daß ich mit der Zeit für ihren Lebensunterhalt sorgen würde. Ich hatte keinerlei Verlangen, eine Frau zu heiraten, die mindestens zwanzig Jahre älter war als ich und die bereits durch wer weiß wie viele Ehemänner- und Liebhaberhände gegangen war. Ich wollte auch keine Last auf mich nehmen. Irgendwie, über Nacht sozusagen, war sie eine andere geworden. Ich wagte nicht mehr, sie an ihre Vergangenheit zu erinnern, und sie fing an, all die Affären abzuleugnen, von denen sie mir erzählt hatte. Sie nörgelte jetzt an mir herum, ich solle arbeiten und mich zusammennehmen. Kurzum, sie wurde das, was ich nicht wollte – eine Ehefrau.

III

Wieder lief ich herum und suchte eine Wohnmöglichkeit. Wieder stieg ich Treppen hinauf und drang vorübergehend in das Leben der Leute ein, die einen Teil ihrer Wohnung aufgeben wollten.

In den meisten Anzeigen hieß es: »Nur für einen Herrn«. Andere sagten ganz deutlich, daß der Mieter Junggeselle sein müsse. Fast alle Zimmervermieter waren Frauen. Ich läutete, sie öffneten, und wir betrachteten einander. Nach einer Weile fragten sie nach meinem Beruf, und wenn ich ihnen sagte, daß ich für eine Zeitschrift arbeitete, waren sie sofort gewonnen.

Unsere Blicke begegneten sich und fragten stumm: Vielleicht? Ich war inzwischen ein Kenner von Gesichtern, Busen, Schultern, Bäuchen und Hüften geworden. Ich überlegte, wieviel Vergnügen diese verschiedenen Körperteile wohl bereiten würden, falls es zu Intimitäten kommen sollte. Manchmal erhielt ich innerhalb von Minuten Einblicke in ein Leben. Männer waren gestorben und hatten Witwen hinterlassen. Reiche waren verarmt. Männer waren in Rußland geblieben, an der Front gefallen, nach Amerika ausgewandert oder mit anderen Frauen durchgegangen. Vorübergehend sah es so aus, als ob mich das Schicksal an den richtigen Ort geführt hätte, aber dann tauchten auch schon Schwierigkeiten auf – die Miete war zu hoch oder das Zimmer zu dunkel. Einige der Zimmer hatten keine Öfen. In Wirklichkeit konnte ich mir nicht einmal das billigste Zimmer leisten, aber um schreiben zu können, mußte ich ein eigenes Zimmer haben. Mein Verleger hatte versprochen, mir Übersetzungen aus dem Deutschen, Polnischen und Hebräischen ins Jiddische zu verschaffen. Während ich noch mit den Frauen sprach, machte ich mir ein Bild ihres Charakters und ihrer Intelligenz. Einige machten sich lustig und wurden sarkastisch, als sie hörten, daß ich auf Jiddisch schreibe. Andere fragten, ob es wirklich so etwas wie eine jiddische Literatur gebe. Offenbar hatten sie nie von Scholem Alejchem oder Perez gehört, zumindest taten sie so. Die bereit waren, mir für wenig Geld ein Zimmer zu vermieten, waren häßlich, vernachlässigt, hatten einen Stall voller Kinder und Zimmer, die nach Wanzenpulver stanken. Aus ihren Küchen quoll der Geruch von Zwiebeln, Knoblauch und Waschsoda. Um auf die Toilette zu gehen, mußte man durch das Wohnzimmer. Meine Augen waren müde geworden vom Ansehen all der Schränke, Stühle, Teppiche, Kredenzen, Betten, Sofas, Wanduhren, Samoware, Porträts und Nippsachen aus den Zeiten von König Sobieski. Ich atmete die Düfte von Parfüms, Seifen und Körpern ein. Hätte ich hundert Zloty im Monat ausgeben können, hätte ich die Wahl gehabt, aber ich konnte nicht einmal fünfzig aufbringen.

Ich hatte viele Adressen, Telefonnummern und Preise in mein Notizbuch geschrieben, aber ich hatte nicht das gefunden, was ich suchte. Es war schon später Frühling, aber das Wetter war kalt und feucht. Ich verließ die letzte Wohnung dieses Tages, und mein Gehirn war abgestumpft von all dem Gerede, den Eindrücken, und vielleicht auch vom Hunger, da ich nicht zu Mittag gegessen hatte. Ich hatte Gina noch nicht mitgeteilt, daß ich ausziehen wollte, und mußte irgendeine Lüge erfinden, um zu erklären, wo ich mich den ganzen Tag herumgetrieben hatte. Ich ging durch halbdunkle Straßen und war nicht sicher, wo ich mich befand. Ich blickte hinauf zu erleuchteten Fenstern. Andere Leute hatten es irgendwie geschafft, sich niederzulassen, mit ihren Familien zu Abend zu essen und mehr oder weniger feste Stellungen auszufüllen, nur ich lief wie ein Gespenst durch die nasse Stadt. Am Morgen war ich mit einem Plan für einen Roman, mit Ideen für Geschichten und sogar für ein Stück aufgewacht, aber alles hatte sich verflüchtigt. Es war Abend geworden. Tiefe Melancholie überfiel mich.

Ich konnte die Abfälle riechen, die man am Abend aus den Mülleimern leerte, und ich sog die Düfte der Bäume, Blüten und frisch umgegrabener Erde ein. Ich kam an einem Haustor vorbei, wo Straßenmädchen warteten und die Vorübergehenden ansprachen. Gewiß, es wäre verrückt, mit einem von diesen Mädchen zu gehen und eine Geschlechtskrankheit zu riskieren, da ich ja Gina hatte. Ich hatte kaum genug Geld in der Tasche für eine Mahlzeit, falls ich mich entscheiden sollte, essen zu gehen. Aber dennoch verlangsamte sich mein Schritt. Ich wurde von der Begierde nach einem fremden Körper überfallen, nach noch nicht gehörten Worten, gesprochen von einer anderen Stimme. »Warum fürchtest du dich vor Syphilis?« fragte eine Stimme in mir. »Du wirst doch nicht mehr lange auf dieser Welt sein.«

Ich blieb stehen, und im Licht der Gaslampen prüfte ich die lebende Ware. Eine war klein und dünn, mit einem schmalen Gesicht, eingefallenen Wangen und großen schwarzen Augen, die die Furcht des Juden ausdrückten, als sei sie gerade einem Pogrom entronnen oder habe die paar hundert Jahre seit Chmielnizkys Massakern übersprungen. Sie hatte sich in einen Schal gehüllt, wie man ihn in Warschau selten sah. Sie sah mich direkt an, und ihr Blick schien zu sagen: »Du bist der einzige, der mich aus diesem Sumpf, in den ich gefallen bin, befreien kann.«

Die zweite war groß, stattlich, trug ein gelbes Kleid und grüne Stiefel. Ihr Haar war feuerrot. Ein Mann war in ihrer Nähe stehengeblieben und schien sich mit ihr über etwas zu streiten, aber sie hatte offensichtlich keine Geduld mit ihm und blickte von ihm weg. Er war wahrscheinlich kein Kunde, der ein Mädchen kaufte und bezahlte, sondern irgendein Nichtsnutz, der nur schwatzen oder etwas umsonst haben wollte. In einer Hand trug er eine Blechbüchse, wie sie Arbeiter in die Fabriken oder Werkstätten mitnehmen. Das rothaarige Mädchen hatte mich bemerkt und winkte mir zu, sie von dem Plagegeist zu befreien. Sie zeigte mir sogar freundlich die Zungenspitze.

Eine dritte stand abseits in einer Ecke und sah niemanden an. Ihr Gesicht war rot von Rouge oder vielleicht hatte sie es mit rotem Papier abgerieben. Ich hatte das Gefühl, daß sie mit den anderen weder konkurrieren konnte noch wollte. Offenbar wartete sie geduldig, bis die beiden anderen jemanden gefunden hatten und sie an der Reihe war.

Ich konnte mich weder entschließen, eine von ihnen zu wählen, noch weiterzugehen. Was ich jetzt empfand war nicht Lust, sondern das Verlangen, mich zu erniedrigen, mich ein für allemal davon zu überzeugen, daß alle meine Hoffnungen null und nichtig waren und ich das Ende meines Weges erreicht hatte. »Wenn du dir die Syphilis holst«, sagte mein innerer Feind, »dann wirst du Selbstmord begehen müssen, und das wird das Ende aller Narreteien sein.«

Meine Füße gingen ganz von selbst über die Straße. Ich hatte mich eigentlich für eine andere entschlossen, statt dessen ging ich zu der mageren hinüber, der mit den verängstigten Augen. Sie zitterte.

»Ich?«

»Ja, du.«

Sie warf der Rothaarigen einen Blick zu, der sowohl Überraschung wie eine Spur von Triumph ausdrückte. Sie schlüpfte in den dunklen Tordurchgang, und ich folgte ihr – »wie ein Schaf zum Schlachten«, sagte ich mir. Erst gestern hatte ich den Schluß gezogen, daß des Menschen Ähnlichkeit mit Gott in der Tatsache lag, daß beide die Freiheit der Wahl hatten, jeder auf seine Art und je nach seinen Möglichkeiten. Und hier beging ich etwas, das all meinen Ideen hohnsprach. Das Mädchen ging Stufen hinunter, und bald befand ich mich in einem Gang, so eng, daß nur ein Mensch hindurchgehen konnte. Auf beiden Seiten ragten schwarze Wände drohend auf, im Begriff zusammenzurücken und mich zu erdrücken. Der Boden war uneben und löcherig. Geruch von Erde, Verfaultem, Schimmligem und Öligem stieg mir in die Nase. Plötzlich tauchte im Licht einer winzigen Öllampe eine riesige Gestalt auf, mit einem schwarzen Fleck anstelle der Nase, pockennarbig wie eine Reibe und in Lumpen gehüllt. Die gelben Augen spiegelten das Gelächter jener wider, die in den Abgrund geblickt, und ihn weniger erschreckend als komisch gefunden haben. Er ging mit torkelnden Schritten und versperrte unseren Weg. Er stank wie ein Kadaver. Ich rannte zurück, und in meinen Ohren sauste es, als hörte ich Glocken läuten. Mein Mund füllte sich mit widerlichem Gallengeschmack. Die Frau schrie und versuchte, mir nachzulaufen. Der Riese fing an zu brüllen, zu wiehern und seine Tatzen zusammenzuschlagen. Ich tastete nach den Stufen, aber sie waren verschwunden. Ich hörte das Miauen von Katzen und die gedämpften Klänge einer Harmonika.

»Gott im Himmel, rette mich!« rief der Gläubige in mir.

Ich wendete mich um, und die Stufen waren plötzlich da. Ich lief hinauf und war im Nu wieder draußen. Die Rothaarige schrie mir Worte nach, die ich erst im nachhinein verstand: »Idiot, Betrüger, Flasche!...«

Es war wie ein Alptraum oder eine jener Versuchungen Satans, wie sie in frommen Schriften und Geschichtenbüchern beschrieben werden. Ich war im Begriff gewesen, mich den Mächten des Bösen zu überlassen, aber die Kräfte, die die Welt regieren, hatten eingegriffen. Ich war in Schweiß gebadet. Mein Herz raste, und meine Kehle war ausgetrocknet. Ich wurde von einem tiefen Gefühl der Scham überwältigt und dem Verstummen eines Menschen, der sich gerade aus tödlicher Gefahr befreit hat. Ich betete zu Gott, gegen den ich Krieg führte, mir zu verzeihen. Ich gelobte, mich Ihm nie mehr zu widersetzen.

IV

Ich hatte gefunden, wonach ich gesucht hatte – ein Zimmer bei einem alten Ehepaar in der Dzikastraße, die der Warschauer Stadtrat gerade zu einem Teil in Zamenhofstraße umgenannt hatte, nach dem Erfinder der Esperanto-Sprache. Der Besitzer der Wohnung, der Augenarzt Dr. Alpert war ein Freund des verstorbenen Dr. Zamenhof gewesen, der zwei Häuser entfernt gelebt und praktiziert hatte. Ich hatte mich in Bilgoraj mit Esperanto beschäftigt. Ich hatte sogar versucht, in dieser internationalen Sprache eine Skizze zu schreiben, und ich betrachtete es als eine Ehre, im Hause eines Kollegen des Schöpfers von Esperanto zu leben. Obwohl ich gesündigt hatte, hatte mir die Vorsehung das gewährt, was ich wollte – ein sauberes Zimmer, nicht teuer, anständig möbliert, sonnig, mit einem Fenster, das auf die Straße ging. Das Zimmer lag im vierten Stock, so daß die Geräusche von der Straße nicht so störend waren. Heute ist mir klar, daß das Ehepaar nicht so alt war, wie es mir damals vorkam. Sie hatten einen Sohn von drei- oder vierundzwanzig, aber Dr. Alpert war völlig grau und zahnlos und sprach mit der dünnen Stimme eines alten Mannes. Er war klein, gebeugt, hatte ein schwaches Herz und litt an einem halben Dutzend anderer Krankheiten. Er hatte nichts mehr mit dem Krankenhaus zu tun, und es kamen nur wenige Patienten zu ihm. Diejenigen, die kamen, waren alle arm und zahlten nur so viel, oder so wenig, wie sie konnten. Von Zeit zu Zeit wurde der Arzt selbst krank und mußte ins Hospital gebracht werden. Seine matten Augen unter den borstigen weißen Brauen strömten die Ruhe derer aus, die jeden Ehrgeiz aufgegeben und sich mit dem Nahen des Todes abgefunden haben.

Mann und Frau sprachen beide Polnisch, obwohl sie Jiddisch konnten. Frau Alpert war jünger als ihr Mann und nicht größer als er; ihr Haar war schon dünn geworden, sie hatte ein spitzes Kinn, auf dem ein grauer Bart sproßte, und braune Augen, in denen all die Sorgen und Zweifel zum Ausdruck kamen, die beladene Seelen von der Wiege bis zur Bahre mit sich schleppen. Vom allerersten Augenblick an, schon als sie mir die Tür öffnete, kam sie mir ängstlich vor. Sie maß mich von der Seite, neugierig, und begann mich auszufragen, noch ehe sie mich eintreten ließ. Sie sagte ganz offen, sie hätte selten einen Untermieter genommen, obwohl sie das Geld gut für die Miete hätte gebrauchen können. Was konnte man über einen fremden Menschen wissen? Er könnte ein Dieb, ein Mörder oder ein Betrüger sein. Er könnte auch ein Kommunist sein, ein Anarchist oder ein Syphilitiker. Man las so viele schreckliche Dinge in der Zeitung, daß, ganz gleich wie vorsichtig man auch war, man doch hereinfallen könnte. Unter gar keinen Umständen würde sie eine Frau als Mieterin nehmen. Frauen wollten ihre Strümpfe und Unterwäsche waschen und in der Küche ihr Essen kochen. Sie wollten auch gleich den ganzen Haushalt in die Hand nehmen. Ich versicherte Frau Alpert, daß ich weder waschen noch kochen wollte, ich wollte nur an meinem Tisch sitzen und schreiben.

Nachdem sie mich gründlich ausgefragt hatte, bat sie mich ins Wohnzimmer und zeigte mir das Arbeitszimmer des Doktors, die Küche und sogar ihr Schlafzimmer. Alles war alt, aber sauber. Nach einem Blick auf den Sohn Edek war mir klar, daß er kränklich war. Er war groß, mager, blaß wie ein Schwindsüchtiger, hatte eine hohe Stirn, einen langen Hals, schmale Schultern, eine eingefallene Brust, eine schiefe Nase und vorstehende Augen. Seine Arme waren dünn wie Stöckchen. Er hörte seiner Mutter zu, zeigte aber keinerlei Reaktion. Von Zeit zu Zeit hustete er. Vor ihm auf dem Tisch lagen Stöße von Zeitungen und Zeitschriften, und mir fiel auf, daß sie alle alt und zerknittert waren. Aus einigen waren Artikel oder Anzeigen ausgeschnitten. Eine Schere lag zuoberst auf dem Haufen, wie auf dem Schreibtisch eines Redakteurs.

Das Dienstmädchen Marila hatte einen üppigen Busen und runde Hüften. Ihre Waden waren breit und muskulös, ihre blaßblauen Augen strömten bäuerliche Kraft aus. Frau Alpert machte uns bekannt und sagte, wann immer ich etwas brauche, ein Glas Tee, Frühstück oder sonst etwas, Marila würde es für mich besorgen. Sie würde mein Bett machen, ausfegen und mein Zimmer in Ordnung halten. Das Mädchen nickte und lächelte, wobei sie ihre breiten Zähne und Grübchen zeigte.

Als Gina hörte, daß ich ausziehen wolle, wurde sie hysterisch. Sie schrie, weinte, raufte sich die Haare, schwor, daß sie Gift nehmen würde, sich aufhängen oder sich unter eine Straßenbahn werfen. Sie stellte mir in Aussicht, daß sie in der anderen Welt, wohin sie sich auf den Weg mache, vor dem Thron der Herrlichkeit knien und dem Allmächtigen all das Böse, das ich auf Erden begangen hätte, berichten würde. Sie versicherte mir, die Bestrafung für mich und die Frau, die mich ihr gestohlen hatte, stehe unmittelbar bevor. Ich schwor einen heiligen Eid, daß es keine andere Frau gäbe, und daß ich nur auszöge, weil ich in Ruhe arbeiten wolle. Aber Gina jammerte:

»Ja, ich bin eine Närrin, aber ich bin nicht so dumm, wie du denkst. Du hast vielleicht eine gefunden, die jünger und hübscher ist als ich, aber ich habe dir mein Herz und meine Seele geschenkt, und sie, diese Hure – sie soll in der Hölle brennen, lieber Vater im Himmel! –, sie wird dir nur das geben, was du für zwei Zloty in der Smoczastraße haben kannst. Das Schlimme an den Männern ist, daß sie den Unterschied nicht kennen. Ihr seid ein Haufen verdammter Idioten, Dummköpfe, Verrückter und ein verkommenes Pack – von oben bis unten. Oh, Mama, sieh nur, was sie mir antun! Geheiligte Großmutter, komm und nimm mich zu dir! Ich kann so viel Schande und Qual nicht mehr aushalten. Ich will zu dir, Großmutter, und zu den anderen heiligen Frauen. Diese falsche Welt widert mich an. Oi, ich muß mich übergeben!«

Und sie lief in die Toilette, wo ich sie würgen hörte, weinen, und, wie Hiob, den Tag verfluchen, an dem sie geboren worden war. Nach einiger Zeit wurde es unheimlich ruhig dort drinnen. Ich hämmerte an die Tür, aber es kam keine Antwort. Ich versuchte, die Tür einzudrücken, aber das Schloß oder die Kette gab nicht nach.

Ich rief: »Gina, komm heraus! Ich bleibe! Ich werde so lange ich lebe bei dir bleiben! Ich schwöre bei allem, was mir heilig ist!«

Die Tür ging auf.

»Du Biest, schwöre nicht! Nimm dein Bündel und geh. Ich will dich hier nicht mehr sehen. Oi, Heiliger Vater!«

Und sie ging zurück in die Toilette und erbrach sich wieder.

Als Gina herauskam, hatte ich das seltsame Gefühl, sie sei plötzlich älter geworden. Dies war nicht Gina, sondern jemand anderes, vielleicht zehn Jahre älter, fahl, mit Säcken unter den Augen, die trübe geworden waren, und einem Ausdruck um den Mund, den ich nie zuvor gesehen hatte. Bitternis lag um ihre Lippen, und noch etwas anderes, das Spott über ihr eigenes Unglück sein mochte. Zum erstenmal wurde mir bewußt, daß Liebe kein Spiel ist. Liebe kann Menschen töten. Wieder und wieder bot ich ihr an, zu bleiben, aber sie sagte:

»Nein, mein Liebster, du stehst noch am Anfang, und ich bin im Begriff, das Buch für immer zu schließen.«

Drittes Kapitel

I

Die wiedererstandene Polnische Nation war kaum sieben Jahre alt, aber innerhalb dieser kurzen Zeit war sie schon durch einen Krieg gegen die Bolschewisten gegangen, hatte die Ermordung eines Präsidenten erlebt und eine große Anzahl politischer Krisen. Eines Tages im Frühjahr saß ich am Tisch und versuchte, eine Geschichte zu schreiben, als die Tür sich öffnete und Frau Alpert hereinkam. Sie machte einen noch ängstlicheren Eindruck als gewöhnlich.

Sie sagte: »Sie sitzen da und schreiben, und draußen ist die Revolution ausgebrochen.«

»Was für eine Revolution?«

Ich erwartete zu hören, daß die Kommunisten daran wären, in Polen das zu tun, was Lenin, Kamenew, Sinowjew und Stalin versprochen hatten, in ganz Europa zu tun, aber Frau Alpert erwiderte: »Pilsudski hat die Macht übernommen.«

Ich war schon bereit gewesen, mein Manuskript in den Papierkorb zu werfen und zu laufen, wohin mich meine Füße tragen würden, denn die kommunistischen Schreiberlinge im Schriftsteller-Klub hatten mir alle versichert, daß sie mich bei Ausbruch der Revolution vom nächsten Laternenpfahl baumeln lassen würden, zusammen mit all den Rabbis, Priestern, Mitgliedern der Polnischen Sozialistischen Partei, Zionisten, »Bundisten«, den rechten und den linken Anhängern der Poale Zion und allen anderen Konterrevolutionären. Aber von Pilsudski hatte ich nichts zu fürchten. Die Parteipolitiker im Polnischen Parlament, im Sejm, hatten vergessen, daß Pilsudski das neue Polen errichtet hatte, und sie ignorierten ihn. Alle paar Wochen war eine neue Regierungskrise ausgebrochen. Die poetischen Hoffnungen, daß ein befreites Polen neue geistige Werte hervorbringen werde und einen messianischen Geist für die ganze Menschheit, hatten sich zerschlagen. Jetzt sah es aus, als ob die Armee mit Pilsudski an der Spitze eine Diktatur errichten werde. Für die Juden im allgemeinen, und für jemanden wie mich im besonderen, würde das keinen Unterschied machen. Ich hatte irgendwo gelesen, daß Pilsudski das Polnische Kriegsministerium kritisiert hatte, weil man zugelassen hatte, daß untaugliche und unbrauchbare Rekruten eingezogen worden waren. Ich mußte bald wieder vor der Militärkommission erscheinen, und es kam mir in den Sinn, daß diese Revolution mir vielleicht helfen könnte, der Einberufung zu entgehen.

Folgendes ereignete sich: Mein Bruder hatte das Palästina-Amt in Warschau überredet, mir ein Einwanderungszertifikat nach Palästina auszustellen, aber da ein solches Zertifikat für eine ganze Familie galt, stellte das Amt die Bedingung, ich müsse zuerst heiraten – ganz gleich, ob tatsächlich oder zum Schein. Das bedeutete, mit einem Mädchen in Warschau diese Zeremonie vorzunehmen und sich nachher in Palästina scheiden zu lassen. Solche Scheinehen wurden damals häufig eingegangen. Sie dienten dazu, mehr Juden in das »Land Israel« zu bringen und halfen auch armen Einwanderern, die das Reisegeld nicht aufbringen konnten. Die angebliche »Ehefrau« bezahlte die Überfahrt für sich und den »Ehemann«. Das ganze Unternehmen hatte einen betrügerischen Anflug, aber Polen wollte die Juden loswerden, und England war es gleichgültig, ob sich ein paar Juden mehr oder weniger in Palästina niederließen. Viele von denen, die eingewandert waren, wurden enttäuscht, konnten sich dem Klima und der harten Arbeit nicht anpassen, und nach einiger Zeit kehrten sie entweder nach Polen zurück oder gingen dorthin, wo man sie einließ.

Es konnte keine Rede davon sein, daß ich eine wirkliche Ehe eingehen würde. Ich hatte Otto Weiningers »Geschlecht und Charakter« gelesen und hatte beschlossen, niemals zu heiraten. Weininger, Schopenhauer, Nietzsche und meine eigenen Erfahrungen hatten mich in einen Antifeministen verwandelt. Ich war von Begierde nach Frauen erfüllt, aber gleichzeitig sah ich ihre Fehler, unter denen der wesentlichste der war, daß sie – die modernen, nicht die altmodischen unter ihnen – mir erstaunlich ähnlich waren: sie waren genauso geil, hinterlistig, egoistisch und abenteuerlustig wie ich. Einige erklärten offen, die Ehe sei eine überlebte Einrichtung. Wie konnte man einen Vertrag schließen, der einen zu lebenslänglicher Liebe verpflichtete? fragten sie. Gab es größere Unvereinbarkeiten als Liebe und einen Vertrag? Die Romane, die von diesen Mädchen gelesen wurden, und die Zeitschriftenartikel, die Stücke, die sie sahen, alle machten sich über den Ehemann lustig, der schwer arbeitete, die Kinder großzog und der betrogen wurde. Der Liebhaber aber, der alles umsonst bekam, wurde verherrlicht. Meine Erfahrungen mit Gina und mit anderen, die ich später kennenlernte, bestätigten nur diese Ansicht. Ja, und war es nicht ebenso mit dem, was ich im Schriftsteller-Klub beobachten konnte? Auch in meinen eigenen Arbeiten erschien der Ehemann als Objekt der Verhöhnung.

Selbst eine Scheinehe hatte ihre Schrecken für mich. Was sollte ich tun, wenn das Mädchen sich anders besinnen und sich weigern würde, sich von mir scheiden zu lassen? Ich schämte mich auch, von einer Frau Geld anzunehmen. Vor allem aber – wo sollte ich so eine Frau finden? Offenbar bemerkten die Leute im Palästina-Amt meine Schüchternheit, und einer der Beamten dort empfahl ein Mädchen, das bereit war, eine solche Scheinehe einzugehen. Er berichtete mir genauestens über sie. Sie war mit einem Ingenieur in Warschau verlobt, einem Absolventen der Warschauer Technischen Hochschule, und die Hochzeit hatte unmittelbar bevorgestanden, als der Bräutigam irgendeine Dummheit beging und gezwungen war, aus Polen zu flüchten. Nach langem Umherirren war er illegal nach Palästina eingereist, aber es war ihm nicht möglich, seine Verlobte nachkommen zu lassen. Panna (Fräulein) Stefa kam aus einem wohlhabenden Hause und liebte ihren Bräutigam über alles. Sie war schon mit mehreren jungen Leuten zusammengetroffen, die Einwanderungszertifikate erhalten hatten, aber einer verliebte sich prompt in sie und drängte sie, ihn wirklich zu heiraten; ein zweiter überlegte es sich anders, denn er hatte ein Mädchen, dem es irgendwie gelungen war, das Reisegeld für sie beide zu beschaffen; und ein dritter hatte versucht, Geld aus ihr herauszuholen. Panna Stefa war so mutlos geworden, daß sie die ganze Idee der Scheinehe aufgegeben hatte. Der Beamte redete mir zu:

»Vor allem müssen Sie sie überzeugen, daß Sie wirklich keine anderen Absichten haben. Ich werde sie jetzt gleich anrufen. Ihr Vater war früher ein sehr reicher Mann, aber Grabski hat ihn mit Steuern ruiniert. Die Tochter hat studiert, kann Sprachen und was sonst noch alles.«

Alles ging sehr schnell. Der Beamte rief sie an und sprach offenbar wohlwollend von mir, denn Panna Stefa bat mich, sofort zu ihr zu kommen. Ich sagte dem Beamten, ich wolle mich erst rasieren und einen besseren Anzug anziehen, aber er war der Ansicht, je schäbiger ich aussähe, desto größer seien meine Chancen. Panna Stefas Eltern wohnten in der Lesznostraße, in einem Haus, das 1913, kurz vor dem Krieg, gebaut worden war. Es hatte einen Lift und jeden modernen Komfort. Der Beamte sprach in so hohen Tönen von Panna Stefa, daß mich bei der Vorstellung, sie kennenzulernen, kindische Furcht und Verlegenheit überfielen.

Obwohl ich nicht schnell ging, war ich bald in Schweiß gebadet. Ich hatte meine Schnürsenkel verknotet, aber jeweils nach ein paar Schritten lösten sie sich, als ob eine unsichtbare Hand am Werke sei. Wie immer, wenn ich in peinliche Verlegenheit geriet, fingen die Kobolde an, mir einen Schabernack zu spielen. Ich mußte niesen, und mein Kragenknopf sprang ab. Ich suchte auf dem Bürgersteig danach, aber er blieb verschwunden. Ein Knopf an meinem Mantel löste sich. Ich bemerkte plötzlich, daß meine Hosen rutschten und am Boden schleiften. Ich versuchte, meine Hosenträger festzustellen, aber die Öse, die die Hose hielt, war abgerissen. Ich versuchte es mit Selbsthypnose à la Coué, redete mir gut zu, selbstbewußt aufzutreten und mich nicht von irgendeiner Frau, ganz gleich wie reich oder gebildet sie war, einschüchtern zu lassen, aber es half alles nichts. Beim Überqueren der Straße wurde ich fast von einer Droschke überfahren. Ich ging an einem Schaufenster vorbei, in dem ein Spiegel hing, und warf einen flüchtigen Blick auf mich. Ich sah blaß aus, erschöpft, unordentlich. Ich ging durch das Eingangstor, wo der Pförtner herumstand. Als ich ihm sagte, zu wem ich wollte, maß er mich mit einem arroganten Blick und fragte: »Zu welchem Zweck?«

Ich wußte nicht, was ich ihm antworten sollte, und er

knurrte mit zusammengebissenen Zähnen: »Mach, daß du wegkommst!...«

II

Nach einer Weile erhielt ich die Erlaubnis nach oben zu gehen, und ich stieg die Treppen hinauf, da die Benutzung des Lifts nur den Mietern gestattet war. Die Stufen waren aus Marmor. Ich blieb vor einer massiv geschnitzten, rotgestrichenen Tür stehen. Ein Messingschild trug die Inschrift: Isidor Janowsky.

Ich läutete, und es dauerte etwas, bis das Dienstmädchen, eine Frau mit rotem Gesicht und weißen Haaren, öffnete. Die Diele war groß und breit und hatte viele Türen. Die Frau war weggegangen, um mich anzumelden, und ich mußte lange warten. In der ganzen Diele gab es kein einziges Möbelstück. An den Wänden sah man noch Spuren der Bilder, die dort gehangen hatten, wie in einer Wohnung, aus der jemand gerade ausgezogen war. Von der Decke baumelte eine Kette, an der ein Beleuchtungskörper gehangen hatte. Mir fiel plötzlich ein, was der Beamte gesagt hatte, nämlich, daß Grabski Panna Stefas Vater ruiniert hatte. Grabski war der Finanzminister, der so hohe Steuern über die Juden verhängt hatte, daß es unmöglich war, sie zu bezahlen, und nach einiger Zeit erschien dann ein Lastwagen, oder mehrere, im Auftrag der Steuerbehörde und holte den ganzen Hausrat ab. Diese Lastwagen hatten den Spitznamen »Leichenwagen« bekommen.

Eine Tür wurde rasch geöffnet und Panna Stefa trat ein. Sie trug ein knielanges Kleid, und ihr blondes Haar war kurz geschnitten wie das eines Jungen. Sie war groß für eine Frau, hellhäutig und stupsnäsig, und ihr Gesicht trug den Ausdruck einer vielbeschäftigten Person, die von einer wichtigen Arbeit fortgeholt worden war. Sie sah mich von oben bis unten an und fragte:

»Sind Sie vom Palästina-Amt geschickt worden?«

»Ja, vom Amt.«

Sie blickte flüchtig auf den Zettel, den ich ihr überreicht

hatte, und sprach meinen jüdischen Namen mit polnischem Akzent aus.

Sie fragte: »Haben Sie einen Geburtsschein? Einen Paß? Sind Sie hier in Warschau gemeldet? Sind Sie bereit, innerhalb der nächsten Wochen nach Palästina zu gehen? Sind Sie vom Militärdienst zurückgestellt?«

Ich beantwortete kurz all ihre Fragen. Sie blieb etwas entfernt von mir stehen, als habe sie es eilig, mit der ganzen Befragung so schnell wie möglich fertig zu werden. Ihr Blick war streng, und mir fiel ein, daß sie sich ähnlich benahm wie diese Bürokraten, die ihren Vater ruiniert hatten.

Nach einer Weile fragte sie: »Ist es wahr, daß Sie im Jargon schreiben?«

Daß sie Jiddisch einen Jargon nannte, ärgerte mich. Gewöhnlich versuchte ich in solchen Fällen, dem anderen klarzumachen, daß alle Sprachen früher ebenso geringschätzig beurteilt worden waren. Französisch, Italienisch und Englisch waren als vulgäre Sprache des Pöbels bezeichnet worden, während die oberen Klassen Lateinisch gesprochen hatten. Ich pflegte dann auch darauf hinzuweisen, daß, solange Französisch die Sprache der Aristokraten in Rußland und Polen gewesen war, weder die Polen noch die Russen ein einziges Kunstwerk in dieser Sprache hervorgebracht hätten. Aber kaum hatten sie angefangen, Russisch oder Polnisch zu schreiben, waren ein Puschkin, ein Mickiewicz, ein Slowacki und viele andere hervorgetreten. Aber jetzt antwortete ich einfach:

»Ja, ich schreibe im Jargon.«

»Und worüber schreiben Sie?«

»Ach, über das Leben der Juden hier in Polen.«

»Und was haben Sie vor, in Palästina zu tun? Auch zu schreiben?«

»Wenn man mich läßt.«

»Können Sie Hebräisch?«

»Ich kann es lesen und schreiben, aber nicht fließend sprechen. Ich habe nie Hebräisch gesprochen.«

»Als ich ein Kind war, kam ein Rabbiner ins Haus und brachte mir ein bißchen Hebräisch bei – um im Gebetbuch lesen zu können. Wie heißt es doch – ›Ich danke Dir, mein

Gott‹. Aber ich habe alles vergessen. Ich kann nicht einmal mehr das Alphabet. So merkwürdige Buchstaben – sie sehen alle gleich aus für mich. Ja, und das Lesen von rechts nach links ist auch so verwirrend. Ich fürchte, ich werde mich nie daran gewöhnen. Aber es ist nun einmal so, daß ich nach Palästina gehen muß. Kommen Sie herein. Warum bleiben Sie da auf der Schwelle stehen?«

Sie machte mir die Tür auf, und ich folgte ihr in ein Zimmer, in dem ein Klappbett stand, ein kleiner Tisch, auf dem ein paar Bücher und Papiere lagen, und zwei Küchenstühle, ein weißer und ein blauer.

Sie blickte sich um, als sei sie selbst über die Veränderung erstaunt. Sie bedeutete mir, mich auf einen der Stühle zu setzen, während sie sich auf dem Klappbett niederließ, das mit einer verblichenen Bettdecke zugedeckt war. Sie zündete sich eine Zigarette an, schlug die Beine übereinander, und mir fiel auf, daß ihre Knie nicht rund waren wie bei den meisten Mädchen, sondern spitz.

Sie fragte: »Dieser junge Mann dort – wie heißt er noch? Margolis –, hat er Ihnen die Situation erklärt?«

»Ja, mehr oder weniger.«

»Ich muß nach Palästina, und zwar je eher desto besser. Mein Bräutigam und ich sollten hier in Warschau heiraten. Alles war für die Hochzeit vorbereitet, als sich plötzlich etwas ereignete, das unsere Pläne über den Haufen warf. Das Palästina-Amt gibt Unverheirateten kein Zertifikat. Sie benachteiligen ganz allgemein das sogenannte schwächere Geschlecht. In dieser Hinsicht sind sie richtige Asiaten.«

Sie fuhr fort: »Ich kann Sprachen – Französisch, Deutsch, sogar etwas Englisch, aber ich kann kein Jiddisch und nicht ein Wort Hebräisch. Ich will ganz offen mit Ihnen sein – aber sagen Sie es nicht Margolis weiter –, ich habe nicht die Absicht, lange in Palästina zu bleiben. Margolis ist ein glühender Zionist. Wenn es nach ihm ginge, würde jeder Jude in der ganzen Welt seinen Koffer packen und sich nach Palästina auf den Weg machen. Was Polen angeht, da mag er recht haben. Aber Polen ist nicht die Welt. Was sollen die Juden dort tun? Das halbe Land ist doch Wüste. Sie sind zweifellos ein jüdischer Nationalist, aber für mich ist die ganze ›Jüdischkeit‹ paradox. Woraus besteht mein Jüdischsein? Ich glaube nicht einmal am Rande an Gott oder all die Wunder, die im Alten Testament beschrieben sind. Ich habe keine Ahnung von dem, was im Talmud steht und in all den anderen frommen Büchern. Ich bin in der europäischen Kultur aufgewachsen, aber der Weltkrieg hat eine Art von Nationalismus heraufgebracht, der mir ganz fremd ist. Nein, ich will nicht dort bleiben, aber es ist schwer, ein Visum für ein europäisches Land zu bekommen, und Amerika hat seine Tore geschlossen. Sie haben ja sicher gelesen, was in Rußland vor sich geht. Haben Sie gesagt, daß Sie nicht militärdienstpflichtig sind?«

»Man hat mich als ›B‹ eingestuft. Ich muß mich in ein paar Monaten wieder stellen.«

Panna Stefa nahm die Zigarette aus dem Mund und drückte sie im Aschenbecher auf dem Tisch aus.

»So ist das also. Aber Margolis sagte, Sie seien endgültig ausgemustert.«

»Nein. Er weiß, daß ich mich bald wieder stellen muß.«

»Ist er verrückt geworden? Er hat mir schon drei oder vier Kandidaten geschickt, und einer ist immer ungeeigneter als der andere. Ich fange an zu glauben, er tut es mit Absicht. Aber warum eigentlich? Wie sind denn Ihre Aussichten, ausgemustert zu werden?«

»Ich hoffe, daß sie mich nicht nehmen werden; ich bin nicht ganz gesund.«

»Was stimmt denn bei Ihnen nicht?«

Ich wollte etwas sagen, aber die Worte kamen mir nicht über die Lippen. Panna Stefa maß mich von der Seite mit einem spöttischen Blick.

»Sie wollen nur nicht Soldat werden, das ist alles. Nicht, daß ich Ihnen das vorwerfe. Wenn ich ein Mann wäre, würde ich es auch nicht wollen. Was ist das auch für ein Vergnügen? Aber irgend jemand muß ja das Land bei einem Angriff verteidigen. Mein Verlobter Mark ist jüdisch, aber er hat in der Armee gedient und hat es bis zum Offizier gebracht. Er hat in dem Krieg gegen die Bolschewisten gekämpft und hat hohe Auszeichnungen erhalten. Er ist ein glänzender Reiter und Schütze. Einmal hat er sich an einem militärischen

Pferderennen beteiligt und erhielt einen Preis. Sind Sie in Polen geboren?«

»Ja, in Polen.«

»Ihre Aussprache klingt fremd. Die polnisch-jüdische Presse kämpft ständig gegen den Antisemitismus, aber die Juden hier benehmen sich so, daß es einfach Antisemitismus geben muß. Gott sei Dank sind nicht alle Juden so. Sie sind bestimmt im Cheder und in der Jeschiwa großgeworden, mit all den alten modrigen Büchern. Ich glaube es Ihnen, wenn Sie sagen, Sie fühlen sich nicht gesund, aber das ist nur, weil Sie nie in der frischen Luft gewesen sind und keine körperliche Arbeit geleistet haben. Sie sind höchstens ein- oder zweiundzwanzig, aber Ihr Rückgrat ist schon so gekrümmt wie das eines alten Mannes. Warum sind Sie so blaß? Sind Sie blutarm?«

»Ja, vielleicht.«

»Was macht Ihr Vater?«

»Er ist Rabbiner.«

»Ach, ein Rabbiner! Jeder dritte Jude ist ein Rabbiner. Sie gehen durch die Straßen in ihren langen Kaftanen, mit zerrauften Bärten und fliegenden Schläfenlocken, und wenn ich sie und ihre wilden Gebärden sehe, dann schäme ich mich, daß wir ein gemeinsames Erbe haben. Das sind doch Wilde.«

»Sie haben unrecht, Panna Stefa. Das sind Menschen von hoher Kultur.«

»In welchem Sinn?«

»Sie wollen leben, wollen keine Helden sein. Was die Christen nur predigen, das haben sie seit zweitausend Jahren praktiziert.«

»Ach, Sie sind ein seltsamer junger Mann. Ich glaube wirklich, daß sich dieser Margolis vom Palästina-Amt auf meine Kosten lustig macht. Wissen Sie was? Da Sie nun einmal hier sind, können Sie mir das hebräische Alphabet beibringen. Dann werde ich wenigstens die Schilder lesen können, wenn ich dort bin. Warten Sie, ich habe ein hebräisches Lehrbuch. Ich habe es im Wohnzimmer gelassen. Ich bin gleich zurück.«

III

Nach der Art, wie Panna Stefa sprach, nahm ich an, ihre Eltern seien gründlich assimiliert, aber kaum war sie gegangen, öffnete sich die Tür und ein winziger Mann mit einem winzigen weißen Spitzbart und braunen Augen trippelte herein. Er hatte eine schmale, hakenförmige Nase, eine hohe Stirn, zerknittert wie Pergament, und eingefallene Wangen. Er trug einen steifen Kragen und eine schwarzseidene Krawatte.

Er sagte: »Ich hoffe, ich störe Sie nicht. Ich bin Isidor Janowsky, Stefas Vater.«

Er sprach polnisch mit genau dem gleichen Akzent wie ich. Er lächelte und ließ dabei gelbe Zähne sehen. Ich beeilte mich, ihm zu versichern, daß er in seinem eigenen Hause sei und daß es mir ein Vergnügen sei, ihn kennenzulernen, aber Isidor Janowsky entgegnete im Singsang des jiddischen Tonfalls:

»Schönes Vergnügen das! Heutzutage ist ein Vater keine Autorität mehr. Eine Generation ist da herangewachsen, die sich ihrer eigenen Eltern schämt. Sie sind zweifellos einer der Bräutigame, die Margolis vom Palästina-Amt uns dauernd schickt. Entschuldigen Sie, das soll keine Beleidigung sein. Da sich meine Tochter entschlossen hat, alles hinzuwerfen und nach Palästina zu gehen, muß sie schon all das auf sich nehmen. Es heißt ja: Wer A sagt, muß auch B sagen. Aber wer hat sie geheißen, A zu sagen?... Sie wollen also wirklich in das Land Israel gehen? Was werden Sie dort tun? Man muß dort schwer arbeiten, und das Klima ist hart. Ich rede nicht nur so daher – ich bin dort gewesen. Ich habe die Siedlungen besucht, und alles andere habe ich auch gesehen. Vor dem Krieg war ich ein reicher Mann und konnte mir erlauben, zu reisen. Wenn es dort heiß wird und der Chamsin anfängt zu blasen, kann man verrückt werden. Ich wurde sehr krank dort. Die Siedlungen – Rischon l'Zion und Petach Tikwa – sind sicher eine Leistung, aber außer einem Stück Brot gibt es dort nichts, und wenn die Ernte schlecht ist, dann gibt es nicht einmal das. Die Zionisten behaupten, daß es jetzt besser gehe dort – aber ich bin deshalb noch kein Ketzer, wenn ich es ihnen nicht glaube. Früher war eine Lüge eine Lüge. Heute hat man der Lüge einen Phantasienamen gegeben – Propaganda. Darf ich nach Ihrem Beruf fragen?«

»Ich bin Korrektor bei einer literarischen Zeitschrift.«

Isidor Janowsky faßte sich an den Kopf.

»Und davon können Sie leben?«

»Ja.«

»Und was werden Sie im Lande Israel tun? Auch Korrektor sein? Wie heißt die Zeitschrift? In welcher Sprache erscheint sie – auf Hebräisch oder im Jargon?«

»In Jiddisch.«

»Dort drüben sieht man auf die jiddische Sprache herunter. Mein lieber junger Freund, da Sie ein Korrektor sind, sind Sie wahrscheinlich auch eine Art Schriftsteller. Früher habe ich die älteren Schriftsteller gelesen, Mendele, Scholem Alejchem, Perez, Dinesohn. Die machten einem noch Spaß. Aber kürzlich hat mir einer der heutigen Schriftsteller sein Buch gegeben. Ich habe nicht eine Zeile davon verstanden. So etwas von schwierigen Wörtern, und eins hatte keine Verbindung mit dem nächsten. Das sind alles Kommunisten. In Rußland ist die Hölle los – die Menschen verhungern dort, und wenn einer ein Wort gegen die Oberen äußert, wird er nach Sibirien geschickt. Hier ist's auch schlimm genug. Ohne den russischen Markt ist Polen wie ein Kopf ohne Körper. Sie wollen die Steuern, aber wie kann man Steuern zahlen, wenn die Fabriken keine Kunden zu beliefern haben? Wie ist der Name der Zeitschrift?«

Ich nannte ihm den Namen.

»Nie gehört. Ich sollte Ihnen das wahrscheinlich nicht sagen, aber ich werde es doch tun. Wir haben eine Tochter, die uns sehr teuer ist. Wir hatten noch eine, eine jüngere, ein Mädchen von siebzehn, ein wunderbares Kind – hübsch, klug, liebte ihre Eltern, ein Schatz, aber sie hatte den verrückten Drang, tanzen zu müssen. Sie tanzte und tanzte, bis ihr Blinddarm platzte, und als die Ärzte, diese Quacksalber, ihre Krankheit erkannt hatten, war es zu spät. Es ist keine Tragödie, wenn ein Mädchen durchaus tanzen will, aber alles muß seine Grenzen haben. Die Generation, die da herangewachsen ist, kennt keine Hemmungen. Sie wollen alle

Vergnügungen auf einmal, und wenn man ihnen sagt, das sei nicht der richtige Weg, dann sind sie bereit, einen zu zerfetzen. Wie dem auch sei, sie starb und nahm unsere Herzen mit sich. Ihre Mutter hat es fast umgebracht. Daß sie weiterlebt, ist ein Wunder Gottes. Ich sage das im Zusammenhang damit, daß Stefa – ihr richtiger Name ist Schewa Lea – alles ist, was wir noch besitzen. Wenn sie fortgeht, wird ihre Mutter keinen Monat am Leben bleiben. Die Geschichte ist die: wenn sie zu jemandem ginge, der ihrer würdig wäre, so wäre mir das wenigstens ein Trost. Es ist nun einmal so, daß man Töchter hergeben muß. Wir möchten doch nicht, daß sie – Gott behüte! – eine alte Jungfer wird. Vielleicht würden wir ihr sogar nach Palästina nachreisen oder wo sie sonst hingeht. Aber sie hat sich mit dem schlimmsten Scharlatan in ganz Warschau eingelassen. Erst einmal hatte er eine Frau, die sich weigerte, sich von ihm scheiden zu lassen, und es kostete ein Vermögen, sie abzufinden. Er hatte einen reichen Vater, der ihm eine große Erbschaft hinterlassen hat, aber er, Mark, hat alles verloren. Ja, er hat sie buchstäblich beim Kartenspiel verloren, beim Roulette und anderen Spielen, von denen ich nicht einmal die Namen kenne. Er hat eine Wettmanie. Er wettet auf alles und hat noch keine einzige Wette gewonnen. Ich habe mit einem Arzt, einem Psychiater, darüber gesprochen, und der sagte mir, daß es eine Krankheit sei. Er muß immer irgend etwas riskieren. Er ist wirklich ein großes Tier in der polnischen Armee gewesen, ein echter Held. Jedesmal, wenn sie jemanden für eine gefährliche Sache brauchten, war er der erste, der sich meldete. Er hat Hindernisrennen mitgemacht und mehrere Pferde ruiniert. Es war ein Wunder, daß er sich nicht selbst umgebracht hat damit oder zum Krüppel gemacht. Wie ein Jude so draufgängerisch sein kann, ist mir schleierhaft. Solche Verrückte gab es unter den alten polnischen Adligen. Die haben ihr ganzes Vermögen auf eine Karte gesetzt oder in Prozesse gesteckt, die sich jahrelang hinzogen und beide Seiten bankrott machten. Seinen Vater habe ich nicht gekannt, er ist während des Krieges gestorben, aber er hat eine abscheuliche Mutter, die ist genauso verrückt wie er. Sie hatte auch viel Geld geerbt, aber ihr Sohn hat ihr alles abgenommen, obwohl man sagt, sie habe immer noch einiges auf der hohen Kante. Sie geht nie aus dem Haus, da sie in ständiger Angst vor Dieben lebt. Er, Mark, mußte aus Polen flüchten, weil –«

Die Tür öffnete sich, und Stefa erschien mit einem Buch in der Hand.

»Ach, Papa, läßt du ihn schon in deine Seele blicken? Beichtest du bereits? Es braucht nur jemand ins Haus zu kommen, und schon fällt er ihn mit seinen Elendsschilderungen an. Papa, wenn du je wieder –«

»Still, Tochter, still. Ich tue nichts, was dir schaden kann. Glaube mir, du hast keinen besseren Freund als mich ...«

»Gott beschütze mich vor solchen Freunden!«

»Du solltest dich schämen, so mit deinem Vater zu reden, Tochter. Wir haben uns für dich aufgeopfert, und so belohnst du uns.«

»Was tue ich dir denn, Papa? Was für Schaden füge ich dir zu? Ich liebe jemanden und will bei ihm sein. Ist das so ein Verbrechen?«

»Du weißt ganz genau, daß, wenn du nach Palästina gehst, Tausende von Meilen entfernt, deine Mutter das nicht überleben wird. Um mich mußt du dich nicht sorgen. Ich habe sowieso lange genug gelebt. Was kann mir das Leben noch bieten – daß der ›Leichenwagen‹ noch mal kommt und mir das Kissen unter dem Kopf wegzieht? Aber ich kann nicht mitansehen, wie deine Mutter leidet, und ich sorge mich auch um dich, meine Tochter, denn der Mann, zu dem du gehen willst, wird –«

»Papa, sei still!«

IV

Isidor Janowsky ging aus dem Zimmer, und Stefa sagte:

»Er ist mein Vater und ich liebe ihn, aber er ist ein Exhibitionist. Er muß alle seine Wunden vorzeigen und nicht nur seine, sondern die meiner Mutter, meine und auch die von allen anderen. Ist das eine spezifisch jüdische Veranlagung? Warum soll ich es leugnen? Wir sind in jeder Beziehung eine zerrüttete Familie, aber wir sind noch keine

Bettler, die ihre Gebrechen zur Schau stellen. Bringen Sie mir das Alphabet bei, damit ich lesen kann.«

Stefa schlug das Buch auf, und ich erklärte ihr das Alphabet.

Sie unterbrach mich und beschwerte sich: »Warum sind ›nun‹ und ›gimel‹ so ähnlich? Auch ›mem‹ und ›tet‹... und ›daled‹ und ›resch‹? Ich kann das nicht verstehen. Mit der gotischen Schrift ist es auch so. Im Englischen dagegen weiß man nie, wie ein Wort ausgesprochen wird. Im Hebräischen ist es noch schlimmer. Ich habe schon mal Hebräisch lesen können, aber ich habe es vergessen. Ich fange an zu glauben, daß diejenigen, die Schriften und Sprachen entwickelt haben, alles Idioten waren. Ich würde mich gern auf irgendeiner Insel ohne Kultur und Sprachen verstecken und wie ein Vogel oder ein Tier leben. Aber wo findet man so eine Insel? Gibt es wirklich so etwas wie eine jiddische Literatur?«

»Ja, die gibt es.«

»Und wie ist sie?«

»Wie alle anderen – neunundneunzig Prozent schlecht und ein Prozent gut.«

»Sie sind ein komischer junger Mann – Sie sagen die Wahrheit. Ich bin schon fast antisemitisch geworden. Ich kann die Juden nicht ausstehen. Sie rennen immer herum, sind immer auf dem Trab, beschweren sich über alle und alles und haben nichts anderes im Sinn, als eine bessere Welt zu schaffen. Mark ist auch so. Ich liebe ihn, aber ich sehe alle seine Fehler. Warum erzähle ich Ihnen das alles? Ich spreche sonst mit niemandem, aber da Sie ein Schriftsteller sind – oder einer werden wollen – haben Sie sicher Verständnis. Mein Vater hat bestimmt alles ausgeplaudert. Er tut das bei jedem, der ins Haus kommt, sogar bei dem Gasmann, der den Zähler ablesen kommt und das Geld kassiert. Lesen wir weiter.«

Wir fingen wieder an, und Stefa brauchte keine Viertelstunde, ehe sie fließend zu lesen begann. Sie hatte schon früher einmal mit jemand anderem dieses Buch durchgearbeitet. Sie las und rauchte. Sie erinnerte sich sogar an die Bedeutung einiger Wörter. Sie las bis zum Ende der Seite und sagte dann:

»Sie sind schwächlich, weil Sie nichts essen. So einfach ist das. Und Sie essen nicht, weil Sie nicht zum Militär wollen. Aber das wird Ihnen auch nichts helfen. Die Ärzte kennen alle Tricks. Wenn sie einen als ›B‹ einstufen, so heißt das, er ist organisch gesund. Warum gehen Sie nicht über die grüne Grenze nach Deutschland oder Rumänien und nehmen von dort aus ein Schiff nach Palästina?«

»Ich weiß nicht, wie man das macht.«

Stefa schlug das Buch zu.

»Hören Sie zu. Ich muß so bald wie möglich abfahren. Ich kann nichts auf später verschieben. Mein Verlobter wartet ungeduldig auf mich. Und ich kann auch nicht ohne ihn sein. Jeder Tag ohne ihn ist die Hölle für mich. Und nach den Briefen zu urteilen, die er mir schreibt, hat er auch Sehnsucht nach mir. Wahrscheinlich ist es meinem Vater gelungen, ihn anzuschwärzen, aber er ist der interessanteste Mensch, dem ich je begegnet bin. Ich habe genau soviel Geld, wie man für zwei Personen für die Reise braucht. Wir müssen nach Costanza fahren und dort das Schiff nehmen. Das ist die billigste Route. Ich habe es alles bis auf den letzten Groschen ausgerechnet. Wenn denen einfallen sollte, die Fahrpreise zu erhöhen, dann ist alles aus für uns. Wir haben zwar Verwandte und sogenannte Freunde hier, aber keiner kann oder will uns helfen. Was hat mein Vater Ihnen über Mark erzählt?«

»Nichts Schlechtes. Nur, daß er gerne spielt und Risiken eingeht.«

»Ja, das ist einer seiner Fehler. Haben Sie wenigstens einen Inlandspaß?«

»Ich habe nicht einmal einen Geburtsschein.«

»Wir können nach Danzig fahren. Dafür braucht man keinen Auslandspaß, denn Danzig ist eine Freie Stadt. Nein, das geht auch nicht. Von dort ist es zu weit nach Rumänien. Wir müssen nach Zaleszczyki in Galizien fahren und von dort aus zu Fuß über die Grenze nach Rumänien gehen. Dort gibt es überall Schmuggler, die einen für ein paar Zloty über die Grenze bringen.«

»Ohne Auslandspaß würde man mich nicht auf das Schiff lassen. Und das Zertifikat kann ich auch nicht ohne Auslandspaß bekommen.«

»Was fällt Ihnen ein? Ein regulärer Auslandspaß kostet ein

paar hundert Zloty. Und um eine Ermäßigung auf diesen Preis zu erhalten, muß man alle möglichen Bittgesuche einreichen, und der Landeshauptmann und das Regierungskommissariat verzögern alles und legen einem Hindernisse in den Weg. Sie würden womöglich auch noch Steuern von Ihnen verlangen oder zumindest den Nachweis, daß Sie keine Steuern schuldig sind. Haben Sie Beweise dafür?«

»Ich habe gar nichts.«

»Sie haben gar nichts ... Wo leben Sie eigentlich – auf dem Mond?«

»Ich wünschte, ich täte es.«

»Ja, ich fange an, zu begreifen. Margolis schickt mir nur junge Leute, die mir die Zeit stehlen sollen, damit aus meinen Plänen nichts wird. Er ist mein Feind, aber ich weiß nicht, warum. Sind Sie hungrig?«

»Hungrig? Nein.«

»Sie sehen hungrig aus. Ich möchte nicht, daß Sie in meinem Zimmer in Ohnmacht fallen. Ich weiß von einem jungen Mann, der so lange gehungert hatte, daß er tot umfiel. Wir haben ein Dienstmädchen, das sie hereingelassen hat. Aber wir können ihr keinen Lohn zahlen, und so ist sie eigentlich die Hausherrin geworden. Wenn sie Lust dazu hat, kocht sie, wenn nicht, essen wir irgend etwas Kaltes. Sie ist bei uns, so lange ich denken kann, und sie ist wie ein Teil der Familie. Sie hat meine jüngere Schwester angebetet, aber mich ärgert sie bei jeder Gelegenheit. Meine Schwester ist gestorben.«

»Ja, ich weiß.«

»Er hat Ihnen also alles erzählt, das alte Plappermaul. Er hat überhaupt keinen Charakter. Wenn er nicht mein Vater wäre, würde ich ihn einen Waschlappen nennen. Aber ich weiß, er war nicht immer so. Es gibt Kummer, der den Charakter eines Menschen verändern kann. Wie dem auch sei, unser Mädchen kann Besucher, besonders meine, nicht leiden. Kommen Sie, wir gehen in ein Café und essen schnell etwas. Ich sehe schon, daß aus all meinen Plänen nichts werden wird, aber Ihnen glaube ich Ihre guten Absichten, und in meiner Lage tut einem das schon gut. Kommen Sie.«

»Wirklich, ich bin nicht hungrig.«

»Sie werden etwas essen, ganz bestimmt sogar. Ich werde sowieso nicht viel für Sie bestellen, da ich buchstäblich jeden Groschen umdrehen muß. Es ist so weit gekommen, daß ich zu Fuß gehe, wenn ich etwas zu erledigen habe, um das Fahrgeld zu sparen.«

Ich stand auf, um zu gehen, aber in dem Augenblick klopfte es an der Tür. Es war Isidor Janowsky. Er sagte zu Stefa:

»Du wirst am Telefon verlangt.«

»Wer verlangt mich?«

»Da man dich verlangt – geh!«

»Es ist wohl Treitler, was?«

»Ja, Treitler.«

»Papa, für ihn bin ich nicht zu Hause.«

»Tochter, ich habe ihm gesagt, daß du zu Hause bist, mach mich nicht zum Lügner.«

»Ich habe dir tausendmal gesagt, daß ich nicht mit ihm sprechen will.«

»Sag ihm das selbst. Ich bin nicht dein Laufbursche.«

V

In unmittelbarer Nähe gab es kein Restaurant, so ging Stefa mit mir in ein Café am Ende der Straße. Sie sprach zu mir, aber hielt ihr Gesicht abgewandt, was den Eindruck erweckte, sie spräche zu sich.

Sie fragte: »Was ist Treitler für ein Name? Juden haben so merkwürdige Namen.«

»Er kommt wahrscheinlich von Treitle. Vielleicht ist es ein deutscher Name.«

»Und was bedeutet Treitle? Und warum heißt mein Vater Janowsky? Zufällig kam mir der Name zustatten, als ich aufs Gymnasium ging, und auch später auf der Universität. Janowsky ist ein richtiger polnischer Name, aber in meinem Geburtsschein steht Schewa Lea. Das sind alles nur Kleinigkeiten, aber man leidet unter ihnen. Wenn mein polnischer Lehrer den Namen Schewa Lea aussprach, tat er es mit so viel Bosheit, mit solcher Ironie! Ich wollte nie jüdisch sein, aber

Jesus anzunehmen – einen anderen Juden und Märtyrer – das war mir auch nicht recht. Muß denn jeder Mensch zu einer Gruppe gehören und die ganze Last des Aberglaubens und der Benachteiligung hinter sich herschleppen? Warum kann es nicht eine vereinte Menschheit mit einer Sprache geben?«

»Dr. Zamenhof hat das zu tun versucht. Ich wohne sogar in der Straße, die nach ihm benannt worden ist und die früher ein Teil der Dzikastraße war. Die Menschen wollen nicht einer vereinten Menschheit angehören.«

»Warum nicht? In Palästina werde ich wahrscheinlich wieder Schewa Lea heißen. Der jüdische Nationalismus hat sich dort breitgemacht. Die Juden kehren in ein Land zurück, das sie vor zweitausend Jahren verlassen haben. Sie wollen eine Sprache beleben, die schon damals tot war. Zur Zeit von Jesus sprachen die Juden Aramäisch und Griechisch. Ich habe Graetz gelesen, ich habe ihn wirklich gelesen! Ich hoffte, er würde das jüdische Rätsel für mich lösen, aber er ist ein glühender Nationalist und all den Dogmen des Nationalismus verpflichtet. Wir sind da.«

Wir waren bei dem Restaurant angelangt. Wir gingen hinein, setzten uns an einen Tisch, und Stefa sagte:

»Ich bin nicht religiös, ich bin sogar Atheistin, aber es gibt eine verborgene Macht, die das Leben der Menschen leitet. Es ist eine böse Macht, keine gute. Ich war hübscher als meine Schwester, eine bessere Schülerin, ich war auch größer. Sie ähnelte meinem Vater. Aber die Männer liefen ihr nach, und ich wurde aus irgendeinem Grunde übersehen. Solange sie lebte, stand das Telefon bei uns nicht still. Es verging kein Tag, an dem sie nicht eine Einladung erhielt. Sie hat Stöße von Liebesbriefen hinterlassen, ein ganzes Archiv. Meine Bekanntschaften – wenn es überhaupt welche gab – waren immer nur kurz und voller Mißverständnisse, die beide Seiten verbitterten. Mark trat erst in mein Leben nach dem Tod meiner Schwester, und ich hatte das unheimliche Gefühl, sie sei schuld daran gewesen, daß sich Männer von mir fernhielten. Das ist natürlich Unsinn, aber die verrücktesten Sachen schießen einem ja durch den Kopf. Als Mark das tat, was er getan hat, und flüchten mußte, hatte ich die merkwürdige Empfindung, daß der Geist meiner Schwester – oder wie immer man das nennen soll – sich von dem Schock des Todes erholt und den stummen Krieg gegen mich wieder aufgenommen hat. Tief innen stecken wir alle noch im Mittelalter oder vielleicht sogar in prähistorischen Zeiten. Dieser Treitler ist neben Mark wirklich der einzige Mann, der mich liebt. Aber er ist so alt, er könnte mein Vater sein, Ende fünfzig, wenn nicht gar sechzig. Und lieber ließe ich mich durch den Wolf drehen, als ihn zu heiraten. Mich hat noch nie jemand derartig abgestoßen wie er. Ich kann auch nicht verstehen, was er an mir findet. Es gibt keine entgegengesetzteren Typen als uns beide. Warum erzähle ich Ihnen das alles? Nicht ganz ohne Grund. Ich möchte Sie um etwas bitten. Sie sind mein letzter Strohhalm.«

»Ich bin bereit, alles für Sie zu tun.«

»Warum, um Gottes willen? Weil ich Sie zu einem Kaffee einlade?«

»Nein, nicht deshalb. Sondern –«

»Es ist auch ganz egal. Wenn Sie hören, was ich von Ihnen möchte, werden Sie es sich anders überlegen, und ich werde Verständnis dafür haben. Es handelt sich um Folgendes. Es ist mir klar, daß ich in allernächster Zeit nicht auf das Zertifikat ausreisen kann. Vor Ihnen waren schon ein paar junge Männer da, und mit jedem gab es Schwierigkeiten. Ich bin überzeugt davon, daß mir dieser Margolis nicht nur nicht helfen will, sondern mir auch noch Hindernisse in den Weg legt. Selbst wenn er mir helfen wollte, jetzt wäre alles zu spät. Ich will ganz offen zu Ihnen sein – ich bin schwanger von Mark.«

Stefa stieß diese letzten Worte hastig hervor. Gerade in diesem Augenblick kam der Kellner.

Stefa bestellte zweimal Tomatensuppe, Semmeln und Butter und Kaffee. Nachdem der Kellner gegangen war, sagte sie:

»Ach, Sie können noch rot werden! Das ist wunderbar. Ich glaubte schon, das gäbe es heutzutage nicht mehr. Sie sind noch jung. Ich bin fünf Jahre älter als Sie, aber mir kommt es vor, als sei ich zwanzig Jahre älter. Er hat mich nicht verführt. Man könnte eher sagen, daß ich ihn verführt habe. Ich wollte unbedingt ein Kind von ihm, und als es sich herausstellte, daß er flüchten mußte und wir uns vielleicht nie wiedersehen werden, verlangte ich von ihm ein Kind. Wahrscheinlich können Sie als Mann das gar nicht verstehen. Meine Eltern haben keine Ahnung. Wenn sie es erfahren würden, gäbe es einen fürchterlichen Krach. Sie sind so altmodisch – man könnte sogar sagen, zurückgeblieben – als ob sie vor zweihundert Jahren leben würden. Es würde sie beide umbringen, so sicher, wie jetzt Tag ist. Ich bin nicht hysterisch, aber ich habe ernsthaft daran gedacht, sie beide umzubringen und dann mich. Nach dem, was sie mit meiner Schwester durchgemacht haben, kann ich ihnen nicht noch einen Schlag versetzen. Ich hoffe immer noch, daß Mark und ich wieder zusammenkommen werden. Selbst wenn er nach Polen zurückkehren würde und vor Gericht käme, wäre das auch nicht so schlimm. Er hat niemanden umgebracht, nur ein Stückchen Papier gefälscht. Und ich möchte auch nicht sein Kind töten. Meine Eltern hoffen noch immer, daß ich ihnen ein halbes Dutzend Enkelkinder schenken werde. Was sie mit Enkelkindern wollen, weiß nur der liebe Gott. Die Lage der Juden hier ist verzweifelt. Die Polen haben uns schon lange satt, und ich kann das auch verstehen. Wir leben hier seit achthundert Jahren und sind immer Fremde geblieben. Ihr Gott ist nicht unser Gott, ihre Geschichte ist nicht unsere Geschichte. Die meisten von uns können nicht einmal richtiges Polnisch sprechen. Einmal habe ich eine riesige zionistische Demonstration gesehen, mit blau-weißen Fahnen und Davidsternen und dem ganzen Klimbim. Sie hielten die Straßenbahnen an und riefen Parolen auf Hebräisch oder Jiddisch. Die Nichtjuden standen drum herum und starrten darauf, als ob sie eine Monstrositätenschau vor sich hätten. Und meine Eltern wünschen sich Enkelkinder – trotz allem! Wenn ich mich dazu entschließe, sie und mich nicht umzubringen, muß ich diese Scheintrauung durchführen, ganz gleichgültig, ob wir sofort abfahren können oder erst die tausend Formalitäten erledigen müssen. Solange ich wenigstens den Namen irgendeines Mannes trage, wird ihnen die Demütigung nicht ganz so groß erscheinen. Ihre Suppe wird kalt.«

»Darf ich fragen, in welchem Monat Sie sind?«

»Mindestens im vierten, vielleicht sogar im fünften. Sehen Sie nicht so verschreckt aus. *Ich* habe gesündigt, nicht Sie.«

»Ich bin nicht verschreckt... Man sieht aber gar nichts... keine Spur.«

»Bald wird man es sehen. Ich schnüre mich so stark, daß ich kaum atmen kann.«

Viertes Kapitel

I

Zuerst sah es so aus, als ob Pilsudskis Staatsstreich unblutig verlaufen würde. Pilsudski, der Marschall, und Wojciechowski, der Präsident, trafen sich auf einer Brücke, und nachdem Pilsudski ihn beschimpft hatte, kapitulierte Wojciechowski. So hatte Frau Alpert es am Radio gehört, und so hatte sie es an mich weitergegeben. Aber dann begann die Schießerei, und man hörte in den Nachrichten von Toten und Verwundeten. Schon hatten Menschen ihr Leben hingegeben oder waren verstümmelt worden. Ein Bürgerkrieg drohte. Vielen Gruppierungen wäre ein Blutbad sehr gelegen gekommen. Die Ruthenen und Weißrussen, die nach dem Vertrag von Brest-Litowsk zu Polen gekommen waren, warteten nur auf die Gelegenheit, sich von Polen zu lösen. 1920 hatte Rußland den Krieg verloren, aber jetzt besaß es bereits eine starke Armee, und es hätte gern die verlorenen Gebiete zurückgeholt oder auch einfach ganz Polen annektiert und sein eigenes System dort aufgerichtet. Die Deutschen hätten nur zu gern Oberschlesien wiederbekommen. Die Kommunisten im Schriftsteller-Klub flüsterten verschwörerisch und hielten geheime Versammlungen ab. Sinowjew und Kamenew planten die Weltrevolution. Sie hatten ihre Funktionäre in Polen, die mit ihren Weisungen in den Schriftsteller-Klub kamen. Außerdem gab es keinen Mangel an Leuten in Polen, die diese Gelegenheit nutzen wollten, um auf die Juden loszugehen. Ich hätte gern das getan, was Juden seit zweitausend Jahren tun – fliehen. Aber es gab keinen Ort der Zuflucht, kein Versteck. Meine Feinde waren junge Juden, angehende Schriftsteller, die die Russische Revolution besangen, schon den Genossen Stalin glorifizierten, Oden an die Tscheka und den Genossen Dsershinski verfaßten und den Tod verlangten für alle Rabbiner, Priester, Bourgeois, Zionisten und sogar für die Sozialisten, die nicht der Moskauer Linie folgten.

Es war erschreckend für mich zu sehen, wie blutdurstig

die jüdische Jugend geworden war. Zweitausend Jahre Exil, Getto und Tora hatten keinen »biologischen« Juden hervorbringen können. Es bedurfte nur einiger Flugschriften und Reden, um alles auszulöschen, womit die Bücher der Ethik uns Generationen hindurch zu inspirieren versucht hatten. In meinem Inneren bekämpften sich Askese und der Drang, allen Leidenschaften nachzugeben. Hundertmal am Tage sagte ich mir, alles sei Eitelkeit; aber schon der freundliche Blick eines Mädchens oder ein Kompliment über meine Arbeit genügte, mich zu erregen. Dieser innere Mangel an Beständigkeit erstaunte und beschämte mich zugleich.

Ich lag in meinem Zimmer im Bett und hielt ein Buch in den Händen, wie es Geschäftsleute benutzen, um ihre Schulden und Guthaben einzutragen, und einen Bleistift, um mir ein für allemal Rechenschaft über die Welt abzulegen, um endlich zu einem festen Entschluß zu kommen und ein Leben zu beginnen, das auf meinen Überzeugungen beruhen sollte, so daß mein Verhalten als Beispiel (oder als Maxime, wie Kant es nennt) dienen könnte. Auf einen Stuhl neben mir hatte ich ein Buch über die Geschichte der Philosophie und eine Anzahl anderer Bücher gelegt, die mir helfen sollten, in meinen verwirrten Geist Ordnung zu bringen. Aus der Breslerschen Bibliothek hatte ich eine Reihe ethischer Schriften von Tolstoi ausgeliehen, Spinozas »Ethik«, Kants »Kritik der praktischen Vernunft«, Schopenhauers »Die Welt als Wille und Vorstellung«, Nietzsches »Also sprach Zarathustra«, ein Buch des Pazifisten Forster, dessen Titel ich vergessen habe, Payots »Die Erziehung des Willens« und verschiedene Bücher über Hypnose und Autosuggestion (Coué, Charles Baudouin) und Gott weiß, was noch – alles Bücher, die Wesentliches betrafen. Ich hatte mir sogar von Rabbi Mosche Chajim Luzzatto das Buch »Weg der Frommen« gekauft und »Das fünfte Buch Mose«, das ich für das weiseste Buch, das je geschrieben wurde, hielt. Ich war bereit zur Umwertung aller Werte, sogar als ich draußen schießen hörte und in ein Abenteuer verwickelt wurde, das mir nur Kummer bringen konnte.

Was kritzelte ich nicht alles in dieses Kontobuch, das ich von einem Bücherkarren mit Restbeständen gekauft hatte! Regeln für mein Verhalten, Themen für Geschichten, Romane, Stücke; Regeln für körperliche und geistige Hygiene, die ich bei Payot gelernt hatte; alle möglichen Aphorismen, die meine eigenen gewesen sein mögen oder schwache Erinnerungen an früher Gelesenes und halb Vergessenes; Sketche, die ich nicht beenden konnte, da es ihnen an Handlung fehlte; und nichts Geringeres als eine Neufassung der Zehn Gebote. An einiges aus diesen revidierten Geboten (ich glaube, bei mir waren sie auf zwölf angewachsen) erinnere ich mich noch heute. »Du sollst kein Tier töten oder verwerten, sein Fleisch nicht essen, seine Haut nicht gerben und es nicht zwingen, etwas gegen seine Natur zu tun...«

Dem »Du sollst nicht töten« fügte ich hinzu: »Beschränke die Geburt von Mensch und Tier – Er, der gesagt hat, ›Du sollst nicht töten‹, hätte auch sagen sollen: ›Du sollst nicht übermäßig zeugen‹...«

Dem Gebot »Du sollst nicht ehebrechen« fügte ich hinzu, daß keine Ehe länger als fünfzehn Jahre dauern sollte. Direkt neben diese Dreistigkeit zeichnete ich ein Wesen mit dem Geweih eines Hirschs, den Schuppen und Flossen eines Fischs und den Beinen eines Hahnes. Beim Nachdenken über das, was ich aus der Geschichte und von meiner eigenen Natur her wußte, war ich bereits zum Schluß gekommen, daß die Menschen ständig Abenteuer, Abwechslung, Risiken, Gefahren und Herausforderungen brauchen. Die Angst vor der Langeweile ist mindestens so groß und oft sogar größer als die Angst vor dem Tod. Aber gibt es überhaupt eine Basis für Ethik angesichts dieser biologischen Notwendigkeiten? Sind nicht alle Gebote nur Wunschdenken? Kann im Unterdrücken der Gefühle ebensoviel Abenteuer liegen wie darin, ihnen freien Lauf zu lassen? Liegt nicht mehr Risiko in der Zerstörung als im Aufbau? Kann der Mensch jemals den Launen und Erregungen seiner Natur nachgeben, ohne andere Menschen und Tiere zu verletzen? Viele Male hatte ich entschieden, daß dies unmöglich sei, aber immer wieder kehrte ich zu diesem Problem aller Probleme zurück, das mich von Kindheit an beunruhigt hatte. Gegen alle Wahrscheinlichkeit hoffte ich noch immer, daß Wissenschaft, Kunst, technischer Fortschritt und ständiges Nachdenken darüber, wie man sich vergnügen könne, ohne anderen Böses zu tun, an die Stelle von Mord, Vergewaltigung, Verrat, Rache und alle anderen zerstörerischen Leidenschaften treten würden, für die die Menschheit einen so furchtbaren Preis entrichten muß. Ich träumte nicht nur von einer neuen Philosophie, einer neuen Religion, einer neuen sozialen Ordnung, sondern auch von neuen Möglichkeiten, Menschen zu unterhalten und ihnen die Spannung zu verschaffen, die sie brauchen, um sich auszuleben.

Ich füllte ganze Seiten des Buches mit Zahlen. Da meine Stellung als Korrektor keinerlei Sicherheit bot und ich jeden Tag ohne Geld dastehen konnte, versuchte ich mir das Minimum auszurechnen, das ich brauchte, um nicht zu verhungern, um nicht auf der Straße schlafen zu müssen, oder die Hilfe meines Bruders in Anspruch zu nehmen. Seit er die Stellung beim »Forward« hatte, bot er mir bei jeder Gelegenheit Geld an, aber ich war entschlossen, es nicht anzunehmen. Ich war im Klub so oft Zeuge der Schmarotzerei junger Schriftsteller gewesen, daß ich mir geschworen hatte, von niemandem je Hilfe zu erbitten. Ich rechnete mir aus, wieviel Stärke, Fett und Proteine man zum Überleben brauchte und wieviel das kosten würde. Was die Vitamine angeht, so wußte ich damals wahrscheinlich nichts darüber oder glaubte nicht daran.

Das Netz, in dem ich mich gefangen hatte, bestand in der Tatsache, daß ich versprochen hatte, Stefa zu heiraten, natürlich nur pro forma. Trotzdem hatte ich die Absicht, mit ihr unter den Hochzeitsbaldachin zu treten und sogar Papiere so überzeugend zu unterschreiben, daß ihre Eltern sich täuschen lassen würden. Auf diese Weise, selbst wenn sie nicht rechtzeitig nach Palästina käme, hätte sie einen Ehemann und einen Vater für ihr Kind – wenigstens vor den Nachbarn und entfernten Verwandten. Der ganze Plan war verrückt, denn das Kind würde in etwa viereinhalb Monaten zur Welt kommen und man konnte niemandem einreden, daß ich sein Vater sei. Damals war ich schon davon überzeugt, daß in Augenblicken der Verzweiflung die Menschen alle Vernunft außer acht lassen. Die Frage war nur, warum ich mich mit alldem einverstanden erklärt hatte.

Die Antwort darauf war, daß ich vor allem selbst verzweifelt war – ich konnte nächtelang nicht schlafen aus Angst vor der Einberufung. Zweitens konnte ich einer so eleganten und gebildeten jungen Dame einfach nichts abschlagen. Und drittens sehnte ich mich danach, etwas von der Spannung zu erleben, die ich in den Werken von Balzac, Victor Hugo, Tolstoi, Dostojewski, Flaubert, Alexandre Dumas und Strindberg fand. Der jiddischen und der hebräischen Literatur fehlte diese Spannung. In beiden drehte sich alles immer um einen irregeleiteten Jeschiwaschüler, der weltliche Kenntnisse gesucht hatte, und der dann in der Jeschiwa oder bei seinen Schwiegereltern die Konsequenzen zu spüren bekam. Ich aber war von der Tatsache überzeugt, daß Spannung das Wesentliche ist im Leben wie in der Kunst. Beschreibung allein war nicht genug. Was notwendig war, das waren verzwickte Situationen und echte Dilemmas und Krisen. Ein Roman muß seinen Leser fesseln. In späteren Jahren verschmolzen die Spannungen meines Lebens und meines Schreibens so vollständig, daß ich oft nicht mehr wußte, wo eines begann und das andere aufhörte.

Marila, das Dienstmädchen, klopfte an meine Tür, um mir zu sagen, daß ich am Telefon verlangt werde. Ich fragte, wer es sei, und sie antwortete:

»Eine hübsche junge Dame.«

II

Es war Gina, die anrief. Ich sollte am Abend zum Essen zu ihr kommen und natürlich auch bei ihr übernachten. Ich hatte mich schon mit der Tatsache abgefunden, daß Gina wieder über den Tod sprechen würde. Sie redete oft im Ton einer Schwerkranken, deren Tage gezählt waren. Ich nahm ihre Worte nie allzu ernst, da sie diese Gespräche mit Plänen auf Monate und Jahre hinaus unterbrach. Sie wollte mit mir zusammen an einem Buch arbeiten oder an einem Stück. Es war mir schon lange aufgefallen, daß Gespräche über ihren Tod sie sexuell erregten. Nachts verlangte sie oft mein Versprechen, bei ihrer Beerdigung zugegen zu sein und wollte wissen, wie und mit wem ich die erste Zeit nach ihrem

Tod verbringen würde. Sie ging in Einzelheiten, die mir völlig verrückt vorkamen, aber es war offensichtlich, daß dies ihr Verlangen erweckte. Selbst damals wußte ich schon, daß Gefühle nicht in Frage gestellt werden können und daß die Grenze zwischen Vernunft und Wahnsinn schwer zu ziehen ist. In jedem Gehirn und jedem Nervensystem lauern Zellen des Wahnsinns und des Verbrechens. Wie dem auch sei, seit ich aus Ginas Wohnung ausgezogen war, hatte mich der Verdacht nicht mehr losgelassen, daß Gina wirklich krank sei. Sie hatte keinen Appetit und hatte abgenommen. Ihr Teint war gelblich geworden. Sie hatte begonnen, mich mit einer merkwürdigen Mischung von Ironie und mütterlicher Besorgnis zu behandeln. Sie erinnerte mich oft daran, daß ich versprochen hatte, Kaddisch an ihrem Grab zu sagen, obwohl ich die jüdischen Gesetze gebrochen und ihr von meiner sonderbaren Theorie des religiösen Protests berichtet hatte.

Es war alles unglaublich schwierig geworden, aber ich brauchte diese Schwierigkeiten und suchte noch andere. Im Schriftsteller-Klub traf ich eines dieser Mädchen, die man scherzhaft »literarische Beilage« nannte. Sie kamen in den Klub, um am literarischen und journalistischen Klatsch teilzuhaben, Bekanntschaft mit Schriftstellern zu machen und sich auf unerlaubte Beziehungen mit ihnen einzulassen. Manchmal zeigte es sich, daß diese Mädchen – es gab auch einige verheiratete Frauen unter ihnen – Gedichte auf jiddisch oder polnisch schrieben. Einige waren Zionistinnen und wollten nach Palästina gehen; andere waren Anhängerinnen des Kommunismus, die vielleicht eines Tages illegal die Grenze zur Sowjetunion überschreiten würden. Einige stammten aus wohlhabenden Familien, und die literarischen Don Juans bekamen kleine Darlehen von ihnen. Die Verwaltung des Klubs hatte schon häufig beschlossen, diese Frauen nicht zuzulassen. Es wurde dafür gestimmt, daß nur Mitglieder und deren Frauen oder Männer Zutritt haben sollten. Man ließ eine Anzahl Gästekarten drucken und setzte eine Frau an die Tür, die Fremde nicht einlassen sollte. Aber irgendwie war es nicht möglich, diese Anhängerinnen loszuwerden. Sie behaupteten, die jiddische Literatur zu lieben, und sie bewunderten die talentierten Schriftsteller. Einige boten an, die Werke der Schriftsteller ins Polnische zu übersetzen. Obwohl die jiddischen Schauspieler ihre eigene Vereinigung hatten, waren viele Schauspieler und Schauspielerinnen ständige Gäste im Schriftsteller-Klub – wie auch Maler und Bildhauer und ebenso potentielle Produzenten jiddischer Filme, die nur auf das richtige Filmmanuskript und auf Geld warteten. Der Wirt des Büfetts und die Kellnerinnen gaben diesen ungeladenen Gästen oft Kredit.

Fräulein Sabina war klein und rundlich, mit hohem Busen, kurzem Hals, einer Hakennase, vollen Lippen und einem Paar brauner Augen, die die Fröhlichkeit jener widerspiegelten, die wenig zu hoffen haben. Sie machte Witze, rauchte Zigaretten und erzählte gepfefferte Anekdoten. Sie besaß eine jiddische Schreibmaschine, und gelegentlich gaben ihr die Schriftsteller Manuskripte zu tippen. Sie arbeitete halbtags in einer Bibliothek und unterstützte ihre verwitwete Mutter und zwei jüngere Brüder. Sabina behauptete gleichaltrig mit mir zu sein, aber sie sah älter aus. Sie zog sich schlecht und etwas bohèmemäßig an. Irgend jemand hatte mir erzählt, sie sei die Geliebte eines alten Schriftstellers gewesen, der nur eine Lunge und eine Niere gehabt hatte und außerdem noch impotent gewesen war. Er sei erst kürzlich gestorben.

Sabina redete viel und erzählte mir Geschichten, die auf den ersten Blick Lügen waren, aber später wurde mir klar, daß sie trotz ihrer Seltsamkeit wahr gewesen waren. Der impotente alte Schriftsteller hatte einen ganzen Harem von Geliebten gehabt. Er hatte jeden Pfennig, den er verdiente, für sie ausgegeben. Er hatte allen möglichen Einfällen und Perversionen gefrönt. Am Tage schlief er (nachdem er riesige Mengen von Schlafmitteln geschluckt hatte), und nachts war er munter. In seinen späteren Jahren hatte er keine Romane mehr geschrieben und lebte von dem einen Feuilleton, das er jeden Freitag veröffentlichte. Er schrieb es immer in der letzten Minute und rauchte dabei so viele Zigaretten, daß dichter Rauch aus seinem Fenster quoll und der Polizist auf der Straße einmal die Feuerwehr rief. L. M. Pressburger, wie ich ihn hier nennen will, hatte sein Talent oder seinen Drang zu schreiben verloren, aber er hatte seine ganze Kunst auf das Wort konzentriert. Er pflegte auf seiner Couch zu liegen, zu rauchen, zu trinken und auf eine Art und Weise zu reden, die Erstaunen, Schock und Ehrfurcht bei seinen Bewunderinnen hervorrief. Die Ärzte hatten ihn schon längst aufgegeben – er lebte weiter, allen Gesetzen der Medizin zum Trotz.

Sabina ging gerne spazieren, während Gina nicht mehr spazieren gehen wollte, da sie Schmerzen in den Beinen davon bekam. Sabina ging mit mir auf lange Spaziergänge. Nachdem Pilsudski Diktator geworden war, gingen wir uns die beschädigten Gebäude ansehen, wo die Kämpfe stattgefunden hatten. Von einem Straßenhändler kauften wir Semmeln und aßen sie im Gehen. Sabina hatte mir ihre Lebensgeschichte in allen Einzelheiten erzählt. Sie entstammte einer Familie von Rabbinern und Kaufleuten. Ihr Vater war am Typhus gestorben und hatte außer einer großen Wohnung von sechs Zimmern und einer Küche nichts hinterlassen. Wegen der Mietpreiskontrolle war die Wohnung billig, und ihre Mutter vermietete Zimmer an ältere Junggesellen, für die sie auch Mittagessen kochte. Einmal hatte die Mutter ein Zimmer an eine Cousine vermietet, die Tochter eines Rabbiners, die sich als Sowjetagentin entpuppte. Eines Nachts war das Haus von Polizei umstellt worden, die Cousine wurde verhaftet und zum Tod verurteilt. Es gelang den Kommunisten aber, sie auf irgendeine Weise zu befreien und nach Rußland zu schmuggeln, wo sie eine hohe Beamtin in irgendeinem Ministerium und eine Führerin der Komintern wurde. Außer ihrer Leidenschaft für den Kommunismus hatte diese Cousine noch einen Riesenappetit auf Männer gehabt. Später stellte sich heraus, daß sie mit all den Junggesellen in der Wohnung Liebschaften gehabt hatte, und nach ihrer Verhaftung hatte einer von ihnen einen Selbstmordversuch gemacht, als er erfahren hatte, er sei nicht ihr einziger Liebhaber gewesen.

Die jiddische Literatur war naiv und primitiv geblieben, und selbst ihr Radikalismus war noch provinziell, aber aus Sabinas Mund kamen abenteuerliche Geschichten. Nach zweitausendjährigem Leben im Getto und völligem Abgeschlossensein von der nichtjüdischen Welt, war unter den emanzipierten Juden eine ungeheure Sehnsucht nach Weltlichkeit erwacht, zugleich mit einer unbegrenzten Energie. In

Polen hatte sich diese Umwandlung später als in anderen Ländern vollzogen, dafür aber mit unglaublicher Geschwindigkeit. Die jiddische Literatur jedoch war mit ihrer Sentimentalität und ihrer Langsamkeit auf diese Umwandlung noch nicht vorbereitet. Dieselben Schriftsteller, die im Schriftsteller-Klub die erstaunlichsten Geschichten erzählten, zitterten in dem Augenblick, in dem sie die Feder in die Hand nahmen, vor Angst, daß sie – Gott behüte! – in Melodramatik verfallen könnten. Unter den kommunistischen Schriftstellern war es Mode geworden, das »Schtetl« mit Schmutz zu bewerfen und zu behaupten, daß seine Zeit vorbei sei. Aber selbst das machten sie auf provinzielle Art. Von meiner Beschäftigung mit der Weltliteratur wußte ich, daß auch die nichtjüdischen Schriftsteller nicht die Fähigkeit besaßen, die Zeit, in der sie lebten, zu beschreiben. Auch sie waren in einer literarischen Tradition verwurzelt, die sie davon abhielt, zum Ausdruck zu bringen, was sie mit ihren eigenen Augen sahen.

Die Werke von Romain Rolland – »Jean Christophe« – und von Thomas Mann – »Der Zauberberg« – waren erschienen. Letzteres hatte ich ins Jiddische übersetzt und Gelegenheit gehabt, seine Konstruktion von innen her zu analysieren. Beide Werke waren eigentlich lange Essays, gewürzt mit Beschreibungen. Weder Jean Christophe noch Hans Castorp waren lebende Wesen, sie waren nur Sprachrohre, durch die ihre Autoren sprachen. Beiden Büchern fehlte die Spannung und Lebendigkeit, die große Literatur im Leser erzeugen soll, selbst wenn er eine schlichte Seele ist. Sie waren Werke für Intellektuelle, die ein Ziel suchten, Gehalt, einen Querschnitt der Kultur, einen Hinweis auf die Zukunft und andere hochgestochene Dinge, die keine Form der Kunst (und auch die Philosophie nicht) imstande ist zu liefern. Sie waren Werke für Kritiker, nicht für Leser. Mich langweilten sie, aber ich fürchtete mich, dies zu sagen, denn alle sogenannten Ästheten hatten sich auf sie gestürzt wie auf Kostbarkeiten. Mir war schon damals klargeworden, daß es eine neue Art von Leser gab, einen Leser, der nicht die Synthese in einem Buch suchte, sondern die Analyse. Diese Leser sezierten die Bücher, die sie lasen, und je toter der Leichnam, desto erfolgreicher die Autopsie. Mir gefielen Thomas Manns »Buddenbrooks« und Romain Rollands »Colas Breugnon« viel besser, das waren Bücher prall gefüllt mit Lebenshunger.

III

Ich hatte eine Geschichte geschrieben und gab sie dem Redakteur des Magazins, für das ich als Korrektor arbeitete. Er versprach mir, sie zu lesen und, falls sie ihm gefiele, sie zu veröffentlichen. Nach einiger Zeit teilte er mir mit, daß er die Geschichte gelesen habe und, obwohl er sie nicht fehlerlos fand, drucken würde. Ich fragte ihn, was für Fehler es seien, und nach einigem Überlegen sagte er, die Sache sei zu pessimistisch, bringe keine wirklichen Probleme zur Sprache, die ganze Geschichte sei negativ und beinahe antisemitisch. Warum schriebe ich über Diebe und Huren, wenn es so viele anständige jüdische Männer und Frauen gäbe? Würde man so etwas ins Polnische übersetzen und ein Nichtjude würde es lesen, dann könnte er zu dem Schluß gelangen, alle Juden seien verderbt. Ein jüdischer Schriftsteller, sagte mein Redakteur, sei verpflichtet, das Gute in unserem Volk zu betonen, das Höhere und Heilige. Er müsse ein beredter Verteidiger der Juden sein, nicht ihr Verleumder.

Ich hatte keine Gelegenheit, ihm zu antworten, denn in diesem Augenblick läutete das Telefon, und er sprach lange, aber seine Bemerkungen hatten mich verärgert. Warum sollte eine Geschichte denn optimistisch sein? Was war das für ein Kriterium? Und was meinte er damit, daß es in ihr »keine Probleme« gab? War nicht das Wesen der Existenz der Welt und der menschlichen Spezies in ihr ein einziges riesiges Problem? Und warum mußte ein jiddischer Schriftsteller sein Volk verteidigen? War es wirklich die Pflicht eines jiddischen Schriftstellers, einen ständigen Dialog mit den Antisemiten zu führen? Konnte ein Werk, das unter einem solchen Vorzeichen geschrieben wurde, ein Kunstwerk sein? Die Heilige Schrift, mit der ich aufgewachsen war, schmeichelte den Juden keineswegs. Ganz im Gegenteil, es wurde dort immer von ihren Übertretungen der Gesetze gesprochen.

Selbst Moses kam nicht ungeschoren davon. Ich hielt nicht allzuviel von diesem Redakteur und seinen Einwänden. Ich war Zeuge seiner Politikasterei gewesen. Eben war er noch Kommunist, jetzt war er Antikommunist. Eben war er noch für den Zionismus, jetzt dagegen. Er druckte und lobte schlechte Sachen von bekannten Schriftstellern und lehnte oft gute Sachen von unbekannten ab. Macht war immer und überall im Recht – in der Literatur, an den Universitäten, in der Gemeindeversammlung, wo die Rabbiner ernannt wurden, im Vatikan, selbst unter denen, die Gerechtigkeit für die Ausgebeuteten und Unterdrückten verlangten. Sobald zwei Leute zusammentrafen, übernahm einer die führende Rolle.

In Amerika hatte sich unter den jiddischen Schriftstellern eine Gruppe gebildet, »Die Jungen« genannt, die in ihren kleinen Blättern »die Alten« mit Vitriol begossen. Die Verleger der jiddischen Zeitungen in Warschau hatten als Kritiker Leute mit wenig Geschmack angestellt. Mein Freund Aaron Zeitlin hatte mir erzählt, daß irgendein Vandale von einem Redakteur es zugelassen hatte, daß Arbeiten seines Vaters, Hillel Zeitlin, verändert, gekürzt und oft verfälscht worden waren. Hillel Zeitlin war ein wirklicher Denker, ein Kabbalist und außerdem ein ungewöhnlich fähiger Journalist. Gott hat jedem x-beliebigen Kerl die Macht gegeben, Tiere und auch Menschen zu vernichten. Mit Trauer stellte ich fest, daß ich keine Ausnahme davon war. Bei den wenigen Gelegenheiten, die mir offenstanden, Bücher zu besprechen, hatte ich bereits Schriftsteller, deren Arbeiten mir nicht zusagten, angeschwärzt. Ganz gleich, wie schwach man selbst war, es gab immer noch Schwächere, auf die man sich mit Zähnen und Krallen stürzen konnte.

Es gelang mir, dies mit Gina zu tun. Je mehr sie sich zu mir hingezogen fühlte, desto mehr fühlte ich mich zu anderen hingezogen. Obwohl ich keine Liebe für sie empfand (wer weiß denn schon, was Liebe überhaupt ist), fing ich etwas mit dem Dienstmädchen des Hauses an, in dem ich wohnte. Marila und ich hatten uns bereits geküßt und schon Pläne gemacht, wie ich zu ihr in die Küche kommen konnte, wenn alles schlief. Außerdem hatte ich Panna Stefa versprochen, mit ihr unter den Hochzeitsbaldachin zu treten, eine Handlung, die Gina als Verrat empfinden würde. Stefa hatte einen langen Brief an ihren Bräutigam geschrieben, und alles Weitere hing nun von seiner Antwort ab.

Ich war zu einem Dieb geworden, ich stahl kein Geld, aber Liebe. Ich hatte entdeckt, wie einfach es war, sich in das Herz einer Frau einzuschleichen. Ich hatte sogar versucht, mit Stefa anzubändeln. Ich tat all das mit der stillen Verzweiflung eines Menschen, der sich der Sinnlosigkeit seines Tuns bewußt ist. Ich glaubte oft, ich bestünde aus zwei Personen – die eine jung, voller Ehrgeiz, Leidenschaft und Hoffnung; die andere ein Melancholiker, der sich einer letzten Lustbarkeit hingibt, bevor man ihn ins Grab senkt. Merkwürdigerweise zogen alle jüdischen Trauerzüge unter Ginas Fenster vorüber, während unter meinem in der Zamenhofstraße alle katholischen vorbeikamen. Dauernd hörte ich die Trauergesänge der Priester und manchmal auch Chopins Trauermarsch. Jedesmal, wenn ich aus dem Fenster schaute, erblickte ich einen mit Kränzen bedeckten Sarg (echte oder blecherne Kränze), einen Geistlichen in spitzenbesetzter Soutane und mit einer Mitra, Männer mit Hellebarden und Laternen und Frauen mit schwarz verschleierten Gesichtern unter Krepphüten. Die weiblichen jüdischen Trauernden klagten laut, schlugen sich auf die Wangen und heulten im Chor, während die christlichen Trauernden schweigend mit gesenkten Köpfen einherschritten. An allen Mauern klebten schwarzgeränderte Plakate, und die Zeitungen waren voller Todesanzeigen. Jeden Augenblick gingen Menschen in die Ewigkeit ein. Aber was war die Ewigkeit? Solange ich keine Antwort darauf finden konnte, war alles, was ich tat, schiere Sinnlosigkeit.

War dieser Geisteszustand Hypochondrie oder echte Todesahnung? Oft schlief ich in der Gewißheit ein, daß ich nie wieder aufwachen würde. Wenn ich mir Rasierklingen im Laden kaufte und der Verkäufer fragte, ob ich zwei oder fünf wollte, sagte ich immer: »Zwei.«

Noch immer suchte ich in Büchern nach einer Antwort, aber ich wußte schon, daß es keine geben würde. Auch der Spiritismus hatte mich enttäuscht. Die Verstorbenen, die angeblich während der Séancen erschienen, redeten ebenso dummes Zeug wie die Lebenden. Man mußte ein Idiot sein, um an ihre Echtheit zu glauben. Die Aussagen der Philosophen kamen alle zu dem gleichen Schluß: weder wissen wir etwas, noch können wir etwas über das Wesen der Dinge wissen. Ich glaubte zwar an Gott, aber es gab keinen Beweis und würde wahrscheinlich auch nie einen dafür geben, daß Er Gandhi Hitler, Stalin oder Dschingis-Khan vorzog.

Ich hatte oft Leute sagen hören: Ich glaube an den Zionismus, den Sozialismus, an eine bessere Welt, an die Standfestigkeit der Juden, an die Macht der Literatur, an die Demokratie und an viele ähnliche Glaubensinhalte. Aber worauf gründete sich ihr Glaube? Ich konnte nie die zwanzig Millionen Menschen vergessen, die im Krieg fast vor meinen Augen umgekommen waren, der eine für Rußland, der andere für Deutschland, einige für die Revolution, andere für die Gegenrevolution, dieser während er ein Dorf erstürmte, jener während er sich aus demselben Dorf zurückzog. Wo waren sie alle?, all die Mörder und all die Gemordeten? Teilten sie dasselbe Paradies miteinander? Oder schmorten sie zusammen in der Hölle?

Das Telefon läutete, und Marila kam, um mir zu sagen, daß es für mich sei. Sie grinste und zwinkerte mir zu. Ich hatte ihr bereits das Recht gegeben, eifersüchtig zu sein. Ihre Backen waren rot, ihre Augen blau. Sie spiegelten sowohl Stärke wie Neugier wider. Stefa war am Apparat. Ich konnte ihre Stimme kaum wiedererkennen. Sie klang heiser und erstickt, wie bei einem Schwerkranken.

Sie sagte: »Es ist etwas passiert. Kommen Sie sofort herüber! Lassen Sie mich nicht warten. Wann können Sie hier sein?«

»Was ist geschehen?« fragte ich.

»Nichts Gutes. Kommen Sie sofort!«

Und sie hängte den Hörer auf.

Ich machte mich sogleich auf den Weg zu ihr. Es war mir nicht besonders wichtig, ob die Nachricht gut oder schlecht war.

Im Augenblick brauchte ich nur irgend etwas, um mich von mir abzulenken. Was konnte geschehen sein? War jemand von der Familie krank geworden? War jemand gestorben? Während ich rasch ausschritt, fiel mir auf, wie leicht ich mich fühlte. Durch Nichtessen hatte ich an Gewicht verloren. Nachts wachte ich oft auf, und mein Gehirn arbeitete wie eine Maschine. Ich litt unter Alpträumen. Manchmal mußte ich über meine eigenen Phantastereien lachen. Ich hatte nicht nur die Erde, sondern alle Planeten aller Milchstraßen erobert. Gott hatte mich mit Kräften ausgestattet, die Er vielleicht nicht einmal selbst besaß. Durch irgendein Wunder hatte ich Liebschaften mit den Schönheiten aller Zeiten. Da Zeit und Raum bloß Anschauungsformen sind, Existenz ebenfalls nur eine Kategorie ist, wie Salomon Maimon und die Neu-Kantianer klar zum Ausdruck gebracht haben, sind Wunder vielleicht wirklicher als die Gesetze der Natur. Entweder existiert alles, das je gewesen ist, weiter, oder es gibt überhaupt keine Existenz. Man konnte die Zeit zurückstellen wie die Zeiger einer Uhr. Da die Welt der Tat und des Stoffs Energie war und vielleicht auch Geist, waren alle Unmöglichkeiten nichts anderes als vorübergehende Hemmungen. Oft wurde ich von einer Sekunde zur anderen aus tiefer Depression in einen Zustand des Überschwangs versetzt und umgekehrt. Ich zog die psychiatrischen Lehrbücher zu Rate und erkannte alle Symptome.

Ich läutete an der Tür von Isidor Janowskys Wohnung, und Stefa öffnete sofort, als hätte sie auf der anderen Seite der Türschwelle auf mich gewartet. Ich erkannte sie kaum wieder. In den wenigen Tagen, die ich sie nicht gesehen hatte, war sie blaß geworden, abgemagert und fahl. Sie sah zerzaust aus, wie jemand, der gerade vom Krankenbett aufgestanden war. Sie trug einen alten Bademantel und ausgefranste Hausschuhe. Sie sah mich einen Augenblick lang wie benommen an, als ob sie mich nicht erkenne, dann ergriff sie mein Handgelenk und führte mich in ihr Zimmer. Sie zog mich buchstäblich hinter sich her.

Stefas Zimmer war in Unordnung, als ob sie gerade für eine Reise gepackt hätte. Kleider, Unterwäsche und Strümpfe waren überall auf dem Boden verstreut zwischen Büchern, Zeitschriften und Papieren. Das Bett war nicht gemacht, und Zahnbürsten, Parfümflaschen, Cremedosen und Zahnpasta waren auf dem Laken ausgebreitet. Stefa starrte mich lange mit dem leeren Blick eines Menschen an, der sich darauf vorbereitet, etwas zu sagen, aber vergessen hat, was es war. Schließlich brach es aus ihr hervor:

»Er hat geheiratet, dieser Idiot! Ist mit irgendeiner englischen Hure davongelaufen! Mir bleibt nichts als der Tod!«

»Woher wissen Sie denn das?«

»Ha! Ich weiß. Ich habe eine Freundin dort, und sie hat mir ein Telegramm geschickt. Er ist auch nicht mehr in Palästina. Ist mit ihr weg nach England oder der Teufel weiß wohin. Vielleicht nach Indien.«

»In dem Fall ist er wirklich ein Verbrecher.«

»Ha! Ein Scharlatan, ein Verrückter, ein Schuft ist er. Zwischen uns war wirklich eine große Liebe, aber jetzt hat er sie getötet. Es ist meine Schuld, meine! Mein Vater hat recht gehabt. Er brauchte nur einen Blick auf ihn zu werfen, um ihn zu erkennen. Aber mich hat er geblendet, hypnotisiert. Aber jetzt ist alles egal. Ich muß mich umbringen, und das wäre an sich kein großes Unglück. Es würde mich sogar von allem Mißgeschick befreien. Aber meinen Eltern kann ich das nicht antun. Sie haben schon eine Tochter verloren, jetzt auch noch die andere? Oder ich muß eine Axt nehmen und ihnen die Köpfe abschlagen. Ja, das ist die Lösung!«

»Nein, Panna Stefa, wir sind immer noch Juden.«

»Ha! Was für Juden sind wir denn? Vielleicht sind Sie einer, aber worin besteht denn meine Jüdischkeit? Ich wollte nie eine Jüdin sein. Ich schämte mich dessen, als ob ich die Krätze hätte. Er, Mark, ist auch davor weggelaufen. Aber nachdem er den Wechsel gefälscht hatte und fliehen mußte, lief er nach Palästina davon. Ich habe ihm mit meinem Geld ausgeholfen, sonst wäre er schon im Gefängnis verrottet. Er hat an einen Oberst vierzigtausend Zloty verloren, der ihn mit dem Revolver bedrohte. Der war ein Säufer und ein verkommenes Subjekt. Was ist mit Ihrem Versprechen? Sind Sie immer noch bereit, mit mir diese schwindlerische Hochzeitszeremonie durchzustehen? Ich habe zwar keinen Grund mehr, nach Palästina zu gehen. Aber was soll ich mit meinem Bastard machen?«

Und Stefa zeigte auf ihren Bauch.

»Wir können immer noch nach Palästina gehen«, sagte ich ohne nachzudenken.

»Und was sollen wir dort tun? Doch, das machen wir. Wir werden schon irgendeine Arbeit finden. Ich muß nur darauf warten, daß meine Eltern sterben, und das wird hoffentlich bald sein. Meine Mutter ist durch und durch krank. Und wenn sie einmal tot ist, wird es mein Vater auch nicht mehr lange machen. Alles, was sie vom Leben wollten, war ein wenig Freude an ihren Kindern – ein klein wenig Naches. Einen schönen Naches haben sie bekommen! Ich werde nie verstehen, warum jüdische Eltern soviel Naches von ihren Kindern verlangen. Sie haben gar kein eigenes Leben. All ihre Hoffnungen hängen sie an Kinder und Enkel. Ein verrücktes Volk. Ein krankes Volk. Vielleicht ist es noch nicht zu spät für eine Abtreibung. Ich bin im fünften Monat. Und wenn ich eine Blutvergiftung bekommen sollte, wäre es auch kein großer Verlust.«

»Nein, Panna Stefa, tun Sie das Ihren Eltern nicht an.«

»Spielen Sie nur nicht den Heiligen vor mir. Sie sind auch nicht so sündenfrei. Alle Männer – ohne Ausnahme – sind die größten Egoisten. Warum wollen Sie das überhaupt tun? Sie können ganz offen mit mir sein.«

»Es wäre noch eine Möglichkeit, mich vor der Rekrutierung zu bewahren.«

»Nein, nicht die leiseste Möglichkeit ist es. Ich habe Ihnen gesagt, daß Sie sich Papiere besorgen müssen, aber bis jetzt haben Sie nichts unternommen. Ohne Papiere bekommen Sie keinen Paß. Ich habe Ihnen angeboten, Ihre Unkosten zu bezahlen, wenn Sie nach dem Geburtsort Ihres Vaters fahren und sich dort einen Auszug aus dem Register beschaffen, aber Sie haben es immer wieder verschoben. Jedesmal haben Sie eine andere Ausrede erfunden. Der Landeshauptmann hier in Warschau hat es nicht eilig, jemandem wie Ihnen, der vor der Rekrutierung steht, einen Paß auszustellen. Noch dazu einen verbilligten Paß. Bei diesen Bürokraten geht alles im Schneckentempo. Unterbrechen Sie mich nicht. Irgendwo sind Sie genau wie Mark. Sie haben überhaupt keine Willenskraft. Ein Teil Ihres Gehirns ist gelähmt. Sie haben mir von einer Frau erzählt, die doppelt so alt ist wie Sie. Was ist da los zwischen Ihnen beiden? Lieben Sie sie? Können Sie es nicht ertragen, sie zu verlassen? Wenn es so ist, warum verschwenden Sie dann meine Zeit? Ein Scharlatan genügt mir – ich brauche keinen zweiten. Antworten Sie mir ehrlich.«

»Wenn ich eingezogen werde, muß ich sie sowieso verlassen. Außerdem ist sie krank.«

»Was stimmt denn bei ihr nicht? Ach, ist ja alles egal. Man wird Sie nicht einziehen und wenn doch, dann wird man Sie bald entlassen. Sie wären ein ebensolcher Soldat wie ich ein Rabbi. Wenn Sie mich heiraten, werde ich Ihnen tausend Zloty geben, und nachdem mein Bastard geboren ist, können Sie sich von mir scheiden lassen.«

»Ich werde von Ihnen kein Geld annehmen.«

»Warum denn nicht – sind Sie vielleicht ein Menschenfreund?«

»Ich möchte es für Sie tun.«

»Die Sache ist die, ich kann das Kind nicht in Warschau bekommen. Ich muß irgendwohin gehen und meinen Eltern ein paar Monate später von dem Kind Mitteilung machen, dann können sie sich immer noch der Illusion hingeben, daß alles in Ordnung ist. Gott hat das weibliche Geschlecht verflucht. Er ist ein noch größerer Antifeminist als Weininger und Strindberg. Sie sehen nicht wie ein Schauspieler aus, aber Sie müssen versuchen, die Rolle so zu spielen, als ob das erfundene Wirklichkeit wäre. Ich werde Ihnen etwas erzählen. Als Sie zum erstenmal zu mir gekommen waren, sagte mein Vater: ›Dieser junge Mann gefällt mir besser als der Strolch Mark. Ich wünschte, du würdest ihn wirklich heiraten.‹ Damals habe ich gelacht, aber das Schicksal treibt seine Späße mit uns. Sind Sie bereit, auf ein paar Wochen mit mir fortzugehen? Wir müssen das Theater hundertprozentig durchführen.«

»Ich hoffe, daß man mir bei der Zeitschrift Urlaub gibt.«

»Ha! Sie wissen doch, daß Sie damit meinen Eltern das Leben retten würden. Allerdings nicht auf lange Zeit, aber es wäre doch eine Mizwa, eine gute Tat. Wie Sie sehen, kenne ich das Wort Mizwa. Ich bin kein völliger Ignorant. Ich bin in einer Lage, in der alles passieren kann. Es ist immer noch möglich, daß Sie einen Tag oder eine Woche nach der Heirat Witwer werden. Ich möchte Sie etwas fragen, aber antworten Sie mir aufrichtig. Lieben Sie irgend jemanden? Haben Sie je jemanden geliebt? Was ist mit der Frau, die Ihre Mutter sein könnte – lieben Sie sie?«

»Ja, aber–«

»Was gibt es da für ein Aber? Wenn man liebt, gibt es keine Aber.«

»Das Aber ist, daß ich auch noch jemand anderen lieben kann.«

»Versteh schon – ein Jeschiwaschüler und redet wie ein richtiger Don Juan. Wieviele Geliebte haben Sie bis jetzt gehabt?«

»Nur die eine, Gina.«

»Sie sind wenigstens ehrlich, oder zumindest scheint es so. Mark war ein Lügner, ein schrecklicher Lügner, ein pathologischer Lügner. Während er mir die glühendsten Liebesbriefe schrieb – sie brannten förmlich in meinen Händen – verkaufte er sich an irgendeine snobistische Engländerin, wahrscheinlich eine alte Jungfer, die kein anderer gewollt hat. Wenn Menschen derartige Lügner sein können, dann ist das Leben keinen Pfifferling wert. Sie haben mir erzählt, daß Sie sich für die Schriftstellerei und ähnliches interessieren. Warum sind Leute so verlogen? Was ist der Grund dafür?«

»Der Grund ist der, daß die Gesetze von vornherein auf Lügen aufgebaut sind. Ihr Mark hat Sie möglicherweise geliebt und gleichzeitig noch sechs andere Frauen. Er konnte keinen Vertrag eingehen, Sie das ganze Leben lang zu lieben. Wahrscheinlich hat er die ganze Zeit über andere gehabt. Ich kann nur nicht einsehen, warum Sie das nicht verstehen.«

»Ich verstehe es, ich verstehe es schon. Ich kann alles verstehen – jeden Dieb, jeden Mörder, jedes verkommene Subjekt. Aber ich kann nur einen Menschen lieben. Von dem Tag an, an dem ich ihm begegnet bin, habe ich nur ihn geliebt, nur an ihn gedacht, und alle meine Träume drehten sich nur um ihn.«

»Es ist nicht seine Schuld, daß seine Natur von der Ihren verschieden ist.«

»Nein, es ist nicht seine Schuld. Sie wissen nicht, was Liebe ist, deshalb ist es für Sie so leicht, ihn zu verteidigen. Warum Sie diese Farce bis zum bitteren Ende durchstehen wollen, ist mir unbegreiflich, aber wenn man zu ertrinken droht, wird man jeden Strohhalm ergreifen, und Sie sind für mich der Strohhalm. Gehen Sie zu meinem Vater und sagen Sie ihm, daß Sie mich heiraten wollen. Wir werden es nicht hier in Warschau machen. Wir werden an irgendeinen anderen Ort gehen. Wir haben hier Verwandte und Leute, die sich für unsere Freunde halten, und ich kann diese Komödie nicht vor so vielen Leuten spielen. Sie sagten, daß Sie einen Bruder hier haben. Jemand hat mir erzählt, er sei ein sehr begabter Schriftsteller.«

»Ja, das ist richtig.«

»Sie werden ihm das verschweigen müssen. Auch Ihren Eltern. Wir werden nach Danzig fahren und die Sache dort erledigen. Am nächsten Tag werden Sie nach Warschau zurückkehren, als ob nichts geschehen sei. Ich werde dort bleiben, um, wie es heißt, den Becher bis zur bitteren Neige zu leeren. Mir bleibt nur eine Hoffnung – daß ich bei der Geburt sterben werde und er, mein Sohn, mit mir. Glauben Sie noch an Gott?«

»Ja, ich glaube an Gott.«

»Wenn es Ihn wirklich gibt, dann ist er ein Spaßmacher. Die ganze Welt ist ein einziger Scherz. Gibt es einen Philosophen oder Theologen, der Gott als Spaßmacher bezeichnet hat?«

»Es steht in der Heiligen Schrift: ›Aber der im Himmel wohnet, lachet ihrer.‹«

»In der Bibel steht alles, und wenn etwas nicht in der Bibel steht, dann steht es bei Shakespeare. Gehen Sie zu meinem Vater hinein. Ich muß auch lachen.«

Und Stefa brach in Gelächter aus, aber gleich wurde ihr Gesicht wieder finster.

IV

Ich hatte bei der Zeitschrift um Urlaub gebeten, und er war mir sofort bewilligt worden. Sogleich bereute ich, es getan zu haben, denn der Ton des Redakteurs schien zu besagen, daß die Zeitschrift auch ohne Korrektor ganz gut zurechtkommen würde. Erstens einmal übersah ich viele Fehler. Zweitens konnten der Herausgeber und die Schriftsteller selbst Korrektur lesen. Die Leser in der Provinz konnten sich ihre Abonnements nicht mehr leisten, und die Postkarten, die man ihnen als Mahnung schickte, kosteten mehr als sie schuldeten. In den Dörfern herrschte schreckliches Elend. Die jungen Leute versuchten alle ins Ausland zu gehen, aber die Konsulate aller Länder schienen sich verschworen zu haben, Juden keine Visa mehr zu erteilen. Für polnische Bauern war es leichter, sie zu bekommen. Im Ausland brauchte man Bergarbeiter, Landarbeiter, Schwerarbeiter, aber keine jungen Jeschiwaschüler, die entweder in den Handel oder auf die Universitäten wollten. Außerdem waren viele dieser jungen Juden vom Marxismus und Kommunismus infiziert und zettelten unter den lokalen Arbeitern Streiks an. Eine Anzahl dieser linksgerichteten Juden hatte sich nach Rußland hineingeschmuggelt, aber bald zirkulierten Gerüchte, daß man sie ins Gefängnis geworfen oder nach Sibirien in die Arbeitslager geschickt hätte. Jedenfalls hatte man nie wieder von ihnen gehört. Innerhalb Rußlands hatte sich bereits die trotzkistische Opposition erhoben, und Partei und Bevölkerung wurden von nicht Linientreuen gereinigt, von linken wie von rechten. Eine Reihe von Trotzkisten, die aus der Sowjetunion nach Polen geflohen waren, erzählten schreckliche Dinge. Alle Gefängnisse waren mit politischen Gefangenen überfüllt, man holte die Leute nachts aus ihren Betten. Hunderttausende von reichen »Kulaken« und kleinen Bauern waren nach Sibirien verschickt worden. Im Schriftsteller-Klub war Isaac Deutscher, der Herausgeber einer jiddisch-stalinistischen Zeitschrift, plötzlich zu einem Trotzkisten geworden und veröffentlichte einen Angriff auf Stalin. Die Stalinisten im Klub schimpften ihn einen Faschisten, einen Feind des Proletariats, einen Konterrevolutionär und imperialistischen Lakai.

Ich kannte diesen Isaac Deutscher und hatte oft hitzige Debatten mit ihm gehabt. Er hatte mich mit den gleichen Schimpfnamen belegt, mit denen man jetzt ihn angriff. Er hatte mir mit brutaler Offenheit gesagt, daß es am Tag der Revolution keine Neutralen geben werde. Wer immer sich nicht auf die Seite der Massen schlug, würde als Feind des

Volkes betrachtet werden. Er, Isaac, war ein Experte der marxistischen Literatur, ein hundertprozentiger Materialist. Verglichen mit mir war er wohlhabend und welterfahren. Er hatte eine gutbezahlte Stellung an dem polnisch-jüdischen Blatt »Nascz Przeglad«. Er stammte aus Krakau und sprach ein gutes Polnisch. Auch zitterte er nicht wie ich vor der Einberufung. Als seine Zeit gekommen war, ging er und hatte sehr bald schon die Korporalsstreifen, obwohl, wie ich vermutete, er unter den Soldaten kommunistische Propaganda verbreitete.

Um zu Stefa zurückzukehren. Folgendes hatte sich ereignet. An dem Tag, an dem Stefa mich zu ihrem Vater geschickt hatte, um ihn um ihre Hand zu bitten, war Isidor Janowsky fortgegangen, ich glaube zu seinem ehemaligen Partner, der mit ihm zusammen Bankrott gemacht hatte. Ich hätte Stefa am nächsten Tag anrufen sollen, aber niemand meldete sich. Ich rief wieder und wieder an, und es stellte sich heraus, daß niemand zu Hause war, nicht einmal das Mädchen. Dies kam mir merkwürdig vor. Frau Janowsky, die krank war, verließ fast nie das Haus. Hatte sich eine Tragödie abgespielt? Hatte Stefa versucht, Selbstmord zu begehen? Ich ging hin und klopfte an die Tür, aber niemand kam. Wieder verging ein Tag, und noch immer nahm niemand das Telefon ab. Ich hatte Urlaub von der Zeitschrift genommen und damit meine Stellung riskiert, alles wegen dieser Scheinehe, aber sowohl meine Braut wie meine zukünftigen Schwiegereltern waren verschwunden.

Nachts konnte ich nicht schlafen, weil ich versuchte, zu einer Lösung dieses Rätsels zu gelangen, aber ich wußte, daß kein Verstand die Überraschungen voraussehen kann, die das Leben erfindet. Fast eine Woche war vergangen, und noch immer öffnete niemand die Tür oder ging ans Telefon. Ich suchte den Pförtner auf und fragte ihn, was geschehen sei.

Er sagte: »Scheint, sie sind irgendwohin weggefahren.«

»Alle?«

»Scheint so.«

Und er wendete sich schroff von mir ab, um mit dem Briefträger zu sprechen, der einen eingeschriebenen Brief gebracht hatte. Mir schien, der Pförtner benähme sich auf recht verdächtige Weise, und ich besann mich auf all die vielen Bände von Sherlock Holmes und Max Spitzkopf, die ich als Junge gelesen hatte. Ich ging die Straße hinunter. Ich war auf Spannung aus gewesen, und das Schicksal hatte sie mir beschert. Stefa hatte davon gesprochen, ihre Eltern zu ermorden und dann sich selbst umzubringen, und in meiner Phantasie sah ich die ganze Familie in einer Blutlache liegen.

Stefa hatte meine Adresse in ihr Notizbuch geschrieben, und der Verdacht würde auf mich fallen. Die Polizei könnte entdecken, daß ich vorgehabt hatte, sie zu heiraten. Ich sah mich selbst vor Gericht, während der Staatsanwalt meinen verderbten Charakter beschrieb. Ich hatte mit einer Frau gelebt, die doppelt so alt war wie ich, ich hatte versucht, der Einberufung zu entgehen, statt meinem Lande zu dienen, und ich war bereit gewesen, eine Scheinehe mit der ermordeten Stefa einzugehen. Alles, was ich geschrieben hatte, lag dem Gericht vor, und der Staatsanwalt bewies, daß es sich um Sadismus, Erotik und Geisterglauben handelte. Eine der Zeuginnen für die Anklage war Sabina. Sie gab vor dem Gericht zu, daß ich mit ihr geschlafen hatte. Der Staatsanwalt fragte sie:

»Ist es wahr, daß Ihre Cousine, die bei Ihnen gelebt hat, eine Sowjetspionin war?«

»Ja, es ist wahr.«

Und ich wurde zum Tode verurteilt.

Es war ein warmer Tag, und auf der Lesznostraße drängten sich die Fußgänger, meistens Frauen. Im Schriftsteller-Klub hatte ich oft Frauen vom Frühlingsfieber reden hören. Alle hatten darin übereingestimmt, daß der Frühling in Warschau einen verrückt vor Sehnsucht machen konnte. Heute war gerade so ein Tag. Die Luft war von Fliederduft erfüllt, von kühlen Brisen von der Weichsel her und aus den Praga Wäldern. Der Geruch der Felder und Obstgärten um Warschau herum verschmolz mit dem Duft von frisch gebackenem Brot und dem von Brötchen und Bagels, von geröstetem Kaffee und frischer Kuhmilch. Der Himmel wölbte sich klar und vollkommen wolkenlos über den Dächern der Häuser, und obwohl es noch früh am Morgen war, schien er das tiefe Nachtblau jener Zonen widerzuspiegeln, in denen die Sonne während der Sommermonate nie untergeht. Die Frauen, die in ihren neuen Kleidern und Hüten elegant aussahen, trugen Blumensträuße und mit bunten Bändern verschnürte Pakete. Sie zogen in ganzen Schwärmen vorbei, wie zu Rosch Haschana, wenn die Frauen sich am Fluß versammeln, um ihre Sünden ins Wasser zu werfen. Ich betrachtete jede einzelne von ihnen, und sie musterten mich mit frivolen Blicken und mit etwas wie geheimem Einverständnis.

Plötzlich erblickte ich Isidor Janowsky, der in einem langen schwarzen Mantel und mit einer Melone auf dem Kopf daherkam. Er machte winzige Schritte und stützte sich auf seinen Stock. Er schien mich nicht wiederzuerkennen, denn er sah mich direkt an, ohne daß sich sein Gesichtsausdruck verändert hätte. Ich hielt ihn an, und jetzt schien er aufzuwachen. Ich sagte:

»Herr Janowsky, wie geht es Ihnen?«

Er zögerte eine ganze Weile, dann sagte er: »Ich kenne Sie doch. Sie sind der junge Mann mit dem Einwanderungszertifikat.«

»Ja, ganz richtig.«

Isidor Janowsky zögerte wieder. »Stefa braucht kein Zertifikat mehr.«

»Darf ich fragen, warum nicht?«

»Stefa heiratet diese Woche.«

Ich fühlte mich rot werden. Ich wollte fragen, wen sie heiraten würde, aber ich brachte nur hervor: »Herzlichen Glückwunsch.«

»Danke.«

Und Janowsky setzte seinen Stock einen Schritt vorwärts. Ich ging ihm aus dem Weg, und er schritt an mir vorüber, der Vater einer Braut und stolzer zukünftiger Schwiegervater. Ich blieb stehen und sah ihm nach. Dann machte ich mich auf zum Schriftsteller-Klub.

Fünftes Kapitel

I

Das Schicksal spielte mit mir und ich spielte mit. Ich konnte genau sehen, daß es mich ins Verderben führen würde, aber ich überzeugte mich selbst davon, daß ich bereit dafür war. Dem Schicksal gegenüber verlor jeder. Das Geheimnis um Stefa hatte sich aufgeklärt. Sie hatte Leon Treitler geheiratet, einen reichen Mann, Vater von zwei verheirateten Töchtern, Landbesitzer und Teilhaber einer Textilfabrik in Lodz. Leon Treitler besaß eine Villa in Michalin, einem Kurort an der Eisenbahnstrecke nach Otwock, und während ich unaufhörlich versucht hatte, Stefa zu erreichen, war die ganze Familie dort zu Besuch gewesen. Bald nach der Hochzeit ging das Paar auf eine Weltreise. Sie wurden erst nach den hohen Festtagen zurückerwartet. Wie dieser Wechsel plötzlich zustande gekommen war, blieb mir schleierhaft. Wußte Treitler, daß sie das Kind eines anderen Mannes erwartete und hatte ihr verziehen? Oder hatte sie versucht, ihn zu täuschen?

Nichts von alldem hatte mehr mit mir zu tun. Das Palästina-Amt hatte mein Zertifikat widerrufen, und es sah so aus, als ob ich dazu verurteilt sei, entweder in der Armee zu dienen oder mir das Leben zu nehmen. Ich lebte in einem Zustand der Spannung. Ich spielte mit dem Schicksal, und gleichzeitig beobachtete ich mich bei dem Spiel, ich kiebitzte, wie man das im Schriftsteller-Klub nannte.

Nach meinem Urlaub hatte ich meine Stellung als Korrektor wiederbekommen, aber sowohl die Zeitschrift wie der Verlag, der dahinterstand, bewegten sich immer am Rand des Bankrotts. Die Autoren hatten sich gegen mich aufgelehnt und ein Ultimatum gestellt, daß sie, wenn ich weiterhin so viele Druckfehler übersehen würde, keine Manuskripte mehr liefern würden. Sie klagten mich an, böswillig und gleichgültig zu sein. Ich versprach voller Eifer alles und leistete einen heiligen Eid, in Zukunft genauer zu sein, aber alles wurde von Woche zu Woche nur schlimmer. Ich las, ohne zu wissen, was ich las. Wenn ich mich anstrengte und das Gelesene zu verstehen suchte, so erschienen mir die Arbeiten trivial und falsch. Die Kritiker lobten ein Buch, aber ich konnte nicht sehen, warum. Wenn sie aber ein anderes verurteilten, so schien mir auch die Verurteilung falsch zu sein und oft auf persönlicher Feindschaft zu beruhen. Die Gedichte waren voller Pathos und Banalitäten. Viele Dichter hatten es offenbar nur darauf angelegt, den kommunistischen Parteiführern und ihren Kulturbeauftragten zu gefallen, die jedoch nie zu befriedigen waren, wenn man auch noch so sehr liebedienerte. Die Geschichten kamen mir langweilig vor und schienen alle in der gleichen Tonart geschrieben zu sein. Und obwohl die Zahl der Industriearbeiter unter den Juden in Polen verhältnismäßig gering war – die meisten polnischen Juden waren Kaufleute, Makler, Lehrer oder Handwerker – bestanden die Autoren darauf, über jüdische Fabrikarbeiter und sogar Bauern zu schreiben, eine Spezies, die es kaum gab.

Es wurde für mich zu einer körperlichen Tortur, die Korrekturen für diesen Unsinn zu lesen. Ich bekam Kopfschmerzen vom Lesen, und manchmal sprangen die Zeilen übereinander, wurden grün, gold oder feuerrot, und ich fürchtete, blind zu werden. Alles ging mir nur mühsam von der Hand und mir wurde klar, daß dieser Zustand nicht eine bloße Anhäufung von Zufällen war, sondern Teil eines düsteren Plans.

Gina wurde kränklich und begann darauf anzuspielen, daß ihre Monate oder Wochen gezählt seien. Ich beschwor sie, zu einem Arzt zu gehen, aber jedesmal hatte sie eine andere Ausrede bereit. Ich sah mit Schrecken, wie sie dünner und schwächer wurde, nichts mehr essen konnte. Ihre sexuellen Gelüste waren völlig verschwunden und hatten einer Art mütterlicher oder schwesterlicher Zuneigung zu mir stattgegeben. Sie war plötzlich voller Schamgefühl mir gegenüber und ließ sich nicht mehr nackt sehen. Sie lag neben mir im Bett und sprach kein Wort. Und neben ihr liegend verlor auch ich die Sprache. Obwohl ich ihr gegenüber nie ein Wort über Stefa hatte verlauten lassen, vermutete ich, daß sie irgend etwas davon wußte und es mir übelnahm. Aber wie konnte sie etwas über uns erfahren haben? Es sei denn, ihre verstorbene Großmutter hätte es ihr erzählt.

Der Frühling war vorübergegangen, und die Hitzewellen begannen. Mein Bruder Josua war über den Sommer nach Świder gegangen, mit Frau und Kindern, Jascha und Jossele oder Josik, wie seine Mutter ihn nannte. Mein Bruder hatte die Villa des jiddischen Schriftstellers Alter Kacyzne gemietet. Andere jiddische Schriftsteller und Journalisten hielten sich in derselben Gegend auf. Von meiner frühesten Kindheit an hatte ich immer den starken Wunsch gehabt, in der Nähe meines Bruders zu sein. Jetzt, seit ich angefangen hatte zu schreiben, wollte ich ihm gern meine Arbeiten zeigen und Rat bei ihm suchen. Mein Bruder war nur allzu bereit, mir zu helfen, aber ich genierte mich ihm gegenüber, sowohl wegen meiner Frauengeschichten wie auch wegen meiner Arbeiten.

Ich wußte außerdem, daß mein Bruder nicht mit meiner Weltanschauung übereinstimmte. Er war weit davon entfernt, ein Optimist zu sein, aber er war kein solcher Pessimist wie ich. Er hatte Frau und Kinder. Wie viele Liberale hoffte er, daß trotz allem Wahnsinn die Menschheit sich vorwärts, nicht rückwärts bewegen würde. Ich aber redete wie ein Nihilist und ein Selbstmörder, und mehr als einmal hatte ich seinen Ärger erregt.

Er hatte mich eingeladen, den ganzen Sommer mit ihm in Świder zu verbringen, aber ich wollte mich nicht unter die Schriftsteller mischen und wollte ihn mit meinem Pessimismus nicht in Verlegenheit bringen. Ich wußte, daß die Frauen der Schriftsteller über mich klatschten und mich verleumdeten. Die Widersprüche in meinem Charakter waren so groß, daß ich weder allein sein konnte noch andere ertragen noch meine Angelegenheiten völlig geheimhalten. Ich hatte mich gegen mich selbst verschworen. Ich setzte meine Theorie, daß es nicht möglich sei, geradlinig durch die Welt zu kommen, gewissermaßen in die Praxis um, man mußte sich ständig durchschmuggeln, sich durchwursteln.

Zu dieser Zeit hatte ich eine Geschichte mit dem Titel »In der Welt des Chaos« geschrieben. Ihr Held war nichts weniger als ein Leichnam, der nicht wußte, daß er tot war. Er wanderte durch Polen, ging auf die Märkte, besuchte Rabbiner, ließ sich sogar für eine Heirat vorschlagen. Weder verstand er sich, noch andere ihn, bis er zu einem Rabbiner kam, einem Kabbalisten, der das Rätsel für ihn löste – daß er tot sei und in seinem Grab liegen sollte anstatt sich selbst mit dem Ehrgeiz der Lebenden zum Narren zu halten. Die Geschichte endete mit den Worten des Rabbiners: »Knöpfe deinen Kaftan auf, und du wirst sehen, daß du darunter ein Leichentuch trägst.«

Ich habe diese Geschichte nie übersetzen lassen, habe aber eine Reihe Variationen davon geschrieben, wie zum Beispiel die Geschichte »Zwei Leichen gehen zum Tanz«.

Möglicherweise hat »In der Welt des Chaos« mich zum ersten Mal in die Richtung meines Stils und meiner Gattung getrieben. Irgendwie identifizierte ich mich mit dem Helden. Ebenso wie er schämte ich mich zu leben, lebte aber, schämte mich zu essen und schämte mich aufs Klosett zu gehen. Ich hungerte nach Sex und schämte mich meiner Leidenschaften. Ich hatte immer das Gefühl, daß die Geschichte von Adam und Eva aus der Schöpfungsgeschichte, als sie die Frucht vom Baum der Erkenntnis aßen und sich ihrer Nacktheit bewußt wurden, das Wesen des Menschen ausdrückt. Der Mensch ist die einzige Kreatur, die sich dessen schämt, was sie ist. Alle menschliche Kultur ist eine einzige Anstrengung, den Menschen zu verhüllen und zu verschönern – ein riesiges und vielgestaltiges Feigenblatt.

Soviel ich wußte, war Gina früher nie in die Ferien gegangen, aber in diesem Sommer erzählte sie mir, sie habe ein Zimmer mit einer Küche in einer Villa zwischen Otwock und Świder gemietet, und wenn ich Lust hätte, könnte ich dort mit ihr sein.

Das brachte mich in eine Zwickmühle. Es machte mir nichts aus, mit Gina abgeschlossen in einer Wohnung im dritten Stock an der Gesiastraße zu leben, wohin niemand kam und niemand durch Türen und Fenster hineinschauen konnte. Es war aber etwas völlig anderes, mit ihr in einem Ferienort zu sein, wo man zu ebener Erde wohnte, wo Fenster und Türen offenstanden und wo man die meiste Zeit im Freien verbrachte und von Nachbarn umgeben.

Das Haus, in dem Gina das Zimmer gemietet hatte, war der Villa von Kacyzne benachbart, in der mein Bruder sich aufhielt. Um in einen solchen Ferienort zu gehen, brauchte man eine besondere Sommerkleidung. Gina ließ mich auch wissen, daß sie nahe am Świder-Fluß sei, wo die Ferienleute badeten und am Ufer Sonnenbäder nahmen. Auch das hatte keinerlei Anziehung für mich. Ich haßte die Nacktheit und den Lärm des Badens. Selbst vor Männern mich ausziehen zu müssen, bereitete mir Unbehagen. Außerdem habe ich eine so weiße Haut, daß ich verbrenne und Blasen bekomme, wenn ich mich nur kurz der Sonne aussetze. Auch meine Augen können das starke Sonnenlicht nicht ertragen. Ich fragte Gina, ob sie auf Rat des Arztes den Sommer über fortgehe, und sie antwortete:

»Ja, nein, es ist alles gleich.«

II

Alles Grübeln brachte mich zu keinem Schluß über die Welt und ihre Probleme und brachte mich auch nicht dem näher, was meine Pflicht Gott und den Menschen gegenüber war, aber ich genoß – so könnte ich sagen – die philosophischen Spekulationen: Variationen über Spinoza, Kant, Berkeley, die Kabbala, und auch meine eigenen kosmischen Träume. Da Zeit und Raum nur Anschauungsformen waren; da Qualität, Quantität und sogar die Existenz selbst nur Kategorien des Geistes sind; und das Ding an sich absolut verborgen bleibt, war mir genug Spielraum für meine eigenen metaphysischen Gespinste gegeben. Mein Gott war unendlich, ewig und besaß unzählige Attribute, von denen wir Menschen nur ganz wenige begreifen können. Ich stimmte nicht mit Spinoza darin überein, daß alles, was wir von Gott wissen, Seine Ausdehnung (Materie) ist und Sein Denken. Ich neigte eher dazu, in Ihm solche Qualitäten zu sehen wie Weisheit, Schönheit, Macht, Ewigkeit und vielleicht noch eine mysteriöse Form von Gnade, die wir niemals begreifen würden. Die Kabbalisten schrieben Gott auch Sex zu, und in dieser Auffassung stimmte ich mit ihnen völlig überein. Gott Selber und alle Seine Welten waren in Er und Sie, in Mann und Weib eingeteilt, in Geben und Nehmen, einer Lust unterworfen, die, gleich ob sie auch vollkommen gestillt worden war, nie wirklich befriedigt werden konnte und immer mehr verlangte, Neues, Anderes.

Da der Mensch nach dem Bilde Gottes geschaffen ist, kann er über Gott mehr erfahren, wenn er in sein eigenes Inneres sieht und seine eigenen Hoffnungen, Sehnsüchte und Zweifel zur Kenntnis nimmt. Ich stellte mir Gott als mir ähnlich vor. Er bekam viel, sehr viel Liebe von der Schechina, Seinem weiblichen Gegenpart, von den Engeln, den Seraphim, den Cherubim, den Aralim, den heiligen Rädern und den heiligen Tieren, von den zahllosen Welten und Seelen; aber dies alles war noch immer nicht genug für Ihn, und Er verlangte Liebe auch vom unbedeutenden Menschen, dem schwächsten Glied in der göttlichen Kette, den Er ermahnte: »Und du sollst den Herrn, deinen Gott, lieben von ganzem Herzen, von ganzer Seele und mit allem Vermögen.«

Er braucht Liebe (wie ich auch), ohne Rücksicht darauf, ob Er sie verdient hat. Er bestraft Seine Geschöpfe häufig, aber Er verlangt von ihnen, daß sie Ihm verzeihen und anerkennen, daß Seine Absichten die besten sind. Er Selber hat viele Geheimnisse, aber von uns verlangt Er vollkommene Aufrichtigkeit, und wir müssen unsere Seelen Ihm öffnen.

Jetzt, da Gina in Świder war, Stefa mit einem Mann reiste, den sie nicht liebte, und ich alleine schlief, wachte ich oft mitten in der Nacht auf und ließ meiner Phantasie freien Lauf.

»Denke dir nur aus, was du willst«, befahl ich ihr, »vor mir mußt du dich nicht schämen. Du kannst aufsteigen in die höchsten Höhen oder herabsinken in die tiefsten Abgründe, denn im Wesen sind sie ein und dasselbe.«

Nicht der Logos war am Anfang, sondern die Einzigkeit, die Einheit. In Gott ist alles vereint – unendliches Denken und unendliche Leidenschaft, das Ego und das Nicht-Ego, die höchste Lust und die tiefste Verzweiflung, aller Stoff und aller Geist. Das Unendliche hatte alles ausgefüllt und für nichts anderes Raum freigelassen. Gott war allmächtig, aber Er litt an Unruhe – Er war ein ruheloser Gott. Auf den ersten Blick scheint dies ein Widerspruch zu sein. Wie kann die Allmacht ruhelos sein? Gibt es irgend etwas, das für Gott zu schwer ist? Wie kann ein Allmächtiger leiden? Die Antwort ist, daß auch die Widersprüche ein Teil Gottes sind. Gott ist beides, Harmonie und Disharmonie. Gott widerspricht Sich Selber, was auch der Grund für die vielen Widersprüche in der Tora, im Menschen und der ganzen Natur ist. Wenn Gott Sich nicht Selber widersprechen würde, dann wäre Er ein erstarrter Gott, ein für alle Zeiten vollkommenes Wesen, wie Spinoza Ihn beschreibt. Aber Gott ist niemals am Ende. Sein höchstes göttliches Attribut ist seine Schöpferkraft, und das Schöpferische ist immer am Anfang. Gott ist ewig in Schöpfung. Jedesmal, wenn Er seinen Blick erhebt, sieht Er das Chaos und Er will Ordnung schaffen. Aber Schöpfung ist Vereinigung, und Gott muß Sich mit Seinem weiblichen Gegenpart verbinden, damit es zur Geburt kommt. Das Männliche und das Weibliche sind Widersprüche, die ständig nach Vereinigung streben, aber je mehr sie sich vereinigen, desto heftiger werden ihre Sehnsüchte und Launen.

Ich schlief etwas, wachte auf, träumte und kam wieder zu mir. Obgleich meine Träume erfüllt waren von Ängsten, Dämonen, bösen Geistern, scheußlichen Grausamkeiten und Schreckensszenen, erwachte ich mit Lustgefühlen, die mich verwunderten.

Ich stand am offenen Fenster, um einen frischen Lufthauch zu fühlen. Der Himmel über den Hausdächern der Zamenhofstraße war ausgestirnt. Ich glaubte zu spüren, wie die Erde sich um ihre Achse drehte, um die Sonne rotierte, glaubte zu fühlen, wie sie sich aufmachte zu einem fernen Gestirn, das sie erst in Jahrmillionen erreichen würde, und gleichzeitig schien die Erde mit der Milchstraße zusammen auf ein Ziel zuzurasen, von dem nur die Ewigkeit wußte, was es war und wie weit es sich erstreckte. *Ich bin die Erde, ich bin die Sonne, ich bin die Milchstraße, ich bin ein Buchstabe oder ein Punkt in Gottes unendlichem Buch. Selbst wenn ich ein Fehler in Gottes Werk bin, so kann ich doch nicht vollkommen ausgelöscht werden.* Ich versuchte, mir die Billionen, Billiarden, Trilliarden von Planeten im Raum vorzustellen, ihre Besonderheiten und die Geschöpfe, die auf ihnen lebten, jedes mit seiner eigenen Entwicklung, Geschichte und seinen Leidenschaften. Nein, in diesem Kessel des Lebens konnte es keinen Tod geben. Jedes Atom, jedes Elektron lebte und hatte seine Aufgabe, seinen Ehrgeiz und seine unerfüllten Wünsche. Das

Universum jubelte, stimmlos. Es brachte einem anderen Universum ein Ständchen. Nicht nur ich, auch der Tisch in meinem Zimmer, der Stuhl, das Bett, die Zimmerdecke und der Fußboden, alle nahmen an diesem Ereignis teil. Hitze strömte aus den Wänden. Mir lief ein Schauer den Rücken hinunter.

Ich versuchte, mit Gina auf telepathischem Wege in Verbindung zu treten. »Bist du auch wach? Stehst du auch am Fenster und schaust hinaus auf das nächtliche Wunder? Was ist mit dir, meine Liebe, fehlt dir etwas? Stirb nicht, Ginele, denn der Tod ist eine Lüge, ein Mißverständnis. Außerdem brauche ich dich, und ich weiß, daß es niemanden geben kann, dich zu ersetzen. Daß wir uns gefunden haben ist eine Seite im Buche Gottes, und niemand kann sie herausreißen. Niemand wird mich je so küssen, solche Anziehung für mich haben und mir solche Befriedigung geben wie du. Ich habe Sehnsucht nach dir, denn wir sind schon so oft zusammen gewesen und unsere Leben sind so ineinander verflochten, daß sie nie mehr getrennt werden können. Unsere Liebe hat schon angefangen, als wir noch Amöben waren. Wir waren Fische im Meer, Vögel in der Luft, Maulwürfe unter der Erde. Wir haben in Ägypten Ziegel aus Lehm geknetet. Wir standen zusammen am Berge Sinai. Später war ich Boas und du Ruth. Ich war Amnon und du Tamar. Als Jerobeam die Stämme Jakobs voneinander trennte, warst du in Jerusalem und ich war in Beersheba, aber ich schlich über die Grenze, um dich zu suchen. Ich betete das Goldene Kalb an und du wurdest in deiner Verzweiflung eine Hure im Tempel des Königs Manasse. Du tanztest vor Baal und Aschtoreth und für einen halben Schekel entblößtest du dich. Ich schlug dich die ganze Nacht, weil du mich betrogen hattest, aber im Morgengrauen, als der Morgenstern aufging, fielen wir übereinander her mit einem Verlangen, das keine Sünde je stillen konnte.

Weil du vor dreitausend Jahren dich dem Priester des Baal, Hemor, hingegeben hast, werde ich heute nacht mit der Magd Marila, der Tochter des Wojciech, liegen. Sie wartet auf mich in der Küche auf einem Strohsack. Ihr Leib ist heiß, ihre Brüste fest, ihr Schoß ist bereit für mich und jeden, der ihr begegnet. Ich bin mir wohl bewußt, daß dies unsere Rechnung noch mehr komplizieren wird, neue Reinkarnationen hervorbringen wird und vielleicht auch die Diaspora noch verlängern, aber obwohl uns die freie Wahl gegeben worden ist, ist alles vorherbestimmt. Das göttliche Kontobuch ist mannigfaltig. Marila ist die elfte Generation nach einem Kutscher, der die Frau eines Bauern verführte, und ich bin die dreizehnte Generation nach einem Milchmädchen, das von ihrem Gutsbesitzer vergewaltigt worden war. All das ist in unseren Genen aufgehoben. Gott spielt mit uns; Er wiederholt mit uns das Experiment von Belohnung und Strafe, Seiner Allwissenheit und unserer freien Wahl. In einem Jahr wird Marila ihren Bräutigam, den Soldaten Stach, Sohn des Jan, heiraten, und auch auf mich wartet irgendwo ein Ovarium und ein Schoß, der meinen Sohn oder meine Tochter auf die Welt bringen wird. Gott ist die Endsumme nicht nur aller Taten, sondern auch aller Möglichkeiten. Gute Nacht, Himmel. Wenn es dir möglich ist, erbarme dich meiner.«

III

Ein Brief meines Vaters war in Ginas Wohnung angekommen, aber da ich selten dorthin ging (obwohl ich einen Schlüssel hatte), bekam ich den Brief erst Tage später. Der Brief lautete:

An meinen lieben Sohn, den gelehrten und ehrenhaften Mann, er möge lange leben!

Friede über Dich! Ich muß Dir mitteilen, daß ich nach Warschau kommen muß, um einen Arzt aufzusuchen, da ich nicht bei der besten Gesundheit bin, möge es Dir nicht geschehen! Ich leide an Magenschmerzen und auch Hämorrhoiden, möge der Allmächtige barmherzig sein und allen Kranken Israels Gesundheit schenken! Ich bin schon so lange fort von Warschau, daß ich nicht weiß, ob irgendwelche meiner alten Freunde noch am Leben sind, so viel Unglück und Plagen sind während des Krieges über sie gekommen, der Himmel möge uns beschützen!, und ich habe sehr lange von ihnen keine Nachricht gehabt. »Man weiß nicht, was der Tag noch bringen mag.« Ich habe gehört, daß ein Dr. Sigmund

Frankel in Warschau ein großer Heilkundiger ist, und sie sind alle, wie man weiß, Gesandte Gottes. Ich bitte Dich daher, für mich eine Verabredung für einen Besuch bei diesem Arzt zu machen und mich am Zug zu treffen, der, so Gott will, am Abend des 11. Tammus hier abfahren und in Warschau am Morgen des 12. Tammus um zehn Uhr am Danziger Bahnhof ankommen wird. Ich werde mir ein Zimmer in einem Gasthof im jüdischen Stadtteil suchen, wo das Essen streng koscher ist, und der nicht weit von einem Gotteshaus entfernt liegt. Am besten wäre es in der alten Gegend, wo wir früher gewohnt haben – in der Gnojna – oder Grzybowskastraße –, wo ich mich auskenne. Ich habe an meinen geliebten Sohn, Deinen lieben Bruder Israel Josua geschrieben, aber seine Frau, meine Schwiegertochter Gittel, hat mir geantwortet, daß er in Geschäften unterwegs ist und erst in einigen Wochen zurückkommt, und mein hiesiger Arzt meint, ich sollte so rasch wie möglich einen Warschauer Arzt aufsuchen, falls es, Gott behüte!, eine Geschwulst ist, die behandelt werden muß. Ich würde gern meinen Sohn Josua und seine Familie sehen, wenn er gesund zurückgekehrt ist und alle herzlich begrüßen, und im Namen Deiner Mutter und meinem eigenen wünsche ich Euch allen langes Leben. Dein Vater Pinkas Menachem, Sohn des frommen Samuel, gesegnet sei sein Andenken.

Ich las den Brief und erschrak. Welcher Tag des Monats Tammus war heute? Vater hatte nicht mitgeteilt, an welchem Wochentag er ankommen würde. Ich war in Ginas Wohnung gegangen, um mir ein deutsch-polnisches Wörterbuch zu holen, das ich dort gelassen hatte und nun für eine Übersetzung, an der ich arbeitete, brauchte. Ich fing an, nach einem Kalender zu suchen, obwohl ich genau wußte, daß Gina keinen jüdischen Kalender in der Wohnung haben würde. Sie besaß überhaupt keinen Kalender. Der Brief meines Vaters hatte mich so durcheinandergebracht, daß ich ohne das Wörterbuch fortging, dessentwegen ich gekommen war. Nachher war ich nicht einmal sicher, daß ich die Tür hinter mir zugeschlossen hatte.

Sobald ich auf der Straße war, begann ich nach einem

Zeitungsstand, der jiddische Zeitungen verkaufte, zu suchen, denn das Datum würde ich dort auf der Titelseite finden. Aber in der Gesiastraße gab es keinen jiddischen Zeitungsstand, oder ich hatte ihn in meiner Verwirrung übersehen. Wie üblich begegnete ich einem Trauerzug nach dem anderen. An der Ecke der Gesia- und der Frańciszkańskastraße bekam ich endlich eine jiddische Zeitung und sah zu meinem Entsetzen, daß heute der 12. Tammus war! Und die Uhr zeigte bereits zwanzig Minuten nach zwölf. Ob Vater noch am Bahnhof wartete, oder ob er weggegangen war? Und wenn ja – wohin? Ein Gefühl der Verzweiflung überfiel mich. Obwohl es nicht weit zum Danziger Bahnhof war, suchte ich doch nach einem Taxi. Aber alle waren besetzt. Eine Straßenbahn fuhr vorüber, und ich tat etwas, das ich geschworen hatte, nie zu tun, ich sprang auf die fahrende Bahn auf und stieß mir das Knie an.

Der Fahrer drehte sich zu mir um: »Sie wollen sich wohl umbringen, was?«

Und er fügte noch hinzu: »Idiot!«

Ich flehte zu Gott, Er möge meinen Vater warten lassen und gleichzeitig erinnerte ich mich an den Spruch aus der Gemara, für etwas zu beten, das schon in der Vergangenheit liegt, ist sinnlos. Andererseits, wenn Zeit keine objektive Existenz besitzt und Vergangenheit nur eine menschliche Anschauungsweise ist, dann war meine Bitte vielleicht doch nicht sinnlos. Ich sprang von der Straßenbahn ab, ehe sie hielt, und wäre fast unter die Räder geraten. Ich lief zum Bahnhof, und am Eingang entdeckte ich meinen Vater, der neben einem weißbärtigen Rabbiner und einem anderen Mann stand. Ich rannte atemlos auf ihn zu und rief:

»Papa!«

»Da ist er ja!« sagte der Rabbiner und zeigte auf mich.

Ich hätte meinen Vater gern umarmt, geküßt und mich entschuldigt, aber irgendwie kam es nicht dazu. Er streckte mir zur Begrüßung die Hand entgegen. Er schien vollkommen ruhig zu sein. Halb fragend sagte er:

»Du bist offenbar aufgehalten worden.«

»Ich habe deinen Brief erst vor zehn Minuten bekommen. Er ging noch an die Adresse, wo ich nicht mehr wohne. Ich ging zufällig dort vorbei, um ein Buch zu holen, das ich zurückgelassen hatte. Ein Wunder! Ein Wunder!« rief ich aus und schämte mich meiner Worte.

Der andere Mann mischte sich ein: »Was habe ich Euch gesagt? Es ist nur gut, daß Ihr auf uns gehört und gewartet habt. Wie heißt es – Ende gut, alles gut.«

»Gelobt sei der Allmächtige!« sagte Vater. »Ich wußte nicht, was ich tun sollte. Und plötzlich sah ich den Rabbi aus der Kupieckastraße. Das war ein Geschenk des Himmels. Wir haben uns seit vielen Jahren nicht mehr gesehen, aber ich erkenne Leute leicht wieder.«

Er wandte sich zu mir.

»Du solltest dich an den Rabbiner aus der Kupieckastraße erinnern. Er kam oft zu uns. Das war damals, als Nachum Leib Weingut uns alle, die Rabbiner der ganzen Nachbarschaft, in das offizielle Rabbinat übernehmen wollte. Das war noch unter den Deutschen.«

»Wie soll er sich an mich erinnern können?« fragte der Rabbiner aus der Kupieckastraße. »Er war doch noch ein Kind damals. Seitdem ist mein Bart ganz weiß geworden. Aber ich erinnere mich an ihn mit seinen roten Schläfenlokken. Wie lang ist das her, was?«

»Ich erinnere mich an Sie! Ich erinnere mich!« rief ich aus, von Dankbarkeit überwältigt, daß Vater nicht fortgegangen war und ich ihn nicht hatte suchen müssen. »Ich erinnere mich sogar daran, was Sie damals gesagt haben: ›Wenn der Himmel uns bestimmt hat, arm zu sein, dann wird uns auch nicht helfen, was immer Nachum Leib Weingut tun mag.‹«

Das Gesicht des alten Rabbiners strahlte, und seine Kirschenaugen wurden plötzlich jugendlich.

»Das habe ich also gesagt. Hat er aber ein Gedächtnis, möge der böse Blick ihn verschonen! Ja, ich erinnere mich jetzt. Wie der Vater, so der Sohn. Wißt Ihr was, Rabbi? Da wir uns hier getroffen haben, so ist das ein Zeichen, daß es vorherbestimmt war. Warum sollt Ihr Euch also einen Gasthof suchen? Seid mein Gast. Gott sei Dank habe ich eine geräumige Wohnung. Solange die Kinder noch bei uns wohnten, war es reichlich eng, aber die Töchter sind verheiratet, und die Söhne sind aus dem Haus gegangen. So sieht es in der heutigen Welt aus. Die Kinder wollen nicht länger mit ihren Eltern leben. Der Vater könnte ihnen mit Moralpredigten kommen, und wer will heutzutage schon die Wahrheit hören? Die Tage gehen vorbei, und es gibt niemanden, mit dem man ein Wort wechseln könnte. Rabbi, wo wollt Ihr in Warschau ein Unterkommen finden? Hört auf mich und kommt zu mir. Wir werden eine Droschke nehmen, und Euer Sohn wird uns begleiten.«

»Nein, nein, das kann ich nicht!« widersprach mein Vater. »Ich bin Euch sehr dankbar, aber wie heißt es doch: ›Ein Gast ist eine Last.‹ Reiche Leute haben Dienstmädchen, aber Eure Frau –«

Während sich die beiden alten Freunde stritten, betrachtete ich meinen Vater. Er war älter geworden und kam mir auch kleiner vor. Der rötliche Bart war jetzt halb grau und weniger voll, seine Stirn fahl und runzelig. Sein Rücken war gebeugt, und sein Kaftan hing faltig an ihm herunter. Ich erkannte bei meinem Vater, was ich vor ein paar Wochen bei Gina erkannt hatte – daß er viel kränker war als er ahnte. Seine blauen Augen jedoch verrieten das tiefe Nachdenken eines Menschen, dessen Zeit gekommen ist. Nach langem Hin und Her erklärte sich Vater einverstanden, beim Rabbiner in der Kupieckastraße zu wohnen, wenn er dafür bezahlen durfte. Für mich war das ein Segen. Ich hätte nicht gewußt, wo ich die streng koschere Unterkunft in der Gegend, die mein Vater wünschte, hätte finden können, und ich hätte auch nicht das Geld gehabt, sie zu bezahlen. Ich hatte kaum genug, um die Droschke zu bezahlen.

Es war nur ein kurzes Stück vom Bahnhof bis zur Kupieckastraße. Wir überquerten die Murańowstraße, bogen in die Dzikastraße ein und waren bald auf der Kupiecka. Während des Krieges hatte man die Häuser dort verfallen lassen. Einige der Mauern waren mit Balken gestützt worden, um sie am Einstürzen zu hindern. Wir kamen in eine Wohnung, die mich an die unsere in der Krochmalna vor vielen Jahren erinnerte. Aus der Küche kamen die gleichen vertrauten Gerüche – Zichorie, Zwiebeln, schimmliges Brot und Gas. Wir betraten ein Zimmer, das dem Arbeitszimmer meines Vaters ähnelte – fast ohne Möbel –, es gab nur einen Tisch, zwei Bänke, Bücherregale und ein Lesepult. Die Frau des Rabbiners war einkaufen gegangen. Die beiden Männer begannen eine gelehrte Unterhaltung. Ich verabschiedete mich von meinem Vater und ging, um eine Verabredung bei dem Arzt zu treffen. Vater hatte offenbar gemerkt, daß ich pleite war, denn er gab mir Geld, damit ich die Nummer beim Arzt bezahlen konnte, dann legte er noch ein paar Zloty hinzu. Ich wollte das Geld nicht nehmen, aber Vater sagte:

»Nimm nur, nimm. Ich bin dein Vater.«

Und er nickte mit dem Kopf zur Bestätigung einer Wahrheit, die so alt wie die Welt ist.

IV

Ich hatte beim Arzt die Nummer gekauft, die meinem Vater eine Untersuchung garantierte, aber erst in einer Woche. Vater hatte ein Manuskript mitgebracht, und obwohl er nicht das Geld für den Drucker hatte, besprach er doch mit mir die Möglichkeit einer Veröffentlichung. Schon als junger Mann hatte er die Verantwortung auf sich genommen, Raschi in allen Punkten zu verteidigen, in denen er im Kommentar der Tosefisten angegriffen worden war. Er hatte an diesem Manuskript buchstäblich sein ganzes Leben gearbeitet. Schon als ich noch in der Chederschule war, hatte ich ihn darüber diskutieren hören. An einem Purimfest, als Vater ein wenig zuviel getrunken hatte, hatte er zu mir gesagt:

»Was wird aus einem Menschen, wenn er gestorben ist? Was wird aus seinem Geld, seinen Häusern, seinen Läden und seinen Ehrungen? Aber die Tora und seine guten Taten, die begleiten ihn in die andere Welt. Das höchste Verdienst ist es, ein Buch geschrieben zu haben und die Tora zu verherrlichen. Man sagt von dem Verfasser eines frommen Buches, daß seine Lippen noch aus dem Grabe sprechen.«

Er fügte hinzu: »Ich bin davon überzeugt, daß Raschi mich in der anderen Welt, wenn ich dort ankomme, begrüßen wird.«

Vater sprach nur in so hohen Tönen von sich, wenn er etwas zuviel getrunken hatte. Es war damals, glaube ich, daß ich, sein Sohn, zum ersten Mal den Wunsch fühlte, Schriftsteller zu werden.

Jetzt vertraute Vater mir an, daß er, da er nun einmal in Warschau sei, versuchen möchte, das Manuskript, dem er den Titel »Die Rechtfertigung Raschis« gegeben hatte, zu veröffentlichen. Seit Josua die Stellung beim »Forward« hatte, hatte er jeden Monat Geld nach Hause geschickt, und vielleicht hatte Vater ein paar hundert Zloty davon auf die Seite legen können. Allerdings mußte er jetzt den Arzt bezahlen, und sicher hatte er nicht genug Geld für die Veröffentlichung. Offenbar hatte er auch vergessen, daß die Anzahl der Talmudstudenten und der Jeschiwaschüler zurückging. Die Warschauer Orthodoxen hatten sich stark mit der Politik eingelassen, brachten eine Zeitung heraus und hielten Kongresse und Konferenzen ab. Gewiß, es handelte sich immer noch um Glaubenskämpfe, aber sie hatten den Jargon und den Stil der weltlichen Politik angenommen. Die Orthodoxen wollten ihre Kinder nicht länger in düstere Chederstuben und Jeschiwas schicken und bauten jetzt Schulen und Akademien, die sie auf das modernste ausstatteten. Inzwischen hatten sich auch die Beth-Jacob-Schulen für Mädchen entwickelt, was in der jüdischen religiösen Geschichte etwas völlig Neues darstellte. Wie alle anderen Parteien brauchten auch die Orthodoxen Mittel – riesige Summen –, um ihre Vorhaben auszuführen. Vater verstand diese neue Entwicklung nicht. Warum sollten die Lehrer die Kinder nicht bei sich zu Hause unterrichten, wie sie es seit Jahrhunderten getan hatten? Warum konnten die jungen Leute, wenn sie lernen wollten, nicht weiterhin in das Lehrhaus gehen, sich die Gemara vom Bücherbrett herunternehmen und lernen? Und wer hatte je davon gehört, Mädchen die Tora lesen zu lassen? Vater fürchtete, dies alles könne das Werk Satans sein.

Ich schlenderte mit ihm die Franciszkańskastraße entlang, und wir blickten durch die Fenster in die religiösen Buchhandlungen. Sie schienen alle leer zu sein. Die Tora war aus der Mode gekommen. Wer brauchte noch all diese Kommentare, Interpretationen, Exegesen, Predigtbücher und Moralbücher? Wen interessierten noch die Rechtfertigungen für

Frage, die die Tosefisten Raschi gestellt hatten? Außerdem waren ihre Fragen schon von anderen Autoren beantwortet worden. Vater war sich ganz klar darüber, daß seine Söhne, Israel Josua und ich, sich mit weltlicher Literatur eingelassen hatten. Mein Bruder hatte bereits mehrere Bücher veröffentlicht, und auch mein Name war schon gelegentlich in einer literarischen Zeitschrift oder sogar in einer Zeitung erschienen. Aber davon würde Vater nie gesprochen haben, und mir scheint, er habe sich nicht einmal gestattet, daran zu denken. Vater war überzeugt davon, daß alle Bücher der Aufklärung, gleichgültig ob auf hebräisch oder jiddisch, tödliches Gift für die Seele waren. Die Verfasser waren für ihn eine Rotte von Clowns, Wüstlingen und Schurken. Welche Demütigung und Schande war es für ihn, daß seinen Lenden solche Nachkommen entsprossen waren! Er schob alle Schuld daran auf meine Mutter, die Tochter eines Misnagid, eines Gegners des Chassidismus. Sie war es, die den Samen des Zweifels, des Unglaubens in uns gepflanzt hatte. Es blieb ihm nur ein Trost, daß wir nicht als Ignoranten aufgewachsen waren. Wir hatten die Tora studiert, und wer einmal davon gekostet hatte, konnte niemals vergessen, daß es einen Gott gibt.

Manchmal irrte sich mein Vater und blieb vor den Fenstern einer weltlichen Buchhandlung stehen. Dort lagen solche Werke wie »Schuld und Sühne«, »Der polnische Jüngling«, »Anna Karenina«, »Die Gefahren der Onanie«, »Das jüdische Kolonisationswerk in Palästina«, »Die Rolle der Frau in der modernen Gesellschaft«, »Die Geschichte des Sozialismus« und »Nana«. Einige der Buchumschläge zeigten Bilder von halbnackten Frauen. Vater zuckte die Achseln, und ich konnte seine Gedanken lesen. Daß Nichtjuden sich solchem Schund auslieferten, das war noch begreiflich. Sie waren immer Götzenanbeter gewesen und es geblieben. Aber Juden?...

Vater erkannte Warschau nicht wieder. Hier kam eine Gruppe von gleichgekleideten Jungen in grünen Hemden und kurzen Hosen, die die Waden freiließen. Sie hielten lange Stangen und hatten Mützen auf, die den Davidstern trugen. Ihnen folgten Mädchen in kurzen Kleidern, die ebenfalls die Beine freiließen. Alle sangen. Das waren keine christlichen Kinder, es waren jüdische Jungen und Mädchen, die hebräisch sangen.

»Was sind denn das? Was wollen sie?« fragte Vater voller Erstaunen.

Ich erklärte ihm, dies seien Jugendliche, die nach Palästina auswandern wollten.

Vater griff an seinen Bart. »Nach Palästina? Und warum halten sie diese Stangen? Wollen sie jemand damit erschlagen?«

Ich sagte, sie hätten sich dem Sport verschrieben und vielleicht sollten diese Stöcke Gewehre vorstellen.

»Was? Sie wollen in den Krieg ziehen? Gegen wen? Und wie können Juden überhaupt Krieg führen? Wir sind doch wie Schafe, von Wölfen umgeben.«

»Wie lange werden wir noch Schafe bleiben können?«

»Was meinst du damit – wie lange? Bis der Messias kommt.«

»Die Juden haben es satt, zu warten.«

»Diejenigen, die es satt haben, sind keine Juden. ›Die auf den Herrn harren, kriegen neue Kraft.‹«

Wir kamen an einem Kiosk vorbei, wo ein großes Plakat in jiddischen Buchstaben verkündete: »Der Mann seiner Frau«, eine Operette aus Amerika. Vater blieb stehen.

»Was ist das?«

»Theater.«

»So, so, so. Alles, was die Mischna vorausgesehen hat, ist in Erfüllung gegangen. Es ist höchste Zeit für die Erlösung, höchste Zeit. Was wir jetzt erleben, sind die Wehen vor der Geburt.«

Wir gingen lange schweigend nebeneinander. Wir waren bei der Nalewkistraße angelangt und gingen am Gefängnis in der Dlugastraße vorbei, dem Arsenal, wie es hieß. Dort fegten Gefangene unter der Bewachung eines bewaffneten Wärters den Rinnstein. Die Häftlinge hatten eine gelbe Gesichtsfarbe, gelbgraue Anzüge, und selbst die Mauern des Gefängnisses hatten diese elende graubräunliche Farbe. Ein Gefangener stützte sich auf seinen Besen und betrachtete Vater und mich mit halb nachdenklichem, halb amüsiertem Ausdruck. Seine Augen waren zwei lächelnde Schlitze. Ich stellte mir vor, daß dies kein lebendiger Mensch, sondern eine Leiche sei, die statt beerdigt zu werden, ins Gefängnis geworfen worden war und sich jetzt über diese Dummheit der Lebenden lustig machte.

»Vater, was verlangt Gott von uns?«

Vater blieb stehen.

»Er verlangt von uns, daß wir Ihm dienen und Ihn lieben mit der ganzen Kraft unserer Herzen und Seelen.«

»Und womit hat Er diese Liebe verdient?«

Vater überlegte einen Augenblick.

»Alles, was der Mensch liebt, hat der Allmächtige geschaffen. Selbst die Ketzer lieben Gott. Ist eine Frucht gut und du hast sie gern, so liebst du den Schöpfer dieser Frucht, denn Er hat ihr Geschmack und Duft gegeben. Und wenn jemand lüstern nach Frauen ist, so war es auch der Schöpfer, der ihnen ihre Schönheit und Anziehungskraft gegeben hat. Der Weise erkennt die Quelle aller guten Dinge und er liebt diese Quelle. Wenn die Frucht fault, dann mag man sie nicht mehr, und wenn die Frau alt wird und kränkelt, dann läuft der Lüsterne vor ihr davon. Nur Narren verschwenden keinen Gedanken daran, woher alles gekommen ist.«

»Und was ist mit den bösen Dingen? Was ist ihr Ursprung?«

»Es gibt keine bösen Dinge. Der Tod, den der Mensch am meisten fürchtet, ist eine große Freude und ein Segen für den Gerechten.«

»Und was ist mit dem Leiden?«

Vater schwieg lange, und ich nahm an, er habe mich nicht gehört, aber dann sagte er: »Das ist das größte Geheimnis von allen. Nicht einmal die Heiligen konnten es ergründen. So lange der Mensch leidet, so lange kann er das Rätsel des Leidens nicht lösen. Nicht einmal Hiob konnte diese Frage beantworten. Auch Moses nicht. Die Wahrheit ist, daß Körper und Leiden Synonyme sind. Wie könnte es die freie Wahl geben, ohne Strafe für den, der das Böse wählte, und Belohnung für den, der das Rechte wählte? Hinter allem Leiden steht Gottes unendliche Gnade.«

Vater schwieg und fragte dann: »Gibt es hier in der Nähe ein Bethaus? Es ist Zeit für die Nachmittagsgebete.«

Sechstes Kapitel

I

Der Sommer war zu Ende gegangen, aber Gina war noch immer nicht nach Warschau zurückgekehrt. Jetzt erfuhr man – Gina war sowohl lungenkrank wie blutarm. Die Ärzte waren der Ansicht, sie wäre in einem Sanatorium am besten aufgehoben, aber Gina wollte das nicht, auch konnte sie sich ein Sanatorium nicht leisten. Sie hatte ein Zimmer außerhalb von Otwock gemietet, im Wald und weit entfernt von allen Nachbarn. Als ich sie dort besuchte, erklärte sie mir offen, daß sie sich von den Menschen und ihren Angelegenheiten zurückziehen wollte. Sie war dorthin gezogen, um zu sterben. Sie hatte ihre Wohnung in der Gesiastraße aufgegeben und dafür ein paar tausend Zloty erhalten. Gina hatte sich ausgerechnet, mit fünfzehn Zloty in der Woche leben zu können. Sie war Mitglied einer Krankenkasse, die für die Medikamente aufkam. Ich hatte ihr geholfen, ihre Bücher, ihre okkulten Zeitschriften und andere ihr notwendigen Besitztümer zu transportieren.

Meine Angst vor der Einberufung war gegenstandslos geworden – ich war von der Militärpflicht befreit worden. Die Ärzte hatten meine Lungen nicht ganz in Ordnung gefunden, und Pilsudski hatte die Armee angehalten, keine schwächlichen jungen Männer mehr einzuziehen. Gerüchte waren im Umlauf, daß die Obersten, die jetzt Polen regierten, nicht scharf darauf waren, zu viele Juden in der Armee zu haben, da viele von ihnen Linke waren. Die Führer der polnischen Parteien – der Polnischen Nationalistischen Partei, der Polnischen Sozialistischen Partei und der Bauernpartei – beschwerten sich darüber, daß Polen eine Diktatur geworden war. Pilsudski veranlaßte die Verhaftung von Witos, Lieberman und anderer seiner Gegner und ließ sie vor Gericht stellen. Der Herausgeber des jiddischen Blattes »Der Heint« – »Heute« – schickte mich als Berichterstatter zu diesem Prozeß, ich sollte meine Berichte vom Standpunkt eines literarischen Beobachters aus machen. Mein Bruder hatte dies arrangiert, der sich, seit er seine Stellung beim »Forward« hatte, als außerordentlich begabter Journalist erwiesen hatte. Die Berichte, die er unter dem Pseudonym G. Kuper (der Mädchenname seiner Frau war Genia Kupferstok) veröffentlichte, wurden unter den jiddischen Lesern in Amerika berühmt und auch in Polen, wo man sie häufig nachdruckte.

Ich selbst hatte den Ehrgeiz, Journalist zu werden, und dieser Auftrag war ein Glücksfall für mich. Meine Zeitung stattete mich mit einem Presseausweis aus, und ich saß im Gerichtssaal unter den Journalisten, den Angeklagten gegenüber, die noch vor kurzer Zeit Minister der polnischen Regierung gewesen waren. Ich hatte wohl mehr Angst als die Angeklagten. Der Saal war klein, und mir kam es vor, als ob all diese wohlbekannten politischen Figuren mich spöttisch betrachteten. Die Journalisten nahmen keine Notiz von mir. Die Verhandlungen zogen sich lange hin. Sie bestanden zumeist aus langweiligen, langatmigen Anklagen, die niemand ernst nahm. Obwohl ich sowohl das Geld wie das Prestige dieses Auftrags gut brauchen konnte, beschloß ich eines Tages, daß dies nicht das Richtige für mich war. Mein Bruder war enttäuscht, daß ich eine solche Gelegenheit einfach wegwarf, aber er überließ mir die Entscheidung. Die Politik war nichts für mich.

Aus dem Plan meines Vaters, sein Manuskript drucken zu lassen, war nichts geworden. Dr. Frankel hatte ihm ein oder zwei Sachen verordnet, aber aus den Briefen meiner Mutter war hervorgegangen, daß sie ihm nicht geholfen hatten. Vater schrieb nur ein paar kurze Zeilen, aber Mutters Briefe waren länger. Vater las mit meinem jüngeren Bruder Mosche zusammen in den Werken »Der Lehrer der Weisheit« und »Der Brustschild des Gerichts«, und es sah so aus, als ob nach dem Hinscheiden meines Vaters Mosche seinen Posten übernehmen würde. Dafür war es aber unumgänglich, daß er heiraten mußte, denn fromme Juden wie die Belzer Chassidim würden einen unverheirateten Rabbiner nicht annehmen. Aber es war nicht einfach, die richtige Braut für Mosche zu finden. Er war zu fromm. Er hatte sich vollkommen von der Welt zurückgezogen. Er hatte nicht die leiseste Ahnung von Geschäften oder irgendwelchen anderen weltlichen Dingen. Während der Gebete sprach er laut, klatschte in die Hände, sang die Gesänge von Nachman, dem Rabbi von Brazlaw und geriet in religiöse Ekstase. Vater beschrieb mir Mosche als einen Heiligen. Er sagte, daß im Vergleich zu Mosche er, Vater, ein Sünder sei. Aber die Mädchen in Galizien, die fast alle auf das Gymnasium gegangen waren, Zeitungen und polnische Bücher lasen, waren nicht so erpicht auf einen jungen Mann von neunzehn Jahren mit struppigem Bart und mit Schläfenlokken bis auf die Schultern, der einen knöchellangen Kaftan trug, ein offenes Hemd und altmodische Schlappen. Mosche war groß, noch größer als mein Bruder Josua; er war blond, hatte eine selten weiße Haut, große blaue Augen und schön geformte Glieder. Er sah aus wie die Verkörperung des von christlichen Künstlern geschaffenen Christusbildes. Die Christen in Vaters Gemeinde hielten Mosche für einen Heiligen, und das war er auch. Hätte es so etwas wie ein jüdisches Kloster gegeben, so wäre Mosche mit Sicherheit Mönch geworden. Die Gefahr bestand, daß er keine Stellung bekommen würde.

In ihren Briefen hatten meine Eltern mich immer wieder gebeten, zu heiraten, aber ich war nicht weniger ungeeignet dazu wie Mosche. Ebenso wie er vernachlässigte ich mein Äußeres. So lange Gina mit mir gewesen war, hatte sie meine Knöpfe angenäht, meine Socken gestopft, sogar meine Hemden und Unterwäsche gewaschen. Sie hatte mich gutmütig als faulen Träumer, als Wirrkopf bezeichnet. Oft hatte sie sich beschwert: »Was hast du schon von all deinen Phantasien? Du, mein liebes Füllen, du wirst die Welt nicht verändern. Da Gott mit uns Verstecken spielt, wirst du Ihn nie finden.«

Jetzt, da Gina Warschau verlassen hatte, lief ich unordentlich und ohne Knöpfe herum, mit zerrissenen Schuhen und tagelang unrasiert. Mein Haar fing an dünn zu werden. Die steifen Kragen waren entweder zu eng oder zu weit.

Ich suchte immer noch nach einer Möglichkeit, die Schwierigkeiten der Kategorien der reinen Vernunft zu meistern, das Ding-an-sich zu begreifen und eine Grundlage für eine Ethik zu finden. Ich stöberte noch immer in Bibliotheken und Buchläden, in der Hoffnung, einen Beweis für die Existenz der Seele zu finden, eines Astralkörpers, irgendeines Restes, der blieb, nachdem das Herz zu schlagen und das Gehirn zu funktionieren aufgehört hatten.

Ich hatte viele Bücher über Okkultismus gelesen, aber ich bekam mehr und mehr Geschichten zu hören über Medien, die bei Schwindeleien erwischt worden waren. Es erschienen Bücher, die genau schilderten, wie professionelle Spiritisten ihre Opfer betrügen. Ich hatte schon davon gehört, wie Houdini berühmte Medien entlarvt hatte, die aus Musselin Ektoplasma produziert hatten, Scheinphotos von Geistern der Verstorbenen hergestellt und mit anderen billigen Tricks so bedeutende Gelehrte und Parapsychologen getäuscht hatten wie Flammarion, Oliver Lodge, Sir William Crookes und viele andere, die auf der verzweifelten Suche nach dem kleinsten Beweis für die Unsterblichkeit der Seele waren. Ich hatte oft das Gefühl, die Wahrheit werde sich mir offenbaren, wenn ich nur nicht nachließe zu suchen und hoffen. Meine literarische Arbeit und mein Interesse für die Zeit Sabbatai Zevis und Jakob Franks hatten mich auf die Suche nach Büchern gehen lassen, in denen die verschiedensten magischen Dinge und Wunder der Natur beschrieben wurden. Mein eigenes Nervensystem demonstrierte mir die Macht der Hysterie und die Kraft der Autosuggestion oder Selbsthypnose. Mein innerer Feind bedrängte mich ständig, und ich mußte mir immer neue Strategien ausdenken, um ihn zu besiegen oder zumindest vorübergehend in Schach zu halten. Ich hatte angefangen, in die Werke von Freud, Jung und Adler hineinzuschauen. Wenn ich weniger Belehrung darin fand als andere, so lag das nur daran, daß unsere eigenen Sittenlehrer und die Verfasser chassidischer Bücher den Menschen sehr gut gekannt und in einfacher Sprache die tiefsten Konflikte der menschlichen Seele enthüllt hatten. Sie haben schon alle Symptome der Hysterie und die ganze Zerrissenheit des Geistes erkannt. Der Mensch muß unaufhörlich über sich wachen, denn jede Sekunde bringt neue Gefahren. Der Abgrund des Verbrechens und des Wahnsinns gähnt immerfort unter unseren Füßen. Der böse Trieb wird nie müde, uns mit Theorien, Spekulationen, Halbwahrheiten, Ängsten und Vorstellungen zu plagen, und mit Bildern von Lüsten, die das größte Geschenk, das Gott uns gegeben hat, den freien Willen, zunichte machen. Durch all die Jahrhunderte hindurch, in denen die Nichtjuden gegeneinander Krieg geführt hatten, war der Gettojude damit beschäftigt, den Feind in sich selbst zu bekämpfen, jenen bösen Trieb, der in jedem Gehirn versteckt lebt und uns unaufhörlich vom Weg der Tugend abzubringen versucht. Die Aufklärung hatte teilweise (oder Schritt für Schritt) diesem jüdischen Krieg ein Ende bereitet. Der emanzipierte Jude war selbst ein Teilchen dieses bösen Triebes geworden, dank der Erfahrung, die er im Kampf gegen ihn gewonnen hatte. Er war ein Meister der bestechenden Theorien, verlogenen Wahrheiten, verführerischen Utopien und falschen Lösungen geworden. Da die nichtjüdische Welt ihre Idole brauchte, war der moderne Jude mit neuen zur Stelle. Er wurde von diesem götzendienerischen Treiben so in Anspruch genommen, daß er allmählich selbst daran glaubte und sich sogar selbst zum Opfer brachte.

II

Ich hatte mir nur zwei Idole erwählt, denen ich bereit war zu dienen: das Idol der Literatur und das Idol der Liebe, aber viele meiner Kollegen sowohl innerhalb wie außerhalb des Schriftsteller-Klubs dienten dem Idol der Weltverbesserung. Sie redeten unermüdlich auf mich ein: wie kann man ein Schriftsteller sein, wenn man nicht bereit ist, für eine bessere Welt, Gleichheit, Freiheit, Gerechtigkeit, für eine Welt ohne Rivalität und für ewigen Frieden zu kämpfen? Die kapitalistischen Länder führten Kriege um Öl. Sie erstellten immer neue Waffenfabriken. Die Mächtigsten unter ihnen belegten riesige Gebiete der Erde mit Beschlag. Innerhalb der Gruppen rissen einige die Macht unter dem Deckmantel der Demokratie an sich, während sie predigten, die andere Wange hinzuhalten. Wie konnte ein ehrlicher und empfindsamer Mensch Zeuge all dessen sein und nicht seine Stimme erheben?

Schon recht, aber was für schreckliche Nachrichten kamen aus dem Land des Sozialismus?

Isaac Deutscher, der Trotzkist geworden war, deckte viele stalinistische Gewalttaten in seiner kleinen Zeitschrift auf – die Arbeitslager, die Liquidierung der alten Bolschewiki, die manipulierten Schauprozesse und die Säuberungen, die bereits Millionen unschuldiger Menschen vernichtet hatten. War das Sozialismus? War dies das von Marx, Engels und Lenin aufgestellte Ideal? Deutscher hatte überzeugende Beweise dafür, daß Leo Trotzki es anders angefangen hätte. Ich wohnte einer Versammlung im Schriftsteller-Klub bei, in der Isaac Deutscher der Redner war. Die Stalinisten versuchten, ihn niederzuschreien. Sie schimpften ihn Renegat, Faschist, kapitalistischer Speichellecker, imperialistischer Mörder und Provokateur. Aber Deutscher besaß eine kräftige Stimme. Er schlug mit der Faust auf den Tisch, und seine trotzkistischen Zuhörer feuerten ihn mit donnerndem Applaus an. Er schleuderte Pech und Schwefel gegen die Stalinisten und rechten Sozialisten, gegen die Faschisten und gegen die sogenannten Demokratien wie Amerika, England und Frankreich.

Innerhalb der jüdischen Kreise geißelte er die Zionisten aller Richtungen und Variationen. Was für ein Wahnsinn, die Zeiger der Geschichte zweitausend Jahre zurückdrehen zu wollen! Und woraus hatten die Zionisten geschlossen, daß Palästina den Juden gehörte? Sie hatten ihre Kenntnisse aus der Bibel bezogen, einem Buch der Wunder und Legenden. Deutscher erklärte, die Tatsache, daß der Zionismus Millionen von Juden anziehen könnte, beweise nur die Degeneration und Hoffnungslosigkeit der Bourgeoisie.

Unter denen, die die Versammlung besuchten, waren auch Sabina und ihr Bruder Mottel. Obwohl Sabina eine Linke war, hatte sie sich noch nicht entschieden, ob sie eine Stalinistin, eine Trotzkistin oder eine Anarchistin war. Mottel war ein glühender Stalinist und war gekommen, um zu stören und vielleicht auch, um eine verfaulte Kartoffel oder ein Ei nach dem Redner zu werfen. Mottel war klein und breitschultrig, mit dicken Lippen, einer breiten Nase wie ein Entenschnabel (er hatte tatsächlich den Spitznamen Mottel Ente) und kleinen stechenden Augen unter buschigen Brauen. Mottel war ein Possenreißer. Er sprudelte Witze und Absurditäten hervor, die Gelächter auslösten. Er hatte eine niedrige Stirn und einen Schopf pechschwarzer lockiger Haare. Mottel Ente hatte schon im Pawiak-Gefängnis gesessen wegen kommunistischer Umtriebe. Seine Schwester erzählte mir, daß er eine Pistole bei sich trage. Er ließ sich von seiner Mutter und seiner Schwester aushalten. Er lief mit reichen Mädchen herum, die vom Kommunismus angezogen wurden, und er nahm auch Geld von ihnen, angeblich für die Sache der Partei. Er war ein großer Esser und konnte viele Becher Bier hinunterstürzen und vierzehn Stunden ununterbrochen schlafen.

Sabina beschwerte sich oft bei mir: »Wie ein solches Geschöpf aus unserer frommen Familie hervorgehen konnte, ist etwas, das ich nie verstehen werde. Es sei denn, er ist ein Bastard.«

Ich hatte mehrfach beschlossen, mit ihr nichts mehr zu tun zu haben, mich selbst davor gewarnt, aber ich tat das Gegenteil. Ich verdiente so wenig, daß ich mein Zimmer bei dem Augenarzt in der Zamenhofstraße nicht mehr bezahlen konnte, und Fräulein Sabina schlug vor, daß ich zu ihnen ziehen solle. In ihrer Wohnung war ein Zimmer freigeworden, und die Miete war um die Hälfte billiger als meine jetzige. Sabinas Mutter war bereit, mir für wenig Geld das Mittagessen zu kochen. Wir hatten uns schon geküßt, und ich wußte, war ich erst einmal bei ihnen eingezogen, so würde sie meine Geliebte werden.

Sabina sprach nicht von romantischer Liebe, wie Gina und Stefa es getan hatten. Sabina hatte die Romane so moderner Schriftsteller wie Margueritte, Dekobra und Zapolska gelesen, und sie hielt sehr viel von Emma Goldmann.

Sie machte sich oft über die Einrichtung der Ehe lustig, fand sie antiquiert und war der Ansicht, daß der Mann der Zukunft sich nicht zu lebenslänglicher Liebe verpflichten, sondern sich nach dem Diktat der Natur richten würde. Sabina hatte einige meiner Geschichten gelesen und glaubte an meine literarische Begabung, wenn ich nur die richtige Richtung einschlagen würde.

Sabina war ehrlich zu mir. Es gab da einen jungen Mann, der sie heiraten wollte, aber die geringe Zuneigung, die sie für ihn empfunden hatte, war völlig erstorben. Er schrieb Gedichte auf polnisch. Er stammte aus einer Stadt in der Lubliner Gegend. Er hatte das Gymnasium nicht abgeschlossen und war auf und davon nach Palästina gegangen, wo er sich zwei Jahre lang durchgeschlagen hatte, Malaria erwischte und als überzeugter Kommunist von dort zurückgekehrt war. Er war schon zweimal verhaftet worden. Sie konnte ihn nicht einfach fallenlassen, da er verrückt nach ihr war und sich womöglich – trotz seiner leninistischen Überzeugungen – umbringen würde. Aber wenn ich zu ihnen ziehen würde, dann würde er früher oder später verschwinden. Vielleicht würde er sich nach Sowjetrußland hineinschmuggeln oder sogar von der Partei dorthin geschickt werden.

Als Frau Alpert hörte, daß ich das Zimmer aufgeben wollte, geriet sie in Panik. Sie wolle mich auch ohne Bezahlung behalten, rief sie aus. Ihre Augen standen voller Tränen. Sie sagte, ich sei der angenehmste Mieter gewesen, den sie je gehabt hätte. Sie betrachte mich als einen Sohn. Für sie war ein Untermieter nicht nur jemand, der unter ihrem Dache lebte. Sie hatte meinen Namen in einem polnisch-jüdischen Blatt gesehen, das sie hielten, und es war eine Ehre für sie, so einen Menschen zu beherbergen. Wie konnte ich sie nur so behandeln? Marila, das Dienstmädchen, wurde rot, war plötzlich schlecht gelaunt und weinte, als sie von meinem geplanten Auszug hörte.

Sie klagte: »Was haben wir Ihnen getan, daß Sie uns verlassen wollen? Ich habe Ihr Zimmer immer in Ordnung gehalten, es gab kein Stäubchen darin. Und wenn Sie Tee oder sonst irgend etwas wollten, so hätte ich es Ihnen auch mitten in der Nacht gebracht. Ich habe mich um Ihre telefonischen Anrufe gekümmert und um alle Ihre Verabredungen. Sicher fühlen Sie sich zu einer Ihrer feinen jungen Damen mehr hingezogen, aber keine von denen wird Ihnen so ergeben sein wie ich.«

Voller Erstaunen hörte ich mir diese Vorwürfe an. Ich war nie auf die Idee gekommen, ich könnte so ein guter Fang sein. Ich war weder groß noch gutaussehend, und ich sprach ein armseliges Polnisch. Wann immer ich in den Spiegel schaute, fürchtete ich mich beinahe vor meinem eigenen Gesicht. Das wenige Haar auf meinem Kopf war feuerrot. Mein Gesicht war blaß und oft so fahl wie das eines Menschen, der gerade vom Krankenlager aufgestanden ist. Meine Wangen waren eingefallen, ich hatte abstehende Ohren, und mein Rücken war gekrümmt. Die Frauen verbesserten ständig mein Polnisch, machten mich darauf aufmerksam, daß mein Schlips schief saß, meine Hosen jeden Moment herunterrutschen würden und daß meine Schnürsenkel aufgegangen waren. Ich litt oft unter Schnupfen, und wie viele Taschentücher ich auch besaß, sie waren alle immer schmutzig. Ich war von Frau Alperts und Marilas Verhalten so gerührt, daß ich ausrief: »Also gut, ich bleibe bei Ihnen, meine Lieben.«

In einer Sekunde hatte ich entschieden, beide Zimmer zu behalten! Das war reiner Unfug, da ich nicht einmal genug für ein Zimmer verdiente. Aber irgendwie hatte ich das Gefühl, daß ein Gott, der all meine Verrücktheiten duldete, mich nicht verlassen würde.

III

Als Sabina hörte, was ich getan hatte, sagte sie, ich sei nicht nur völlig verrückt, sondern auch selbstmörderisch veranlagt. Das Wichtigste für einen jungen Schriftsteller sei, einen klaren Kopf zu haben und sich nicht immerfort um Geld sorgen zu müssen. Also gut, und was würde ich mit den beiden Zimmern anfangen? Außer meinen paar Büchern und Manuskripten besaß ich nichts. Ich hatte nichts, mit dem ich ausziehen oder einziehen konnte. Das Ganze klang nach einem üblen Scherz. Sabina war bereit, mir die paar Zloty, die ich ihr als Anzahlung gegeben hatte, zurückzuzahlen, aber davon wollte ich nichts wissen. Ich hatte nur Angst, daß meinem Bruder zu Ohren kommen könnte, was ich da machte. Er hätte mich wie ein Vater gescholten. Er würde es vielleicht seinen Kollegen erzählen, und die hätten dann etwas zu lachen gehabt. Ja, aber hatte ich nicht schon einmal zwei Wohnungen gehabt, als Gina noch in Warschau lebte? Es sah so aus, als ob ein so verschwörerischer Mensch wie ich zwei Adressen brauchte.

Ich wartete auf ein Wunder, und ein Wunder geschah. Ich

ging in den Schriftsteller-Klub, und die Frau am Eingang sagte mir, daß der Redakteur der Abendzeitung »Radio« mich angerufen hätte. Ich sollte ihn gleich unter der Nummer, die er hinterlassen hatte, zurückrufen. Hatte mein Bruder wiederum versucht, mir eine Stellung zu verschaffen? Nein, diesmal war es nicht mein Bruder gewesen, sondern jemand anderer, der dem Redakteur von »Radio« gesagt hatte, ich habe ein gewisses Talent zum Schreiben. Außerdem hatte er erwähnt, ich könne aus dem Deutschen übersetzen. »Radio«, wie auch andere jiddische Zeitungen, druckten spannende Romane. Der Redakteur hatte gerade einen aufregenden Roman aus Deutschland bekommen, wo er großen Erfolg gehabt hatte. Die Schwierigkeit war, das ein jiddischer Leser keinen Roman akzeptieren würde, der in einem so fremden Milieu wie Berlin mit seinen merkwürdig klingenden Straßennamen spielte. Der Roman mußte also nicht nur übersetzt, sondern auch so verändert werden, daß die Handlung in Warschau spielte und die Helden und Heldinnen vertraute jüdische Männer und Frauen waren.

Der Redakteur schlug mir am Telefon eine Adaptierung vor. Er bat mich, in sein Büro zu kommen, und ich ging nicht, ich lief. Seinen Namen habe ich vergessen, aber seine Erscheinung sehe ich deutlich vor mir – klein, untersetzt, mit rundem Gesicht, frischen Backen und freundlichen, etwas schläfrigen Augen. Er war bei dem Besitzer der Zeitung sehr beliebt, vielleicht war er sogar ein Verwandter.

Er lächelte mich freundlich an, wie jemand, der einem einen Gefallen tun will, aber gleichzeitig sich selbst von einer Last befreit. Er nahm ein dickes deutsches Buch aus einer Schublade. Es schien tausend Seiten lang zu sein.

Er gab es mir und sagte: »Schauen Sie einmal hinein.«

Ich las die erste Seite und fragte: »Wird mein Name genannt werden?«

»Keine Namen.«

»Ach, das ist aber ein Glücksfall für mich!« stieß ich hervor, obwohl ich ganz genau wußte, daß es nicht klug ist, zu zeigen, wie gerne man die Arbeit übernehmen möchte. Ich kam aus einer Familie ohne Kenntnis diplomatischer Umgangsformen.

Der Redakteur sagte: »Wir werden Ihnen sechzig Zloty in der Woche zahlen.«

Damals waren sechzig Zloty nicht mehr als elf oder zwölf Dollar, aber in Polen war das viel Geld. Ganze Familien lebten von diesem Betrag.

Ich sagte: »Ich weiß nicht, wie ich Ihnen danken soll.«

»Gehen Sie nach Hause und fangen Sie mit der Arbeit an. Wir brauchen jede Woche etwa zehntausend Wörter. Schreiben Sie einfache Sätze, in kurzen Absätzen und mit viel Dialog. Verwenden Sie keine schwierigen Wörter. Wenn Sie einen Vorschuß brauchen, können Sie ihn gleich haben.«

»Sie werden verstehen...«

»Ich verstehe schon, daß Sie ihn brauchen können. Wenn der Roman ein Erfolg wird, werden wir Ihnen mehr Arbeit geben.«

»Ich werde alles tun, was in meinen Kräften steht.«

Er schrieb einen kleinen Zettel für mich und zeigte mir, wo ich ihn bei dem Kassierer einlösen könne, der mir zweihundert Zloty gab. Ich hatte mich mühsam als Korrektor und Übersetzer durchgebracht, und plötzlich war ich reich, wenn ich auch dafür schwer arbeiten mußte. Obwohl ich Zweifel an Gott, Seinem Wohlwollen und Seiner Vorsehung hegte, brachte ich Ihm doch ein stilles Gebet dar. Nein, die Welt war kein Zufall, nicht das Resultat einer Explosion oder von irgend etwas Ähnlichem, wie Feuerbach, Marx und Bucharin behaupteten. Weil ich Frau Alpert und Marila nicht enttäuschen wollte, hatte Gott mir diese Einkommensquelle gesandt. Aber warum belohnte Er nicht Taten, die edler waren als die meinige? Warum ließ Er zu, daß arme Leute aus der Trambahn sprangen und Arme oder Beine dabei verloren? Und warum mußte Gina an der Schwindsucht sterben? Oder unschuldige Kinder durch umfallende Ölöfen verbrennen?

Als ich später einem Journalisten im Schriftsteller-Klub erzählte, was sich ereignet hatte, sagte er mir, ich sei ein Dummkopf. Der Verleger bezahle mir die Hälfte von dem, was andere für solche Arbeit erhielten.

»Warum haben Sie nicht mit ihm gehandelt?« fragte er mich. Er riet mir, den Redakteur aufzusuchen und mehr zu verlangen. Er bot mir eine Wette an, daß er mir sofort vierzig

Zloty mehr in der Woche zahlen würde. Aber ich war zu stolz, so etwas zu tun. Ich war in dem Glauben erzogen worden, daß man nicht feilschen und nicht seine eigene Arbeit loben dürfe, und eine Erhöhung zu erbitten, nachdem man ein Geschäft abgeschlossen hatte, erlaubte die menschliche Würde nicht.

IV

Sabina, ihre Mutter, ihre beiden Brüder und ich saßen am Tisch beim Abendessen. Breine Reisel, so hieß Sabinas Mutter, erzählte Geschichten aus ihrem Dorf.

Ich paßte auf jedes Wort auf. Ich war von der Philosophie enttäuscht worden, ich konnte kaum an die Psychologie glauben und an die Soziologie überhaupt nicht, aber ich war zu dem Schluß gelangt, daß viel Wahrheit, oder zumindest Teilchen von Wahrheit, in der Volkskunde zu finden war, in Träumen und Phantasien. Wenn das Denken nicht an eine bestimmte Methode gebunden ist, dann ist es möglich, einen Blick hinter den Vorhang der Erscheinungen zu werfen. Breine Reisel erzählte von einem polnischen Gutsbesitzer, der sich nach dem mißlungenen Aufstand des Jahres 1863 in einen Sarg legte, in dem er aß, schlief, Bücher las, und dies dreißig Jahre lang. Als er gestorben war, fand man in seinem Strohsack ein Vermögen in Golddukaten und ein Testament, in dem er seinen ganzen Besitz einem alten Wüstling, dem ehemaligen Liebhaber seiner, des Gutsbesitzers, Frau hinterließ. Sie, die Frau, war schon vor zwanzig Jahren gestorben. Breine Reisel sprudelte über von Geschichten über Dibbuks, Werwölfe, Dämonen, die Hochzeiten und Beschneidungsfeste auf Dachböden und in Kellern abhielten, von Leichen, die um Mitternacht in Synagogen zum Gebet zusammenkamen und erschrockene Vorübergehende aufforderten, es ihnen gleichzutun.

Breine Reisel hatte die Fünfzig überschritten und hatte viel durchgemacht. Trotzdem war ihr Gesicht jung geblieben. Die Worte kamen ganz von selbst aus ihrem Mund, und sie benutzte jiddische Redewendungen, die ich seit langer Zeit nicht mehr gehört hatte, oder denen ich nur in alten Geschichtenbüchern begegnet war. Sabina und ihr Bruder Mottel zwinkerten sich zu, und manchmal lachten sie ihre Mutter auch aus. Sie glaubten nicht an solchen Unsinn, aber ich und Reisels anderer Bruder, Chaskele, hörten aufmerksam zu. Chaskele war skrofulös. Er hatte einen riesigen Kopf, einen Wasserkopf. Er war schon früh aus dem Cheder genommen worden, hatte aber keine Arbeit bei einem Handwerker finden können. Er half im Haus – machte Besorgungen, heizte den Ofen, fegte, und manchmal wusch er auch das Geschirr. Seine Augen waren weißlich und saßen ungleich hoch. Sabina und Mottel erinnerten mich bei jeder Gelegenheit daran, daß Chaskele ein Opfer des Kapitalismus sei.

Dieses Jahr begann der Winter zeitig. Bald nach Sukkot fiel tiefer Schnee, und die Fröste setzten ein. Solange der Roman lief, brauchte ich mir keine Sorgen darüber zu machen, wovon ich leben würde, aber Sabinas Bruder Mottel beschuldigte mich, den Sensationsjournalismus zu unterstützen. Er las jeden Tag die Fortsetzung des Romans und betonte immer wieder, daß dies Opium fürs Volk sei, um es von dem Kampf um eine gerechte Ordnung abzuhalten.

Sabinas Verlobter (so nannte man ihn im Hause), Meir Milner, versuchte immer wieder, mit mir zu debattieren. Er war blond, hatte eine Stupsnase und war blauäugig. Er arbeitete halbtags als Hilfsbuchhalter in einer Knopffabrik. Ich war damit herausgeplatzt, daß ich nicht an den historischen Materialismus glaubte, und er war umgehend mein Feind geworden. Er konnte es nicht lassen, zu sticheln. Woran, so fragte er, glaubte ich denn überhaupt? An den Völkerbund, der gleich nach seiner Gründung dahinsiechte? Oder an Wilsons heuchlerisches Manifest? An die Balfour-Deklaration, die nicht einmal das Papier wert war, auf das sie geschrieben worden war? Oder die leeren Versprechungen von Léon Blum, MacDonald, Perl, Diamand und Gompers?

Ich rief ihm die Kameraden in Erinnerung, die in das Land des Sozialismus gegangen und dort verschwunden waren, aber Meir Milner schrie: »Das sind falsche Anschuldigungen faschistischer Hunde! Lügen, die reaktionäre Schweine fabriziert haben! Irreführungen trotzkistischer Provokateure!«

»Laßt sie alle brennen wie einen nassen Lappen – langsam«, warf der Witzbold Mottel ein, »für die gibt es nur eine Kur – einen Kopf kürzer machen.«

»Ein Tod genügt nicht für die!« knurrte Meir Milner.

Wieder und wieder erstaunte es mich, welcher Blutdurst sich unter den jüdischen Jugendlichen verbreitet hatte nach zweitausendjähriger Zerstreuung, nach Jahrhunderten des Gettolebens. Wenn Lamarck und seine Schüler recht gehabt hätten, daß erworbene Wesenszüge erblich seien, dann hätte jeder Jude ein hundertprozentiger Pazifist sein müssen. Dann hätten Juden und Moslems beschnitten auf die Welt kommen müssen. Ich las damals Bücher über Biologie und war besonders an den Debatten zwischen den Anhängern Lamarcks und denen von Darwin interessiert.

Nachts schlief ich spät ein. Das Zimmer war ein winziger Raum, das Fenster ging auf eine nackte Mauer. Selbst am hellsten Tag war es im Raum finster. Elektrizität gab es nicht im Hause, nur Gas. Ich hatte so viel Arbeit übernommen, daß ich nie rechtzeitig fertig wurde.

Ich lag wach und dachte an Gina. Während der hohen Feiertage hatte ich sie besucht. Sie war krank, lebte allein im Wald und war von Nachbarn und Läden weit entfernt. Sie saß dort und wartete auf den Tod. Das war nicht mehr die Gina, die ich gekannt hatte, sondern ein anderer Mensch, mir ganz fremd. Sie hatte fast aufgehört, zu sprechen. Ich versuchte, mich mit ihr über Übersinnliches zu unterhalten, aber sie gab keine Antwort. Hatte sie ihren Glauben an die Unsterblichkeit der Seele aufgegeben? Waren ihre früheren Verbindungen mit den Verstorbenen Schwindel gewesen und wollte sie mich jetzt nicht mehr täuschen? Oder hatte sie Zutritt zu Geheimnissen erhalten, die dem Gesunden verborgen bleiben? Ich bekam das Gefühl, als ob alles, was ich zu ihr sagte, eine Last für sie sei.

Ich hatte sie gefragt, ob sie mich in die Synagoge begleiten wolle, um das Blasen des Schofar zu hören, und sie antwortete:

»Wozu?«

Und bald blieb nichts mehr zu sagen.

Nachts wollte ich zu ihr kommen. Ich hoffte, Leidenschaft

in ihr erwecken zu können, sie noch einmal zum Reden zu bringen, aber Gina sagte, sie müsse allein schlafen. Schwach wie sie war, hatte sie in einer Ecke ihres Zimmers ein Klappbett für mich aufgestellt. Sie löschte die Lampe und blieb still. Ich hörte sie nicht einmal atmen. Während des Tages hustete sie viel, aber in dieser Nacht hörte ich nicht das leiseste Geräusch von ihr. Offenbar hatte sie einige Schlaftabletten genommen und war in eine Art Koma gesunken. Ich fürchtete, sie könne in der Nacht sterben.

Merkwürdigerweise hatte sie sich mit einer Frau in Otwock angefreundet, die auch schwindsüchtig war, und mit der sie offener und mehr sprach. Genias Bruder war Arzt in Warschau. Sie kam jeden Morgen und brachte Lebensmittel, die sie für Gina gekauft hatte. Genia plauderte gern. In den zwei Tagen, die ich mit Gina verbrachte, wurden Genia und ich so gute Freunde, daß wir uns zum Abschied küßten. Sie erzählte mir, daß die Ärzte – und ihr Bruder hatte zugestimmt – ihr noch ein Jahr gaben. Sie wohnte neben einem Freund, einem jungen Mann, der im letzten Stadium der Schwindsucht war und kaum mehr als sechs Monate zu leben hatte. Sie vertraute mir an, Gina sei körperlich nicht so krank, wie sie selber annahm. Die Ärzte, die sie untersucht hatten, waren der Ansicht, sie leide an Blutarmut, aber nicht an der Form, die zum Tode führte. Man hatte ihr Spritzen verschrieben und eine Leberdiät, die sie nicht beachtete. Gina wollte nicht mehr leben. Ich wußte, daß dies meine Schuld war. Als ich sie verließ und mir ein Zimmer bei Dr. Alpert nahm, hatte sie eingesehen, daß alle Hoffnungen, die sie auf mich gesetzt hatte, Narreteien gewesen waren.

Jetzt kam es mir vor, als sei es von mir noch närrischer gewesen, zu Sabina gezogen zu sein. Leichtfertig hatte ich die Verlobung der beiden jungen Leute zunichte gemacht. Ich war in gar keiner Weise zu einer Heirat geneigt, und selbst wenn ich es gewesen wäre, bestimmt nicht mit einem Mädchen wie Sabina. Obwohl ich keineswegs dem Vorbild meiner frommen Eltern nachlebte, so war mir doch das Idealbild meiner Eltern, das sie von einer Ehefrau hatten, geblieben – ein reines jüdisches Mädchen, das nach der Hochzeit, wenn schon nicht einem Gott, so doch einem

Mann dienen würde. Ich hätte Sabina das sagen sollen, aber ich bemerkte, daß sie genug hatte von den Liebeleien und jetzt mit ihrem ganzen weiblichen Instinkt sich nach einem Ehemann, einem Haushalt und Kindern sehnte. Vielleicht hatte sie auch damit gerechnet, daß ich mich mit der Zeit von Polen lösen würde. Da mein Bruder Berichterstatter einer amerikanischen Zeitung war, hatte ich Verbindung nach Amerika. In ihrem Innersten spürten die polnischen Juden, daß ihnen der Untergang gewiß war. Auch ich war mir dessen bewußt, daß das Herumspielen mit Frauen ein Spiel mit dem Leben war, aber ich besaß nicht genug Charakter und Willenskraft, der Stimme meines Gewissens zu folgen. Ich gehörte einer Generation an, die nicht mehr an den freien Willen glaubte und alles den Umständen, Ideologien und Komplexen zuschrieb.

In jener Nacht hatte ich ein oder zwei Stunden geschlafen. Plötzlich erwachte ich. Sabina hatte sich über mich gebeugt, und ihr Haar strich über mein Gesicht. Auch sie vermochte nicht so zu leben wie ihre strenggläubigen Vorfahren. Und obwohl sie eine Linke war und man mich für einen Rechten hielt, vereinigte uns die gleiche Leidenschaft – jedes mögliche Vergnügen, das sich uns bot, auszukosten, ehe wir für immer verschwinden würden.

Eines Tages saß ich in meinem Zimmer bei Dr. Alpert und versuchte, den Roman für die Zeitung »Radio« in die Länge zu ziehen, damit ich noch einige Monate meine sechzig Zloty in der Woche abholen konnte. Marila, das Dienstmädchen, klopfte und kündigte mir lächelnd und augenzwinkernd an, daß ich am Telefon verlangt würde – von einer schönen jungen Dame.

Ich ging an den Apparat und hörte eine Stimme, die ich zu kennen glaubte, aber nicht plazieren konnte. Ich kramte in meinem Gedächtnis, und die Frau am anderen Ende des Drahtes machte sich über mein schlechtes Erinnerungsvermögen lustig und bot mir Hinweise an, um es in Gang zu setzen. Nach einiger Zeit nannte sie ihren Namen: es war die frühere Stefa Janowsky und jetzige Frau Treitler.

Wir beide schwiegen eine Zeitlang, dann fragte ich:

»Was war es denn, ein Junge oder ein Mädchen?«

»Beides nicht. Gar nichts. Denken Sie nicht mehr daran.«

»Und Ihre Eltern?«

»Meine Mutter ist gestorben.«

»Und Mark?«

»Er ist auch tot. Nicht wirklich, aber was mich angeht. Bitte erwähnen Sie seinen Namen nicht mehr. Ich habe ihn vollkommen vergessen. Aber wie Sie sehen, *Sie* habe ich nicht vergessen. Ist das nicht seltsam?«

»Wenn es wahr ist.«

»Ja, es ist wahr.«

Verloren in Amerika

Erstes Kapitel

I

Zu Beginn der dreißiger Jahre war meine Ernüchterung über meine Person so groß geworden, daß ich alle Hoffnung verloren hatte. Um die Wahrheit zu sagen, ich hatte sehr wenig zu verlieren. Hitler war gerade dabei, in Deutschland die Macht zu ergreifen. Die polnischen Faschisten verkündeten, daß, was die Juden anging, sie die gleichen Pläne hätten wie die Nazis. Gina war gestorben, und erst dann wurde mir klar, welchen Schatz an Liebe, Hingabe, Glauben an Gott und die menschlichen Werte ich verloren hatte. Stefa hatte den reichen Herrn Treitler geheiratet. Mein Bruder Josua, seine Frau Gina und ihr jüngerer Sohn Jossele waren nach Amerika gegangen, wo er für den »Jewish Daily Forward« arbeiten sollte. Ihr älterer Sohn Jascha war im Alter von vierzehn Jahren an einer Lungenentzündung gestorben. Der Tod des Jungen hatte bei mir zu einer Depression geführt, die mich bis zum heutigen Tage nicht verlassen hat. Es war meine erste direkte Berührung mit dem Tod.

Auch mein Vater war zu dieser Zeit gestorben. Und obwohl seitdem über vierzig Jahre vergangen sind, ist es mir unmöglich, über diesen Verlust im einzelnen zu sprechen. Ich kann nur sagen, daß er wie ein Heiliger gelebt hat und wie ein Heiliger gestorben ist, gesegnet mit dem Glauben an Gott, Seine Gnade und Seine Vorsehung. Daß ich diesen Glauben nicht besitze, das ist die Geschichte, die ich hier erzählen will.

Der Zustand der jiddischen Sprache und Literatur war so, daß er sich nicht mehr verschlechtern konnte. Der Kleckin-Verlag, für den ich gearbeitet hatte, war in Konkurs gegangen und hatte die Produktion eingestellt. Auch die Abendzeitung »Radio« konnte mich nicht mehr gebrauchen. Dieselben Kollegen, die vor ein oder zwei Jahren mich beschimpft hatten, weil ich für eine bürgerliche Zeitung schrieb, für ein Sensationsblatt, und damit dazu beitrug, dem Volk Opium zu verabreichen, versuchten jetzt ihren eigenen Kitsch zum halben oder Viertelpreis zu verhökern. Die Enttäuschung, die viele Radikale durch den Kommunismus erfahren hatten, ließ sie sich jetzt für den Zionismus begeistern. Meine einzige Verdienstquelle war eine jiddische Zeitung in Paris, die auch im Begriff stand, ihr Erscheinen einzustellen. Die Schecks aus Paris verzögerten sich von Mal zu Mal. Ich konnte die beiden getrennten Zimmer für meine beiden Freundinnen nicht mehr erschwingen, auch nur eines zu bezahlen wurde von Monat zu Monat schwieriger.

Ich schuldete Frau Alpert mehrere hundert Zloty für die Miete, aber sie versicherte mir wieder und wieder, daß sie Vertrauen zu mir hätte. Mir fiel auf, daß das Dienstmädchen Marila mir zum Frühstück mehr Brötchen brachte als früher. Sie schien zu ahnen, daß mein Frühstück die einzige Mahlzeit des Tages war.

Ich stand im Briefwechsel mit meinem Bruder in New York, aber ich klagte nie über meine Situation. Obwohl meine Pläne darauf beruhten, daß mein Bruder mir ein Affidavit sendete, damit ich mit einem Besuchsvisum nach Amerika reisen konnte, und er mir dann dazu verhelfen würde, dortzubleiben, beantwortete ich seine Briefe nur selten. Briefe zu schreiben war mir immer lästig gewesen, und ich beneidete andere, die Zeit und Inspiration für ausgedehnte Briefwechsel fanden.

Andere beklagten sich bei mir über ihr Schicksal, aber ich erzählte ihnen nie etwas von meinen Sorgen. Einige Schriftsteller hatten sich zu Experten auf dem Gebiet der Stipendien und Unterstützungen entwickelt, um die sie sich bewarben und die sie auch erhielten, aber ich verlangte von niemandem etwas. Gina, sie ruhe in Frieden!, hatte mir den Spitznamen »Der hungernde Edelmann« gegeben.

Ich hatte oft beobachtet, wie Männer den Frauen nachliefen, um Liebe, einen Kuß, eine Zärtlichkeit flehend. Junge und sogar ältere Schriftsteller schämten sich nicht, die Redaktionen zu belagern und um Besprechungen ihrer Bücher zu betteln. Sie lobten sich selbst und biederten sich bei Redakteuren und Kritikern an. Ich konnte nie die Hand ausstrekken, weder nach Liebe noch nach Geld oder Anerkennung. Entweder mußte alles von selbst auf mich zukommen oder gar nicht.

Ich leugnete das Vorhandensein der Vorsehung, und dennoch erwartete ich ihre Anweisungen. Diese Art Fatalismus, vielleicht auch Glauben, hatte ich von beiden Eltern geerbt. Im allerschlimmsten Fall, das war mein einziger Trost, konnte ich immer noch Selbstmord verüben.

Die Warschauer literarische Szene, in der Günstlingswirtschaft, Cliquenwesen, der Grundsatz »eine Hand wäscht die andere« und das Liebedienern um die Gunst politischer Parteien und ihrer Führer zu höchster Blüte gelangt waren, lehnte ich ab. Und obwohl ich wußte, daß man im Leben nicht geradeaus gehen kann, sondern sich durchwursteln, vorbeischleichen, hineinschmuggeln muß, so rechnete ich doch lieber mit den göttlichen oder satanischen Kräften als mit den menschlichen.

Mit Sabina, die mit dem Stalinismus gebrochen und sich dem Trotzkismus zugewendet hatte, hatte ich mich auseinandergelebt. Ihr Bruder Mottel hatte das gleiche getan wie sie. Bruder und Schwester hofften beide, daß die Menschheit bald einsehen würde, der wahre Messias sei nicht Stalin sondern Trotzki, und daß die soziale Revolution in Polen von Isaac Deutscher angeführt wurde und nicht von dem hartnäckigen Stalinisten Isaac Gordin, der später elf Jahre in einem der Stalinschen Konzentrationslager verbringen sollte.

Was mich anging, so bestand meine einzige Überlebenschance darin, aus Polen zu flüchten, da ich nicht den Mut hatte, mich umzubringen. Man mußte nicht besonders hellsichtig sein, um die bevorstehende Hölle vorauszusehen. Nur die von dummen Schlagworten Hypnotisierten vermochten nicht zu sehen, was uns bevorstand. Es fehlte nicht an Demagogen und simplen Narren, die den jüdischen Massen versprachen, sie würden mit den nichtjüdischen Polen zusammen auf den Barrikaden kämpfen, und nach dem Sieg über den Faschismus würden Juden und Christen in Polen für immer als Brüder miteinander leben. Die frommen jüdischen Führer versprachen ihrerseits, der Allmächtige werde Wunder für die Juden vollbringen, wenn sie nur fleißig die Tora studierten und ihre Kinder in die Chederschulen und Jeschiwas schickten.

Ich hatte immer an Gott geglaubt, aber ich wußte genug

von der jüdischen Geschichte, um Seine Wunder anzuzweifeln. Zu Zeiten Chmielnizkis waren die Juden mit dem Studium der Tora intensiver beschäftigt gewesen als je zuvor und je danach und hatten sich völlig ihrer Jüdischkeit hingegeben. Zu jener Zeit gab es weder Aufklärung noch Ketzerei. Die gefolterten und ermordeten Opfer waren alles gottesfürchtige Juden gewesen. Ich hatte über diese Zeit ein Buch geschrieben, »Satan in Goraj«. Es war noch nicht in Buchform erschienen, war aber in der Zeitschrift »Globus« veröffentlicht worden. Ich hatte dafür nicht einen Pfennig Bezahlung erhalten. Ganz im Gegenteil, ich mußte noch zu den Druck- und Papierkosten beitragen.

Ein Mensch wie ich, von Zweifeln erfüllt, ist von Natur aus einsam. Ich hatte unter den jiddischen Schriftstellern nur zwei Freunde: Aaron Zeitlin und J. J. Trunk.

Aaron Zeitlin war sechs oder sieben Jahre älter als ich. Ich hielt ihn für einen der größten Dichter der Weltliteratur. Er war sowohl im Jiddischen wie im Hebräischen ein Meister, aber seine ungeheuer starke schöpferische Kraft zeigte sich am besten in seinen jiddischen Werken. Er war ein Mann von großem Wissen, ein geistiger Riese zwischen geistigen Zwergen. Als kurz vor meiner Abreise nach Amerika der jiddische PEN-Club mein Buch »Satan in Goraj« herausgab, schrieb Zeitlin die Einführung dazu. Das gedruckte Buch mit seiner Einleitung erreichte mich erst, als ich schon in Amerika war.

Wir waren beide einsame Männer. Wir wußten beide, daß uns die Vernichtung bevorstand. Ich besuchte Zeitlin oft in seiner Wohnung in der Siennastraße. Wir versuchten sogar gemeinsam an einem Buch über den wahnsinnigen Philosophen Otto Weininger zu arbeiten. Manchmal besuchte Zeitlin mich in meinen immer wechselnden möblierten Zimmern. Er lebte von Artikeln, die er für die Zeitung »Expreß« schrieb, die auch manchmal meine kleinen Geschichten druckte.

Intellektuell und literarisch waren wir einander so nahe, wie es zwei Schriftsteller nur sein können, aber wir hatten völlig verschiedene Charaktere. Zeitlins Hauptleidenschaft war die Literatur, insbesondere die religiöse und alles dazugehörige. Meine Hauptleidenschaft dagegen waren die Abenteuer der Liebe, die zahllosen Variationen und Spannungen, die den Beziehungen zwischen den Geschlechtern innewohnen.

Zeitlin war in der russischen, polnischen, hebräischen, französischen und deutschen Literatur höchst bewandert, er las alles in der Originalsprache. Er entdeckte Schriftsteller und Denker, die im Laufe der Zeit vergessen oder nie anerkannt worden waren. Trotz dieser Belesenheit blieb seine Dichtung eigenständig. Er imitierte niemanden, denn er war in vielem bedeutender als diejenigen, mit denen er sich befaßte. Er war seiner hübschen aber kühlen Frau, der er als Partner vorgeschlagen worden war, ein treuer Ehemann. Er widmete ihr einige seiner Gedichte. Er war unendlich dankbar für die Tatsache, daß dieses halb assimilierte Warschauer Mädchen, die Tochter eines wohlhabenden Mannes, bereit gewesen war, ihn zu heiraten statt eines Arztes oder Rechtsanwaltes, die ihrer Persönlichkeit mehr entsprochen hätten. Seltsamerweise arbeitete sie in der Bestattungsabteilung der Jüdischen Gemeindeorganisation, und auch nach der Heirat gab sie diesen düsteren Posten nicht auf, nicht einmal nach der Geburt des Sohnes Risia. Mit dem Kind sprach sie Polnisch, nicht die Sprache, in der ihr Mann schrieb. Ich sah das Paar selten zusammen.

Unter den Frauen der jiddischen Schriftsteller und einer großen Zahl der sogenannten Jiddischisten galt es als ungeschriebenes Gesetz, daß ihre Kinder mit der polnischen Sprache aufwachsen sollten. Die Frau meines Bruders machte keine Ausnahme. Die Ehemänner hatten sich damit abzufinden. Nur die Chassidim und die Armen, besonders in den kleinen Städten, sprachen noch Jiddisch mit ihren Kindern.

Mein anderer Freund, der auch Zeitlins Freund war, J. J. Trunk, war einige zwanzig Jahre älter als ich. Er war der Sohn eines reichen Mannes, der Häuser in der Stadt Lodz besaß, und der Enkel eines berühmten Rabbis, den Trunks neureicher Urgroßvater für seine Tochter als Mann ausgesucht hatte.

Diese beiden Vorfahren, der Kaufmann und der Rabbi, bekämpften sich in Trunk, dem Mann, und Trunk, dem Schriftsteller. Trunk hatte ein gutes Auge für Menschen und

Situationen. Er hatte auch Sinn für Humor. In späteren Jahren schrieb er ein zehnbändiges Memoirenwerk, das hohen dokumentarischen Wert für das Leben der Juden in Polen besitzt. Er liebte die Literatur, und es war ihm von höchster Wichtigkeit, als Schriftsteller etwas Bleibendes zu schaffen. Aber irgend etwas fehlte in seinen Arbeiten, das ihn dieses Ziel nicht erreichen ließ. Wir, seine Freunde, wußten das. Tschechow sagte einmal von einem russischen Schriftsteller, daß ihm jene Zweifel fehlten, die dem Talent graue Haare bescheren. Trunk war und blieb ein Amateur, wenn auch ein begabter. Er war zu hoffnungsfroh, zu leichtgläubig allen möglichen »ismen« gegenüber, zu naiv, um ein wirklicher Künstler zu sein. Und gerade weil er aus einem reichen Hause kam, beschloß er, Sozialist zu werden. Aber auch dieser Sozialismus paßte irgendwie nicht zu seinem Charakter, und er mußte sich dauernd rechtfertigen, seinen Parteifreunden gegenüber, wie auch Zeitlin und mir gegenüber.

Trunks Frau, Dascha, teilte sein Erbe an Wohlstand und Lebensart. Aus dem Munde dieses Paares sprachen Generationen polnischer Juden. Jedes ihrer Worte, ihre Ausdrucksweise und ihre Bewegungen waren Beispiele polnisch-jüdischen Lebensstils, polnisch-jüdischer Naivität. Mann und Frau waren einander so nahe wie Bruder und Schwester, und gleichzeitig so weit entfernt wie Bruder und Schwester manchmal sein können. Er war blond, blauäugig, untersetzt. Aus seinen Augen blitzten jungenhafte Freude und jugendlicher Übermut. Dascha war mager, dunkel, und ihre Augen verrieten die Sorgen der überlasteten Frau. Bücher waren ihr einziger Trost im Leben. Die Trunks hatten eine Tochter – ein großes, schlankes, blondes Mädchen, das durch die Ujazdowski-Allee und im Lazienki-Park spazierenritt. Es ist vielleicht kein Zufall, daß dieses stolze Mädchen während des Zweiten Weltkriegs konvertierte und eine fromme Katholikin wurde. Ihr Mann, ein Christ, starb während des polnischen Aufstands im Jahre 1945.

Ja, Zeitlin, Trunk und ich waren gute Freunde. Wir veröffentlichten unsere Arbeiten in denselben Zeitschriften und Anthologien, deren Mitherausgeber ich, der jüngste, zuweilen war. Ich besuchte sie oft in ihren Wohnungen. Aber so nötig ich es gebraucht hätte, es wäre mir nie eingefallen, sie um ein Darlehen zu bitten. Ich war damals schon Mitglied des jiddischen Schriftsteller-Klubs und sogar des PEN-Clubs, aber ich war noch immer schüchtern wie ein Jüngling, und niemals brachte ich eine meiner Freundinnen dorthin. (Zeitlin fragte mich nie nach persönlichen Dingen. Aber Trunk gegenüber tat ich mich gelegentlich groß mit meinen Eroberungen.) Beide Trunks waren viel älter als ich, und sie hielten mich für ein halbverrücktes Wunderkind, das eben noch mit ihnen zusammen und dann plötzlich verschwunden war, gerade wie einer der Dämonen oder Kobolde, die ich in meinen Erzählungen beschrieb. Auch mein Bruder hatte es aufgegeben, mein Leben in Ordnung bringen zu wollen. Nachdem er nach Amerika gegangen war, wurde ich mir selbst rätselhaft. Ich tat Dinge, deren ich mich schämte. Ich führte Liebschaften an mehreren Fronten. Sie fingen alle ganz beiläufig an, und sehr bald wurden alle sehr ernsthaft und verwickelten mich in zahllose Täuschungsmanöver und Komplikationen. Ich stahl Liebe, aber ich wurde immer auf frischer Tat ertappt, in meine Lügen verstrickt und mußte mich dauernd verteidigen, Versprechungen machen, heilige Eide schwören, die ich nicht halten konnte. Meine Opfer machten mich mit den übelsten Schimpfnamen herunter, aber meine Betrügereien schienen sie doch nicht in dem Maße abzustoßen, daß sie mich ganz loswerden wollten.

II

Es war wiederum Sommer, und die Hitze verschlang die Stadt Warschau. Wiederum brachte ich es fertig, zwei Wohnungen zu haben – diesmal eine in Warschau und die andere auf dem Land, zwischen Świder und Otwock. Ich schrieb noch immer für das Pariser jiddische Blatt, das dabei war einzugehen, und von Zeit zu Zeit veröffentlichte ich ein Stück aus einer Erzählung im »Expreß«.

Ich war bei Frau Alpert ausgezogen, aber ich hatte ihr und Marila versprochen, bei der ersten Gelegenheit zurückzukommen, wenn das Zimmer noch frei sein sollte. Gleichzeitig wußte ich, daß ich niemals zurückkehren würde, denn zu jener Zeit hatte ich schon von meinem Bruder ein Affidavit für meine Reise nach Amerika und wartete auf das Besuchsvisum des amerikanischen Konsuls. Ich hatte auch einen Auslandspaß beantragt, aber es stellte sich heraus, daß einige Unterlagen fehlten. Ich hatte das Vorgefühl, ich würde Polen niemals verlassen können und alle meine Bemühungen würden umsonst sein.

Die Tage waren im Sommer lang. Erst gegen zehn Uhr entschwanden die letzten Reste des Sonnenuntergangs dem Blick. Gegen drei Uhr früh fingen bereits die Vögel zu zwitschern an, rund um meine Karikatur einer Datscha herum. Meine Freundin Lena und ich schliefen nackt, da unsere Dachstube, den ganzen Tag von der Sonne beschienen, wie ein Backofen war und unsere Körper röstete. Erst in der Morgendämmerung kam ein kühler Windhauch aus den Nadelwäldern. Das ganze Haus war eine riesige Ruine. Das Dach war durchlöchert, und wenn es regnete, mußten wir Eimer aufstellen, um das Wasser aufzufangen. Die Fußböden waren verfault und mit Ungeziefer verseucht. Die Mäuse hatten sich davongemacht, da es nichts zu beißen gab. Für hundertfünfzig Zloty hatten wir das Zimmer für den ganzen Sommer gemietet. Praktisch hatten wir das ganze Haus für uns, denn niemand wollte dort einziehen. Die Türen zu allen Räumen standen offen. Die Matratzen auf den Betten waren zerschlissen, und rostige Sprungfedern stachen hervor. Manchmal, wenn ein starker Wind wehte, bebte das ganze Haus, und Schwärme von Dämonen pfiffen und heulten.

Lena und ich hatten uns an diese bösen Geister gewöhnt. Sie liefen des Nachts über die Treppen, öffneten Türen und schlugen sie zu und verschoben Möbel. Und obwohl Lena sich über mich und meine Beschäftigung mit dem Übersinnlichen lustig machte, mußte sie doch zugeben, daß sie in den Korridoren die flüchtige Erscheinung von Gespenstern erblickt hatte. Bei jeder Gelegenheit zitierte Lena Marx, Lenin, Trotzki und Bucharin, aber sie hatte Angst, nachts auf das Örtchen im Garten zu gehen und benutzte einen Nachttopf. Als Grund gab sie an, daß es von Unkraut überwuchert sei und Schlangen dort auf der Lauer lägen. Der Besitzer hatte uns eine Petroleumlampe gegeben, aber wir zündeten sie selten an, weil in dem Augenblick, wo es ein Licht gab, Motten, Mücken und andere Insekten durch die zerbrochenen Fensterscheiben hereinflogen. Große Käfer krochen aus den Löchern und Spalten des Fußbodens. Ich mußte den Wasserbottich, den ich täglich von der Pumpe heraufbrachte, zudecken, damit wir am Morgen nicht Dutzende von ertrunkenen Tieren auf dem Wasser treibend vorfinden würden.

Lena hatte ich von Sabina geerbt. Eine Zeitlang waren sie eng befreundet gewesen. Sie waren sogar einige Monate lang zusammen im Pawiak-Gefängnis gesessen, in der Frauenabteilung, die den Spitznamen »Serbia« hatte. Dort, in der Gefängniszelle, hatten sie sich verzankt, weil Sabina Trotzkistin geworden war, während Lena weiterhin dem Genossen Stalin die Treue hielt. Lena war gegen Kaution freigelassen worden und sollte vor Gericht kommen, was schon vor Monaten festgelegt worden war, aber sie hatte die Kaution schießenlassen, weil inzwischen neue Zeugen für die Anklage aufgetaucht waren und sie mit Sicherheit mehrere Monate Gefängnis bekommen hätte.

Sie war in Warschau zu mir gekommen, um Schutz für eine Nacht bittend, da sie, wie sie sagte, von Polizeispitzeln verfolgt wurde. In meinem möblierten Zimmer gab es nur ein schmales Eisenbett, und darin schlief sie mit mir nicht nur die eine Nacht, sondern über zwei Wochen. Noch während sie ihre Lippen auf meine preßte, nannte sie mich einen Lakai der Kapitalisten. Sie beklagte es, daß meine mystischen Geschichten dazu beitrugen, den Faschismus zu unterstützen, aber sie versuchte, einige ins Polnische zu übersetzen. Sie hatte mir geschworen, eine gynäkologische Operation habe sie unfruchtbar gemacht, aber sie war in jenem Sommer bereits im fünften Monat. Sie sagte, sie wolle ein Kind von mir, selbst wenn die Welt am nächsten Tag unterginge. Sie versicherte mir, der letzte Kampf zwischen Gerechtigkeit und Ausbeutung stehe vor der Tür, und wenn die Wahrheit triumphierte, würde sie keine Unterstützung von mir brauchen. Wenn ich dem unvermeidlichen Tag der Rache der polnischen Massen entgehen wolle, solle ich ruhig nach Amerika gehen. Die Revolution würde auch dorthin gelangen.

Es war leeres Gerede. In Wirklichkeit lief sie durch die Ruine, die ich gemietet hatte, wie ein in den Käfig gesperrtes Tier.

Sie besaß keinen Pfennig und war in Gefahr, verhaftet zu werden. Lena kam aus einem chassidischen Haus. Ihr Vater, Salomon Simon Jabloner war ein Anhänger des Rabbi von Gora. Er hatte seine Tochter aus dem Haus gewiesen, als sie sich mit den Kommunisten eingelassen hatte. Er hielt eine Trauerzeit für sie ein, wie auch ihre Mutter, drei Brüder und zwei Schwestern es taten. Man kannte Jabloner als eifernden Fanatiker. Wenn seine Kinder irgend etwas getan hatten, das ihm mißfiel, so schlug er sie, selbst als sie schon verheiratet waren. Man erzählte sich, daß Salomon Simon im Gora-Lehrhaus in der Franciszkańska 22 selbst dem Rabbi widersprochen hatte. Lena, ihr wirklicher Name war Lea Frieda, erzählte mir, daß sie sich eher aufhängen würde, als nach Hause zu ihrer reaktionären Familie zurückzugehen. Sie war für ein Mädchen groß, dunkel wie eine Zigeunerin, flachbrüstig wie ein Mann. Ihr Haar trug sie kurzgeschnitten. Zwischen ihren vollen Lippen hing immer eine Zigarette. Ihre starken Augenbrauen stutzte oder zupfte sie nicht. Ihre pechschwarzen Augen strahlten männliche Entschlossenheit aus und die Enttäuschung eines Menschen, der durch irgendeinen biologischen Irrtum in das falsche Geschlecht geboren worden war. Sie war alles andere als mein Typ. Sie hatte mir von ihren lesbischen Neigungen erzählt. Mich mit einer solchen Frau einzulassen und Vater ihres Kindes zu werden, war eine Wahnsinnstat. Aber ich hatte mich schon an mein seltsames Verhalten gewöhnt. Aus einem mir selber unerklärlichen Grunde erweckte dieses wilde Mädchen in mir ein übertriebenes Gefühl des Mitleids. Und obwohl sie mir bei jeder Gelegenheit versicherte, ich habe keine Verantwortung für sie und könne tun, was mir beliebte, klammerte sie sich an mich. Sie war ein Bündel von Widersprüchen. Heute schwor sie mir ewige Liebe. Morgen sagte sie, sie wolle schwanger werden, weil das Gericht mit einer Mutter nachsichtiger verfahren würde. Jetzt, da sie Trotzkistin geworden war, verspürte sie nicht die geringste Lust, für ihre Stalin geleisteten Dienste ins Gefängnis zu gehen.

Unser Zimmer besaß einen hölzernen Balkon, der verfault war und sich nach Jahren des Regens und Schnees gesenkt hatte. Jedesmal, wenn ich ihn betrat, hatte ich das Gefühl, er werde unter mir zusammenbrechen. Von hier aus konnte ich die Bahngeleise sehen, wie auch die Nadelwälder und die Sanatorien, in denen Tausende von Lungenkranken langsam ihr Leben aushauchten.

In diesem Sommer brachte der »Expreß« nur ein paar meiner Sketche, und die Schecks aus Paris verzögerten sich so sehr, daß ich bald nicht mehr wußte, wieviel Geld man mir schuldete. Vor Jahren hatte Lena eine Lehre als Miedermacherin abgeschlossen. Aber um den Beruf auszuüben, brauchte man eine besondere Nähmaschine, Fischbein, Scheren und anderes Zubehör.

Unser Besitz in diesem Refugium bestand aus einem Topf, einer Pfanne, etwas Blechbesteck und einigen Büchern. Der Hausbesorger der Villa, ein Russe namens Demienti, war ein Säufer. Er versorgte uns mit den Eimern, mit denen wir bei Regen das Wasser auffingen. Seine Frau hatte ihn eines anderen Russen wegen verlassen. Der Hausbesitzer bezahlte ihm keinen Lohn mehr. Wenn Demienti gerade nicht betrunken war, strich er durch die Wälder und schoß Hasen, Kaninchen und Vögel. Jemand hatte Lena erzählt, er äße Hunde und Katzen. Die Villa sollte demnächst abgerissen und auf dem Platz ein Sanatorium gebaut werden.

Lena und ich lebten für den Augenblick. Um den Tag zu bestehen – und manchmal auch die elenden Nächte –, bildete ich mir ein, schon gestorben und eine jener legendären Leichen zu sein, die, anstatt auf dem Friedhof zu ruhen, ihre Gräber verließen, um sich in der Welt des Chaos umzutun. In meinen Geschichten hatte ich solche lebenden Toten beschrieben, und jetzt wurde ich in meiner Vorstellung selbst einer meiner Helden. Da ich eine Leiche war, so sagte ich mir, was regte ich mich auf? Was konnte mir schon geschehen? Eine Leiche konnte es sich sogar leisten zu sündigen.

Als ich an diesem Abend auf dem Balkon stand, überdachte ich meine Pläne für den nächsten Tag. Ich hatte keinen rechten Grund, nach Warschau zu fahren und meine wenigen Zloty für das Billett auszugeben, aber ich mußte die paar

Leute, mit denen ich noch Kontakt hatte in dieser schlechtesten aller Welten, sehen. Niemand in Warschau kannte meine Adresse in Świder. Ich hatte kein Telefon. Kein Briefträger kam je in diese ehemalige Villa. Vielleicht war der Scheck aus Paris angekommen? Vielleicht erwartete mich die Antwort des amerikanischen Konsuls? Vielleicht hatte mir Josua geschrieben? Es war noch zu früh um aufzustehen, so ging ich zurück ins Bett. Lena war auch wach. Sie saß auf dem Bettrand und rauchte eine Zigarette. Ich konnte ihren nackten Körper für einen Augenblick im Aufglühen der Zigarette sehen. Sie fragte: »Um wieviel Uhr wirst du nach Warschau jagen?«

»Um zehn.«

»So früh? Na schön, ist sowieso alles egal. Bring mir wenigstens etwas zu lesen mit. Gestern habe ich die ›Amerikanische Tragödie‹ von Dreiser zu Ende gelesen.«

»Ist sie gut?«

»Weder gut noch schlecht. Ich finde nichts Amerikanisches an dieser Tragödie.«

»Ich werde bei Bresler vorbeigehen und dir einen ganzen Haufen Bücher mitbringen.«

»Verlauf dich nicht in Warschau.«

Ich war hungrig nach dem gestrigen mageren Abendessen. Ich hatte Lust auf frische Brötchen, Kaffee mit Sahne und auf ein Stückchen Hering, aber alles, was wir besaßen, war hartes Brot und ein Paket Zichorie. Und das bißchen Milch, das übriggeblieben war, war sauer geworden. Vielleicht, fragte ich mich, ist es schon an der Zeit, in das Grab zurückzukehren? Aber ich war noch nicht bereit dazu. Erfahrung hatte mich gelehrt, wenn alles ganz schlecht stand und ich schon das Ende nahen fühlte, geschah unweigerlich etwas wie ein Wunder. Und obwohl ich Gott zurückgewiesen hatte, glaubte ich doch, daß irgendwo in dem himmlischen Register ein Konto für jede einzelne Person, für jeden Wurm und jede Mikrobe geführt wurde. Ich hatte nicht geglaubt, nochmals einschlafen zu können, aber ich schlief sofort ein, als ich mich auf die zerrissene Matratze legte, und als ich die Augen aufschlug, schien die Sonne.

Lena zündete den Primuskocher an, und bald kochte er

und stank nach Spiritus. Sie kochte Zichorie im Wasser auf und gab mir eine dicke Scheibe Brot mit Marmelade. Mir schien, sie nahm sich selber eine dünnere Scheibe und weniger Marmelade. Wenn sie auch für die Gleichheit der Geschlechter eintrat, so zeigte sich doch eine Spur von Respekt für den Mann bei ihr, etwas, das ihr von Generationen von Großmüttern und Urgroßmüttern vererbt worden war. Ich kaute das trockene Brot so lange, bis es wie frisches schmeckte. Selbst das Zichorienwasser begann nach etwas zu schmecken, wenn man es langsam trank. Millionen Menschen in Indien, in China und in der Mandschurei hatten nicht einmal das. Es war erst zehn Jahre her, daß Millionen von Bauern in Sowjetrußland verhungert waren.

Es hatte wenig Sinn sich anzuziehen, denn die Sonne dörrte schon das Dach über unseren Köpfen. Ich hatte ein sauberes Hemd für die Fahrt in die Stadt, aber ich wollte es nicht verschwitzen. Vor einigen Wochen hatte ich angefangen, einen Roman zu schreiben, auf den ich große Hoffnungen setzte. Josua hatte mir geschrieben, der »Forward« würde ihn drucken, wenn er ihnen gefiel. Außerdem könnte ich ihn vielleicht an eine Warschauer Zeitung verkaufen. Aber je länger ich an dem Roman arbeitete, desto klarer wurde mir, daß er sowohl an Handlung wie an Form eingebüßt hatte. Ich versuchte, einen ehemaligen Jeschiwaschüler zu beschreiben, der Professor der Mathematik geworden war, senil wurde, sich mit Okkultismus beschäftigte und mit Zahlenmystik. Aber mir fehlte die Erfahrung für diese Art von Arbeit. Lena hatte mir das von Anfang an gesagt.

Ich hatte auf allen Gebieten versagt. Ich hatte mich selbst und meine Ziele sabotiert. Ich hatte viel Energie an dieses Manuskript verschwendet. Einzelne Kapitel waren mir leichtgefallen – jene, in denen ich die Verwirrung und den Gedächtnisverlust des Alters beschrieben hatte. Ich hatte oft das unheimliche Gefühl, alt und senil geboren worden zu sein. Aber von Mathematik wußte ich viel zu wenig und von dem Leben an einer Universität überhaupt nichts.

Es war noch zu früh, um zum Bahnhof zu gehen, aber ich konnte nicht den ganzen Morgen in dieser Ruine verbringen. Lena begleitete mich. Ich warnte sie, daß man sie erkennen und verhaften könnte, aber sie behauptete, daß es besser für sie sei, ins Gefängnis zu kommen. Dann müßte sie sich wenigstens nicht um eine Entbindungsanstalt kümmern und wo sie leben würde, wenn der Sommer vorüber wäre. Wir schlenderten durch den Sand, jeder mit seinen eigenen Gedanken beschäftigt.

Lena fing an, zu mir und zu sich selbst zu sprechen:

»Wodurch unterscheidet sich dieses elende Haus von einem Gefängnis? Im Pawiak hatte ich ein sauberes Bett. Bekam auch besser zu essen. Und ehe ich mich mit den anderen Mädchen zankte, hatte ich auch mehr Gesellschaft. Hier vergehen Stunden, und du sprichst kein Wort mit mir. Ich habe dir geraten, diesen lächerlichen Roman beiseite zu legen, aber du hast dich an ihn wie ein Ertrinkender an einen Strohhalm geklammert. Schon zuzusehen, wie du dich mit diesem verfluchten Manuskript abstrampelst, ist für mich schlimmer als das strengste Gefängnisleben. Manchmal möchte ich einen Polizisten anhalten und sagen: Hier bin ich. Zumindest hätte ich dann ein Fleckchen für meinen Sohn.«

»Woher weißt du, daß es ein Sohn sein wird? Es könnte auch eine Tochter sein.«

»Von mir aus kann es ein Inkubus sein.«

Ich versuchte sie zu trösten, indem ich ihr sagte, ich würde sie mit nach Amerika nehmen, aber sie antwortete:

»Du brauchst mir keinen Gefallen zu tun. Dein Amerika kannst du dir an den Hut stecken.«

Endlich kam der Zug, und ich stieg ein. Lena drehte sich um und ging zurück. Ich mußte mich immer wieder daran erinnern, daß ich eine Leiche war, von allen menschlichen Ängsten befreit. Ich war tot, tot, tot! Ich durfte das nicht für einen Augenblick vergessen.

Nach längerem Warten setzte sich der Zug nach Warschau in Bewegung. Der Waggon war leer. Aus den Ferienorten wehte eine frische Brise herüber. Einige Erholungsuchende lagen bereits in Liegestühlen, nahmen ein Sonnenbad. In Falenica sah ich einen Juden neben einem Baum stehen, mit Gebetsmantel und Gebetsriemen, sich im Rhythmus der achtzehn Segenssprüche wiegend. Er schlug sich an die Brust und intonierte: »Wir haben gesündigt... wir sind Gesetzesübertreter.« An einem langen Tisch saßen Jeschiwastudenten, während ihr Lehrer vortrug, gestikulierend und an seinem gelben Bart zupfend.

Wenn heute kein Scheck für mich aus Paris gekommen war, dann war ich erledigt. Dann blieb nur der Ausweg, in die Weichsel zu springen. Meine Post kam nicht an mein Zimmer in der Nowolipkistraße, sondern an die Adresse von Leon Treitler, dem Mann der früheren Panna Stefa und jetzigen Frau Treitler.

Ich war jetzt auf dem Weg zu ihr. Meine ganze Post kam an ihre Adresse. Ich hätte sie anrufen können, aber das Ferngespräch hätte so viel gekostet wie das Billett dritter Klasse. Ich hatte mich in eine solche Isolation begeben, daß Stefa und eine arme Cousine von mir, Esther, mein einziger Kontakt mit Warschau waren. Zeitlin und seine Frau waren in die Ferien ins Gebirge nach Zakopane gefahren. J. J. Trunk war in ein ausländisches Bad gereist. Während der Sommermonate war der jiddische Schriftsteller-Klub verwaist.

III

Leon Treitler wohnte in einem ihm gehörenden Haus in der Niecalastraße, ein paar Schritte vom Sächsischen Garten entfernt. Die Wohnung hatte acht Zimmer. Leon Treitler hatte meine Geschichten auf Jiddisch gelesen, und Stefa hatte versucht, sie ins Polnische zu übersetzen. Sie konnte mehr Jiddisch als sie zugab. Sie nannte es auch nicht mehr Jargon; sie hatte aufgehört, an die Assimilation zu glauben. Weder konnten die Juden ganz und gar polonisiert werden, noch würden die Polen diese seltsame Minorität dulden. Stefa war einige Male in polnischen Cafés, in die sie mit ihrem Mann gegangen war, angerempelt worden; man hatte ihr geraten, in die Nalewkistraße oder nach Palästina zu gehen. Die antisemitischen Schreiber in der polnischen Presse griffen sogar die Konvertiten an. Einige dieser Schriftsteller hatten die Rassentheorie von Hitler und Rosenberg angenommen – und das zu einer Zeit, als die Nazipresse die Polen als minderwertige Rasse beschrieb und behauptete, eine Reihe der besten Familien, die Majewskis und Wolonskis zum Beispiel, seien Abkömmlinge der Anhänger des falschen Messias Jakob Frank, eines orientalischen Juden und Scharlatans. Es wurde sogar vermutet, der polnische Nationaldichter Adam Mickiewicz gehöre zu dieser Rasse, da er von seiner Mutterseite ein Majewski war, und dieser Name von allen Frankisten, die während des Monats Mai konvertiert hatten, angenommen worden war. Die Wolonskis, andererseits, seien Nachkommen von Elisa Schorr, einem der gelehrtesten Schüler von Frank.

Warschau war von einer Hitzewelle überzogen. Ich konnte nicht warten, bis ich zu Stefa kam, um zu erfahren, ob ein Brief für mich angekommen war, so rief ich sie an. Man konnte damals schon selbst wählen. Ich hörte es läuten und dann, plötzlich, Stefas Stimme. Stefa hatte die Idee der Assimilation so gründlich verworfen, daß sie oft darauf bestand, Schewa Lea genannt zu werden. Mich nannte sie Jizchak, Itsche oder manchmal sogar Itschele. Sie rief aus:

»Jizchak, wenn du nur eine Minute früher angerufen hättest, hättest du keine Antwort bekommen! Ich war hinuntergegangen, um eine Zeitung zu kaufen.«

»Was gibt es Neues?«

»Nichts Gutes, wie immer. Aber für dich habe ich eine gute Nachricht. Ich habe Post für dich.«

»Woher?«

»Von der halben Welt – aus Paris, aus New York, vom amerikanischen Konsul. Mir scheint, daß zwei Briefe aus New York gekommen sind. Soll ich nachsehen?«

»Wir werden zusammen nachsehen.«

»Wo bist du denn?«

»Am Bahnhof.«

»Komm her. Ich mach dir Frühstück.«

»Ich habe schon gefrühstückt.«

»Entweder du ißt mit mir, oder ich werfe alle deine Briefe aus dem Fenster.«

»Schewa, du bist gräßlich.«

»Ja, das bin ich.«

Um das Fahrgeld zu sparen, hatte ich vom Bahnhof zur Niecalastraße laufen wollen, aber jetzt rannte ich einer

Straßenbahn nach. Was ein paar Worte für eine Leiche tun können, sagte ich zu mir. Ich war dem Treitlerschen Hause so nah, wie ich mit der Straßenbahn fahren konnte, und die wenigen restlichen Schritte lief ich. Der Pförtner kannte mich. Selbst sein Hund bellte nicht, wie er es früher immer getan hatte. Im Gegenteil, er wedelte mit dem Schwanz, sobald ich durch das Tor schritt. Jedesmal, wenn ich in das Haus kam, staunte ich darüber, was Zeit und menschliche Gefühle vollbringen konnten. Meine erste Begegnung mit Stefa war mir unvergeßlich; wie sie mich ausgefragt hatte, als ich auf der anderen Seite der Türschwelle stand; die Verachtung, mit der sie von Jiddisch und der Jiddischkeit gesprochen hatte; wie nah sie damals dem Selbstmord gewesen war. Jetzt war Stefa eine reiche Frau und meine polnische Übersetzerin. Ein Stück aus meinem Roman war in einer polnischen Zeitung erschienen, und dank mir war ihr Name zum erstenmal gedruckt worden. Sie hatte als Stefa Janowska Treitler unterschrieben. Leon Treitler war so stolz gewesen, seinen Namen gedruckt zu sehen, daß er zu Ehren dieses Anlasses eine Gesellschaft gegeben hatte. Unter den Geladenen waren ehemalige Freunde aus Stefas Gymnasium und von der Universität, einige Verwandte und Leon Treitlers Geschäftspartner mit ihren Frauen und Töchtern. Es wurde Sekt getrunken und Reden wurden gehalten. Leon Treitler hatte hundert Nummern der Zeitung gekauft, und eine davon hatte er rahmen lassen. Nie zuvor war mir ein so übertriebener Respekt für das gedruckte Wort begegnet.

Stefas ehemaliger Lehrer, der auch eingeladen war, brachte einen Toast auf sie aus und erinnerte daran, daß er schon im Gymnasium, als Stefa in der sechsten Klasse war, ihr eine literarische Laufbahn vorausgesagt hatte. Jetzt prophezeite er, Stefa werde ein Band zwischen der polnischen und der jiddischen Literatur knüpfen. Er hatte mich für meinen Bruder Josua gehalten. Josuas Roman war auf Polnisch erschienen, nachdem er schon nach Amerika ausgewandert war, und er hatte sehr gute Kritiken erhalten. Seltsamerweise hatte der gehässigste polnische Antisemit, der berüchtigte Nowaczyński, eine blendende Rezension über dieses Buch, »Josche Kalb«, geschrieben. Laut diesem Artikel hatte mein

Bruder in diesem Roman die außerordentliche Energie der Juden aufgezeigt und auch gezeigt, wie geschickt der Jude darin war, sich selbst und andere zu hypnotisieren – auch, wie der Pole, der von Natur einen weichen, naiven und sanften Charakter hat, leicht von dem Juden beeinflußt und sogar beherrscht werden kann, wenn er keinen Widerstand leistet.

Die Prophezeiungen von Stefas Lehrer an jenem Abend trafen nicht ein. Außer diesem einen Stück erschien keine meiner anderen Arbeiten jemals auf Polnisch. Aber zwischen Stefa und mir war eine Liebe entstanden, die vor ihrem Mann zu verheimlichen sie sich nicht bemühte. Wir küßten uns in Leon Treitlers Gegenwart. Er gehörte zu den Männern, die sich nur mit einem Hausfreund wohl fühlen. Er rief mich oft an, um mir Vorwürfe zu machen, daß ich Stefa vernachlässige.

Leon Treitler war winzig, mit einem spitzen Schädel, auf dem nicht ein einziges Haar wuchs. Er hatte eine lange Nase, ein spitzes fliehendes Kinn, einen vorspringenden Adamsapfel und abstehende Ohren. Er konnte schwerlich mehr als hundert Pfund wiegen. Er kleidete sich wie ein Dandy, trug auffallende Krawatten mit einer Perlnadel, Schnallenschuhe und Hüte mit einem kleinen Pinsel oder einer Feder. Er hatte eine dünne nasale Stimme und sprach in ironischen Paradoxen. Seine Unterhaltungen fingen immer unvermittelt an – gleichzeitig stichelnd und schmeichelnd. So sagte er zum Beispiel: »Selbst wenn Sie schon ein bekannter Schriftsteller sind, müssen Sie dann jeden anderen Menschen übersehen, nur weil er oder sie nicht in allen Werken Nietzsches zu Hause ist und nicht den ganzen Puschkin auswendig kann? Ich suche nach Ihnen, und Sie verstecken sich, als ob ich Ihr schlimmster Feind wäre. Und selbst wenn ich ein Ignorant bin und es unter Ihrer Würde ist, sich mit mir abzugeben, was kann Stefa dafür? Sie stirbt noch vor Sehnsucht nach Ihnen, und Sie bestrafen sie für die Tatsache, daß sie anstatt einen Dichter zu heiraten einen Geldsack genommen hat, während ihre wirkliche Liebe, der Betrüger Mark, sie hat sitzenlassen, der mit all seinen Diplomen und Medaillen.«

So war Leon Treitler. Er biß und er streichelte. Ein Auge weinte und das andere lachte. Stefa behauptete, er sei sowohl ein Sadist wie ein Masochist. Er machte krumme Geschäfte und war ewig in Prozesse verwickelt, aber er gab auch Geld für gute Zwecke. Stefa schwor, vier Wochen nach der Hochzeit habe er angefangen, einen Liebhaber für sie zu suchen. Er hatte eine Sekretärin, die alle seine Schliche kannte und mehr als fünfundzwanzig Jahre seine Geliebte gewesen war.

Leon Treitler unterschied sich von anderen Menschen auf vielerlei Weise. Von vierundzwanzig Stunden schlief er nie mehr als vier. Zum Frühstück nahm er Brot und Wein, zum Abendessen kaltes Fleisch und schwarzen Kaffee. Seine sexuelle Befriedigung bestand darin, Stefa in den Hintern zu kneifen und sie »Hure« zu nennen. Er besaß eine ganze Sammlung pornographischer Bilder.

Stefa sagte einmal zu mir: »Wer Leon Treitler wirklich ist, werde ich nie wissen, und wenn ich tausend Jahre alt werde. Manchmal glaube ich, daß er einer deiner Dämonen ist.«

Ich läutete und Stefa öffnete die Tür. Das Mädchen war auf den Markt gegangen. Stefa war etwas voller geworden, aber ihre Figur war noch immer schlank und mädchenhaft. Aus Protest dagegen, daß man ihr immer Komplimente über ihr nichtjüdisches Aussehen machte, hatte sie ihr Haar dunkel gefärbt und trug am Hals einen Davidstern.

Gleich im Korridor umarmten und küßten wir uns lange. Obwohl sie Leon Treitler bei jeder Gelegenheit verleumdete, hatte ich schon lange beobachtet, daß sie einige seiner Manieriertheiten angenommen hatte. Sie schwor mir Liebe und gleichzeitig stichelte sie. Jetzt nahm sie mich beim Ohr, führte mich in das Eßzimmer und sagte: »Und wenn du dich auf den Kopf stellst, du wirst mit mir essen.«

»Wo sind die Briefe?«

»Es gibt keine Briefe. Ich habe dich angeführt. Ich will nicht, daß du nach Amerika gehst und mich hier allein läßt.«

»Komm mit mir.«

»Erst iß! Du bist totenblaß. In Amerika werden sie ein Skelett nicht hereinlassen.«

Ich hatte geglaubt, satt zu sein. Mein Leib war aufgedunsen, und der Gedanke an Essen widerstrebte mir. Aber in dem Augenblick, in dem ich in ein Brötchen biß, wurde ich hungrig. »Sei so gut und gib mir die Briefe. Ich schwöre, ich werde alles aufessen.«

»Dein Anzug ist voller Haare. Warte, ich bürste dich ab.«

Sorgfältig nahm sie ein Haar von meinem Rockaufschlag und hielt es gegen das Sonnenlicht. »Ein rotes Haar?« fragte sie. »Du hast mir doch gesagt, sie sei brünett.«

»Es ist mein Haar.«

»Was! Du hast doch gar keine Haare. Es ist auch nicht deine Farbe.«

»Schewa Lea, sei nicht töricht.«

»Du wirst Mark jeden Tag ähnlicher. Du brauchst nur noch eine Unterschrift zu fälschen. Was ist mit mir los? Ich scheine diese Art von Männern anzuziehen. Ein Verrückter ist schlimmer als der andere.«

»Stefa, genug jetzt!«

»Du siehst aus wie eine Leiche auf Urlaub und läufst mit weiß Gott wie vielen Nutten herum. Ich gebe ein für allemal alle Hoffnung auf Liebe auf. Das scheint mein Schicksal zu sein und so wird es bleiben. Du verläßt mich auf jeden Fall. Ich sehe alles ganz klar – du wirst nach Amerika abhauen, und ich werde nie mehr von dir hören. Und selbst wenn ich einen Brief von dir bekomme, so ist alles gelogen. Wer ist die Rothaarige? Rotes Haar fliegt nicht einfach in Otwock herum und landet ganz zufällig auf deinem Rockaufschlag. Es sei denn, dein ehemaliges Liebchen – wie hieß sie noch? Gina – erhebt sich aus ihrem Grabe und besucht dich.«

»Stefa, was ist los mit dir?«

»Ich kann die schlimmsten Verrätereien aushalten, aber ich halte es nicht aus, hintergangen zu werden. Ich habe dir von Anfang an gesagt – alles, gut, aber keine Lügen! Du hast beim Leben deiner Eltern geschworen – dein Vater lebte noch. Ist das wahr oder nicht?«

»Ja, das ist wahr.«

»Wer ist sie? Was ist sie? Wo hast du sie kennengelernt? Sage mir die Wahrheit, oder ich sehe dich nie mehr an!«

»Sie ist meine Cousine.«

»Schon wieder eine Lüge! Du hast noch nie von einer Cousine gesprochen. Und was ist mit dieser Cousine? Hast du dich mit ihr eingelassen?«

»Ich schwöre, was ich dir jetzt sage, ist die heilige Wahrheit.«

»Was ist die Wahrheit? Rede!«

Ich begann, Stefa von meiner Cousine Esther zu erzählen, die sechs Jahre jünger war als ich. Als ich im Jahre 1917 nach Bilgoraj kam, war ich etwas über dreizehn, und sie war ein Kind von acht Jahren. Zwischen uns entstand eine jener stillen Lieben, über die keiner der Beteiligten spricht, ja nicht einmal darüber nachzudenken wagt. Als ich Bilgoraj 1923 verließ, war Esther ein dreizehnjähriges Mädchen, aber ich war ein junger Mann von neunzehn Jahren und lehrte Hebräisch in einem Abendkurs. Ich hatte angefangen zu schreiben und hatte eine platonische Liebschaft mit einem Mädchen. Ich kann mich nicht einmal erinnern, Esther die Hand gegeben zu haben, als ich das erstemal fortging. Der Sohn eines Rabbiners gab einem Mädchen im Beisein der Familie nicht die Hand.

Jahre vergingen, und ich hörte nichts von Esther. Sie schrieb nur einmal, als ihr Vater, mein Onkel, gestorben war. Plötzlich tauchte sie in Warschau auf, eine erwachsene Frau von dreiundzwanzig Jahren. Sie hatte Hutmachen gelernt. Sie hatte viel gelesen, polnisch und jiddisch, und auch meine Geschichten. Sie war eine der »Aufgeklärten« geworden und hatte die Religion aufgegeben. Sie war nach Warschau gekommen, um in ihrem Beruf eine Stelle zu suchen, aber auch mit der Absicht, mir zu enthüllen, was sie so viele Jahre geheimgehalten hatte. Nur einer Freundin, Zipele, hatte sie die Wahrheit anvertraut. Zipele lebte jetzt auch in Warschau und arbeitete als Kassiererin in dem Geschäft ihres Onkels. Esther und Zipele teilten ein möbliertes Zimmer in der Swieto-Jerska-Straße, gegenüber dem Krasiński-Garten.

Ich hatte angenommen, Stefa würde mich unterbrechen und mich einen Lügner heißen, wie sie es oft tat, aber sie hörte mir zu Ende zu und sagte: »Das hört sich wie ein Märchen an, aber es scheint wahr zu sein. Was hast du mit dieser Esther gemacht? Ist es dir gelungen, sie zu verführen?«

»Wirklich nicht.«

»Und wie kommt ihr Haar auf deinen Rockaufschlag?«

»Ehrlich, ich weiß es nicht.«

»Du weißt es schon, du weißt es schon! Warte, ich hole dir deine Briefe.«

Stefa ging hinaus und kam mit einem Haufen Briefe zurück, die sie auf den Tisch warf. Ich fing an, einen nach dem anderen zu öffnen. Meine Hände zitterten. Ein Brief war von meinem Bruder. Ich traute meinen Augen nicht. Er enthielt einen Scheck vom »Forward« in der Höhe von neunzig Dollar. Ich hatte meinem Bruder eine meiner Geschichten geschickt, und er hatte sie an die Zeitung verkauft, bei der er angestellt war.

Ich öffnete einen zweiten Brief aus Amerika. Ein bekannter amerikanischer Schriftsteller und Kritiker hatte meinen Roman »Satan in Goraj« gelesen, und der ganze Brief war eine Lobeshymne auf dieses Buch.

Das amerikanische Konsulat verlangte ein zusätzliches Dokument, das für die Erteilung eines Besuchsvisums nötig war.

Die literarische Zeitschrift, für die ich sowohl schrieb wie auch als Korrektor arbeitete, hatte mir einen Leserbrief eingelegt, der mich sehr heruntermachte, weil ich zuviel über Sex schriebe, was in der jiddischen Literatur nicht üblich sei.

Mein Bruder teilte mir mit, daß er mir das Reisegeld schicken werde, sobald ich meinen Auslandspaß erhalten habe. Den Brief aus Paris konnte ich im Augenblick nicht finden und suchte ihn unter den anderen. Bald merkte ich, daß ich ihn versehentlich in meine Brusttasche gesteckt hatte, und jetzt öffnete ich ihn. Er enthielt den Scheck, auf den ich so lange gewartet hatte. Es war eine Summe von mehreren hundert Dollar.

Ich erschrak über diese Fülle von Glück, alles zur selben Zeit. »Das hast du nicht verdient«, sagte eine innere Stimme. Stefa stand da und sah mich von der Seite an. Sie fragte: »Was tust du – betest du?«

»Schewa Lea, du hast mir Glück gebracht.«

»Glück und ich passen nicht zusammen.«

IV

Stefa begleitete mich zu der Jüdischen Auswanderungshilfe, wo man mir meine Schecks in Dollar ausbezahlte. Der Kassierer öffnete ein riesiges Safe, das von oben bis unten mit Dollarscheinen vollgestopft war. Danach gingen wir in eine Bank, wo man mir für meinen Pariser Scheck fast tausend Zloty gab. Mein elegantes und komfortables Zimmer bei Frau Alpert hatte ich gegen ein winziges Zimmerchen in der Nowolipkistraße eingetauscht, das mir für dreißig Zloty im Monat von einem Mitglied (oder Gast) des Schriftsteller-Klubs, dem Direktor einer Hebräischen Schule und Verfasser eines Grammatiklehrbuches, vermietet worden war. Er und seine Familie waren zur Zeit in den Ferien, und ich hatte die ganze Wohnung für mich, aber der Vermieter, M. G. Haggai, kam jede Woche auf ein oder zwei Tage nach Warschau, und ich wußte nie, wann er auftauchen würde.

Es war sicher riskant, Stefa dorthin mitzunehmen, aber bei ihr zu Hause war die Gefahr noch größer. Obwohl Leon Treitler behauptete, nicht einmal die Bedeutung des Wortes Eifersucht zu kennen, so war man doch nicht sicher, wie er reagieren würde, sollte er uns zusammen erwischen.

Stefa wollte nicht in ein Hotel gehen. Ihre Mutter war gestorben, aber ihr Vater, Isidor Janowsky, war noch am Leben, und er bewohnte ein Zimmer in einem Hotel in der Milnastraße, ganz in der Nähe. Er lief gerne durch die Straßen, unterhielt sich mit anderen alten Leuten im Sächsischen Garten und im Krasiński-Garten oder auf einer Bank am Eisernen-Tor-Platz. Selbst wenn Stefa mit mir ging, drehte sie sich dauernd um. Sie sagte mir, wenn ihr Vater von ihrem Benehmen erführe, würde er einen Herzanfall bekommen. Außerdem hatte sie Scharen von Verwandten in Warschau, die sie um ihr Glück beneideten, und die nur allzu froh gewesen wären, sie verleumden zu können. Stefa nahm meinen Arm, dann ließ sie ihn schnell wieder los. Jedesmal, wenn wir durch die Straßen schlenderten, hatte sie sich irgendeine Ausrede ausgedacht, falls wir ihren Mann, ihren Vater oder jemanden aus der Familie ihres Mannes treffen sollten.

Wir gingen durch das Tor des Hauses, in dem Herrn Haggais Wohnung lag, und stiegen zwei Stockwerke hinauf. Türen standen offen, Kinder weinten, lachten, schrien. Dies war ein anständiges Haus, nicht eines für unerlaubte Liebe. Bevor wir Stefas Wohnung verließen, hatte ich hier angerufen, um sicher zu sein, daß M. G. Haggai nicht zu Hause war. Aber wer garantierte mir, daß er nicht inzwischen zurückgekehrt war? Weil er mir das Zimmer so billig vermietete, hatte sich M. G. Haggai ausbedungen, daß ich mich anständig zu verhalten habe. Einige der Wohnungsmieter schickten ihre Kinder in seine Schule, und ich dürfe nichts tun, das seinem Ruf schaden könne.

Ich läutete, aber niemand kam. M. G. Haggai faulenzte sicher auf einem Liegestuhl in Falenica, las die Londoner hebräische Zeitschrift »Haolam« und genoß die frische Luft. Seine Wohnung war mit den Bildern zionistischer Führer geschmückt: Herzl, Max Nordau, Tschlenow, Weizmann und Sokolow. Auch ein Porträt des Pädagogen Pestalozzi hing hier. Jedesmal, wenn Stefa in mein winziges Zimmer trat, sagte sie dasselbe: »Das ist kein Zimmer, sondern ein Loch.«

Dieses Mal entgegnete ich ihr: »Groß genug für zwei Mäuse.«

»Du sprichst nur für dich.«

Ich hatte es eilig, denn ich sollte noch Esther treffen. Ich mußte auch in die Breslersche Leihbücherei gehen und ein paar Bücher für Lena aussuchen. Ich wollte noch etwas zum Essen kaufen, was in Warschau leichter war, und ein kleines Geschenk für Lena besorgen. Aber Stefa hatte mehr als einmal gesagt, daß sie für schnelle Liebe nichts übrig hatte. Erst mußte man sich unterhalten, und das Thema war immer das gleiche: der Grund, warum sie Treitler nicht treu sein konnte – sie hatte ihn immer abstoßend gefunden. In dem Augenblick ihrer tiefsten Verzweiflung hatte er sie errungen. Man konnte wirklich sagen, daß er sie gekauft hatte.

Stefa setzte sich auf den einzigen Stuhl in meinem Zimmer und schlug die Beine übereinander. Ihre Knie waren immer noch spitz, wenn auch nicht mehr ganz so wie früher. Ich hatte schon oft mit ihr geschlafen, fühlte mich aber immer noch stark von ihr angezogen, in dem Bewußtsein, daß wir uns früher oder später doch trennen mußten. Sie sprach, und von Zeit zu Zeit machte sie einen Zug an ihrer Zigarette.

Ich hörte sie sagen: »Wenn mir vor fünf Jahren jemand gesagt hätte, daß ich Frau Treitler werden und eine Liebschaft mit einem Journalisten haben würde, der im Jargon schreibt, hätte ich ihn für verrückt gehalten. Manchmal glaube ich, daß ich gar nicht mehr ich bin, sondern jemand anderer – als ob ich von einem deiner Dibbuks besessen wäre.«

Plötzlich betrachtete sie die Wände ganz genau.

»Was siehst du da?« fragte ich.

»Ich fürchte, hier gibt es Wanzen.«

»Während des Tages schlafen sie.«

Stefa wollte gerade etwas sagen, als ein Geräusch im Korridor zu hören war. Was ich befürchtet hatte, war eingetreten – M. G. Haggai war auf seinen wöchentlichen Besuch gekommen.

Stefa straffte sich. Ihr Gesicht zuckte für einen Augenblick. M. G. Haggai hustete und murmelte vor sich hin. Ich nahm an, er werde sofort die Tür zu meinem Zimmer öffnen, aber offenbar ging er ins Wohnzimmer. Immerhin, er konnte jeden Moment einen Blick in mein Zimmer werfen. Es war ein Wunder, daß er nicht eine halbe Stunde später gekommen war.

Stefa löschte ihre Zigarette in einer Untertasse, die als Aschenbecher diente. »Laß uns sofort weggehen! Noch in diesem Moment!«

»Schewa Lea, ich kann doch nichts dafür.«

»Nein, nein, nein! Du bist wie du bist, aber ich durfte mich nicht darauf einlassen, in so ein Schlamassel zu geraten. Alle bösen Kräfte haben sich gegen mich vereint. Komm, laß uns gehen!«

»Warum hast du solche Angst? Wir sind beide angezogen. Ich habe das Recht, Besuch zu empfangen.«

»Und wie nahe waren wir dran, ohne unsere Kleider erwischt zu werden? Diese Hebraisten kennen alle Welt. Leons Tochter ging in ein hebräisches Gymnasium. Er könnte ihr Lehrer dort gewesen sein.«

Die Tür zu meinem Zimmer wurde geöffnet, und M. G.

Haggai steckte seinen Kopf ins Zimmer. Draußen wütete eine Hitzewelle, aber er trug einen Mantel, einen steifen Hut (eine Melone, wie man in Warschau sagte), einen hohen steifen Kragen und eine schwarze Krawatte. Er hatte ein rundes Gesicht und einen grauen Spitzbart. Auf seiner breiten Nase saß eine Hornbrille mit dicken Gläsern. Er hatte noch nicht einmal seine Mappe, die er unter dem Arm trug, abgelegt. Als er eine Frau erblickte, prallte er zurück, trat dann aber über die Schwelle und sagte: »Entschuldigen Sie. Ich wußte nicht, daß Sie hier sind und Besuch haben. Mein Name ist Haggai«, sagte er, sich an Stefa wendend. »Der Name eines unserer jüdischen Propheten. Aber ich bin kein Prophet. Ich glaubte, unser Freund sei in den Ferien und nicht hier in der heißen Stadt. Ich muß jede Woche hereinkommen, da ich der Direktor und Besitzer einer Privatschule bin, und jetzt ist die Zeit, in der sich Schüler für das nächste Semester einschreiben können. Wie ist Ihr werter Name, wenn man fragen darf?«

Stefa antwortete nicht. Sie schien völlig die Gewalt über sich verloren zu haben. So antwortete ich. »Das ist Fräulein Anna Goldsober.«

»Was, Goldsober? Ich kenne drei Familien Goldsober in Warschau«, sagte Haggai. »Eine ist die von Dr. Zygmunt Goldsober, eines berühmten Augenarztes. Man hat mir sogar gesagt, er sei noch berühmter als Dr. Pinnes, oder ist es Professor Pinnes? Die zweite Goldsober-Familie hat Kolonialwaren en gros in der Gesiastraße. Ihr Sohn besuchte meine Schule. Jetzt ist er selbst schon Vater. Der dritte Goldsober ist ein Rechtsanwalt. Zu welchen Goldsobers gehören Sie?«

»Zu keinem von ihnen –« sagte Stefa.

»So? Sie sind also nicht aus Litauen?«

»Aus Litauen? Nein.«

M. G. Haggai zwinkerte mir zu. »Ich möchte etwas mit Ihnen besprechen. Wenn Sie uns entschuldigen wollen, meine Dame, ich möchte ihn gern allein sprechen.«

Ich folgte ihm in das Wohnzimmer. Er nahm langsam seinen Hut ab, zog seinen Mantel aus und legte die Aktentasche ab. Durch die Gläser wirkten seine Augen unnatürlich groß und ernst. Er sagte: »Ihr Besuch ist keine Goldsober, wie Sie sie fälschlicherweise vorgestellt haben, und sie ist bestimmt kein Fräulein.«

»Woher wollen Sie wissen, was sie ist oder nicht ist?«

»Ein Fräulein trägt keinen Ehering. Sie haben mir ein Versprechen gegeben, und Sie haben es nicht gehalten. Ich will Sie nicht bevormunden, aber Sie können in meinem Hause nicht derartige Besuche empfangen. Sie müssen ausziehen. Es tut mir leid. Wann läuft Ihr Monat ab?«

»Ende der nächsten Woche.«

»Sie werden sich ein anderes Zimmer suchen müssen.«

»Ich habe keine Sünde begangen, aber wenn Sie es so wollen, werde ich tun, was Sie wünschen.«

»Es tut mir leid.«

Ich ging in mein Zimmer zurück, und Stefa stand, mit dem Hut auf dem Kopf und der Tasche in der Hand, zum Gehen bereit. Sie fragte: »Warum hast du ausgerechnet den Namen Goldsober ausgesucht? Ach, der ist eine Pest, dieser Mensch. Die ganze Zeit hat er auf meinen Ehering gestarrt. Was hat er von dir gewollt? Wahrscheinlich hat er dir gesagt, du mußt ausziehen. Wenn sich ein Grab für mich öffnen würde, sofort würde ich hineinspringen.« Sie sagte es auf Polnisch, aber der Ausdruck war reinstes Jiddisch.

V

Wir gingen in Richtung Karmelickastraße, und Stefa sagte, mehr zu sich: »So geht es nicht weiter. Warschau ist nicht Paris, sondern eine kleine Stadt. Mein Vater wohnt nur ein paar Straßen von hier entfernt. Er kann jeden Augenblick vor uns auftauchen. Er behauptet, halbblind zu sein, aber was er nicht sehen soll, das sieht er sehr gut. Weißt du was? Laß uns in die andere Richtung gehen. Wohin führt denn diese Straße?«

»Nach Karolkowa, nach Mlynarska und zum jüdischen Friedhof.«

»Komm, laß uns dorthin gehen. Ich will meinen Vater nicht enttäuschen. Er glaubt, mir sei ein großes Glück widerfahren. Es ist keine Kleinigkeit, Frau Treitler zu sein.

Schon der Name ist mir zuwider. Ich beneide meine Mutter. Sie weiß nichts mehr. Wenn die Leute nur wüßten, wie glücklich die Toten sind, dann würden sie sich nicht mehr so anstrengen, am Leben zu bleiben. Das erste, was meine Mutter nach dem Tod meiner Schwester tat, war, mit ihren letzten paar Zloty einen Platz neben dem meiner Schwester zu kaufen. Jetzt liegen sie Seite an Seite. Die Leute gehen immer noch die Gräber ihrer Eltern besuchen. Sie glauben wirklich, daß die Toten dort liegen und darauf warten, all die Sorgen zu hören, die ihre Nächsten bedrücken. Da ist eine Droschke... he!«

»Wohin willst du fahren?«

»Ist doch ganz egal. Laß uns irgendwohin gehen. Du hast ja selbst gesagt, daß deine Cousine, oder wer immer sie sein mag, nicht vor sieben zu Hause sein wird. Der heutige Tag gehört mir.«

»Wohin wollen die Herrschaften gefahren werden?« fragte der Kutscher.

Stefa zögerte einen Augenblick. »Zur Niecalastraße. Aber drehen Sie nicht um. Fahren Sie durch die Eisenstraße, dann die Chlodna, Electoralna–«

»Das ist ein großer Umweg.«

»Sie bekommen das Doppelte Ihres Fahrpreises.«

»Hüh!«

»Wir hätten gleich dort bleiben sollen«, sagte ich.

»Du mußtest doch deine Schecks einlösen. Mir gelingt nie etwas. Aber da du nach Amerika gehen wirst, ist schon alles egal. Ein Mädchen im Haus ist ein Spion. Das Mädchen meiner Eltern, das mir immer nachspionierte, und alles meiner Mutter berichtete, war schon schwer genug zu ertragen. Wenn mich gelegentlich ein junger Mann anrief, lief sie schon, es ihr zu berichten. Sie selbst war Witwe. Ihr Mann starb vier Wochen nach der Hochzeit. Merkwürdigerweise spionierte sie meiner Schwester nie nach. Jetzt habe ich Jadwiga am Hals. Sie hat für Leon schon Jahre vor unserer Heirat gearbeitet. Sie erinnert sich noch an seine erste Frau und sieht mich an, als ob ich sie ermordet hätte. Auch seine Töchter denken so über mich, auch die Nachbarn. Ich bin in ihren Augen nichts als ein Eindringling. Was soll ich machen, wenn du fort bist? Etwas mit einem anderen Lügner anfangen? Drei Lügner in einem Leben, das langt mir. Wenn ich am Morgen in den Spiegel sehe, besonders nachdem ich gut geschlafen habe, dann sehe ich eine junge Person. Aber wenn ich mich am Abend betrachte, dann sehe ich eine gebrochene Frau, die auf den Abfallhaufen gehört. Mark hat mich körperlich verlassen und geistig zerstört – das ist die Wahrheit. Und mit Treitler zu leben, war für mich eine Katastrophe. Dann hat mich mein Pech dazu gebracht, mit dir etwas anzufangen ... du fälschst zwar keine Wechsel, aber du bist aus dem gleichen Stoff gemacht wie er – du bist ein schüchterner Abenteurer.«

»Danke für das Kompliment.«

Die Droschke hatte jetzt die Chlodnastraße erreicht, fuhr an der Feuerwehr-Station mit der riesigen Messingglocke vorbei, am Siebenten Polizeibezirk und bog dann in die Electoralna ein, wo das Heiliggeistspital lag. Taubenschwärme flogen über die Dächer und ließen sich auf den Köpfen, Schultern und Armen der Heiligenstatuen nieder. Unten pickten einige von ihnen einer alten Frau Körner aus den Händen. Jede Straße, durch die wir fuhren, jedes Gebäude erweckte in mir Erinnerungen an meine Kindheit. Die Polen hielten uns immer noch für Fremde, aber die Juden hatten mitgeholfen am Aufbau dieser Stadt und hatten großen Anteil an Handel, Finanz und Industrie. Selbst die Statuen in dieser Kirche waren Darstellungen von Juden.

Als ob Stefa meine Gedanken gelesen hätte, bemerkte sie:

»Wir Juden sind verflucht. Warum?«

»Weil wir das Leben zu sehr lieben.«

Die Droschke hielt in der Niecalastraße. Stefas Mädchen hatte einen Zettel in der Küche hinterlassen, auf dem stand, Herr Treitler hätte noch länger zu tun und ginge dann zum Abendessen mit seinem Partner in ein Restaurant. Stefa hatte Jadwiga gesagt, daß sie zum Essen nicht zu Hause sein werde, und Jadwiga war eine Freundin besuchen gegangen, die ein uneheliches Kind bekommen hatte und zu Hause bleiben mußte.

Stefa sagte: »Ich fange an zu glauben, daß es doch einen Gott gibt.«

»Da Er uns zu Dank verpflichtet, muß Er existieren.«

»Sei nicht so sarkastisch. Wenn Er wirklich unser Vater ist, und wir Seine Kinder, wie die Bibel sagt, dann sollte Er uns auch von Zeit zu Zeit zu Dank verpflichten.«

»Er ist auch der Vater deines Mannes.«

»Das, was ich tue, ist auch zu seinem Guten. Im Unterbewußtsein möchte er es sogar. Wo sind meine Zigaretten?«

Stefa war für eine Weile guter Laune. Wir hatten kein Mittag gegessen, und sie ging in die Küche, um uns schnell etwas zu essen zu machen. Ich setzte mich an den Küchentisch und las die Briefe, die ich am Morgen erhalten hatte, noch einmal. Ich zählte auch das Geld nochmals nach. Ich sagte mir, dies sei einer der glücklichsten Tage meines Lebens. Und damit nichts diesen Tag verderben sollte, brachte ich ein Gebet dem Gott dar, dessen Gebote ich nicht befolgte. So verhielten sich Diebe, Mörder und Vergewaltiger. Sogar Hitler erwähnte den Allmächtigen in seinen Reden.

VI

Als ich mich von Stefa verabschiedete, war es schon dunkel. Meine Armbanduhr zeigte dreiviertel zehn. Unser gegenseitiges Verlangen und unsere Kräfte waren nie so stark gewesen wie in diesen langen Stunden. Gewöhnlich, so behauptet Schopenhauer, ist Genuß von der Langeweile abhängig, aber meine Sattheit an diesem Tage brachte keine Langeweile. Nur die Sorgen kehrten zurück. Es war eine Dummheit gewesen, die beiden Schecks einzulösen. Jetzt hatte ich Angst, beraubt zu werden oder ein Loch in meine Brusttasche zu reißen und das Vermögen zu verlieren. Es war keine Zeit mehr, Breslers Leihbücherei aufzusuchen, die auch schon geschlossen war. Alle Geschäfte waren geschlossen, und es war mir nicht mehr möglich, Lena eine der Leckereien mitzubringen, die sie gern hatte. Ich hatte auch kaum mehr Zeit, meine Cousine zu besuchen. Zu allem hatte ich Lena versprochen, früh zurück zu sein, und jetzt war es nicht einmal sicher, daß ich den letzten Zug nach Otwock noch erreichen würde, der um Mitternacht abfuhr und gegen ein Uhr ankam.

Gott sei Dank kam ein leeres Taxi vorbei. Ich bekam nur Angst, daß der Chauffeur – durch irgendwelche übernatürlichen Kräfte – feststellen könnte, daß ich über zweihundert Dollar bei mir trug und mich überfallen würde. Das Taxi brauchte für die Strecke zur Swieto-Jerska-Straße nur fünf Minuten. Ich stieg die Treppen hinauf, die von einer winzigen Gasflamme erleuchtet waren. Auf dem zweiten Stock stieß ich gegen Esthers Freundin Zipele. Sie ging gerade fort, wahrscheinlich um uns allein zu lassen. Sie trug einen Strohhut, den Esther ihr gemacht hatte. Zipele war einmal meine Schülerin in einem hebräischen Abendkurs gewesen, den ich in Bilgoraj gegeben hatte. Sie hatte zwar bei mir kein Hebräisch gelernt, aber trotzdem nannte sie mich noch immer »moreh« – Lehrer.

Ich hatte es vorher nie getan, aber jetzt küßte ich sie. Ihr Gesicht lag völlig im Schatten. Sie rief aus: »Oh, moreh, was tut Ihr da?«

Zipele war blond, größer als Esther und ein Jahr jünger. Esther hatte mir erzählt, daß Zipeles Onkel, für den sie als Hilfsbuchhalterin arbeitete, in sie verliebt war. Er gab ihr Geld, schickte ihr Blumen, brachte ihr Süßigkeiten und nahm sie ins Theater, in die Oper und in Restaurants mit. Zipeles Tante befürchtete, daß sie versuchte, ihr den Mann zu stehlen, aber Esther versicherte mir, Zipele sei noch eine Jungfrau. Die ganze Welt ist verrückt, entweder vor Liebe oder vor Haß, sagte ich mir. Ich klopfte, und Esther öffnete die Tür. Sie hatte dunkelrotes Haar, und ihr Gesicht war voller Sommersprossen. Wir hatten beides von unserer Großmutter Hannah, der Frau des Rabbis, geerbt.

Vom Tag der Hochzeit an, als sie kaum zwölf Jahre alt war, hatte niemand, auch der Großvater nicht, ihr Haar gesehen, denn sie rasierte ihren Kopf. Nur ihre Augenbrauen waren rot. Unser Großvater, Jakob Mordechai, war ein Jahr älter als sie. Als Kind hatte er den Ruf eines Weltwunders gehabt. Im Alter von neun Jahren predigte er im Lehrhaus, und Gelehrte kamen, um mit ihm über talmudische Themen zu diskutieren. Der Vater unserer Großmutter, Isaak, nach dem ich genannt worden bin, war Kaufmann und ein wohlhabender Mann, der die Heirat zwischen Jakob Mordechai und seiner einzigen Tochter Hannah arrangiert hatte. Großmutter Hannah hatte ein feuriges Temperament, und obwohl ihr Mann als Weiser bekannt wurde und sie nicht einmal einen jiddischen Brief ohne Fehler schreiben konnte, schalt sie ihn, wenn sie Streit hatten, litauisches Schwein. Das war unverdient, denn er war in Miedzyrzec geboren, das in Polen und nicht in Litauen liegt.

Unsere Großeltern waren nicht mehr am Leben, aber ihr Blut floß in unseren Adern. Wenn Esther sprach, so vernahm ich aus ihren Worten und mehr noch aus ihrer Betonung, Generationen von Gelehrten, frommen Frauen und manchmal auch etwas, das ganz unjüdisch schien, vielleicht sogar typisch nichtjüdisch war. In unserer Erbmasse mußten die Unterdrücker und die Unterdrückten gezwungenermaßen miteinander auskommen. Ich hatte mich selbst davor gewarnt, etwas mit Esther anzufangen. Ich war ehrlich genug, ihr zu sagen, daß ich keine Heiratsabsichten hatte. Ich erzählte ihr von Stefa und Lena ebenso wie von meinen Anstrengungen, nach Amerika zu gelangen. Aber Esther war von den neuen Ideen beeinflußt. Sie war keinem Mann verpflichtet. Es hatte keinen Sinn, ihre Jungfräulichkeit für jemanden aufzuheben, den sie noch nicht kannte, oder der nie auftauchen mochte. All ihre Kolleginnen in dem Hutgeschäft hatten Liebhaber. Die meisten Männer verlangten gar nicht mehr von ihren zukünftigen Frauen, daß sie unberührt seien. Die Weltlage war verzweifelt, die der Juden in Polen ganz besonders. Worauf sollte man also warten?

Esther und ich lagen jetzt auf dem Bett, und von Zeit zu Zeit schaute ich auf meine Uhr. Ich konnte nicht wagen, den letzten Zug nach Otwock zu versäumen! Ich fühlte mich schuldig, aber ich hatte den Trost, daß ich Esther nicht belog. Wir beide versuchten etwas zu stehlen, das nur uns gehörte. Esthers Gesicht war gerötet. Sie sagte mir, sie werde mich nie vergessen, und falls sie am Leben bleiben sollte, werde sie zu mir nach Amerika kommen. Mir war aufgefallen, daß auch Esther auf die Uhr sah. Zipele würde bald zurückkommen.

Wir nahmen Abschied, küßten uns lange und verabredeten ein Wiedersehen in der nächsten Woche, wenn ich ganz bestimmt, mit absoluter Sicherheit mehr Zeit für sie haben würde. Als wir an der Tür standen, murmelte Esther: »Ich hoffe, du hast aufgepaßt.«

»Ja, hundert Prozent.«

Das Gaslicht, das die Treppen beleuchtet hatte, war ausgegangen, was bedeutete, daß das Tor geschlossen war. Ich war eine halbe Treppe hinunter gegangen, als ich Esthers Stimme hörte. Sie rief mich zurück. Es stellte sich heraus, daß mir in meiner Aufregung die zusammengerollten Geldscheine – das ganze Geld, das ich heute bei der Bank und der Auswanderungshilfsorganisation eingetauscht hatte – aus der Brusttasche gefallen waren. Ich nahm das Geld und steckte es wieder in meine Tasche. »Ich bin verrückt, ein verrückter Dussel.«

Ich rannte die Treppen im Dunkeln hinunter. Ich hatte zwei bis drei Minuten verloren. Und jetzt mußte ich warten, bis der Pförtner das Tor für mich aufschloß. Ich suchte nach der Klingel, mit der ich ihn rufen konnte. Ich fand sie nicht. Ich tappte wie ein Blinder umher. Glücklicherweise läutete jemand von außen. Der Pförtner hatte es nicht eilig und kam erst nach einer ganzen Weile aus seinem Verlies, brummend wie alle Pförtner, denen ich je begegnet bin. Ich fingerte in meiner Tasche nach einer Münze, die ich ihm geben wollte, fand aber keine. Ich war fast sicher, daß ich in beiden Taschen meiner Jacke Münzen gehabt hatte. Wahrscheinlich waren sie in Esthers Zimmer herausgefallen. Der Pförtner zögerte und streckte die Hand nach der Münze aus, und als ich begann herumzustottern, spuckte und fluchte er. Ich hörte ihn sagen: »Psia krew« – »Sauhund, verfluchter.« Er öffnete das Tor mit einem großen Schlüssel, und im Licht der Straßenlaterne sah ich Zipele.

»Moreh!«

Sie machte eine Bewegung, als ob sie mich umarmen wollte, aber ich stieß nur hervor: »Gute Nacht!« Ich hatte keinen Augenblick zu verlieren. Ich rannte los in die Richtung der Nalewkistraße. Ich mußte eine Straßenbahn, eine Droschke oder ein Taxi nehmen, was immer zuerst kam. Ein Taxi nach dem anderen fuhr vorbei – alle kamen aus der Richtung des Bahnhofs, keines fuhr dorthin. Auch die Straßenbahnen fuhren nicht in meine Richtung. Alles, was mir übrigblieb, war, zu rennen. Es war acht Minuten vor zwölf, als ich beim Danziger Bahnhof ankam. Glücklicherweise gab es keine Schlange am Billettschalter, und ich kaufte rasch meine Fahrkarte. Dieser Zug war nicht nur ein Lokalzug von Warschau nach Otwock, sondern fuhr bis Lwow. Die Wagen waren mit Reisenden überfüllt, die meisten waren jüdische Vertreter oder Ladenbesitzer vom Lande. Fast alle trugen Säcke, Bündel oder Kisten mit Waren. Mehrere Wagen waren mit Soldaten besetzt. Dort durften Zivilisten nicht hinein. Die Soldaten standen an den offenen Fenstern und machten sich über die gehetzten Juden, die mit ihren Bündeln vom einen zum anderen Wagen liefen, lustig. Die Zweite-Klasse-Wagen waren hauptsächlich von Offizieren besetzt.

Ich quetschte mich in einen der Wagen dritter Klasse so gut es eben ging. Alle Sitzplätze waren besetzt. Einige der Reisenden lasen jiddische Zeitungen, andere aßen noch aus Papiertüten den Rest ihres Abendbrotes, wieder andere lehnten ihre Köpfe an die Rückwand und versuchten, etwas zu schlafen. Alle Gesichter verrieten die Müdigkeit der Diaspora, die Furcht vor dem Morgen. Der Zug sollte um Mitternacht abfahren, aber die Uhr zeigte schon ein Viertel nach zwölf, und wir hatten uns noch immer nicht fortbewegt. Es roch nach Zigarettenrauch, Knoblauch, Zwiebeln, Schweiß und Klosett. Mir gegenüber stand ein Mädchen, mit einem goldenen oder vergoldeten Davidstern an der Halskette. Sie versuchte, in dem schwachen Licht der Gaslampe, einen Roman der polnischen Sexschriftstellerin Gabriele Zapolska zu lesen. Genau wie ich hatte auch sie die weltliche Jüdischkeit, für die es keine scharfe Abgrenzung gibt, angenommen.

Die Fahrt von Warschau nach Otwock dauerte diesmal nicht eine Stunde, sondern nur die Hälfte der Zeit. Der Zug hielt nur gerade eine Minute, und ein paar Reisende stiegen aus. Ich machte mich auf den Weg über den sandigen Pfad, der zu der heruntergekommenen Villa führte, wo Lena mich erwartete. Ich hatte weder etwas Eßbares noch Reisebücher für sie mitgebracht, aber ich hatte beschlossen, am Morgen in Slawins Buchhandlung ihr ein Buch zu besorgen und dann mit ihr in ein Restaurant zu gehen.

Otwock mit all seinen Schwindsüchtigen lag in tiefem

Schlaf. In den Leichenhallen der Sanatorien ruhten jene, die an diesem Tag ihren letzten Atemzug getan hatten. Ich stieg die dunklen Treppen unseres Hauses hinauf, und unter meinen schweren Schuhen knarrte jede Stufe. Ich öffnete die Tür zu unserem Zimmer. Das Bett war leer. Ich rief »Lena! Lena!« und hörte nur das Echo. Ich öffnete die Tür zum Balkon, obwohl ich durch die Glasscheibe sehen konnte, daß niemand draußen war. Ich fing an, nach Streichhölzern zu suchen, konnte sie aber nicht finden. Lena rauchte, nicht ich, und wahrscheinlich hatte sie sie mitgenommen. Nach einer Weile hatten meine Augen sich an die Dunkelheit gewöhnt, und ich konnte beim Licht der Sterne und einer etwas entfernten Straßenlaterne sehen. Lena hatte ihren Mantel und ihre Tasche mitgenommen. Sie hatte keinen Zettel zurückgelassen.

Ich trat auf den Balkon, blieb dort lange stehen und betrachtete die Himmelskörper. Stumm fragte ich sie: »Was sagt ihr zu alledem?« Und ich bildete mir ein, ihre Antwort war: »Es ist alles schon einmal dagewesen.«

Zweites Kapitel

I

Ich hatte große Mühe mit allem – mit dem Paß, mit dem Visum. Selbst ein so naiver Mensch wie der amerikanische Konsul glaubte nicht, daß ich nach Amerika eingeladen sei, um über Literatur zu sprechen. Ich sah aus wie ein ängstlicher Jüngling, nicht wie ein Vortragender. Durch seine Dolmetscherin stellte er mir viele Fragen. Sie war ein jüdisches Mädchen mit einem dicken Schopf gebleichter lockiger Haare. Irgendwoher hatte der Konsul erfahren, daß ich eine Liebschaft mit einer links orientierten Frau habe, und er fragte: »Wie kommt es, daß Sie sich mit solchen Individuen einlassen?«

Mich überkam ein dummes Gefühl der Offenheit, und ich beantwortete seine Frage mit einer Gegenfrage: »Wo sonst gibt es Liebe umsonst?«

Die Dolmetscherin lachte, und nachdem sie meine Antwort übersetzt hatte, brach auch unter den Beamten Gelächter aus. Diese Antwort, wie alle meine anderen, entsprach nicht der Wahrheit. Viele der sogenannten bürgerlichen Mädchen waren weit davon entfernt, keusch zu sein. Der einzige Unterschied lag darin, daß diese bürgerlichen Mädchen an einem jiddischen Schreiberling, der noch dazu arm war, kein Interesse hatten. Sie waren auf Ärzte, Rechtsanwälte oder wohlhabende Kaufleute aus. Sie erwarteten, ins Theater oder in Cafés eingeladen zu werden. Und ich meinerseits interessierte mich nicht für ihre Banalitäten. Mit Lena konnte ich diskutieren, ihre Hoffnungen auf eine bessere Welt zunichte machen. Für sie war ich ein Zyniker, nicht ein Schlemihl.

Nach einer langen Vernehmung und kummervoll den Kopf schüttelnd drückte der Konsul den Stempel für das Besuchsvisum in meinen Paß. Er zuckte die Achseln und wünschte mir gute Reise. Merkwürdigerweise verwandelten sich alle Lügen, die ich ihm an diesem Tag aufgetischt hatte, später in Wahrheit. Wie sagt Spinoza in seiner »Ethik«: Falschheit ist bloß eine verstümmelte Wahrheit. Ich könnte hinzufügen, je wahrer eine Wahrheit ist, desto verstümmelter erscheint sie uns.

Natürlich fühlte ich mich ganz erhoben, daß man mir das Privileg des Lebens, so könnte man es nennen, zugestanden hatte, eine Gnadenfrist vor Hitlers Mördern. Und trotzdem dachte ich gleichzeitig: Das also ist der Mensch. Sein Leben und sein Tod hängen von einem Stück Papier ab, einer Unterschrift, der Laune eines andern, sei er Konsul, Landeshauptmann, Richter oder Kommissar. Als ich das Büro des Konsuls verließ, ging ich den Korridor entlang, wo viele andere meinesgleichen warteten. Ihre Augen schienen zu fragen, hat er sein Visum bekommen oder nicht? Und was wird mein Schicksal sein? An diesem Vorfrühlingstag wurde ich mir mehr denn je der Abhängigkeit des Menschen und seiner Hilflosigkeit bewußt. Ich beneidete die Kopfsteine der Straßen, die keine Pässe, keine Visa, keine Romane und keine Hilfe brauchten. Es war nicht so, daß ich am Leben war und sie tot, sagte ich zu mir. Die Steine lebten, und ich war tot.

Von Zeit zu Zeit fühlte ich in meiner Brusttasche nach dem Paß. War all dies wirklich geschehen? Und was hatte ich getan, um es zu verdienen? Wieder und wieder blieb ich vor Schaufenstern stehen und blätterte in meinem Paß. Er galt für sechs Monate, wie auch das Visum. Danach würde ich beim polnischen Konsulat in New York eine Verlängerung beantragen müssen und auch bei der Einwanderungsbehörde in Washington. Und selbst wenn es möglich sein sollte, ein Einwanderungsvisum außerhalb der Quote zu bekommen, so konnte dies nicht in Amerika geschehen. Nach dem Gesetz mußte ich wieder ausreisen, um diese Verlängerung des Visums zu beantragen – nach Kanada oder Kuba zum Beispiel. Aber dafür brauchte man wieder ein anderes Visum ...

Vor einigen Jahren, als ich die Befreiung vom Militärdienst erreicht hatte, war es Gina, die auf mich gewartet hatte, um die Nachricht zu hören. Aber Gina war nicht mehr am Leben. Lena war verschwunden. Und was Stefa anging, so war mein Visum für Amerika für sie gerade keine gute Nachricht. Das hatte sie bei jeder Gelegenheit wiederholt. Meine Cousine Esther würde es auch nicht freuen, daß ich wegging.

Obwohl M. G. Haggai mir an jenem Sommertag gekündigt hatte, lebte ich doch noch in seiner Wohnung. Er hatte sich anders besonnen. Ich hatte ihn davon überzeugt, in seinem Haus keine Sünde begangen zu haben. Er unterhielt sich gerne mit mir über Literatur und über die Tatsache, daß die meisten hebräischen Schriftsteller keine Grammatik konnten. Sie machten Fehler in ihren Texten, und die Kritiker wußten eher noch weniger als sie. Haggai hatte oft zu mir gesagt, daß man, um wirklich Hebräisch zu können, sein ganzes Leben dem widmen müsse, und manchmal schien ein Leben dazu nicht auszureichen.

Jetzt rief ich Stefa an. Sie war nicht zu Hause. Esther arbeitete bei einer Putzmacherin, die einen Laden und eine Werkstatt in der Zabiastraße hatte, und sie würde vor dem Abend nicht zu Hause sein. Ich ging zum Mittagessen in den Schriftsteller-Klub und vielleicht auch, um von dort aus Stefa nochmals anzurufen. Der Klub war noch keine zwanzig Jahre alt, aber ich hatte das Gefühl, daß es ihn schon immer gegeben haben mußte. Eine große Anzahl der Schriftsteller war alt geworden; viele waren gestorben; einige waren senil geworden. Alle Klubmitglieder hatten endlose Beschwerden über die Welt, über Gott, über andere Schriftsteller, Redakteure und Kritiker, sogar über die Leser und ihren schlechten Geschmack.

Ich spürte ein starkes Verlangen, irgend jemandem mein Visum zu zeigen, aber ich beschloß, es nicht zu tun. Das Telefon läutete, und die Garderobenfrau kam mich holen. Es war Stefa. Ich erzählte ihr die Neuigkeit, und sie rief aus: »Komm sofort her!«

Ich lief auf die Straße und rannte zur Niecalastraße. Warschau kam mir plötzlich wie eine fremde Stadt vor. Ich erkannte die Geschäfte, die Gebäude und die Straßenbahnen kaum wieder. Ich erinnerte mich an eine Stelle aus der Gemara: »Was dabei ist verbrannt zu werden, ist schon so gut wie verbrannt.« Ich schrieb es im Geiste um: Was man dabei ist zu verlassen, ist schon so gut wie verlassen.

Wie üblich im Vorfrühling mischten sich kalte Winde mit warmen Brisen. Zwischen all den kahlen Bäumen und Sträuchern des Sächsischen Gartens blühte ein einzelner Baum ganz für sich allein. Vor ein paar Tagen hatte ich eine Blüte zusammen mit Schnee fallen sehen, während dazwischen ein Schmetterling herumflog. Ich wollte die Stadt verlassen, und gleichzeitig sehnte ich mich bereits zurück nach dieser Stadt, wo ich mich noch nicht fest niedergelassen hatte, von deren Verlockungen ich aber schon eine winzige Kostprobe genossen hatte. Jetzt verglich ich Warschau mit einem Buch, das man beiseite legen muß, gerade dann, wenn die Geschichte sich ihrem Höhepunkt nähert. Ich drückte auf Stefas Türklingel, und sie öffnete. Noch im Eingang sagte sie: »Ich sollte dir gratulieren, aber die Dinge geschehen schneller als ich sie verdauen kann.«

»Warum hast du heute im Klub angerufen?« fragte ich.

»Ach, das war eine meiner verfluchten Vorahnungen. Gestern abend sagte Leon ›Du wirst sehen, dein Liebhaber wird fortgehen und dir nicht einmal schreiben‹.«

»Hat er so von mir gesprochen?«

»Ja, er weiß alles. Manchmal spricht er von dir, als ob er gar nichts wüßte, und plötzlich klingt es, als ob er alles weiß. Eigentlich wollte ich dich bei Haggai anrufen, aber ich irrte mich und wählte die Nummer des Schriftsteller-Klubs. Komm, zeig mir das Visum. Wir werden eine Party geben oder irgend etwas tun. Noch ehe du angefangen hast, von Amerika zu sprechen, habe ich gewußt, du würdest das gleiche tun wie Mark – mich verlassen. In New York wird schon jemand auf dich warten, der bisher nichts von deiner Existenz wußte. Aber sie wird dich in ihre Arme schließen, und du wirst ihr gehören. So ist das Schicksal. Aber etwas kann ich dir sagen, ich werde mich nie wieder auf jemanden verlassen.«

»Stefa, du hast mir versprochen, die Wahrheit zu sagen.« Ich hörte meine Lippen die Worte bilden. Ich wußte, daß Stefa wußte, was ich meinte. An jenem Tag, als sie mich bei Frau Alpert angerufen, und ich sie gefragt hatte, ob sie einen Jungen oder ein Mädchen geboren habe, hatte sie mir gesagt, sie habe gar nichts gehabt, und ihre Antwort war immer die gleiche geblieben. Ich konnte nie von ihr erfahren, ob sie ein Kind gehabt hatte oder eine späte Abtreibung, oder ob das Kind vielleicht tot zur Welt gekommen war. Wann immer ich zu diesem Thema zurückkehrte, gab Stefa dieselbe Antwort, mit der Entschiedenheit eines Menschen, der entschlossen ist, sein Geheimnis ins Grab mitzunehmen. Es war mir nicht wirklich wichtig. Das Kind, falls es überhaupt existierte, war Marks, nicht meines. Ein Frauenkenner im Schriftsteller-Klub hatte mir einmal eine ganze Liste von Symptomen genannt, nach denen man erkennen konnte, ob eine Frau geboren hatte oder nicht. Später sagte mir ein Gynäkologe, den ich in einem Urlaub kennengelernt hatte, daß alle diese angeblichen Zeichen reiner Unsinn seien.

Ich schämte mich meiner Neugier und versuchte, sie irgendwie zu rechtfertigen, aber Stefa gab mir keine Gelegenheit dazu. Sie griff nach meinem Handgelenk, sah mich ernst an und sagte:

»Ich habe eine Tochter!«

Ich hatte das Gefühl, die Worte seien ihr aus dem Munde gezerrt worden.

»Wo ist sie?«

»In Danzig.«

Stefa ließ meine Hand nicht los, sondern drückte sie kräftig, als ob sie darauf wartete, weiter gefragt zu werden.

»Weiß Leon?«

»Ja, er weiß. Er bezahlt für sie. Er wollte sie sogar nach Warschau holen, aber ich wollte nicht, daß unsere Familien ewig etwas zum Klatschen haben sollten. Mein Vater lebt noch, und ich will ihm keinen Kummer machen. Er wird nie erfahren, daß er ein Enkelkind hat. Marks Mutter starb, ohne diese Genugtuung gehabt zu haben. Auch Mark weiß nicht, daß er Vater ist. Ich wollte schon oft mit dir darüber sprechen, aber irgendwie habe ich es immer wieder verschoben. Die Nazis sind dabei, sich Danzig und den ganzen Korridor anzueignen. Ich will nicht mein Kind in die Hände dieser Mörder fallen lassen.«

»Wenn sie Danzig einstecken, dann können sie es mit Warschau auch tun«, sagte ich und war nicht sicher, ob ich es hatte sagen sollen und was es für einen Sinn hatte.

»Ja, das ist richtig, aber Leon ist ein Optimist – er ist so mit seinen Geschäften in Anspruch genommen, daß er nichts anderes sieht. Auf seine Art ist Leon ein guter Mensch. Wenn ich ihn nur lieben könnte – aber irgend etwas an ihm stößt mich ab. Das Schlimmste ist, daß ich ihn überhaupt nicht verstehen kann. Seine Art zu denken und seine Gefühle sind die eines Menschen, der von einem anderen Stern gekommen ist. Sein ganzes Wesen kreist um Geld, und von all seinem Verdienst hat er wenig Vergnügen. Er liebt mich, aber auf eine Art und Weise, als hätte er mich als guten Kauf auf einem Bazar erstanden.«

»Wenn er dich liebt, überzeuge ihn davon, daß er deine Tochter holen und mit euch beiden nach Amerika gehen muß.«

»Das würde er nicht tun. Er hat sogar Angst, im Sommer aufs Land zu gehen. Als er mit mir diese Weltreise machte, behauptete er, dadurch sein halbes Vermögen verloren zu haben. Er bleibt während der größten Hitze in der Stadt. Es ist so weit gekommen, daß ich selbst keine Lust mehr habe, irgendwohin zu gehen. Nicht mit ihm. Wenn er von Warschau und seinem Geschäft fort ist, wird er vollkommen verrückt.«

»Warum habt ihr kein Kind?«

»Ach, von ihm will ich kein Kind. Ich will überhaupt keine Kinder mehr. Wozu? Ich sollte das nicht sagen, aber je älter Franka wird – ich habe meine Tochter nach meiner verstorbenen Tante genannt –, desto ähnlicher wird sie Mark. Die deutsche Frau, bei der sie aufwächst, schickt mir immer Bilder, und ihre Ähnlichkeit mit ihm ist unheimlich. Hätte ich sie selbst erzogen, hätte ich es vielleicht nicht so gemerkt, aber wenn ich die Photos erhalte, sehe ich Dinge, die eine Mutter nicht sehen sollte. Ich hoffe immer noch, daß sie nicht auch seinen Charakter hat. Oh, du hättest mich nicht danach fragen sollen, dann hätte ich nicht diese bitteren Worte sagen müssen. Meine Liebe zu Mark hat sich in Abscheu verwandelt. Als ich einmal ein Photo von ihm zwischen meinen Papieren fand und es ansah, habe ich mich buchstäblich übergeben.«

»Wo ist er?«

»Ich weiß es nicht und will es nicht wissen. Du bist – in gewissem Sinn – Zeuge meines Fiaskos, aller meiner Fiaskos. Weil er so leidenschaftlich für die Assimilation war, wurde ich mir meines Judentums stärker bewußt, aber ich kann die Juden auch nicht leiden. Die ganze Menschheit ist mir widerlich. Ich verlange nichts von Gott, aber ich möchte, daß mein Vater im Schlaf sterben darf. Das ist ein leichter Tod. Und dann würde ich dem ganzen Elend ein Ende machen.«

Drittes Kapitel

I

Ich hatte meine Sachen und meine Manuskripte in zwei Koffer gepackt, die ich mit nach Amerika nahm. Ich hatte mich von Aaron Zeitlin, J. J. Trunk und einigen anderen verabschiedet. Die jüdische Abteilung des PEN-Clubs gab mein erstes jiddisch geschriebenes Buch heraus, »Satan in Goraj«, aber ich konnte noch keine Exemplare mitnehmen, da sie noch nicht fertig waren.

Stefa, Leon Treitler und meine Cousine Esther waren auf den Bahnhof gekommen, um sich von mir zu verabschieden. Sie hatten für mich eine Abschiedsfeier im Schriftsteller-Klub veranstalten wollen, aber ich hatte Einwände erhoben. Ich hatte viele solcher Gelegenheiten beobachtet. Die Schriftsteller aßen, tranken Tee, hielten lange und oft dumme Reden auf den Ehrengast. Und die Witzbolde machten sich über die Redner und ihre albernen Lobeshymnen lustig. Ich selber war manchmal unter diesen Witzbolden gewesen, und mehr als einmal hatte ich hören müssen, wie irgendein Schreiberling in höchsten Tönen gepriesen wurde. Die Redner rechtfertigten sich damit, daß sie es aus Mitleid für einen vernachlässigten Schriftsteller, einen ausländischen Besucher oder wer immer es sein mochte, getan hätten. Ich hatte keine Lust, an dieser Art von literarischer Menschenliebe teilzunehmen. Ich war bereits nahe an dreißig, und alles, was ich für die jiddische Literatur geleistet hatte, waren ein Roman und mehrere Kurzgeschichten, die ich in Zeitschriften und Anthologien veröffentlicht hatte, die niemand las. Ich hatte auch erlebt, daß Schriftsteller, Schauspieler und andere schaffende Künstler tatsächlich Bankette und Jubiläumsfeiern für sich selbst arrangiert hatten. Schon lange ehe sie das fünfzigste Jahr erreicht hatten, fingen sie an über ihr Geburtsjahr zu reden, über das Jahr ihrer ersten Veröffentlichung oder ihres ersten Auftretens, und gaben zu verstehen, wie der Mangel an öffentlicher Anerkennung sie verletzte. Unweigerlich taten sich dann einige der Freunde zusammen, die den Jubilar anerkannten und sich erinnerten. Dann wurde ein Überraschungsbankett für den vergessenen Helden arrangiert, der selbst die Einladungen verschickte. Ich erinnere mich an einen solchen Fall, als man versuchte, J. J. Trunk zu einer solchen Maskerade zu überreden, aber er war vernünftig genug, abzulehnen. »Nicht, daß ich eine Ehrung verschmähe«, sagte er mir, »aber ich will keine Schande.«

In gewisser Weise waren die letzten paar Wochen vor meiner Abreise wie eine lange Ferienzeit. Die Menschen waren freundlicher zu mir als je zuvor, oft sogar sentimental, als ob sie spürten, daß wir uns nie wiedersehen würden. Frauen, mit denen mich halbe, viertel oder versäumte Liebesbeziehungen verbunden hatten, beschlossen plötzlich, daß dies der Augenblick für uns sei, den Weg weiter oder zu Ende zu gehen.

Damals betrachtete man eine Reise nach Amerika noch als Abenteuer. Es ist zwar wahr, daß Lindbergh damals schon den Atlantik überflogen hatte, aber man reiste immer noch mit dem Schiff. Meine größte Sorge war, daß ich als Einzelreisender die Kabine mit einem anderen Mann teilen müßte. Mein Bedürfnis, allein zu sein, war so stark, daß ich bereit war, mein letztes Geld für eine Einzelkabine auszugeben. In Wirklichkeit hätte mir auch mein letzter Groschen nichts genützt. Ich vertraute meine Sorge meinem Reiseagenten an, der nicht begriff, wie mich eine solche Lappalie derartig verstören könne.

Gerade zu dieser Zeit sollte das berühmte französische Schiff »Normandie« seine Jungfernfahrt nach New York antreten. Alle Snobs Europas bemühten sich um eine Überfahrt. Auch mein Agent hatte für diese Reise gebucht. Wir hatten uns so angefreundet, daß er mir vorschlug, zwei Wochen zu warten und dann seine Kabine auf der »Normandie« zu teilen. Aber ich nahm diesen Vorschlag nicht an. Erstens fürchtete ich die drohende Invasion Hitlers; aber vor allem hoffte ich immer noch, eine Einzelkabine auf einem anderen Schiff zu bekommen. Nach langem Suchen fand der Agent endlich, was ich gesucht hatte – eine Einzelkabine, ohne Bullauge und auch ohne Luft, auf einem französischen Schiff.

Alles war vorüber – die aufgeregten Worte, die Küsse, die Umarmungen, die glühenden Versprechungen, alle meine Freunde und Bekannten nach Amerika hinüberzuholen, obwohl alles, was ich besaß, ein Besuchsvisum für sechs Monate war. Es war der April des Jahres 1935. Der folgende Tag war der Geburtstag eines der grausamsten Mörder der Weltgeschichte, Hitlers. Ich mußte mit dem Zug durch Nazideutschland fahren, weil jede andere Route zu teuer gewesen wäre. Ich hatte davon gehört, wie jüdische Reisende gezwungen worden waren, den Zug zu verlassen, durchsucht und anderen schimpflichen Behandlungen unterworfen wurden. Ich bewegte mich direkt in Richtung auf die Übeltäter zu. Mit Leichtigkeit konnten sie mir meinen Paß wegnehmen mitsamt dem Visum und mich in ein Konzentrationslager stekken. Ich war mir der Gefahr völlig bewußt, aber irgendwie war meine Angst in einen Winterschlaf gefallen und durch ein Gefühl von Fatalismus ersetzt worden.

Ich stand am Fenster des Wagens und blickte auf die Lichter von Warschau. Was ich sah, schien so fremd, als sähe ich es zum erstenmal. Bald verblaßten die Lichter der Stadt, und in dem Halbdunkel tauchten Fabriken und Gebäude auf, die schwer zu erkennen waren. Nur der leuchtende Himmel ließ die Nähe einer großen Stadt ahnen.

Dieser internationale Zug hatte Schlafwagen und einen Speisewagen. Ich fuhr zweiter Klasse, die besser beleuchtet war als die dritte Klasse und bequemere Sitze hatte. Mir gegenüber saßen drei Chinesen, die sich in ihrer Sprache unterhielten. Oder vielleicht waren es Koreaner? Ich war zum erstenmal in so naher Berührung mit Menschen einer anderen Rasse. In Warschau hatte ich öfters Orientalen gesehen und einmal einen Schwarzen, aber immer nur von weitem oder durch das Straßenbahnfenster.

Obwohl wir noch nicht weit von Warschau entfernt waren und der Zug an den kleinen Bahnhöfen vertrauter Ortschaften vorbeifuhr, kam es mir vor, als sei ich schon im Ausland. Ich wußte, daß ich nie wieder hier entlang fahren würde und daß Warschau, Polen, der Schriftsteller-Klub, meine Mutter, mein Bruder Mosche und die Frauen, die mir nahegestanden hatten, schon in den Bereich der Erinnerung eingegangen waren. In Wahrheit waren sie schon Schatten gewesen, während ich noch mit ihnen war. Lange ehe ich von Berkeley und Kant gehört hatte, fühlte ich, daß, was wir Wirklichkeit nennen, keine andere Substanz hat als die unserer Vorstellungen. Man könnte sagen, ich sei schon ein Solipsist gewesen, ehe ich noch das Wort gehört hatte; eigentlich schon von dem Tag an, als ich anfing, über die sogenannten letzten Fragen nachzudenken.

Es hatte Augenblicke gegeben, in denen ich annahm, daß ich nach der Erteilung des Visums für Amerika glücklich sein würde. Aber ich fühlte mich jetzt nicht besonders glücklich, ganz und gar nicht. Ich war nur froh, daß die Reisenden auf der anderen Bank meine Sprache nicht verstanden, so mußte ich nicht mit ihnen reden.

Ich saß am Fenster und schaute hinaus in die dichte Dunkelheit, ab und zu sah ich zu den Sternen empor. *Sie* verließ ich nicht. Das Universum reiste mit mir. Ich erkannte die Formen der einzelnen Sternbilder. Vielleicht würde uns das Universum auch auf unserer Reise in die Ewigkeit begleiten, wenn wir die kleine Episode, Leben genannt, abschlossen?

Ich streckte mich auf meinem Platz aus und fühlte wieder und wieder in meiner Brusttasche nach meinem Paß. »Dort oben, da gibt es keine Grenzen und keine Pässe«, plapperte der Schwätzer in mir. »Dort gibt es keine Nazis. Könnte ein Stern ein Nazi sein? Dort oben fehlt es nicht an Lebensraum. Dort oben – hoffen wir – muß man nicht um seine Existenz kämpfen, wenn man existiert.«

Ich spielte mit meinen Gedanken wie ein Kind mit dem Knöchelspiel. In der Morgendämmerung erreichten wir die Grenze. Die Schaffner wurden ausgewechselt. Ich erblickte einen Mann, der ein Hakenkreuz trug. Er nahm meinen Paß und blätterte darin. Er fragte mich, wieviel Geld ich bei mir hätte, und ich sagte es ihm und zeigte die Scheine vor. Er sagte: »Nicht nötig«, und gab mir den Paß zurück. Ein zweiter Mann mit einem Hakenkreuz kam herein, und die beiden begrüßten sich mit »Heil Hitler!« Dann gingen sie.

Durch das Fenster konnte ich sehen, wie Juden in einen Schuppen getrieben wurden zur Untersuchung. Später hörte ich, daß einige sich ganz entkleiden mußten. Wir hatten das Land der Inquisition betreten.

Wie bei allen anderen Inquisitionen blieb die Sonne auch heute neutral. Sie ging auf, und ihr Licht beschien Balkone, die mit Nazifahnen geschmückt waren. Es war der siebenundvierzigste Geburtstag des »Führers«. Ich vergaß zu erwähnen, daß sich all dies in den Tagen zwischen Anfang und Ende des Pessachfestes abspielte. Leon Treitler hatte mich zum Sederabend eingeladen. Stefa hatte selbst alles zubereitet. Matze, bittere Kräuter, wie auch Fisch, Fleisch und Matzeklößchen. Leon Treitler hatte ein weißes Gewand angelegt und las die Haggada vor. Ich stellte die vier Fragen. Keiner von uns nahm die Zeremonie sehr ernst. Keiner von uns glaubte an das Wunder des Exodus aus Ägypten und an die Teilung des Roten Meeres. Stefas Vater hatte die Einladung zum Sederabend im Hause seiner Tochter abgelehnt. Er mißtraute ihrer koscheren Küche. Wahrscheinlich wollte er auch mir nicht begegnen.

Ich kann mich nicht erinnern, ob wir den ganzen Weg im selben Zug zurücklegten, oder ob wir an der Grenze umsteigen mußten. In Berlin betrat ein junger Mann unseren Wagen und rief meinen Namen. Ich erschrak. Wollten sie mich verhaften? Es stellte sich heraus, daß der junge Mann für mein Reisebüro arbeitete oder mit ihm assoziiert war, und er brachte mir Matze und ein paar Pessach-Delikatessen. Zu dieser Zeit hatten die Judenverfolgungen in Deutschland erst angefangen. Die anderen Reisenden sahen erstaunt zu, wie ich meine Matze aß.

Der Tag war sonnig und mild, und wären nicht die Hakenkreuzfahnen gewesen, hätte man nicht wissen können, daß das Land in den Händen eines grausamen Diktators war. Deutsche Familien saßen auf den Balkonen beim Mittagessen. Ihre Gesichter sahen heiter aus. Die Straßen der Städte und Orte, durch die wir fuhren, waren sauber und fast leer. Jemand hatte eine deutsche Zeitung auf dem Sitz gelassen, und ich las einen begeisterten Artikel über Hitler, was er bisher bereits geleistet hatte und was er für Deutschland in der Zukunft noch vollbringen würde.

Spät am Abend hielt der Zug an der belgischen Grenze, und

ich mußte wieder meinen Paß vorzeigen. Dies war meine zweite Nacht ohne Schlaf, und ich verspürte keine Neugierde auf das Land, durch das wir fuhren. Ich lag auf der harten Bank und versuchte nicht mehr, meine Glieder auszustrekken. Meine zugedeckten Ohren vernahmen Unterhaltungen auf französisch und flämisch.

Ich hatte mir vorgenommen, nicht so erregt auf Paris zu reagieren wie alle anderen. Jemand im Schriftsteller-Klub hatte mir die Adresse eines billigen Hotels in einem Stadtteil, der Bellerive hieß, gegeben. Es war vorgesehen, daß ich zwei oder drei Tage in Paris bleiben, dann den Zug nach Cherbourg nehmen sollte, wo mein Schiff lag. In den sechsunddreißig Stunden der Reise hatte ich mich an die erzwungene Schlaflosigkeit gewöhnt, an das Essen aus der Papiertüte, auch daran, mit niemandem zu sprechen und meine Kleidung nicht zu wechseln. Ich schaute gar nicht mehr hin, wenn die Grenzbeamten einen Stempel in meinen Paß drückten. Ich interessierte mich auch nicht mehr für die Aus- und Einsteigenden in den verschiedenen Ländern. Ich war gleichgültig geworden gegenüber der Vorstellung, ins Ausland zu reisen, was doch einmal mein Traum gewesen war.

Der Tag brach an und es regnete. Wir waren bereits in Frankreich, und der Zug näherte sich Paris. Ich dachte an die Reisenden früherer Zeiten, die lange Fahrten in Postkutschen, Pferdewagen oder zu Pferde aushalten mußten. Wo hatten sie die Kraft und die Geduld für all die Mühsal hergenommen? Warum waren sie nicht lieber zu Hause geblieben?

Ich war eingenickt und gähnte. Der Schaffner stieß meine Schulter an. Wir waren in Paris angekommen. Ich griff in meine Brusttasche, wo ich den Paß und das Schiffsbillett, und in die hintere Hosentasche, wo ich das Geld, etwa fünfzig Dollar in amerikanischen und französischen Scheinen, verwahrte. Dann ergriff ich die beiden Koffer, die mir jetzt schwerer vorkamen. Der Taxifahrer verstand mich nicht, so gab ich ihm den Zettel mit der Adresse. Er sah ihn an und schüttelte den Kopf. Obwohl ich ihm gesagt hatte, daß ich kein Französisch verstand, fing er an, in der unvertrauten Sprache zu reden, vielleicht sprach er zu sich. Mir schien, als hätte er gesagt: »Von all den anständigen Reisenden mußte ich so einen armen Schlucker erwischen.«

Er pfiff und fuhr in rücksichtslosem Tempo davon. Es regnete noch, und die Leute auf den Straßen gehörten wohl zu der Sorte, die im Morgengrauen durch die Stadt läuft, um zu beweisen, daß man mit allen Schwierigkeiten fertig werden kann. Sie überquerten die Fahrbahnen, ohne auf Zeichen oder Warnungen zu achten. Sie schienen stumm zu sagen: »Wenn Sie mich überfahren wollen, nur los.« Der Taxifahrer ließ seine Hupe schrillen und beschimpfte die Fußgänger mit Worten, die wie üble französische Kraftausdrücke klangen. Von Zeit zu Zeit drehte er sich nach mir um, um sicher zu sein, daß ich nicht während der Fahrt herausgesprungen war.

Trotzdem empfand ich sofort eine starke Zuneigung für diese Stadt. Sie strahlte eine Heiterkeit aus, wie ich sie nie zuvor erfahren hatte. Ich fühlte die stumme Gegenwart von Generationen ihrer Einwohner, die sowohl tot wie lebendig, entfernt und nah, unirdisch traurig und gleichzeitig froh, voller geisterhafter Weisheit und göttlicher Resignation waren. Ich spürte die Gefahr, die ich entschlossen war, zu vermeiden – ich verliebte mich in Paris auf den ersten Blick, wie es so viele Bewunderer vor mir getan hatten. Jede Straße, jedes Haus hatte einen ganz eigenen Reiz – keinen künstlichen und geplanten, sie waren von einer Originalität, die aus sich selber wächst, aus echter Begabung, und von einer Harmonie, die nicht nachgemacht werden kann. Jedes Dach, jeder Kamin und Balkon, jedes Fenster, jeder Fensterladen, jede Tür und jede Straßenlaterne – alles paßte zu dem Gesamtbild. Und selbst die schäbig gekleideten Fußgänger schienen der Szene seltsam angepaßt. Die Verstorbenen, die dieses reiche Erbe zurückgelassen hatten, hielten Wache.

Wir bogen in eine Straße ein und das Taxi hielt. Ich nahm die französischen Banknoten heraus, und der Fahrer schälte sich von der Rolle ab, was ihm zustand oder vielleicht auch mehr. Gleichzeitig brummte er vor sich hin und zwinkerte, er machte sich über meine Hilflosigkeit lustig.

Ein weiblicher Concierge führte mich fünf Treppen hinauf in ein Dachstübchen mit einem breiten Bett und einem Waschbecken. Der Regen hatte aufgehört und die Sonne schien. Auf der gegenüberliegenden Straßenseite stand ein Mädchen und klopfte einen Läufer mit einem Stock. Auf dem Pflaster hüpfte eine Taube auf ihren roten Füßen und pickte an etwas herum, das wie ein Stein aussah. Die Tatsache, daß dieses Geschöpf nicht vor dem Wesen, das einen Stock schwang und Lärm machte, flüchtete, kam mir seltsam vor. Halbnackte Frauen öffneten Fenster, und Radios plapperten, dröhnten, pfiffen, musizierten und sangen. Nie hatte ich so süße Klänge gehört, so leichtherzige Melodien. Zwei Prostituierte unterhielten sich von Fenster zu Fenster und riefen den Männern auf der Straße etwas zu. Ich fiel rücklings auf das Messingbett und sank in einen tiefen Schlaf.

Es war kaum zu glauben, aber jemand wußte von meiner Ankunft in Paris und kam, um mich zum Frühstück abzuholen und mir die Stadt zu zeigen. Paris hatte einen eigenen jiddischen Schriftsteller-Klub. Jemand vom Warschauer Klub hatte offenbar die hiesigen Mitglieder von meiner Ankunft unterrichtet. Ich traute meinen schläfrigen Augen nicht. Nie zuvor war mir eine solche Ehre widerfahren. Der kleine dunkle Jüngling sprach zu mir in einem Ton, wie man ihn einem älteren Schriftsteller gegenüber anwenden würde. Er hatte meine Geschichten im »Literarischen Wochenblatt« und im »Globus« gelesen, wie er sagte. Er wußte auch, daß der PEN-Club im Begriff war, mein Buch zu veröffentlichen. Er war fünf Jahre jünger als ich, und er hatte schon mehrere Gedichte in den Pariser jiddischen Zeitungen veröffentlicht. Einen Augenblick lang glaubte ich, er halte mich für meinen Bruder, aber es stellte sich heraus, daß er sowohl über meinen Bruder wie mich Bescheid wußte. Er schlug vor, mich für ein Pariser jiddisches Blatt zu interviewen.

Es war warm geworden, und mein Führer sagte mir, daß ich keinen Mantel brauchen würde. Wir stiegen die fünf Treppen hinunter und traten vor die Tür. Die Straße war voller Menschen und alle sprachen Jiddisch. Viele hielten die lokale kommunistische jiddische Zeitung in der Hand, andere die der zionistischen Arbeiterpartei. Ich erkannte mehrere der Kommunisten, die den Warschauer Schriftsteller-Klub oft besucht hatten. Die jiddische Welt war eine Kleinstadt. Sie begrüßten mich kühl. Sie fragten: »Was wird der Faschist

Pilsudski tun? Ist er noch am Leben?« Sie standen in Grüppchen beisammen, genau wie sie es in Warschau im Schriftsteller-Klub getan hatten. Ihre Augen flossen über in heimlichem Triumph. Mussolini hatte gerade Äthiopien angegriffen oder sich angeeignet. Je schlimmer die Lage wurde, desto besser wurden die Chancen für die Weltrevolution. Jeder von ihnen bereitete sich schon darauf vor, zumindest Kommissar zu werden. Ich fragte meinen Führer, wie diese Warschauer Kommunisten in Frankreich leben könnten, und er sagte, daß es wohlhabende Juden in Paris gäbe, die sie unterstützten.

Er führte mich in ein Restaurant, und es roch dort genau so wie in den jüdischen Restaurants in Warschau, Krakau, Wilna und Danzig. Die Gäste aßen Hühnersuppe mit Nudeln und unterhielten sich von Tisch zu Tisch. Ein kleiner Mann mit einem Riesenkopf kritzelte Zahlen auf das Tischtuch. Ein Mann mit schwarzgeränderter Brille ging von Tisch zu Tisch und verteilte Karten, die bestätigten, daß er in einem polnischen Gefängnis zum Krüppel gemacht worden sei und Unterstützung brauchte. Nach einer Weile kam er zurück, sammelte die Karten wieder ein und auch die Münzen, die gespendet worden waren. Fast an allen Tischen wurde die Friedenskonferenz diskutiert, die von den Kommunisten einberufen werden sollte, wie auch die Vorzüge der Einheitsfront. Ein jiddischer Schriftsteller aus Amerika, Zacharias Kammermacher, kam auf mich zu und fragte: »Was machen Sie hier?«

Ich erkannte ihn nach dem Photo, das der Herausgeber der »Literarischen Wochenschrift« veröffentlicht hatte. Er war sowohl für die Kommunisten wie gegen sie gewesen. Er stimmte in gewissen Punkten mit ihnen überein und widersprach ihnen in anderen. Während er mit mir redete, gestikulierte er mit seinem Daumen. Ein Auge blickte nach oben, das andere nach unten. Er hatte ein Gedicht geschrieben, in welchem er Rosa Luxemburg mit Mutter Rachel verglich. Er hielt sich für einen Zionisten, war aber gleichzeitig gegen den Zionismus und suchte in Australien oder Südamerika nach einem Gebiet, in dem sich die Juden niederlassen könnten. Eigentlich, so vertraute er mir an, sei er ein religiöser Anarchist. Jetzt war er nach Paris gekommen, um die Friedenskonferenz zu arrangieren und gleichzeitig eine Kommission zu bestellen, die die Lage der Juden in der ganzen Welt eingehend untersuchen sollte. Er wartete darauf, mit Léon Blum zusammenzutreffen. Einige Worte sprach er deutlich aus, andere schnaubte er durch die Nase. Mein Führer bemerkte später: »Etwas ist ganz sicher – er kam nicht auf eigene Kosten hierher.«

»Wer bezahlt denn für ihn?«

»Irgend jemand bezahlt. Er ist so in der Politik aufgegangen, daß er kein Schriftsteller mehr ist. Ich habe versucht, etwas von ihm zu lesen, und ich konnte aus keinem einzigen Satz schlau werden.«

II

Ich machte es mir in dem Zug von Paris nach Cherbourg bequem. Es war ein sonniger Tag, aber meine Seele war von meinen Grübeleien und von alldem, was ich um mich herum gesehen und gehört hatte, verdunkelt. Meine frommen Vorfahren hatten diese Welt eine Welt der Lüge genannt, und den Friedhof nannten sie die Welt der Wahrheit. Ich bereitete mich darauf vor, in dieser Welt der Lüge ein Schriftsteller zu werden, konnte es nicht erwarten, mein Teil an Unwahrhaftigkeit beizutragen. Aber die Bäume blühten, die Vögel sangen, jeder von ihnen seine eigene Melodie. Kühle Brisen wehten von irgendwoher herein, deren Duft mich berauschte. Ich verspürte Lust (es war wie eine Traumvorstellung), aus dem Zug hinauszuspringen und mich in der grünen Welt da draußen zu verlieren, in der jedes Blatt, jeder Grashalm und jede Fliege und jeder Wurm ein göttliches Meisterwerk waren. Selbst die Bauernkaten da draußen schienen das Produkt eines einzigartigen künstlerischen Instinkts zu sein. Ich übernachtete in Cherbourg in einem Hotel, das die Schiffahrtsgesellschaft für mich bestellt hatte. Das einzige, an das ich mich erinnere in diesem Hotel, ist ein Waschbecken mit fließendem kalten und warmen Wasser. In Polen hatte ich, außer in einem öffentlichen Bad, nie etwas Derartiges gesehen.

Am nächsten Tag ging ich aufs Schiff, gab mein Billett ab, und meine Taschen fühlten sich plötzlich leer an. Alles, was ich jetzt noch darin verwahrte, war mein Paß. Ich besaß praktisch keinen Pfennig mehr. Glücklicherweise mußte ich meine Kabine mit niemandem teilen. Meine beiden Koffer standen in der dunklen Kabine, stumme Zeugen dafür, daß ich fast dreißig Jahre in Polen gelebt hatte, das mir an jenem Tag weiter entrückt war als heute, vierzig Jahre später. Ich war, wie es in der Kabbala heißt, eine nackte Seele – eine Seele, die einen Körper verlassen hat und einen anderen erwartet. Diese Reise hatte mich so viele Tatsachen und Gesichter vergessen lassen, daß ich schon fürchtete, senil zu werden. Oder war es ein vorübergehender Gedächtnisverlust? Erging es so der Seele direkt nach dem Tod? War Pura, der Engel des Vergessens, auch der Engel des Todes? Ich wollte mir zu diesen Gedanken eine Notiz machen, aber ich hatte mein Notizbuch nicht mitgenommen.

Das Schiff lag noch mehrere Stunden im Hafen, aber ich blieb in meiner fensterlosen Kabine, die von einer schwachen elektrischen Birne erhellt wurde. In den Gängen hörte ich Leute herumlaufen und Stimmen. Die anderen Passagiere hatten Freunde, die sie verabschiedeten. Sie tranken, machten Aufnahmen. Die Leute schlossen schnell Bekanntschaft. Ich hörte fremde Sprachen. Ich war eingeschlafen, und als ich die Augen öffnete, spürte ich unter der Matratze, auf der ich lag, ein Vibrieren. Ich ging an Deck. Es war Abend geworden, und die Sonne war untergegangen. Cherbourg entschwand in der Ferne. Die Leute auf Deck sahen mich überrascht an, als ob sie sich fragten: »Was macht denn der hier?« Ein großer Mensch in einem karierten Anzug und Knickerbocker, mit einer weißen Radfahrermütze und einem umgehängten Photoapparat, lief mit langen Schritten hin und her. Er begrüßte die Damen auf Englisch und Französisch. So große Männer sah man in Polen selten, und schon gar nicht unter den Juden. Sein vierkantiges Gesicht schien auszudrücken, dies hier ist meine Welt, mein Schiff, und dies sind meine Frauen. Plötzlich fiel mir ein, daß ich die Nummer meiner Kabine vergessen hatte. Ich hätte den Schlüssel zu meiner Kabine mitnehmen sollen, aber offenbar hatte ich ihn innen steckengelassen. Auch den Abschnitt meines Billetts hatte ich verloren. Ich versuchte, meine Kabine zu finden, ohne jemanden zu fragen (aber wer hätte mir helfen können?), doch ich irrte nur durch die Gänge und stieg unendliche Treppen hinauf und wieder herunter. Dann versuchte ich, mir helfen zu lassen und hielt einen Mann von der Besatzung an, aber er sprach nur französisch. Ich lief im Kreis herum, wie ein Esel am Göpel. Alle paar Minuten begegneten mir wieder dieselben Gesichter. Die Reisenden errieten offenbar meine Verwirrung, denn sie blinzelten und lächelten einander zu. Meine Dämonen hatten mich nicht verlassen. Sie begleiteten mich nach Amerika.

Ich ging eine Treppe hinauf und kam zu einer langen Schlange von Passagieren, die vor einem Fenster warteten, hinter dem ein Beamter irgend etwas auf Karten für sie schrieb. Ich hörte eine Frau in der Schlange deutsch sprechen, und nach einigem Zögern fragte ich sie, worauf die Leute warteten. Sie erklärte mir, es handele sich um Platzanweisungen im Speisesaal. Ich sagte der Frau, ich hätte meine Kabinennummer vergessen, und sie antwortete: »Das kann man leicht herausfinden. Fragen Sie den Zahlmeister.« Ich wollte sie noch fragen, wo der zu finden sei, aber in dem Augenblick kam ein Mann auf sie zu und fing an mit ihr zu reden. Könnte es sein, daß ich die ganzen acht Tage der Überfahrt damit verbringen müßte, meine Kabine zu suchen? Von der Neurose zum Wahnsinn ist nur ein kleiner Schritt, warnte ich mich. Die Frau hatte irgend etwas von erstem oder zweitem Essen gesagt, aber ich verstand nicht, was sie damit meinte. Trotzdem stellte ich mich an. Wenn du schon nicht weißt, wo du schlafen wirst, sieh wenigstens zu, daß du etwas zu essen bekommst. Man konnte immer noch die Nacht auf den Treppen verbringen. Ich war mir klar darüber, daß meine Nerven nach Spannung verlangten, und ich sie liefern mußte. Wann immer ich übererregt war, irritiert, einsam, überkamen mich die Ängste meiner Kindheit mit all ihren Tagträumen, falschen Vermutungen, lächerlichen Verdächtigungen und Aberglauben. Dann verlor ich völlig jede Orientierung. Ich erkannte Menschen nicht wieder. Ich machte grobe Fehler beim Sprechen. Irgendein spöttischer Dämon fing an, mich hereinzulegen, und obwohl ich genau sah, daß alles nur Schein und Unsinn war, mußte ich mitspielen.

Ich war bei dem Beamten, der die Karten ausgab, angelangt und teilte ihm mit, daß ich nur deutsch verstünde. Er sprach dann deutsch zu mir, aber mit einem solchen Akzent, daß ich nicht begreifen konnte, was er sagte. Wie war das möglich? Ich hatte ein halbes Dutzend Bücher aus dem Deutschen übersetzt. Sprach er in einem Jargon? Oder hatte ich den Verstand verloren? Er überlegte einen Moment, dann gab er mir eine Karte »Zweites Essen«. Vielleicht war er ein Nazi, der sich auf das Schiff geschlichen hatte, um zu spionieren und möglicherweise Juden zu quälen? Plötzlich fiel mir die Nummer meiner Kabine ein. Ich ging sie suchen und fand sie sofort. Die Tür war nicht verschlossen. Ich hatte den Schlüssel auf dem Tisch liegengelassen. Meine beiden Koffer standen dort, wo ich sie hingestellt hatte. Ich begriff plötzlich, was die Karten bedeuteten – die Zeit, zu der Frühstück, Mittag- und Abendessen serviert wurden. Es war gut, daß er mir die spätere Zeit gegeben hatte. Sonst hätte ich schon um sieben Uhr aufstehen müssen.

Ich zog mich um – ich hatte nur einen Anzug zum Wechseln – und ging an Deck. Cherbourg war den Blicken entschwunden. Soweit ich mich erinnern kann, stand der Mond nicht am Himmel, aber viele Sterne waren zu sehen. Sie schienen mir näher, als wenn man sie vom Land aus betrachtete, und viel größer. Sie standen nicht fest an einem Ort, sondern bewegten sich und tanzten mit dem Schiff auf und ab. Von irgendwoher warf ein Leuchtturm blendende Lichtstrahlen.

Hier waren Himmel und Erde nicht getrennt und fern voneinander, sondern verschmolzen zu einem einzigen kosmischen Wesen, von einem überirdischen Licht übergossen. Ich stand im Zentrum des Universums, der Gärung, die seit der Erschaffung der Welt und vielleicht schon lange vorher, nie aufgehört hatte, denn nach der Bibel gab es die Tiefe und den Geist Gottes bereits vor der Erschaffung. Eine große Feierlichkeit schwebte über allem, morgendlich blau. Das Geräusch der Wellen ging über in ein eintöniges Brausen, ein Sprudeln, Schäumen, Plätschern, das weder das Ohr noch das

Gehirn ermüdete. Gott sprach ein einziges Wort, Ehrfurcht erweckend und ewig.

Die Wogen griffen das Schiff in einem Bogen an, umschlangen es zu einem Tanz im Wasser, bereit, es in ihre Strudel zu saugen, aber im letzten Augenblick zogen sie sich wie manövrierende Armeen zurück, immer bereit, das Kriegsspiel von neuem zu beginnen. Die Schöpfung spielte mit dem Meer, den Sternen, dem Schiff und mit den kleinen Menschenwesen, die in dessen Inneren geschäftig herumliefen. Meine Verzweiflung war langsam abgeklungen. Inmitten dieser himmlischen Ausgelassenheit war kein Raum für Leiden. Alle meine Sorgen waren im Grunde genommen ungerechtfertigt. Wem machte es schon etwas aus, ob es mir gelingen würde, etwas zu vollbringen oder nicht? Das Nichts selbst wurde zum Wesentlichen. Ich blieb dort stehen, bis meine Uhr mir zeigte, daß es Zeit für das zweite Essen war.

Ich ging in meine Kabine hinunter und von dort in den Speisesaal. Die Passagiere vom ersten Essen waren noch nicht fertig, aber an der Tür wartete schon eine Menschenmenge, bereit hineinzustürzen und ihre Plätze einzunehmen, wenn die erste Sitzung beendet war. Waren all diese Leute wirklich so hungrig? Und wer von allen würde sich als mein Tischgenosse herausstellen? Und wie würde ich mit ihm sprechen? Ich trat als letzter ein. Der Oberkellner, oder was immer sein Titel sein mochte, warf einen Blick auf meine Karte, und sein Gesicht drückte etwas wie Überraschung aus. Er drehte die Karte um und besah auch diese Seite, als ob dort die Lösung des Rätsels zu finden sei. Er zog die Brauen hoch und zuckte mit den Schultern. Dann schien ihm plötzlich alles klargeworden zu sein, und er sagte auf Deutsch: »Es gibt nur einen einzigen Einertisch im ganzen Speisesaal, und der ist Ihnen zugeteilt worden. Wenn Sie nicht gern allein sitzen wollen, so müssen wir uns nicht an die Karte halten, und Sie können an einem anderen Tisch in der Nähe sitzen. Vielleicht würden Sie den koscheren Tisch vorziehen? Dort hätten Sie sicher angenehme Gesellschaft.«

»Ich danke Ihnen vielmals«, erwiderte ich, »aber ein Einzeltisch ist genau das, was ich gern hätte.«

»Sie bevorzugen also die Einsamkeit. Ihr Tisch ist in einer

Ecke. Wir haben ab und zu Passagiere, die es vorziehen, allein zu essen. Auf der vorigen Fahrt hatten wir einen Priester, einen Missionar, oder Gott weiß, was er war. Er verlangte einen Einzeltisch und er bekam ihn. Kommen Sie.«

Er führte mich durch den vollen Saal, und mir fiel auf, daß fast niemand allein war. Es wurde englisch gesprochen, französisch, italienisch und deutsch. Wie lange war es her, daß sie sich bekriegt hatten? Wie lange war es her, daß sie einander mit Bomben belegt hatten? Aber all das war vergessen. Einige der Passagiere hatten ihren Platz eingenommen mit dem Ausdruck der Selbstsicherheit derer, die immer dorthin gehören, wo sie gerade sind. Ich sah kein einziges schüchternes Gesicht. Frauen lachten ein weltbejahendes Lachen, das nichts mit Humor zu tun hat, eher etwas mit Busigem, Fleischigem, Bauchigem. Die Männer schienen ebenso irdisch und wie die Frauen darauf aus, Freundschaften zu schließen. Endlich kamen wir an meinen Tisch. Er stand in einer Ecke, etwas schief und wackelig, zwischen zwei Wänden und zwei Tischen, von denen man mich verwundert anstarrte, als wolle man sagen: »Warum hat man ihn zum Opfer gemacht?« Der Stuhl war schmal, und ich hatte Mühe, mich richtig hinzusetzen. Von meinem Platz aus konnte ich praktisch den ganzen Saal überschauen, aber meine Augen waren inzwischen so verwirrt, daß ich alles nur wie durch dichten Nebel sah. Nach ziemlich langer Zeit kam ein Kellner und fragte nach meinen Wünschen.

Sonderbarerweise hatte ich mich seit Jahren mit dem Gedanken getragen, Vegetarier zu werden. Es hatte Zeiten gegeben, in denen ich keinerlei Fleisch gegessen hatte. Aber ich mußte oft auf Kredit im Schriftsteller-Klub essen und hatte nicht den Mut gehabt, ein besonderes Gericht zu verlangen. So hatte ich den Wunsch nach dem Vegetarismus vertagt auf eine Zeit, in der es mir möglich sein würde, nach meinen Überzeugungen zu leben. Jetzt stieß ich abrupt hervor: »Es tut mir leid, aber ich bin Vegetarier.«

Der Kellner schüttelte den Kopf. »Wir haben keine eigene vegetarische Küche. Man hat Ihnen angeboten, koscher zu essen, aber das haben Sie abgelehnt.«

»Die Leute, die koscher essen, sind keine Vegetarier«,

sagte ich zu ihm. Meine Stimme war so schwach geworden, daß er sein Ohr ganz nah an meine Lippen bringen mußte, um mich zu hören.

»Wie? Aber da ist doch irgendein Zusammenhang.« Sein Ton war jetzt etwas freundlicher. »Ich verstehe schon Ihre Gründe, aber unsere Küche ist auf solche Ausnahmen nicht eingerichtet.«

»Sie brauchen gar keine Ausnahme zu machen. Bringen Sie mir, was Sie wollen, und ich werde nur das essen, was mir erlaubt ist.«

»Essen Sie Eier? Trinken Sie Milch?«

»Ja.«

»Gut, in den acht Tagen, die Sie hier auf dem Schiff sind, werden Sie nicht verhungern. Wir haben Brot, Butter, viele gute Käse und Eierspeisen.«

»Ich werde mit allem zufrieden sein, was Sie mir bringen.«

Sofort schossen Fragen auf mich los von den Tischen, zwischen denen eingezwängt ich saß. Einige Leute sprachen mich auf Französisch an, einige auf Englisch, andere sogar auf Deutsch. Was war der Grund für meinen Vegetarismus? Gab es einen gesundheitlichen Grund dafür? Oder hatte der Arzt es verordnet? Oder hatte es etwas mit meiner Religion zu tun? Die Männer schienen beleidigt zu sein, daß durch mich in ihrer Gegenwart ein Disput entfacht worden war. Sie waren hier, um sich zu amüsieren und nicht, um über die Qualen der Tiere und Fische zu philosophieren. Ich versuchte, ihnen in meinem kümmerlichen Deutsch zu erklären, daß mein Vegetariertum nicht auf der Religion beruhte, sondern einfach auf dem Gefühl, daß ein Geschöpf nicht das Recht besaß, ein anderes Geschöpf des Lebens zu berauben, um es zu verzehren. Vorübergehend und gegen meinen Willen verwandelte ich mich in einen Propagandisten.

»Welches Recht haben wir, ein Leben abzuschneiden, das von Gott gegeben ist? Die Tiere des Waldes und die Fische im Wasser haben uns kein Leid zugefügt.«

Ein Mann mit ernstem Gesicht sagte zu mir: »Wenn man den Tieren und den Vögeln erlaubte, sich zu vermehren, dann würden sie alles Getreide auf unseren Feldern auffressen. Ich lebe in einer Gegend, wo es Wild gibt. Außerhalb der Jagdzeit darf man nicht jagen, und es ist nicht einmal, sondern zehnmal vorgekommen, daß sie alle Pflanzen in meinem Garten gefressen haben. Man darf das Wild nur während einiger Monate schießen, aber wie viele auch immer geschossen werden, es ist nicht genug. Ja, und wie steht es mit Hasen, Kaninchen und Vögeln? Das Landwirtschaftsministerium hat gerade jetzt geraten, die Jäger sollten mindestens dreißig Krähen am Tag abschießen. Sonst werde Amerika nicht ein Land des Überflusses, sondern der Hungersnot sein. Wissen Sie etwas über diese Dinge? Haben Sie je ein Buch darüber gelesen?«

»Nein. Ich weiß nichts davon. Aber zumindest sollten wir die Fische in Ruhe lassen. Sie bleiben im Wasser, in ihrem Element. Sie kommen ja nicht an Land, um unsere Ernte aufzufressen.«

»So, das tun sie nicht? In gewissen Seen Amerikas haben sich die Fische derart vermehrt, daß man sie mit bloßen Händen fangen kann. Lebewesen haben Instinkt und wissen, wenn sie sich zu stark vermehren, werden sie untergehen ... Hier kommt unser Kellner.«

Ein Kellner brachte eine Magnumflasche Champagner und ein anderer ein Tablett, das er über seinem Kopf balancierte. Sie schienen ebenso aufgeregt zu sein wie die Leute, die sie bedienten. Einer öffnete die Flasche mit einem Knall, ließ einen der Herren kosten, ehe er den Damen einschenkte. Der andere servierte delikate Häppchen. Eine Zeitlang schien der Kellner mich völlig vergessen zu haben. Er blickte nicht einmal in meine Ecke hinüber. Aber dann schien er sich an mich zu erinnern und sagte: »Für Sie gibt es auch gleich etwas.«

Und er rannte mit seinem Tablett davon.

Viertes Kapitel

I

In den vergangenen Jahren hatte ich mich daran gewöhnt, mit Fremden umzugehen. Ab und zu meldeten sich Leser, um mir etwas Freundliches über einen Aufsatz oder eine Geschichte zu sagen. Ich hatte Freundinnen und auch einige Freunde unter den Schriftstellern. Ich hatte die unbedingt notwendigen Kontakte, die das Leben verlangt, hergestellt. Aber auf diesem Schiff überkam mich das entsetzliche Gefühl der Einsamkeit wieder in seiner ganzen Stärke. Meine Nachbarn im Speisesaal hatten sich offenbar entschieden, sich nicht um mich zu kümmern. Ich grüßte sie, aber niemand grüßte zurück. Ich weiß bis heute nicht, ob ich diese Feindseligkeit meinem Vegetarismus verdanke oder der Tatsache, daß ich allein sitzen wollte. Der Kellner servierte mir das Essen, aber es schien aus Resten zu bestehen, die er zusammengesucht hatte: trockenes Brot, gelegentlich ein Stück Käse, eine Zwiebel, eine Karotte. Ich hatte die Sünde begangen, mich von den anderen abzusondern und war exkommuniziert worden. Jedem wurde täglich eine Karaffe Wein serviert, aber ich bekam keine. Und soviel ich auch über diese Behandlung nachdachte, war es mir doch unmöglich, sie anzunehmen. Eines aber war ganz sicher, es war mein Fehler, nicht der ihrige. Das Essen im Speisesaal war für mich eine solche Pein, daß ich dem Kellner vorschlug, mir das Essen in der Kabine zu servieren. Er wurde böse, sah mich wütend an und verlangte von mir, daß ich in ein Büro gehen sollte, dessen Namen ich nicht aussprechen konnte. Das muß am dritten Tag meiner Überfahrt gewesen sein, aber mir war, als schwanke ich auf diesem Schiff schon seit Wochen.

Nach längerem Herumfragen und In-die-Irre-Gehen fand ich endlich das Büro, in dem ein Mann saß, der mit einer Feder, die mich an meine Vorschultage erinnerte, auf einem Blatt Papier herumkratzte. Der Federhalter bestand aus einem hölzernen Teil, einem Metallring und der Stahlfeder selbst. Die Spitze sah alt, rostig und gespalten aus. Alle paar

Sekunden tunkte der Schreibende die Feder in ein Tintenfaß, das ziemlich leer zu sein schien. Die Tinte sah dickflüssig aus und kleckste. Selbst in Warschau wäre eine solche Feder ein Anachronismus gewesen. Das Papier war nicht liniiert und die Schrift wurde so schief, daß eine Zeile auf der anderen huckepack ritt. Ich räusperte mich und sagte einige der französischen Worte, die ich konnte: »Monsieur, s'il vous plaît« – aber der andere reagierte überhaupt nicht. War meine Stimme unhörbar geworden oder war er taub? Dieser hier, sagte ich mir, war ein französischer Akaki Akakiewitsch, ein später Nachfahre aus Gogols Zeiten. Ich zwang mich, geduldig zu warten, aber eine gute halbe Stunde war schon vergangen, und er gab noch immer nicht das leiseste Zeichen dafür, daß er bemerkte, jemand warte auf ihn. Ich beobachtete, daß er sich dem Ende der Seite näherte, und das gab mir etwas Hoffnung. Und so war es auch. Als er die letzte krumme Zeile geschrieben und mit einem uralten Tintenlöscher getrocknet hatte, hob er seinen Kopf und sah mich mit Augen an, die einem Fisch gehören mochten, ohne jeglichen Ausdruck. Seine Augen standen weit auseinander. Er hatte eine kurze, breite Nase und einen großen Mund. Er schien gerade aus tiefem Schlaf oder einem Trancezustand erwacht zu sein. Ich fing an, ihm auf Deutsch, auf Jiddisch und mit meinen wenigen französischen Brocken zu erklären, welcher Art meine Bitte war, aber seine blassen Augen sahen mich verständnislos an.

Ich sagte mehrmals: »Je manger en kabine, no restaurant.« Schließlich begriff er, was ich wollte, denn nach längerem Suchen reichte er mir eine Karte zum Unterschreiben. Dann gab er mir noch eine andere Karte. Das Schiff war damit einverstanden, mich in meiner Kabine zu verpflegen. Ich fragte ihn in Zeichensprache, was ich mit dieser Karte tun solle, und soweit ich ihn verstehen konnte, erwiderte er: »Halten Sie sich daran fest.«

Von diesem Tage an fuhr ich nach Amerika wie in einem Gefangenentransport – in einer fensterlosen Kabine mit wenig Luft und mit Essen, das ein Mann brachte, der ein Gefangenenwärter hätte sein können. Er klopfte nie an, sondern stürmte herein, indem er die Tür mit dem Fuß aufstieß. Er knallte das Tablett wortlos auf den Tisch. Lag ein Buch oder ein Manuskript auf dem Tisch, so wurde es unweigerlich durchnäßt. Ich versuchte mehrmals mit ihm zu sprechen oder zumindest seinen Namen zu erfahren, aber er antwortete nie. Er sah aus wie ein Eingeborener aus einer französischen Kolonie.

Er brachte mir immer das gleiche Essen. Morgens – Brot und schwarzen Kaffee. Mittags – Hafergrütze, ohne Nachtisch oder Wein. Zum Abendessen warf er mir ein Stück trockenes Brot hin, etwas Käse und eine weißliche Wurst, die ich in Polen nie gesehen hatte. Meine Bitte um vegetarisches Essen hatte man nicht zur Kenntnis genommen. Er sah mich nicht einmal an. Ich versuchte, ihm ein Trinkgeld zu geben, aber er rührte den Geldschein nicht an.

Ich hatte schon die Erfahrung gemacht, daß es unmöglich war, den menschlichen Charakter und seine Launen zu erklären. Dennoch, wenn ich nachts auf der harten Matratze lag, die sich offenbar direkt über der Maschine befand, versuchte ich die Gründe für das grobe Verhalten dieses Mannes zu finden. Verachtete er den weißen Mann und seine Zivilisation? War es zu anstrengend für ihn, mir dreimal am Tag das Essen zu bringen? Ärgerte er sich über diejenigen, die besondere Privilegien verlangten? Da ich das Fleisch, das er mir brachte, wegwarf, lebte ich von trockenem Brot und Käse. Es gab nie mehr Kaffee als eine halbe Tasse, und er war bitter und kalt. Ich wußte, bei meiner Ankunft in Amerika würde ich abgezehrt aussehen – immer vorausgesetzt, daß sie mich bei meinem Aussehen überhaupt hereinließen.

Ich konnte Verschiedenes unternehmen, um mein Geschick etwas zu verbessern. Ich mußte ja nicht die ganze Zeit in meiner dunklen Zelle bleiben. Der Steward auf dem Deck vermietete Liegestühle, und ich hätte den ganzen Tag in der Sonne und in der frischen Luft sitzen können. Zweitens hatte das Schiff eine Bibliothek. Zwar waren die meisten Bücher französisch, aber es gab auch einige deutsche. Aber irgendeine Macht hielt mich davon ab, das zu tun, was für mich das beste gewesen wäre. Irgendwie fürchtete ich mich vor der Sonne und ihrem Licht. Auf dem Deck waren zu viele Leute. Man konnte dort Badminton spielen, und junge Männer liefen herum, schrien laut und legten ihre Arme um die Mädchen. Aus der Bibliothek hatte ich mir eine deutsche Übersetzung eines Buches von Ilja Ehrenburg geholt, aber ich mochte seinen frechen Stil nicht, den Stil eines Menschen, der nur sich für klug hielt, während der Rest der Menschheit aus Idioten bestand.

Es war der fünfte Tag der Überfahrt. In drei Tagen sollten wir in New York anlegen. Ich hatte es schließlich doch gewagt, einen Liegestuhl zu mieten und hatte noch ein anderes Buch aus der Bibliothek geholt. Es war eine deutsche Übersetzung von Bergsons »Schöpferische Entwicklung«. Ich hatte auch eine jiddische Zeitschrift bei mir, in der meine letzte in Polen veröffentlichte Kurzgeschichte gedruckt worden war. Ich war so vertieft in Bergsons Werk, daß ich vorübergehend meine geistige Krise vergaß. Man mußte kein professioneller Philosoph sein, um zu merken, daß Bergson ein begabter Schriftsteller, ein Schöngeist war, aber kein Philosoph. Es war ein geschmackvolles Buch, interessant geschrieben, aber es mangelte ihm an neuen Begriffen. »Elan vital« ist ein schöner Ausdruck, aber Bergson hatte nicht einmal versucht zu erklären, wieso er eine schöpferische Macht war. Ich hatte mich schon an solche Arbeiten gewöhnt, die am Anfang das Gefühl von etwas Neuartigem vermitteln, aber wenn der Leser die letzte Seite erreicht, ist er nicht weiser als auf der ersten. Es hatte viele Vitalisten unter den Biologen gegeben, schon vor Bergson und sogar vor Lamarck.

Während ich dort lesend saß, kam der Steward, der eine junge Dame begleitete. Neben mir war ein freier Liegestuhl, in den sie sich legte. Er deckte ihre Beine sorgfältig mit einer Decke zu, dann brachte er ihr eine Tasse Bouillon. Er bot mir auch eine Tasse an, aber ich lehnte ab. Das Alter meiner Nachbarin war schwer zu bestimmen. Sie konnte in den späten Zwanzigern sein oder Anfang Dreißig. Sie hatte auch ein Buch bei sich – Baudelaires »Fleurs du Mal«, in Samt gebunden. Sie trug eine weiße Bluse und einen grauen Rock. Ihr dunkler Teint war mit Aknenarben übersät. Ich las eine ganze Weile. Ich hatte nicht das geringste Verlangen, mit ihr zu sprechen. Wahrscheinlich sprach sie nur Französisch. Ich mühte mich immer noch zu begreifen, wie der élan vital den Himmel, die Sterne, das Meer, Bergson selbst und seine schöne Ausdrucksweise und seine Illusionen geschaffen und gestaltet haben konnte. Wir lasen beide lange in unseren Büchern. Dann drehte sie sich mir zu und sagte in etwas zögerndem Warschauer Jiddisch: »Sie lesen ein Buch, das ich schon lange lesen wollte, aber irgendwie kam es nie dazu. Ist es wirklich so interessant, wie es klingt?«

Ich war so überrascht, daß ich vergaß, verlegen zu sein. »Sie sprechen Jiddisch?«

»Ich sehe, daß Sie Jiddisch lesen«, und sie zeigte auf meine Zeitschrift.

»Jiddisch ist meine Muttersprache.«

»Meine auch«, sagte sie auf Polnisch. »Bis zu meinem siebenten Jahr kannte ich gar keine andere Sprache als Jiddisch.«

»Wahrscheinlich kommen Sie aus einem orthodoxen Haus.«

»Ja, aber ...«

Ich saß ganz ruhig und wartete darauf, daß sie weitersprechen sollte. Zum ersten Mal in fünf Tagen sprach jemand mit mir. Ich sagte: »Sie sprechen Polnisch ohne den leisesten jiddischen Akzent.«

»Finden Sie wirklich? Ich habe das Gefühl, mein Polnisch klingt fremdartig.«

»Wenigstens waren Ihre Eltern vernünftig genug, Sie in eine öffentliche Schule zu schicken«, sagte ich. »Mein Vater ließ mich in den Cheder gehen, und das war die einzige Quelle meiner Erziehung.«

»Was war er denn – ein Chassid?«

»Ein Rabbi – ein Moreh, wenn Sie wissen, was das ist.«

»Ich weiß, ich bin in einem ebensolchen Haushalt aufgewachsen wie Sie, aber dann geschah etwas, das alles durcheinanderbrachte.«

»Darf ich fragen, was geschehen ist?«

Sie antwortete nicht gleich und schien zu zögern. Ich wollte gerade sagen, daß sie nicht antworten müsse, als sie sagte: »Mein Vater war ein frommer Jude. Er trug einen Bart, Schläfenlocken und einen langen Kaftan wie alle anderen. Er war Talmudlehrer. Meine Mutter trug eine Perücke. Ich bat meinen Vater oft, mich in eine polnische Schule zu schicken, aber unter allen möglichen Vorwänden verschob er eine Entscheidung. Aber irgend etwas ging in unserem Haus vor. Ich war ein Einzelkind. Meine beiden Brüder und eine Schwester waren vor meiner Geburt gestorben. Abends hörte ich oft meinen Vater laut schreien und meine Mutter weinen. Ich begann zu vermuten, daß meine Eltern sich scheiden lassen wollten. Als ich eines Abends nach Hause kam und meine Mutter fragte, wo der Vater sei, sagte sie, daß er nach England gefahren sei. Ich hatte schon oft gehört, daß die Männer aus unserer Straße – wir wohnten inmitten der Armut, in der Smoczastraße – nach Amerika gegangen waren. Aber England schien mir noch weiter weg zu sein als Amerika. In der Smoczastraße sagte man, wenn jemand etwas Merkwürdiges tat, er benähme sich ›englisch‹. Ich will es kurz machen – mein Vater konvertierte, er wurde ein Mitglied der englischen Hochkirche und Missionar. Seltsam, nicht?«

»Ja, seltsam. Wie heißt er denn?«

»Nathan Fischelsohn. Er hat seinen Namen nicht geändert.«

»Ich kannte Nathan Fischelsohn«, sagte ich.

»Sie haben ihn gekannt?«

»Ich habe ihn einmal in seiner Kapelle in der Krolewskastraße besucht.«

»Mein Gott! Als ich Sie mit der jiddischen Zeitschrift sah, dachte ich, daß – viele junge Leute besuchten meinen Vater. Haben Sie vielleicht auch die Absicht gehabt ...?«

»Nein. Ich ging nur aus Neugier hin, nicht allein, sondern mit einem Freund von ihm, der auch mein Freund ist, ein jiddischer Schriftsteller, Dr. Gliksman.«

»Ich kenne Dr. Gliksman. Die Welt ist wirklich klein! Sind Sie ein jiddischer Schriftsteller?«

»Ich versuche, einer zu sein.«

»Darf ich nach Ihrem Namen fragen?«

Ich nannte ihr meinen Namen.

»Ich heiße jetzt Zofia oder Zosia. Früher hieß ich Reize Gitl. Haben Sie ›Josche Kalb‹ geschrieben?«

»Nein, das ist von meinem älteren Bruder.«

»Es ist gerade in polnischer Übersetzung erschienen. Ich habe es gelesen. Auch mein Vater. Wirklich, die große Welt ist ein kleines Dorf!«

Lange sahen wir uns schweigend an. Dann fuhr sie fort: »Die Smoczastraße, wie Sie wissen, ist voll von Juden. Die einzigen Nichtjuden sind die Pförtner in den Häusern. Unserer kam jeden Freitag, um sich seine zehn Groschen abzuholen. Daß mein Vater konvertiert hatte, war ein solcher Schock für uns, wie ich es nicht beschreiben kann. Als man in der Smoczastraße davon hörte, bewarfen mich die Jungen mit Steinen und die Mädchen spuckten mich an. Man warf uns die Fenster ein. Dann kaufte die Mission ein Haus in der Krolewskastraße und wir zogen dorthin. Irgendeine reiche Dame in England hatte viel Geld hinterlassen, um Jesus zu den polnischen Juden zu bringen. Dort ging ich dann zur Schule, wo außer der polnischen Sprache und Geschichte nur in Englisch unterrichtet wurde. Aber meine Eltern sprachen untereinander weiterhin Jiddisch... Warum erzähle ich Ihnen das alles? Ich habe Sie vom ersten Tag an, als Sie aufs Schiff kamen, bemerkt. Sie kamen mir so ganz verloren vor. Wann immer ich Sie gesehen habe, gingen Sie nicht, sondern rannten, als ob man Sie verfolgte.«

»Darf ich fragen, was Sie in Amerika tun wollen?«

»Eine gute Frage. Ich weiß es nicht. Ich weiß es selbst nicht. Seit der Hitlerismus aufgekommen ist, wurde unsere Schule in Warschau immer antisemitischer. Später besuchte ich die Universität in Warschau, aber irgendwie verlor ich das Interesse. Bitte lachen Sie nicht über das, was ich Ihnen jetzt sage, aber ich schreibe auch. Ich habe einen Empfehlungsbrief an eine Professorin an der Universität in Radcliffe, aber ich bin gar nicht sicher, daß ich weiterstudieren möchte. Ich bin zweimal in England gewesen. Ich hatte gehofft, dort studieren zu können, vielleicht dort sogar dauernd zu leben, aber es wurde mir bald klar, daß ich dort immer nur eine polnische Jüdin sein würde. Wenn man dort nicht mit dem Oxford-Akzent spricht und keinen Earl zum Großvater hat, dann gehört man nicht dazu. Ich nehme an, Sie sind auch kein religiöser Jude im herkömmlichen Sinn.«

»Weit davon entfernt.«

»Mir hat man eine Kabine mit zwei Engländerinnen zugewiesen, die mich ganz verrückt machen mit ihrem dummen Gerede. Für wen schreiben Sie denn? Für Juden, die Jiddisch lesen?«

»Ja, das sind meine Leser.«

»Ich habe versucht, eine Übersetzung von Perez zu lesen, aber ich war nicht entzückt davon. Mir gefällt Bialik besser, aber er ist auch ein bißchen primitiv. Mein Vater liest alle jiddischen Bücher. Sobald eines erschienen ist, liest er es. Ich bin sicher, er hat auch von Ihnen etwas gelesen. Wo lebt Ihr Bruder? In Warschau?«

»Er ist jetzt in Amerika. Und ich fahre zu ihm.«

»Hat er Familie?«

»Ja, Frau und Kind.«

»Ach, die Welt ist klein, und die jüdische Welt ganz besonders. Es gab eine Zeit in meinem Leben, da hatte ich nur ein Ziel – mich von dieser Welt völlig loszumachen. Ich träumte von einem Stern, auf dem man das Wort ›Jude‹ noch nie gehört hat. Welche böse Tat haben die Juden vollbracht, daß man sich ihrer schämen muß? Sie wurden von der Inquisition verbrannt – sie haben nicht andere verbrannt. Jetzt, wo sich der Nazismus entwickelt hat, sind Christen jüdischer Abstammung genauso gefährdet wie die Juden der Smoczastraße. Wirklich, manchmal kommt es mir vor, als lebte ich in einem riesigen Irrenhaus.«

»Das ist es auch.«

»Worüber schreiben Sie? Wo nehmen sie eigentlich die Mahlzeiten ein? Ich habe Sie nur ganz selten im Speisesaal gesehen.«

Ich mußte Zosia von meiner dunklen Kabine erzählen und dem Mann, der mir dreimal am Tag Brot und Käse mit solcher Wut auf den Tisch warf, und sie sagte:

»Essen Sie doch mit mir. Mein Tisch ist halbleer. Es ist nur noch ein älteres Ehepaar da. Er ist ein ehemaliger Kapitän eines Frachtschiffes, das einer Obstfirma gehörte. Er und seine Frau sind beides ruhige Leute, aber sie trinken. Wenn sie morgens zum Frühstück erscheinen, sind beide bereits betrunken. Und zwar so betrunken, daß sie nicht mehr richtig sprechen können. Sie stottern und murmeln. Sie essen kaum etwas. Der Kellner wäre sicher froh, Sie an seinem Tisch zu haben.«

»Ich habe aber keine Nummer für diesen Tisch.«

»Kein Mensch fragt nach Nummern. Viele der Passagiere sind seekrank und zeigen sich gar nicht im Speisesaal.«

»Ich bin Vegetarier.«

»Was? Sie bekommen, was Sie wollen. Es gibt überhaupt keinen Grund dafür, daß Sie sich in ein selbst auferlegtes Gefängnis einschließen.«

An diesem Abend setzte ich mich zu Zosia an ihren Tisch. Ich bekam eine richtige vegetarische Mahlzeit. Ich trank sogar zwei Glas Wein. Das ältere Ehepaar empfing mich freundlich. Der Mann, der ehemalige Kapitän, murmelte etwas Unverständliches. Ich sagte ihm, daß ich kein Englisch verstünde, aber das hielt ihn nicht von seinen weitschweifigen Reden ab. Ich fragte Zosia, was er erzählte, und sie antwortete auf Polnisch: »Ich verstehe ihn auch nicht.«

Seine Frau schien etwas weniger betrunken zu sein. Nach einiger Zeit verließ das Paar den Tisch. Die alte Frau war seekrank. Ihr wurde plötzlich übel. Der Mann versuchte, sie am Fallen zu hindern, aber seine eigenen Beine waren wakkelig.

Zosia sagte zu mir auf Jiddisch: »Jetzt können Sie mit mir in der Muttersprache reden.«

»Ich glaube nicht an Wunder«, sagte ich, »aber unser heutiges Zusammentreffen ist für mich ein Wunder.«

»Für mich auch. Ich habe fünf Tage lang mit keinem Menschen gesprochen.«

II

Die Nacht war hereingebrochen. Die Stewards hatten die Liegestühle weggeräumt, und das Deck schien unheimlich lang, breit und verlassen. An diesem Abend war im Salon ein Konzert angekündigt. Verschiedene bekannte Musiker waren auf dem Schiff, und die Passagiere beeilten sich, Plätze zu belegen. Zosia und ich spazierten auf dem Deck lange Zeit schweigend auf und ab. Sie hatte mir schon ihre Adresse in

Boston in mein Notizbuch geschrieben. Und ich hatte ihr die Adresse meines Bruders in Seagate, Brooklyn, gegeben. Wir standen an der Reling und schauten hinaus auf das Meer. In der Ferne, am Horizont, fuhr ein Schiff in entgegengesetzter Richtung – von Amerika nach Europa. Unser Schiff grunzte einen kurzen Gruß mit dem Signalhorn. Zosia sagte: »Was für ein unheimlicher Ton das ist. Es ist nur gut, daß Fische stumm und wahrscheinlich auch taub sind. Was würde sonst für ein Aufruhr im Ozean entstehen. Mich erschrecken diese tiefen Töne furchtbar, besonders wenn ich lese. Ich habe schon oft beschlossen, Baudelaire nicht mehr zu lesen. Es ist wahr, er ist ein großer Dichter – meiner Meinung nach vielleicht der größte Dichter aller Zeiten. Er ist möglicherweise der einzige, der den Mut hat, der menschlichen Spezies die ungeschminkte Wahrheit zu sagen. Aber was nutzt einem die Wahrheit, wenn man nicht damit leben kann? Haben Sie je Baudelaire gelesen?«

»Ich kann kein Französisch. Ich habe einige seiner Gedichte in jiddischer Übersetzung gelesen. Eine furchtbar schlechte Übersetzung von jemandem, der in beiden Sprachen unzulänglich war. Immerhin, es ist ihm nicht gelungen, Baudelaire völlig zu zerstören.«

»Ich habe buchstäblich mein Französisch bei ihm gelernt. Seit dem Tag, an dem ich ihn zum ersten Mal gelesen habe, kann ich keine anderen Gedichte mehr lesen und habe auch keine Lust dazu.«

»Mir geht es auch so«, sagte ich. »Ich verliebe mich in einen Schriftsteller und bleibe ihm auf lange Zeit treu. In diesem Sinne bin ich sozusagen vollkommen monogam. Meine große Liebe war Knut Hamsun. Ich habe sogar einige seiner Bücher ins Jiddische übersetzt.«

»Sie können Norwegisch?«

»Nein, wie sollte ich? Ich übersetzte aus dem Deutschen und Polnischen. Es gibt sogar eine hebräische Übersetzung des ›Pan‹.«

»Ja, dies war ein Tag – oder ein Abend – der Überraschungen. Einige Passagiere haben mich angesprochen, aber ich mag diese Unterhaltungen über das Wetter und ob das Essen auf dem Schiff gut oder schlecht ist, nicht. Wenn ich jemanden mit einem Buch sehe, wird meine Neugier geweckt, aber die wenigen Leute, die lesen, lesen Schund. Ich weiß nicht, ob Sie es bemerkt haben, aber auf dem Schiff gibt es eine ganze Reihe von deutschen Juden und alle haben Photoapparate und englische Lehrbücher bei sich. Ihre Taschen sind vollgestopft mit Karten von Amerika oder New York. Ich kann kein Deutsch, aber wenn man Jiddisch kann, versteht man, was geredet wird. Das einzige, worüber sie reden, sind Geschäfte. Es ist mir ganz unbegreiflich, wie Menschen, die auf der Flucht vor Hitler sind, so praktisch, so gut informiert und so entschlossen sein können. Ich sage mir oft, daß Juden meine Brüder und Schwestern sind. Die Tatsache, daß mein Vater bei den Missionaren angestellt ist, hat meine Gene nicht verändert. Ich habe beschlossen, daß ich in Amerika, anderen und mir gegenüber, das sein werde, was ich wirklich bin – ein jüdisches Mädchen. Aber diese meine Brüder und Schwestern kann ich nicht verstehen. Sie sind mir schrecklich fremd. Wahrscheinlich werden Sie denken, daß ich wie einer der von Selbsthaß befallenen Juden klinge, und Sie hätten auch recht.«

»Nein, ich würde das nicht denken.«

»Was denken Sie denn?«

»Ich denke, da Sie Baudelaire lieben, können Sie nicht solche Optimisten, wie Juden es sind, lieben.«

»Richtig, richtig. Aber man soll sie doch lieben.«

»Sie suchen unsere Liebe nicht. Sie haben Frauen, Kinder und Freunde. Jede einzige Zeile von Baudelaire ist eine Ode an den Tod, aber diese Juden wollen leben, neue Generationen hervorbringen. Wenn man sich zum Leben entschlossen hat, dann kann man nicht, wie Baudelaire, die ganze Zeit das Leben bespucken.«

»Ja, Sie haben recht. Ich laufe auf diesem Schiff umher und frage mich ›Wohin gehe ich? Zu wem? Zu was?‹ Ich bin weder Christin noch Jüdin. Und warum sollte ich plötzlich Amerikanerin werden? Ich sage mir, mein Ziel ist, meine Eltern vor den Nazis zu retten, aber wie soll ich das erreichen? Meine Eltern haben nur einen Wunsch – ich soll heiraten. In dieser Hinsicht sind sie völlig jüdisch geblieben. Sie wollen ein bißchen Zufriedenheit mit mir und meinem Leben. Aber ich bin gar nicht geneigt, ihnen Grund für diese Zufriedenheit zu geben. Wir haben uns eben erst kennengelernt, und ich erzähle Ihnen Dinge, die ich noch keiner anderen Seele anvertraut habe. Sie werden mich für einen völlig extravertierten Menschen halten, aber in Wirklichkeit bin ich das genaue Gegenteil.«

»Ich kenne das.«

»Wieso? Ich bin von Kind an verschwiegen gewesen. Wer immer in späteren Jahren versuchte, an mich heranzukommen, beschwerte sich darüber, daß ich mich wie eine Mimose verschloß. Ich hatte einen Freund, einen jungen Professor, und der nannte mich so. Aber genug von mir. Warum sind Sie so niedergeschlagen? Sie gehen zu Ihrem Bruder, und der hat sicher Verbindungen zu allen jiddischen Kreisen. Sie haben sich nicht von Ihren Wurzeln losgerissen. Ich bin überzeugt von Ihrer Begabung. Fragen Sie mich nicht, woher ich das weiß. Sie werden glücklich in Amerika sein, so glücklich, wie jemand Ihres Schlages es sein kann.«

»Glücklich? Diese Fähigkeit habe ich bestimmt nicht.«

»Kommen Sie, wir wollen sehen, was mit dem Konzert ist.«

Wir gingen unter Deck. Der Salon, in dem das Konzert stattfand, war gesteckt voll. Viele Leute standen an den Wänden entlang. An der offenen Tür hatte sich eine große Anzahl Passagiere versammelt. Die an Tischen Sitzenden hatten Getränke vor sich. Die Veranstaltung bestand aus einem Auszug aus einer Oper. Von Zeit zu Zeit flackerte ein Blitzlicht auf. Es hatte eine Zeit gegeben, da hatte ich Leute, die an solchen Veranstaltungen teilnahmen, beneidet. Aber dieser Wunsch hatte sich verflüchtigt. In mir war ein Asket verborgen, der mich unablässig an den Tod erinnerte und daß Menschen in Krankenhäusern oder in Gefängnissen leiden mußten oder von den verschiedensten politischen Sadisten gefoltert wurden. Es war erst wenige Jahre her, daß Millionen russischer Bauern verhungert waren, nur weil Stalin sich entschlossen hatte, Kolchosen einzurichten. Auch konnte ich nie die Grausamkeiten vergessen, die an Gottes Geschöpfen in Schlachthäusern, auf Jagden und in verschiedenen wissenschaftlichen Laboratorien begangen wurden.

Zosia fragte mich: »Wollen Sie hierbleiben? Ich kann das nicht aushalten.«

»Nein, nein. Bestimmt nicht.«

»Darf ich Sie fragen, was Sie gern tun möchten?«

»Ich habe Ihnen von meiner dunklen Kabine erzählt. Ich möchte dorthin gehen. Tun Sie mir den Gefallen und kommen Sie mit. Der Kellner hat mir bestimmt mein Abendessen gebracht, und ich kann es nicht einfach stehen lassen. Ich muß auch sagen, daß ich von morgen an keine Mahlzeiten mehr in die Kabine gebracht haben möchte. Ich weiß nur nicht, wem ich es sagen soll. Ich kann kein Wort Französisch.«

»Ach, alles was Sie tun müssen ist, dem Kellner im Speisesaal zu sagen, daß Sie an meinem Tisch essen. Ich werde es morgen beim Frühstück sagen. Kommen Sie, wir wollen sehen, was der Kellner Ihnen gebracht hat. Ich muß Ihnen sagen, daß Franzosen nichts vom Vegetarismus verstehen. Hätten Sie ihnen gesagt, Sie seien ein Kannibale, wären sie weniger perplex gewesen.«

Zosia lachte und zeigte dabei ihre unregelmäßigen Zähne. Mir fiel auf, daß sie gar nicht jüdisch aussah. Man hätte sie für eine Französin halten können oder möglicherweise für eine Spanierin oder Griechin. Das Schiff schlingerte und Zosia stolperte manchmal. Seltsamerweise hatte ich wieder den Weg zu meiner Kabine vergessen. Wir kamen in einen Korridor, und ich war sicher, daß meine Kabine an ihm lag, aber die Nummern an den Türen entsprachen nicht der meinen. Waren wir zu tief nach unten gestiegen? Oder mußten wir noch tiefer hinunter? Zosia fragte: »Was ist los – haben Sie sich verlaufen?«

»Es sieht so aus.«

»Ja, der geistesabwesende Dichter! Welche Nummer hat Ihre Kabine?«

Ich sagte ihr die Nummer, aber ich war nicht ganz sicher, ob ich mich nicht geirrt hatte. Jetzt liefen wir wieder Treppen hinauf und hinunter. Wir bogen hier rechts, dort links ein, aber meine Kabine war verschwunden. Man konnte auch niemanden fragen, denn alle Welt war beim Konzert.

Zosia sagte: »Sind Sie sicher, daß das Ihre Kabinennummer ist? Es sieht so aus, als ob es diese Nummer gar nicht gibt.«

»Welche Nummer habe ich Ihnen denn genannt?«

Sie wiederholte die Nummer. Nein, das war nicht die richtige. Am ersten Abend der Überfahrt hatte ich beschlossen, den Schlüssel bei mir zu tragen, wo immer ich hinging, aber der Schlüssel war zu groß und schwer, um ihn herumzutragen, und ich hatte die Tür nicht verschlossen. Warum hatte ich mir die Nummer nicht aufgeschrieben?

Zosia fragte: »Sie sind nicht etwa ein blinder Passagier?«

»Im übertragenen Sinne schon.«

»Ja, regen Sie sich nur nicht auf. Mein Vater ist wie Sie. Zehnmal am Tag verlegt er seine Brille. Er kommt herein und schreit: ›Wo ist meine Brille? Wo ist mein Füllfederhalter? Wo ist meine Brieftasche?‹ Und dabei hat er häufig die Brille auf der Nase.«

In diesem Augenblick erinnerte ich mich an die richtige Nummer. Und sofort standen wir vor meiner Kabinentür. Ich öffnete die Tür, machte Licht und stieß auf eine neue Überraschung. Auf dem Tisch stand eine große Schale mit Fruchtsalat und eine Flasche Wein. Entweder war der Kellner von Reue gepackt worden oder jemandem war aufgegangen, daß man mich benachteiligt hatte. Oder wäre es möglich, daß mein Ärger über den Kellner das Resultat einer Reihe von Halluzinationen war? Es war alles möglich. Ich hatte mich vor Zosia in jeder Beziehung blamiert.

Sie zwinkerte und sagte: »Was für eine gute Mahlzeit. Ich wäre glücklich, so eine Kabine zu haben, anstatt meine mit diesen beiden Dummköpfen teilen zu müssen. Sie bleiben bis zwei Uhr morgens wach und plappern über irgendeine Kirchengemeinde in der Kleinstadt, zu der sie gehören. Manchmal sprechen beide gleichzeitig und beide sagen genau dasselbe, als wären sie eineiige Zwillinge.«

Ich bot Zosia den Stuhl an, während ich mich auf das Bett setzte. Nach einigem Zögern setzte sie sich auf den Rand des Stuhles.

»Ist es auch während des Tages hier völlig dunkel?«

»So dunkel wie hundert Meilen unter der Erde. Manchmal liege ich während des Tages hier und stelle mir vor, ich sei schon gestorben und dies sei mein Grab. Ich habe allerdings Nachbarn, die diese Illusion zerstören – ein französisches

Paar. Ich kann nicht verstehen, was sie sagen, aber sie streiten sich unaufhörlich. Einmal kam es mir vor, als schlügen sie sich gegenseitig. Sie warf ihm irgend etwas an den Kopf. Er warf etwas zurück. Sie weinte. Merkwürdig, aber jede Nation weint auf andere Weise. Ist Ihnen das schon einmal aufgefallen?«

»Nein, aber ich hatte auch nie Gelegenheit dazu. Ich war zweimal in England, aber dort habe ich nie jemand weinen hören. Ich kann mir eine weinende Engländerin nicht einmal vorstellen. Als mein Vater sich dazu entschlossen hatte, daß wir den christlichen Glauben annehmen sollten, weinte meine Mutter Tag und Nacht. Einmal kam meine Mutter mitten in der Nacht an mein Bett und rief: ›Du wirst bald eine Schickse sein!‹ Ich begann zu heulen und konnte nicht aufhören.«

Wir saßen bis ein Uhr morgens zusammen. Wir tranken Wein und aßen Fruchtsalat. Wir waren einander so nahe gekommen, daß ich Zosia von meinen Liebschaften mit Gina, Stefa, Lena und mit meiner Cousine erzählte. Nach einiger Zeit fragte ich sie, und sie gestand, noch Jungfrau zu sein. Weder in Warschau noch in England hatte sie Gelegenheit gehabt, diesen Zustand zu ändern. Es war oft nahe daran gewesen, aber dann kam es doch zu nichts. Sie sagte, daß sie unter einer Sexphobie leide. Sie hatte eine solche Angst davor, daß sie es auch auf die Männer übertrug. Ihre wirklich große Liebe war der Professor oder Lehrer gewesen, der sie Mimose genannt hatte. Er wollte sie sogar heiraten, aber seine Familie hatte verlangt, daß sie zum Katholizismus übertreten müßte. Zosia sagte: »Zweimal zu konvertieren wäre eben selbst für eine so Ungläubige wie mich zuviel gewesen.«

»War das der Grund, daß Sie sich von ihm trennten?«

»Das und auch anderes. Er stellte mich seiner Mutter vor, und die Abneigung war gegenseitig. Er selbst, Zbygniew, konnte sich nicht entschließen. Wir verbrachten einmal eine Nacht zusammen im Bett, aber weiter ging es nie.«

»Sie sind also eine reine Jungfrau?«

»Jungfrau ja, rein nicht.«

»Jemand wird Ihnen den Gefallen tun.«

»Nein, ich werde so ins Grab sinken.«

Fünftes Kapitel

I

Gott sei Dank bewahrheitete sich keine meiner Ängste und Vorahnungen. Man hielt mich nicht auf Ellis Island zurück. Die Einwanderungsbeamten machten mir keinerlei Schwierigkeiten. Mein Bruder und ein Kollege von ihm, der Schriftsteller Zygmunt Salkin, ein Mitglied der anglo-jüdischen Presse in Amerika, holten mich am Schiff ab. Nach kurzen Formalitäten saß ich in Salkins Wagen.

Ich wollte meine Koffer tragen, aber Zygmunt Salkin riß sie mir aus der Hand. Ich hatte schon in Warschau von ihm gehört. Als mein Bruder nach dem Erscheinen seines Romans »Josche Kalb« im »Forward« auf Besuch nach Amerika kam, führte ihn Zygmunt Salkin in New York herum, stellte ihn einer Reihe amerikanischer Schriftsteller, Theaterleuten, Redakteuren, Verlegern und Übersetzern vor. Salkin selbst hatte Bücher aus dem Jiddischen ins Englische übersetzt.

Er und Josua waren gleichaltrig, beinahe vierzig, aber Salkin wirkte viel jünger. In den zwei Jahren, die wir getrennt gewesen waren, schien mein Bruder gealtert zu sein. Der Haarkranz, der seinen kahlen Schädel umgab, war fast ganz grau. Zygmunt Salkin hatte einen Schopf lockigen braunen Haares. Er trug einen blauen Anzug mit roten Streifen, ein Hemd ähnlicher Art und eine auffallende Krawatte. Er sprach das herkömmliche Jiddisch, ohne die englischen Brocken, die von den amerikanischen Touristen, die ich in Warschau kennengelernt hatte, benutzt wurden. Aber ich konnte doch aus seiner Redeweise entnehmen, daß er schon viele Jahre im Lande des Kolumbus verbracht hatte.

Er hatte durch meinen Bruder von mir gehört. Er hatte im »Globus« meinen Roman in Fortsetzungen gelesen und auch einige meiner Kurzgeschichten im »Forward«, und er nannte mich bei meinem Vornamen.

Ehe er meinen Bruder und mich nach Seagate brachte, wo Josua jetzt wohnte, wollte er mir New York zeigen. In den zwei Stunden, in denen er uns herumfuhr, bekam ich viel zu sehen – die breiten Straßen und Eisenbrücken, die Hochbahn und die elektrischen Züge, die über unseren Köpfen dahinbrausten, die Fifth Avenue und Madison Avenue, Radio City, Riverside Drive und später noch Wall Street, die Straßen und Märkte an der Lower East Side und zum Schluß das zehnstöckige Gebäude des »Forward«, in dem mein Bruder arbeitete. Ich hatte vergessen, daß es der erste Mai war, aber die Säulen des »Forward«-Gebäudes waren vollkommen rot verkleidet und eine große Menschenmenge stand vor dem Haus und hörte einem Redner zu.

Wir fuhren über die Brücke nach Brooklyn, und jetzt enthüllte sich mir eine ganz andere Gegend von New York. Hier war es weniger überfüllt, es gab fast keine Wolkenkratzer und alles ähnelte eher einer europäischen Stadt als Manhattan, das mir wie eine gigantische Ausstellung kubistischer Bilder und Theaterszenerien vorkam. Ohne es zu merken, registrierte ich doch jede Einzelheit der Gebäude, der Geschäfte und der Warenhäuser. Hier gingen die Leute, sie liefen und rannten nicht. Alle trugen neu aussehende und helle Kleidung. In den koscheren Metzgereien wurden die Knochen gesägt und nicht mit dem Beil gespalten. In den Läden lagen Kartoffeln neben Orangen, Radieschen neben Ananas. In den Drugstores saßen die Leute auf Barstühlen und bekamen ihr Essen serviert. In der Straßenmitte spielten Jungen, die Nudelhölzern ähnliche Stöcke hielten und riesige Handschuhe an einer Hand trugen, Ball. Sie brüllten mit den Stimmen Erwachsener. Zwischen Schuh-, Lampen-, Teppichgeschäften und Blumenläden befand sich ein Begräbnisinstitut. Leichenträger in Schwarz trugen einen mit Kränzen bedeckten Sarg heraus und luden ihn in einen verhängten Wagen. Die Familie oder die anderen Leidtragenden zeigten keinerlei Anzeichen von Trauer in den Gesichtern. Sie unterhielten sich und benahmen sich, als sei der Tod für sie eine alltägliche Erscheinung.

Wir kamen nach Coney Island. Linker Hand funkelte und leuchtete der Ozean in einer Mischung aus Wasser und Feuer. Rechter Hand flogen Karussells vorbei, Jugendliche schossen auf Blechenten. Auf Schienen, die aus einem Tunnel hervorkamen und hoch in den blauen Himmel ragten, ritten Jungen auf metallenen Pferden und die hinter ihnen sitzenden Mädchen schrien laut. Jazzmusik pochte, pfiff und kreischte. Ein mechanischer Mann, ein Roboter, lachte hohl. Vor einer Art Museum tollte ein schwarzer Riese herum, mit einem Zwerg auf jedem Arm. Ich konnte spüren, daß sich hier eine geistige Katastrophe abspielte, ein Wandel, für den es in meinem Vokabular kein Wort gab, nicht einmal die Ahnung eines Begriffs. Dann fuhren wir durch ein Tor mit einer Barriere und bewacht von einem Polizisten, und plötzlich wurde es still und ländlich. Wir hielten vor einem Haus mit Türmchen und einer langen Veranda, auf der ältere Leute in der Sonne saßen und sich wärmten. Mein Bruder sagte: »Dies hier ist die Bastion des Jiddischismus. Hier wird entschieden, wer sterblich oder unsterblich, wer fortschrittlich oder reaktionär ist.«

Ich hörte jemanden fragen: »Haben Sie Ihren Bruder hergebracht?«

»Ja, hier ist er.«

»Willkommen!«

Ich stieg aus dem Wagen, und eine feuchte und weiche Hand drückte meine. Ein winziger Mann mit einer Sonnenbrille sagte: »Sie kennen mich nicht. Wie sollen Sie auch? Aber ich kenne Sie. Ich bin ein treuer Leser des ›Globus‹. Ihnen gebührt Dank dafür, daß Sie die nackte Wahrheit schreiben. Die Schreiberlinge hier versuchen dem Leser einzureden, daß das Schtetl ein Paradies voller Heiliger sei. Und da kommt einer aus gerade dieser Gegend und sagt: ›Alles Blödsinn!‹ Man wird Sie hier exkommunizieren, aber regen Sie sich nicht auf.«

»Er ist eben erst angekommen und schon bekommt er Komplimente«, sagte ein anderer Mann mit milchweißem Haar und einem frisch verbrannten runden Gesicht. »Ich mußte zwanzig Jahre warten, ehe ich ein freundliches Wort in Amerika zu hören bekam. In Wirklichkeit warte ich immer noch darauf... hahaha...«

Mein Bruder und Zygmunt Salkin wechselten noch ein paar Worte mit einem Mädchen, das eine Tasse Tee brachte, dann stiegen wir wieder in den Wagen, fuhren ein paar Sekunden und hielten vor einem anderen Haus. Mein Bruder sagte: »Hier wohnen wir.«

Ich blickte auf und sah meine Schwägerin Genia und ihren Sohn Jossele. Genia schien unverändert zu sein, aber Jossele war gewachsen. Aus Gewohnheit sprach ich ihn auf Polnisch an, aber es zeigte sich, daß er diese Sprache völlig vergessen hatte. Er sprach jetzt Englisch und konnte noch ein wenig Jiddisch.

Mein Bruder lebte in einem Haus, das eigentlich als Sommerhaus gedacht war. Es bestand aus einem Schlafzimmer und einem riesigen Raum, der als Wohn- und Eßzimmer benutzt wurde. Es gab keine richtige Küche, nur eine Kochnische, die sich wie ein Schrank öffnen ließ. Josua sagte mir, daß er vorhatte, nur den Sommer hier zu verbringen. Die Möbel gehörten dem Hauswirt, dessen Bruder ein bekannter jiddischer Musikkritiker war. Das Badezimmer wurde von einem anderen Mieter, auch ein Schriftsteller, mitbenutzt. Genia erinnerte mich daran, die Tür zu der anderen Wohnung abzuschließen, wenn ich im Bad war, und wieder aufzuschließen, wenn ich fertig war. Glücklicherweise sei der Nachbar ein älterer Junggeselle, der fast den ganzen Tag fort sei, sagte sie.

Mein Bruder hatte im selben Haus ein Zimmer für mich gemietet. Der Tod Jaschas, des älteren Jungen, hatte die ganze Familie in eine tiefe Depression gestürzt, und ich mußte feststellen, daß auch die Jahre sie nicht gebessert hatte. Meine Schwägerin versuchte, in meiner Gegenwart heiter zu sein. Sie fragte nach zahllosen Einzelheiten über Warschau, die literarische Welt dort und auch über mich persönlich, aber ihre Augen spiegelten die Mischung von Kummer und Angst wider, wie es schon in Warschau der Fall gewesen war. Sie konnte kaum die Tränen zurückhalten. Mein Bruder lief im Zimmer auf und ab und schwärmte von Amerika. Er erzählte mir, er habe sich in das Land verliebt, in seine Freiheit, seine Toleranz, seine Behandlung der Juden und anderer Minoritäten. Hier in den Vereinigten Staaten hatte er einen Roman geschrieben, »Die Brüder Aschkenasi«, der auf Jiddisch erschienen war und jetzt ins Englische übersetzt wurde.

Zygmunt Salkin hatte sich von uns verabschiedet und war nach Manhattan zurückgefahren. Ehe er ging, sagte er mir, er habe Pläne mit mir. Nebenbei bemerkte er, ich sei zu warm angezogen für den amerikanischen Sommer. Hier gebe es praktisch keinen Frühling. Sobald der Winter vorüber war, fingen die Hitzewellen an. Hier trage kein Mensch einen steifen Kragen, einen so schweren Anzug wie meinen oder einen schwarzen Hut. Auch Westen trage niemand mehr. Amerika strebe nach Leichtigkeit in jedem Bezirk des Verhaltens. Ich sah ihm zu, wie er in den Wagen einstieg. Er drehte das Steuerrad und in einer Sekunde war er verschwunden.

Meine Schwägerin bestätigte Salkins Worte. Hier war das Klima anders und so auch der Lebensstil – das Essen, die Kleidung und das Verhalten der Menschen zueinander. Nur die jiddischen Schriftsteller blieben so, wie sie in der alten Heimat gewesen waren, aber ihre Kinder sprachen alle englisch und waren richtiggehende Amerikaner.

Nach einer Weile führte mich mein Bruder in mein Zimmer. Es war klein, mit einem Sofa, das sich nachts in ein Bett verwandeln ließ, mit einem Tisch, zwei Stühlen und einem Glasschrank, den mein Bruder mit einer Reihe von jiddischen Büchern für mich angefüllt hatte. An einer Stange, die eine Wand des Zimmers entlanglief, hingen Kleiderbügel. Ich war nicht daran gewöhnt, während des Tages mein Jackett auszuziehen, aber mein Bruder bestand darauf, und ich mußte auch Weste, Kragen und Krawatte ablegen. Er musterte kritisch meine breiten Hosenträger und bemerkte scherzend, ich sähe aus wie ein Sheriff aus dem Westen. Er sagte: »Ja, du bist nun in Amerika und so oder so wirst du auch hierbleiben. Dein Besuchsvisum wird auf ein oder zwei Jahre verlängert werden, und ich werde alles tun, um dich davon abzuhalten zurückzugehen. Drüben wird bald die Hölle los sein. Vielleicht wirst du einem Mädchen begegnen, das hier geboren ist und dir so gefällt, daß du sie heiraten möchtest, dann bekommst du sofort ein Dauervisum.«

Ich wurde rot. In der Gegenwart meines Bruders war ich wieder ein schüchterner kleiner Junge.

II

Meine Schwägerin bereitete an diesem Abend kein Essen. Wir aßen bei unserem Hauswirt und seiner Familie. Obwohl er der Bruder eines bekannten Kritikers und glühenden Jiddischisten war, sprachen seine Kinder schon kein Jiddisch mehr. Sie saßen schweigend da. Und wenn sie sprachen, so murmelten sie leise. Unsere Gegenwart am Tisch schien sie zu beunruhigen. Vielleicht waren sie Linke und hatten gehört, daß mein Bruder antikommunistisch eingestellt war. Mein Bruder bemerkte, daß die jüdischen Jugendlichen in Polen vom Kommunismus schon enttäuscht waren, zumindest vom Stalinismus, aber hier in Amerika neigten die Jugendlichen dem Kommunismus zu. Was wußten sie von den Schlechtigkeiten, die im Stalinschen Paradies begangen wurden? Gewiß, wenn einer von ihnen nach Rußland ging, um dort am Aufbau des Sozialismus mitzuhelfen, hörte man nie wieder etwas von ihm, aber das wurde von den übrigen so ausgelegt, daß er keinen Kontakt mehr mit der kapitalistischen Gesellschaft haben wollte, nicht einmal mit seinen ehemaligen Genossen.

Mein Bruder sagte: »Sie sind alle wie hypnotisiert. Ich hätte es nicht für möglich gehalten, daß ein paar Broschüren und Zeitschriften voller Banalitäten eine solche Macht ausüben könnten. Andererseits, wenn ein solcher Schuft wie Hitler Deutschland hypnotisieren konnte, warum sollte dann Stalin nicht die ganze Welt an der Nase herumführen können?«

Wir beendeten schnell das Essen. Mein Bruder sagte, daß er noch an seinem Roman arbeiten müsse. Jossele, der zur Schule ging, mußte noch Schularbeiten machen. Mein Bruder vertraute mir an, daß Jossele unter nervösen Ängsten litt. Er hatte Angst, allein im Haus zu bleiben, selbst während des Tages. Er konnte seinen älteren Bruder nicht vergessen. Meine Schwägerin konnte nachts nicht schlafen.

Ich sagte Gute Nacht und ging auf mein Zimmer. Ich brauchte nicht das Badezimmer meines Bruders zu benutzen, da es zu ebener Erde noch eine Dusche und ein Bad gab. In meinem Zimmer machte ich die Deckenbeleuchtung an, nahm ein jiddisches Buch aus dem Schrank und versuchte zu lesen, war aber bald gelangweilt. Ich warf einen Blick in mein Notizbuch, in das ich verschiedene Themen für Kurzgeschichten gekritzelt hatte. Im Augenblick reizte mich keines davon. Schwere Düsternis überkam mich, so wie ich es noch nie erlebt hatte, zumindest schien es mir so. Ich schaute aus dem Fenster. Seagate lag in vorstädtischer Dunkelheit. Es war kühl geworden gegen Abend. Das Rauschen des Ozeans klang wie das Rollen von Rädern auf Stein. Eine Glocke schlug langsam und eintönig. Nebelschwaden zogen durch die Luft. Trotz allen Schwierigkeiten war ich in Warschau unabhängig gewesen, ein Erwachsener, der in Frauengeschichten verwickelt war. Wenn ich nichts Besseres zu tun hatte, konnte ich immer in den Schriftsteller-Klub hineinschauen. Ich wußte, daß es diese Art von Klub hier nicht gab. Ich hatte vom Café Royal gehört, dem Treffpunkt der jiddischen Literaten, aber meine Schwägerin hatte mir gesagt, um dorthin zu kommen, müßte ich zuerst einen Autobus zur Surf Avenue nehmen, dann eine Straßenbahn zur Stillwell Avenue, dann kam eine Stunde Fahrt mit der Untergrundbahn, und wenn ich in Manhattan angelangt sei, wäre es noch ein ganzes Stück zu laufen bis zur Second Avenue. Außerdem kannte ich dort niemanden. Und dann noch der Rückweg. Ich legte mich aufs Sofa und wußte nicht, was ich mit mir anfangen sollte. Ich hatte nicht den geringsten Wunsch zu schreiben. Ich hatte Berichte über die Schwierigkeiten gelesen, die Einwanderer in Amerika erwarteten, aber die meisten waren keine Einzelgänger wie ich. Was immer sie durchmachen mußten, teilten sie mit Landsleuten, Verwandten, Arbeitskollegen in den Werkstätten oder mit anderen Kostgängern, mit denen sie ein Zimmer, manchmal sogar das Bett teilten. Einige kamen mit Frauen und Kindern. Aber ich hatte es so eingerichtet, daß ich ganz allein in einer dunklen Kabine ankam und lebte mit einer Familie ausgeprägter Individualisten, die so isoliert und zurückgezogen waren wie ich selbst. Und was würde ich hier tun? Da mich die Lust zum Schreiben verlassen hatte, mußte ich eine andere Beschäftigung finden. Aber als Besucher hatte ich keine Arbeitserlaubnis. Wie kam es nur, daß ich all dies nicht vorausgesehen hatte? Was war aus meiner Logik, meiner Vorstellungskraft geworden?

Ich hatte das Fenster geöffnet. Die Luft hier war feucht, drückend. Ich wäre gern ein wenig spazierengegangen, aber wie würde ich das Haus wiederfinden? Soviel ich sehen konnte, gab es keine Hausnummern. Ich konnte kein einziges Wort Englisch. Ich würde mich verirren und die ganze Nacht draußen verbringen müssen. Man könnte mich möglicherweise verhaften und als Landstreicher einsperren (ich hatte Jack Londons Geschichten über Landstreicher in einer Übersetzung gelesen). Trotzdem, ich konnte nicht einfach hier sitzen bleiben. Um auf alles vorbereitet zu sein, nahm ich meinen polnischen Paß mit dem amerikanischen Visum mit. Vielleicht hätte ich bei der Wohnung meines Bruders vorbeigehen und nach der genauen Adresse des Hauses fragen sollen, aber ich wußte, daß mein Bruder an seinem Roman arbeitete. Und Genia war vielleicht schon zu Bett gegangen.

Nach langem Zögern entschloß ich mich zu einem Spaziergang. Vor dem Haus merkte ich mir – zwei weiße Säulen vor dem Eingang. Kein anderes Haus in der Straße hatte Säulen. Ich ging langsam und drehte mich immer wieder nach dem Haus mit den beiden Säulen um. Ich hatte Berichte über Spione, Revolutionäre, über Forschungsreisende wie Sven Hedin, Amundsen und Kapitän Scott gelesen, die durch Wüsten, Eisfelder und Dschungel gezogen waren. Unter den schwierigsten Umständen hatten sie ihre Position bestimmen können, und hier war ich, zitternd vor Angst, daß ich in so einer kleinen Gemeinde wie Seagate mich verirren könnte. Ich war ohne Ziel gegangen und an den Strand gekommen. Hier war nicht das offene Meer, denn ich konnte Lichter an einer fernen Küste blinken sehen. Ein Leuchtturm warf seine Strahlen über das Wasser. Die schäumenden Wellen stiegen und brachen sich an einem steinernen Wellenbrecher. Der Strand war nicht sandig, sondern mit Unkraut überwachsen. Treibholz und Pflanzen, die das Meer angeschwemmt hatte, lagen weit verstreut umher. Es roch hier nach toten Fischen und anderem Unvertrauten, Meerzugehörigem. Ich trat auf Muscheln. Ich hob eine auf und betrachtete sie genau – den Panzer eines Geschöpfs, das im Meer geboren worden und offenbar auch dort gestorben war, oder vielleicht war es trotz seines Panzers gefressen worden.

Ich suchte einen Stern am Himmel, aber der Widerschein von New York, oder vielleicht auch von Coney Island, machte den Himmel undurchsichtig und rötlich. Nicht weit vom Strand entfernt zog ein kleines Boot drei dunkle Lastkähne. Ich hatte gerade acht Tage auf dem Meer verbracht, aber der Ozean kam mir so fremd vor, als sähe ich ihn zum erstenmal. Ich atmete die kühle Luft ein. Vielleicht sollte ich einfach in das Meer hineingehen und dem ganzen Elend ein Ende bereiten? Nach langem Grübeln machte ich mich auf den Heimweg. Ich glaubte, eine gerade Straße gegangen zu sein, aber ich hatte jetzt schon ein ganzes Stück zurückgelegt, ohne das Haus mit den weißen Säulen erblickt zu haben. Ich kam an den Zaun, der Seagate von Coney Island trennt, und bemerkte den Polizisten, der das Tor bewachte.

Ich drehte um. Jemand hatte mir einmal geraten, immer einen Kompaß bei mir zu tragen. Du bist der blödeste Tolpatsch und Schafskopf unter der Sonne, schalt ich mich selbst. Ein Kompaß hätte mir auch nichts genutzt. Er hätte mich nur noch mehr verwirrt. Vielleicht hätte Freud mein Geheimnis enträtseln können. Ich litt an einer Art von Desorientierungskomplex. Ob das etwas mit meinen unterdrückten sexuellen Wünschen zu tun haben konnte? Die Wahrheit ist, ich hatte diesen Komplex geerbt. Mein Vater und meine Mutter lebten seit Jahren in Warschau, aber sie konnten den Weg zur Nalewkistraße nie finden. Wenn mein Vater sich zu den Feiertagen auf den Weg zum Radzyminer Rabbi machte, mußte Josua ihn in der Straßenbahn begleiten und ihm später ein Billett für die Schmalspurbahn nach Radzymin kaufen und ihn in den Zug setzen. In unserem Hause schwebte über allem Furcht, Furcht vor der Außenwelt, vor den nichtjiddischen Sprachen, vor Zügen, Autos, dem geschäftigen Treiben von Handel und Gewerbe, selbst vor Juden, die mit Anwälten, der Polizei zu tun hatten und Russisch oder sogar Polnisch sprachen. Ich hatte mich von Gott entfernt, aber nicht von meinem Erbe.

Was jetzt? fragte ich mich. Ich hätte lachen können über meine eigene Hilflosigkeit. Ich kehrte um und erblickte das Haus mit den beiden weißen Säulen. Es stand plötzlich da, wie aus der Erde gewachsen. Ich ging darauf zu und sah die

Umrisse meines Bruders in dem erleuchteten Fenster. Er saß an einem schmalen Tisch, mit der Feder in einer und dem Manuskript in der anderen Hand. Ich hatte nie über das Äußere meines Bruders nachgedacht, aber an diesem Tag betrachtete ich ihn zum erstenmal mit Neugier, als sei ich nicht sein Bruder, sondern ein Fremder. Jeder Mensch, dem ich heute in Seagate begegnet war, war sonnenverbrannt, aber sein langes Gesicht war bleich. Er las nicht nur mit den Augen, er sprach die Worte auch aus, während er las. Ab und zu zog er die Augenbrauen hoch mit einem Ausdruck, als fragte er sich, wie konnte ich so etwas schreiben? Und sofort begann er mit der Feder lange Striche zu machen und auszustreichen. Auf seine Lippen trat ein leises Lächeln. Er hob die Lider seiner großen blauen Augen und warf einen fragenden Blick hinaus, als ob er vermutete, jemand beobachte ihn von der Straße aus. Ich hatte das Gefühl, seine Gedanken lesen zu können. Es ist alles Eitelkeit, dieser ganze Betrieb des Schreibens, aber wenn man es schon tut, dann muß man es richtig tun.

Eine erneute Welle von Liebe zu meinem Bruder stieg in mir auf. Er war nicht nur mein Bruder, er war auch mein Vater und Meister. Ich brachte es nie fertig, ihn zuerst anzusprechen. Ich wartete immer darauf, daß er den ersten Zug machte. Ich ging in mein Zimmer zurück und legte mich aufs Sofa. Ich machte kein Licht. Ich lag dort im Dunkeln. Ich war noch jung, noch nicht dreißig, aber ich war von einer Müdigkeit befallen, die wahrscheinlich mit dem Alter einhergeht. Ich hatte alle Wurzeln, die ich in Polen gehabt hatte, ausgerissen und wußte bereits, daß ich hier bis zu meinem letzten Tag ein Fremder bleiben würde. Ich stellte mir vor, wie es wäre, in Hitlers Dachau oder in einem Arbeitslager in Sibirien zu sein. Es gab für mich keine Zukunft mehr. Alles, woran ich denken konnte, lag in der Vergangenheit. Meine Gedanken kehrten nach Warschau zurück, nach Świder, in Stefas Wohnung in der Niecalastraße, in Esthers möbliertes Zimmer in der Swieto-Jerska-Straße. Wiederum mußte ich mir sagen, ich sei eine Leiche.

III

Mein Bruder schien meine Melancholie zu fühlen, denn er beschäftigte sich mit besonderer Energie mit meinen Dingen. Er und Zygmunt Salkin fuhren mit mir nach Manhattan und zwangen mich, meinen dicken Warschauer Anzug durch leichte amerikanische Sommerkleidung zu ersetzen. Ich mußte auch meinen steifen Kragen gegen ein Hemd mit weichem Kragen eintauschen. Ohne mich überhaupt zu fragen, vereinbarte Josua mit dem »Forward«, daß ich für sie arbeiten sollte und vielleicht auch dort meinen Roman veröffentlichen würde. Er nahm mich mit in das Café Royal in der Second Avenue und stellte mich Schriftstellern und Theaterleuten vor. Aber meine Schüchternheit kehrte mit all ihren Peinlichkeiten zurück. Ich wurde rot, wenn er mich Frauen vorstellte. Ich verlor die Sprache, wenn Männer mich ansprachen und Fragen stellten. Die Schauspielerinnen behaupteten alle, mein Bruder und ich seien einander so ähnlich wie zwei Wassertropfen. Sie neckten mich, versuchten, mit mir zu flirten und machten Bemerkungen, die zeigten, daß sie keinerlei Hemmungen hatten. Die Schriftsteller konnten es fast nicht glauben, daß ich es war, der ein so teuflisches Buch wie »Satan in Goraj« geschrieben und im »Globus« bissige Kritiken über die Arbeiten berühmter jiddischer Schriftsteller in Polen, Rußland und Amerika veröffentlicht hatte. Mein Bruder verstand, was ich durchmachte, und versuchte mir zu helfen, aber das verschlimmerte noch meine Verlegenheit. Ich schwitzte und mein Herz raste. Ein Kellner brachte mir Essen. Ich konnte keinen Bissen zu mir nehmen. Ich war wütend, wütend auf Amerika, auf meinen Bruder, weil er mich hierher gebracht hatte und auf mich selbst und meine verfluchte Natur. Der Feind in mir hatte einen überwältigenden Sieg errungen. In meiner Angst beschloß ich, so bald wie möglich die Rückfahrt nach Polen zu buchen und auf der Fahrt über Bord zu springen.

Ich war in meine Jugendzeit zurückgefallen, und wenn jemand an den Tisch kam, mich zu begrüßen, so verwunderte er sich und zuckte die Achseln. Zygmunt Salkin ging hinaus, um zu telefonieren, mein Bruder wurde an ein anderes

Telefon gerufen, und ich saß plötzlich allein da. Der Kellner kam und fragte mich: »Warum essen Sie denn Ihre Blintzes nicht? Sehen sie nicht verlockend aus?«

»Doch, danke. Vielleicht später.«

»Wenn Blintzes kalt werden, verwandeln sie sich in Knisches«, witzelte der Kellner.

Die an den Nachbartischen Sitzenden hatten zugehört, lachten und wiederholten den Scherz anderen gegenüber. Sie drohten mir mit dem Finger. Draußen war es dunkel geworden. Die Lichter über der Markise des jiddischen Theaters auf der anderen Straßenseite gingen an. Die Tür des Cafés schwang fortgesetzt hin und her. Männer und Frauen, die offensichtlich nicht zum literarischen Zirkel gehörten oder zum jiddischen Theater, kamen herein, um einen Blick auf Schriftsteller und Schauspieler zu werfen. Sie kamen und gingen ununterbrochen. Sie zeigten mit den Fingern auf die an den Tischen Sitzenden.

Einige der Schriftsteller verhökerten hier ihre eigenen Bücher. Sie schrieben Widmungen auf Vorsatzblätter und steckten das Geld ungezählt in ihre Brusttasche. Ein deutschsprechender Krawattenverkäufer kam herein und versuchte, seine bunte Ware anzubieten, wurde aber vom Kellner verjagt. Eine schwergewichtige Frau trat ein. Sie war mit Schmuck übersät, hatte eine dicke Schicht Rouge auf den Backen und viel Mascara um die Augen. Sie schwankte, als ob sie fallen würde. Die Frauen applaudierten und einige Männer standen auf, um ihr behilflich zu sein.

Ich hörte einen Namen nennen, der mir bekannt war und Gemurmel: »Soeben aus dem Hospital... Eine Frau über achtzig...«

Mein Bruder und Zygmunt Salkin kehrten gleichzeitig zurück. Josua sah mich vorwurfsvoll an. »Warum ißt du nicht? Was ist los mit dir?«

»Wirklich, ich kann nicht.«

Salkin verabschiedete sich. Er hatte eine Verabredung. Er versprach, mich anzurufen. Als er gegangen war, bemerkte mein Bruder: »Er hat zahllose Verabredungen. Er hat tausend Pläne, wie man die sogenannte Kultur in Amerika heben könnte, aber es wird aus keinem etwas. Er ist dreimal geschieden und ist jetzt mit einer Frau liiert, die auch das wenige, das noch von ihm übrig ist, zerstören wird.«

Wir gingen durch die Second Avenue in Richtung der Fourteenth Street. Junge Burschen liefen eilig herum und verkauften die morgigen englischen und jiddischen Zeitungen. Vor den jiddischen Theatern sammelten sich größere Menschenmassen. Mein Bruder sagte: »Wir sind zu spät nach Amerika gekommen. Selbst in den knapp zwei Jahren, die ich hier bin, haben drei oder vier jiddische Theater Schluß gemacht. Aber es gibt noch immer Hunderttausende von Juden, die keine andere Sprache als Jiddisch können. Sie werden zwangsweise mit Kitsch gefüttert, aber daran sind sie ja gewöhnt. Am Broadway ist es auch nicht viel besser. Auch dort herrscht die gleiche Mentalität vor. Und ganz Hollywood ist ein Riesenhaufen Blödsinn, ein richtiges Irrenhaus. Nur ein Talent haben sie alle – Geld zu machen.«

Wir waren an der Untergrundbahnstation angekommen, und mein Bruder kaufte eine Zeitung, auf der Hitler abgebildet war. Wir fuhren zur Grand Central Station. Von dort ging es zum Times Square, wo wir in einen dritten Zug nach Coney Island umstiegen. Die Türen öffneten und schlossen sich automatisch. Der ziegelrote Linoleumboden des Wagens war mit Zeitungen übersät. Alle Mädchen waren mit ihrem Kaugummi beschäftigt. Ich wußte, daß es nicht so sein konnte, aber sie sahen alle gleich aus. Kleine Schwarze putzten Schuhe. Ein blinder Mann kam allein herein, schwenkte einen weißen Stock und sammelte in einem Papierbecher Almosen ein. Die nackten elektrischen Birnen verbreiteten ein gelbliches Licht. Die Ventilatoren surrten und pfiffen über den Köpfen jener, die an den Lederschlaufen hingen. Vor den Fenstern rasten schwarze Blöcke vorbei, das verstümmelte Innere der Erde, die das Joch der Stadt New York trug. Mein Bruder begann, in der englischen Zeitung zu lesen und las bis wir nach Stillwell Avenue kamen. Dann stiegen wir in den Trolleybus nach Surf Avenue. Die Lichter von Coney Island ließen den Himmel erglühen, verdunkelten das Meer und blendeten meine Augen. Das Geschrei und das Gedröhn machten meine Ohren taub. Ein Betrunkener hielt eine Rede, in der er Hitler pries und die Juden verfluchte. Ich hörte meinen Bruder sagen: »Versuche, das hier zu beschreiben! Hier gibt es Hunderte von Dingen, für die es im Jiddischen keinen Ausdruck gibt. Vielleicht haben sie nicht einmal im Englischen Namen. Das ganze Leben in Amerika ist dauernd im Wechsel. Wie kann eine solche Nation eine wirkliche Literatur erschaffen? Hier veralten Bücher genauso schnell wie Zeitungen. Alle paar Stunden werden die Zeitungen frisch gedruckt. Manchmal habe ich das Verlangen, über Amerika zu schreiben, aber wie kann man eine Wesensart beschreiben, wenn alles ringsum ohne Wurzeln ist? Bei den Einwanderern spricht der Vater eine Sprache und der Sohn eine andere. Oft hat der Vater die seine schon halb vergessen. Es gibt hier ein paar jiddische Schriftsteller, die über Amerika schreiben, aber es fehlt ihnen jegliche Würze. Später im Sommer werden sie alle zu Nescha kommen, und du wirst sie dort treffen.«

»Wer ist Nescha?«

»Ach, hat Genia dich ihr noch nicht vorgestellt? Sie vermietet Zimmer in ihrem Haus an Schriftsteller. Sie ist eine meiner glühendsten Verehrerinnen. Von dir auch. Ich habe ihr den ›Globus‹ zu lesen gegeben. Was immer geschieht, bleib bei deiner Arbeit. Ich werde dir eine jiddische Schreibmaschine kaufen.«

»Wozu? Ich kann doch auf einer Schreibmaschine gar nicht schreiben.«

»Du wirst es lernen. Abe Cahan ist schon ein alter Mann, und es ist schwierig für ihn, handgeschriebene Texte zu lesen. Und die Linotype-Setzer machen weniger Fehler von getipptem Material. Du hast dein eigenes Zimmer, und vorerst mußt du dich um nichts kümmern. Suche ein gutes Sujet. Cahan ist sehr für Beschreibungen. Er haßt Kommentare. In der Beziehung ist er auf dem richtigen Weg. Ich beneide oft die Wissenschaftler. Sie entdecken Dinge und sind nicht von Meinungen abhängig. Aber für mich ist es zu spät, mich zu ändern, und für dich auch.«

IV

Nein, Genia hatte mich Nescha noch nicht vorgestellt, aber eines Tages geschah es. Neschas Haus war nur ein paar Schritte von unserem Haus entfernt. Die Schriftsteller, die dort wohnten, würden jetzt, nach dem Frühstück, am Strand sein, und niemand würde uns stören. Ich hatte nicht die geringste Lust, dorthin zu gehen, aber ich durfte Genias Pläne nicht durchkreuzen. Ich nahm an, sie hatte Nescha schon seit langem versprochen, mich hinzubringen, und ich durfte sie nicht Lügen strafen.

Der Monat Mai war noch nicht zu Ende, aber die Hitze hatte schon begonnen. Wir gingen kaum fünf Minuten und kamen zu dem Haus mit den Türmchen, wo wir am ersten Tag meiner Ankunft in Amerika angehalten hatten. Auf dem Rasen stand eine Frau, die Blumen begoß. Ich sah sie von hinten – eine schlanke Figur, das schwarze Haar zu einem Chignon aufgesteckt. Genia rief ihren Namen, und sie drehte sich zu uns um, die Gießkanne in der Hand. In einer Sekunde sah ich, daß sie eine klassische Schönheit war, nicht mehr jung – vielleicht Ende Dreißig oder vielleicht auch schon vierzig. Sie hatte schwarze Augen, eine gerade Nase, ein schmales Gesicht mit einem feingeschwungenen Mund und einen langen Hals. Sie trug ein weißes Kleid und eine schwarze Schürze. Es gelang mir sogar festzustellen, daß ihre Beine gerade waren und ihre Zehen, die durch die offenen Sandalen sichtbar waren, nicht verkrümmt und verbogen wie bei den meisten Frauen ihrer Generation.

Sie sah mich auch einen Augenblick lang an, und noch ehe meine Schwägerin mich vorstellen konnte, sagte sie: »Ich weiß, ich weiß, das ist Ihr Schwager. Ich bin eine Ihrer Leserinnen. Ihr Bruder gab mir die Zeitschrift – wie heißt sie noch? –, und ich habe Ihren Roman vom Anfang bis zum Ende gelesen. Ich bedauerte nur, daß er schon zu Ende war.«

»Oh, das ist sehr freundlich von Ihnen. Ich danke Ihnen.«

»Da sie dich schon kennt, brauche ich dich nicht mehr vorzustellen«, sagte Genia. Nach einem Weilchen sagte sie: »Das ist Nescha.«

Aus irgendeinem Grund hatte mich meine Schüchternheit

plötzlich verlassen und ich fragte: »Ist das eine Abkürzung von Nechama?«

Die Frau setzte die Gießkanne ab. »Ja, richtig. Meine Eltern hatten vor mir ein Kind verloren, und als ich geboren wurde, nannte mein Vater mich Nechama – Trost. Es ist mir wirklich eine Ehre und ein Vergnügen«, fuhr sie fort. »Man hat mir erzählt, daß Mr. Salkin Sie direkt vom Schiff hierhergebracht hat, aber unglückseligerweise war ich an dem Tag in der Stadt. Kommen Sie herein, kommen Sie herein.«

Sie ging uns voraus in die Diele, die für eine Pension viel zu elegant war. Die Decke war hoch und mit Stukkaturen versehen, an den Wänden hingen alte, goldgerahmte Bilder; auf dem Boden lag ein Orientteppich, und die Möbel waren von der Art, wie man sie manchmal in Museen sieht.

Nescha sagte: »Sie werden vielleicht erstaunt sein, daß ich so üppig eingerichtet bin. Aber dies ist nicht mein Haus. Es ist von einem amerikanischen Millionär für seine Geliebte vor etwa siebzig Jahren gebaut worden. Er war damals schon ein alter Mann und sie war jung. Damals lebten hier keine Juden. Seagate war zu der Zeit ein Sommerferienort der amerikanischen Aristokratie. Nach einigen Jahren starb der Millionär, und seine Freundin wurde eine Einsiedlerin. Sie schloß sich von allen und allem ab und lebte hier noch über fünfzig Jahre. Nach ihrem Tod stand das Haus lange leer. Später wurde es von einem wohlhabenden Arzt gekauft, aber auch der lebte nicht mehr lange, und es wurde von einer Bank übernommen. Von der Bank übernahm es der gegenwärtige Besitzer, und nicht lange darauf starb seine Frau. Man hat mich gewarnt, daß das Haus Unglück bringe, daß ein Fluch auf ihm ruhe, aber ich habe es nicht für mich, sondern als Geschäftsunternehmen übernommen. Aber auch für Geschäfte scheint es kein Glück zu bringen.«

Nescha lächelte, und ihr Gesicht wirkte auf einen Augenblick ganz mädchenhaft.

Genia sagte: »Da ihre Mieter jiddische Schriftsteller sind, kann es nicht allzuviel Glück bringen.«

»Ja, das ist wahr. Mein Gott, wie ich mich freue, Sie kennenzulernen. Kommen Sie herein. Die Schriftsteller, die hier wohnen, werden bald vom Strand zurückkommen, und wenn sie Sie sehen, wird man Sie mit Beschlag belegen. Ich mache Kaffee. Ich möchte gern das Vergnügen haben, mit Ihnen zusammen zu sein. Was sagst du, Genia?«

»Ja, unterhalte ihn nur. Er ist immer allein. Wir wollten ihn mit an den Strand nehmen und ins Café, aber er weigert sich, irgendwohin zu gehen. Er war schon in Warschau so. Zurückhaltend und halsstarrig. Ich würde gern ein bißchen hier bei euch sitzen, aber ich habe eine Verabredung beim Zahnarzt. Ihr werdet euch besser ohne mich unterhalten.«

»Warum sagst du das? Nein, bestimmt nicht.«

»Wir sehen uns später.«

Genia warf mir einen Blick zu, der wohl sagen sollte: »Hab es nicht so eilig, wieder wegzustürzen.«

Nach einem Weilchen ging sie, und Nescha sagte: »Eine prachtvolle Frau, Ihre Schwägerin. Eine kluge und vornehme Dame. Unglücklicherweise kann sie nicht über den tragischen Verlust ihres Kindes hinwegkommen. Sie sind schon zwei Jahre hier und sie ist noch immer nicht ihr altes Selbst. Was Ihren Bruder angeht – Sie wissen es, ein Mann ist eben doch widerstandsfähiger. Kommen Sie.«

Nescha führte mich durch einen langen Korridor. Es war ziemlich dunkel, und sie nahm mich am Arm. Sie sagte: »Es muß ein Vermögen gekostet haben, dieses Haus zu bauen, selbst damals. Aber es ist überhaupt nicht praktisch. Im Winter kann man hier nicht leben. Die Wärme kommt vom Keller durch Messingröhren herauf, und wie die Frau die Kälte hier ausgehalten hat, ist mir unbegreiflich. Bis zur Küche ist es meilenweit. Der Architekt war entweder ein Idiot oder ein Sadist. Praktisch denkende Leute würden hier nie einziehen, nicht einmal im Sommer. Die wollen ihren Komfort, nicht Kunst. Für die Schriftsteller hat es eine gewisse Anziehungskraft, aber sie kommen erst im späten Sommer und können oder wollen nicht bezahlen. Sie bleiben bis morgens um zwei Uhr auf und diskutieren. Wenn sie noch richtige Schriftsteller wären, dann könnte ich es ihnen verzeihen, aber...«

Wir betraten einen Raum, aus dem man ohne Tür in die Küche gelangte – eine riesige Küche mit einem gewaltigen Herd. Wir setzten uns an einen Tisch, und Nescha sagte: »Als die Freundin des Millionärs starb, hatte sie offenbar kein Testament hinterlassen, und die Leute, die das Haus übernahmen, bekamen auch noch die Bibliothek dazu, die Gemälde und viele andere Dinge, die später verstreut oder gestohlen wurden. Sie muß sich für Geister interessiert haben, denn ein Großteil der Bücher beschäftigt sich damit. Bis zum heutigen Tage habe ich das Gefühl, das Haus sei ein Spukhaus. Türen öffnen und schließen sich von selbst. Manchmal höre ich die Stiegen knarren. Selbst an den heißesten Tagen ist es kalt hier drin. Aber vielleicht bilde ich mir das alles ein. Für die Bilder hat sich offenbar nie jemand interessiert. Es sind schlechte Bilder, wenn auch die Rahmen wertvoll sein dürften. Ich habe gehört, daß der Eigentümer das Haus abreißen und ein Hotel bauen möchte. Aber warum reden wir über das Haus. Wie steht es mit Ihnen? Wie fühlen Sie sich in dem neuen Land?«

»Verwirrt.«

»So ging es uns allen, als wir herkamen. Entwurzelt, als ob wir von einem anderen Stern hier heruntergefallen seien. Ich bin das Gefühl bis heute nicht losgeworden. Ich kann mich offenbar nicht umstellen. Ich bin schon über zwanzig Jahre hier, und ich bin noch immer zwischen Rußland und Amerika hin- und hergerissen. Inzwischen hat sich Rußland auch verändert, und wenn ich heute zurückginge, würde ich es wahrscheinlich nicht wiedererkennen. Und so gehen die Jahre vorüber. Soviel ich weiß, sind Sie nicht verheiratet?«

»Nein.«

»Ich hatte einen Mann, aber er ist gestorben. Ich habe einen zwölfjährigen Sohn. Er ist jetzt in der Schule. Er ist ein ungewöhnliches Kind, ein geborener Wissenschaftler. Er hat in der Schule Preise und weiß Gott was gewonnen. Mein Mann hat uns nichts hinterlassen. Er war ein Künstler, kein Geschäftsmann, und ich mußte für mich und das Kind Geld verdienen. Jemand hatte mir dieses Haus empfohlen, aber das Einkommen daraus wird von Jahr zu Jahr weniger. Dies ist mein letzter Sommer hier. Ich hoffe, Sie haben eine neue Arbeit mitgebracht. Für mich ist Literatur nicht nur ein Zeitvertreib, sondern eine Notwendigkeit. Wenn ich nicht ein gutes Buch zu lesen habe, fühle ich mich doppelt elend.«

V

Wir tranken Kaffee und aßen etwas Kuchen. Nescha fragte mich nach meinem Leben in Warschau, und nach und nach erzählte ich ihr alles – über Gina, Stefa, Lena und Esther. Ich hörte sie sagen:

»Wenn mir vor zwanzig Jahren jemand so etwas erzählt hätte, hätte ich ihn einer wirklichen Bindung für unfähig gehalten, aber heute, für einen dreißigjährigen Mann und noch dazu einen Schriftsteller, finde ich vier Liebschaften nicht übertrieben. Mein Mann hatte sechs oder sieben, ehe wir heirateten. Er war ein sehr begabter Porträtmaler und malte hauptsächlich Frauen. Amerikanische Männer haben nicht die Zeit, für ein Porträt zu sitzen. Sie müssen Geld verdienen, damit ihre Frauen etwas zum Ausgeben haben.«

»Ja, so scheint das zu sein.«

»Sie sind ein ganz anderer Fall. Wissen Sie gar nicht, was aus Lena geworden ist? Ihre Eltern müßten es doch wissen.«

»Deren Adresse habe ich nicht. Sie würden mir sowieso nicht antworten. Ihr Vater ist ein überzeugter Chassid. Außer ihr ist die ganze Familie fanatisch religiös.«

»Und haben Sie etwas von Stefa oder Ihrer Cousine gehört? Aber Sie hätten ja in der kurzen Zeit noch gar nichts hören können.«

»Ich habe ihnen auch nicht geschrieben.«

»Warum nicht?«

»Ich habe eine Sperre beim Briefschreiben. Es ist mir sogar eine Last, meiner Mutter zu schreiben. Ich schwöre heilige Eide, am nächsten Tag zu schreiben, aber wenn das Morgen da ist, habe ich es schon vergessen oder vergesse es absichtlich. Sobald ich weiß, ich muß schreiben, bin ich wie gelähmt. Es ist eine Art Geisteskrankheit oder der Teufel weiß, was.«

»Sie erinnern mich an meinen Mann. Er ließ seine Eltern in Europa zurück und schrieb ihnen nicht. Sie hätten nie von ihm gehört, wenn ich nicht ab und zu einen Brief geschrieben hätte, an den er ein paar Worte hinzufügte. Es war schon eine Aufgabe, ihn zu diesen wenigen Worten zu bewegen. Gleichzeitig versicherte er, seine Eltern zu lieben. Wie ist das zu erklären?«

»Zu erklären ist nichts.«

»Sie sprechen genau wie er. Da Sie mir bei unserem ersten Zusammensein so viel Vertrauen geschenkt haben – ich weiß nicht, womit ich es verdient habe –, will ich Ihnen die Wahrheit auch nicht verschweigen. Mein Mann hat sich das Leben genommen.«

»Warum? Wie?«

»Ach, er war einer von den Menschen, die das Leben nicht ertragen können, die keine Verantwortung übernehmen können. Die geringste Kleinigkeit war für ihn eine Last. Er hätte gern seine Bilder gemalt, nicht Porträts, aber wir hatten ein Kind und kein Einkommen. Die Wahrheit ist, er hatte auch das Kind nicht gewollt, aber ich hatte ihn dazu gezwungen. Er hatte das Bedürfnis, frei zu sein, und kam schließlich zu der Erkenntnis, daß das Leben Sklaverei ist und nur der Tod Freiheit. In gewisser Weise ist das richtig, aber wenn die Freiheit kommt, dann weiß derjenige, der frei ist, nicht, daß er frei ist.«

»Vielleicht doch. Wenn es so etwas wie eine Seele gibt, dann weiß sie es.«

»Wenn. Es gibt keinerlei Beweis, daß es sie gibt. Und was macht die befreite Seele? Wo fliegt sie herum? Nacht für Nacht habe ich gefleht, Boris – so hieß mein Mann – zeige dich mir oder gib mir ein Zeichen deiner Existenz. Aber er war auf immer verschwunden. Ich träume noch manchmal von ihm, aber im Augenblick des Erwachens ist der Traum vergessen und alles, was übrigbleibt, ist erneute Trauer.«

»Wie lange ist es her, daß er gestorben ist?«

»Fast vier Jahre. Es gibt hier einen jiddischen Schriftsteller, der an Spiritismus und ähnliche Dinge glaubt. Er hat mir ein Medium empfohlen, und ich ging zu ihr, obgleich ich schon vorher wußte, daß alles Humbug sein würde. Es stellte sich dann auch heraus, daß sie die größte Schwindlerin war, der ich je begegnet bin. Sie verlangte zehn Dollar Vorauszahlung, und als sie das Geld in der Hand hatte, kam sofort ein Gruß von meinem Mann. Wie Leute sich von solchen Lügnern betrügen lassen können, ist mir unbegreiflich.«

»Es ist kein Beweis, daß es die Seele nicht gibt«, sagte ich.

Eine lange Zeit schwiegen wir beide. Ich sah sie an, und

unsere Augen begegneten sich. Ich hörte mich sagen: »Sie sind eine schöne Frau. Sicher laufen Ihnen die Männer nach.«

»Danke. Nein, sie laufen mir nicht nach. Ich bin achtunddreißig Jahre alt, und ich habe einen Sohn. Männer wollen keine Verpflichtungen auf sich nehmen. Diejenigen, die mich heiraten wollten, die gefielen mir nicht. Wenn eine Frau jahrelang mit einem Künstler gelebt hat, mit all seinen guten und schlechten Eigenschaften, dann kann sie sich nicht mit einem Ladenbesitzer, einem Versicherungsagenten oder gar mit einem Zahnarzt zufriedengeben. Ich suche keinen Ehemann. Manchmal komme ich mir wie eine der altmodischen Seelen vor, die nur einmal lieben können ... Oh, das Telefon! Entschuldigen Sie mich!«

Nescha lief in den Raum, aus dem das Läuten des Telefons kam – ein gedämpftes Geräusch. Ich trank den kalten Rest meines Kaffees. Dieser Boris hatte Mut bewiesen. Er war nicht so ein Feigling wie ich. Ich beschloß, mich nicht mit ihr einzulassen. Eine Gina war genug. Sie brauchte jemanden, der sie und das Kind unterhalten konnte, nicht einen Selbstmordkandidaten ...

Ich stand auf und sah mir ein Bild an – Jäger zu Pferde und eine Meute Hunde. War das ein Original? Eine Lithographie? Was für eine gräßliche Form des Vergnügens! Erst gehen sie in die Kirche und singen Hymnen zum Lobe Jesu und dann jagen sie einem verhungerten Fuchs nach. Immerhin, große Dichter hatten Oden an die Jagd geschrieben, selbst so ein Meister wie Mickiewicz. Man konnte offenbar hochempfindsam sein und gleichzeitig absolut gefühllos. Sicher gab es auch unter Kannibalen Dichter.

Nescha kam zurück.

»Verzeihen Sie. Ich habe in der Zeitung annonciert, und dauernd rufen Leute an. Sie kommen in neuen Wagen, feilschen stundenlang um Pfennige, dann gehen sie und kommen nie wieder. Alle klagen über das Vermögen, das sie beim Zusammenbruch der Wall Street verloren haben. In Wirklichkeit haben sie schon immer so gefeilscht, noch ehe sie ihr Vermögen verloren haben. So ist der Mensch.«

Das Telefon läutete wieder. »Oh, diese idiotischen Anrufe! Bitte entschuldigen Sie mich.«

»Selbstverständlich.«

Ich sah auf meine Armbanduhr. Es war noch keine halbe Stunde vergangen, seit wir uns kennengelernt hatten. Der Schriftsteller in mir hatte oft darüber nachgesonnen, wie schnell Dinge in Geschichten vor sich gehen und wie langsam im Leben. Aber das ist nicht immer der Fall, sagte ich mir. Manchmal geht es im Leben schneller als in der schnellsten Beschreibung.

Sechstes Kapitel

1

Ich zeigte meinem Bruder das erste Kapitel meines Romans, und seine Reaktion war positiv. Abe Cahan, der Herausgeber des »Forward« hatte es auch gelesen und eine freundliche Bemerkung darüber gedruckt. Ich sollte fünfzig Dollar die Woche bekommen, so lange die Fortsetzungen erschienen – für jemanden wie mich war das eine phantastische Summe.

Die Schriftsteller, die bei Nescha Zimmer gemietet hatten, waren schon eifersüchtig auf mich, aber ich wußte im Innersten, daß etwas bei dieser Arbeit nicht stimmte. In mein Notizbuch hatte ich mir die drei Charakteristika notiert, die ein Roman besitzen mußte, um erfolgreich zu sein.

1. Er muß eine genaue und spannende Handlung haben.
2. Der Verfasser muß den leidenschaftlichen Wunsch haben, dieses Werk zu schreiben.
3. Der Autor muß der Überzeugung sein, oder zumindest die Illusion haben, der einzige zu sein, der dieses besondere Thema behandeln kann.

Aber diesem Roman fehlten alle drei dieser Voraussetzungen, ganz besonders mein Verlangen, ihn zu schreiben.

In der Regel ist mir fast alles, was ich geschrieben habe, leichtgefallen. Oft genug konnte meine Feder nicht mit dem Schritt halten, was ich zu sagen hatte. Aber dieses Mal war jeder Satz schwierig. Im allgemeinen war mein Stil klar und prägnant, aber dieses Mal schien die Feder, von sich aus, lange und verschachtelte Sätze zu bilden. Ich hatte immer eine Abneigung gegen Abschweifungen und Rückblenden gehabt, aber jetzt nahm ich Zuflucht zu ihnen und war erstaunt über das, was ich tat. Eine seltsame Kraft in mir, ein literarischer Dibbuk sabotierte meine Anstrengungen. Ich versuchte, meinen inneren Feind zu überwältigen, aber er überlistete mich mit seiner Tücke. Sobald ich anfing zu schreiben, überfiel mich Schläfrigkeit. Ich machte sogar orthographische Fehler. Ich hatte den Roman auf der jiddischen Schreibmaschine, die mein Bruder mir gekauft hatte, zu schreiben begonnen. Ich machte aber so viele Fehler, daß niemand imstande sein würde, sich in dem Durcheinander auszukennen. Ich mußte zu meinem Füllfederhalter zurückkehren, der plötzlich zu laufen anfing und kleckste. Es war ein selbstmörderisches Element in dieser Sabotage meiner selbst, aber was war der Grund dafür? Hatte ich Sehnsucht nach Lena? Stefa? Vermißte ich den Schriftsteller-Klub? In gewisser Weise war ich seit meiner Ankunft in Amerika zurückversetzt worden, zurückgeworfen auf die Qualen eines Anfängers im Schreiben, in der Liebe und in dem Kampf um Unabhängigkeit. Ich bekam eine Kostprobe davon, wie es jemandem zumute sein mußte, der alt geboren wurde und mit den Jahren immer jünger wurde anstatt älter, der ständig an Ansehen abnahm, an Erfahrung, Mut und der Weisheit der Reife.

Der »Forward« hatte noch nicht angefangen, meinen Roman zu drucken, obwohl ich der Zeitung durch meinen Bruder bereits eine Anzahl Seiten geschickt und einen Vorschuß erhalten hatte. Mein Bild war schon im Tiefdruckteil erschienen. Fast jeder in Seagate war ein Leser des »Forward«, und auf der Straße hielten mich Leute an und gratulierten mir. Fast jeder benutzte das gleiche Klischee – daß es mir gelungen war, so schnell in Amerika Fuß zu fassen, während andere Schriftsteller Jahre warten mußten, ehe sie ihre Namen und Bilder in einer Zeitung sahen. Einige von denen, die mich beneideten, fügten hinzu, daß ich alles meinem Bruder zu verdanken habe. Ohne seine Befürwortung hätte der »Forward« mir nicht die Tür geöffnet. Ich wußte selbst nur zu gut, daß dies die Wahrheit war.

Angeblich war ich ein Erfolg, aber bald, nach dem Erscheinen der zweiten und dritten Kapitel, würde mein Sturz erfolgen. Ich konnte die Veröffentlichung nicht hinausschieben, weil das Datum schon angekündigt worden war. Einige Spalten waren bereits gesetzt worden, und ich hatte die Fahnenkorrekturen gelesen. In all den Büchern über geistige Gesundheit, die ich gelesen hatte, hieß es, es gäbe keine Sünde und keinen Fehler, die nicht wiedergutgemacht werden könnten, aber in meinem Fall war das keineswegs zutreffend.

Während der ersten Wochen meines Aufenthalts in Amerika war ich gewöhnlich durch die Straßen von Seagate spazierengegangen, aber wenn ich jetzt ausgehen wollte, nahm ich eine Nebenstraße zum Neptune Avenue Gate und ging dann dort oder auf der Mermaid Avenue umher. Ich mied die Strandpromenade, denn dort machten die jiddischen Schriftsteller ihren Spaziergang. Ich lief manchmal bis Brighton Beach oder sogar Sheepshead Bay. Hier kannte mich niemand. Ich hatte jetzt schon Geld in der Tasche und versuchte, so selten wie möglich bei meinem Bruder zu essen, denn sie ließen mich nie für irgend etwas bezahlen. Ich verwandte viele Stunden auf diese Spaziergänge, und wenn ich nach Anbruch der Dunkelheit zurückkehrte, schlich ich mich in mein Zimmer, ohne meinen Bruder und seine Familie begrüßt zu haben. Mein Tisch war so hoch mit Papier bedeckt, daß ich nicht mehr wußte, wie es mit der Seitenzählung stand, die genauso kompliziert geworden war wie meine Arbeit.

Manchmal klopfte meine Schwägerin an meine Tür und fragte: »Wo treibst du dich tagelang herum? Wo ißt du? Ich bereite eine Mahlzeit für dich vor, jeden Tag, sie wird kalt und ich muß sie wegwerfen. Du machst uns wirklich viel Kummer.«

»Genia, ich kann dir und Josua nicht ewig eine Last sein. Jetzt, wo ich endlich etwas Geld verdiene, möchte ich unabhängig sein.«

»Was ist bloß los mit dir? Was für eine Last bist du uns? Wenn ich koche, so reicht es auch noch für dich. Das Essen in den Cafeterias, wo du hingehst, ist doch nichts wert. Wirklich, du verhältst dich nicht richtig. Selbst Jossele fragte: ›Wo ist Onkel Isaac? Ist er nach Polen zurückgegangen?‹ Er bekommt dich nie zu sehen.«

Ich versprach Genia, alle Mahlzeiten mit ihnen zu teilen, aber nach einigen Tagen fing ich wieder an, in die Cafeterias zu gehen. Ich hatte Angst, mein Bruder könnte mich fragen, wie es mit der Arbeit vorangehe. Ich wollte ihn weder belügen, noch konnte ich ihm die Wahrheit sagen. Er könnte auch verlangen, zu sehen zu bekommen, was ich geschrieben hatte, und ich wußte, er würde einen Schock bekommen. Ich hatte nur den einen Wunsch – mich vor allen zu verstecken.

Eines Tages, als ich in einer Cafeteria saß und zu Mittag aß, kam Nescha herein. Ich wollte meinen Teller stehen lassen und verschwinden, aber sie hatte mich schon gesehen und kam direkt auf meinen Tisch zu. Sie trug ein grünes Kleid und einen breitrandigen Strohhut. Ich stand auf und begrüßte sie. Ihr Gesicht drückte Freude aus über die unerwartete Begegnung. Sie sagte: »Ich stand vor der Cafeteria und überlegte, ob ich auf eine Tasse Kaffee hereingehen sollte oder nicht. Ich trinke ohnehin viel zu viel Kaffee. Nun, ich habe nicht erwartet, Sie hier zu treffen. Essen Sie lieber hier als bei Ihrem Bruder?«

»Ich bin spazierengegangen und bekam Hunger. Setzen Sie sich. Ich werde Ihnen Kaffee holen. Möchten Sie etwas dazu?«

»Nein, danke. Gar nichts. Darf ich rauchen?«

»Gewiß. Ich wußte nicht, daß Sie rauchen.«

»Ach, ich hatte es schon aufgegeben, habe aber wieder angefangen. Lassen Sie mich meinen Kaffee selbst holen.«

»Nein, ich werde ihn für Sie holen.«

Ich ging zur Theke und brachte zwei Tassen Kaffee und zwei Stück Kuchen zurück. In Neschas Augen entstand ein Lächeln. »Ein echter Gentleman!« Wir tranken Kaffee, und Nescha kostete den Kuchen. Sie sagte: »Wenn ich aufhöre zu rauchen, nehme ich sofort zu. Ich hatte nie geraucht, aber ich fing an, als das mit Boris passierte. Ich habe sogar angefangen zu trinken. Die Situation war so, daß ich die Miete bezahlen und das Brot für mich und mein Kind beschaffen mußte. Und so geriet ich in die Misere mit dem Haus. Jetzt sind alle Schriftsteller da und fragen oft nach Ihnen. ›Warum zeigt er sich nicht?‹ ›Wo versteckt er sich?‹ Wahrscheinlich sind Sie vollkommen mit Ihrem Roman beschäftigt. Ich warte schon auf den Tag, wenn er gedruckt erscheinen wird. In den Zeitungen gibt es überhaupt nichts Vernünftiges.«

»Ich bin nicht sicher, daß mein Roman Ihnen gefallen wird«, sagte ich.

»Sie sind zu bescheiden. Bisher war alles, was ich von Ihnen in Zeitschriften gelesen habe, interessant.«

»Ja, ich danke Ihnen, aber es gibt keine Garantien. Gute Schriftsteller haben schon schlechte Sachen geschrieben.«

»Ich bin sicher, er wird gut sein. Sie sehen ein wenig blaß aus. Arbeiten Sie zuviel? Sie sind kein bißchen braungebrannt. Gehen Sie nie an den Strand?«

»Die Sonne ist schlecht für meine Haut.«

»Rothaarige haben ungewöhnlich weiße Haut. Sie verbrennen sehr schnell. Solange Sie nicht zuviel des Guten tun, ist es gesund. Wirklich, Sie erinnern mich an Boris. Ich konnte ihn nie überreden, im Sommer an die See zu gehen. Er zog das Gebirge vor. Aber als wir einmal in die Adirondacks fuhren, blieb er den ganzen Tag im Zimmer und zeichnete. Er versuchte, in seiner Kunst das Unerreichbare zu erreichen. Das war sein Unglück. Ihr Bruder geht doch baden, aber viel Spaß scheint es ihm auch nicht zu machen. Er geht hinein ins Wasser, bleibt dort stehen und denkt nach.«

»Wir können nicht schwimmen.«

»Die andern auch nicht, aber sie plantschen herum und machen Lärm. Sie sprechen unentwegt über Literatur, zitieren diesen Kritiker und jenen, aber was sie selber schreiben, hat nur in seltenen Fällen Reiz. Haben Sie etwas von Ihren Freunden in Warschau gehört?«

»Ja, ich habe zwei Briefe erhalten, die an den ›Forward‹ adressiert waren.«

»Und wie ist die Lage in Warschau?«

»Von Tag zu Tag schlechter.«

II

Wir bummelten die Strandpromenade entlang. Schwarze und Weiße zogen rikschaähnliche Rollstühle uns entgegen und in entgegengesetzter Richtung. Ich hatte dies schon oft gesehen, aber irgendwie konnte ich mich nie daran gewöhnen, Menschen wie Pferde eingespannt zu sehen. Es war ein heißer Tag, und eine Menschenmenge überflutete die Strandpromenade, Surf Avenue und den Strand von Seagate bis Brighton. Das Meer wimmelte von Badenden und Schwimmern. Ich sah so viele Gesichter, daß sie alle gleich auszusehen schienen. Nescha sprach zu mir, aber ich konnte kaum verstehen, was sie sagte. Tieffliegende Flugzeuge lärmten und zogen Reklamebanner für Sonnencreme, Abführmittel und siebengängige Mahlzeiten, koscher und nichtkoscher, hinter sich her. Ein anderes Flugzeug schrieb eine Reklame für ein Getränk in den Himmel. Die vorüberflutende Menge kaute Hot dogs mit Senf, leckte Zuckerwatte und in der Hitze schmelzendes Eis, aß heißen Mais, fettige Knisches und leerte Sodawasser- und Limonadeflaschen. Die Stirnen waren verbrannt, die Nasen schälten sich, die Augen waren verwirrt von der Sonne und all den hier ausgestellten Wundern – zweiköpfige Mißgeburten, siamesische Zwillinge, ein Mädchen mit Flossen und Schuppen. Für zehn Cent konnte man die Guillotine sehen, mit der Marie Antoinette geköpft worden war, wie auch Napoleons Schwert, die Pistole, mit der Präsident Lincoln ermordet worden war, und eine Nachbildung des elektrischen Stuhles, wie er im Staat New York benutzt wurde, samt Modellen der Mörder, die darin gestorben waren. Ein kleiner schwarzbärtiger Mann sprengte Ketten und verkaufte Flaschen mit dem Stärkungsmittel, das ihm zu dieser Kraft verholfen hatte. Sein Englisch war mit Brocken von verstümmeltem Hebräisch durchsetzt.

Nescha hakte sich bei mir ein. »Wenn wir einen der jiddischen Schriftsteller treffen sollten, werden sie etwas zu Klatschen haben.«

»Was können sie Ihnen anhaben?«

»Nichts, aber in der Mermaid Avenue sind wir sicherer.«

Wir machten uns auf in die Mermaid Avenue, wo es noch eine Cafeteria gab. Ich schlug Nescha vor, dort einen Reispudding zu essen. Sie lächelte und sagte: »Ich tue heute zu Hause sowieso nichts.«

»Was haben Sie denn zu tun?«

»Tausend Sachen. Aber wenn sie nicht getan werden, ist es genauso. Leblose Objekte können sich nicht beklagen.«

Wir aßen Reispudding und tranken hinterher einen Eiskaffee. Wir unterhielten uns so lange, bis ich endlich Nescha gestand, daß ich mit meinem Roman an einem toten Punkt angelangt war. Sie fragte mich, warum ich meinen Bruder nicht um Hilfe bitte, und ich antwortete: »Weil ich mich vor ihm schäme. Außerdem weiß ich, daß er mit seiner eigenen Arbeit beschäftigt ist.«

»Vielleicht wäre es leichter für Sie, wenn Sie diktieren könnten?«

»Das habe ich noch nie versucht.«

»Versuchen Sie es. Sie können mir diktieren. Ich kann auf einer jiddischen Schreibmaschine schreiben. Ich habe noch eine. Eine Zeitlang habe ich auf diese Weise mein Geld verdient. Die Schriftsteller gaben mir ihre Manuskripte zum Abtippen. Daher kennen sie mich, und als ich das Haus übernahm, mieteten alle Zimmer bei mir. Sie werden es kaum glauben, aber einige von ihnen können nicht einmal richtig Jiddisch schreiben. Und Englisch erst recht nicht. Sie haben nicht die leiseste Ahnung von der Syntax oder Interpunktion. In dieser Beziehung ist Ihr Bruder eine seltene Ausnahme.«

»Haben Sie für ihn auch getippt?»

»Nur eine kurze Sache. Versuchen Sie es. Sie müssen mir nichts bezahlen.«

»Warum wollen Sie das für mich tun?«

»Ach, ich weiß nicht. Sie scheinen eine so verlorene Seele in diesem Amerika zu sein. Ich verehre Ihren Bruder, aber wenn er mit mir spricht, fehlen mir die Worte. Er ist so gescheit und hat solchen Humor. Manchmal kommt es mir vor, als mache er sich über das ganze weibliche Geschlecht lustig, in Wirklichkeit sogar über die ganze menschliche Spezies. Einmal saß er mit den anderen Schriftstellern auf meiner Terrasse und was immer er sagte, rief Gelächter hervor. Er kann Menschen besser nachmachen als alle Komiker zusammen. Seit Boris' Tod hatte ich einfach vergessen, daß es so etwas wie Lachen gibt. Aber an dem Abend mußte ich auch lachen. Wenn Sie wollen, können Sie heute schon anfangen, mir zu diktieren. Je schneller man etwas zur Entscheidung bringt, desto besser.«

»Wenn die Schriftsteller sehen, daß ich Ihnen diktiere, dann werden Sie anfangen–«

»Sie werden es nicht sehen. Das Haus ist halbleer. Wir werden das Geheimnis für uns behalten. Mir wäre es auch unangenehm, besonders vor Ihrem Bruder und Ihrer Schwägerin. Der dritte Stock ist bis jetzt unbewohnt, und man wird die Schreibmaschine nicht hören. Ich will versuchen, Ihnen zu helfen. Wir können durch die Küche hineingehen. Niemand anderer benützt diesen Eingang. Ich habe schon Manuskripte abgetippt, aber bisher hat mir noch niemand diktiert. Ich habe aber von Schriftstellern gehört, die es tun, besonders hier in Amerika. Sie benutzen sogar Diktaphone.«

»Darf ich fragen, ob Sie je selbst geschrieben haben?«

»Ja, und ich weiß, was es heißt, eine Arbeit anzufangen und dann nicht weiter zu wissen. Ich weiß auch, wie es ist, wenn man zu der Überzeugung kommt, daß die Hauptsache, die zum Schreiben nötig ist, fehlt – die Begabung.«

»Vielleicht können wir es so machen, daß ich Ihnen meine Arbeit diktiere und Sie mir Ihre Arbeit?«

Nescha errötete. »Sie kommen auf die verrücktesten Sachen. Sie sind ein Schriftsteller und ich bin ein Dilettant, vielleicht nicht einmal das. Nein, ich habe mich dazu entschlossen, lieber ein guter Leser als ein schlechter Schreiber zu sein.«

Wir saßen eine Zeitlang ohne zu sprechen. Ich blickte sie an und sie mich. Ihr Blick zeigte eine Mischung von weiblicher Nachgiebigkeit und Kühnheit, vielleicht sogar ein wenig Überheblichkeit oder die Selbstsicherheit derer, die den Bestimmungen ihres Schicksals folgen. Ich hatte für ältere Frauen viel übrig, und, so dachte ich, die Kräfte, die die Welt regieren, hatten sie mir zugeführt. Irgendwo im Universum wird das Schicksal jedes menschlichen Wesens, vielleicht sogar jedes Geschöpfes bestimmt. Nach der Gemara heißt es: Jeder Grashalm hat einen Engel, der ihm sagt »Wachse«. Offenbar bestimmt der gleiche Engel auch, ob das Gras verwelken oder von einem Ochsen gefressen werden soll.

»Wenn wir heute anfangen wollen«, sagte ich, »dann muß ich jetzt nach Hause gehen und mein Manuskript holen.«

»Ja, tun Sie das. Kommen Sie dann durch meinen Kücheneingang. Erinnern Sie sich, wo er ist? Die Tür wird offen sein. Und wenn ich nicht da sein sollte, dann gehen Sie direkt in den dritten Stock. Die Zimmernummer ist sechsunddreißig. Ich bringe meine Schreibmaschine und das Papier hinauf. Sie haben mir einmal von Ihren romantischen Verschwörungen erzählt. Nun, dies wird eine rein literarische Verschwörung sein.«

Und ich bildete mir ein, daß sie mir zuzwinkerte.

Wir trennten uns nicht weit von Surf Avenue Gate. Es wäre nicht gut für Nescha oder mich gewesen, wenn man uns zusammen gesehen hätte. Vor allem lag mir daran, meinem Bruder nicht zu begegnen. Aber in diesem Augenblick, in dem ich die Grenze zwischen Seagate und Coney Island überschritt, erblickte ich ihn. Einen Augenblick lang stand er da, sah mich halb spöttisch, halb vorwurfsvoll an und sagte dann: »Wohin verschwindest du für ganze Tage? Der ›Forward‹ hat angerufen. Der Korrektor hat eine Anzahl Fehler und Widersprüche in deiner Arbeit entdeckt, und er möchte, daß du hinkommst und das Manuskript in Ordnung bringst. Es gab auch noch andere Anrufe für dich. Ein Landsmann von dir hat angerufen; er ist auch mein Landsmann, aber ich kann mich nicht erinnern. Er heißt Max Pulawer. Er sagte mir, er sei ein guter Freund von dir. Er hat seine Telefonnummer hinterlassen. Dein Buch ist auch gekommen. Nicht schlecht für eine Warschauer Ausgabe, aber voll von Druckfehlern. In Zeitlins Einführung haben sie statt ›Okkultist‹ ›Oculist‹ – Augenarzt – gedruckt. Ich hoffe, du kommst gut voran mit deiner Arbeit. Du hast nie mehr mit uns gegessen. Wenn du jetzt nicht hungrig bist, laß uns ein bißchen spazierengehen. Falls du noch nicht gegessen hast, können wir irgendwo in einem Restaurant etwas essen.«

»Ich habe gegessen.«

»Wo hast du gegessen? Komm, ich muß mal mit dir reden. Zygmunt Salkin hat dich gesucht. In etwa zwei Monaten mußt du die Verlängerung deines Visums beantragen, und er ist ein Experte in diesen Sachen. Wenn du das Visum nicht rechtzeitig erneuerst, bist du ein illegaler Ausländer und kannst nach Polen deportiert werden. Heutzutage ist das eine Sache von Tod oder Leben.«

»Ja, ich verstehe.«

»Nein, du verstehst es nicht. Was ist mit dir los? Ich habe den Anfang deines Romans gelesen, und er liest sich gut, aber jetzt möchte ich wissen, wie es weitergeht. Es kommt selten genug vor, daß man ein noch nicht fertiggeschriebenes Werk publiziert, aber man hat mit dir eine Ausnahme gemacht.

Wenn die folgenden Kapitel nicht dem Anfang entsprechen, werden wir alle sehr enttäuscht sein. Du weißt das selbst.«

»Ja.«

»Wie ist die Situation? Sage mir die Wahrheit.«

»Die Wahrheit ist, daß ich nicht hierbleiben kann«, platzte ich heraus und war erstaunt über meine eigenen Worte.

Mein Bruder blieb stehen. »Du willst zu den Nazis zurückgehen? Sie können jetzt jeden Tag in Polen einmarschieren.«

»Nicht zu den Nazis, aber hier kann ich nicht atmen. Ich kann hier nicht einmal sterben.«

»Sterben kann man überall. Was ist los – hast du dort jemanden zurückgelassen? Selbst wenn das der Fall ist, so versuche lieber, sie hierher zu bringen als dort gemeinsam umzukommen. Wirklich, ich habe nicht gewußt, daß du so ein romantischer Mensch bist. Du hast immer Geheimnisse vor mir gehabt, und es machte mir nichts aus, aber jetzt nach Polen zurückzugehen, dazu müßte man vollkommen verrückt sein. Was ist mit deinem Roman?«

»Ich kann ihn nicht fertig machen. Es ist eine physische Unmöglichkeit.«

»Das ist allerdings eine schlechte Nachricht. Es ist meine Schuld. Ich hätte nicht erlauben dürfen, daß man mit dem Druck anfing, ehe du nicht alles fertiggeschrieben hattest. Ich habe es getan, weil du gesagt hattest, daß du das Buch für den ›Globus‹ auf diese Weise geschrieben hast. Vielleicht ist es nicht so schlecht, wie du denkst. Vielleicht kann ich dir dabei helfen? Wieviel hast du schon davon geschrieben? Laß uns nach Hause gehen, und du gibst mir das Manuskript. Manchmal kann man etwas verbessern, indem man einfach wegläßt, was schlecht ist.«

»Es ist alles schlecht.«

»Komm nach Hause. Wie viele Seiten hast du denn ungefähr geschrieben?«

»Es ist so ein Durcheinander, du wirst dich nicht zurechtfinden.«

»Ich werde mich schon zurechtfinden. Jetzt nur keine Panik. Selbst wenn alles so schlecht ist, wie du sagst, dann können sie immer noch die ersten Kapitel drucken als Teil einer größeren Arbeit. Es ist kein Unglück. Mir ist auch schon passiert, daß ich auf dem Trockenen saß, aber ich hatte mindestens immer für drei Monate Material im Vorrat. Du hattest doch genug Zeit, es ebenso zu machen. Komm, wir wollen sehen, was du schon hast.«

Ich wollte meinem Bruder sagen, daß ich ihm nichts zeigen könne, aber ich wagte nicht, ihm zu widersprechen. Wir gingen schweigend und betraten dann mein Zimmer. Als mein Bruder den Papierhaufen auf meinem Tisch erblickte, sah er mich geringschätzig an. Er hatte die Deckenlampe eingeschaltet, und mit hochgezogenen Brauen fing er an, die Papiere durchzusehen. Er fragte: »Was ist denn das für eine Numerierung?«

Ich antwortete nicht. Er brauchte viel Zeit bei dem Versuch, mein Manuskript in Ordnung zu bringen, dann gab er es auf und legte die Seiten aufeinander. Er sagte: »Vielleicht lese ich es noch heute abend, und wenn nicht, dann morgen. Die ganze Literatur ist sowieso keinen Pfifferling wert. Komm herein und Genia wird dir etwas zu essen machen. Du siehst nicht gut aus.«

»Ich habe keinen Hunger.«

»Gut, wie du willst. Gott weiß, ich will nur dein Bestes.«

»Ich weiß, ich weiß. Aber ich habe mein bißchen Talent verloren.«

»Du hast gar nichts verloren. Es wird schon wiederkommen. Und denke nicht noch einmal daran, nach Polen zurückzugehen. Das wäre reiner Selbstmord. Gute Nacht!«

Er ging. Mein Bruder benutzte das Wort Gott selten. Er hatte wie ein Vater zu mir gesprochen. Nach einem Weilchen machte ich das Licht aus und ging leise hinaus. Hatte es irgendeinen Sinn, jetzt zu Nescha zu gehen? Ich hatte sie warten lassen. Ich konnte mich auch nicht mehr dazu bringen, ihr zu diktieren. Ich wußte nicht einmal, wo ich anfangen mußte, da ich kein Manuskript mehr hatte. Dennoch ging ich weiter, bis ich zu ihrer Küche kam. Dort war niemand. Ich ging die dunkle und gewundene Treppe zum dritten Stock hinauf. Im zweiten Stock rief jemand meinen Namen. Es war der sogenannte Schriftsteller und hauptberufliche Politiker, den ich in Paris getroffen hatte, der Teilnehmer an Stalins Friedenskonferenz, Herr Kammermacher. Er stellte sich vor mich hin und fragte: »Was machen Sie denn hier?«

Ich war dem schlimmsten Klatschmaul der ganzen jiddischen Literatur über den Weg gelaufen. Ich hörte mich sagen: »Ich wohne hier«, und bereute meine Worte sogleich.

»Ach, so haben Sie sich die ganze Zeit hier versteckt gehalten?«

»Ich bin erst heute eingezogen.«

»Wohnen Sie nicht bei Ihrem Bruder?«

»Ich habe hier ein Arbeitszimmer gemietet.«

»Wo ist Ihr Zimmer?«

»Im dritten Stock.«

»So? Nescha sagte, der dritte Stock sei nicht bewohnt.«

Ich antwortete ihm nicht und stieg weiter in den dritten Stock hinauf. Es war dunkel, und ich konnte Nummer sechsunddreißig nicht finden. Ich blieb stehen und wartete auf Nescha. Das Zusammentreffen mit diesem Mitläufer hatte alles kompliziert. Sicher würde er den anderen Schriftstellern erzählen, daß ich hier eingezogen sei, und Nescha in Ungelegenheiten bringen. Man würde sie nach den Gründen fragen, warum sie ein Geheimnis daraus gemacht hatte. Sie wären sogar imstande heraufzukommen und mich zu begrüßen und mich hier im Dunkeln stehend antreffen. Ich tastete nach einem Lichtschalter an der Wand, konnte ihn aber nicht finden. Ich öffnete verschiedene Türen, keine war verschlossen. Ich trat in ein Zimmer und tappte auch dort herum auf der Suche nach einem Lichtschalter. Warum war sie nicht auf die Idee gekommen, im Eingang Licht zu lassen oder in Nummer sechsunddreißig? Ich gab mir selbst die Antwort: Sie hatte dort auf mich gewartet, aber nachdem fast eine Stunde vergangen und ich nicht erschienen war, hatte sie gedacht, ich hätte mich in der Angelegenheit anders besonnen.

Meine Augen gewöhnten sich allmählich an die Dunkelheit. Von draußen kam der Widerschein eines Lichtes, und ich sah ein Bett mit nur einem Laken über der Matratze, ohne Kissen und Decken. Ich ließ die Tür offen und streckte mich auf dem Bett aus. Ich würde ihre Schritte hören. Nach all diesen Zwischenfällen brauchte ich Ruhe.

Ich war eingeschlafen und ein Traum vom Fliegen nahm von mir Besitz – ich flog nicht wie ein Vogel, aber ich glitt durch die Luft, schwebte in der Abenddämmerung und wunderte mich, daß ich dies nicht schon vorher einmal versucht hatte. Ich wußte, unter mir dehnten sich Berge, Wälder, Flüsse und Ozeane aus, aber ich hatte kein Verlangen, sie zu betrachten. In dieser Dämmerung herrschte Friede. Die Nacht kam heran wie eine Wolke, von einem jenseitigen Sonnenuntergang beleuchtet. Gott sei Dank, es ist alles vorüber, sagte ich zu mir selbst. Jemand berührte mich und weckte mich auf. Es dauerte eine ganze Weile, ehe ich begriff, wo ich war und wer mich weckte.

Siebentes Kapitel

I

Ein Jahr war vergangen. Der Roman war nicht gut geworden, aber der Redakteur hatte ihn ganz abgedruckt, und mir war es gelungen, tausend Dollar zusammenzusparen. Ich hatte aufgehört, Romane und Erzählungen zu schreiben, und lebte jetzt von einer kurzen Spalte im Feuilleton, die jeden Sonntag unter dem Titel »Gut zu wissen – Tatsachen« erschien. Die Tatsachen hatte ich aus amerikanischen Zeitschriften zusammengesucht. Wie lang würde der Bart eines Mannes sein, wenn man die Haare, die er bis zum siebzigsten Jahr abrasiert hatte, aneinanderlegen würde? Wie schwer war das größte Exemplar eines Walfisches? Wie groß war der Wortschatz eines Zulu? Ich bekam sechzehn Dollar für dieses Feuilleton, und das war mehr als genug, um meine fünf Dollar Miete für ein möbliertes Zimmer in der Nineteenth Street in der Nähe der Fourth Avenue zu bezahlen und mein Essen in den Cafeterias. Es blieb mir noch genug, um einmal in der Woche mit Nescha ins Kino zu gehen.

Mein Besuchsvisum war schon zweimal verlängert worden, aber als ich ein drittes Mal die Verlängerung beantragt hatte, wurde es nur noch auf drei Monate verlängert, mit der Mitteilung, daß dies das letzte Mal sei. Mir blieben zehn Wochen, in denen ich entweder ein Einwanderungsvisum bekommen oder nach Polen zurückkehren mußte, wo Hitler jeden Augenblick einmarschieren konnte.

Ich war mit einem Anwalt bekannt, der das Visum eigentlich für mich beschaffen sollte, aber als ich ihn das letzte Mal besucht hatte, sagte er mir offen, daß es keine Hoffnung für mich gäbe. Mir fehlten wichtige Dokumente, die der amerikanische Konsul in Toronto verlangen würde – im besonderen ein Leumundszeugnis aus Polen. Ich hatte mehrmals an Stefa geschrieben, und sie hatte versucht, dieses für mich zu erhalten, aber die polnischen Beamten machten Schwierigkeiten und verlangten Unterlagen, die ich nicht beschaffen konnte. Ich hatte mein Militärbuch und andere Papiere verloren. Ich hatte den Verdacht, daß Stefa mich in Polen haben wollte. Sie schrieb mir häufig lange Briefe, aber vergaß, das Zeugnis zu erwähnen, um das ich gebeten hatte. Meine Cousine Esther war in ihren Geburtsort zurückgegangen. Mein ehemaliger Verleger, der Bankrott gemacht hatte, war nicht mehr in Warschau. Ich schrieb noch an einige andere, aber sie antworteten nicht. Wer in Warschau hatte Zeit oder Kraft, Schlange zu stehen und mit faulen Bürokraten fertigzuwerden, die nur nach einer Gelegenheit suchten, »nein« sagen zu können, besonders wenn der Bittsteller ein Jude war. Es hätte eine Lösung für mich gegeben – Nescha zu heiraten. Aber ich hatte einen heiligen Eid geschworen, nicht wegen eines Visums zu heiraten, nicht einmal, wenn es bedeutete, daß ich Amerika verlassen müßte. Der Grund für meine Hartnäckigkeit in dieser Sache ist mir selbst bis zum heutigen Tage nicht klargeworden. Ich kannte einige Schriftsteller, die genau das getan hatten, und ich hielt sie für würdelose Geschöpfe. Vielleicht hatte der Zwischenfall mit meinem Palästinazertifikat, vor Jahren, als ich Stefa kennenlernte, einen schlechten Geschmack auf der Zunge bei mir hinterlassen. Ich liebte Nescha, aber ich wußte, daß alle jiddischen Schriftsteller denken würden, ich hätte sie wegen des Visums geheiratet. Vor allem schämte ich mich vor meinem Bruder. Unsere Eltern hatten uns Widerwillen gegen jede Art von Täuschung und Schwindel eingeimpft. Außerdem hätte diese Heirat für Nescha keinerlei Vorteile gehabt. Vielleicht hätte sie es getan, um mich vor den Nazis zu retten, aber es wäre von ihrer Seite aus ein Opfer gewesen. Und ich hatte ihr gleich am Anfang unserer Beziehung gesagt, daß ich nicht an die Ehe als Institution glaubte. Sie ihrerseits wollte ihrem Sohn nicht einen armen Schlucker wie mich als Stiefvater geben, einem Bohemien, der zehn Jahre jünger war als sie. Ich wußte, daß sie ihren Glauben an mich und meine Zukunft als Schriftsteller verloren hatte.

Alles war Routine geworden. Sie kam zweimal in der Woche zu mir in mein Zimmer im vierten Stock, und obgleich ich ihr untersagt hatte, es zu tun, brachte sie mir oft Essen mit. Sie warnte mich immer wieder, daß ich von dem Cafeteria-Essen krank werden könnte. Diesen Sommer hatte

Nescha das Haus in Seagate nicht gemietet. Sie hatte eine Stellung in einer Damenunterwäschefabrik im Süden der Stadt angenommen und wohnte in einer Wohnung ohne Lift in der Bronx. Meine Zimmereinrichtung bestand aus einem Bett, einem kleinen Tisch, der bei den seltenen Gelegenheiten, an denen ich zu schreiben versuchte, wackelte, einem lahmen Stuhl und einem Waschbecken, aus dessen Hahn ständig braunes Wasser tropfte. Aus dem rissigen Linoleum krochen Schaben hervor. Nachts lösten sich Wanzen von den Wänden. Einmal im Monat kam der Kammerjäger und ließ einen Gestank zurück, der eine Woche anhielt. Das Ungeziefer schien gegen das Gift immun geworden zu sein. Aber am Nachmittag schien die Sonne in das Zimmer, und auf dem Korridor gab es ein Badezimmer, wo ich baden oder duschen konnte nach zehn Uhr vormittags, wenn alle anderen Mieter zur Arbeit gegangen waren.

Ich hatte das Verlangen zu schreiben verloren, aber ich kritzelte noch immer Themen für Romane, Geschichten, Richtlinien für das Verhalten, die ich nicht befolgte, in mein Notizbuch, wie auch Gedanken über Gott, »das Ding an sich«, Engel, Geister und Wesen von anderen Sternen, Tausende von Millionen Lichtjahre von der Erde entfernt. Ich hatte noch immer nicht die Hoffnung aufgegeben, eines Tages die Geheimnisse der Schöpfung – entweder im Wachen oder im Träumen – zu entdecken, den Sinn des Lebens, die Aufgabe des Menschen. Ich verschwendete Stunden an die absurdesten Phantasien über größenwahnsinnige Heldentaten. Ich besaß einen Harem voller Schönheiten. Ich strahlte eine solche Faszination aus, daß mir keine Frau widerstehen konnte. Ich ermöglichte es, die Menschheit von den Hitlers, Stalins, von allen Arten von Ausbeutern und Verbrechern zu befreien, und ich gab Erez Israel den Juden zurück. Ich heilte alle Kranken, dehnte das Leben von Mensch und Tier auf Hunderte von Jahren aus und brachte die Toten wieder ins Leben zurück.

Mit Nescha ins Bett zu gehen, war jedesmal ein neues Erlebnis. Einmal in der Woche kam sie direkt nach der Arbeit zu mir, und an einem anderen Tag kam sie aus ihrer Wohnung in der Bronx. Es ist wahr, sie machte mir oft Vorwürfe, daß ich aufgehört hatte zu schreiben, daß ich faul sei und keinerlei praktischen Ehrgeiz habe. Sie schalt mich auch, daß ich meinen Bruder nicht besuchte, der eine große Wohnung am Riverside Drive gemietet hatte, und daß ich weder ins Café Royal, noch zu den Zusammenkünften der Schriftsteller, noch zu gemeinsamen Essen gehe. Ein junger Mann meines Alters hätte nicht das Recht, ein Einsiedler zu werden. Solches Verhalten könnte zum Wahnsinn führen. Aber nach ihrer Predigt und nachdem wir gegessen hatten, entweder was sie mitgebracht hatte oder in der Cafeteria in der Zweiunddreißigsten Straße, fingen unsere Liebesstunden an, oft viele Stunden dauernd und manchmal bis Mitternacht.

Diese Frau weckte Kräfte in mir, die ich mir vorher nie zugetraut hätte. Und offenbar wirkte ich ebenso auf sie. Wir fielen übereinander her mit einem Verlangen, das uns beide überraschte. Sie versicherte mir, sie habe ihren Mann nicht verloren – sein Geist sei in meinen Körper eingetreten. Er sprach durch meinen Mund zu ihr, er küßte sie mit meinen Lippen.

Ich, andererseits, erkannte in ihr Gina wieder. Während Nescha bei mir war, war ich all meine Sorgen, all meine Ängste los. Ich nannte sie Gina, und sie nannte mich Boris. Wir spielten mit der Idee, daß wir durch gewisse kabbalistische Buchstabenkombinationen Boris und Gina für die Zeit unseres Liebesspiels zum Leben erwecken konnten, und wir vier gaben uns einer mystischen Orgie hin, in der Körper und Seelen sich vermischten und wo Sexuelles und Überirdisches identisch wurden. Wir schworen einander oft, gemeinsam nach Kalifornien, nach Brasilien, oder der Wildnis Britisch-Kolumbiens zu fliehen und uns ganz unserer Leidenschaft zu überlassen. Nescha sprudelte sogar heraus, sie würde ihren Sohn bei Verwandten von Boris lassen. Aber wenn unser Verlangen allmählich geringer wurde, sagte Nescha, sie werde sich eher die Augen ausreißen lassen, als sich von ihrem Benny zu trennen, der nach ihrem verstorbenen Vater genannt war, dem Reb Benjamin, einem frommen Juden, einem Gelehrten. Ich mahnte mich selbst daran, daß meine Wochen in Amerika gezählt waren. Wenn ich Nescha nicht heiraten wollte oder konnte, müßte ich nach Polen zurückgehen oder versuchen, illegal in den Vereinigten Staaten zu bleiben. Aber wie? Und wo? Und für wie lange?

Da Nescha an dem Tag früh gekommen war, hörte unsere Liebesstunde auch früher auf. Um halb elf waren wir bereits angekleidet. Wir gingen schweigend die vier Treppen hinunter, beschämt über unsere lächerlichen Träume und erschöpft von dem Rausch der Sinne. Die Neunzehnte Straße war schwach beleuchtet und verlassen. Auch die Fourth Avenue war verlassen. Nur die Autos rasten hin und her. Ich hatte versäumt, meine Spalte »Gut zu wissen« abzuliefern, und ich mußte noch heute nacht zum East Broadway und dort die Arbeit abgeben, damit sie am frühen Morgen gesetzt werden und am Sonntag erscheinen konnte. Nach dem Fiasko meines Romans scheute ich mich, den Redakteuren des »Forward« unter die Augen zu treten und gab mein Manuskript immer am späten Abend ab, wenn alle Angestellten schon fort waren. Im zehnten Stock, wo die Setzerei war, befand sich ein kleiner Metallbehälter, in den die Schriftsteller ihre Manuskripte legten, die nicht erst durch die Hände der Redakteure zu gehen hatten. Aus irgendeinem Grund traute der Redakteur der Sonntagsausgabe meinem Jiddisch.

Ich brachte Nescha zur Untergrundbahnstation, und auf dem Weg dorthin gingen wir in die Fourteenth Street Cafeteria, um eine Kleinigkeit zu essen und eine Tasse Kaffee zu trinken. In dieser Cafeteria war nachts der größte Betrieb. Sie war der Treffpunkt aller Linken geworden – der Stalinisten, Trotzkisten, Anarchisten, verschiedener Radikaler und Rebellen gegen die Gesellschaft. Hier wurden die letzten Ausgaben des »Daily Worker«, der jiddischen »Freiheit«, die Artikel in der »New Republic« und »The Nation« diskutiert. Ab elf Uhr abends konnte man schon einiges vom Frühstücksmenü des nächsten Tages bekommen: Hafergrütze, Gries, Getreideflocken, Spiegeleier mit Würstchen und Kartoffeln. Viele der Besucher waren Juden, aber es gab auch nichtjüdisches Publikum – Männer mit langen Haaren und Bärten, ältere Sozialisten, Vegetarier und jene, die ihre eigene Version des Christentums predigten oder die unmittelbar bevorstehende Rückkehr Jesu, der die Welt vor ihrem Ende richten würde. Auch Homosexuelle und Lesbierinnen hatten hier ihren Treffpunkt. Das grelle Licht der Deckenlampen blendete die Augen; der Lärm der Gäste und das Geklapper der Teller betäubten die Ohren. Die Luft war undurchsichtig vom Rauch der Zigaretten. Mädchen mit kurzen Haaren und in Lederjacken à la Tscheka rauchten, tranken schwarzen Kaffee, riefen die letzten Moskauer Slogans, verfluchten die Faschisten, Sozialdemokraten, Hearst, Léon Blum, MacDonald, Trotzki, Norman Thomas, Abe Cahan, sogar Roosevelt, der angeblich die Liberalen unterstützte, während er in Wirklichkeit Hitler, Franco und Mussolini diente.

Ich hatte einen Zweiertisch in einer Ecke gefunden und brachte Kaffee und Kuchen von der Theke für Nescha und für mich Getreideflocken und Milch. Ich hatte mein Budget um fünfunddreißig Cent überschritten, aber da ich ja bald nach Polen zurückgehen und dort unter den Nazis umkommen würde, was brauchte ich da noch Geld? So exaltiert ich kurz zuvor noch gewesen war, so niedergeschlagen war ich jetzt. Ich hörte Nescha sagen: »Sei nicht so mutlos. In diesen Wochen kann noch viel geschehen. Schließlich und endlich ist Uncle Sam kein Mörder. So schnell wird man dich nicht nach Polen deportieren.«

»Es ist ja nicht Uncle Sam. Es ist irgendein Beamter, der entscheidet und tut, wie es ihm gefällt. Und so jemand kann leicht ein Nazi sein.«

»Ich bin ganz sicher, daß man gegen eine Entscheidung Einspruch einlegen kann. Es gibt Leute, die laufen hier jahrelang illegal herum. Sie verstecken sich, und später legalisiert man ihren Status.«

»Wo sollte ich mich verstecken?«

»Du versteckst dich ja ohnehin. Bevor sie sich entschließen, dich zu suchen und bis sie dich finden, wird der Krieg ausgebrochen sein, und du wirst den rechtlichen Status bekommen. Und bis dahin bist du vielleicht einem amerikanischen Mädchen begegnet, das dir wirklich gefällt.«

»Sag das nicht, Nescha, ich liebe dich.«

»Die Hauptsache ist, daß du in Amerika bleibst. Komm, es ist schon spät, und ich muß morgen früh zur Arbeit gehen.«

Ich ging mit Nescha zur Untergrundbahn, nahm dann einen Bus zum East Broadway. Der Fahrstuhlführer, der

Nachtdienst hatte, kannte mich schon. Er machte immer den gleichen Witz – daß ich meine Spalte abgäbe wie eine uneheliche Mutter ihr Kind. In der Setzerei im zehnten Stock brannte nur ein einziges Licht. Die Linotypemaschinen, die den ganzen Tag rasselten, standen still da. Ich hatte oft das Gefühl, die Maschinen verübelten es dem Menschen, daß er sie zwang, etwas gegen ihre Natur zu tun. Vom zehnten Stock ging ich eine dunkle Treppe hinunter in die verlassene Redaktion. Dort war ein Kasten für eingegangene Post, mit einer Abteilung für die Redaktionsmitglieder. Mein Bruder hatte sein eigenes Fach, wohin auch an mich adressierte Briefe wanderten.

Ich fand zwei Briefe für mich und steckte sie in meine Brusttasche. Als ich auf die Straße trat, war es nach Mitternacht. Ich wartete auf einen Bus, aber nach einer halben Stunde war noch immer keiner gekommen. Ich begann zu Fuß in die Richtung der Nineteenth Street zu gehen. Unter einer Straßenlaterne blieb ich stehen und versuchte die Absender der Briefe zu lesen. Ich traute meinen Augen nicht – ein Brief war von Lena in Warschau und einer von Zosia in Boston – einer auf Deutsch, der andere auf Polnisch.

Es war zu dunkel in der Avenue B, um die Schrift wirklich lesen zu können, aber ich entnahm Lenas Brief, daß sie gerade aus dem Pawiak-Gefängnis entlassen worden war. Sie hatte einen Jungen geboren, während ich noch in Warschau war. Ein paar Wochen später war sie verhaftet worden. Ihre Genossen nahmen sich des Kindes an. Sie verlangte, ich solle ihr und dem Kind ein Affidavit schicken. Ihr Brief enthielt sechs engbeschriebene Seiten. Zosias Brief war nur eine Seite lang, aber im Licht der Laterne konnte ich ihre Handschrift nicht entziffern. Ich ging nicht, ich lief. Meine Beine waren ganz leicht geworden. Was für ein Witz! Hier war ich, kurz vor der Deportation aus Amerika, und Lena verlangte ein Affidavit von mir! Und mitten in der schlimmsten Krise meines Lebens war ich, ausgerechnet, Vater des Kindes einer Kommunistin geworden, das der Enkel meines frommen Vaters und des fanatischen Reb Salomon Simon war! Was für eine Verknüpfung von Ereignissen und Genen!

Ich war bis zum Union Square gegangen, ohne ein Restaurant oder eine Cafeteria zu finden, wo ich die Briefe von Anfang bis zu Ende hätte lesen können. Ich kam zur Nineteenth Street und stieg die vier Stock zu meinem Zimmer hinauf. Ich warf mich auf das Bett und las. Für jemanden wie Lena klang der Brief fast sentimental. Sie war jetzt Mutter und liebte ihr Kind. Sie hatte den Sohn nach einem Großvater genannt und hatte ihn beschneiden lassen, obwohl sie dies für einen barbarischen Akt hielt. Lena hatte sich irgendwie mit ihrer Mutter aussöhnen müssen. Da Lena Trotzkistin geworden war und diejenigen, die sich um das Kind kümmerten, Stalinisten geblieben waren, weigerten sie sich, das Kind einer Verräterin an der Sache weiterhin zu betreuen. Sie hatte Angst, daß sie dem Kind etwas antun könnten. Von solchen Fanatikern konnte man das Schlimmste erwarten. Lenas Brief war voller Beschimpfungen Stalins und seiner Henker. Sie pries ihre Mutter, die dem Kind das Leben gerettet hatte. Reb Salomon Simon hätte niemals erlaubt, daß ein solches Kind in sein Haus käme, und die Großmutter mußte es bei einer bedürftigen Frau in Pension geben, einer ehemaligen Kinderfrau, die sich schon um zwei Kinder anderer politischer Gefangener kümmerte. Lenas Mutter hatte ihren Schmuck verkauft und für Lena ein zweites Mal Kaution gestellt.

Zosia schrieb, sie hätte mir an die Adresse meines Bruders in Seagate geschrieben, aber der Brief sei zurückgekommen. Jemand, der über mich Bescheid wußte, hatte ihr die Adresse des »Forward« gegeben. Sie wollte jetzt von Boston nach New York kommen auf unbestimmte Zeit, und sie gab mir eine Adresse und Telefonnummer, wo ich sie erreichen konnte – vorausgesetzt, daß ich mich noch an sie erinnerte.

Meine Armbanduhr zeigte schon drei Uhr, aber es war mir unmöglich einzuschlafen. Ich hatte nie Kinder haben wollen, besonders nicht zu einer Zeit, in der die Juden von der Vernichtung bedroht waren, und bestimmt nicht mit jemandem wie Lena. Wie dem auch sei, die Kräfte, die die Welt regieren, setzen sich immer durch. Ich versuchte mich selbst davon zu überzeugen, daß ich überhaupt nichts für dieses Geschöpf fühlte, aber ich stellte mir vor, daß es in einem elenden Raum in schmutziger Wäsche läge, unterernährt, mit einer Erbschaft belastet, von der es sich nie befreien konnte.

Lena schrieb, der Junge habe blaue Augen und rötliches Haar. Er sah also meiner Familie ähnlich, nicht seinem wilden Großvater und seinen Onkeln mit ihren pechschwarzen Bärten und feurigen schwarzen Augen. Ich sagte mir, daß irgendwo in seinem Gehirn schon meine Zweifel nisteten, meine Gefühle der Auflehnung gegen die Schöpfung und den Schöpfer. Und würde er als Jude aufwachsen, oder würde Lena ihn zu einem Feind unseres Volkes erziehen? Innerlich bat ich ihn um Vergebung, ihn in diese elende Welt gebracht zu haben.

II

Ich rief in dem Hotel an und wurde mit Zosia verbunden. Da ich sie nicht in mein elendes Zimmer bitten konnte, verabredeten wir uns in der Cafeteria in der Forty-second Street, in der Nähe der Stadtbibliothek.

Sie kam eine halbe Stunde zu spät, und ich war bereits dabei zu gehen, als ich sie, durch das Fenster, kommen sah. Sie trug ein sommerliches Kostüm und einen Strohhut. Sie schien mir größer, hübscher und eleganter zu sein als ich sie zuletzt auf dem Schiff gesehen hatte. Offenbar hatte sie in Amerika Erfolg gehabt. Ich ging ihr entgegen und führte sie an meinen Tisch, wo ich ein Buch, eine Zeitung und meinen verbeulten Hut gelassen hatte. Ich holte Kaffee für uns beide. Zosia begann mich auszufragen und, wie es nun einmal meine Natur ist, erzählte ich ihr alles: von meinem unglücklichen Roman, meiner Liebschaft mit Nescha und daß ich nur noch zwei Monate in Amerika bleiben konnte. Zosia sagte: »Tu irgend etwas, aber wage es nicht, nach Polen zurückzugehen.«

»Was ist die Alternative?«

»Heirate diese Frau, es ist doch nur eine Formsache.«

»Für sie wäre es nicht nur eine Formsache. Laß uns lieber von dir sprechen. Was hast du in all der Zeit gemacht?«

»Ach, viel und nichts. Ich habe ein Stipendium bekommen, um mein Studium in Radcliffe abzuschließen. Und das ist keine Kleinigkeit, wohlgemerkt. Man ist nicht so großzügig mit Stipendien. Ich hatte keine Ahnung, daß mein Vater so energisch sein könnte. Er setzte sich mit Missionaren in Boston und New York in Verbindung. Ich hatte oft zu meinem Vater gesagt, daß, wenn ich erst in New York wäre, ich zum Judentum zurückkehren würde – wenn das für einen Agnostiker möglich ist –, aber die Missionare in Boston suchten mich auf und versuchten, meinen Weg zurück zum Judentum zu blockieren. Sie luden mich in ihre Häuser ein, suchten nach Unterstützung für mich, nach einer Anstellung und sogar nach Ehepartnern. Juden bleiben Juden mit ihrer Energie und ihrer Sucht, sich in die Angelegenheiten anderer einzumischen. Einer von ihnen, ein älterer Mann, verliebte sich in mich, oder behauptete es zumindest, und wollte unbedingt, daß ich seine Geliebte werde. Er konnte mich nicht heiraten, da er eine Frau hatte, die an multipler Sklerose litt und bettlägerig oder im Rollstuhl war. Wenn wir genug Zeit haben und du die Geduld dafür hast, kann ich dir nicht nur eine, sondern viele Geschichten erzählen. Aber die Cafeteria ist dafür nicht der richtige Ort. Tatsache ist, daß ich mein Studium aufgegeben habe. Ich habe die Geduld verloren mit all den Prüfungen, den Professoren und den Mädchen, mit denen ich wohnte. Ich hatte ernstlich überlegt, ob ich nicht dieser ganzen Tragikomödie ein Ende machen sollte, als ich eine ältere Frau traf, eine pensionierte Professorin, die gezwungen war, ihre Stellung an der Universität aufzugeben, da sie ihr Augenlicht verloren hatte. Sie ist nicht vollkommen blind, aber sie kann nicht mehr lesen. Von ihrer Pension könnte sie nicht leben. Sie hat aber einen reichen Bruder. Ich will es kurz machen. Ich ersetze ihr die Augen. An der Universität lehrte sie Psychologie und hielt auch Vorlesungen über Religion. Als die Schwierigkeiten mit den Augen anfingen, beschäftigte sie sich mit Parapsychologie. Sie hatte allerdings sich auch vorher schon ein bißchen damit befaßt. Sie liest – das heißt, ich lese ihr vor – fast die ganze Literatur über dieses Thema, und obwohl ich meilenweit davon entfernt bin, an all die Wunder zu glauben, die in den Büchern stehen und von denen sie überzeugt ist, so ist es doch viel interessanter als die Theologie, die ich in Polen und auch hier studiert habe. Zumindest hat es mit der Gegenwart zu tun und nicht mit Wundern, die sich vor zweitausend Jahren in Palästina zugetragen haben. Selbst wenn all diese Visionen und Offenbarungen, von denen sie reden, nur Erfindungen sind, so sind sie doch von einem rein psychologischen Standpunkt aus interessant. Die Professorin selbst ist eine seltsame Mischung von Intelligenz, kritischem Verstand, Fanatismus und einer Leichtgläubigkeit, die an Verrücktheit grenzt. Ich muß dazu sagen, daß ich in ihrem Haus und mit ihr Dinge erlebt habe, die nicht zu erklären sind. Sie kann buchstäblich meine Gedanken lesen. Ich hatte ihr nie von meinem jüdischen Herkommen gesprochen, aber eines Tages sagte sie mir, daß ich als Jüdin geboren worden sei und zu meinen jüdischen Wurzeln zurückkehren müsse.«

»Wahrscheinlich hat sie einen Brief deiner Eltern geöffnet.«

»Sie öffnet meine Briefe nicht und meine Eltern haben auch nie etwas über meine Jüdischkeit geschrieben. Außerdem habe ich dir doch gerade erzählt, daß sie blind ist. Tu mir einen Gefallen und laß uns hier weggehen. Es ist so lärmig, und ich kann dich kaum verstehen. Ich habe in der Nähe der Bibliothek einen Park gesehen.«

Wir verließen die Cafeteria und fanden im Park eine freie Bank. Zosia sagte: »Hier kann ich atmen. Ja, über meine Jüdischkeit. Im Haus dieser Frau hatte ich Gelegenheit, über alles nachzudenken. Ich aß dort, schlief dort, lernte Kochen, und zum erstenmal in meinem Leben habe ich das Gefühl der Ruhe genossen. Das Problem ist – woraus besteht die Jüdischkeit? Woraus würde meine Jüdischkeit bestehen? Ich dachte, du würdest mir das vielleicht erklären können, aber du bist hier und nicht in Boston, und du hast deine Arbeit. Vor ungefähr zwei Monaten las ich zufällig in der Zeitung von einem Vortrag in der Synagoge. Es war ein Gast aus New York angezeigt, der über das Thema ›Was wollen die Juden?‹ sprechen sollte, und ich beschloß hinzugehen und mir anzuhören, was er zu sagen hatte. Ausgerechnet an dem Tag regnete es, und am Abend goß es. Meine Professorin war bei ihrem Bruder – er hat ein Haus in Lenox –, und ich fuhr mit dem Bus in die Synagoge. Ich kam patschnaß dort an und fand fünf Leute vor. Wer geht schon zu einem Vortrag bei solchem

Wetter? Nach einer Weile gingen auch die. Ich hatte geglaubt, der Redner sei ein Rabbi. In Wirklichkeit hatte er sich den Titel selbst zugelegt. Ich erfuhr bald, daß er ein Geschäftsmann war und ganz wohlhabend. Die Eintrittsgelder sollten der Synagoge zugute kommen. Er kam mir jünger vor, aber es stellte sich heraus, daß er Ende Fünfzig war. Ich will dich nicht mit meinem Problem belasten. Aber es ist seinetwegen, daß ich jetzt in New York bin.«

»Was ist es? Eine Liebesgeschichte?«

»Ach, ich weiß selbst nicht, wie ich es nennen soll. Wir blieben bis spätabends zusammen. Er ging mit mir in ein Restaurant und redete stundenlang auf mich ein. Ich war sozusagen dorthin gegangen, um mein Herz auszuschütten, und es endete damit, daß er mir sein Herz ausschüttete. Er erzählte mir seine ganze Lebensgeschichte. Die Hauptsache habe ich vergessen – er kennt deinen Bruder und von dir weiß er auch. Er liest die Zeitung, für die du schreibst, und er war dir in dem Schriftsteller-Klub in Warschau begegnet.«

»Wie heißt er denn?«

»Reuben Mecheles.«

»Ich habe nie von ihm gehört.«

»Er kennt alle Rabbiner, alle Schriftsteller. Er kannte sogar meinen Vater. Er hat mir gesagt, daß er dein Buch mit der Post geschickt bekommen habe. Er bekommt alle jiddischen Bücher aus Warschau geschickt. Er hat hier in Amerika eine reiche Frau geheiratet, aber er lebt getrennt von ihr. Sie paßten nicht zueinander, sie war zu bürgerlich für ihn. Kurze Zeit war ich interessiert an ihm, aber es scheint nun einmal meine Natur zu sein, daß ich schnell über meine Verliebtheiten hinwegkomme. Ich fürchte, ich bin nicht für die Liebe geboren, obwohl ich immer in irgendein Ideal verliebt bin. Was ich dir erzählen will, ist so kompliziert, daß es mir selbst wie ein Hirngespinst vorkommt, aber ich habe mich davon überzeugt, daß es wahr ist. Er gehört zu einer Sekte – wenn ich es so nennen darf. Der Führer der Sekte ist ein junger Mann aus Ägypten, ein Kabbalist, der von sich nichts weniger behauptet, als daß Gott ihm erschienen sei und ihm eine neue Bibel diktiert habe, die vier- oder fünfmal so lang ist wie das Alte Testament.

Es ist mir nicht ganz verständlich, wie dieser sogenannte Prophet auch mit Leuten in New York Verbindung hat, nicht nur mit Juden, sondern auch mit einigen Christen. Man schreibt auch über ihn in den Zeitungen. Mr. Mecheles versicherte mir, daß er, ich meine Mr. Mecheles, sich in mich verliebt habe, und daß der Führer der Sekte ihm, lange bevor ich je zu seiner Vorlesung kam, über mich geschrieben habe! Er sagt, daß ich genauso aussehe, wie der mich beschrieben hat. Mr. Mecheles möchte mich heiraten, wenn er von seiner Frau geschieden sein wird, aber sie verlangt eine große Abfindung und riesige Unterhaltszahlungen. Zufällig ist meine Professorin diesen Sommer sechs Wochen bei ihrem Bruder in Lenox und sie hat mir Urlaub gegeben. Mr. Mecheles schickte mir das Billett von Boston nach New York und hat mich hier in einem Hotel untergebracht. Der Führer der Sekte soll jetzt jeden Tag in New York eintreffen. Mecheles möchte gern, daß wir nach dem Gesetz der neuen Bibel heiraten. Aber ich sage dir, ich werde das nicht tun. Erst einmal bin ich überhaupt nicht wild darauf, ihn zu heiraten. Und dann will ich nichts tun, was gegen die amerikanischen Gesetze verstoßen könnte. Das Ganze ist von A bis Z verrückt, aber ich bin schon so vielen Verrückten begegnet, daß ich anfange zu glauben, daß die Wahnsinnigen in der Majorität sind und die sogenannten Normalen eine winzige Minorität. Was hältst du davon?«

»Ja, die Menschen sind verrückt, und von den zehn Maß Wahnsinn, die Gott auf die Erde gesandt hat, haben die modernen Juden neun erhalten.«

»Ja, ja, ganz richtig! Richtig! Warum ziehen mich solche Leute an? Ich fange an zu glauben, daß ich noch verrückter bin als sie.«

»Bei dir liegt es an den Umständen.«

»Du versuchst, nett zu mir zu sein. Ich sollte das vielleicht nicht sagen, aber ich tue es doch. Ich wäre wohl nicht nach New York gekommen, aber ich wollte dich sehen. Mr. Mecheles ist nicht wirklich der Richtige für mich. Er ist ein Optimist und in höchstem Maße extravertiert. Er muß immer mit Leuten zusammensein, und in der kurzen Zeit, die ich ihn kenne, hat er mich schon mit so vielen sogenannten Freunden zusammengebracht, daß mir von ihnen allen ganz schwindlig ist. Ich kann mir nicht denken, daß er wirklich an diesen Propheten aus Ägypten glaubt, aber er sucht unentwegt nach Möglichkeiten, um nicht allein sein zu müssen. Selbst wenn ich ihn lieben würde, ich könnte nicht immer mit ihm zusammen sein.«

Wir schwiegen beide lange. Über den Lärm der Stadt New York hinweg hörte ich das Zwitschern von Vögeln. Ab und zu kam eine kühle Brise. Ich beugte mich hinunter und betrachtete einen Wurm, der auf einer Zeitung herumkroch, die jemand neben der Bank fortgeworfen hatte. Das winzige Geschöpf kroch vorwärts und rückwärts im Zickzack. Dann hielt es an. War es hungrig? Durstig? Wollte es von der Oberfläche des Papiers fort auf das Gras, wo es geboren worden war? Oder hatte es keine Wünsche, brauchte nichts, fühlte kein Leid und keine Freude? Ich hätte gern etwas für dieses verlorene Fünkchen Leben getan, aber ich wußte, was immer ich für es unternehmen würde, hätte nur seinen Tod zur Folge.

Als ob Zosia meine Gedanken gelesen hätte, fragte sie: »Bist du immer noch Vegetarier?«

»Natürlich.«

Ich wollte ihr dieses bißchen Leben zeigen, aber es war verschwunden.

III

Ein paar Tage waren vergangen. Zosia hatte versprochen anzurufen, aber ich hatte nichts von ihr gehört. Eines Abends, als ich in dem Briefkasten des »Forward« im neunten Stock herumsuchte, fand ich dort einen Brief aus Warschau und einen unfrankierten Brief, den jemand abgegeben hatte. Ich fuhr mit dem Lift hinunter, und in der halben Minute, die er vom neunten Stock zum Erdgeschoß brauchte, war es mir gelungen, zu sehen, daß Stefa mir das Dokument geschickt hatte, um das ich sie so oft gebeten hatte, und daß der unfrankierte Brief vom Geschäftsführer des »Forward« war. Mein Bruder hatte ihm erzählt, daß Washington mein Visum über die drei Monate hinaus nicht mehr verlängern würde, und dieser prachtvolle Mensch schrieb mir, er habe einen Anwalt gefunden, der auf Beratung für Einwanderer spezialisiert sei. Er gab mir den Namen des Mannes, Adresse und Telefonnummer. Trotz meines Ketzertums hielt ich diese beiden Ereignisse für Akte der Vorsehung. Das Dokument bestätigte, daß ich in Polen keine Verbrechen begangen hatte. Stefas Brief war lang, und ich las ihn erst gründlich, als ich nach Hause gekommen war. Die Hälfte des acht Seiten langen Briefes beschrieb in Einzelheiten, wieviel Mühe es gekostet hatte, dieses Dokument zu beschaffen. Die Bürokratie und die Faulheit der Beamten waren schlimmer denn je. Die andere Hälfte des Briefes beschäftigte sich mit der Lage in Polen und ihren, Stefas, Plänen für die Zukunft. Ihr Mann, Leon Treitler, hatte endgültig beschlossen, all seinen Besitz zu liquidieren und nach England, vielleicht auch nach Amerika zu gehen, wenn er ein Visum erhalten würde. Natürlich würde sie, Stefa, nicht ohne ihre kleine Tochter Franka fortgehen. Die deutsche Frau in Danzig, die das Mädchen aufgezogen hatte, war alt und krank und hatte nicht mehr die Kraft, sich dem Kind zu widmen. Hinzu kam, daß, wenn die Nachbarn jemals erfahren würden, daß das Kind jüdisch sei, und wenn Hitler nach Danzig kommen sollte, man sie schwer bestrafen würde. Das Kind war jetzt bei Stefa in Warschau und lernte Polnisch, obwohl sie bald keine Verwendung mehr für diese Sprache haben würde. Natürlich nahm sie jetzt englischen Unterricht. Sie hatte auch ein Photo von Leon Treitler mit sich und dem kleinen Mädchen beigelegt. Leon Treitler hatte ein paar Zeilen in Jiddisch hinzugefügt mit Anspielungen auf unsere ungewöhnliche Freundschaft.

Am nächsten Tag suchte ich den Anwalt auf, einen Mr. Lemkin. Ich hatte alle Dokumente mitgenommen, die ich besaß. Der Geschäftsführer hatte bereits telefonisch mit ihm über meine Probleme gesprochen. Lemkin war groß, blond und jugendlich. Seine ganze Persönlichkeit strahlte die Fähigkeit und Energie derer aus, für die das Leben mit all seinen Problemen und seinem Elend nichts als die Art von Herausforderung ist, wie sie das Lösen eines leichten Kreuzworträtsels bietet. Er empfing mich stehend und einen Apfel essend.

Er warf einen Blick auf meine Papiere und sagte: »Das genügt nicht, aber wir werden die Sache in Angriff nehmen mit dem, was da ist.«

Jetzt wurde ich Zeuge von etwas, das mich, den verängstigten polnischen Juden, aus der Fassung brachte. Er nahm den Telefonhörer ab und verlangte, mit dem amerikanischen Konsul in Toronto oder vielleicht mit einem seiner Assistenten verbunden zu werden. Er redete ihn mit dem Vornamen an und erzählte ihm von mir und meinen Papieren. Ich hätte eine solche Art und Weise des Redens nie für möglich gehalten. Mein früherer Anwalt, selbst ein Eingewanderter, hatte alles Wochen und Monate hinausgeschoben. Er hatte eine Unterhaltung immer mit den Worten begonnen: »Wir haben nämlich ein Problem.« Aber Mr. Lemkin vollbrachte alles innerhalb von wenigen Minuten. In ihm hatte ich den typischen Vertreter der amerikanischen Auffassung gefunden, daß Zeit Geld ist.

Sein Gegenüber in Toronto teilte ihm auf der Stelle mit, daß ich, unter anderen Dingen, ein Bankbuch vorzeigen müsse, aus dem ersichtlich sei, daß ich Geld auf der Bank hätte und nicht der Öffentlichkeit zur Last fallen würde. Nachdem Mr. Lemkin aufgelegt hatte, verlangte er ein Honorar von fünfzehnhundert Dollar für die Beschaffung des Visums. Das war mehr, als ich von dem Roman zusammengespart hatte, aber ich wußte, daß mein Bruder mir helfen würde. Mr. Lemkin fragte nach der Telefonnummer meines Bruders, rief ihn an und sagte ihm, was ich brauchte. Er verlangte einen Vorschuß von fünfhundert Dollar und die Zusicherung meines Bruders, daß der Rest ihm bezahlt würde, wenn ich mit dem Visum zurückgekehrt war. Dann gab er mir den Hörer, und mein Bruder sagte mir, er werde das Geld am nächsten Tag auf mein Konto einzahlen. Dann sagte Mr. Lemkin zu mir: »Sie sind schon so gut wie Amerikaner. Aber die kanadischen Bürokraten werden Ihnen nicht die Erlaubnis geben, nach Kanada hereinzukommen. Selbst wenn Sie die Erlaubnis bekommen könnten, würde es zu lange dauern, und in der Zwischenzeit würde Ihre Aufenthaltserlaubnis hier ablaufen und es könnte Komplikationen geben.«

»Was kann ich tun?«

»Sie müssen sich nach Kanada hineinschmuggeln.«

Obwohl ich eine Theorie hatte, daß das Leben im allgemeinen, das menschliche Leben im besonderen, und das jüdische Leben ganz speziell ein langer Versuch war, sich durchzuwursteln, sich an den Kräften der Zerstörung vorbeizuschmuggeln, machte das Wort »schmuggeln« mir die Kehle trocken.

Mr. Lemkin fuhr fort: »Seien Sie nicht so ängstlich. Alles ist nur eine Sache von ein paar Dollar. Sie werden den Zug nach Detroit nehmen und in einer Hotelhalle einen kleinen Herrn treffen. Er wird Sie über die Brücke nach Windsor bringen, das schon zu Kanada gehört. Tausende von Amerikanern und Kanadiern gehen täglich über diese Brücke, und die Beamten haben keine Zeit für lange Formalitäten. Der Mann, der Sie hinüberbringen wird, hat seine Verbindungen und sein Honorar beträgt hundert Dollar. Wenn Sie in Windsor sind, müssen Sie den Bus nach Toronto nehmen. Sie dürfen keine Papiere bei sich tragen. Sie werden Ihren Paß und die anderen Papiere durch die Post an das King Edward Hotel in Toronto schicken. Ich werde dort für Sie ein Zimmer reservieren lassen für ein paar Tage, denn es dauert ein bißchen, das Visum zu erhalten. Sollten die Kanadier Sie erwischen, dürfen Sie nicht sagen, daß Sie polnischer Staatsangehöriger sind. Seien Sie ganz beruhigt, bis jetzt ist das noch keinem meiner Klienten passiert. Alles wird ganz glatt gehen.«

Meine Kehle war jetzt so ausgedörrt, daß ich kaum sprechen konnte.

»Und was geschieht, wenn man mich erwischt?«

»Warum von Fehlschlägen reden? Das ist ganz überflüssig.«

»Ich möchte es aber wissen.«

»Man wird Sie bestimmt nicht aufhängen. In solchem Fall wird man Sie ins Gefängnis stecken und dann versuchen, Sie dorthin zu deportieren, woher Sie gekommen sind. Aber wenn Sie nicht sagen, wo Sie hergekommen sind, kann man Sie auch nicht gut deportieren. Inzwischen hätten wir schon erfahren, was Ihnen zugestoßen ist und hätten Maßnahmen ergriffen, Sie zu befreien. Denken Sie keinen Augenblick darüber nach. Die Chance, daß Ihnen so etwas zustößt, ist ebenso gering wie die, daß Ihnen ein Meteor auf den Kopf fällt. Wenn die kanadischen Bürokraten nicht so wären, wie sie nun einmal sind, würden sie Ihnen gleich ein Visum geben und Sie müßten sich nicht hinüberschmuggeln. Sie machen diese Schwierigkeiten, damit die armen Einwanderer das Gesetz verletzen müssen und sie, die Blutsauger, Bestechungen annehmen können. Ich hatte einmal geglaubt, daß die Dinge in Rußland besser wären, aber dort muß man stehlen, um nicht zu verhungern. Ein Onkel von mir ist von dort herübergekommen und hat uns Dinge erzählt, die mir die Haare zu Berge stehen ließen. Tragen Sie kein Gepäck bei sich, damit Sie nichts mit den Zollbeamten zu tun haben müssen. Nehmen Sie nichts mit, nicht einmal eine Zahnbürste. In Toronto können Sie einen Pyjama kaufen oder nackt schlafen, wie ich es tue. Ich werde Ihnen alle Adressen geben. Die Hauptsache ist, keine Angst zu zeigen, wenn Sie über die Brücke nach Windsor gehen. Bewegen Sie sich mit der Sicherheit eines Eingeborenen. Der Konsul wird Sie nicht lange warten lassen. Zwei oder drei Tage. Wie steht es mit Ihrer Gesundheit? Ein Arzt wird Sie untersuchen.«

»Ich hoffe, daß ich nicht krank bin.«

»Wie steht es mit Ihren Augen?«

»Nicht schlecht.«

»Seien Sie nicht so ein Pessimist. Unterschreiben Sie hier.«

Er gab mir ein Blatt Papier, das ich unterschrieb, ohne mir die Mühe zu machen, es zu lesen.

IV

Alles geschah mit großer Geschwindigkeit. Mein Bruder zahlte das Geld bei der Bank ein, bei der ich meine tausend Dollar gespart hatte. Er gab mir auch das Fahrgeld nach Kanada und bezahlte den Vorschuß an den Anwalt. Aber ich konnte die Furcht, an der Grenze verhaftet zu werden, nicht unterdrücken. In der Nacht träumte ich, gefangengenommen zu werden, gefesselt und ins Gefängnis geworfen. Mr. Lemkins Rat, mich ganz still zu verhalten, was meinen Geburtsort anging, widersprach meiner Natur. Ich wußte, sollte man mich verhaften, würde ich ein volles Geständnis ablegen, komplett mit allen Einzelheiten.

Als Nescha hörte, daß ich dabei sei, ein Einwanderungsvisum zu erhalten, gratulierte sie mir, aber ich glaubte, einen leisen Unterton der Enttäuschung in ihrer Stimme zu hören. Vielleicht hatte sie, in ihrem Innersten, auf eine Situation gehofft, in der ich sie hätte heiraten müssen, um die amerikanische Staatsbürgerschaft zu erhalten. Als ich ihr von meiner Angst, an der Grenze verhaftet zu werden, sprach, sagte sie halb im Scherz: »Wenn es zum Allerschlimmsten kommt, werde ich dich retten kommen.«

In den letzten Wochen hatte sich zwischen uns eine Kühle entwickelt, die wir weder zugeben noch leugnen konnten. Das Verlangen nach einander hatte uns verlassen. Nescha erwähnte dann und wann die Tatsache, daß sie irgendeine Änderung herbeiführen müsse – die Arbeit werde ihr allmählich zu schwer und sie vernachlässige ihren Sohn. Sie liebe Boris immer noch, aber früher oder später werde sie sich wieder verheiraten müssen – nicht, um jemandem zu einem Visum zu verhelfen, aber mit einem Mann, der sie lieben würde und den sie vielleicht auch würde lieben können. Sie beschwerte sich darüber, daß die späten Abendbesuche in meinem möblierten Zimmer sie so erschöpften, daß sie den ganzen nächsten Tag müde herumging und Fehler in ihrer Arbeit machte. Auf dem Höhepunkt unserer sexuellen Phantasien seufzte sie manchmal, als ob sie sagen wollte, wohin sollen all diese Träume führen? Das ist alles gut und schön für einen dreißigjährigen Bohemien, aber nicht für eine Frau von Vierzig, die dazu auch noch arm ist.

Ich sollte innerhalb der nächsten Tage nach Detroit fahren, aber als ich Mr. Lemkin anrief, sagte er mir, meine Reise müsse verschoben werden, vielleicht um eine Woche. An diesem Abend erwartete ich Nescha, und sie rief an, um zu sagen, daß unser Treffen verschoben werden müsse, sollte ich inzwischen die Fahrt antreten, so wünsche sie mir gute Reise.

Zosia war noch in New York, und obwohl ich gefunden hatte, sie zu treffen sei Zeitverschwendung, rief ich sie doch an und erreichte sie auch. Sie sagte zu mir: »Ich dachte, du wärst schon in Toronto.«

Diese Worte machten mir klar, daß ich bei ihr auch nicht mehr sehr hoch im Kurs stand. Trotzdem erklärte sie sich bereit, mich in der Cafeteria in der Twenty-third Street zu treffen. Ich hatte mittlerweile gelernt Englisch zu lesen und kaufte eine Abendzeitung. Eine andere Zeitung, eine Morgenausgabe, war auf dem Tisch liegengelassen worden. In den Büchern über geistige Hygiene, die ich in Warschau studiert hatte, wie Payots »Die Erziehung des Willens« und ein ähnliches Buch von Forel, hieß es, zu viele Zeitungen zu lesen sei Gift für jemanden, der ein intellektuelles Ziel erreichen will. Die Verfasser verglichen Zeitunglesen mit Kartenspiel, Rauchen, Trinken und ähnlichen Gewohnheiten, die nur Zeit totschlagen und keinen Gewinn bringen. Aber ich war kürzlich zu dem Schluß gekommen, daß ein Schriftsteller viel aus Zeitungen lernen kann, besonders von der sogenannten Sensationspresse. Sie war eine Fundgrube menschlicher Idiosynkrasien und Eigenheiten. Die tägliche Parade der Neuigkeiten sprach allen philosophischen Theorien hohn, jeder Bemühung eine Basis für ethisches Verhalten zu finden, allen soziologischen und psychologischen Hypothesen. Ich hatte nicht vergessen, daß von allen modernen Philosophen Schopenhauer der einzige war, der Ereignisse, die er aus Zeitungen erfahren hatte, zitierte.

Ich trank Kaffee und las. Die Welt war tatsächlich eine Mischung von Schlachthaus, Bordell und Irrenhaus. Ab und zu warf ich einen Blick auf die Drehtür. Würde Zosia kommen? Was würde ich an diesem Abend tun, wenn sie nicht käme?

Sie kam spät, und schon von weitem konnte ich sehen, daß sie unglücklich war. Ihr Haar sah nicht ordentlich gekämmt aus. In der kurzen Zeit, in der wir einander nicht gesehen hatten, war sie dünner geworden, und ihre Wangen sahen eingefallen aus. Ich fragte sie, was ich ihr bringen dürfe, und sie antwortete: »Überhaupt nichts.«

Ihr Ton war ernst und verriet die Irritation eines Menschen, der seine Gefühle nicht länger beherrschen kann. Plötzlich sagte sie: »Ich heirate.«

Ich antwortete nicht, und wir saßen schweigend da. Dann sagte sie: »Ich kann einfach nicht mehr zu dieser Professorin mit ihren Geistern und dem ganzen Mischmasch zurückgehen. So lange man mit diesen Dingen umgeht und sie mitmacht, so lange kann man es aushalten. Aber hat man sich einmal davon freigemacht, dann erkennt man den ganzen Blödsinn. Sie selbst könnte ich noch aushalten, aber die Leute, die zu ihr kommen mit ihren unverfrorenen Lügen, die kann ich nicht mehr ertragen. Die Bücher, aus denen ich ihr vorlese, sind einfach Schwindel. Es gibt Geister, aber sie erscheinen diesen Betrügern doch nicht auf Befehl. Ich habe zufällig Houdinis Buch gelesen, und in gewisser Weise hat er mir die Augen geöffnet. Ich habe das Buch in einem Laden in der Fourth Avenue gekauft, draußen in einer Grabbelkiste für fünfundvierzig Cent. Kennst du das Buch?«

»Ja. Ich habe es mir in der Leihbibliothek geholt, und ich glaube, er war ein besseres Medium als die, die er angegriffen hat. Dieser Mann hat Dinge aufgezeigt, die auf dem Wege der Vernunft nicht zu begreifen sind.«

»Merkwürdig! Ich habe genau das gleiche Gefühl.«

»Wen wirst du heiraten – Reuben Mecheles?«

»Ja, ihn.«

»Nun, meine Glückwünsche.«

»Beglückwünsche mich noch nicht. Ich weiß nicht, ob ich es wirklich fertigbringe. Er hat sich plötzlich entschlossen, seiner Frau zu bewilligen, was sie verlangt, und sie ist nach Reno, Nevada, gefahren, um dort die Scheidung durchzuführen. Er muß stinkreich sein, denn er gibt ihr vierzigtausend Dollar und dreihundert Dollar die Woche zum Unterhalt. Wie er soviel Geld gemacht hat, weiß ich nicht. Von dem, was er erzählt, kann man nicht erraten, was er tut. Offenbar hat er damals, 1929, als der Wall Street-Zusammenbruch war, Aktien ganz billig gekauft und später erholten sich diese Aktien und warfen Dividenden ab. Ihm gehören auch Häuser und Gemälde der größten französischen Meister. Er hat eine riesige Wohnung am Riverside Drive, und alle Wände sind mit Meisterwerken vollgehängt. Ich sollte das nicht sagen, aber ich liebe ihn nicht, und ich weiß, daß ich ihn auch nie lieben werde. Ich habe ihm das sogar gesagt, vielleicht nicht ganz so direkt, aber er weiß es selbst. Er ist bestimmt nicht mein Typ, aber, schließlich und endlich, wer ist es schon? Was er an mir findet, weiß ich nicht. Er überhäuft mich mit Komplimenten, aber irgendwie klingen sie nicht echt. Wenn ich reich wäre und eine große Mitgift hätte, könnte ich seine Entscheidung noch verstehen. Aber da ich keinen Pfennig besitze, warum sollte er mich da belügen? Ich hatte beschlossen, mich nicht mehr mit dir zu treffen. Ich schäme mich meines schwachen Charakters. Aber als du angerufen hast, mußte ich einfach kommen. In Wirklichkeit bist du der Mensch, der mir hier in Amerika am nächsten steht. Mit meinem Vater konnte ich nie reden, da er mich nur anschrie und mir Predigten hielt, und ich glaubte ihm seine Frömmigkeit nicht. Meine Mutter kann nichts anderes tun als weinen. Kaum fängt sie an zu sprechen, schon laufen die Tränen. Hättest du nicht heute oder morgen nach Toronto fahren sollen?«

»Es ist um eine Woche verschoben worden.«

»Was ist mit deiner Liebsten? Wird sie wirklich jemand anderen heiraten?«

Ich erklärte Zosia die ganze Situation. Nescha war arm. Sie mußte ihr Kind unterhalten. Sie war zehn Jahre älter als ich. Sie war nicht mehr gesund genug, um weiter zu arbeiten. Sie war schon immer der Ernährer der Familie gewesen, auch als ihr Mann noch lebte. Ich selbst lebte von dieser einen wöchentlichen Spalte im Feuilleton, die der Redakteur jeden Augenblick kündigen konnte.

»Kann dein Bruder dir nicht helfen?«

»Er hilft mir schon genug. Ich kann nicht heiraten und meinen Bruder für uns sorgen lassen. Was ist aus dem Propheten aus Ägypten geworden?« fragte ich.

Ein Lächeln zeigte sich um Zosias Lippen: »Der Prophet ist auf Ellis Island. Sie wollen ihn nicht nach Amerika hereinlassen. Komisch, was?«

Achtes Kapitel

I

Nachdem Zosia an jenem Abend nach Hause gegangen war, war ich überzeugt, daß sie es sich noch einmal überlegen und ihre Ansicht über den Plan, den wir an unserem Tisch in der Cafeteria ausgeheckt hatten, ändern würde. Ich sah die ganze Angelegenheit jetzt als eine meiner Phantasien an, mit denen ich die Zeit totschlug, anstatt über meine Arbeit nachzudenken. Aber als ich sie am nächsten Morgen anrief, entdeckte ich in ihrer Stimme diese sinnlose Begeisterung, die ich oft in Menschen hervorrief, die das Unglück hatten, mich zu kennen. Außerdem hatten die Kräfte, die den Abenteurern wohlwollen, mir einen Dienst erwiesen. Reuben Mecheles wollte in den allernächsten Tagen nach Reno fahren, um seine Frau zu treffen, die dort die Scheidung abwartete, und Zosia hatte nun Zeit und Gelegenheit, mich nach Kanada zu begleiten.

War Mrs. Mecheles krank geworden, oder hatte das Paar beschlossen, eine Art letzter Flitterwochen zu genießen, ehe sie sich auf immer trennten? Zosia wußte es nicht, aber ich wußte, daß zwischen einem Mann und einer Frau alles möglich war. Ich hatte die seltsamsten und unglaublichsten Geschehnisse selbst zwischen jenen einfachen Leuten beobachtet, die vor meines Vaters Gericht kamen, um zu heiraten, sich scheiden zu lassen oder einen Streit zu schlichten. Liebe wandelte sich über Nacht in Haß. Haß flackerte auf und wurde wieder Liebe. Ein starkes Liebesgefühl ging manchmal zusammen mit schamlosem Verrat. Ich habe oft Kritiker sagen hören, das sei »unwahrscheinlich« oder »unrealistisch«, aber ich habe erfahren, daß viele Dinge, die von manchen für unmöglich gehalten werden, jeden Tag geschehen.

Die stille, zurückhaltende Zosia war über Nacht energisch geworden. Sie war bereit, mich nach Toronto zu begleiten und dann noch auf eine Reise an einige andere Orte in Kanada – »schon damit ich hier nicht vor Langeweile umkomme und damit nur etwas geschieht«, erklärte sie. Ich hatte es ihr vorgeschlagen, aber nicht einen Moment geglaubt, daß sie zustimmen würde. Und erst als sie zugesagt hatte, wurde mir klar, wie viele Schwierigkeiten – finanzieller, legaler und psychologischer Art – dieses kleine Abenteuer heraufbeschwören würde.

Zosia sagte mir, daß ein Eingewanderter, der schon die ersten Papiere für die künftige Staatsbürgerschaft besaß, nur eine Ausreiseerlaubnis brauchte, und sie ging zu einem Anwalt, der ihr dabei behilflich sein sollte. Sie sagte auch, daß sie nicht genügend Kleidung mit nach New York gebracht hätte und jetzt einkaufen gehe, um das, was sie auf der Reise brauchen würde, zu besorgen. Die ganze Sache mußte nicht nur vor meinem Bruder, sondern auch vor meinem Anwalt geheimgehalten werden. Nach seinem Plan sollte ich am Tage nach dem Erhalt des Visums nach New York zurückkehren, aber warum konnte ich nicht ein bißchen länger in Kanada bleiben? Selbst wenn mich die kanadische Polizei erwischen sollte, würden sie mich nicht nach Polen deportieren, wenn ich das Visum hatte, sondern würden mich in die Staaten zurückschicken.

Mein Trieb zur Verschwörung war offenbar noch stärker als meine Faulheit. Ich wurde plötzlich waghalsig. Hoffte ich vielleicht darauf, Zosias Angst vor Sex zu überwinden und meinen Treck nach Kanada in einen erotischen Triumph zu verwandeln? Suchte ich eine neue Geliebte, falls Nescha sich doch zu einer Heirat entschließen sollte? Es war von allem etwas, aber hauptsächlich ein Verlangen nach Spannung. Ich war mir schon vor langer Zeit darüber klar geworden, daß die schöpferischen Kräfte der Literatur nicht in der gewollten Originalität liegen, die Variationen von Stil und Wortspielereien hervorbringen, sondern in den zahllosen, vom Leben geschaffenen Situationen, im besonderen in den ausgefallensten Schwierigkeiten zwischen Mann und Frau. Für den Schriftsteller sind sie zu hebende Schätze, die nie zu erschöpfen sind, während alle Neuerungen im Sprachlichen sehr bald zu Klischees werden.

Wir hatten alles bis in die kleinsten Einzelheiten geplant. Wir würden zusammen den Zug nach Detroit besteigen. Dort würde ich den Führer treffen, der mich über die Brücke nach Windsor bringen sollte. Zosia würde ganz legal gleichzeitig über die Brücke gehen. Da sie ein Einwanderungsvisum hatte, war sie schon so gut wie Amerikanerin. Dann würden wir uns an der Bushaltestelle in Windsor treffen und die Billetts nach Toronto nehmen. Zosia sollte im King Edward Hotel, wo ich dann sein würde, anrufen und sich ein Zimmer bestellen. Nachdem ich mein Visum erhalten hatte, wollten wir nach Montreal. Zosia sollte Reuben Mecheles sagen, daß, während er in Reno sei, sie nach Boston zurückgehen würde, um ihre Kleider, Bücher und andere Besitztümer zu holen.

Die halbblinde Professorin hatte für die Zeit, die sie bei ihrem Bruder in Lenox war, das Telefon abschalten lassen, so daß Reuben Mecheles Zosia nicht erreichen konnte. Zosia hatte den Verdacht, er sei nach Reno gegangen, um sich mit seiner Frau auszusöhnen. Sie sagte zu mir: »Bei all seiner Schlauheit ist er ein Narr, und bei all seiner Dreistigkeit ein Sklave.«

Unter anderem berichtete mir Zosia, daß die plötzliche Reise Reuben Mecheles' unter den Anhängern des ägyptischen Messias Bitterkeit hervorgerufen hätte, denn er, Reuben, war es gewesen, der dem Propheten ein Affidavit geschickt hatte, wie auch das Reisegeld nach Amerika. Nur ein solcher Wirrkopf wie Reuben ließe einen zweiten Moses auf Ellis Island zurück, um zu einer Frau zu fliegen, die sich um die Scheidung von ihm bemühte.

In der Nacht, bevor Zosia und ich nach Detroit reisen sollten, tat ich kein Auge zu. Es war ein heißer Tag gewesen, und mein möbliertes Zimmer war wie ein Schwitzkasten. Und obwohl das Wasser aus dem Wasserhahn kein Trinkwasser war, trank ich ununterbrochen. Ich lag nackt im Bett, und der Schweiß rann über meinen Körper. Mein Magen war aufgebläht, und alle paar Minuten mußte ich Wasser lassen. Die gleiche Stimme in mir, die alle meine anderen Schwierigkeiten vorausgesagt hatte, warnte mich jetzt, daß mein Unternehmen in einem schrecklichen Fehlschlag enden würde – Gefängnis, Deportation, vielleicht sogar Tod. »Noch ist es nicht zu spät, diese ganze verrückte Sache abzublasen.« Irgendwie wußte ich, daß auch Zosia den gleichen Aufruhr durchmachte. In meiner Phantasie hörte ich, wie sie sich im Bett herumwarf, murmelte, seufzte und nach irgendeinem Vorwand suchte, um aus der Sache herauszukommen. Erst als die Morgendämmerung anbrach, schlief ich ein. Ich erwachte spät, mit einem Schmerz im Rücken. Meine Matratze war schlecht, und die Sprungfedern stachen hindurch. Zosia und ich hatten abgemacht, die Ausgaben zu teilen, aber selbst dann würde die Reise einen großen Teil meiner Ersparnisse aufzehren. Ich schuldete meinem Anwalt Geld. Und das Geld, das mein Bruder auf mein Konto eingezahlt hatte, damit ich dem Konsul beweisen konnte, daß ich der Öffentlichkeit nicht zur Last fallen würde, wagte ich nicht anzugreifen.

Ich durfte kein Gepäck bei mir haben, aber da Zosia ganz legal reiste, hatte sie versprochen, das Nötigste für mich mitzunehmen.

Der Zug ging erst am Abend, aber am Morgen wollte ich in Zosias Hotel vorbeigehen und mein Rasierzeug, einen Pullover, etwas Unterwäsche und meinen Paß bei ihr lassen. Mr. Lemkin hatte mir geraten, den Paß an das King Edward Hotel zu schicken, aber das kam mir zu riskant vor. Was, wenn er in der Post verlorenginge? Ohne Paß konnte ich kein Visum bekommen. Es war sicherer, wenn Zosia ihn für mich mitnahm.

Glücklicherweise war das Bad im Korridor frei – alle Nachbarn auf meinem Stock waren schon zur Arbeit gegangen –, und ich konnte ein Bad nehmen, ohne fürchten zu müssen, daß jemand an der Tür klopfen oder gewaltsam eindringen würde. Ich hatte eine starke Dosis eines Abführmittels genommen, aber meine Nerven waren so gespannt, daß auch dies nichts half. Ich hatte vergessen, mein Stück Seife mitzubringen, aber jemand hatte ein Stück liegenlassen. In der Badewanne sitzend fiel mir ein, daß mein Abenteuer Stoff für eine Geschichte oder sogar eine Komödie sein könnte. Wer weiß? Vielleicht waren auch Casanova und all die anderen Prahlhänse genauso ängstlich und verwirrt gewesen wie ich. Ich zog mich an, packte die paar Sachen, die ich Zosia geben wollte, und ging in ihr Hotel in der Fifty-seventh Street. Was würde sein, wenn sie sich anders besonnen hätte?

Gleichzeitig wünschte und fürchtete ich es. Der Tag war heiß und feucht. Ich hatte nicht die Untergrundbahn genommen, sondern war zu Fuß gegangen. Wir wollten zusammen Lunch in der Cafeteria in der Fifty-seventh Street essen und uns dann später in der Grand Central Station treffen, um die Fahrkarten nach Detroit zu kaufen. Wir wollten zwei Stunden vor Abfahrt des Zuges dasein, um Zeit für alle zu erwartenden Zwischenfälle zu haben.

Ich klopfte an Zosias Tür, und es dauerte eine ganze Weile, bis sie öffnete. Meine Phantasie begann sofort zu arbeiten. Vielleicht war sie ausgezogen? Vielleicht hatte sie Selbstmord begangen? Vielleicht war sie überhaupt nur ein Phantom? Sie öffnete die Tür, und ich sah, daß ihre Nacht ebenso nervenzerrüttend gewesen war wie meine. Sie sah blaß aus, verschlafen, eingefallen. Zwei große Koffer standen in der Mitte des Zimmers, dabei noch eine Tasche. Ich wollte sie fragen, warum sie soviel Gepäck mitnähme, aber mir schien, es wäre besser, nichts zu sagen. In ihren Augen konnte ich den Ärger eines Menschen sehen, der in eine Falle geraten war, aus der es kein Entkommen gab. Sie sagte: »Es tut mir leid, aber ich habe keinen Platz für deine Sachen. Die Koffer sind zum Bersten voll.«

»Wozu brauchst du soviel Zeug?«

»Was? Ich bin eine Frau, kein Mann. Ich kann nicht ohne Kleider reisen. In diesem heißen Wetter muß man Unterwäsche, Kleider und Strümpfe wechseln. Und da ich das Zimmer in diesem Hotel aufgebe, kann ich die Sachen nicht hierlassen. Sie wollen nicht dafür verantwortlich sein.«

»Ja, ich verstehe.«

II

Vorerst schien alles glattzugehen. Ich war ängstlich, daß ich vielleicht in der Grand Central Station jemandem begegnen könnte, der mich kannte, oder daß es meinem Bruder vielleicht einfallen könnte, mich zu verabschieden, aber beide Ereignisse traten nicht ein. Ich war gezwungen gewesen, meinen Pullover und die Unterwäsche zurückzulassen, aber wenigstens hatte Zosia mein Rasierzeug in ihre Reisetasche und meinen Paß in ihre Handtasche gesteckt.

Wir verbrachten die Nacht im Zug sitzend. Wir hatten für fünfundzwanzig Cent Kissen gemietet, und da ich die ganze vorige Nacht nicht geschlafen hatte, nickte ich immer wieder ein. Der Zug war halbleer, und Zosia fand eine Bank, auf der sie sich ausstrecken konnte. Ich schlief und machte mir Sorgen. Im Halbschlaf hörte ich den Schaffner die einzelnen Stationen ausrufen. In den Romanen, die ich in meiner Jugend gelesen hatte, waren die Liebenden immer monogam gewesen und ihrer Liebe ganz sicher. Sie litten nur unter äußeren Hindernissen – ehrgeizigen Eltern, einer Frau oder einem Mann, die sich nicht scheiden lassen wollten, gesellschaftlichen Widerständen oder Aberglauben. Sie waren selten so arm wie ich, belastet mit Paßproblemen, Anwälten, unsicheren Anstellungen und schwachen Nerven. Aber ich hatte nie über einen Menschen gelesen, dessen Gefühle sich von einer Sekunde zur anderen änderten. Ich hatte schon öfter daran gedacht, über mich selbst zu schreiben, so wie ich wirklich bin, aber ich war davon überzeugt, daß mich die Leser, die Verleger und die Kritiker (im besonderen die jiddischen) für einen pornographischen Schriftsteller halten würden, einen Aufschneider, kurz, für verrückt.

Mr. Lemkin hatte den Namen des Hotels in Detroit aufgeschrieben, wo ich den Mann erwarten sollte, den ich mit Mr. Smith anreden würde. Mr. Smith würde beim Portier hinterlassen haben, um welche Zeit wir uns treffen sollten. Ich brauchte in dem Hotel in Detroit kein Zimmer zu nehmen, da ich die folgende Nacht im Bus von Windsor nach Toronto verbringen würde. Ich sollte einfach in der Hotelhalle sitzen und abwarten, bis Mr. Smith mich treffen würde. Aber die Tatsache, daß Zosia mit ihren beiden schweren Koffern und der Tasche bei mir war, führte zu unvorhergesehenen Schwierigkeiten. Es würde verdächtig aussehen mit einer Dame und Gepäck im Hotel anzukommen, dann, Gott weiß wie lange, mit ihr in der Halle zu sitzen und auf eine Nachricht von einem Mr. Smith zu warten. Andererseits konnte ich mir nicht den Luxus erlauben, nur für ein paar Stunden ein Zimmer zu nehmen. Und was wäre mit Zosia?

Sollte ich ein Doppelzimmer für Herrn und Frau Soundso nehmen? Würde Zosia dem zustimmen? Und was würde sein, wenn der Angestellte unsere Pässe verlangte?

Ich war ganz tief eingeschlafen, als wir Detroit erreichten und Zosia mich weckte. Sie sah krank aus, bleich und ungekämmt. Wir nahmen ein Taxi und kamen zu einem Hotel, das mir übertrieben elegant und teuer aussah. Zwei Hausdiener nahmen Zosias Gepäck, und wir wurden zum Empfang geführt, wo die Ankommenden sich einschrieben. Als mich der Portier fragte, ob ich ein Zimmer mit einem Doppel- oder zwei Einzelbetten wolle, hörte ich Zosia sagen: »Wir sind nicht verheiratet.«

»In dem Fall gebe ich Ihnen zwei nebeneinanderliegende Zimmer«, sagte der Portier ritterlich. Er sah mich von der Seite an und gab Zosia eine Karte zum Ausfüllen. Ich war so aufgeregt, daß ich vergaß, nach dem Preis zu fragen.

Mr. Lemkin hatte mir versichert, Mr. Smith würde nicht später als elf Uhr kommen, aber es war bereits drei Uhr nachmittags, und er war nicht erschienen. Zosia war auf ihr Zimmer gegangen, um sich auszuruhen, aber ich konnte nicht schlafen, so übermüdet war ich. Diese geräumigen Hotelzimmer mit ihren Teppichen, Wandbehängen und eleganten Möbeln würden mein Budget auffressen wie ein Heuschrekkenschwarm. Ich hatte Angst, das Hotel zu verlassen, um eine Cafeteria oder ein billiges Café zu suchen, da ich Mr. Smith nicht versäumen durfte, und die Preise für Frühstück und Mittagessen in dem Hotelrestaurant waren entsetzlich hoch. Warum kam Mr. Smith nicht? Ich sah jede Minute auf meine Armbanduhr. Vielleicht steckten die Hotelangestellten mit Mr. Smith unter einer Decke und hatten ihm mitgeteilt, daß ich eine Frau bei mir hatte. Vielleicht hatte Mr. Smith schon Mr. Lemkin davon informiert und Mr. Lemkin seinerseits meinen Bruder? Jemand wie Mr. Smith würde es auch fertigbringen, mich bei der Polizei anzuzeigen.

Zosia und ich waren uns klar darüber geworden, daß es unseren Plan gefährden würde, wenn Mr. Smith uns zusammen sähe, und so hatten wir beschlossen, sie sollte die Brücke überqueren, bevor Mr. Smith mit mir dorthin käme, und sie würde mich an der Busstation in Windsor erwarten. Ich war gerade dabei einzuschlafen, als das Telefon läutete. Es war Zosia. Sie war bereit herunterzukommen und ein Taxi zur Brücke nach Windsor zu nehmen. Ich wollte ihre Koffer heruntertragen und mit ihr auf das Taxi warten, aber Mr. Smith konnte jeden Augenblick anrufen. Außerdem, wenn man uns beide die Koffer tragen sah, könnten die Hotelangestellten glauben, wir wollten uns auf und davon machen, ohne die Rechnung zu bezahlen. Vielleicht wollte sie auch lieber nicht mit jemandem gesehen werden, der dabei war, illegal über die Brücke zu gehen, und so rief sie einen Hausdiener, das Gepäck herunterzubringen. Ich blieb in meinem Zimmer und setzte mich hin, um auf Mr. Smith zu warten. Es wurde sechs, halb sieben, und er erschien noch immer nicht. Und was würde sein, wenn er überhaupt nicht käme? Da er ein Schmuggler war, war es vorstellbar, daß man ihn verhaftet hatte. Jemand konnte auch plötzlich krank werden oder, Gott behüte!, überfahren werden. Es wurde mir klar, daß es ein Unsinn gewesen war, meinen Paß Zosia anzuvertrauen. Ich hätte Mr. Lemkins Anordnungen strikt befolgen und den Paß an das King Edward Hotel in Toronto schicken sollen. Warum hatte ich mich überhaupt mit dieser Zosia eingelassen? Von all meinen Wahnsinnstaten war dies die gefährlichste.

Das Telefon läutete, und es war Mr. Smith. Er sagte: »Kommen Sie schnell herunter. Ich warte auf Sie in der Halle. Ich trage einen Hut mit einer kleinen Feder daran, und ich lese die Saturday Evening Post. Nun mal fix.«

Ich ging hinaus auf den Korridor und suchte den Lift, aber er war verschwunden. Ich lief den langen Korridor von einem Ende zum anderen entlang, aber der Lift war nirgends zu sehen. Das sind meine verfluchten Nerven, sagte ich mir. Und der Schriftsteller in mir bemerkte, daß die Literatur die phantastischen Streiche, die die Nerven den Menschen spielen, noch nicht einmal wahrgenommen hatte.

Von irgendwoher tauchte ein schwarzes Mädchen auf. Ich fragte sie nach dem Lift, und sie rief etwas, das ich nicht verstehen konnte. Ich suchte nach der Treppe, aber in dem Augenblick öffnete sich eine Tür, und jemand stieg aus dem Lift. Ich sprang schnell hinein. Wie war das möglich? Konnten die Nerven einen blind machen? Hatten sie solche hypnotischen Kräfte? Und wenn ja, konnte man diese Kräfte nicht vielleicht in eine Macht, die Wunder bewirkte, verwandeln?

Aus irgendeinem Grunde hatte ich mir Mr. Smith groß vorgestellt, aber es stellte sich heraus, daß er ein Zwerg war. Er machte eine Bewegung, ich solle ihm folgen. Aber ich hatte noch nicht bezahlt. Die Rechnung machte über vierzig Dollar. Ich ging mit Mr. Smith hinaus und wir schritten dahin. Während der ganzen Zeit sprach er kein einziges Wort mit mir. Die Brücke war mit Fußgängern gedrängt voll. Wir gingen an zwei Beamten vorbei, und es schien mir, als ob Mr. Smith dem einen zugenickt hatte. Mich ließen sie wortlos passieren.

Ich kann mich nicht mehr erinnern, ob die Entfernung zur Busstation groß oder klein war. Mir scheint, die Haltestelle war gleich am anderen Ende der Brücke. In demselben Augenblick, in dem wir die Brücke überschritten hatten, verschwand Mr. Smith. Ich hatte das ängstliche Vorgefühl, Zosia werde nicht da sein, wenn ich die Bushaltestelle erreichen würde. Und so war es auch. Die Busstation war klein. Wäre Zosia auf die Toilette gegangen, so stünden ihre Koffer noch da. Aber es war kein Koffer zu sehen. Eine Katastrophe war eingetreten. Zosia hatte meinen Paß. Ich konnte nicht mehr in die Staaten zurückkehren. Und ohne Paß konnte ich auch kein Visum erhalten. Nach meinen Berechnungen hätte Zosia seit über einer Stunde hier sein müssen. »Nun, das ist das Ende«, sagte ich mir.

Ich setzte mich auf eine Bank, und alles in mir war stumm. Um meine Sorgen für einen Augenblick zu vergessen, fing ich an, mein übriggebliebenes Geld zu zählen. Ich zählte die Scheine und auch die Münzen mehrere Male, und immer erhielt ich eine andere Summe.

Jedesmal, wenn sich die Tür öffnete, zitterte ich. Ich versuchte mir vorzustellen, was vorgefallen sein konnte. War Zosia an der Grenze festgehalten worden? Hatte sie sich in der letzten Minute anders besonnen und dem Chauffeur gesagt, er solle sie zu dem Zug nach New York bringen? War dem Taxi etwas zugestoßen und lag sie im Hospital? Nach langem Grübeln entschied ich mich dafür, den Autobus nach Toronto zu nehmen. War Zosia am Leben, war es leichter für sie, mich im King Edward Hotel anzurufen oder ein Telegramm zu schicken, als hier an der Busstation.

Die Tür öffnete sich und mehrere Polizisten (oder vielleicht war es Grenzpolizei) kamen herein. Waren sie gekommen, um mich festzunehmen? Ich fing an, ein Gebet zum Allmächtigen – falls es ihn gab – zu murmeln: »Vater im Himmel, hilf mir! Laß mich nicht umkommen!«

Ich beschloß, die Fahrkarte nach Toronto zu kaufen. Selbst wenn man sich umbringen wollte, war das leichter in einem Hotel als hier in der Busstation. Aber würden sie mir ohne Paß ein Zimmer geben?

Die bewaffneten Männer sprachen mit dem Billettverkäufer. Es schien nichts mit mir zu tun zu haben. Ich ging hinüber und verlangte eine Fahrkarte, aber der Verkäufer sah mich mit fragendem Blick an und um seine Lippen zuckte es. Die Polizisten starrten mich auch an und schienen das Lachen zurückhalten zu müssen. Was war geschehen? Hatte ich den Fahrkartenverkäufer auf Jiddisch angesprochen statt auf Englisch?

Ich wiederholte meine Bitte ein drittes Mal, und der Billettverkäufer fragte: »Wo glauben Sie denn, daß Sie sind?«

In dem Augenblick wurde mir mein Irrtum klar. Anstatt ein Billett nach Toronto hatte ich eines nach Windsor verlangt. Zwei der Polizisten brachen in Gelächter aus, aber einer, der älter und offenbar von höherem Rang war, behielt sein ernstes Gesicht und fragte mich: »Sie kommen wohl aus den Staaten?«

»Ja.«

»Wohl gerade aus Detroit gekommen?«

»Ja.«

Obwohl mich Mr. Lemkin mehrfach ermahnt hatte, in einem solchen Fall nicht meinen Namen zu nennen, gab ich sofort meinen vollen Namen an samt Adresse sowohl in Warschau wie in New York, obwohl man mich gar nicht danach gefragt hatte. Ich tat das, weil es erstens nicht meine Art ist, meine Identität zu verleugnen. Zweitens war doch auch ein wenig Überlegung dabei. Es wäre noch besser für mich, verhaftet und nach Polen deportiert zu werden, als ohne Papiere in einem fremden Land zu sein mit gerade genug Geld für höchstens eine Woche. Offenbar war ich weit vom Selbstmord entfernt.

Die Polizisten wechselten kurze Blicke, als ob sie sich gegenseitig stumm nach dem nächsten Zug fragten. Der Billettverkäufer fragte: »Wollen Sie ein einfaches oder ein Retourbillett?«

»Einfach«, sagte ich.

Ich nahm an, der Polizist würde seine Befragung fortsetzen, und mir fiel ein, daß es eine Verschwendung war, ein Billett zu kaufen, wenn ich doch verhaftet werden sollte, aber die Beamten fingen an, über anderes zu sprechen und hatten mich offenbar vergessen. Ich bezahlte und bekam mein Billett. Irgendwie war ich enttäuscht, nicht auf der Stelle verhaftet worden zu sein. Ich war überzeugt, sie würden es später tun, ehe ich den Bus bestieg. Sie mußten doch gemerkt haben, daß ich illegal über die Brücke gegangen war. Ich hatte keinerlei Gepäck bei mir.

Ich setzte mich wieder, und nach einiger Zeit gingen die Polizisten und die Station füllte sich mit Leuten, die offenbar auch alle nach Toronto wollten. Plötzlich erspähte ich Zosia. Jemand trug ihr Gepäck herein, und sie gab dem Mann ein Trinkgeld. Ich stand auf, und Zosia sagte zu mir: »Man hat mich an der Grenze festgehalten. Sie verdächtigten mich, eine kommunistische Agitatorin zu sein, diese Idioten.«

Neuntes Kapitel

I

Nun lag alles schon in der Vergangenheit – die Vernehmung beim amerikanischen Konsul in Toronto (der Vernehmung durch den amerikanischen Konsul in Warschau nicht unähnlich), Zosias Gratulation, ihre guten Wünsche und Küsse. Wie immer, wenn mir etwas Gutes geschieht, fragte ich mein inneres Selbst, mein Ego, mein Superego, das Es oder wie immer man es nennt, ob ich nun glücklich sei. Aber sie alle schwiegen diplomatisch. Es schien, als ob ich ein wirkliches Talent zum Leiden hatte, aber keine positive Leistung konnte mich je befriedigen. Was gab es, worüber man sich freuen konnte? Der Skeptiker in mir, der Nihilist und Rebell in mir, zitierte die Worte des Predigers Salomo: »Ich sprach zum Lachen: Du bist toll! und zur Freude: was machst du?« Ich war noch immer ein jiddischer Schriftsteller, der es zu nichts gebracht hatte, der sich von allem und allen entfernt hatte. Ich konnte nicht mit Gott und auch nicht ohne ihn leben. Ich glaubte nicht an die Einrichtung der Ehe, noch konnte ich die Einsamkeit meines Junggesellendaseins aushalten.

Wir hatten in einem lauten kleinen Restaurant ein Mittelding zwischen Lunch und Abendessen zu uns genommen und waren dann den ganzen Weg zum King Edward Hotel zurückgelaufen. Aus irgendeinem Grunde blieb Zosia dauernd vor den Geschäften stehen. Ich fragte sie, wonach sie suche, aber sie gab mir keine klare Antwort. Vielleicht taten ihr die Füße weh, denn sie blieb vor den Schaufenstern von Damenschuhläden stehen. Ich bot ihr an, zu warten, bis sie sich ein Paar Schuhe gekauft hätte, aber sie antwortete, sie habe bequeme Schuhe in ihrem Gepäck. Außerdem waren die Geschäfte gerade dabei, zu schließen.

Es war schon dunkel, als wir in das Hotel zurückkehrten. Bei all der Aufregung über das Visum hatte ich fast vergessen, daß Zosia und ich mit der unausgesprochenen Vereinbarung hierher gekommen waren, sie von der Schande der Jungfräulichkeit zu befreien, und das in einem Alter, in dem andere

Frauen Ehemänner oder Liebhaber oder beides hatten. Es lag mir sehr daran, mein stummes Versprechen um ihretwillen und auch meiner männlichen Eitelkeit wegen zu halten, aber vom Anfang der Reise an hatte ich gespürt, daß etwas wie ein antisexueller Dibbuk sich meiner bemächtigt hatte. Ein boshafter Geist sagte mir, daß Vereinbarungen dieser Art nicht nur moralisch verwerflich seien, sondern auch physiologisch riskant. Sex, ebenso wie Kunst, kann nicht befohlen werden – oder zumindest in meinem Fall nicht. Das geringe Verlangen, das ich an jenem Abend, als wir unsere Reise planten, nach Zosia empfunden hatte, war sofort wieder verschwunden, und ich fing an, etwas wie Feindseligkeit für die alte Jungfer zu fühlen, die sich wie ein Parasit bei mir einnistete. Was für eine Schande, dachte ich, von dem bißchen Blut und den paar Nerven abhängig zu sein, die die Erektion bewirken! Ganz im Gegensatz zu den übrigen Gliedern des Körpers hat der Penis die Autonomie zu funktionieren oder nicht, je nach seinen ethischen oder ästhetischen Vorlieben und Abneigungen. Die Kabbalisten nannten dieses Organ »das Zeichen des Heiligen Bundes«. Es trug den Namen Jessod, welches dasselbe Wort ist wie eines der zehn Sefirot, deren Gesamtheit die Gottesmajestät bildet. Was ich jetzt wirklich fühlte, war eine Art von negativer Erektion, wenn man so einen Ausdruck prägen darf. Mein Penis versuchte, sich zu verstekken, einzuschrumpfen, mich zu sabotieren und zu bestrafen, weil ich ohne seine Zustimmung eine Entscheidung getroffen hatte, auf seine Rechnung ein Wohltäter sein wollte. Der Entschlußfassende in mir hatte beschlossen, daß ich Zosia nichts schuldig war. Ich mußte völlig passiv bleiben, keinerlei Initiative ergreifen. Stelle dir vor, sagte ich zu mir, daß sie dich an dem späten Nachmittag in Windsor wirklich verhaftet hätten und daß du jetzt in einem kanadischen Gefängnis säßest.

Wir waren beide müde von dem langen Weg, und wir beschlossen, uns auszuruhen. Zosia war in ihr Zimmer gegangen, um sich eine halbe Stunde hinzulegen, und ich versuchte das gleiche in meinem Zimmer, aber ich konnte nicht einmal eindösen, geschweige denn schlafen. Ich schloß die Augen, aber auch sie waren selbständig geworden und öffneten sich von selbst wieder. Wenn es so etwas wie ein Nirwana gibt, beschloß ich, dann will ich es gleich probieren. Zosia muß meine Gedanken gelesen haben. Mein Telefon läutete, und sie war es, die stotternd fragte: »Was ist aus unserem Plan geworden?«

»Welchem Plan?« fragte ich mit erstickter Stimme.

»Wir wollten doch feiern.«

»Komm herein und wir werden feiern.«

»Gut, ich ziehe mich an.« Und sie legte den Hörer auf.

Wozu muß sie sich anziehen? murmelte ich vor mich hin. Oder meint sie ausziehen? Ich wartete, wie mir schien, ziemlich lange und sie kam nicht. Was macht sie da? Bereitet sie sich vor wie eine Braut? Ich wartete ungeduldig auf sie, nicht, damit ich meine selbst auferlegte Verpflichtung erfüllen könnte, sondern um sie für null und nichtig zu erklären, ein für allemal. Ich konnte weder liegen noch stehen und fing an, im Zimmer hin und her zu laufen. Ich blieb am Fenster stehen und sah auf die sieben Stock unter mir liegende Straße hinab. Wie dunkel die Stadt war! Alle Geschäfte waren geschlossen. Ein einzelner Mann, offenbar betrunken, ging auf dem Bürgersteig vorbei. Er schwankte und gestikulierte. Ich beneidete diesen Vagabunden. Von ihm erwartete niemand etwas, er war frei, die Nacht zu verbringen, wie es ihm gefiel. Ich hörte es an meiner Tür klopfen und ich lief, sie zu öffnen. Auf der anderen Seite der Türschwelle stand Zosia in einem schwarzen Nachthemd (oder war es ein Negligé) und silbernen Pantöffelchen. Zum erstenmal hatte sie sich etwas geschminkt, sehr diskret, ihre Nase gepudert, und die Röte auf ihren Wangen mochte von etwas Rouge herrühren. Sie hatte sogar ihre Frisur geändert. »Bedingungslose Übergabe«, diese später im Zweiten Weltkrieg so oft benutzte Phrase ging mir durch den Kopf. Sie lächelte, etwas ängstlich, mit der Naivität, die manchmal sogar die gewitztesten Frauen zeigen. Sie verstehen ebensowenig von den Männern, wie die Männer von ihnen, dachte ich. Sie hatte zu der Waffe gegriffen, die noch nie jemanden bezwungen hat. Ich hörte sie sagen: »Heute sollte ein Festtag für uns sein.«

»Wie schön du aussiehst! Komm herein!«

»So einen Tag gibt es nur einmal im Leben.«

Das war nicht mehr die gleiche Zosia, die Baudelaire bewunderte, weil er der einzige Dichter und Denker war, der der Welt die ganze schreckliche Wahrheit zeigte, sondern eine alte Jungfer, die entschlossen war, ihre Jungfernschaft um jeden Preis zu verlieren. Ich setzte mich auf mein Bett und bot ihr den Stuhl in der Nähe an. Auf irgendeine Weise mußte ich ihr Vertrauen in mich und meine männlichen Kräfte fördern, und ich sagte: »Ich kann mir nicht denken, daß du so große Umstände gemacht hast, als *du* dein Visum bekommen hast.«

»Was? Ich habe meines bekommen, als ich nicht einmal sicher war, ob ich nach Amerika gehen wollte. Ich habe dir schon erzählt, daß ich damals jemanden getroffen hatte, den ich, so glaubte ich, lieben könnte und der mich liebte. Nach Amerika zu gehen war eigentlich mehr meines Vaters Plan als mein eigener. Was konnte ich mir von Amerika versprechen, außer äußerster Einsamkeit? Aber du bist ein Schriftsteller, du hast einen Bruder hier, eine Zeitung, die dich druckt, einen Kreis. Du wirst hineinwachsen.«

»Nein, Zosia, ich bin völlig allein.«

»Heute will ich davon nichts hören. Warte, ich habe eine Überraschung für dich.«

»Was für eine Überraschung?«

»Heute morgen habe ich extra für diese Gelegenheit eine Flasche Champagner gekauft. Das Zimmermädchen sah mich damit kommen und sie hat mir einen Eiskübel gebracht. Das Eis ist schon geschmolzen, aber das Wasser ist noch kalt.«

»Das hättest du doch nicht tun sollen.«

»Kann ich ihn hereinbringen?«

»Ja, wenn du willst.«

Sie ging hinaus und machte die Tür nicht zu, sondern ließ sie halboffen. Sie blieb länger als notwendig gewesen wäre, um die Flasche auf demselben Korridor von einem Zimmer ins andere zu bringen. Nach langer Zeit kam sie zurück. Ich stand auf, um ihr den Kübel abzunehmen, und meine Hände zitterten so, daß ich ihn fast fallen ließ. Sie sagte: »Wo findet man hier einen Korkenzieher?«

Ich nahm die Flasche aus dem Kübel und ließ das Wasser abtropfen, um den Teppich nicht naß zu machen. Ich konnte sehen, daß die Flasche keinen Korken hatte, sondern mit einer Stanniolfolie verschlossen war, die man leicht entfernen konnte. Kaum hatte ich die Folie abgelöst, als es einen Knall gab. Der Stöpsel sprang heraus, und die Flüssigkeit schäumte über den Flaschenhals und meine Hand. Zosia schrie auf, lief in das Bad und kam mit zwei Gläsern zurück, während der Champagner mir weiter über die Hand und auf den Teppich lief. Vielleicht würde mir der Champagner zu Hilfe kommen, schoß es mir durch den Kopf, als ich ein Glas für Zosia und eines für mich eingoß. Wenn ich sonst etwas Alkoholisches trank, selbst Wein, mußte ich etwas dazu essen, einen Keks, eine Brezel oder ein Stückchen Brot. Aber jetzt wollte ich mich betrinken. Mir fiel ein, daß dies vielleicht Zosias Ziel gewesen war, als sie das Geschenk kaufte – mich betrunken zu machen wie die Töchter Lots ihren Vater.

Wir hatten die Flasche geleert. Ich saß immer noch auf dem Bettrand und Zosia auf dem Stuhl gegenüber. Sie schlug die Beine übereinander, und für den Bruchteil einer Sekunde sah ich, daß sie unter ihrem Nachtgewand nackt war. Ich wartete darauf, daß meine Trunkenheit vom Magen in das Gehirn aufsteigen würde, aber genau das Gegenteil geschah, die Trunkenheit stieg vom Gehirn in den Magen hinunter. Ich blieb gespannt, nüchtern und beobachtete die leisesten Wechsel meiner Stimmung. Ich hörte Zosia sagen: »Ich habe nichts von dir gelesen, aber aus irgendeinem Grund glaube ich an deine Begabung. Die Schwierigkeit ist nur, daß es niemandem gelingen wird, zu beschreiben, was ein menschliches Wesen ist. Was ist ein Mensch wirklich?«

Ich antwortete nicht. Es schien, als hätte ich die Frage nicht gehört. Für den Bruchteil eines Augenblicks war mein Verstand ausgeschaltet. Dann wurde mir plötzlich klar, was sie gesagt hatte, und ich antwortete: »Eine Karikatur Gottes, eine Parodie des Geistes und das einzige in der Schöpfung, was man als Lüge bezeichnen kann.«

II

Der Kobold der Bosheit, wie ich den ganz besonderen Feind der Liebe nenne, hatte mal wieder seinen Willen durchgesetzt. Während der ersten Hälfte der Nacht war Zosia bereit, aber ich war gehemmt. Nachdem ich alle Hoffnung aufgegeben und eine Stunde geschlafen hatte, kehrte meine Potenz zurück, stark wie sonst auch, aber dann wurde Zosia von dem gleichen Dibbuk besessen. Sie preßte ihre Beine zusammen, und meine knochigen Knie konnten sie nicht trennen. Ich warf ihr ihr widersprüchliches Verhalten vor, aber sie sagte zu mir: »Ich kann nichts dafür.« Sie erzählte mir, daß genau das gleiche an dem Abend geschehen war, als sie bereit gewesen war, sich dem Professor in Warschau hinzugeben.

Ich hatte mich an die Streiche, die der Widersacher in mir und in meinen Nächsten spielte, schon so gewöhnt, daß ich nicht überrascht war. Ich hatte bereits gelernt, daß unsere Genitalien, die in der Sprache der Banausen Synonyme für Dummheit und Unempfindlichkeit sind, in Wirklichkeit der Ausdruck der menschlichen Seele sind, der bloßen Wollust trotzend, die glühendsten Verteidiger der wahren Liebe.

Der Morgen dämmerte schon, als wir beide es aufgaben und Zosia in ihr Zimmer zurückging. Am Morgen frühstückten wir im Speisesaal des Hotels und versuchten, eine Unterhaltung über Hitler, Mussolini und den Bürgerkrieg in Spanien in Gang zu bringen. Wir vermieden es, einander in die Augen zu sehen. Es war uns beiden klar, daß unsere geplante gemeinsame Reise zu Ende war. Zosia hatte sich über ihre Rückreise beim Portier erkundigt. Sie wollte direkt von Toronto nach Boston reisen, und ich sollte den Zug nach New York nehmen. Unsere Züge fuhren erst am Abend und wir hatten den ganzen Tag für uns. Wir verließen das Hotel nach dem Mittagessen und ließen unser Gepäck dort stehen – wir waren Partner einer Enttäuschung, die wir beide nie vergessen würden.

Man hatte mir gesagt, Spodina Avenue sei das Zentrum des Jiddischismus in Toronto, und dorthin gingen wir. Ich war wieder in der Krochmalnastraße – die gleichen schäbigen

Häuser, die gleichen Verkaufskarren und Verkäufer halbverfaulter Früchte, der vertraute Geruch der Abwässer, Suppenküchen, frisch gebackener Beugels und des Rauches aus den Kaminen. Mir schien als höre ich den Singsang der Chederschüler, die den Pentateuch aufsagten, und das Schluchzen der Frauen bei einer Beerdigung. Ein kleiner Lumpensammler mit gelbem Gesicht und gelbem Bart ging hinter einem Karren, der an ein verhungertes Pferd mit kurzen Beinen und langem Schwanz angeschirrt war. Aus seinen dunklen Augen sprach eine Mischung von Verzicht und Weisheit, so alt und so ergeben wie das nie endende jüdische Exil. Zosia sagte zu mir: »Ach, ich war entschlossen, zum Judentum zurückzukehren, und ich bin es noch, aber woraus soll mein Judentum bestehen? Wenn es keinen Gott gibt und wenn die Bibel eine Lüge ist, auf welche Weise ist dann ein Jude ein Jude?«

»Er ist ein Jude auf Grund der Tatsache, daß er kein Christ ist«, sagte ich, nur um etwas zu sagen.

»Sollte ich vielleicht alles zurücklassen und nach Palästina gehen?« fragte Zosia. Sie sprach zu mir, zu sich selbst und hauptsächlich, um zu zeigen, daß sie sich mit etwas anderem als unserer gemeinsamen Niederlage beschäftigen konnte. Ich sagte: »Wenn du nicht dein Haar abrasierst, eine Haube aufsetzt und irgendeinen Jeschiwaschüler aus Mea Schearim heiratest, werden deine Probleme in Palästina auch nicht gelöst werden.«

»Ach, ich bin verloren. Du bist auch verloren, aber du hast wenigstens eine jüdische Erziehung gehabt. Du kennst den Talmud und alles andere. Du gehörst zu diesen Jiddischisten, ob du willst oder nicht. Ich bin hier vollkommen fremd. Und dazu bin ich auch noch ein Psychopath. Gestern abend, nachdem ich in meinem Zimmer eingeschlafen war, hörte ich die Stimme meines Vaters. Er schrie mich so laut an, daß ich fürchtete, du würdest es im Nebenzimmer hören. Er griff nach meinem Hals und versuchte, mich zu erdrosseln. Ich habe wirklich Angst, daß man mich bald ins Irrenhaus sperren wird.«

»Nein, Zosia, unsere sogenannten Nerven sind kein Wahnsinn, sondern die Wahrnehmung der vielen unglücklichen Zufälle, die vor uns auf der Lauer liegen, und all der

Barrieren, die zwischen uns und unseren Vorstellungen vom Glück aufgerichtet sind.«

»Was? Sie können schon zum Wahnsinn führen. Mein Vater hatte eine Schwester, die in höherem Alter wahnsinnig wurde. Sie redete sich ein, daß ihr Mann sie zu vergiften suche. Ich habe das Gefühl, daß meines Vaters Konversion auch so ein Wahnsinnsakt gewesen sein könnte. Die Sache mit Reuben Mecheles ist aus. Ich hätte niemals etwas mit ihm anfangen dürfen. Ich gehe zurück nach Boston zu meiner Professorin und vielleicht werden wir unsere restlichen paar Jahre irgendwie aushalten. Du siehst es ja, Liebe und Sex sind nicht für mich gemacht. Komm, laß uns eine Tasse Kaffee trinken.«

Obwohl es für das Mittagessen schon zu spät und für das Abendessen noch zu früh war, war das Restaurant, in das wir gingen, mit jungen Männern und Frauen überfüllt – es war eine Art polnisch-jüdisches Kaffeehaus. Sie alle unterhielten sich – oder besser schrien – auf Jiddisch. Die Tische waren mit jiddischen Zeitungen und Zeitschriften bedeckt. Ich hörte die Namen von jiddischen Schriftstellern, Dichtern und Politikern. Dies hier war eine kanadische Version des Warschauer Schriftsteller-Klubs. Und die Gäste führten die gleichen Unterhaltungen, die man immer unter Jiddischisten hört: Durfte die Literatur die sozialen Probleme ignorieren? Durften Schriftsteller sich in den Elfenbeinturm zurückziehen und den Kampf um Gerechtigkeit vermeiden? Ich mußte gar nicht erst ihren Reden zuhören – ihre Gesichter, Stimmen und Betonung verrieten mir, was jeder einzelne war: Kommunist, linker Poale Zionist oder Bundist. Hier sprach kaum jemand mit einem litauischen Akzent. Dies waren junge Männer und junge Frauen aus Staszów, Lublin, Radom, und jeder von ihnen war von irgendeiner sozialen Sache hypnotisiert. Von der Art und Weise, wie sie bestimmte Wörter aussprachen, konnte ich sagen, von welchem Ufer der Weichsel der Sprecher kam, vom rechten oder vom linken. Ich bildete mir ein, daß selbst ihre Bewegungen einzigartige Bedeutung hatten. Zosia und ich fanden einen Tisch und wir setzten uns. Sie sagte: »Hier bist du in deinem Element.«

»Nicht wirklich.«

Es war seltsam, mich, nachdem ich den Atlantik überquert und mich über die Grenze geschmuggelt hatte, in einer Nachbildung des jiddischen Polens zu finden. Ich sagte mir, daß es überhaupt nicht notwendig gewesen war, an Selbstmord zu denken, als Zosia mit meinem Paß verschwunden war. Ich hätte nur in die Spondina Avenue gehen müssen. Hier hätte ich Lehrer werden können, für die Lokalzeitung schreiben oder zumindest als Korrektor arbeiten können. Die Jiddischisten hätten mich hier versteckt, mir Dokumente und früher oder später auch die kanadische Staatsangehörigkeit verschafft. Eines der Zigaretten rauchenden Mädchen an diesen Tischen wäre wahrscheinlich meine Frau geworden und hätte, wie seinerzeit Lena, versucht, mich zu überreden, meine schöpferischen Kräfte dem Kampf für eine bessere Welt zu widmen.

Ein Kellner kam herüber, und ich ließ Zosia Kaffee und Reispudding für uns beide bestellen. Irgendwie konnte ich mich nicht dazu bringen, diesen jungen Mann auf Englisch anzureden, aber ich konnte auch nicht Jiddisch mit ihm sprechen, denn dann würde er anfangen Fragen zu stellen, wer ich sei, woher ich komme und was ich in Kanada tue. Einige Leute an den benachbarten Tischen hatten mich schon neugierig angesehen. Mein Bild war in der Tiefdruckbeilage des »Forward« erschienen, und alle New Yorker Zeitungen wurden hier gelesen. Ich hatte sogar eine Warschauer Zeitung auf einem der Tische bemerkt. Ich wollte auch Zosia nicht in eine Unterhaltung ziehen, die für sie langweilig sein müßte.

Zosia fragte jetzt: »Kann man von hier aus direkt nach Boston fahren?«

»Ich glaube schon. Warum nicht? Du hast ja in New York nichts mehr zu tun.«

»Nein, mein Lieber, gar nichts.«

»Ist deine Professorin schon zurück in Boston?«

»Nein, aber sie hat mir einen Schlüssel dagelassen.«

Wir schwiegen. Ich dachte an meinen Paß, mein Visum, an das Papier, das mir das Recht gab, nach Amerika zurückzukehren und die Schritte zu unternehmen, die mich schließlich zu einem gleichberechtigten Bürger machen würden. Ich steckte meine Hand in meine Brusttasche und fühlte nach dem Paß und dem Dokument. Ich hatte das Verlangen, zum ungezählten Mal, es wieder zu lesen, aber ich schämte mich vor Zosia meiner Schwäche. Obwohl es so aussah, als ob all meine Schwierigkeiten nun vorbei seien, warnte mich eine Stimme, daß eine neue Krise heraufkommen könnte, von der ich mir aber nicht vorstellen konnte, welcher Art sie sein sollte.

»Wonach suchst du denn?« fragte Zosia. »Hast du etwas verloren oder was ist los?«

Ich hatte vergessen, meine Hand aus der Brusttasche wieder herauszunehmen und zog sie jetzt schnell heraus, während mein Mund ganz von selbst die Worte formte: »Ich habe eine Frau verloren, mit der ich hätte glücklich sein können.«

III

Ich hatte Zosia überredet, nach Boston über New York zu fahren, und hatte ihr versichert, daß ich trotz unseres sexuellen Fiaskos an ihr hinge und ohne sie meine Reise einsam und trübselig sein würde. Nach einigem Zögern stimmte sie zu. Wir bezahlten unser Hotel und nahmen ein Taxi zum Bahnhof. Es war Abend geworden. Wir waren schon durch den Zoll gegangen, hatten den Beamten unsere Papiere vorgezeigt und waren ohne Schwierigkeiten an ihnen vorbeigekommen. Ich war wie ein Dieb nach Kanada hineingeschlichen, aber ich verließ es als freier Mann. Wir waren schon einige Zeit mit dem Zug unterwegs, aber ich fühlte mich noch nicht recht behaglich. Plötzlich hielt der Zug, und zwei Männer, die Polizisten oder Grenzwächter oder Zollbeamte sein mochten, betraten unseren Wagen. Alle Passagiere schienen erstaunt zu sein über diesen plötzlichen Halt, oder zumindest schien es mir so. Vielleicht suchen sie mich? fragte der Feigling in mir. Bald danach hörte ich meinen Namen rufen. Ich stand auf, und alle Reisenden starrten mich an, erstaunt und nicht ohne Mitgefühl. Ich bestätigte meine Identität, und einer der Beamten sagte: »Kommen Sie mit uns.«

Die erschrockene Zosia war auch aufgestanden und machte

eine Bewegung, als ob sie mich begleiten wolle oder vielleicht mit den Männern sprechen, die mich verhaftet hatten, aber ich schüttelte meinen Kopf, um sie davon abzubringen. Trotz meiner Verzweiflung erfüllte mich ein Gefühl der Befriedigung – meine Intuition hatte mich nicht im Stich gelassen.

Kaum waren wir ausgestiegen, als jemand dem Lokomotivführer ein Zeichen gab und der Zug anfuhr. Es war eine dunkle Nacht und alles, was ich sehen konnte, war ein beleuchtetes Haus. Dorthin führte man mich. Ich betrat ein Büro, an dessen Wand eine Tafel hing. Sie zeigte eine Reihe von Buchstaben, jede kleiner als die oberen – es war die Lesetafel, die in den Räumen der Augenärzte und gelegentlich bei Optikern zu sehen ist.

Ein älterer Mann sagte zu mir: »Der Arzt im Konsulat hatte Zweifel wegen Ihrer Augen. Ich werde sie nochmals prüfen.«

Als er diese Worte aussprach, sah ich Flecken vor meinen Augen. Ich warf einen Blick auf die Tafel mit den Buchstaben und konnte kaum die oberste Reihe erkennen. Und bald war auch sie verschleiert. Der Arzt bat mich Platz zu nehmen und fragte, was ich auf der Tafel sehen könne. Ich strengte mich an, hinter dem Wirbel von Unschärfe etwas zu erraten, aber ich wußte, daß ich es nicht schaffen würde.

Hinter mir hörte ich den Arzt etwas murmeln. Von Zeit zu Zeit half er mir bei einem Buchstaben. Dann sah er mit einem beleuchteten Instrument in meine Augen. Ein Kloß hatte sich in meiner Kehle gebildet und Gaumen und Lippen waren ausgetrocknet. Trotzdem brachte ich es fertig, zu sagen: »Es sind nicht meine Augen, ich bin nervös.«

»Ja, ja, ja. Sie sind ein bißchen nervös.«

Wieder prüfte er mich, und dieses Mal sah ich besser. Er rief jemanden, und die beiden Beamten, die mich verhaftet hatten, kamen herein. Erst jetzt sah ich, wie groß sie waren – ein Paar Riesen.

Der Arzt sagte: »Wann geht der nächste Zug?«

Sie antworteten, aber ich hörte nicht, was sie sagten. Nicht nur meine Augen, auch meine Ohren hatten aufgehört, zu funktionieren.

Der Arzt gab mir die Hand. »Regen Sie sich nicht auf. Ihre Augen sind besser als meine.«

»Ich danke Ihnen, Herr Doktor, ich danke Ihnen sehr.«

»Gute Reise.«

Die beiden Beamten führten mich hinaus zu den Geleisen. Sie blieben ungefähr eine dreiviertel Stunde bei mir und redeten über Pferderennen, Jagden, Waldbrände und andere Dinge, an denen Nichtjuden interessiert sind. Von Zeit zu Zeit richteten sie ein paar Worte an mich. Einer von ihnen fragte: »Wie sind Sie nach Kanada hineingekommen?«

Irgendwie brachte ich es nicht fertig zu lügen, daß ich die Erlaubnis gehabt hatte, einzureisen. Hätte ich das gesagt, hätten sie vielleicht diese Erlaubnis sehen wollen oder gefragt, wer sie ausgestellt hatte. Andererseits konnte ich doch nicht zugeben, daß ich illegal die Grenze passiert hatte. Deshalb sagte ich: »Ich glaube, ich hatte die Erlaubnis.« Es war mir schon seit langem aufgefallen, daß, wenn nötig, das Gehirn bemerkenswert schnell funktioniert. Der Beamte schien meine Andeutung verstanden zu haben, denn er ließ das Thema fallen. Nach einiger Zeit kam ein Zug und die Beamten setzten mich hinein. Wie der Arzt vorhin, schüttelten auch sie mir die Hand und wünschten mir Glück in Amerika.

Ich war mir ganz klar darüber, daß diese Beamten und diejenigen in Windsor mich leicht hätten verhaften können. Das Gesetz war auf ihrer Seite, nicht auf meiner. Wie hätten sich Stalins NKWD-Leute in so einem Fall verhalten? Selbst die Beamten des demokratischen Landes Polen zeigten in solchen Fällen keine besondere Zuvorkommenheit. Ich war in dem Glauben erzogen worden, daß ein Mann mit Messingknöpfen, einem Abzeichen und einem Hoheitszeichen an der Mütze selten Mitgefühl zeigte, ganz besonders nicht, wenn sein Opfer ein Jude war. Aber Amerikaner und Kanadier schienen anders zu sein. Warum waren sie anders? Hatte es damit zu tun, daß Amerikaner und Kanadier reicher waren? War es die Erziehung? Waren Angelsachsen von Natur aus geneigter, die Schwierigkeiten anderer zu verstehen als Slawen oder Deutsche, zum Beispiel? Ich war damals schon erfahren genug, um nicht nach Gründen und Erklärungen für das Verhalten von einzelnen oder Gruppen zu fragen.

Die Mächte wirkten auf eine solche Weise, daß meine Rückkehr, nachdem ich alle Gefahren bestanden und alle

Dämonen und bösen Geister vertrieben hatte, ohne jede Freude war. Der Wagen, in dem ich mit Zosia gereist war, war neu gewesen, mit Samtpolstern, sauber, hell, wie ein Zweiter-Klasse-Wagen in Frankreich oder Polen. Die Mitreisenden waren jung und gut angezogen gewesen. Ich hatte den Eindruck gehabt, daß viele der jungen Paare auf Hochzeitsreise in die Vereinigten Staaten fuhren. Der Wagen, in dem ich jetzt reiste, war alt und die Mitreisenden kamen mir ebenso schäbig und armselig vor. Die Fenster waren so lange nicht geputzt worden, daß man kaum etwas sehen konnte, nicht einmal die Dunkelheit draußen. Ich hatte keine Wahl, ich konnte nur meinen Kopf gegen die schmutzige Wand lehnen und versuchen, mich zum Einschlafen zu zwingen. Ich glaubte nicht an echten Schlaf. Ich hatte Schlaf immer als eine Art »so tun als ob« betrachtet, nicht nur bei Menschen, sondern auch bei Tieren.

Ich schlief und träumte sogar, gleichzeitig dachte ich aber an Zosia und die Sorgen, die sie in den wenigen Tagen mit mir gehabt hatte. Sicher hatte sie sich geschämt vor den Mitreisenden, daß ihr Begleiter jemand war, der von bewaffneten Soldaten aus dem Zug geholt wurde.

IV

Ich war zurück in New York, zurück in meinem möblierten Zimmer in der Neunzehnten Straße. Noch einmal las ich das Visum in meinem Paß und die Karte, die ich vorzuzeigen hatte, wenn ich den ersten Schritt zur Erlangung der Staatsbürgerschaft tun würde, dann legte ich sie in die Schublade meines wackeligen Tisches. Es war ein heißer Tag. Die Sonne brannte mir ins Gesicht, und ich ließ das zerrissene Rouleau herunter. Durch seine Schlitze und Löcher warf die Sonne ein Gemälde an die gegenüberliegende Wand, ein funkelndes Netz auf einem schattigen Hintergrund, der schimmerte und zitterte, als ob er die Wellen eines Flusses reflektiere.

Ich hatte auf vielen Gebieten versagt, dennoch befand ich mich jetzt auf einem Kontinent, wo weder Hitler noch Stalin mich bedrohen konnten. Ich hatte in dem Automatenrestaurant gegenüber der Grand Central Station eine ausreichende Mahlzeit zu mir genommen, und ich war bereit zu einem langen Schlaf, nach den unruhigen Nächten im Zug nach Detroit, im Bus nach Toronto, im Zug auf der Rückreise nach New York und mit Zosia im King Edward Hotel.

Vom Automatenrestaurant aus hatte ich Nescha in der Fabrik angerufen, und aus der Art, in der sie antwortete – kurz, ungeduldig, ohne auch nur zu versuchen, etwas mit mir zu verabreden – schloß ich, daß zwischen uns alles aus war. Sie gratulierte mir halbherzig. Ich hatte meinen Bruder bei sich zu Hause angerufen und im »Forward«, aber zu Hause war niemand, und im »Forward«-Büro rief irgend jemand »Nicht hier!« und legte auf. Mein Anwalt, Mr. Lemkin, war auch nicht in seinem Büro, und seine Sekretärin riet mir, am nächsten Tag anzurufen, da er heute den ganzen Tag bei Gericht sein würde. Ich war eingeschlafen und als ich die Augen aufschlug, waren die Sonnenhieroglyphen an der dem Fenster gegenüberliegenden Wand verschwunden. Mein Hemd und mein Kissen waren feucht. Plötzlich wurde mir bewußt, daß jemand an meine Tür klopfte. Das war sicher der Kammerjäger, denn Nescha konnte es nicht sein und sonst betrat niemand mein Zimmer. Obwohl ich den Kammerjäger brauchen konnte, um die Schaben, die gegen Abend aus den Rissen des Linoleums hervorkrochen, zu vertilgen, beschloß ich, ihn nicht einzulassen. Er hinterließ immer einen Gestank, der tagelang anhielt. Auch wollte ich nicht den ersten Tag meiner amerikanischen Staatsbürgerschaft oder Prä-Staatsbürgerschaft damit beginnen, daß ich das Vergiften unschuldiger Schaben gestattete. Ich rief: »Heute nicht.«

In diesem Augenblick wurde die Tür geöffnet, und ich erblickte den Hausverwalter, Mr. Pinsky, wie auch meinen Bruder, Zosia und einen kleinen Herrn in einem karierten Anzug und mit einem Spitzbauch. Er trug einen Panamahut und einen farbigen Schlips, in dessen breitem Knoten sich eine Perle befand. Seine Schuhe waren gelb, und obwohl es draußen glühend heiß war, trug er Gamaschen darüber. Aus seinem Mund ragte eine lange Zigarre. Er erinnerte mich an Karikaturen von Kapitalisten in sozialistischen oder kommunistischen Broschüren und den Publikationen der Gewerkschaften. Eine Zeitlang standen alle vier schweigend, starrten mich an, dann sagte Mr. Pinsky: »Was habe ich Ihnen gesagt? Ich habe ihn mit meinen eigenen Augen vorbeigehen sehen. Ich bin seit dreißig Jahren in diesem Geschäft, und wenn ich ein Gesicht einmal gesehen habe, erkenne ich es nach Jahren wieder. Ich kann durch mein kleines Fenster jeden sehen, der kommt oder geht. Vor mir kann sich niemand verstecken. Unten läutet das Telefon, auf Wiedersehen!«

»Danke, danke!« riefen mein Bruder und Zosia aus.

Mein Schlaf war so tief gewesen, daß ich Zeit brauchte, um mich zurechtzufinden. Ich war überzeugt gewesen, Zosia sei direkt nach Boston gefahren, nachdem sie allein nach New York zurückgekehrt war. Statt dessen hatte sie meinem Bruder mitgeteilt, daß ich an der Grenze zurückgehalten worden war. Der kleine Mann im Panamahut rief aus: »Das ist er also! Ja, das ist er. Ich habe sein Bild im ›Forward‹ gesehen. Die Unterschrift lautete: ›Zwei Brüder und beide Schriftsteller‹. Mein Name ist Reuben Mecheles. Sehr erfreut, wirklich, Sie kennenzulernen.«

»Ach Gott, hatte ich eine elende Nacht deinetwegen!« sagte Zosia zu mir. »Alle Mitreisenden glaubten, die hätten den Al Capone erwischt und daß ich seine Räuberbraut wäre. Ich habe ihnen erklärt, daß es mit der Einwanderung und mit Formalitäten zu tun habe. Ich wollte deinen Bruder nicht beunruhigen, aber irgend jemand mußte ja unter den Umständen benachrichtigt werden. Ich ging in das Hotel zurück, wo ich vorher gewesen war. Glücklicherweise war mein Zimmer noch frei. Ich wußte nur, daß dein Bruder beim ›Forward‹ arbeitet. Erst wollten sie mir nicht seine Nummer geben. Aber ich sagte ihnen, daß es eine Sache auf Tod oder Leben sei –«

Mein Bruder fragte: »Warum hat man dich festgehalten?«

»Der Arzt vom Konsulat wollte, daß meine Augen nochmals untersucht werden sollten.«

»Hab ich mir doch gleich gedacht«, ließ sich Reuben Mecheles vernehmen. »Von diesen Sachen verstehe ich etwas. Ich habe Juden geholfen, nach Amerika zu kommen, und ich tue es noch. Ich habe meine ganze Familie herübergebracht und auch Fremde. Man kennt mich bei der HIAS. Es vergeht keine Woche, ohne daß ich mit irgendeiner Sache hinkomme. Ich habe vielleicht schon hundert Affidavits gegeben. Was wir Juden tun müssen – statt Hitler zu verfluchen, was genau so viel nützt wie einer Leiche ein Klistier zu geben – ist, so viele wie möglich herüberzubringen. Nicht alle wollen kommen. Es gibt auch Idioten, die denken, Hitler will sie ins Bockshorn jagen. Sie haben Angst, ihre Geschäfte und ihre Zloty zurückzulassen. Falls Hitler nach Polen kommt, wird der Zloty so viel wert sein wie die Mark im Jahr 1919 – Klopapier, Sie werden schon entschuldigen.«

»Es ist entsetzlich heiß hier drin. Woher kommt denn diese Hitze?« fragte mein Bruder. »Warum ist das Fenster geschlossen?«

»Gehen wir hinunter, kommen Sie raus hier«, sagte Reuben Mecheles. »Ich bin erst gestern von einer Reise zurückgekehrt, ich bin von Reno in Nevada hergeflogen. Ich habe weder Zeit noch Geduld, mit dem Zug zu reisen. Ich habe versucht, einem Menschen, der alles tut, um sich und mich zu zerstören, etwas Gutes zu tun. Selbstmörder sind schrecklich hartnäckig. Ich sollte das nicht sagen, aber ich habe den gleichen Fehler gemacht, den unsere Alliierten mit Hitler machen. Ich habe versucht, einen Menschen, der nur Krieg und nichts anderes kennt, und der menschliche Güte nur für Schwäche hält, zu besänftigen. Wenn ich ein Buch über diese Frau schreiben würde, wäre ich über Nacht ein Multimillionär. Ich kam todmüde von der Reise zurück und legte mich ein wenig hin. Plötzlich läutet das Telefon. Und wer ist es? Unsere gute Freundin Zosia, und sie sagt mir, daß Sie an der Grenze festgenommen worden sind und daß Sie sofort gerettet werden müssen, da sonst die Welt unterginge. Sie kennen mich nicht, aber da ich viel lese, kenne ich Ihren Bruder und Sie auch. Jemand aus Warschau hat mir Ihr Buch geschickt. Ich sagte mir, etwas muß geschehen. Was hat es für einen Sinn zu schlafen? Ein Bär schläft den ganzen Winter und bleibt immer ein Bär. Und so bekam ich die Gelegenheit, Ihren Bruder persönlich kennenzulernen und jetzt auch Sie. Ich habe einfach die großen Tiere an der Grenze angerufen. Amerika ist ja nicht Rußland. Wenn man hier jemanden anruft, bekommt man eine Auskunft. Unsere Neuankömmlinge haben immer Angst, in einem Büro anzurufen, aber das Telefon beißt ja nicht. Hier in Amerika habe ich schon mit Gouverneuren und Senatoren am Telefon gesprochen. Solche Anrufe kosten Geld, aber Geld ist zum Ausgeben da und nicht, um es unter das Kopfkissen zu legen. Was ich damit sagen will, jetzt, da Sie wieder in Amerika sind und – Gott sei Dank! – ein freier Mann, muß das gefeiert werden. Es gibt hier ein Restaurant mit einem Dachgarten. Da haben Sie Amerika! Man pflanzt einen Garten auf das Dach und der Garten ist ein Restaurant mit dem besten Essen und der besten Unterhaltung. Unsere Väter und Großväter würden dort nicht gegessen haben, aber soviel ich weiß, ist keiner von Ihnen so fromm. Ich schlage vor, daß Sie mich als meine Gäste dorthin begleiten. Es wäre eine große Ehre für mich und auch ein großes Vergnügen –«

Während der ganzen Zeit, in der Reuben Mecheles redete, warf mein Bruder fragende Blicke auf mich und Zosia. Von Zeit zu Zeit nickte er Reuben Mecheles zu. Er sagte: »Vielen Dank, Mr. Mecheles, aber ich habe heute abend Gäste. Vielleicht ein anderes Mal. Darf ich Ihnen die Unkosten für all die Telefongespräche ersetzen –«

»Nein! Nein! Nein! Ich will kein Geld von Ihnen. Sie getroffen zu haben ist alles Geld der Welt wert. Wann haben wir gewöhnliches Volk schon einmal Gelegenheit mit Schriftstellern zusammenzukommen, und mit begabten noch dazu? Ich hoffe sehr, daß wir uns wiedersehen. Ich könnte Ihnen Dinge erzählen, die, wenn Sie sie hören, Ihnen die Haare zu Berge stehen ließen, vorausgesetzt, Sie haben welche. Keine erfundenen Sachen, sondern Tatsachen, die ich selber erlebt habe und die ich bezeugen kann, in meinem eigenen Fall und dem anderer Leute – von denen einige Engel und andere bösartige Teufel waren. Darf ich Ihnen meine Visitenkarte überreichen? Ich bin kein Schriftsteller, aber von dem, was ich Ihnen erzählen könnte, würden Sie die größten Werke schreiben können. Wissen unsere Schriftsteller, was in der Welt vor sich geht? Die sitzen im Café Royal und klatschen und das ist ihre Welt. Versprechen Sie mir, daß Sie anrufen werden!«

Reuben Mecheles ergriff die Hand meines Bruders mit

seinen kleinen Händen. Mein Bruder versprach, ihn anzurufen. Er nickte Zosia zu, aber von mir nahm er keinerlei Notiz. Er ging, und wir drei blieben schweigend zurück. Zosia hatte das Geheimnis verraten, daß sie mit mir nach Toronto gefahren war, und mein Bruder nahm wahrscheinlich an, ich hätte dieses Abenteuer mit dem Geld, das er auf meinen Namen in der Bank hinterlegt hatte, bezahlt. Solange ich nicht das Geld von der Bank geholt und ihm zurückgegeben hätte, würde er mich für einen Betrüger halten.

V

Weder Zosia noch ich hatten Lust, in das Dachgartenrestaurant zu gehen. Zosia erklärte, daß sie dafür nicht richtig angezogen sei und außerdem sei sie nicht hungrig. Sie hatte die ganze Nacht nicht geschlafen und wollte früh zu Bett gehen. Ich hatte ein paar Stunden geschlafen und ich war hungrig, aber ich hatte keinerlei Sehnsucht nach Vergnügungen und Dachgärten. Ich schlug vor, daß wir statt dessen in die Steward Cafeteria gehen sollten, aber schon bei dem Wort »Cafeteria« schnitt Reuben Mecheles ein Gesicht und sagte, es könne gar nicht anders sein, als daß ich ihn beleidigen wolle. Dann meinte er, wir sollten zu ihm in seine Wohnung am Riverside Drive gehen. Er wartete die Antwort erst gar nicht ab. Er nahm Zosias Arm und ging mit ihr in den Korridor. Ich schloß die Tür und ging hinter ihnen die schmale Treppe hinunter. Erst unten fiel mir ein, daß ich meinen Paß mit dem Visum und der Karte hätte mitnehmen sollen. Ich hatte im »Forward« über Einbrecher gelesen, die sich auf den Diebstahl von Pässen und anderen Dokumenten spezialisiert hatten, um sie dazu zu benutzen, illegale Ausländer in das Land zu bringen. Aber ich wollte Reuben Mecheles nicht aufhalten, der meinetwegen Schlaf, Zeit und Geld verloren hatte.

Auf der Fourth Avenue winkte er einem Taxi und wir stiegen ein. Reuben Mecheles zündete eine Zigarre an und sagte: »Seit mich meine Frau verlassen hat und ich wieder zum Junggesellen geworden bin, esse ich nicht mehr zu

Hause. Trotzdem werden Sie bei mir eine bessere Mahlzeit bekommen als in diesen Cafeterias, wo man sich den Magen verderben kann. Ich besitze einen neuen Kühlschrank und alles ist ganz frisch. Tagsüber bin ich nicht hungrig, aber mitten in der Nacht überfällt mich der Hunger und ich habe immer etwas zu essen im Hause. Ich leide seit Jahren an Schlaflosigkeit. Ich wache jede Nacht Punkt zwei Uhr auf und gehe herum wie ein Schlafwandler. Ich mache Spaziergänge, die wirklich gefährlich sind. Ich nehme Taxis, nur um zu sehen, wie New York am frühen Morgen aussieht. Ich unterhalte mich gern mit den Taxifahrern und lasse mir ihre Geschichte erzählen. So hat Gott es arrangiert – diejenigen, die das Leben kennen, können nicht schreiben, während die, die mit Talent gesegnet sind, Träumer sind, die nur ihre eigenen Phantasien kennen. Zosia hat Ihnen sicher von mir erzählt, aber sie ist selbst kein praktischer Mensch. Ich nenne sie einen Jeschiwastudenten in Röcken. Sie werden es nicht glauben, aber ich habe ihren Vater gekannt, als er noch der Leiter einer Jeschiwa in der Twardastraße war, und auch noch später, als er schon ein Abtrünniger war, wie es so schön heißt. Was er getan hat, ist unbegreiflich, aber wo steht, daß wir alles begreifen müssen? Heute ist es so, daß alle Menschen auf der Suche nach etwas sind. Die Tora ist bestimmt ein großes Buch und die Propheten waren göttliche Männer und selbst Jesus von Nazareth kann man nicht einfach abtun. Aber all das genügt dem modernen Menschen nicht. Er hungert nach etwas anderem, nach mehr. Was ist Stalin? Und was ist selbst so ein Mörder wie Hitler? Falsche Propheten. Da noch niemand im Himmel gewesen ist und Gott nicht auf die Erde kommt und von Generation zu Generation weiter schweigt, wie kann man wissen, wo die Wahrheit liegt? Ich höre jedem zu, sogar wenn er behauptet, auf dem Mond gäbe es einen Pferdemarkt.«

»Ach, ich habe vergessen zu fragen – was gibt es Neues von deinem Propheten? Wie war noch sein Name? Ist er immer noch auf Ellis Island?« fragte Zosia.

»Sie haben ihn freigelassen, aber er ist krank geworden und ist in Lakewood zur Erholung«, antwortete Reuben Mecheles nach einigem Zögern. »Warum nennst du ihn ›meinen‹

Propheten? Ich habe ihn nicht entdeckt und ich halte ihn auch nicht für einen Propheten. Er hat ein Werk verfaßt, das man nur als ein religiöses bezeichnen kann. Er spricht im Namen Gottes, aber meiner Meinung nach ist das nichts anderes als die Wahrheit, wie *ein* Mensch sie sieht. Die anerkannten Propheten sind nicht im Himmel gewesen und Gott hat auch zu ihnen nicht gesprochen. In der Gemara heißt es irgendwo, Moses habe sich nie mehr als etwa einen halben Meter über den Berg Sinai erhoben. Er saß dort auf einem Felsen und meißelte die Zehn Gebote in den Stein. Ob er wirklich vierzig Tage lang gefastet hat oder nicht, ist mir egal. Wenn das der Fall war, warum soll nicht ein Heutiger das gleiche tun? Warum ist ein Füllfederhalter schlechter als Meißel und Hammer? Ich bin, wie Sie sehen, ein Realist–«

Das Taxi hielt vor einem hohen Gebäude am Riverside Drive, nur ein paar Blocks entfernt von meinem Bruder. Aber dies hier war ein feineres Haus, mit einem uniformierten Portier, einer teuer möblierten Eingangshalle, mit Orientteppichen, Gemälden und tropischen Pflanzen. Im Lift befand sich eine gepolsterte Bank – etwas, was ich zum erstenmal sah. Reuben Mecheles' Wohnung wirkte wie ein Museum. Alle Wände waren bis fast an die geschnitzten Decken mit Bildern behangen. Überall standen und lagen Kunstgegenstände herum. In Glasschränken standen alte Bücher neben silbernen und elfenbeinernen Gegenständen. Es gab Gewürzbüchsen, Kronen und Zeiger für Torarollen, Chanukkaleuchter und Pessachgeschirr.

Reuben Mecheles sagte: »Ich habe jeden Luxus hier, aber kein Dienstmädchen. Meine Frau – ich kann eigentlich schon sagen, meine ehemalige Frau – konnte es mit keinem Mädchen aushalten. Sie machte von jeder Kleinigkeit so viel her, daß die Mädchen flüchteten. Jetzt kommt zweimal die Woche eine Frau, und ich habe gelernt, meine Mahlzeiten selbst zu machen. Kommen Sie ins Eßzimmer, und ich werde Ihr Kellner sein.«

»Ich werde dir helfen«, sagte Zosia.

»Nein, das erlaube ich nicht. Bei mir ist ein Gast ein Gast, besonders so hohe Gäste. Hier in Amerika gibt es keine Aristokraten. Hier krempelt ein Millionär die Ärmel hoch und wäscht sein Auto. Hier ist alles viel einfacher. Ich rufe an und man bringt alles herauf. Draußen ist Sommer, aber in meinem Kühlschrank ist Winter. Ich bringe Ihnen, was ich habe, und Sie nehmen, was Sie mögen. Meine Küche ist wie ein Lebensmittelgeschäft. Ich werde Ihnen später alles zeigen.«

Reuben Mecheles ging in die Küche. Zosia fragte: »Warum hat seine Frau ihn verlassen? Sie hatte doch hier ein Paradies?«

»Jetzt könnte es deines sein«, sagte ich.

»Nein, das ist nichts für mich. Er hat sich hier einen Palast eingerichtet, aber er ist immer unterwegs irgendwohin. Er kann nicht eine Minute zu Hause sein. Er hat mir Sachen über sich erzählt, die mich angewidert haben. Es ist ganz klar, daß er nach Reno gegangen ist, um seine Xanthippe anzuflehen, zu ihm zurückzukehren. Nach dem, was zwischen uns beiden gewesen ist, werde ich nie wieder mit irgend jemandem etwas anfangen.«

Ich stand auf und besah mir die Bilder. Jedes Gemälde für sich war interessant, aber alle zusammen verbreiteten eine Langeweile, die mich erstaunte. Wie konnte das sein? Hunderte von Talenten hatten an diesen Bildern und Zeichnungen gearbeitet. Es war mir oft ähnlich in Bibliotheken gegangen. Ich stand zwischen den Werken der Weltliteratur und wußte im vorhinein, daß kein einziges dieser Bücher mein Elend vertreiben konnte. Tatsächlich fühlte ich mich in meinem kahlen Zimmer wohler. Dort versuchte wenigstens niemand, mich zu unterhalten oder mir den Weg zur Wahrheit zu weisen.

Reuben Mecheles kam herein mit einem riesigen Tablett – Brot, Brötchen, Kuchen, Milch, Sahne, Käse, Wurst und Obst. Er sagte: »Wenn Sie nach all dem noch Hunger haben, dann nennen Sie mich ruhig, wie meine Ehemalige mich zu nennen pflegte – einen Angeber.«

VI

Nach dem Essen zog Reuben Mecheles eine Schublade auf und reichte mir ein riesiges, vervielfältigtes Manuskript, das so schwer war, daß ich es kaum heben konnte. Die Titelseite verkündete, dies sei das Dritte Testament, eine Tora, die Gott selbst dem Propheten Moses ben Ephraim enthüllt hatte. Das Manuskript enthielt sowohl den hebräischen Text wie die englische Übersetzung, zusammen fast zweitausend Seiten.

Wir gingen in das Wohnzimmer, und ich fing an, das Manuskript durchzublättern und hier und da eine Zeile zu lesen. Die ersten Kapitel berichteten davon, daß Moses ben Ephraim ein Sepharde sei, von der Vaterseite her ein Sabra der zehnten Generation; seine Mutter stammte aus Jerusalem, aber ihre Eltern kamen aus Ägypten. Die Offenbarung geschah Moses ben Ephraim in einer Höhle in der Nähe von Safed. Er war von Hause weggelaufen, um bei einem blinden Kabbalisten die Kabbala zu studieren. Eines Abends, als der blinde Meister zu Rahels Grab gegangen war, um dort die Nacht zu verbringen, leuchtete die Höhle auf wie von tausend Sonnen, und Moses vernahm eine Stimme ...

Ich schlug die Seiten wahllos auf – ein biblischer Stil. Der Allmächtige verlangte von allen Nationen, ein einziges Volk zu werden und die Tora des Moses ben Ephraim zu studieren. Gott hatte geoffenbart, daß Hitler ein Abkömmling von Amalek sei und daß die Engländer, die auf der »Mayflower« nach Amerika gekommen waren, alle Abkommen der Verlorenen Stämme Israels gewesen seien. Gott hatte Roosevelt »meinen Boten« genannt. Er hatte Wilson gelobt und vorausgesagt, daß nach der Niederlage Hitlers der Völkerbund sich im Lande Israel auf dem Berge Zion etablieren würde, und Moses ben Ephraim würde den Völkerbund als Instrument benutzen, um die Nationen Gerechtigkeit zu lehren und Friede und Einigkeit herbeizuführen. Alle Völker würden eine gemeinsame Sprache sprechen – Hebräisch. Die Kinder würden in den Schulen auch Aramäisch und Englisch lernen. Lord Balfour und Herzl würden unter den Heiligen sein, die auferstehen und zu dem Sanhedrin der siebzig Ältesten gehören würden unter der Führung von Moses ben Ephraim.

Ich blätterte etwa hundert Seiten durch und vernahm, daß Jesus von Nazareth und seine Apostel wahre Propheten gewesen seien. Judas Ischariot war kein Verräter gewesen, sondern Jesus treu geblieben. Die Geschichte von den dreißig Silberlingen war von den Götzenanbetern in Rom fabriziert worden. In späteren Kapiteln enthüllte Gott, daß Stalin ein Produkt von Haman und der Vasti sei, die den König Ahasver betrogen habe und die Geliebte Hamans gewesen sei.

Reuben Mecheles sagte: »Sie lächeln darüber, was? Die Welt braucht einen neuen Glauben. Die Vorstellung von einem auserwählten Volk hat den Juden viel Leid gebracht. Sie blättern das Buch nur durch, aber ich habe mir die Mühe gemacht, es von vorn bis hinten durchzulesen. Die Menschheit muß sich vereinigen, nicht in Rassen und Cliquen auseinanderfallen. Der erste Moses war ein Mensch, nicht ein Engel. Er befahl die Ermordung der Kanaaniter, der Hethiter und der Amoriter, aber Moses ben Ephraim nennt alle Christen seine Brüder. Er möchte Frieden zwischen Isaak und Ismael, zwischen Jakob und Esau, zwischen den Weißen und den Schwarzen. Ich glaube nicht an seine Wunder, aber er will Einigkeit, nicht eine zersplitterte Menschheit.«

»Ich bedauere, aber ich glaube nicht, daß Moses ben Ephraim die Menschheit einigen wird«, sagte ich.

»Wer wird es dann tun?«

»Niemand wird es tun.«

»Wollen Sie damit sagen, die Völker werden sich immer hassen und Krieg führen und es wird nie Frieden geben?«

»Das ist durchaus möglich.«

»Und Sie können sich mit dieser Vorstellung abfinden?«

»Habe ich denn eine Wahl?«

»Nun, ich finde mich damit nicht ab. Ich muß daran glauben können, daß die menschliche Spezies besser und nicht schlimmer wird.«

»Und worauf gründen Sie diesen Glauben?«

»Das weiß ich selbst nicht. Schließlich waren wir einmal Affen und jetzt sind wir Menschen. Es ist ein langer Weg von einem Gorilla bis zu Mahatma Gandhi oder unserem Chafetz Chajim. Sie müssen nicht glauben, daß ich nicht weiß, was in der Welt vorgeht. Ich habe alle Arten von Schurken erlebt –

unter Russen, unter Polen, selbst unter uns Juden. Ich habe viele Jahre mit der bösesten Frau gelebt. Was immer ich ihr gab, war nicht genug. Wie gut ich auch zu ihr war, sie verlangte mehr und mehr und fluchte und beschimpfte mich und drohte mit Selbstmord und sogar Mord. Sie gab ein Vermögen für Schnokes aus, für Kleider, die sie nie Gelegenheit hatte zu tragen, Schmuck, der ihr gestohlen wurde und gefälschte Kunstwerke. Wenn sie wütend wurde, zerriß sie die kostbarsten Sachen, trampelte auf ihnen herum, verbrannte sie oder warf sie in den Abfallkübel. Sie hat mich mit jedem Mann, der ihr über den Weg lief, betrogen und hatte noch die Stirn, sie ins Haus zu bringen. Sie schliefen in meinem Bett und trugen meine Pyjamas. Als es so weit war, daß ich es nicht mehr aushalten konnte und Schluß machen wollte, fand sie Anwälte, die so gemein waren wie sie selbst – jüdische Anwälte –, und sie haben mir alles abgenommen. Die amerikanischen Gerichte, die sich angeblich mit dem Recht befassen, gaben ihr sofort Recht, weil nicht die Opfer, sondern die Übeltäter und Verbrecher die Anwälte und Richter ernähren.

Ich habe all das und noch viel mehr gesehen, aber ich habe noch immer nicht meinen Glauben an den Menschen und die Hoffnung auf eine bessere Welt verloren. Meine Mutter – sie ruhe in Frieden! – hat sich nicht so wie meine Frau verhalten. Sie hat meinem Vater elf Kinder geboren und von den elf hat sie sieben begraben. Sie hat zu Hause und im Laden sechzehn Stunden am Tag gearbeitet, wenn nicht mehr, während mein Vater im Lehrhaus saß oder zu seinem Rabbiner ging, wo er wochenlang blieb. So arm wir waren, so brachte mein Vater – er ruhe in Frieden! – doch immer noch einen Armen zum Sabbatessen nach Hause, und meine Mutter nahm ihren eigenen Kindern etwas fort, um es ins Armenhaus zu bringen...«

Eine Weile war es still. Reuben Mecheles nahm ein Taschentuch aus seiner Rocktasche und wischte sich den Schweiß von der Stirn.

Zosia sagte: »Darf ich dich etwas fragen? Wenn du nicht antworten willst, macht es auch nichts.«

»Was möchtest du fragen?«

»Wie kannst du nach Reno fliegen, um dich mit so einer Frau auszusöhnen?«

Ein schmerzliches Lächeln überflog Reuben Mecheles' Gesicht. »Ich bin verrückt, das ist es. Ich habe einmal von einem Professor gelesen, der vorausgesagt hat, die ganze Menschheit würde an Wahnsinn zugrunde gehen. Jeder einzelne würde herumwüten. Wir sind jetzt nicht weit davon entfernt. Wenn sich Rußland von einem Wahnsinnigen wie Stalin, und Deutschland von einem Hitler regieren lassen, wie weit kann es dann noch sein, bis die ganze Welt verrückt wird? Meine Verrücktheit besteht darin, daß ich verdammt bin, Mitgefühl zu haben, zuviel davon. Ich versuche mich an die Stelle des anderen zu versetzen, zu verstehen, was ihn oder sie dazu veranlaßt hat, das zu tun, was sie getan haben. Es gibt ein Buch von einem Professor, der sagt, Verbrecher sind nicht verantwortlich für ihre Taten. Wenn ein Mörder jemanden umgebracht hat, dann sollte man ihn in ein Sanatorium bringen und dort behalten, bis er geheilt ist. Natürlich würden die Kosten von denen getragen werden, die für ihren und ihrer Familie Unterhalt arbeiten. Die Wahrheit ist, die menschliche Spezies ist schon verrückt und ich bin ein Teil von ihr.«

Ich hatte das Verlangen, Reuben Mecheles zu fragen, wie er die Miete für eine so große Wohnung aufbringen und wie er so viele Bilder und Antiquitäten hatte ansammeln können, wenn seine Frau ihm alles abgenommen hatte, aber ich tat es doch nicht.

Zosia sagte: »Es ist spät. Ich muß gehen.«

»Wo wohnst du denn? In dem gleichen Hotel?«

»Ja, dort.«

»Du kannst hier übernachten, wenn du willst. Ich meine Sie beide. Ich habe nicht ein, sondern drei Schlafzimmer, und ich werde auch nicht durch das Schlüsselloch spionieren.«

»Nein, danke, ich muß gehen«, antwortete Zosia.

»Ich hoffe, du bleibst noch etwas in New York«, sagte Reuben Mecheles.

»Nein, ich fahre morgen nach Boston zurück.«

Zehntes Kapitel

I

Es war ein heißer Sommer. Die Luft in New York war zum Ersticken. Mein Bruder hatte mich mehrmals eingeladen, mit ihnen ans Meer zu gehen, aber ich blieb in der Stadt. Für mich war Seagate mit Nescha verbunden, und Nescha hatte den Möchtegernschriftsteller und überzeugten kommunistischen Mitläufer Zacharias Kammermacher geheiratet, den ich in Paris und später in ihrem Haus getroffen hatte, als ich mich bei meinem ersten Besuch bei ihr verspätet hatte.

Ich hatte ein langes Gespräch mit ihr am Telefon gehabt. Nescha hatte mir gesagt, daß sie Zacharias nicht liebe und ihn auch nie werde lieben können, aber sie hatte nicht mehr die Kraft, noch länger zu arbeiten. Sie war an einem Punkt angekommen, an dem sie ernsthafte Selbstmordgedanken gehabt hatte. Sie hatte ihn auch nicht hintergangen. Sie hatte ihm offen gesagt, daß sie ihn nicht liebe, und Zacharias Kammermacher hatte ihr gesagt, daß er von Liebe nichts halte. Er war verwitwet und brauchte jemanden, der ihm den Haushalt führte. Er hatte eine verheiratete Tochter und einen Sohn, der in England aufgewachsen war. Die Kommunisten versahen Zacharias mit allerlei Verdienstmöglichkeiten – er schrieb Artikel für ihre Zeitschriften und hielt Vorträge. Er arbeitete auch für ihre jiddische Zeitung. Er hatte eine große Wohnung in der West End Avenue und ein Sommerhaus in Poughkeepsie. Er hatte angeboten, Neschas Sohn zu adoptieren. Nescha sagte all das, was Frauen in solchen Situationen sagen: sie würde mich nie vergessen, wir würden Freunde bleiben. Gleichzeitig deutete sie an, sie sei krank und erwarte nicht, noch lange zu leben. Ich fragte nach der Art ihrer Krankheit und sie sagte: »Alles.«

Zwei Jahre waren vergangen und ich war allein geblieben. Von Stefa und Lena hörte ich nichts mehr. Nur meine Cousine schrieb mir noch. Sie hatte einen Elektriker aus Galizien geheiratet. Ihre Freundin Zipele lebte mit ihrem Onkel zusammen, der seine Frau verlassen hatte. In einer jiddischen Zeitung hatte ich gelesen, daß der bekannte Kunstsammler Reuben Mecheles Miss Zosia Fischelsohn geheiratet hatte, eine christliche Konvertitin, die wieder zum Judentum zurückgekehrt sei, und das Paar sei nach Jerusalem gegangen, um dort zu leben.

Mein Geisteszustand hatte mir völlig die Lust zum Schreiben genommen, so daß ich große Mühe hatte, jede Woche meine kurze Spalte »Gut zu wissen« fertigzustellen. Mein Füllfederhalter kleckste unweigerlich. Ich bekam einen Schreibkrampf. Auch meine Augen sabotierten mich. Während ich noch in Polen war, hatte ich von Heuschnupfen reden gehört, aber dort hatte ich nie darunter gelitten. Ganz plötzlich fing ich im August dieses Jahres an zu niesen. Meine Nase war verstopft, meine Kehle rauh, in meinen Ohren pfiff und klingelte es. Ich badete täglich und hielt mich sauber, aber ich litt unter einem juckenden Ausschlag und mußte mich dauernd kratzen. Keinerlei Pillen halfen gegen meine Verstopfung. Ich verbrachte ganze Tage im Bett und ließ mich von der Sonne dörren, die von mittags bis zur Dämmerung in mein Fenster schien. Ich konnte mich nicht einmal dazu entschließen, das Rouleau herunterzulassen. Meine sexuellen Vorstellungen wurden immer merkwürdiger. Tagsüber döste ich ein, nachts lag ich wach. Ich grübelte immer noch über die Geheimnisse des Universums. Vielleicht war es möglich, einen Weg zu finden, auf dem man die Rätsel von Zeit und Raum durchdringen konnte, die Kategorien der reinen Vernunft, das Geheimnis des Lebens und des Bewußtseins? Ich hatte irgendwo gelesen, daß Einstein jahrelang nach einer Art Super-Newtonscher Formel gesucht hatte, die Schwerkraft, Magnetismus und die elektromagnetischen Kräfte vereinen sollte. Vielleicht existierte irgendwo eine Formel, die – zusammen mit dem, wonach Einstein suchte – Leben, Verstand und Gefühl zusammenfassen würde? Vielleicht gab es irgendwo eine Kombination von Worten und Zahlen, die auch das gesamte Rätsel der Schöpfung einschloß?

Weder Gott noch die Natur konnten sich auf immer verstecken. Früher oder später mußte die Offenbarung kommen. Vielleicht war es mir bestimmt, sie zu empfangen. Im

Geiste brachte ich alles in Tabellenform, was ich je von den Philosophen, Mystikern und den modernen Physikern gelesen hatte. Einstein hatte recht, sagte ich mir. Gott würfelt nicht. Irgendwo gab es eine Wahrheit, die Chmielnizkis Greueltaten, Hitlers Wahnsinn, Stalins Größenwahn, die Verzückung eines Baal Schem, jede Lichtvibration und jedes Zucken der Nerven erklärte. Es gab Nächte, in denen ich mit dem Gefühl erwachte, im Traum die Formel gesehen zu haben oder zumindest einen Teil davon, und ich blieb stundenlang wach, in dem Versuch mich an das zu erinnern, was ich gesehen hatte.

Jede Woche, wenn ich am späten Abend meine Spalte ablieferte, griff ich in den Postkasten, aber niemand schrieb mir. Ich hatte mich von den Menschen entfernt und sie hatten mich verlassen. Völlige Gleichgültigkeit befiel mich. Es fehlte mir sogar die Energie, zum Essen in die Cafeteria zu gehen, und ich ließ Mahlzeiten ausfallen. Ich war in eine Krise gestürzt, die bis zum Ende meines Lebens anhalten konnte.

Eines Tages Mitte Juli klopfte jemand an meine Tür. Ich öffnete und sah einen Mann und eine junge Frau. Ihre Gesichter kamen mir bekannt vor, aber ich hatte ihre Namen vergessen, auch woher sie kamen und wann ich sie getroffen hatte. Einen Augenblick stand ich verwirrt da und starrte sie an. Der Mann sagte: »Ich wette, er erkennt mich nicht. Ich bin's, Zygmunt Salkin.«

»Oh, ja, ja, ja! Kommen Sie herein! Willkommen!«

»Wir haben uns an Ihrem ersten Tag in Amerika kennengelernt. Diese junge Dame ist Anita Komarow. Sie hat mir erzählt, daß sie Ihnen Ihre erste Englischstunde gegeben hat.«

»Ja, ich erinnere mich! Was für eine angenehme Überraschung! Solche Besucher!«

Ich wollte meinen Besuchern die Hand geben, aber meine Hand war ganz feucht. Ich war am ganzen Körper feucht. Anita sagte: »Ist das heiß hier! Wie in einem Stahlwerk in Pittsburgh.«

»Bitte, nehmen Sie Platz.«

Als ich die Worte aussprach, fiel mir ein, daß ich nur einen Stuhl besaß, und der war brüchig und mit Papieren, Socken, Hemden und Unterwäsche bedeckt. Das Bett war nicht gemacht und das Laken wies Spuren von Wanzen auf. Über das rissige Linoleum verstreut lagen Zeitungen, Zeitschriften und Bücher, die ich aus der Leihbibliothek geholt hatte und auch einige die ich in der Fourth Avenue für zehn Cent gekauft hatte. Sowohl Salkin wie Anita hatten sich verändert. Salkins Haar war an den Schläfen grau geworden. Er trug einen hellen Anzug und weiße Schuhe. Anita war die Tochter eines jiddischen Dichters, Zalman Komarow. Sie hatte eine Theaterschule besucht. Ich hatte sie kennengelernt, als ich noch in Seagate gewohnt hatte. Sie war klein, dünn, beinahe durchsichtig, mit schwarzem Haar, das so kurz geschnitten war wie das eines Jungen. Sie hatte auch einen Adamsapfel wie ein Junge. Ihr Gesicht war schmal, ihre Backen eingesunken und sie hatte eine Stupsnase. Sie litt unter Akne.

Ich hörte Zygmunt Salkin sagen: »Wir sind nicht hierher gekommen, um zu sitzen. Ich habe wochenlang nach Ihnen gesucht. Wo haben Sie sich versteckt? Anita und ich unterhielten uns, und dabei stellte sich heraus, daß sie Sie kennt. Wir beschlossen, Sie um jeden Preis zu finden, und wir haben Sie gefunden. Eine solche Hitze wie in diesem Zimmer ist selbst in Afrika selten.«

»Ich bin nicht rasiert und außerdem –«

»Kommen Sie, machen Sie keinen Unsinn. Hier kann man ja schmelzen und dann wird es zu spät sein. Vielleicht wissen Sie, daß ich eine Gruppe für junge Schauspieler gegründet habe, auch für alte, wenn sie begabt sind. Es muß etwas für das amerikanische Theater getan werden. Es gab Zeiten, da träumte ich davon, das jiddische Theater neu zu beleben, aber ich habe mich davon überzeugt, daß es eine Zeitverschwendung wäre. Wenn man etwas für das englische Theater tun kann, mag das auch dem Theater in anderen Sprachen nützen. Das Theater ist wie der Körper. Hilft man einem Teil, beeinflußt das auch die anderen. Außerdem ist es für mich eine gute Gelegenheit, junge und hübsche Mädchen kennenzulernen. Nicht wahr, Anita?«

Zygmunt Salkin lächelte und zwinkerte ihr zu, und Anita zwinkerte ihm zu und sagte: »Alle Männer, ohne Ausnahme, sind Egoisten.«

Anita hatte mir ihre Lebensgeschichte erzählt. Im Alter

von siebzehn Jahren hatte sie eine Affäre mit Morris Katzenstein, einem Studenten der Philosophie am City College, gehabt. Er war der Sohn des jiddischen Schauspielers Schammai Katzenstein. Anita, ihre Eltern nannten sie Hannele, zog zu Morris und wurde schwanger. Die beiderseitigen Eltern verlangten, daß das Paar heiraten müsse und arrangierten eine baldige Hochzeit. Während der Hochzeitsreise auf den Bermudas hatte Anita eine Fehlgeburt. Morris wurde später Kommunist und gab sein Studium auf. Er verließ Anita und lebte mit einer Aktivistin der Roten, die zehn Jahre älter war als er. Anita, die eine einzige Tochter war, lebte wieder bei ihren Eltern. Ich hatte sie bei Nescha kennengelernt.

Ich hatte vergessen, daß Salkin seinen eigenen Wagen hatte; er stand jetzt vor dem baufälligen Haus, in dem ich lebte. Es war tatsächlich dasselbe Auto, in dem er mich an meinem ersten Tag in Amerika abgeholt hatte. Mein Bruder hatte mir erzählt, daß Salkin in dem Stadtteil Greenwich Village mit einer Freundin lebte.

Ich hatte angenommen, er wolle Anita und mich in ein Restaurant einladen, aber er sagte mir, daß wir in seine Wohnung fahren würden, wo eine Gesellschaft stattfand. Hätte er mir das eher gesagt, hätte ich mich umgezogen und mich vor allem rasiert. Jetzt war ich vor ein fait accompli gestellt.

Ich hatte gar keine Lust auf fremde Menschen. Ich hätte Salkin gern gesagt, daß ich kein wildes Tier sei, das man je nach Laune ausstellen kann, und er mich in Ruhe lassen möge, aber ich wußte ja, daß Salkin mir helfen, nicht mich demütigen wollte. Er schien guter Laune zu sein. Er summte eine Melodie vor sich hin und scherzte mit Anita. Er war in die Fifth Avenue eingebogen und zeigte mir verschiedene Gebäude, ein Hotel und ein Restaurant, die alle Verbindungen mit berühmten amerikanischen Schriftstellern und Malern gehabt hatten, von denen ich noch nie gehört hatte.

Bald kamen wir zu den engen Straßen von Greenwich Village. Sowohl Männer wie Frauen kamen mir halbnackt vor. Ich sah Jugendliche mit Bärten und langen Haaren, mit Sandalen an nackten Füßen, in gelben, grünen und roten Hosen. Einer rauchte eine lange Pfeife, ein anderer trug einen

Affen im Käfig herum, ein dritter hatte ein Plakat an seinem Rücken befestigt, und im Gehen trank er irgendeine Flüssigkeit aus einer Flasche und rief laute Slogans. Die Frauen zeigten ihre Unabhängigkeit auf andere Weise. Eine ging barfuß, eine andere führte einen Riesenhund an der Leine und schob einen kleinen Wagen mit einer siamesischen Katze, und eine dritte trug einen Strohhut von der Größe eines Schirms. Maler stellten ihre Bilder auf den schmalen Trottoirs aus. Ein Dichter verkaufte seine vervielfältigten Gedichte. Die Gegend erinnerte mich an Paris und Purim.

Der Wagen hielt vor einem Haus mit einem dunklen und engen Eingang. Wir stiegen vier Treppen hinauf, und Salkin öffnete die Tür zu einem großen, schwach beleuchteten Zimmer, in dem Männer und Frauen umherstanden. Offenbar hatte die Gesellschaft schon begonnen. Auf einem langen, mit einem roten Tischtuch bedeckten Tisch brannten rote Kerzen in Kerzenhaltern. Es roch nach Whisky, Wein, Fleisch, Schweiß und nach den Wässerchen, die Frauen benutzen, um den Geruch des Körpers zu unterdrücken. Die Leute redeten alle, lachten, zeigten Interesse an irgendwelchen Neuigkeiten, die die Stimmung zu heben schienen. Durch die Menge drängte sich Salkins Freundin – sie war blond, blauäugig, trug eine weiße Bluse und einen langen, gold- und silberbestickten Rock. Ihre roten Fingernägel waren lang und spitz. Zwischen ihren roten Lippen hielt sie in einer langen Spitze eine Zigarette. An einem ihrer Finger trug sie einen Ring, der wie eine Spinne aussah. Salkin stellte sie als Lotte vor. Im ersten Moment schien sie jung zu sein, vielleicht ein Mädchen von achtzehn oder neunzehn Jahren, aber dann sah ich die Fältchen in den Augenwinkeln und die Schlaffheit des Halses, die keine Schminke verdecken konnte. Als Salkin meinen Namen nannte und hinzufügte, wessen Bruder ich sei, breiteten sich auf ihrem Gesicht das zarte Lächeln und leuchtende Zutrauen aus, die von weltgewandten Frauen zu jeder Zeit und bei jeder Gelegenheit hervorgezaubert werden können. Sie versuchte Jiddisch mit mir zu sprechen, ging aber bald zu Englisch über. »Ihr Bruder spricht immer von Ihnen, wenn ich ihn treffe. Salkin auch. Er hat Ihr Buch gelesen – wie heißt es noch? –, und er war entzückt. Unglücklicherweise kann ich Jiddisch nicht lesen, aber meine Großmutter las jeden Tag die jiddische Zeitung. Zygmunt hat mir erzählt, daß Sie sich vor allen Leuten verstecken. Aber heute hat er geschworen, er würde Sie erwischen. Was möchten Sie trinken?«

»Oh, gar nichts. Vielleicht etwas Sodawasser.«

»Ist das alles? Auf einer Gesellschaft muß man trinken. Warten Sie einen Augenblick, das Telefon läutet.«

Wie merkwürdig, ich hatte meine Schüchternheit völlig vergessen. Es war fast dunkel hier, und niemand würde unterscheiden können, ob mein Anzug gebügelt war oder zerdrückt, ob ich rasiert war oder nicht. Nach einiger Zeit gingen Salkin und Anita zu einer anderen Gruppe und ich blieb allein. Ich ging zu einem Tisch hinüber, auf dem Flaschen mit alkoholischen Getränken standen. Ich hatte bemerkt, daß die Gäste sich selbst bedienten. Ich wußte, was ich tun mußte – mich betrinken. Ich nahm eine der Flaschen und goß mir ein halbes Glas ein. Es war Cognac. Ich machte einen langen Zug und trank das Glas leer. In meiner Kehle und bald danach in meinem Magen spürte ich ein Feuer auflodern. Auf dem Tisch stand eine Schüssel mit Brötchen und schnell biß ich in eines. Ich fühlte den Alkoholdunst in mein Gehirn aufsteigen. Mein Kopf fing an, sich zu drehen und meine Beine schwankten. Da alle tranken, waren sie ihrer auch nicht so sicher, dachte ich. Wahrscheinlich litten sie auch an Minderwertigkeitskomplexen. Ich war nicht betrunken, aber ich war auch nicht nüchtern. Ich goß mir noch ein wenig von der Flüssigkeit ein. Ich bemerkte, daß die Gäste mit dem Glas in der Hand umhergingen, und ich tat dasselbe. Ein schwarzes Mädchen kam mit einem Tablett auf mich zu und sagte etwas, aber ich hörte nicht, was es war. Nach einiger Zeit begriff ich, daß es mir etwas zu essen von dem Tablett anbot. Ich wollte ein halbes Ei mit einem Zahnstocher von dem Tablett nehmen, aber ich ließ es fallen. Statt dessen nahm ich etwas mit Käse. Das Mädchen gab mir eine rote Papierserviette. Es lächelte mich an und zeigte einen Mund voll weißer Zähne. Ich bahnte mir einen Weg durch die Menge fremder Menschen. Jemand trat auf meinen Fuß, entschuldigte sich, machte offenbar einen Witz, denn er lachte selbst über das, was er gesagt hatte. Salkin kam zu mir und Anita trat bald hinzu. Salkin sagte: »Gehen wir ins Schlafzimmer. Ich möchte etwas mit Ihnen besprechen.«

Das Bett im Schlafzimmer war so breit, daß nicht nur ein Paar, sondern zwei oder drei bequem Platz gehabt hätten. Hier hingen ein Gemälde mit roten Klecksen und eine Lithographie, auf der kopfstehende Menschen durch die Luft flogen. Da war die Figur eines Mannes mit Hörnern und einer Schweineschnauze zu sehen, und eine Frau, die vorne und hinten Brüste hatte, alles offenbar Werke desselben Künstlers. Salkin und Anita setzten sich auf das Bett, und ich setzte mich in einen Korbstuhl. Salkin sagte: »Wir, Anita und ich, haben einen Plan, den wir Ihnen vorschlagen möchten, aber ehe Sie nein sagen, hören Sie mich bitte zu Ende an. Ich habe Ihnen schon von unserer Theatergruppe erzählt. Wir haben in den Catskills Räume gemietet, wo wir proben und alle unsere Probleme besprechen können. Niemand bekommt auch nur einen Pfennig. Im Gegenteil, wir tragen alle zu dem Versuch bei. Wir haben die Absicht, nicht jetzt, aber in einem Jahr etwa, ein Stück aufzuführen, das dem Theater neues Leben schenken wird. Was wir gemietet haben, ist kein Theater, sondern das Kasino eines Hotels. Das Hotel selbst ist abgebrannt, oder der Besitzer hat es angezündet. Das Kasino war vom Hotel weit entfernt und so hat es überlebt. Es gibt dort eine kleine Bühne und Bänke und das ist alles, was wir brauchen. Anitas Eltern wohnen nicht weit davon entfernt. Durch sie habe ich von diesem Kasino erfahren. In der Nähe ist eine jiddische Sommerkolonie mit Bungalows, die nach jiddischen Schriftstellern und sozialistischen Führern genannt sind – Perez, Scholem Alejchem, Mendele, Bovshover. Auch Anarchisten leben dort, das heißt Ex-Anarchisten, die jetzt Geschäftsleute sind, manche sogar Millionäre, und sie leben in Bungalows mit den Namen Rosa Luxemburg, Peter Kropotkin, Emma Goldman. Einige dieser ehemaligen Revolutionäre helfen unserer Gruppe mit kleinen Stiftungen. Es würde sich für Sie lohnen, sich die ganze Sache einmal anzusehen. Sie könnten auch etwas darüber schreiben. Ich habe mit Ihrem Bruder über Sie gesprochen, und er ist verärgert, weil Sie sich von allem und allen isoliert haben. Das mag für einen älteren Schriftsteller, dessen Karriere schon vorbei ist, gut sein, für d'Annunzio oder Knut Hamsun, aber nicht für einen jungen Mann. Ich würde im Sommer normalerweise nicht in die Catskills gehen, aber da ich der Gründer der Gruppe bin und für alles verantwortlich, was dort geschieht, haben wir, Lotte und ich, in der Gegend auch ein Haus gemietet und werden den Rest des Sommers dort verbringen, mindestens bis zum ›Tag der Arbeit‹. Wir haben viele Zimmer in dem Haus, mehr als wir brauchen können, und wir würden Sie gerne in unserem Haus aufnehmen. Erstens brauchen Sie dann keine Miete zu zahlen. Zweitens bekommen Sie ein bißchen frische Luft und sitzen nicht, entschuldigen Sie schon, in einem stickigen Loch von Zimmer. Drittens können Sie uns helfen.«

»Wie?«

»Wir haben lange nach einem passenden Stück für ein Experimentiertheater gesucht, und mir ist eingefallen, daß Perez' ›Nachts auf dem alten Markt‹ nicht schlecht für uns wäre. Zweifellos kennen Sie das Ding. Es ist nichts für das allgemeine Publikum. Sooft es auf die Bühne gebracht worden ist, ist es durchgefallen – in Polen und hier auch. Es ist ein Stück voll Symbolismus und Mystizismus. Und das ist genau der Grund, warum es für uns richtig ist. Ich habe die Sache ins Englische übersetzt und es der Gruppe vorgelesen, und obwohl dreiviertel von ihnen nichtjüdisch sind – es sind amerikanische junge Männer und Mädchen aus Texas, Missouri und Ohio – haben sie doch das Stück verstanden und waren verzaubert davon. Das Stück könnte eine Anzahl hier geborener Juden, die an jiddischer Kunst interessiert sind, anziehen, aber nur, wenn es auf Englisch und nicht auf Jiddisch gespielt wird. Wie Sie wissen, hat das Stück viel mit der Kabbala zu tun und mit jüdischer Mystik, und davon verstehe ich nichts. Ich möchte die Regie führen in dem Stück, und Sie könnten mir sehr dabei helfen.

Ich möchte Ihnen noch etwas anderes sagen. Ich habe Ihren Roman ›Satan in Goraj‹ gelesen und schätze das Buch sehr. Ich habe das Ihrem Bruder gesagt, und er stimmt völlig mit mir überein. Falls das Stück ›Nachts auf dem alten Markt‹ erfolgreich sein sollte – ich meine ein künstlerischer Erfolg, nicht ein finanzieller –, könnten wir früher oder später Ihr Buch dramatisieren, und ich könnte Ihnen dafür einen Vorschuß von ein paar hundert Dollar verschaffen. Kurz, Anita, Lotte und ich wollen Sie aus dem Trott, in den Sie geraten sind, oder in den Sie sich haben fallen lassen, herausreißen. Und ich bitte Sie – sagen Sie nicht zu voreilig nein. Unsere Gruppe hat kein Geld, keine Erfahrung und keinen Namen, aber alles fängt einmal klein an. Wo jetzt der Times Square ist, war ein Bauernhof und vor hundert Jahren grasten dort Ziegen. Stimmt's, Anita?«

»Wenn nicht vor hundert, dann vor hundertfünfzig Jahren.«

»Wie lautet Ihre Antwort?«

»Ich bin nicht sicher, daß ich Ihnen helfen kann.«

»Ich bin sicher, daß Sie es können. Es würde uns schon viel nutzen, einfach die verschiedenen Möglichkeiten mit Ihnen zu diskutieren. Daneben werden Sie weiter Ihre Artikel schreiben können. Nicht weit von uns ist eine Bibliothek und ein Laden, wo Sie all die Zeitschriften bekommen, aus denen Sie Ihre ›Tatsachen‹ zusammensuchen.«

»Gibt es auch eine Cafeteria dort?«

»Was brauchen Sie eine Cafeteria? Lotte ist eine Frau mit großer Bildung, und sie ist eine begabte Schauspielerin, aber darüber hinaus ist sie auch eine ausgezeichnete Köchin. Sie wirt Ihnen Ihre vegetarischen Gerichte zubereiten. Wir haben auch noch andere Mädchen hier, die kochen. Wir leben sozusagen in einer Art Kommune. Jeder trägt bei, was er oder sie beitragen kann. Verschiedene von den Mädchen kommen aus wohlhabenden Familien. Ihr Bruder hat versprochen, auf ein paar Tage zu uns zu kommen.«

»Mein Vater und meine Mutter würden Sie auch gern kennenlernen«, sagte Anita. »Sie sind das ganze Jahr sehr beschäftigt, aber sie nehmen sich Zeit für ihre Ferien. Wir wohnen in der jiddischistischen Kolonie. Unser Bungalow ist der David-Frischmann-Bungalow. Wir sind im Jiddischismus versunken bis hier–« Und Anita zeigte auf ihr Kinn.

II

Von äußerster Isolation wurde ich in äußerste Geselligkeit versetzt. Einerseits war da die Theatergruppe unter der Führung von Zygmunt Salkin, andererseits der Dichter Zalman Komarow, seine Frau Bessie und die Kolonie der Jiddischisten. Ich hatte eine solche rasche Verwandlung nicht für möglich gehalten. Zygmunt Salkin gab mir die englische Übersetzung von »Nachts auf dem alten Markt« wie auch das jiddische Original. Ich fand viele Irrtümer in der Übersetzung und Salkin verbesserte sie.

Ich hatte von vornherein gewußt, daß es diesem Stück zu sehr an dramatischer Handlung fehlte, um ein Theaterpublikum zu fesseln. Ich schlug daher vor, es zusammen mit einer dramatisierten Kurzgeschichte von Perez zu spielen. Salkin und seine Gruppe griffen die Idee auf und beschlossen einstimmig, ich solle die geeignete Geschichte aussuchen und zusammen mit Salkin dramatisieren.

Als Zalman Komarow und die anderen Jiddischisten hörten, daß ich etwas von Perez dramatisieren wolle – dem geistigen Führer und Begründer des Jiddischismus –, wurde ich über Nacht das Ziel ihrer Aufmerksamkeit. Dem Jiddischismus in Amerika fehlte es an Nachwuchs. Ich war verhältnismäßig jung, und mein Buch hatte einige Aufmerksamkeit unter den Jiddischisten gefunden, obwohl die Kritiker beklagten, daß ich nicht den Weg der jiddischen Klassiker beschritten habe, mich zuviel mit Sex beschäftige und auch einen bedauerlichen Mangel an Interesse für soziale Probleme zeige.

Jetzt war ich den ganzen Tag von Menschen umgeben und manchmal auch noch die halbe Nacht. Bessie Komarow, Anitas Mutter, lud mich oft zu Mittag, zum Abendessen und auch zum Frühstück ein. Lotte kochte mir vegetarische Mahlzeiten. In der Gruppe gab es viel mehr Frauen als Männer. Alle waren jung und vom Eifer der Dilettanten erfüllt; ich war für sie ein Experte des Judentums, das zu dieser Zeit bereits Eingang in die amerikanische Literatur und das Theater gefunden hatte.

Zygmunt Salkin und Anita Komarow sprachen bei jeder

Gelegenheit von meiner Begabung und sagten voraus, daß ich in der Zukunft große Dinge vollbringen würde. Ich sagte mir damals oft, ich müsse eigentlich überglücklich sein. In den seltenen Stunden, zu denen ich allein war, stellte ich mir selbst die Frage: Bist du jetzt glücklich oder zumindest zufrieden? Aber die Antwort war immer – nein.

In dieser Zeit las ich kaum je eine Zeitung, aber Zygmunt Salkin erhielt jiddische Zeitungen aus Amerika, Polen, Frankreich und sogar aus Rußland, und es verging kein Tag, an dem ich nicht von Todesfällen erfuhr und von den verschiedensten Tragödien, die über Menschen gekommen waren, die ich gekannt hatte, die mir nahegestanden hatten oder von denen ich zumindest gelesen hatte. Und was war mit denen, die ich nicht kannte? Was war mit den Tausenden, Hunderttausenden, ja Millionen von Opfern des Stalin-Terrors und der Hitler-Morde? Und all die unschuldigen Menschen, die in Spanien, Äthiopien, in der Mongolei umgekommen waren und wer weiß, wo noch? Was war mit den Millionen Kranken, die an Krebs, an Schwindsucht litten oder die verhungerten? Selbst in Amerika mordeten und folterten Verbrecher ihre Opfer, während sogenannte Liberale, gerissene Anwälte und abgestumpfte Richter, dem allen zusahen und den Verbrechern noch mit fadenscheinigen Ausreden und sinnlosen Theorien halfen. Man hätte völlig gleichgültig gegenüber Mensch und Tier sein müssen, um glücklich sein zu können.

Die jiddischistische Kolonie wimmelte von all denen, die Allheilmittel für die Krankheiten der Welt bereit hielten. Einige predigten noch immer Anarchismus – andere Sozialismus. Einige gründeten all ihre Hoffnungen auf Freud, während wieder andere andeuteten, Stalin sei nicht so schlecht, wie die kapitalistischen Lakaien ihn machten. Niemand in der Kolonie dachte auch nur im entferntesten an all die Schandtaten, die tagtäglich an Gottes Geschöpfen von Millionen von Jägern, Vivisektionisten und Schlächtern begangen wurden.

Ich hatte Gesellschaft gefunden, trotzdem blieb meine Isolation von allem und allen die gleiche. Was blieb, waren nur Mittel zu vorübergehendem Vergessen. Um überhaupt die Tage und Nächte zu überstehen, mußte ich auf irgendeine

Weise meine Sinne betäuben. An manchen Tagen glaubte ich, Anita könne mir dazu verhelfen. Jedoch irgend etwas hielt uns zurück – nicht etwa moralische Hemmungen, aber, so könnte man sagen, eine chemische. Im Verlauf meines Lebens waren mir oft solche Hemmungen begegnet. Obwohl beide Seiten bereit waren, sagte doch eine Kraft, die stärker als ihr Entschluß war, nein. In der Gruppe waren Mädchen, die gerne mit mir eine Affäre gehabt hätten, doch trotz meiner Begierde verlangte der Mann in mir Treue und altmodische Liebe.

Eine Zeitlang sah es so aus, als ob unser Plan, »Nachts auf dem alten Markt« zu spielen, sich durchführen ließe. Zygmunt Salkin hatte von angeblichen Theaterliebhabern Zusicherungen erhalten, daß sie das Projekt mit Geldmitteln unterstützen würden. Es wurde davon geredet, ein Theater in New York zu mieten, wenn nicht am Broadway, dann Off-Broadway. Aber ich ließ mich von diesen Hoffnungen weniger einwickeln als die anderen. Die meisten der Jungen und Mädchen hatten keinen Pfennig mehr. Zygmunt Salkin war im Grunde der einzige Geldgeber des Unternehmens, und er war weit davon entfernt, wohlhabend zu sein. Ein Theater zu mieten erforderte einen Vertrag und eine Anzahlung. Das Stück brauchte Bühnenbilder, die Schauspieler und Schauspielerinnen mußten wenigstens so viel bekommen, daß sie ihre Miete und ihr Essen bezahlen konnten. Bei den Proben merkte ich, daß Salkin nicht das Zeug zu einem Regisseur hatte und daß die meisten der Jungen und Mädchen nicht genug Talent hatten. Perez' Worte klangen aus ihrem Mund falsch, ungeschickt und oft sogar lächerlich.

Der Monat August war fast vorüber, und der »Tag der Arbeit« – der das Ende so mancher Sommeraffären, Träume, Versprechen und Projekte bedeutet – nahte heran. Die Jiddischisten-Kolonie leerte sich langsam. Eine Anzahl derer, die in der Sommerhitze Sozialismus, die Diktatur des Proletariats, Anarchismus, sogar freie Liebe gepredigt hatten, kehrten mit ihren Frauen für die hohen Festtage nach New York zurück. Jeder hatte eine Entschuldigung dafür, daß er die Feiertage einhielt. Fast alle hatten fromme Verwandte, deren Gefühle sie nicht verletzen wollten.

Die Bungalows mit Namen Karl Marx, Rosa Luxemburg, Peter Kropotkin und Emma Goldman wurden einer nach dem anderen geschlossen. Zygmunt Salkin versicherte den Mitgliedern der Gruppe, daß er und Lotte für das »Neue Theater« weiterarbeiten würden. Er hatte eine Mappe voller Papiere und einen Kopf voller Ideen und Hoffnungen, aber im Innersten wußten wir, daß alles zu Ende war.

Ich hatte schlimme Neuigkeiten zu hören bekommen. Einige der Mädchen aus der Gruppe waren schwanger geworden und würden sich einer Abtreibung unterziehen müssen. Damals war das keine leichte Sache. Es kostete viel (fünfhundert Dollar war eine Menge Geld) und es war auch gefährlich. Die jungen Männer kamen sich noch schuldiger vor als die Mädchen.

Die Tage waren kühler und kürzer geworden. Das Laub an den Bäumen färbte sich gelb, und ich sah Vogelschwärme vorüberziehen – wahrscheinlich auf ihrem Weg in wärmere Zonen. Die Nächte wurden kälter und länger. Ich konnte nicht schlafen und ging hinaus, um etwas frische Luft zu bekommen. Aus den Bungalows kam kein Licht mehr, und der Himmel war voller Sterne. Gott, oder wer immer es sein mochte, war noch da und beobachtete Seine Schöpfung. Ein neues Theater? Ein neuer Mensch? Der alte Götzendienst war wieder da. Die Stein- und Lehmidole waren ausgetauscht worden für eine Gertrude Stein, einen Picasso, einen Bernard Shaw, einen Ezra Pound. Alle Welt betete Kultur und Fortschritt an. Auch ich hatte versucht, Priester dieses Götzendienstes zu sein, obwohl ich dessen Unwahrheit erkannt hatte. Im besten Falle konnte Kunst nichts anderes sein als ein Mittel, die menschliche Katastrophe eine Zeitlang zu vergessen. Ich ging zu der Kolonie hinüber. Sie lag still wie ein Friedhof. Die meisten derjenigen, deren Namen die Bungalows trugen, hatten diese Welt mit all ihren Illusionen schon für immer verlassen. Und diejenigen, die sie verehrten, würden ihnen bald folgen. Ich hob meine Augen auf zum Sternenhimmel, wieder und wieder, als ob ich hoffte, von dort oben eine Offenbarung auf mich herabsteigen zu sehen. Ich sog die kalte Luft ein und zitterte.

Eines Tages stieg ich in Zygmunt Salkins Wagen, und er

und Lotte brachten mich nach New York zurück. Sie hatten sich offenbar gestritten, denn beide schwiegen. Sie sahen sich nicht einmal an. Nachdem wir etwa zwei Stunden gefahren waren, hielten wir bei einer Cafeteria, tranken eine Tasse Kaffee und aßen ein Stück Kuchen, und hier gerieten Lotte und Salkin in meiner Gegenwart in eine Auseinandersetzung. Lotte nannte Salkin einen Hochstapler. Sie beschwerte sich, wie so viele weltgewandte Frauen es tun, daß sie seinetwegen ihre »besten Jahre« verschwendet hatte.

III

Ich hatte mich der Melancholie überlassen und war ihr Gefangener geworden. Ich tat, was sie verlangte – verschwendete meine Zeit an sinnloses Grübeln; an geistige Untersuchungen, die weder mir noch anderen Gutes tun würden; an die Suche nach etwas, das ich nie verloren hatte. Ich hatte der Schöpfung ein Ultimatum gestellt: Verrate mir dein Geheimnis oder laß mich untergehen. Ich blieb die Nächte hindurch wach und schlief tagsüber. Ich wußte genau, daß ich meinen Bruder hätte anrufen sollen, aber ich hatte seine Telefonnummer verloren – das war eine Ausrede für mich, ihn nicht sehen und mein faules Dasein rechtfertigen zu müssen. Es war durchaus möglich, daß die Redaktion mir sagen wollte, ich brauche meinen wöchentlichen Artikel nicht mehr zu schikken, oder vielleicht hatten sie auch mehr Arbeit für mich, aber vor ihnen versteckte ich mich auf jeden Fall. Solange sie mir den Scheck schickten, solange löste ich ihn ein. Ich bezahlte meine fünf Dollar Miete, und den Rest gab ich für Mahlzeiten in der Cafeteria aus. Sollten die Schecks einmal nicht mehr kommen, konnte ich immer noch Selbstmord begehen. Der Tod war mir sehr vertraut geworden. In meinem Zimmer trat ich auf Ungeziefer. Eben war da noch eine Schabe gewesen – geflügelt, mit Augen, einem Gehör, einem Magen, mit Angst vor dem Tod und dem Wunsch, sich fortzupflanzen. Und ganz plötzlich hatte ich sie mit meinem Absatz zerquetscht und sie war ein Nichts geworden, oder vielleicht war sie in das unendliche Meer des Lebens zurückgekehrt, das einen Menschen aus einer Schabe entstehen läßt und aus einer Schabe einen Menschen.

Auf meinen langen Wanderungen durch New York kam ich an Fisch- und Fleischläden vorbei. Die riesigen Fische, die gestern noch im Atlantik geschwommen hatten, lagen jetzt ausgestreckt auf Eis, mit blutigem Maul und toten Augen, Millionen von Mikroben preisgegeben und dem Appetit eines Vielfraßes, der sich den Wanst damit vollstopfen würde. Lastwagen hielten vor den Fleischerläden, und Männer trugen Köpfe, Beine, Herzen und Nieren vorbei. Wie leichtfertig der Schöpfer Seine Kräfte verschwendete! Mit welcher Gleichgültigkeit ließ er Seine Meisterwerke in die Abfallkübel werfen! Er machte sich nichts aus meinem Glauben oder meiner Ketzerei, aus meinen Lobpreisungen oder meinen Blasphemien. Man hatte mich davor gewarnt, Wasser aus dem Hahn zu trinken, da ich davon alle möglichen Krankheiten bekommen könnte, aber des Nachts brannte der Durst in mir, und ich trank aus dem rostigen Hahn bis mein Leib gespannt war wie eine Trommel. Ich kaufte auf der Straße schon halbverfaultes Obst und schlang es hinunter, mitsamt den Würmern. Ich rasierte mich nicht mehr jeden Tag und ging mit einem Stoppelbart herum, mit abgestoßenen Schuhen und einem fleckigen Anzug. Wie andere Vagabunden auch, holte ich mir Zeitungen und Zeitschriften aus den Mülltonnen. Die Wissenschaftler entdeckten immer neue Teilchen in den Atomen, die sich zu einem immer komplizierteren System auswuchsen, ein Kosmos für sich, voll der Rätsel, die in der Zukunft zu lösen waren. Es gab immer mehr Beweise, daß das Universum sich von sich selbst entfernte, das Resultat einer Explosion, die einige zwanzig Millionen Jahre zuvor stattgefunden hatte. Materie und Energie vertauschten ihre Rollen. Ursache und Zweck schienen mehr und mehr zwei Masken des gleichen Paradoxes zu sein. In Sowjetrußland wurden zahlreiche Verräter und Feinde des Volkes festgenommen und umgebracht, darunter jiddische Dichter, die lange Oden an den Genossen Stalin verfaßt hatten. Nach den Kritiken in den Buchbesprechungsseiten der Zeitungen und Zeitschriften, die ich las, tauchten neue und bedeutende Talente jeden Monat, jede Woche, jeden Tag in einer Flut von Begabungen in Amerika und in der ganzen Welt auf. So klein und isoliert die jiddischistische Gruppe war, sie schwärmte und rühmte sich ihrer Leistungen in Literatur, Theater und vor allem damit, überall zu der Erlösung der Bauern und Arbeiter beigetragen zu haben. Mir blieb nichts anderes, als in meiner eigenen Schwermut zu schmoren. Wie das Universum, mußte auch ich vor mir selbst davonlaufen. Aber wie? Und wohin? Als ich noch ein Chederschüler war, tat ich etwas, das ich seither immer bedauert habe. Ich fing eine Fliege, steckte sie in eine kleine Flasche mit ein paar Tropfen Wasser und etwas Zucker, verschloß die Flasche mit einem Korken und warf sie in den Keller, wo der Pförtner unseres Hauses zerbrochene Möbelstücke, Lumpen, unbrauchbare Besen und ähnlichen Abfall aufhob. Warum ich diese unbarmherzige Tat begangen hatte, weiß ich nicht. Jetzt bin ich selber zu dieser Fliege geworden, dazu verurteilt, in Dunkelheit zu sterben, das Opfer einer Macht, die mit schwachen Geschöpfen herumspielt. Alles, was ich tun konnte, war, dem himmlischen Chederschüler zuzurufen: »Warum hast du das getan? Wie würdest du dich fühlen, wenn ein überhimmlischer Chederschüler dir dasselbe antun würde?«

Ich begann, eine Religion der Rebellion zu erwägen gegen die Gleichgültigkeit Gottes und gegen die Grausamkeit derer, die Er nach Seinem Bild geschaffen hatte.

Die chassidischen Rabbiner, deren Bücher ich früher gelesen hatte, pflegten gewisse Verhaltensregeln für sich und für andere aufzuschreiben, auf kleine Papierzettel, die sie »tsetl koton« nannten, und ich tat dasselbe, oft gereimt, so daß ich sie mir leicht merken konnte. Ich phantasierte davon, Tempel zu bauen, die dem Protest dienen sollten, Lehrhäuser, wo die Leute darüber nachdenken und sich daran erinnern sollten, welche Serien von Unglück Gott den Menschen und Tieren geschickt hatte. Das Buch Hiob würde ihre Tora werden, ohne die Antwort Gottes an Hiob und das gute Ende. Ich träumte von einem Humanismus und einer Ethik, deren Grundlage die Weigerung sein würde, all das Böse, das der Allmächtige uns in der Vergangenheit geschickt hat und das, was Er uns für die Zukunft zugedacht hat, zu rechtfertigen.

Ich spielte sogar mit der Idee, eine neue Gruppe von protestierenden Propheten oder Heiligen zu ernennen, zum Beispiel Hiob, Schopenhauer, Baudelaire, Edgar Allan Poe, von Hartmann, Otto Weininger, Baschkirzew und einige andere, die das Leben verwarfen und den Tod als einzigen Messias anerkannten. Ich erinnere mich, diejenigen, die Gott schmeicheln und die Rute küssen, mit der Er sie schlägt, »religiöse Masochisten« genannt zu haben.

IV

Draußen strömte der Herbstregen herunter. Im Bürohaus in der Nineteenth Street brannte den ganzen Tag Licht. Die Scheinwerfer der vorüberfahrenden Lastwagen glänzten im Nebel. Ich war zu faul um auszugehen, so aß ich eine Mischung von Frühstück und Lunch, die aus hartem Brot und halbverfaulten Bananen bestand. An jenem Abend zog ich meinen schäbigen Mantel an und ging in die Steward-Cafeteria in der Twenty-third Street. Ich hatte die Miete für diese Woche schon bezahlt, und mir war ein Dollar und fünfundvierzig Cent übriggeblieben. Die Cafeteria war halbleer. Ich holte mir an der Theke eine Gemüseplatte, eine Tasse Kaffee und eine Schüssel mit gekochten Pflaumen. Bei der Suche nach einem Tisch, wo vielleicht jemand eine Zeitung liegengelassen hatte, fand ich mehr als ich erwartet hatte: die »New York Times« und den »Daily Mirror«. Ich aß und ließ meiner Phantasie freien Lauf. Ich nahm Rache für Dachau und Zbonshin. Ich gab das Sudetenland den Tschechen zurück. Ich gründete einen jüdischen Staat in Israel. Da ich der Herrscher der Welt war, untersagte ich auf immer das Essen von Fleisch und Fisch und erklärte die Jagd für illegal. Ich war so sehr damit beschäftigt, Ordnung in der Welt zu schaffen, daß ich meinen Kaffee kalt werden ließ. Ich zählte mein Kleingeld und beschloß, noch einen Nickel für eine zweite Tasse Kaffee auszugeben. Auf dem Rückweg, mit meinem Kaffee in der Hand, fand ich noch eine Sonntagsausgabe des »Forward« auf einem anderen Tisch. Da der Setzer gewöhnlich so viele Fehler in meiner Spalte »Gut zu wissen«

machte, hatte ich es nicht eilig, die Seite aufzuschlagen, wo sie meistens erschien. Statt dessen las ich die Neuigkeiten über die Juden. Obwohl die Kommunisten in Amerika es absolut leugneten, war es klar, daß Stalin nicht nur eine Reihe von Generälen und Führer wie Bucharin, Kamenew und Rikow in seinen Säuberungsaktionen hatte umbringen lassen, sondern auch Dutzende von jiddischen Schriftstellern. Ein soeben aus der Sowjetunion zurückgekehrter Korrespondent hatte berichtet, daß die Zahl der Opfer Stalins acht Millionen erreicht habe. Hunderttausende von Kulaken waren in ihrem sibirischen Exil umgekommen. Die »Feinde des Volkes« wurden in Massenprozessen verurteilt. Viele der Kommunisten, die in die Sowjetunion gegangen waren, um am Aufbau des Sozialismus mitzuhelfen, waren in die Goldbergwerke im Norden verschickt worden, wo auch die kräftigsten Männer nicht länger als ein Jahr überlebten.

Ich trank und schüttelte meinen Kopf über die Nachrichten. Wie konnten jüdische Schriftsteller, Dichter und Parteiführer, die Enkel unserer frommen Vorfahren, solche Missetaten verteidigen?

Jetzt war ich bereit, den Fehlern in meiner Spalte ins Auge zu sehen. Ich fand die Seite, aber meine Kolumne war nicht da. Statt dessen gab es ein ausführliches Rezept für Fleisch-Kreplach.

Sie hatten aufgehört, meine Kolumne zu drucken.

Die Cafeteria hatte sich geleert. Die Lampen wurden an- und ausgemacht, das Signal für die Schließung des Lokals. Ich bezahlte bei der Kassiererin und kehrte in die Nineteenth Street zurück. Es regnete noch immer, und auf dem Weg von der Twenty-third zur Nineteenth Street – vier Blocks entfernt – wurde ich völlig durchnäßt. Ich stieg die vier Treppen zu meinem Zimmer hinauf. Es war zu kalt für die Schaben, um aus ihren Löchern im Linoleum hervorzukriechen. Mir blieb nichts anderes, als mich auszukleiden und ins Bett zu gehen. Die Decke war dünn und ich mußte meine Füße in die Ärmel eines Pullovers stecken, um sie zu erwärmen. Ich hatte das Deckenlicht ausgemacht und lag ganz still. Ich schlief ein und träumte. Mitten in der Nacht klopfte es an meine Tür. Wer konnte das sein? Man hatte mir erzählt, daß Nazis in diesem

Hause lebten, und ich hatte Angst, daß jemand mich umbringen wollte. Ich sah mich nach etwas um, das als Waffe dienen konnte, um mich zu verteidigen. Außer zwei Drahtbügeln gab es nichts.

»Wer ist da?« fragte ich.

»Der Nachtportier.«

Der Nachtportier? Was würde der Nachtportier mitten in der Nacht wollen? überlegte ich. Laut sagte ich: »Was ist los?«

»Ich habe ein Telegramm für Sie.«

»Ein Telegramm? Für mich? So spät?«

»Der Portier hat es mir für Sie gegeben, aber ich hatte es vergessen.«

Ich rollte nackt aus dem Bett und fiel auf den Boden. Ich stand auf, riß das Laken von meinem Bett und hüllte mich darin ein. Dann öffnete ich die Tür.

»Hier.«

Und ein schwarzer Mann reichte mir ein Telegramm.

Ich wollte ihm ein paar Cent geben, aber er hatte nicht die Geduld zu warten und schlug die Tür zu.

Ich riß das Telegramm auf und las: Sitze in Athen fest mit Kind. Sende sofort Geld. Lena.

Die angegebene Adresse klang griechisch.

Was für ein Wahnsinn war das? fragte ich mich. Sende sofort Geld? In diesem Augenblick? Was machte sie in Athen?

Ich nahm das Laken ab und schaute auf meine Armbanduhr. Sie war um fünf Uhr fünfzehn stehengeblieben. War es noch heute oder war es schon morgen? Es war alles ganz gleich. In Athen ausgerechnet ... Der reiche Onkel aus Amerika würde einen Scheck über hunderttausend Dollar schicken, wie in einem kitschigen Stück im Scala Theater. Mir war zum Lachen, ich wollte das rostige Wasser aus dem Hahn trinken und mußte Wasser lassen. Ich stand ein Weilchen am Waschbecken und starrte vor mich hin, als ob ich darüber nachdenken würde, wie alle Bedürfnisse gleichzeitig zu erfüllen seien. Dann ging ich zum Fenster hinüber, öffnete es und sah hinaus auf die nasse Straße, auf schwarze Fenster, flache Dächer, auf den rötlichen Himmel, ohne Mond, ohne Sterne, undurchsichtig und regungslos die Welt einhüllend. Ich lehnte mich so weit ich konnte aus dem Fenster hinaus, sog tief die Dämpfe der Stadt in mich ein und verkündete mir und den Mächten der Nacht:

Ich bin verloren in Amerika, verloren auf immer.

Glossar

Achad Ha-am (»einer aus dem Volke«), Pseudonym für Ascher Ginzberg (1856–1927): Zionist, gründete 1896 die Monatsschrift ›Haschiloach‹, die bald zum Zentralorgan des jüdischen Denkens und Lebens wurde.

Amalek, Inbegriff eines Erzfeindes der Juden (Ex. 17, Dt. 25, 17). Amalekiter: Beduinenstamm.

Aralim (Eralim), eine der fünf biblischen Engelgruppen, deren besondere Eigenschaften nicht weiter erklärt sind.

Asch, Scholem (1881–1957), jiddischer Erzähler und Dramatiker.

Asmodi (Asmodäus), ein böser Geist, böser Dämon (Buch Tobias 3, 8). Im Talmud als »König der Dämonen« bezeichnet.

Baal Schem, hebr., Abkürzung von Baal Schem Tow, der »Meister des (göttlichen) Namens«. Israel ben Elieser Baalschem (1699 bis 1760) war Begründer des Chassidismus.

Beth Jacob Schule für Mädchen: Die orthodoxe jüdische Schulorganisation Beis Jaakauw unterhielt in Polen Mädchenschulen.

Beugel (Bejgel), Gebäck, Brezel.

Bialik, Chajim Nachman (1873–1934), hebräisch-jiddischer Dichter, Verleger, Publizist, Übersetzer.

Blintzes, dünne Pfannkuchen mit süßem Quark gefüllt, mit saurer Sahne übergossen.

Brustschild des Gerichts, ursprünglich ein Stück der hohepriesterlichen Amtstracht, offenbar eine Art Tasche, die außen mit vier Reihen Edelsteinen geschmückt war und wohl im Zusammenhang mit der priesterlichen Orakelfunktion stand. Das gleichnamige Buch, eines der vier ›Turim‹ (= Edelsteinreihen) des Jakob ben Ascher (1269–1343) behandelt das jüdische Recht. Aus den vier Turim ging das jüdische Volksgesetzbuch ›Schulchan Aruch‹ hervor (s.d.).

Buch der Frommen, ein aus der Bewegung des deutschen Chassidismus im Mittelalter (etwa 1150–1250) hervorgegangenes, im wesentlichen wohl aus den Schriften des Rabbi Juda Chassid (aus Worms stammend, 1217 in Regensburg gestorben) redigiertes Werk.

Buch Rasiel (entstanden im 13. Jahrh.). Nach alter Sage wurde dem ersten Menschen ein kabbalistisches Buch übergeben, das Buch Rasiel. Rasiel: wörtl. »Geheimnis Gottes«.

Bundisten, Mitglieder des ›Allgemeinen Jüdischen Arbeiterbundes in Rußland und Polen‹, der später als Sondersektion in die

Sozialdemokratische Arbeiterpartei Rußlands eintrat. Sein Einsatz für nationale Rechte der Juden zog scharfe Kritik Lenins auf sich. Danach, bis 1939, nur noch in Polen und Rumänien.

Chanukkaleuchter, wird beim Chanukkafest verwendet, einem achttägigen Lichterfest zur Erinnerung an die Wiedereinweihung (165 v. Chr.) des von den Griechen entweihten Tempels. Der Chanukkaleuchter ist ein achtflammiger Leuchter, von dessen Lichtern am ersten Festtag nur eines, und jeden weiteren Tag eines mehr angezündet wird, zur Erinnerung an das Lichtwunder im Heiligtum, wo der Ölvorrat eines Tages für acht Tage ausreichte.

Chassid hebr., Plural Chassidim, »Frommer«. Hier die Anhänger der religiösen Bewegung, die um 1740 von Israel Baalschem Tow in der Ukraine und in Polen gegründet wurde und in Osteuropa weite Verbreitung fand. Die Chassidim betonen das Gefühl in der Religion und im Gesetzesglauben.

Cheder hebr., »Stube«. Lehrstube der Elementarschule für Knaben (4.–13. Lebensjahr).

Chmielnizkys Massaker, Bogdan Chmielnizky (1593–1657) führte im siebzehnten Jahrhundert Kosakenaufstände gegen Polen und Juden an. Es wurden dabei über zweihundert jüdische Gemeinden ausgerottet. Unter den Überlebenden fand der Chassidismus in besonderem Maße Aufnahme.

Dibbuk hebr., wörtl. »Anhaftung«. Im jüd. Volksglauben ein Totengeist, der in den Körper eines Lebenden eintritt und bei dem so Besessenen ein irrationales Verhalten bewirkt. Nur einem Wundertäter kann es gelingen, die »Dämonen« auszutreiben.

Dinesohn, Jakob (1836–1919), jiddischer Romancier und Erzähler, Herausgeber einer Weltgeschichte in jiddischer Sprache.

Eibenschütz, Jonathan (1690–1767), Rabbiner, bereits mit 21 Jahren Leiter der berühmten Prager Talmudhochschule. Beschäftigte sich unter sabbatianischem Einfluß (s. Sabbatai Zevi) auch mit der Kabbala. Im Sabbatianer-Talmudisten-Streit blieb er Sieger über Jakob Emden (s. d.).

Elia (Elias, ELIJAHU, »Jah ist mein Gott«), Prophet. In der Bibel ist er als unmittelbarer Vorläufer der großen Schriftpropheten zu verstehen, die für die Gestaltung des Jahwe-Glaubens verantwortlich sind; in der nachbiblischen Zeit erscheint er als Freund der Armen und ihr Fürsprecher vor Gott, Warner vor Unrecht, Rächer der Schuld, Besucher der Lehrhäuser, Verkünder des

Messias und Engel des Bundes, der bei jeder Beschneidung zugegen ist.

Emden, Jakob (1697–1776), Rabbiner einer von ihm selbst gegründeten Privatsynagoge in Altona, streitbarer Talmudist, der sich polemisch gegen die Sabbatianer (s. Sabbatai Zevi) wandte. Er führte einen öffentlichen Streit mit dem Altonaer Rabbiner Jonathan Eibenschütz (s.d.), in dem er einen sabbatianischen Ketzer sah.

Erez Israel, nationalreligiöse Bezeichnung des Landes Kanaan, soweit es von den israel. Stämmen in Besitz genommen wurde. Im modernen Hebräisch gilt Erez Israel seit 1948 als die Bezeichnung für Palästina.

Frank, Jakob Leibowicz (1726–1791), Begründer einer kontratalmudistischen Sekte, deren Anhänger sich schließlich taufen ließen. Eine Zeitlang erklärte er, daß durch Seelenwanderung die Seele Sabbatai Zevis, (s.d.) der von den Sabbatianern verehrten ›Pseudomessias‹ in ihm wohne und kündigte so sich selbst als den Messias an. Später trat Frank mit seinem Anhang zur römisch-katholischen Kirche über.

Gaonim »Majestäten«, »Prächtige«. Die Häupter der Akademien in Sura und Pumbedita, die maßgebenden Autoritäten des babylonischen Talmud.

Gehenna hebr., »Gehinnom«, Tal der Söhne Hinnoms. Tal im Süden Jerusalems, wo dem Moloch Kinderopfer dargebracht wurden (2. Kön. 23,10). Metaphorisch: Stätte der Pein für die Bösen nach dem Tode. Bezeichnung für die Hölle.

Gebetsmantel, Tuch aus Wolle oder Seide, das von Männern über 13 beim Morgengebet umgelegt wird.

Gebetsriemen, sie werden beim wochentäglichen Morgengebet am linken Arm, dem Herzen gegenüber, und an der Stirn angelegt; sie tragen Kapseln mit vier auf Pergamentstreifen geschriebenen Texten aus dem Pentateuch: Exodus 13, 2–10; Ex. 13, 11–16; Deut. 6, 4–9 (Glaubensbekenntnis); Deut. 11, 13–21.

Gemara hebr., »vervollständigte Erklärung«, »Erläuterung«. Diskussion der babylonischen und palästinensischen Talmudisten über die Mischna, mit der zusammen die Gemara den Talmud bildet (s.d.), die mündlich überlieferte Lehre. Gemara bezeichnet auch den Talmud überhaupt.

Gaon zu Sura, von 656 bis etwa 1040 Titel des Oberhaupts der Gelehrtenschule im babylonischen Sura, wo der babylonische

Talmud abgeschlossen wurde; der Titel war Ausdruck für die der Akademie verliehenen Hoheitsrechte.

Gora (Gera, Gur, recte: Gora Kalwaria), Ort in der Umgebung von Warschau, Sitz einer ›Dynastie‹ von chassidischen Rabbinern, begründet vom ›alten Gerer Rebbe‹ Itzig Meier.

Haggada hebr., die volkstümliche Pessach-Erzählung, die am Seder-Abend in der Familie verlesen wird.

Isserles, Moses (1510–1572), dessen Name wörtlich ›Sohn Israels‹ bedeutet, war ein sehr fruchtbarer Schriftgelehrter, Kommentator, Kabbalist, Astronom und Historiker. Er stellte den Talmud über die Kabbala. Von ihm stammen die für die deutschen und polnischen Juden maßgeblichen Auslegungen im Ritual- und Rechtskodex Schulchan Aruch (s. d.).

Jeschiwa hebr., »Sitz«. Höhere Lehranstalt, Hochschule für das Studium des Talmud.

Juda (Jehuda) Halevi, (1083–1140), bedeutendster jüd. Dichter des Mittelalters und Religionsphilosoph. Verfasser der Dichtung »Zionide« und des »Kusari«, eines religionsphilosophischen Werkes, das von der Bekehrung des Königs von Kusar vom Islam zum Judentum handelt.

Kabbala hebr., wörtlich: »das Empfangene«, »Überlieferung«, die Lehre und die Schriften der mittelalterlichen jüdischen Mystik ab ca. 1200. Die Kabbala beschäftigt sich hauptsächlich mit dem geheimen, mystischen Sinn des Alten Testamentes und der talmudischen Religionsgesetze, mit Begriffs- und Zahlenkombinatorik, mit der geheimen Bedeutung und mystischen Kraft der verschiedenen Gottesnamen. Hauptwerk: das Buch ›Sohar‹.

Kaddisch aram., wörtl. »heilig«, »Heiliger«. Gebet mit der Verkündigung der Heiligkeit Gottes und der Erlösungshoffnung. Teil des täglichen Gebets und Gebet bei der Bestattung und an Gedenktagen der Verstorbenen.

Knisches jid., gefüllte Mehlspeise‹ salzig oder süß, bei der es sich um Nudel-, Hefe-, Strudel-, Kartoffel- oder Kuchenteig handeln kann.

Kohen (Priester). Dem Priestertum stand der ausschließliche Anspruch auf kultische Funktionen, insbesondere auf Opferhandlungen zu.

›*Lehrer der Weisheit*‹, eines der vier ›Turim‹ des Jakob ben Ascher, aus denen der Schulchan Aruch (s.d.) hervorging. Die anderen drei Bücher heißen ›Weg zum Leben‹, ›Brustschild des Gerichts‹ (s.d.) und ›Stein der Hilfe‹.

Lilith, vielleicht »die Nächtliche«, »Nachtgespenst«. In der Bibel ein weiblicher, koboldartiger Dämon. Nach späterer Sage verfolgt sie Männer und Kinder.

Linetzky, Jizchak Joel (1839–1916), jiddischer Schriftsteller und Humorist. Veröffentlichte eine populäre zionistische Agitationsschrift in jiddischer Sprache: ›Amerika oder Erez Israel‹.

Luria, Isaak (1534–1572), genannt ›Ari‹, der Löwe: Rabbi, legendärer Begründer der neueren Kabbala.

Luzzatto, Moses Chaim (1707–1746), Rabbiner, Dichter und Kabbalist.

Maimon, Salomon (1754–1800), Philosoph. Seine Auseinandersetzung mit Kant bereitete den Neukantianismus vor.

Maimonides, Moses ben Maimon (1135–1204) Arzt, Philosoph und Theologe. Neben der Kenntnis des religiösen Schrifttums umfassendes Wissen in Philosophie, Mathematik, Astronomie und Medizin. Vorsteher der Juden Ägyptens. Verfasser grundlegender Werke, darunter der 1190 vollendete ›Führer der Schwankenden‹, ein einflußreiches religionsphilosophisches Werk.

Matze (Matzen, Mazza) hebr., ungesäuertes Brot, für Pessach vorgeschrieben (Deut. 16, 3).

Metatron (von lat. metator = Grenzabstecker oder griech. meta thronon = nächst dem Thron Gottes), der möglicherweise für die Vermittlung zu den Menschen zuständige höchste Engel, der ›Vertraute seines Herrn‹.

Midrasch hebr., wörtl. »Schriftauslegung«, Vortrag im Anschluß an die Tora-Vorlesung der alten Synagoge sowie die daraus erwachsene Literatur.

Mizwa hebr., Gebot Gottes, religiöse Pflicht, gute Tat.

Mosche de Leon (Mosche ben Schemtow de Leon, um 1250 bis etwa 1305), Rabbi, spanischer Kabbalist. Er verbreitete den Sohar (s.d.), den er dem antiken Gesetzeslehrer Simon ben Jochai (s.d.) zuschrieb. Später wurde jedoch behauptet, er habe das Werk in Wirklichkeit selbst verfaßt.

Naches, Ruhe, Behaglichkeit, Genuß.

Nachmann Braclaurer, Rabbi, Nachman ben Simcha aus Brazlaw (1771–1810): chassidischer Meister. Urenkel des Israel Baalschem.

Perez, Iizchak Leib, (1851–1915), jiddischer Erzähler und Dramatiker.

Pessach hebr., wörtlich »Vorüberschreiten, Verschonung«. Nationales Fest, wird zu Beginn des Frühjahrs zur Erinnerung an den Auszug der Kinder Israel aus Ägypten gefeiert. »Fest der ungesäuerten Brote«. »Sechs Tage sollst du Ungesäuertes essen und am siebenten Tag ist Festversammlung dem Ewigen deinem Gotte.« (Deut. 16, 8).

Poale Zion (Arbeiter Zions), radikale Strömung der jüdischen sozialistischen Arbeiterbewegung in Rußland.

Purim hebr., Freudenfest anläßlich der Errettung der jüdischen Diaspora im Perserreich (Buch Esther).

Rabbi hebr., von raw, »mächtig«, »erhaben«: »mein Lehrer«, »Meister«. Anrede und Amtsbezeichnung, Ehrentitel der jüdischen Schriftgelehrten, des bestallten Rabbiners, charismatischen Zaddik (Gerechten), mitunter auch des Religionslehrers.

Raschi, Abkürzung für Rabbi Schlomo ben Isaak (1040–1105). Der populärste Kommentator der Bibel und des Talmud im mittelalt. Europa. Stammte aus Troyes und wirkte u.a. in Worms. Die Raschi-Schrift ist ein Schrifttyp der hebr. Quadratschrift, der diese kursiv umbiegt; angeblich von Raschi zuerst angewandt.

Saadja ben Josef (882–942). Eine der universalsten Gestalten der nachtalmudischen Zeit. Verfaßte im Exil in Bagdad sein berühmtes philosophisches Werk ›Glauben und Wissen‹, das zum Grundstein der jüdischen Philosophie des Mittelalters wurde.

Sabbat hebr., »Ruhe«. Beginnt mit Sonnenuntergang am Freitag. Siebter Tag der Woche. Hochheiliger Ruhetag von aller Arbeit. Strenge Vorschriften sichern die Überlieferung der Heiligung und Ruhe (39 verbotene Arbeiten). Endet mit Sonnenuntergang Samstag.

Sabbatai Zevi (1626–1676), jüd. Schwärmer. Gab sich für den auf Grund kabbalistischer Verheißung 1648 erwarteten Messias aus; trat später unter Zwang zum Islam über. Die von ihm ausgelöste Bewegung (Sabbatianismus) hatte noch im 18. Jh. Anhänger und reichte bis in die Zeit der Franz. Revolution.

Sanhedrin griech., Synhedrion = »Sitzung«. Jüd. Ältestenrat in Jerusalem bis 70 n. Chr. (Tempelzerstörung). 71 Mitglieder; Zuständigkeit: allgemeine und religiöse Gerichtsbarkeit.

Sandalfon, einer der höchsten Engel der spätjüdischen Engelslehre. Beschützer der Verstorbenen und ihrer Seelen.

Schaufäden. nach alttestamentarischer Vorschrift (Num. 15, 38–39;

Deut. 22, 12) an den vier Zipfeln des Gewandes in Quastenform angebracht; von orthodoxen Juden noch heute befolgt.

Schechina hebr., »Einwohnung«. Die in der Welt weilende Herrlichkeit Gottes, eine Art weiblicher Erscheinungsform Gottes, die ebenso wie Israel in Verbannung lebt.

Schofar hebr., althebräisches Blasinstrument aus einem Widderhorn. Wird heute noch im Kult verwendet.

Scholem Alejchem (Pseudonym für Schalom Rabinowitsch, 1859 bis 1916), berühmter jiddischer Schriftsteller, Humorist.

Schulchan Aruch hebr., »gedeckter Tisch«, Kompendium des jüdischen Religionsgesetzes und Rechts in systematischer Anordnung und in knappster Form für den praktischen Gebrauch, verfaßt von Josef Caro (1488–1575).

Sefirot, die 10 Urzahlen. Mit den 22 Buchstaben des hebr. Alphabets bilden sie die Elemente der Welt. Der Begriff der Sefirot stammt ursprünglich aus dem Buch der Schöpfung, wo er einfach »Zahlen« bedeutet. In der mystischen Literatur hat er den Sinn von göttlichen Potenzen und Emanationen angenommen. Die Kabbalisten nehmen 10 fundamentale Attribute Gottes an, die zugleich 10 Stufen der Manifestation des Göttlichen sind. Die Emanation der Sefirot ist ein Vorgang *in* Gott, der aber den Menschen gleichzeitig die Möglichkeit gibt, Gott zu erreichen. Jede Stufe wird mit einem eigenen Namen bezeichnet und alle zusammen ergeben ein kompliziertes Gebäude mystischer Symbolik. Sie sind der mystische Baum Gottes oder der Baum der göttlichen Kraft, und dieser Baum Gottes ist zugleich die Struktur aller Welten.

Sephardim hebr., Bezeichnung der Nachkommen der spanischen und portugiesischen Juden, die 1492 von den Spaniern und 1497 von den Portugiesen von der Iberischen Halbinsel vertrieben wurden.

Seraphim hebr., Plural von saraph, »Schlange«. Im Altertum bei Jesaja Kap. 6 Name von sechsflügeligen Wesen, die Gott umschweben. Später unter die Engel eingeordnet. Nach Pseudo-Dionysius sind die Seraphim der höchste der neun Engelchöre und die Träger höchster Liebesglut.

Simon ben Jochai, einer der bedeutendsten Tannaiten (Gesetzeslehrer) der nachhadrianischen Zeit. Er mußte sich 13 Jahre lang in einer Höhle verbergen, wo er sich ganz dem Studium widmete – später betrachtete er die Beschäftigung mit der Lehre als das einzige Lebensziel. Der Sohar (s.d.) wurde im 13. Jh. als sein Werk ausgegeben.

Sohar hebr., »Lichtglanz«. Hauptwerk der Kabbala; entwickelt in der Form einer Erläuterung zum Pentateuch ein System kabbalistischer Gotteserkenntnis. Wurde wahrscheinlich von Moses de Leon (gest. 1305) in Spanien verfaßt, galt zuerst als Werk des Rabbi Simon ben Jochai.

Sukkot hebr. »Hütten«. Laubhüttenfest, in Erinnerung an die Wüstenwanderung der Kinder Israel nach dem Auszug aus Ägypten (5. Mose 23, 41), Herbstfest.

Talmud hebr., wörtl. »Belehrung«, »Lehre«, »Studium«. Nächst der Bibel Hauptwerk des Judentums, eine Zusammenfassung der Lehren, Vorschriften und Überlieferung der nachbiblischen Jahrhunderte (abgeschlossen im 5. Jh. n.Chr.). Die früheren Teile (Mischna) ordnen die biblischen Gesetze und kommentieren sie, die späteren Teile (Gemara) ergänzen, erklären und paraphrasieren die Mischna mit Sagen, Legenden und Erbaulichem.

Tammus hebr., der zehnte Monat des jüd. Kalenders (Juni–Juli).

Tora hebr., »Lehre«, die Fünf Bücher Moses, der Pentateuch und dann allgemein das gesamte religiöse Schrifttum oder Wissen. Im Gottesdienst wird ein Abschnitt daraus von einer handgeschriebenen Pergamentrolle verlesen.

Tosafisten, Ba'ale tossafot, ›Herren der Tossafot‹. Tossafot heißen die Hinzufügungen zu den Talmudkommentaren Raschis (s. d.), die schon von Raschis Schwiegersöhnen begonnen sein sollen.

Vital, Chaim (1543–1620), Rabbi, Kabbalist, bedeutendster Schüler Isaak Lurias.

Weizmann, Chajim (1873–1952), Professor der Biochemie, langjähriger Präsident der zionistischen Organisation und der Jewish Agency for Palestine. Erster Präsident des von ihm mitbegründeten Staates Israel. Er war es, der die englische Regierung zur Unterstützung des zionistischen Programms bewegen konnte (Balfour-Deklaration von 1917). Innerhalb der zionistischen Bewegung wurde ihm später ›Notabelnpolitik‹ und Schwäche gegenüber England vorgeworfen. Er erklärte, der Zionismus müsse die Freundschaft mit den Arabern anstreben.

Wilnaer Gaon, Elia Wilna (1720–1797), galt als der letzte Theologe des klassischen Rabbinismus.

Isaac Bashevis Singer wurde 1904 in Radzymin (Polen) geboren. Er wuchs in Warschau auf, erhielt die traditionelle jüdische Erziehung und besuchte ein Rabbinerseminar. Mit zweiundzwanzig Jahren begann er Gedichte zu schreiben, zunächst auf Hebräisch, dann auf Jiddisch. 1935 emigrierte er in die USA. Im Hanser Verlag sind neunzehn Bücher von ihm erschienen, darunter die Romane *Das Landgut* (1979), *Die Familie Moschkat* (1984) und *Meschugge* (1996). Im Jahr 1978 wurde ihm für sein Gesamtwerk der Nobelpreis für Literatur verliehen. Singer starb 1991 in Surfside, Florida.